LA
PRIMERA
MESTIZA

CARMEN SÁNCHEZ-RISCO

Editado por HarperCollins Ibérica, S. A.
Avenida de Burgos, 8B - Planta 18
28036 Madrid

La primera mestiza
© Carmen Sánchez-Risco, 2023
© 2023, para esta edición HarperCollins Ibérica, S. A.

Diseño e imágenes de cubierta: CalderónSTUDIO®
Mapas de guardas: diseño e ilustración cartográfica CalderónSTUDIO®

ISBN: 978-84-19883-95-7

A Elvira, a Emilia, a las mujeres sabias y fuertes
que me rodearon desde niña, alimentando la fiereza del amor.

A Álvaro, compañero de batallas y alegrías.

Índice

TERCERA PARTE

APÉNDICES

PRIMERA PARTE

«Nunca puede haber lealtad entre quienes comparten el mando.
Detentar el poder jamás admite asociados sinceros».
Farsalia I, LUCANO

Capítulo 1

Madrid, 1597

Todavía puedo sentir el olor de las hojas molidas de palta mezclado con el aroma de azahar de los primeros naranjos. La niebla de las noches castellanas de invierno nunca alcanzará a transportarme a la Ciudad de los Reyes, por mucho que lo desee, pero saberme envuelta en ella me reconforta. En ocasiones necesito escuchar el murmullo del Tajo, esa queja al romper contra las rocas de la orilla en su avance a la mar, solo así se tranquiliza mi alma, como el Rímac, el río habla cuando tiene algo que advertirnos, y debemos escucharlo.

Me sorprendo a menudo observando a poniente el horizonte, como si las vastas llanuras extremeñas me acercaran a la puna andina, imaginando que aquel sol que despide el día llevará con él un poco de mí a las huacas cuzqueñas.

Recorro las calles y palpo el granito imperturbable que confiere sobriedad y resistencia a este Viejo Mundo del que tanto escuché hablar, al hacerlo siento que estas manos acarician los amplios sillares de los templos de Inti.

Y entonces entiendo muchas cosas, y veo a mi padre apurando las tardes interminables del estío peruano observando minuciosamente un punto indefinido, absorto, fijo en el horizonte, en la inmensidad, habitando un lugar desconocido, al que ninguno de los que estábamos allí alcanzábamos a llegar, un lugar que solo existía en la melancolía, en la añoranza, en la dulcificación perpetua del recuerdo, ese lugar en el que yo habito ahora.

* * *

Dejadme contaros dónde empezó el final de todo.

La noche era cerrada, apenas se veían las estrellas, y sin embargo yo las buscaba. La prisa y el miedo marcaban el ritmo al que me sometían. Mi hermano, tan pequeño, miraba asustado alrededor, mientras la manta con la que le escondían se iba cayendo una y otra vez. Mi tía Inés se esforzaba en volver a cubrirle la cabeza, en un intento desesperado de ocultarle la realidad, de evitarle aquel recuerdo, de borrar de su mente aquella imagen devastadora.

Atravesar aquella plaza, que tan bien conocía, que tantos domingos crucé para acudir a la iglesia, en compañía de Catalina, Inés y María, parecía imposible. Convertida ahora en una sima gigante y hostil, salvarla era arriesgarlo todo, la vida nos esperaba al otro lado, los recuerdos permanecerían atrás, confinados en aquel enorme palacio ahora teñido de sangre, en el que el odio contaminaba el aire y el dolor se abría paso entre la pretendida gloria de antaño hasta aniquilarla.

Aquella noche de junio, el silencio que reinaba en la Ciudad de los Reyes era tenso, nadie imaginaba que yo sabía lo ocurrido, todos se esforzaban en buscar la manera de salir de allí, y nadie presintió que, a mis siete años, ya me sabía huérfana y desprovista de inocencia.

Mi padre era un hombre odiado y querido a partes iguales; cuando se hace fortuna, las lealtades se quiebran por el celo del oro, y yo lo supe desde muy niña. El poder corrompe, la fama se pierde y la honra se desdibuja.

Aquel Nuevo Mundo, que surgía de la mezcla de los que estaban y los que llegaron, estaba comenzando a forjarse, y ni unos ni otros sabían hacerlo sin derramar sangre.

Yo, que estuve allí, supe siempre que el final de mi padre vendría marcado por la violencia; todos cuantos participaron en aquella conquista cargaban con el estigma del odio y el dolor, lo supe desde que aprendí a escuchar escondida cuanto se hablaba a media voz.

A pesar de las advertencias, del secreto a voces que recorría desde hacía tiempo las calles de Lima, y del que mi padre fue avisado, el magnicidio se llevó a cabo aquel domingo de junio. Mi padre Francisco Pizarro, el marqués, conquistador del Tahuantinsuyu, gobernador del Perú, cayó a manos de aquellos que tantas veces le amenazaron. Mi hermano y yo podríamos ser los siguientes, únicos hijos legitimados por la Corona, por eso había que hacerse invisible. Todo se decidió rápido; a pesar de la insistencia de los hombres en retrasar nuestra partida, mi tía Inés se negó a permanecer allí. No lloró a su marido, que murió aquella mañana defendiendo a mi padre, ni siquiera rezó ante el sepulcro improvisado que al amparo de la noche prepararon para mi padre y su hermano uterino. Ella sabía que debíamos huir, los hombres de Almagro querían la cabeza de cualquiera afín a los Pizarro, no había tiempo para más. La pequeña comitiva organizada para mi exilio partió antes del amanecer. A medida que avanzábamos, veía alejarse la ciudad en la que crecí, y con ella presentía que se marchaban los tiempos felices. En mi cabeza se agolpaban en forma de recuerdos los retazos de una infancia que me obligaban a abandonar con tan solo siete años, flotaba en ellos absorta cuando los caballos se detuvieron y el silencio se rompió con aquella voz que yo ya conocía: era él, Juan de Rada, el asesino de mi padre.

La primera vez que vi a aquel hombre que ahora nos cerraba el paso en la huida, descubrí la traición en sus palabras. Puedo recordarlo como si no hubiera pasado el tiempo.

Llegó a palacio a primera hora. Se colocaba una y otra vez el jubón raído y acariciaba con mimo la empuñadura de su espada; resultaba impactante el contraste entre sus ropas desgastadas y viejas y el brillo del acero, el destello impoluto de una espada recién forjada. Quizá esa era la mayor obsesión en aquel Perú revuelto y preso de intrigas. Un arma era lo único que podía otorgarte un poco de respeto cuando estabas en el bando de los vencidos, en la hueste de los rotos.

Mi padre recorría el huerto de los naranjos. La primera remesa de aquella fruta en el Perú era algo de lo que estaba especialmente orgulloso; gracias al afán de la tía Inés habían conseguido hacer un hueco en aquella nueva tierra a las frutas españolas que tanto añoraban. Recogía las naranjas con sus propias manos, depositándolas cuidadosamente en una bolsa de lana de llama como si fueran un tesoro, cuando el mayordomo anunció que Juan de Rada esperaba en el zaguán. Lo que ocurrió después en aquel encuentro lo conocí gracias a los escribanos. Yo no asistí a aquella conversación en la que ambos desmintieron sus deseos de acabar con la vida del otro. Sí sé que mi padre le obsequió con unas naranjas, lo vi al salir cargado con ellas, mientras mi tía Inés me llevaba a la clase de lectura.

—Debe aprender a leer y a escribir, se educará en costumbres castellanas, así lo quiere su padre y así se hará.

Con la rotundidad que siempre caracterizó a Inés pronunció aquellas palabras ante fray Cristóbal de Molina, el que sería mi maestro; sin embargo, sus ojos desmentían la firmeza que depositaba en lo dicho. Mi tía Inés no aprobaba la decisión de apartarme de mi madre, tal vez porque ella, una de las primeras mujeres que atravesó el Mar Tenebroso y participó de la conquista de Perú, reconocía más que nadie la necesidad de una madre de estar con sus hijos. Ella, casada con el hermano de mi padre, había tenido que enfrentar la muerte de sus dos hijas pequeñas en su travesía al Nuevo Mundo. Aquella era una historia que no le gustaba recordar, y aquella era la razón por la que Inés sentía siempre que el mar le debía muchas cosas: ella que pagó un precio tan elevado siempre acariciaba las olas con la seguridad de que nadie más le sería arrebatado, de que Barbolica y Ángela, sus pequeñas, seguían meciéndose en ellas y velando en tiempos de tempestad por los niños que ahora ocupaban el lugar que a ellas correspondía. Esos niños éramos mi hermano Gonzalo y yo.

Inés se enfrentó a la tarea de hacer de madre con determinación, aunque intentó disuadir a los hombres de aquella decisión que no compartía. Sabiendo que era difícil lidiar con la tenacidad de los Pizarro, asumió aquel rol con el coraje recio de mujer española, aunque sin dejar de tener presente que otra madre, la verdadera, quedaba privada del papel que por naturaleza le correspondía, y siempre sintió como suya la pesadumbre que envolvió la vida de Quispe, aquella madre desposeída de sus hijos, exiliada de su lugar, condenada a lidiar con unas circunstancias que la dejaban lejos de cuanto amaba, aquella princesa desdichada que fue mi madre.

Pocos conocen de verdad su historia: mi madre fue Quispe Sisa Yupanqui, una princesa inca que se vio sacudida por el encuentro de dos mundos.

Quispe, en quechua «la que brilla», era una mujer que daba luz allí donde estuviese. Aunque no era extremadamente hermosa, su porte distinguido y su vivacidad hacían que todos acabasen atraídos por ella. Cuando contemplabas su rostro lo más llamativo era el brillo de sus enormes ojos negros, un destello que destilaba alegría en el alma, que brotaba y se extendía acariciando y colmando a cuantos la rodeaban. Ese era un imán demasiado poderoso, mucho más que la belleza perfecta, y ese don fue quizá lo que la llevó a padecer la mayor de las tristezas.

Fui separada muy pronto de sus brazos, pero aún, a veces, me parece escuchar sus cantos quechuas, y puedo sentir el calor que su mirada hechizante me proporcionaba en aquellas largas y frías noches de Jauja. La tía Inés siempre mantuvo que heredé el don sagrado de mi madre, la habilidad de sonreír con los ojos, aplacando la pesadumbre con una mirada inmensa que reconforta y desvanece el dolor, que logra aliviar la carga por más pesada que sea, y a mí me gusta creerla. Sé que Inés quiso mucho a mi madre, y sé por ella que, en medio de las ñustas, las princesas cuzqueñas, y hasta en medio de las acllas, esas mujeres de singular belleza escogidas de entre los cuatro *suyus*, de los cuatro extremos del Incario, mi madre siempre brilló. Ella fue el origen de esta historia, de mi historia, mi madre fue una de las hijas de Huayna Capac, el último gran Inca.

El Imperio inca iba anexionando territorios y etnias, ampliando su poder. Tras las campañas en la Cordillera Blanca, sometidos los pueblos de Huaylas y Huaraz, se procedió a legitimar el vasallaje con la entrega de las hijas de los caciques, que se convertirían en esposas del Inca.

Huayna Capac, el gran Inca, se encaprichó de Contarhuacho, mi abuela, hija del curaca o gran señor de Huaylas Hanan, y aunque se desposó también con Añas Collque, hija del cacique Hurin de aquellas tierras, sintió predilección por mi abuela desde el primer instante en que la vio; su fascinación tuvo que ver con el carácter de una joven que demostró gran determinación desde el principio, y una autoridad más propia de los hombres, algo a lo que el Sapa Inca no estaba acostumbrado en una mujer.

En el Qosqo, el Cuzco imperial, mi abuela, convertida en *pihui*, esposa secundaria del Inca, dio a la luz a un varón que murió al poco de nacer. Aquello fue un duro golpe para ella como madre, pero también para su posición como esposa en el seno del Incario. Mientras los orejones, los ministros de la más alta casta real, cuestionaban su valor como mujer del Inca, quiso Inti, el dios Sol, que quedara de nuevo encinta, aunque aquello, lejos de acallar los rumores, alimentó más la curiosidad sobre si la criatura sobreviviría. La muerte de un infante, en aquel momento, no era relevante salvo para la madre; mas, si ese niño era hijo del Inca, su muerte constituía un problema de Estado o una oportunidad para ganar favores apoyando o denostando a los otros herederos, estableciendo una compleja red de estrategias en las que la mujer, la madre, no siempre quedaba en buen lugar si no demostraba su pureza de sangre real, su pertenencia a la élite cuzqueña.

Esta vez fue una niña: vino al mundo en el ombligo del mismo, en el Qosqo, del que partían y al que llegaban todos los caminos de la Pachamama, rodeada de mamaconas y cortesanas. Nada más recibir la luz del sol abrió los ojos, y ese fue el momento en el que se decidió su primer nombre, Quispe Sisa.

Mi abuela conseguía así tener descendencia del Sapa Inca, pero al tratarse de una niña, esa descendencia no rivalizaría con los aspirantes a la borla sagrada; quedaba relegada por tanto y a salvo de las enconadas luchas silenciosas que existían entre las otras esposas y que generaban tensión e intrigas entre las *panacas*, las temidas familias reales de cada Inca.

La estirpe real inca se definía por la línea materna: el Inca debía desposarse con su hermana, que se convertía en la coya o esposa principal, pero tomaba para sí a otras esposas secundarias. Aunque el hijo de la coya seguía detentando su puesto de heredero legítimo, aquello no garantizaba nada: se debía contar con la aprobación divina a través de la ceremonia de la Callpa, donde en las entrañas de la llama se leería el nombre del candidato, y se debía obtener el apoyo de la nobleza. Añas Collque, que se desposó a la vez que mi abuela con el Inca, sí tuvo que pelear por la posición de su hijo Paullu. Atahualpa, hijo de la princesa Tocto, o Manco eran también hijos del Inca, hermanos de mi madre, y posibles *auquis*, herederos de la borla sagrada; ellos tendrían mucho peso en el devenir del Incario, pero eso ahora no se sabía. Con la llegada de Quispe, mi abuela lograba mantenerse a salvo de las luchas entre esposas cuya rivalidad se ceñía a los derechos dinásticos de los más de trescientos hijos del Inca.

Mi abuela sabía que a mi madre le esperaba un destino como el suyo: al ser hija de una esposa secundaria del Inca, no llegaría a casar con el sucesor, sería educada y formada en el Cuzco, en la más absoluta opulencia, para ser entregada a un gran jefe o señor llegado el momento, con el fin de establecer alianzas políticas. Y así fue. Criada en el lujo imperial, y a salvo de las intrigantes maniobras de los orejones, mi madre, Quispe, bajo la atenta mirada de mi abuela, iba convirtiéndose en una joven de temperamento y vivacidad admirables.

Contarhuacho, mi abuela, sabedora de la necesidad de ganar posiciones, consiguió convertirse en curaca de la región de Huaylas. Esa concesión tuvo con ella el Inca Huayna Capac, que confiaba en la capacidad de aquella mujer para mantener controlados a los rebeldes de esa zona del Incario. Aquello le permitía tener, como gran señora de Tocas y Huaylas, un nutrido cuerpo de guerreros a su cargo, así como una suculenta parcela de poder en aquella región. Obtenía una posición de privilegio que, sin embargo, le exigiría en algún momento trasladarse al norte, abandonar la capital y dejar en ella a su hija, Quispe.

Los días en Cuzco transcurrían para mi madre entre juegos, encuentros con sus hermanos y las enseñanzas que la prepararían para ser una correcta ñusta, una princesa. Sus quehaceres pasaban por el aprendizaje de los ritos de iniciación en el Coricancha, el gran templo de Inti, y visitaba en sus palacios a los antiguos Incas, cuyas momias eran veladas y veneradas por su *panaca* con absoluto fanatismo. El cuerpo de los difuntos monarcas se rodeaba de un halo de magia y eternidad y exigía un profuso y complejo ritual de cuidados y atenciones tan solemnes como los que recibieron en vida.

En aquellos días, Quispe conoció a las *yurac acllas*, las escogidas que se convertirían en las vírgenes del Sol, aquellas mujeres que, bajo la batuta de la mamacona, la gran sacerdotisa, vivirían sus días consagradas al dios Inti, tejiendo las sagradas telas ceremoniales y a las que perder la virginidad les costaría la vida, condenadas a morir de hambre. Pudo compartir confidencias con otras ñustas cuyo destino ya estaba escrito, como Cuxirimai, descendiente del gran Pachacutec, el Inca que volteó el mundo, que ya había sido prometida y se convertiría en la esposa de Atahualpa, su primo.

Quispe se preguntaba cada día cuál sería su destino, a qué joven guerrero o gran señor acabaría entregándole su alma y su cuerpo, cómo sería su rostro, qué habilidades tendría en el arte de la guerra. Escuchaba las leyendas de amores imposibles que finalmente superaban todos los impedimentos, e imaginaba para sí un hombre de piel de cobre, cabello negro y porte altivo que la llevaría a conocer las aguas sagradas de la puna andina y con el que tendría una vida dichosa. Nada de eso sucedió.

Los chasquis llegaron a Cuzco al amanecer de aquel día para informar de la muerte de Huayna Capac. Una extraña maldición había caído sobre el Inca, que se desvaneció ante sus generales, con altas fiebres, para unirse al Sol varios días después. Todo fue muy rápido. Se encontraba en Quito,

17

cerca del vasto e indómito reino Cañar, tras haber logrado una importante victoria sobre los rebeldes norteños, y nadie conocía aquel extraño mal, al que llamaron *karacha* por las pústulas que aparecieron en el cuerpo del monarca y de otros generales. Ninan Cuyuchi, primero en la sucesión, falleció al igual que su padre, víctima de aquella extraña dolencia. Era el año de 1525. Dicen que mi abuelo, el último gran Inca, ya sabía de la llegada de unas extrañas naves por mar que se aproximaban a las costas del Tahuantinsuyu. Murió sin saber quiénes eran aquellos visitantes y a qué venían.

El caos y el miedo dominaron las estancias del Palacio Real de Cuzco; nadie esperaba aquel desenlace y la sucesión de Huayna Capac era un problema, una oportunidad y una fuente de conflictos a la vez, que pronto darían como resultado una violenta guerra civil que enfrentó a los hermanos Huáscar y Atahualpa.

Las intrigas se perpetuaron nuevamente. Huáscar y su madre lograron obtener el apoyo de las *panacas* cuzqueñas y de los intrigantes orejones. Las lenguas dicen que, para legitimar su nombramiento, al no ser hijo de la coya, se celebró una precipitada ceremonia de casamiento entre su madre y la momia de mi abuelo Huayna Capac. Sin embargo, los tambores de guerra no se detuvieron. La lucha fratricida que teñiría de sangre los cuatro *suyus* terminó con la victoria de Atahualpa, que ejecutó a Huáscar, su hermano, y se proclamó nuevo Sapa Inca.

Reclamada por su hermano Atahualpa, Huaylas ñusta, mi madre, que ya había recibido su segundo nombre, abandonó Cuzco para reunirse con la nueva corte que se encontraba al norte, en la zona quiteña. Allí, su destino estaba a punto de decidirse. Volvería a encontrarse con Cuxirimai, la nueva esposa del Inca, convertida ahora en reina del imperio y ataviada como hija de la luna con la altivez de saberse ganadora. Cuxirimai, que había viajado a Quito tras la victoria de Atahualpa para desposarse con él, encontraba un nuevo lugar en el Incario. No esperaba verse recompensada de aquel modo por los dioses, y lejos de mostrar gratitud su carácter se volvió más soberbio. La bella Cuxirimai había sido educada como mi madre para detentar un papel importante en el Incanato, pero no el de coya. El destino la había colmado de un modo desmedido, y así decidió abrazar su nueva condición, excesiva y arrogante, aniquiló su relación con el resto de las mujeres, que pasaron a ser súbditas, y mantuvo una celosa distancia de todos. Poco imaginaba que aquello tenía los días contados. La suerte de Cuxirimai como coya duró poco, los acontecimientos volverían a precipitarse apartándola del trono.

En Cajamarca se detuvo la comitiva en la que viajaron mi madre y el resto de los parientes reclamados por el nuevo Inca Atahualpa. La espléndida caravana, que había partido desde Cuzco fuertemente escoltada, siguiendo el Camino Real, era una larga hilera formada por literas, yanaconas y llamas que portaban oro, piedras preciosas, plata y un amplio cargamento de exquisitas telas de lana profusamente decoradas procedentes de los mejores telares andinos. Cuando hicieron su entrada en la plaza principal, en señal de respeto, el resto de las caravanas, con gran carga de oro procedente de los cuatro *suyus*, detuvieron su paso, apartándose para permitir la entrada de la nobleza cuzqueña. La familia de Atahualpa y sus cortesanos llegaban así a la ciudad donde el Inca encontró el final de su breve reinado, apresado por los españoles.

Atahualpa fue el eslabón decisivo que mudaría los tiempos, aunque él no lo imaginaba. Tras la muerte de su padre Huayna Capac, el poderoso Sol en el Cénit, parecía que un halo divino aprobaba las sangrientas acciones que hubo de realizar para alcanzar su deseo, nada se interpuso en su camino hacia la borla sagrada, nadie podía detenerlo en su ascenso a la gloria, y a nadie permitió el joven Atahualpa imaginar que aquel no fuera su destino de nacimiento, convencido de que estaba escrito en las estrellas y auspiciado por Inti, el Sol, y Mama Quilla, la Luna. Aquello quizá fue lo que provocó su caída. Se convenció de que él era el elegido y no supo leer las señales ni advertir el peligro.

Sin embargo, la suerte del nuevo Inca había recibido un revés inesperado. Ni sus generales, ni sus consejeros, ni siquiera Cuxirimai, nadie pudo adivinar que aquellas naves que contempló mi abuelo acercándose desde el mar antes de morir podrían acabar con la idea de grandeza que Atahualpa guardaba para sí desde niño y que había logrado materializar. Aquellos hombres de tez pálida y barbada no parecían un peligro, ni siquiera una amenaza a la senda de gloria imperial que Atahualpa ya había empezado a caminar.

Mi tío Atahualpa tampoco quiso ver lo que desde hacía tiempo desgarraba las entrañas del Incario, ocupado en obtener lo que consideraba que le correspondía por mandato divino. El descontento anidaba en el alma de muchos de los pueblos sometidos, haciendo aún más frágil la impostada lealtad a un Inca en el que no confiaban, en el que no creían.

La orden de ejecutar a su hermano Huáscar generó un poso de odio en una parte importante de la nobleza inca: la aristocracia cuzqueña esperaba paciente el momento de actuar. Atahualpa se dejó cegar por la ilusión del poder, sin medir las consecuencias. Y estas llegaron de la mano de los españoles, que consiguieron apresarle sin demasiado esfuerzo, aquella mañana en la tierra de los cardones, la hermosa Cajamarca, y que pronto descubrieron que existían entre los súbditos de este muchos dispuestos a acabar con el nuevo Inca. Tras aquel encuentro, en el que ni unos ni otros conocían lo que realmente escondían las palabras ni los actos, en el que cada uno interpretó a su favor lo que ocurría, los primeros en actuar fueron mi padre y sus hombres, y Atahualpa acabó convertido en cautivo de aquellos a los que nunca temió, y a los que prometió un inmenso tesoro para obtener de nuevo su libertad.

Volvieron a recorrer los chasquis, esos fornidos y veloces mensajeros incas, los caminos reales haciendo sonar sus pututus de concha y extendiendo por todo el imperio la orden de recaudar piedras preciosas, plata y oro. Todo el oro del Tahuantinsuyu para alimentar los caballos de aquellos hombres barbudos venidos del mar, que eran capaces de crear truenos y de volver jóvenes a los ancianos. Mi madre, a sus quince años, no sabía todavía que ella formaba parte de aquel tesoro prometido.

Quispe no dejaba de espiar a aquellos seres venidos del mar. Sus ropas le parecían toscas, pesadas. Sus armas eran grandes y brillantes. Sus rostros eran viejos. Aquellos extraños animales de los que no se separaban y que eran mucho más grandes que las llamas y las vicuñas que ella conocía eran sin duda criaturas de otro mundo. Todo le parecía asombroso. Todavía no había sido presentada y todavía podía observarlos sin que ellos supieran de su presencia.

Una mezcla de temor y admiración comenzaba a nacer en ella cuando se dirigía al lugar en el que su hermano Atahualpa permanecía encerrado. Pronto le vio a él. Con su rostro alargado y poblada barba, permanecía en pie junto a su hermano en el momento en que fueron recibidos los miembros de la nobleza cuzqueña recién llegada. La hizo pasar junto a otras cortesanas, con un extraño gesto que ella no supo interpretar. Sin embargo, y aunque no se atrevió a mirarle, confundida como estaba, notó como sus ojos pequeños y enérgicos se clavaron en ella, percibió como la recorría de arriba abajo, y no fue hasta que ella se decidió a mirarle cuando el gesto imperturbable de aquel hombre mostró el único atisbo de algo parecido a la satisfacción. Aquel momento no se le escapó al Inca. Atahualpa también percibió que a Pizarro le mudó el rostro ante la presencia de su hermana, y sucedió lo que debía suceder: mi madre fue entregada al capitán y adelantado Francisco Pizarro. Había que salvar solo un escollo, Quispe debía ser bautizada y aceptar al Dios único para poder unirse al jefe de los barbudos.

Así fue como obtuvo mi madre su tercer nombre. Inés fue el elegido. No fue una decisión arbitraria, sino una deferencia hacia mi tía, que traía consigo el nacimiento de una alianza más poderosa que la que marca la sangre. Un vínculo entre dos mujeres pertenecientes a mundos distintos, que se perpetuaría hasta el final de la vida de ambas. Así me lo repetía mi tía Inés, orgullosa de compartir nombre con la princesa Quispe, con la Huaylas ñusta. Me contaba una y otra vez que la nueva Inés, mi madre, se convirtió en una hermana para ella en aquellas tierras tan lejanas y extrañas.

Pronto quedó encinta y pronto aprendió el castellano, sintió admiración por mi padre, al que amó, y mi padre se sintió más joven de repente a su lado y se dejó agasajar por aquella mirada y aquella vitalidad contagiosa. Pispita, como la llamaba en la intimidad, daba por fin un sentido calmo a su turbulenta y desarraigada vida y mi madre se acercó a Dios, pero solo a ratos, y se sentía dichosa de conocer su destino.

La Conquista volvió a imponer sus normas, y pese a lograr reunir el tesoro exigido, a sobrepasar con oro, plata y esmeraldas la línea marcada en el cuarto del rescate, el rumor persistente de la llegada de un gigantesco ejército ordenado por los generales del preso caló en los hombres y decidieron que Atahualpa debía morir. Nunca supe quién tomó la decisión, aunque fue desleal y oscura; mi padre nunca habló de aquello, y la tía Inés siempre condenó aquel acto. Se ordenó la muerte que correspondía a un infiel, morir en la hoguera, se le condenó por fratricida y más acusaciones que intentaban justificar una muerte precipitada. Aceptó el bautismo, se convirtió y logró así un final menos doloroso y humillante en el garrote. Un silencio asfixiante y negro cubrió los cuatro *suyus*, las cuatro provincias del imperio, cuando Atahualpa expiró. Las certezas terribles comenzaron a mostrarse a los ojos de muchos: aquellos llegados del mar no estaban de paso, venían para quedarse.

Todavía estaba presente esa terrible muerte y el sino negro que el Incanato arrastraba desde que la *karacha* se llevara a Huayna Capac, cuando mi madre se puso de parto, en la fértil tierra de Jauja. Vine al mundo un 28 de diciembre del año de 1534. En cuclillas, la que fuera Quispe dejó salir a la criatura que sellaba su unión con el nuevo jefe del Imperio, y un año después llegaría mi hermano Gonzalo. Sin embargo, mi madre era la compañera, la mujer, la madre, pero no la esposa. Mi hermano y yo éramos hijos naturales de Francisco Pizarro, en Castilla seríamos bastardos. Aquel obstáculo que hubiese estigmatizado nuestro sino se enmendó con premura. Mi padre solicitó al rey Carlos la legitimación de mi hermano y mía, y el 12 de octubre de 1537 pasamos a ser súbditos de pleno derecho y juro de su majestad, como miembros del clan Pizarro, mestizos, sí, pero aquel papel nos convertía en hijos reconocidos y otorgaba un amplio abanico de derechos que otros mestizos no tendrían. El respeto por parte de los demás se apuntalaba con aquella disposición real, y aunque con reservas, se mantenía esa honra.

Sé que mi padre quiso protegernos de lo que él vivió, apartarnos de la ignominia, del sesgo de no ser reconocidos. Como bastardo correspondía así a paliar lo que marcó su vida, el reconocimiento que no se produjo, lo que él nunca obtuvo de su padre. Y esa disposición real me otorgaría a mí, como primogénita, un poder preciso y lícito, así lo asumí, para poder abrir paso a un nuevo legado humano, el mestizo, que tantos sinsabores había de padecer, expuestos como estábamos a la indefinición y al recelo de ambos mundos.

Capítulo 2

La huida

La voz de Juan de Rada rompió el silencio, sacándome de mis recuerdos.

Apenas nos separaba media legua de Lima, cuando aquel encuentro que evitábamos detuvo nuestra huida. El hombre que horas antes había cambiado para siempre nuestro destino estaba allí, sobre su caballo, rodeado de sus soldados, provisto de una fingida amabilidad y armado con aquella espada que al recibir las primeras luces del día volvía a brillar tal y como la recordaba. Con una mano sujetaba las riendas de su caballo mientras la otra acudía constantemente a su pierna derecha. Estaba herido.

La inquietud volvió para rodearnos como lo hacían sus palabras, atándonos de nuevo al miedo.

—No permitiré que hagáis este viaje a caballo y sin escolta, doña Inés. Los hijos del marqués y vos merecéis todos los cuidados que por la alta estima que os profesa pueda daros el nuevo y legítimo gobernador del Perú, don Diego de Almagro el Mozo. Hemos dispuesto una nave que os permitirá llegar de modo seguro a las tierras del norte. Lima ya no es lugar para los Pizarro.

Mi tía Inés sabía que no podía negarse. Estaba atrapada, asintió y agradeció el ofrecimiento, mientras daba una señal a uno de los indios de Huaylas que nos escoltaban, enviados por mi abuela Contarhuacho, para que regresase a la Ciudad de los Reyes y avisase de este inesperado encuentro. Sin embargo, aquel indio nunca llegaría a su destino, alcanzado por la flecha de uno de los hombres de Rada.

Juan de Rada, el hombre que ahora nos cerraba el paso, llegó a la tierra perulera con mi padre formando parte de las huestes. Cuando comenzaron las desavenencias entre mi padre y Almagro, él se posicionó firmemente en

23

las filas almagristas. Su lealtad a Almagro fue tan firme como su odio a mi padre, y ese odio desembocó en aquel asesinato, que nos obligó a huir a mi hermano y a mí.

Cuando se presentó ante nosotros, mi tía Inés poco pudo hacer ante la insistente presión. Nos custodiaron hasta El Callao, donde un barco nos esperaba. Recuerdo bien que éramos los únicos pasajeros de aquel balandro. Ceremoniosamente, Juan de Rada se despidió de nosotros, no sin antes hablar con el piloto. Los miembros de la tripulación eran solo dos, el patrón y un marinero malcarado al que le faltaba un ojo; aquello hablaba de reyertas o, peor aún, quizá el pago para evitar la pena de muerte. Ambos disfrazaban su absoluta carencia de modales con un falso servilismo, mientras subían a bordo los baúles de mi tía Inés, mirando con ojos codiciosos los remates dorados de los mismos, acariciando los cierres y presintiendo el lugar en el que se acomodarían las joyas fabulosas que, sin duda, aquella mujer guardaría en su interior.

El barco zarpó, dejando atrás la densa garúa que ocultaba el perfil de las montañas andinas, y observé cómo se alejaba la tierra, cómo se abría paso el océano ante nosotros. Miré a mi tía Inés, que contemplaba hechizada las aguas, buscando en ellas alguna señal. Yo solo podía pensar en mi hermano y en qué nos esperaba. De algún modo ya presagiaba lo que vendría, era solo una niña, sí, pero tuve que crecer, y pronto aprendí a identificar en los ojos de los demás quién era yo.

Todo comenzó con la estirpe mestiza: yo formaba parte de un nuevo legado humano que acababa de surgir y sus primeros pasos determinaban una nueva realidad. Fui la primera mestiza heredera del gran Huayna Capac y del gobernador Francisco Pizarro, por mis venas corría la sangre de la realeza incaica mezclada con la del conquistador del Perú. Debía ser respetada o menospreciada, yo era algo ajeno a ambos mundos y, sin embargo, ambos se mezclaban en mí, vivían en mí, representaba la unión de los dos. Se selló en mi interior aquel compromiso con mis sangres, debía defender ambas, y abrir paso a la estirpe que se estaba dibujando.

No era la única, el asesino de mi padre, Diego de Almagro el Mozo, también era mestizo, hijo del capitán Almagro y una india panameña. Yo pasé mucho tiempo con él, compartimos mesa, juegos y confidencias.

Tras la ejecución de su padre, Almagro el Mozo vino a vivir con nosotros, ciertamente mi padre le trató como a un hijo. Sin embargo, él ordenó su asesinato, ciego de ira. Nunca podré entender por qué hizo algo así aquel que para mí fue un hermano.

De todo cuanto me tocó vivir, lo más duro fue saberme origen y desenlace de lo que acontecía. Se trataba de mi familia, de mis dos sangres, fueron los míos quienes engendraron aquel conflicto, el enfrentamiento que perpetuaban de manera constante y en nombre de cada uno de sus dioses los deshumanizaba.

Perder, y volver a perder, eso era lo único que hacíamos. La huida se convirtió en mi forma de vida, hacerme invisible constituía la única manera de sobrevivir. Mis juegos fueron pocos y difusos, pronto aprendí el castellano, y en mis clases sentía que las letras me acercaban a una nueva realidad que me permitiría crecer, descifrar enigmas y defenderme. Aquellos símbolos alimentaban mi curiosidad desmedida de niña, pero mi alma seguía pendiendo de los hilos del quipu, algo instintivo me hacía volver a ellos, querer comprender el sagrado código de la escritura inca. La sangre es así, siempre volverá al lugar al que pertenece, a pesar de que en mi caso esos lugares vivían en guerra. Mi alma entendía a ambas partes, y eso dificultaba la exigencia constante a que me sometían pidiéndome que me posicionase, no podía hacerlo.

Mientras el barco avanzaba, mi tía Inés se dio cuenta de que algo no iba bien. Reparó en que nos estábamos apartando de la singladura inicial; entre susurros advirtió a Catalina, su fiel servidora y compañera, la leal Catalina que nunca nos falló. Se armó de valor y habló con el piloto, quien le aseguró que llegaríamos antes a nuestro destino por esta nueva ruta.

—Catalina. Estamos perdidas.

Bajó a la pequeña y maloliente bodega del barco, donde Catalina se esmeraba en encontrar acomodo para mi hermano y para mí, buscando el sueño de ambos. Allí, fingiendo estar dormida las escuché hablar. Ambas sabían que aquello era una trampa y ambas decidieron abordar la situación de frente. Mi tía Inés volvió a mantener un pulso con la suerte, aquella que se había vuelto negra para nosotros en tan breve tiempo, y que se empeñaba en mordernos los talones. Volví a verla mantener el miedo a raya y enfrentarse al piloto con lo único que podría darle alguna garantía en aquella negociación: el oro.

Preguntó con aplomo cuáles eran los planes, advirtiendo al piloto que ya sabía que no eran llevarnos a Tumbes. El viejo patrón pensó que de nada serviría seguir ocultando a estas alturas su cometido. Al fin y al cabo, él cumplía órdenes, y la orden era abandonarnos a nuestra suerte en una isla, para que el hambre y las bestias cumpliesen con el resto del plan. Rada esta vez no quería mancharse las manos de sangre.

Mi tía dobló el precio que Rada había puesto a nuestras vidas; antes apeló a la conciencia y a su Dios, como cristiana vieja, e intentó disuadir a aquel hombre del pecado que iba a cometer entregando a dos criaturas inocentes a una muerte segura.

Si el temor a Dios estuvo presente siempre en el ánimo de los españoles, no fue lo que disuadió al piloto de cometer aquel crimen; en ese momento ya eran muchos los que creían que hasta la paz eterna podía comprarse. Las joyas entregadas le ayudarían a pagar las misas necesarias por su alma, que ya estaba muy acostumbrada al pecado, eso al menos fue lo que respondió mientras se aseguraba de que el marinero recibiese algunos de los broches, pendientes y cruces que Inés guardaba.

Cuando llegamos al puerto de Tumbes, mi tía Inés, con ayuda de los indios de Huaylas, consiguió comprar caballos empleando una vez más sus joyas, único recuerdo que conservaba de los años felices con su esposo. En el ir y venir de aquella ciudad costera, volvimos a hacernos invisibles, nadie podía reconocernos.

Los rumores acerca de la llegada inminente del nuevo enviado de la Corona a Quito corrían por el puerto, una llegada que debía haberse producido días atrás y cuyo retraso había costado la vida a mi padre. Comenzamos una frenética carrera para llegar hasta él: Cristóbal Vaca de Castro, el enviado del rey Carlos V para apaciguar el Perú, era la única protección con la que contábamos, o así lo creía mi tía Inés. Ochenta y nueve leguas nos separaban de Quito, aquella ciudad en la que se reescribió la historia del Incario. A caballo, viajando sin escolta, y enfrentándonos a la posibilidad de encontrarnos con los hombres del Mozo.

Fueron días duros, salvamos la vida de la trampa de Juan de Rada, pero todavía quedaba un largo camino hasta estar a salvo. Recuerdo que miraba a mi hermano Gonzalo y no podía dejar de preguntarme dónde estaba aquel a quien debía su nombre, el único que podría protegernos, mi tío Gonzalo Pizarro, el hermano de mi padre.

Las jornadas eran largas, solo nos deteníamos para dar agua a los caballos. Comíamos camote crudo, que Catalina aseguraba nos protegería de ataques de escorpiones o serpientes y cumplía una doble misión como medicina. A duras penas conseguíamos dormir, mi hermano había perdido mucho peso y eso era lo que más nos preocupaba. Gonzalo carecía de la fortaleza que yo heredé de mi padre y su salud siempre fue precaria. A horcajadas sobre el caballo, con la cabeza apoyada en el pecho de Catalina y asido con un improvisado *quipe* que ella misma preparó usando restos de sus enaguas, mi hermano se sumía en un frágil sueño que protegíamos constantemente, ya que ante la falta de comida el sueño alimenta, descansa y fortalece el cuerpo.

El ruido de los perros despertó a mi hermano, estaban muy cerca, y pronto pudimos ver que tenían rodeado a uno de nuestros indios de Huaylas. Aquellos indios eran nuestra única protección y nuestros únicos guías. Mi tía Inés advirtió a Catalina para que permaneciese escondida con mi hermano y conmigo mientras ella intentaba salvar la piel de aquel desdichado sin ser descubierta. La presencia de perros implicaba la certeza de que cerca se encontraban españoles; por tanto, averiguar si aquellos españoles eran amigos o enemigos era un riesgo que había que correr. Catalina nos apretó contra su pecho mientras musitaba una retahíla de oraciones en algo parecido al latín. El sonido de los cascos de los caballos nos hizo estremecer y mi tía Inés se apresuró a esconderse; eran dos grupos, portaban ballestas, arcabuces, y ondeaban un estandarte que no alcanzábamos a ver. Uno de ellos rodeó a los perros, apartándolos de nuestro indio ante la queja del otro grupo, que azuzaba a la rehala. Una voz se dejó sentir:

—Su alteza imperial, el emperador Carlos, prohíbe la tenencia y el uso de perros carniceros. Apartad esos canes, que deberéis sacrificar.

En ese instante Inés reconoció con claridad el escudo del rey y sus columnas de Hércules que definían la amplitud del mundo. Esta vez la suerte nos sonrió, y mi tía Inés bajó del caballo postrándose de rodillas ante el enviado del rey. Allí estaba el juez pesquisidor que había de dirimir y poner fin al conflicto entre los hombres de mi padre y los hombres de Almagro: estábamos ante el licenciado Vaca de Castro.

—Solicito protección, soy Inés Muñoz, viuda del capitán Francisco Martín de Alcántara.

Descolorido y sudoroso, el agotamiento y la enfermedad todavía se dejaban ver en el rostro del enviado; sin embargo, algo despertó su energía al conocer la identidad de mi tía Inés. Bajó del caballo y le tendió una mano, ayudándola a levantarse.

Vaca de Castro no parecía un hombre de armas, al menos poco tenía que ver con mi padre y sus hermanos o con los capitanes que formaban la hueste conquistadora con los que crecí. Aquel hombre presentaba una imagen serena, sus manos eran pequeñas y en ellas no encontré ni llagas ni cicatrices, ni siquiera el color oscuro que deja el rastro de la guerra. Su porte era distinguido y sus ropas excesivamente lujosas, demasiado para el lugar en que nos encontrábamos, e inapropiadas. A pesar de los avatares de su viaje, del retraso en su llegada, el tiempo pasado en el Nuevo Mundo no había dejado la menor huella en su indumentaria, que se esforzaba en mantener intacta como signo de su identidad, aunque la impronta de la Conquista, el recelo y el ansia de poder sí habían mordido ya el alma de este hidalgo.

Escoltados por sus hombres, aquella noche dormimos en uno de los tambos que jalonaban el Camino Real Inca, como lugar de descanso y aprovisionamiento para los chasquis. Los tambos, a modo de albergue y almacén de alimentos, estaban repartidos a lo largo y ancho de la red caminera que recorría el Tahuantinsuyu. Aunque yo ya había descansado en ellos antes, era la primera vez que estaba en uno de los tambos norteños, en las inmediaciones de Carrochamba.

Vaca escuchó paciente el relato de mi tía Inés, quería conocer los detalles de la mano de una mujer que vivió el magnicidio, su testimonio era importante. Se esforzaba en hacer bien la alta misión que la Corona le había encomendado; sin embargo, las sospechas sobre él, alimentadas por los rumores y su retraso, habían precipitado el asesinato de mi padre. Yo no podía apartar esa idea de mí, si ese hombre hubiese llegado antes, mi padre estaría vivo.

Tras la ejecución del socio de mi padre Diego de Almagro, mi tío, Hernando Pizarro, viajó a España, donde fue apresado y encarcelado en el Alcázar de los Austrias para someterse a juicio por aquella muerte, un juicio que no llegaba y que le mantuvo veinte años y tres días en prisión, como sabéis. Los almagristas también enviaron a España a dos de sus hombres para exigir al rey y al Consejo de Indias que se hiciera justicia y se condenara a los Pizarro por el asesinato del adelantado Almagro.

La semilla del odio, que crecía silenciosa entre los socios desde los tiempos de Cajamarca o aún antes, desde las capitulaciones que autorizaron la conquista del Perú, se fortaleció por el control del Cuzco y ya daba sus primeros frutos de muerte. No era nada más que el principio, aún vendrían muchos más.

Cuando el rey decidió enviar a Vaca de Castro para pacificar el reino de Perú, algunos apuntaron a que todo formaba parte de una gran farsa para favorecer a mi familia, puesto que García de Loaysa, confesor del rey y presidente del poderoso Consejo de Indias, era amigo de mi padre y aseguraban que fue él quien sugirió a Cristóbal Vaca de Castro para llevar a cabo esta misión. Las voces de muchos se apresuraron a atizar aún más los ánimos de los hombres del Mozo, asegurando que García de Loaysa había adiestrado al pesquisidor para exculpar a los Pizarro y que acabarían todos condenados.

Mientras mi tía desmenuzaba cuidadosamente cada detalle del aquel sangriento día, del saqueo de las casas de los afines a Pizarro, del asesinato y persecución de los hombres principales, de la figura del Mozo a lomos de un caballo paseando por las calles de la Ciudad de los Reyes, mientras Juan de Rada proclamaba a todos que no había nadie en Perú con poder por encima de él, yo escuchaba escondida. Narraba cómo varios esclavos negros llevaron a la iglesia, casi arrastrándolo, el cuerpo sin vida de mi padre, cómo ninguno en la ciudad se atrevió a darle sepultura, y cómo ella, con la ayuda de Juan de Barbarán y su esposa, pudieron enterrarlo envuelto en su capa de caballero de la Orden de Santiago convertida en sudario y sin tiempo para calzarle las espuelas ante la amenaza de que Rada y sus hombres acudieran en cualquier momento a cortarle la cabeza para exponerla en la picota como la de un tirano.

Alcanzaba ya la parte del relato en la que Rada ordenó abandonarnos en una isla, cuando el enviado del rey la interrumpió y pude conocer de su propia voz cuáles habían sido los avatares sufridos durante el viaje a aquella tierra perulera a la que parecía no llegar nunca, la enfermedad en Cali que le mantuvo convaleciente, y cómo recibió la noticia del asesinato del marqués en Popayán gracias a Lorenzo de Aldana. Confesó ante mi tía que le preocupaba el paradero de los hijos de Pizarro, sabía que los almagristas habían forzado a los miembros del cabildo a aceptar el nombramiento de Diego de Almagro el Mozo como nuevo gobernador y que, por tanto, la presencia de mi hermano y la mía constituía un problema para los planes de Rada. Ya había enviado misivas a las principales ciudades del Perú a través de los hombres de gobierno de mi difunto padre avisando de la voluntad del rey y aquellas cartas ya estaban cumpliendo su cometido: aumentar las deserciones en el bando de los almagristas, y en su avance a Lima, Vaca de Castro esperaba ganar más y más hombres, para restablecer el orden en el Perú, tal y como quería su majestad el emperador Carlos. No habló de batalla. No habló de guerra.

Solo una cosa me inquietó de cuanto aquel hombre ajado por el viaje contó a mi tía en aquella noche fría de Carrochamba: entre las misiones encomendadas, aseguraba que el rey le dio instrucciones de asumir el poder de gobernación si algo le sucediese a mi padre, el marqués. Aquello demostraba que en España ya estaban al tanto de las amenazas y que la muerte de mi padre le convertía a él en gobernador ante la Corona. Volví a recordar que si aquel hombre hubiese llegado a su destino antes tal vez mi padre estaría vivo, tal vez no se hubieran atrevido a darle muerte. La sombra de la duda me hizo mirarle con otros ojos.

Vaca de Castro midió el tono para explicar a mi tía Inés cómo se hallaban las cosas en Lima en aquel momento según sus informantes, y por fin se atrevió a preguntar por el único de los Pizarro que continuaba en el Nuevo Mundo, mi tío Gonzalo. Había partido en la Navidad de 1540, un año antes, al País de la Canela. Mi tía aseguró que no esperaba volver a ver al pequeño de los Pizarro, puesto que la selva nada había devuelto de aquellos hombres, Vaca asintió, y yo me rebelé. Gonzalo estaba vivo, yo lo sabía. Así se lo hice saber a mi tía y a él, Catalina acudió entonces a mí, intentando calmarme, y me llevó al camastro donde descansaba mi hermano. Tardé en quedarme dormida, vencida por el llanto.

Capítulo 3

Piura y Trujillo

Los caballos se detuvieron. Desde hacía un rato observaba algunas de las casas que nos esperaban, estábamos en Piura. Contemplé sus calles y recordé como mi padre me narró la fundación de la que fue primera ciudad española en aquellas tierras. Antes del encuentro en Cajamarca con Atahualpa, mi padre y sus hombres, tras días a caballo sobre tierras arenosas y con el agua escaseando en sus calabazas, se toparon con aquel valle, el del río Chira, en el que los indios se mostraron generosos y amigables, especialmente en Poechos, donde conoció mi padre al que se convertiría en su traductor, Martinillo, un indio tallán que aprendió con asombrosa facilidad la lengua castellana.

Mi padre consideró establecer la primera ciudad en aquel lugar, pero ni él ni García de Salcedo se decidían acerca del emplazamiento. Finalmente, mi padre optó por fundar la ciudad en las tierras del cacique Tangarará, a orillas del río Piura, el 15 de agosto de 1532, aunque aquel emplazamiento hubo de ser mudado unos años más tarde hasta el valle medio del río a consecuencia de las fiebres tercianas o «mal aire» que afectaban a los españoles allí asentados y que los indios habrían aprendido a curar empleando la corteza molida del árbol de quino. Fue Diego de Almagro quien dos años más tarde llevó a cabo el traslado hasta el valle medio del río, y ese era su emplazamiento actual. No cambió sin embargo su nombre, el que eligió mi padre: puesta bajo la protección de san Miguel, la primera ciudad española del Perú compartiría nombre con el arrabal trujillano que le vio nacer.

Mientras los porteadores descargaban nuestro exiguo equipaje, fuimos conducidos a la casa del cabildo. Allí permaneceríamos alojados durante los breves días que Vaca de Castro necesitaba para, como él decía de modo pomposo, volver a poner la ciudad bajo la protección de la Corona, despachar nuevas misivas y seguir avanzando hacia Los Reyes.

Sin embargo, cuando llegamos a Trujillo, junto a la costa, el enviado decidió que era más seguro que nosotros permaneciésemos allí esperando el desarrollo de los acontecimientos. Nos instalaron en unas casas de mi padre, y allí se despidió la comitiva dejándonos con una escolta de cinco hombres y el corazón preso de inquietud.

Fue en la Trujillo peruana donde supimos de la muerte de Rada. La justicia divina, si es que existe, quiso que la herida que sufrió en la pierna durante el asesinato de mi padre pusiera fin a su vida cuando se dirigía al norte para evitar que se unieran a la causa real y a la persona de Vaca de Castro los hombres de los capitanes Perálvarez de Holguín y Alonso de Alvarado. Aquella herida que se tocaba insistentemente cuando nos cerró el paso le llevaría al infierno.

Los seguidores de mi padre no solo eran más, sino que eran hombres ricos e influyentes. Sé bien que la muerte de Rada constituyó un golpe mortal a la causa del Mozo. Los almagristas quedaron huérfanos, ya que él era el auténtico cabecilla, hombre de armas, estratega y alma real de la conjura. Murió en las proximidades de Jauja, y me pareció una señal del cielo que aquel hombre perdiera la vida donde yo la recibí. Jauja, la primera capital del Perú, sigue siendo un lugar muy querido por mí. Crecí escuchando a Inés recordar los festejos que siguieron a mi nacimiento, cómo Jauja se engalanó y vivió días de fiesta, cómo todos olvidaron durante un tiempo la dureza de la Conquista para celebrar la llegada de la vida. La tía Inés me contaba, una y otra vez, que aquellos días fueron los más felices que había vivido desde su llegada al Perú. Días que ahora eran lejanos y no parecía que fuesen a volver, ya que todo había cambiado, todo menos la guerra. Percibo que aquel día, Jauja volvió a sentir júbilo tras saberse el lugar donde expiró el asesino.

Asumimos nuestro nuevo destino y comenzamos a prepararnos. En Trujillo los días se vistieron de una relativa calma, que en realidad venía a ocultar la tensa espera a que nos obligaban. Debíamos permanecer en aquel caserón y salir lo imprescindible; a pesar de mantener la escolta de los hombres de Vaca de Castro, no debíamos levantar sospechas, y era más seguro que nadie supiera que estábamos allí.

Los rumores seguían circulando por aquel Perú en el que la amenaza de la guerra civil volvía a sobrevolar, como el cóndor negro, mensajero de los dioses. El odio gestado amenazaba con volver a sacudir aquella tierra, pero esta vez la sangre que cubriría la Pachamama sería sangre española.

Aprendí a imitar a Catalina y a mi tía Inés, y como ellas me esforcé en disfrazar de apacible rutina lo que era un destierro para complacer a mi hermano Gonzalo y ahorrarle tristezas.

Nos levantábamos al alba y nos ocupábamos en todo tipo de tareas; mis clases de escritura, danza y clavicordio quedaron en suspenso tras la huida, y me ocupaba entonces en aprender lo que resultaba útil en aquella situación, que no sabíamos cuánto duraría. Escuchaba las conversaciones entre Inés y Catalina; a menudo la melancolía se apoderaba de ellas, cuando recordaban los días en Los Reyes, y se preguntaban por los amigos que permanecían en Lima, como Juan de Barbarán y su mujer, o el veedor García de Salcedo y su esposa, la morisca Beatriz, o María de Escobar. No tenían certezas acerca de la vida o la muerte de ninguno de ellos. Uno de los mayores desvelos de mi tía Inés era no conocer el paradero de mi madre, en manos de aquel hombre que según ella la maltrataba.

Cuando cumplí los cuatro años vi cómo mi madre, Quispe, fue apartada de nosotros y contrajo matrimonio con otro hombre que no era mi padre, Francisco de Ampuero. Aunque en un primer momento no entendí aquello, la llegada de Cuxirimai con su corte de sirvientes a nuestra casa me dio la respuesta: la viuda de Atahualpa pasó a convertirse en la compañera de mi padre. Aquella mujer que despreció a los españoles entendió que su supervivencia pasaba por unirse a ellos, y así fue como aceptó el bautismo y recibió el nombre cristiano de Angelina.

Todo ocurrió muy rápido tras la ejecución de Atahualpa, Cuxirimai supo que, en un mundo de hombres, conseguir su favor era lo único que la mantendría a salvo. Entendió que debía alcanzar una posición ventajosa en medio de aquella transición que anunciaba la desaparición del imperio del que formaba parte. Aquella mujer jugó sus cartas e inició una campaña personal para lograr su propia conquista. Sabía que, para mi padre, poseer a la viuda de Atahualpa suponía reforzar su posición en el Incario, y su belleza y su sagacidad harían el resto: ya otros hombres perdieron la cabeza por ella. Cuxirimai, que conocía las reglas del juego, logró desplazar a mi madre, que fue convenientemente casada con otro español, como se hacía con las mujeres repudiadas para rescatar su honra.

Durante el tiempo en que Angelina se convirtió en la concubina de mi padre, con el que tuvo dos hijos, apenas tuve relación con ella, salvo para conocer a mis hermanastros, pero esos escasos momentos que compartí con ella fueron suficientes. Siempre noté el desprecio y el recelo que mi presencia le provocaban. Un profundo sentimiento de odio hacia mi hermano Gonzalo y hacia mí la dominaba, y cierto es que no se molestaba en ocultarlo.

Mi madre tuvo que asumir el rechazo. Una vez más fueron otros los que decidieron su vida, y una vez más hubo de adaptarse a una existencia que la apartaba de cuanto amaba. Muchos la acusaron de ser desleal a los españoles, otros la tildaron de haber perdido el juicio, e incluso en las filas españolas la hicieron responsable de la muerte de la coya Azarpay, condenada a garrote por mi padre acusada de traición. Todo valía para justificar aquella separación, y, sin embargo, mi madre hizo lo que hizo por proteger a mi padre, como ya hiciera en otras ocasiones, pero ya no contaba con el favor del marqués. Hoy, con la sabiduría que otorgan los años y la distancia, me doy cuenta del agravio imperdonable que se cometió con mi madre, y que ella no supo o no pudo encarar.

Con gran premura, mi padre organizó el nuevo matrimonio de mi madre, y le cedió una gran dote compuesta de casas, huertos, oro y encomiendas que facilitó el trámite de encontrar a un pretendiente, aunque nadie se hubiese negado ante una petición del marqués gobernador del Perú, que llegado el caso podría disfrazarse de orden. El que habría de desposar a mi madre fue Francisco de Ampuero, un riojano que llegó al Perú con mi tío Hernando, tan cargado de modales exquisitos como vacío de riqueza. Era un conocido del capitán Estete, también riojano. Sus dotes diplomáticas y su habilidad para decir oportunamente lo que el otro quería escuchar hizo que se ganara el favor de los Pizarro, y no le costó mantener a salvo y bien oculta su verdadera alma. Para Ampuero, que no había participado en la Conquista y por tanto no disponía de grandes bienes, tierras que trabajar ni fortuna en el Nuevo Mundo, aquella fue una magnífica oportunidad de acceder a las ricas encomiendas que el marqués dejó a su primera mujer. La encomienda de Chaclla, entregada solo para él, buscaba compensar la imperfecta virtud de la mujer que desposaba, cuya maternidad delataba la pérdida del virgo, una castidad corrompida por otro, una mancha que oscurecía su pureza a ojos castellanos y que en el mundo incaico nunca sería tenida en cuenta. Ampuero aceptó de buen grado el matrimonio ante los hombres, aunque la realidad era otra, y para él mi madre, lejos de ser la princesa inca que le salvó de la miseria y le proporcionó una vida que jamás hubiese alcanzado en Castilla, siempre sería una salvaje.

Las lenguas inventaron un romance clandestino entre Quispe y Ampuero, que dejaba en buen lugar a mi padre, ya que lejos de enojarse se mostraba magnánimo al consentir la unión entre aquellos jóvenes enamorados, apartándose y facilitando que vivieran su encendida pasión. La decisión estaba tomada, y mi padre se aseguró de ejecutarla con rotundidad. Al contrario de lo que hizo él, esta vez exigió que mi madre se uniera a Francisco de Ampuero ante los ojos de Dios. El vínculo indisoluble del matrimonio eclesiástico mantendría a Quispe unida a ese hombre hasta que la muerte los separase.

Así entró en mi vida Ampuero, como esposo de mi madre, y ahí se mantuvo hasta que la muerte nos separó de él y de su carácter manipulador e intrigante.

No hubo ni un atisbo de amor ni tampoco respeto de esposo hacia Quispe. Ampuero siempre vio a mi madre como una india a la que humilló y maltrató. A pesar de todo lo que consiguió de Francisco Pizarro, el día del asesinato de mi padre Ampuero estaba presente en aquel almuerzo que acabó en matanza. Cuando Rada y sus hombres irrumpieron en la estancia, en vez de prestar auxilio al marqués huyó por una ventana, como un cobarde traidor. Ese era el verdadero Francisco de Ampuero.

Siempre supe que mi madre amó a mi padre. Como cualquier mujer enamorada, perdió el color, la vivacidad y hasta la salud en cuanto atisbó la maniobra de Cuxirimai y el favor que mi padre comenzaba a brindarle a la viuda de Atahualpa. No hay nada más enfermizo que los celos.

Mi tía Inés era la única que conocía lo que estaba pasando en el interior de las casas que mi madre y Ampuero compartían en Lima frente al convento de la Merced. Asistió a mi madre cuando parió a los tres hijos que engendró de él y pudo comprobar lo que estaba sufriendo Quispe, aunque se cuidó mucho de que nosotros no lo supiéramos. Sé que aquello acongojaba a mi tía Inés y cuando se adentraba en aquella marea de nostalgia y preocupación, siempre encontraba un quehacer para sacudirse las penas y contagiar a Catalina en aquella misión. Su férrea fuerza de voluntad conseguía mantener lejos lo que no ayudaba: era eso lo que le permitió sobrevivir en el Nuevo Mundo.

Los indios de Chimo y Conchucos nos proporcionaban en aquellos días cuanto necesitábamos para alimentarnos. Con ellos Catalina aprendía nuevas formas de aderezar platos e Inés la ayudaba trasmitiéndole lo aprendido con mi madre y el séquito de Huaylas en los primeros años de la Conquista. A pesar de disponer de criados, mi tía Inés siempre se ocupó personalmente de elaborar y supervisar las comidas, algo que mantenía desde los primeros tiempos en el Perú. Se afanaba en elaborar los platos que pudieran saciar los apetitos de las huestes de mi padre, y para lograrlo tuvo que inventar nuevas recetas que emularan los caldos castellanos proporcionando vigor y saciando los estómagos, aunque la misión más difícil era la de satisfacer los paladares de los hombres, acostumbrados a sabores peninsulares tan definidos y rudos como alejados de aquel lugar.

Aprendí a preparar pan, a cocer la yuca y a cocinar el caldero, y pronto comencé a distinguir algunas de las plantas que podríamos emplear para curar males, para calmar tristezas y para cocinar con la ayuda de Catalina. Admirable en su empeño, la recia segoviana, que llegó a la tierra perulera poco antes de la muerte de mi padre, estaba decidida a acoger lo mejor de los dos mundos, el viejo y el nuevo, y yo la imitaba. Trabajadora incansable, observaba cada detalle, y aprendía de las indias todo cuanto necesitaba para seguir procurándonos lo mejor a mi hermano y a mí. Nunca hablaba de su pasado, solo sabíamos que dejó un hijo en Castilla, y las razones que la llevaron a embarcarse hacia el Perú nunca las conocimos, pero a mi tía Inés poco le importaban. Ella sabía que muchos llegaban a esta tierra huyendo de un pasado oscuro en la Península, buscando una nueva vida, queriendo hacerse nadie para volver a reinventarse en aquellas míticas Indias que se presentaban cargadas de promesas.

Aprendí que la quina se extrae de la corteza de un árbol, y pese a su sabor amargo es el remedio más eficaz para calmar las fiebres. Conocí las hojas de coca que liberan del soroche, el temible mal de altura, y que permitían a los chasquis, en sus interminables carreras, aumentar su resistencia en las altas cumbres de los Andes y disminuir el apetito en época de hambruna. Los preciados cocales serían una de las riquezas inesperadas de aquella tierra. Aquellas hojas y el control de las mismas despertarían la codicia de muchos, tanto como el oro.

Conseguíamos hacernos así a la situación. Catalina me enseñaba cada día una palabra nueva en quechua, se entendía muy bien con los indios, se esforzaba en comprenderlos, en aquel tiempo aprendí la lengua de mis ancestros gracias a ella y a las indias de Chimo. Por su parte, Inés contaba detalles de la vida en el Viejo Mundo, narraba a ratos las cuitas del otro Trujillo, el extremeño, del que partieron todos, y de la difícil situación que allí se vivía cuando mi padre apareció con la firma de Isabel de Portugal estampada en el documento que, en nombre del emperador, le convertía en adelantado y gobernador de la Conquista y autorizaba la creación de la Nueva Castilla más allá del Océano. Se emocionaba cuando recordaba lo que supuso aquel día, el alborozo, el orgullo, pero también el miedo y la inquietud de partir y dejar atrás todo cuanto conocían. Mi padre primero fue a por sus hermanos: Hernando, único hijo legítimo del hidalgo y bravo militar Gonzalo Pizarro, conocido como el Largo, dicen las lenguas que por su gran envergadura, aunque yo sospecho que pesó en el apodo su prolija hombría y virtud concibiendo bastardos. Alistó a sus otros hermanos Juan y Gonzalo, bastardos como él, aunque también ofreció embarcar rumbo a aquel lugar fascinante a cuantos quisieran lograr una vida mejor.

Me hablaba mi tía Inés de la insigne reina que expulsó a todos los infieles de la Península logrando hacerse con la plaza más codiciada, una tierra rica llamada Granada. Aquella reina Isabel fue la que auspició el proyecto de engrandar el mundo, confiando en que había tierras y gentes más allá del mar que le permitirían acceder a los ricos reinos orientales del Cipango y de Catay. Mi tía Inés, que no sabía leer ni escribir, poseía una memoria prodigiosa y una habilidad hechizante para contar historias. Se notaba que sentía verdadera veneración por aquella reina, y alababa la fe imbatible de aquella mujer, la fiereza que demostró en las guerras por el trono, y la desdicha a que la sometía el rey, su esposo, envuelto en amoríos con damas de la corte. Catalina la escuchaba y arrugaba el ceño. No sentía aquella devoción por la antigua monarca española. Aunque se cuidaba de decirlo abiertamente, yo la veía desmentir tales halagos mediante gestos, y cuando la tía Inés no la escuchaba, soltaba improperios acerca de lo majadera que fue aquella reina que pronto olvidó los favores de muchos judíos que con sus ducados pagaron sus gestas.

La Corona era para todos el símbolo de poder al que había que respetar y obedecer; sin embargo, aquella Corona no conocía de primera mano las necesidades de esa tierra que era el Perú, todo se desdibujaba por la distancia, las rígidas costumbres castellanas se relajaban y las necesidades y el orden que imponían un nutrido grupo de consejeros reales desde el otro lado del océano no se ajustaban a lo que allí se vivía. Ellos ordenaban y exigían, amparados bajo la supuesta batuta de unos monarcas que se esforzaban en entender, pero a los que les llegaba solo una parte de lo que ocurría. Un enorme cuerpo burocrático de secretarios y consejeros campaba a sus anchas, urdiendo planes y tejiendo una red de favores y clientelismo que afectaría a la vida, la posición y el honor de muchos, que acabarían renegando del poder por esta razón.

Los reyes de Castilla nunca pisaron esas tierras. En nombre de sus leyes o para esquivarlas se cometieron graves atropellos. Anatemas y lanzas justificaban las decisiones que se tomaban en nombre de un poder difuso y lejano que irremediablemente era suplantado por lo que exigía la realidad de un nuevo continente. Tarde, lo que a una y otra orilla se trasmitía siempre llegaba tarde.

La primavera nos sorprendió en esta larga cadencia de días sin fondo, en aquel lapso impuesto para salvarnos la vida, pero que, irónicamente, nos impedía vivir. Miraba a mi hermano Gonzalo jugar con la pequeña espada de madera que la guardia de Vaca de Castro le fabricó para que aprendiera a manejarla; le costaba seguir el movimiento, pero yo le jaleaba. Por sus venas corría sangre de guerreros, sería uno de ellos. Escuché cómo uno de los guardias le instaba a aprender diciéndole que no le sería difícil vencer a una turba de indios. Aparté a aquel hombre de mi hermano.

—Por nuestras venas corre sangre india, ¡¿a dónde llegan los que traicionan a su sangre?! —le grité.

Mi hermano era demasiado pequeño, sí, pero debía aprender a respetar sus linajes. Éramos mestizos, no nos dejarían olvidarlo y no íbamos a hacerlo.

Una de aquellas noches, cuando Catalina nos había acomodado en el camastro que Gonzalo y yo compartíamos, miraba a la luna, pensando en si Gonzalo, mi hermano, podría hacer valer su condición de legítimo heredero de mi padre y de mi abuelo tal y como mi tía Inés aseguraba, y qué precio tendríamos que pagar por ello.

Me acostumbré a vivir con la ausencia de aquellos a quienes quería, a mirar de cara a la muerte que siempre amenazaba con llevarse a alguien más, pero ya entonces dentro de mí algo se resistía a seguir perdiendo. Absorta en mis pensamientos, de repente sentí miedo al percibir un movimiento, una sombra próxima al lecho. Cuando mis ojos se acostumbraron a la oscuridad, contemplé dos manos empuñando un montante de acero, prestas a descargar su fuerza sobre la cabeza de Gonzalo y decapitarlo. Me abalancé para detenerlo y entonces desperté, empapada en sudor frío. Comprobé cómo mi hermano respiraba lentamente, con el suave compás que otorga la placidez del sueño. Respiré hondo, e inquieta busqué de nuevo la sombra a mi alrededor. No había rastro, solo el ruido del viento meciendo los árboles del patio, y después el silencio sobrecogedor de la noche. Estaba segura de que aquello fue real, sé que algo o alguien estuvo allí, y aquella presencia era un mensaje, una advertencia. Siempre supe descifrar lo que no se ve, la amenaza invisible. Lo que se oculta entre las sombras.

Capítulo 4
La llanura sagrada

Durante días me persiguió la terrible sensación de la muerte. Aquel sueño estaba provisto de un presagio maldito, era una visión. Siempre de manera instintiva presté atención a los mensajes que se escondían en el viento, las aves, el agua, los árboles o las estrellas. Habita en mi sangre ese don, y ahora sé bien que nadie podrá extirparlo.

Todo cuanto nos rodea porta un sentido y una advertencia. En el mundo andino todos los seres vivos poseen su espíritu y su fuerza, había que honrarlos y también escucharlos. Me esforzaba en entender lo que hablan los *apus*, los espíritus que habitan el alma de las montañas, y que al igual que las huacas, los lugares sagrados, ofrecen cuidadosamente señales precisas solo a aquellos que sabrían descifrarlas. Era una advertencia.

Además, desde antiguo el sueño es la puerta que comunica todos los mundos. Lo que soñaba el Sapa Inca era recogido y recordado, y en aquellos relatos se conocían los sucesos que acabarían afectando a la tierra, solo aquellos que los dioses querían desvelarnos.

Lo que me acompañó en esos días fue la certeza de que aquella visión hablaba de muerte, ciertamente mi hermano y yo no éramos los únicos hijos del marqués, aunque sí los únicos reconocidos por el rey. Eso hacía que fueran muchos los que anhelaban la muerte de mi hermano. Ya lo había vivido en aquel barco, pero la amenaza seguía viva, mucho más viva.

Me esforcé en recordar y repasar a los posibles enemigos. A mi corta edad ya comenzaba a entender que eran muchos, y rememoré entonces las luchas por el poder entre los herederos incas de las que tantas veces escuché hablar: las encarnizadas guerras entre hermanos, las intrigantes maniobras de ministros y madres… Unos buscaban recuperar su sitio.

Otros perseguían el momento de gobernar aquella tierra. Solo era cuestión de tiempo. El tiempo, tan caprichoso, se apresura o se detiene solo por la urgencia del ánimo, y se manifiesta de modo diferente para unos y para otros. Nuestro tiempo estaba suspendido mientras seguíamos escondidos en Trujillo y, sin embargo, fuera de aquella casona, eran muchos los que vivían con premura los días, ansiando encontrar una posición ventajosa y alcanzar un sosiego que nunca llegaría al espíritu de los que ya habían sido tocados por el dardo de la ambición. No solo entre los hombres de mi padre había miedo; en los cuatro *suyus*, en las cuatro partes de aquel mundo, el desconcierto reinaba, y solo en el corazón de la selva, en el alma de las montañas, se leían los presagios en el cielo y se esperaba también de modo paciente el momento de actuar.

Tal y como ocurriera al morir mi abuelo Huayna Capac, se desencadenó la lucha por el poder. La muerte de mi padre era una oportunidad para muchos. Detrás de los que empuñaron las armas y cosieron a estocadas su cuerpo existían otros que, sin llegar a tomar la espada, también desde tiempo atrás habían acariciado esa idea, ansiando en secreto ese momento, y a pesar del celo con el que Vaca de Castro atesoraba y exhibía su condición de nuevo gobernador, nada estaba cerrado y todo podía trocar, tal y como los hechos ya habían demostrado.

Y había alguien más que esperaba el momento de recuperar lo que a su juicio les pertenecía: los hombres de Vilcabamba. Nunca visité aquel lugar, que realmente pocos conocieron. A pesar de las interminables historias cargadas de magia que lo rodeaban y que podías escuchar entre murmullos, en las huestes, en las tabernas y al calor del fuego en las noches de lluvia, cuando los dioses lloraban a Manco.

No sé qué dio más poder a Vilcabamba, si la desafiante certeza de la presencia de Manco y sus hijos, que saldrían en algún momento de allí reclamando lo que consideraban suyo, o la interminable sarta de relatos mágicos e inexplicables acerca de los sucesos que allí se producían, relatos que, a diferencia de otros que enardecían los ánimos de cuantos llegaron al Nuevo Mundo como los que hablaban de El Dorado o las fuentes de la eterna juventud, se alimentaban de la certeza absoluta de que este lugar sí existía. El no conocer su posición doblaba su poder y confería un enorme valor a la amenaza que representaba, y desde allí se hostigó a los hombres de mi padre durante mucho tiempo.

Aquellas tierras no pertenecían a la Corona. Se escapaban una y otra vez del control del rey y ni siquiera estaban bajo la mano de Dios. Vilcabamba conseguía obtener una entidad propia, para muchos demoniaca, y mantenerse a salvo solo con la protección perfecta que la Pachamama tendía a Manco y sus hombres. Sin troneras ni matacanes disponían de la defensa más agresiva y eficaz frente al invasor: la espesura de la selva, la frondosa maraña de brazos verdes y ocres que custodiaban la entrada a aquel mundo ajeno, constituía la mejor arma frente a los barbudos.

Allí, en un lugar inexpugnable y desconocido, permanecía el último reducto inca, apartado de todos, pero ligado por el pasado a cuanto sucedía en la tierra arrebatada, que antes ellos arrebataron a otros. El reino de Vilcabamba, que fundó mi tío, Manco Inca, adquiría tintes legendarios, pero no por ello era menos temido. Sé bien que todos los que ostentaron en algún momento el poder en la tierra perulera miraban de reojo a las montañas y al foso de selva que guardaba su acceso con una mezcla de inquietud y respeto, y todos acababan preguntándose en qué momento podría despertar de su letargo el fiero halcón que descansaba en la llanura sagrada: eso significa Vilcabamba en quechua, «sagrada llanura».

Fue después de escapar de mi tío Hernando y de mi padre cuando Manco se refugió allí con sus gentes. Sé que Manco lideró la reconquista del Tahuantinsuyu, del Imperio inca, provocando grandes bajas entre los españoles. Sin embargo, nunca me sentí amenazada por él, yo como nieta de Huayna Capac sabía que contaba con su respeto.

Siempre he creído que el peso de su glorioso nombre determinó el sino de Manco, así nombrado en honor al primer Inca de la dinastía Hurin del Cuzco. Las dinastías Hanan y Hurin se habían alternado en el poder desde el inicio de los tiempos, y expresaban las dos caras del todo: los Hurin serían religiosos, los Hanan serían guerreros.

Manco fue uno de los más de trescientos hijos de mi abuelo el gran Huayna Capac, uno de los que acabarían determinando la historia del Incario sin quererlo. Hermano de mi madre, sé por ella que Manco tuvo un carácter mucho más templado que sus hermanos y nunca mostró interés en participar en las intrigas que eran habituales entre los herederos. Pero la inesperada muerte del Inca le sorprendió cuando era muy joven y le vincularía para siempre en la ardua cruzada de rescatar el Incario.

Pese a su carácter sosegado, Manco se posicionó, como hicieron otros cuando se desató la lucha entre sus hermanos, apoyando el nombramiento de Huáscar, con el que había compartido juegos de infancia en el Cuzco. Esto fue mal recibido por su también hermanastro Atahualpa, por lo que la ferocidad de este último en su lucha por obtener el trono le alcanzaría de lleno.

La victoria de los ejércitos de Atahualpa y el asesinato de Huáscar obligaron a Manco a huir, debía esconderse. Es entonces cuando comienza su cruzada por salvaguardar el pasado incaico: la lucha que él consideró justa pasaba por devolver la paz y el orden imperial a aquella tierra, y fue en aquel momento en el que entendió que lograrlo exigía acabar con Atahualpa.

Al enterarse de la llegada de los españoles, Manco quiso creer, como ya hicieron otros, que los recién llegados eran aliados, quizá enviados divinos, para restablecer la gloria del imperio interrumpida abruptamente tras la muerte de Huayna Capac. Tras la caída de mi abuelo, el sol que había alcanzado el cénit durante su gobierno daba paso ahora a la más terrible oscuridad, condenando el sino del pueblo inca.

La llegada de los barbudos desde el mar recordaba al origen de Viracocha, nacido de las aguas del lago Titicaca, y, como la de aquel, la piel de estos también era clara. Ese advenimiento esperado y anunciado por los antiguos relatos incas daba un sentido perfecto y divino a la llegada de los extranjeros.

El secuestro de Atahualpa y su ejecución no hizo sino confirmar en el ánimo de Manco su creencia en que estos enviados de los dioses habían venido para restablecer la paz y el orden, hacer justicia, y devolver los cuatro *suyus* a los tiempos pasados. Fiel a esta creencia, Manco se esforzó en ayudarlos en la tarea que firmemente creía que compartían.

Cambió así el sino de Manco: el hombre sereno y religioso encontró un sentido a su existencia que abrazó sin fisuras, con entrega desmedida. Su causa se grabó a fuego en su alma y mostró arrojo y valentía. No dudó de aquellos venidos de las aguas y decidió colaborar con mi padre y sus hombres en los primeros años, siendo su ayuda esencial para lograr controlar el ombligo del mundo, la ciudad del Cuzco, arrebatándosela a Atahualpa. Mi padre y sus hombres premiaron su ayuda, se convirtió en aliado y confidente, sellaron pactos y Manco acarició la idea de engrosar la ansiada *capac cuna*, la ancestral relación de los señores que rigieron los destinos del Tahuantinsuyu.

Tras la extraña muerte de Tupac Huallpa, el primer Inca nombrado por los españoles, que pereció envenenado, el lugar vacío debía ocuparse. Fue en el año de 1533, un año antes de mi nacimiento, cuando de repente y sin esperarlo Manco obtuvo la *mascapaicha*, el único símbolo de poder imperial, ornando su cabeza. Acogió la borla encarnada con hilos de oro y exhibió las dos plumas del *quorequenque*, el ave sagrada de siete colores, que otorga todo el poder y la nobleza. Manco hizo suyo el cetro de oro, el sagrado *topayauri*, que marcaría los designios del pueblo, y envanecido empuñó el *champi*, el hacha sagrada que cortaría cualquier desacato a su soberanía. No era el heredero, nunca imaginó serlo, y el destino le ofrecía a través de mi padre la oportunidad de reinar sobre los suyos. O eso creyó él.

El nuevo Inca proporcionó a los españoles riquezas y compartió los senderos que alcanzaban las deseadas minas. Les enseñó a superar los obstáculos de una tierra despiadada con los que no la veneraban, desgranó los detalles de tesoros secretos que se custodiaban en templos y, lo que era de crucial importancia, garantizó a mi padre la lealtad y obediencia del pueblo quechua.

En apariencia, su relación con los dos caudillos, mi padre Pizarro y su socio Almagro, era perfecta, pero solo en apariencia. Pronto, Manco empezó a darse cuenta de que sus mandatos no eran llevados a cabo, de que su poder era un embuste, y su *mascapaicha* un adorno vacío, un disfraz grotesco, que al lucirla en su cabeza pervertía y volvía sucio su carácter sagrado. Entendió que era un simple instrumento para mantener las apariencias de cara a su pueblo, facilitándoles a los recién llegados el control de los súbditos naturales.

Y una inquietud comenzaba a hacer mella en su alma, poblando sus noches: una vez conseguidos sus propósitos, los españoles se desharían de él y el Incario pasaría a manos de los blancos. Los presagios de un Sapa Inca eran profecías destinadas a cumplirse. Manco lo sabía. Los sueños del soberano se leían con atención, como ya os dije, los sueños eran los susurros de los *apus* que así hablaban al monarca. Una herramienta sagrada, en la que el soberano ejercía su divinidad, y en esa habilidad se entrenaba a los *auquis*, los príncipes, desde niños. Había que prestar atención a lo soñado: lo que se confía en la noche cuando el cuerpo descansa permite atisbar lo que inevitablemente habría de suceder.

Decidió acabar con aquella farsa. Estaba perdiendo el respeto de los suyos, y cada vez era más visible su condición de falso Inca, de títere. Manco intentó huir, escapar de aquel destino maldito, pero fue apresado. Se le acusó entonces de provocar una sublevación, lo que dio carta blanca al sartal de vejaciones por parte de los hombres de mi padre. Un nuevo espíritu comenzó a apoderarse entonces de él, una fuerza que se alimentaba de la decepción y el odio por haber sido engañado y manipulado.

El tiempo transcurrido entre los españoles le sirvió para entender cuáles eran las ambiciones de aquellos con los que se alió, por eso no le fue difícil engañarlos. La oportuna promesa de riquezas ocultas en un templo obró su efecto, la advertencia de que era un recinto sagrado al que solo él podría acceder fue suficiente. Desgranó los detalles justos para avivar el interés y autentificar su discurso: en aquel espacio oculto en el que se guardaban y veneraban las entrañas de los incas fallecidos, custodiadas en vasijas de oro, se hallaban las estatuas macizas de los soberanos. Logró así escapar con el beneplácito de mi tío Hernando Pizarro; ciertamente, ¿quién iba a sospechar de aquel que obediente había entregado los mejores tesoros del Incario?

A partir de entonces, el gran aliado se convirtió en el gran enemigo.

Manco desapareció, pero su amenaza silenciosa siguió presente como una enorme sombra. Tanto mi padre como Almagro temían las consecuencias que podría acarrearles aquello y el temor cobró vida: Manco logró reunir un importante número de guerreros y capitanes cuzqueños, fuerzas que antes pertenecieron al malogrado Huáscar, formando un vasto ejército que se nutrió de hombres de otros pueblos leales al Inca, que eligieron seguir la última estela del Incario en un intento de recuperar el antiguo orden del Tahuantinsuyu.

Y actuó cuando debía actuar. Nunca nadie subestimó desde entonces la tensa calma que ofrecen las montañas, nadie, ni siquiera el Rey de Romanos o los miembros del Consejo de Indias, se confían ante la certeza de que el alma de Vilcabamba podría despertar, todavía el recuerdo de lo sucedido sigue latiendo con fuerza entre todos aquellos que vivieron el terrible levantamiento del pueblo inca liderado por Manco y secundado por otros generales y caciques que cercaron Cuzco y Lima, manteniendo un pulso que a punto estuvo de poner fin a la presencia española en las tierras del Perú.

El juramento de guerra se realizó en el Valle Sagrado, la legitimidad la otorgaron los dioses. Manco contó con el respaldo de Villac Umu, el gran sacerdote del Sol, la cabeza sabia que aconsejaba al soberano y que se afanó en cumplir el ritual de la guerra sagrada que exigían las divinidades. Era necesario recuperar lo perdido y expulsar a los extranjeros al mar, siempre a merced de las indicaciones de los dioses. Hablaron entonces Viracocha, Illapa, Inti y Mama Quilla a través de los oráculos pidiendo que se ocupara la sagrada ciudad de Cuzco.

Hasta allí avanzaron engrosando sus huestes con más guerreros, allí sorprendieron a los hermanos de mi padre, pero nadie sospechó que aquellas fuerzas pudieran desbaratar lo logrado hasta entonces. Los primeros ataques fueron precisos y letales; además de cercar la ciudad, se hicieron con la inmensa fortaleza ceremonial de Sacsayhuaman. Desde aquel centro sagrado donde el cóndor, el puma y la serpiente custodian la ciudad del Cuzco debían expulsar a los extranjeros.

La lucha se ceñía escrupulosamente al complejo ritual divino, solo podían atacar siguiendo los pasos de Mama Quilla, solo la luna autorizaba cada avance. Cuando la luna se llenaba, se hacía el silencio, se abandonaban las armas. Apostados alrededor de la ciudad, enmudecidos, eran tantos que parecía que los campos hubiesen sido cubiertos por un inmenso paño negro.

Durante más de diez meses el cruel asedio contó con la ayuda del agua y el fuego como armas poderosas que servían a los hombres de Manco, ofreciéndoles la protección de los dioses. El agua obedecía a Mama Cocha, creando los lodos que impedían a los caballos moverse. El fuego consumía las defensas de los que encerrados empezaban a morir de hambre. A las hondas, mazas de estrella, boleadoras y flechas ardientes se unían las espadas, corazas y cotas de malla arrancadas a los muertos españoles. Los dioses premiaban a Manco, dándole victorias y permitiéndole recuperar lo que era suyo.

Cuzco languidecía, la más preciada ciudad del Tahuantinsuyu estaba a punto de volver a manos del nuevo Inca Manco y sus orejones. Conozco bien el terror que sembró Manco en la ciudad; a pesar de que yo no estuve allí, muchas veces hube de apaciguar las pesadillas que sorprendían a mi tío Gonzalo en la noche, empapando su cuerpo con sudor y violentos espasmos, sueños negros que le atrapaban llevándole a aquella noche en que la muerte le arrebató lo que más quería por primera vez.

Sí viví la otra sacudida que el levantamiento inca orquestó. El cerco a Lima me sorprendió allí, en la recién nombrada capital del Perú. Eran los últimos días de agosto, cuando las nubes se volvieron densas y bajaron del cielo hasta nosotros. Aquel agüero no fue entendido por los españoles, y, sin embargo, el temblor que sacudió la Ciudad de los Reyes despertó a los que permanecían en ella, ajenos. Las zampoñas advirtieron de su llegada, el estruendo de los tambores alertaba de su presencia. En el cerro de San Cristóbal la cruz levantada para gloria de Dios y del emperador Carlos se precipitó violentamente contra el suelo, derribada con crueldad por aquellos que venían a ocupar la recién fundada ciudad.

—Son miles, marqués, salieron de la nada. —El vigía entró en el palacio alertando de lo que ya era una realidad abriendo a empujones la madrugada de un día que ya nacía estragado.

—¿Quién lidera la hueste?

—¿Quién sino ese bellaco malnacido de Manco? Son sus caudillos los que nos rodean, señor.

Con los ojos puestos en Cuzco, donde sus hermanos luchaban sin descanso, mi padre no imaginó que el Inca Títere pudiera acometer dos asedios al mismo tiempo, y a pesar de que había sido advertido, desoyó la alerta. Una vez más subestimó la fuerza del que fuera su aliado, que, tras los tiempos compartidos, ya había calado la estrategia en la guerra de los castellanos.

Manco era astuto, sabía que debía bloquear cualquier intento de auxilio que mi padre ordenara desde Lima. Sabía que Diego de Almagro se encontraba muy lejos. Él mismo se había ocupado de que así fuera propiciando ese viaje, alimentando las expectativas de Almagro para mantenerlo apartado de Cuzco y ofreciéndole la valiosa compañía de su hermano Paullu Yupanqui, quien los guiaría en la exploración de las tierras de Chile donde Paullu habría de cumplir con el siniestro encargo de acabar con ellos. Sabía cómo tender trampas a los caballos de los extranjeros, reconocía los puntos débiles de sus armas y ya no las temía. Sin embargo, Manco no contó con lo que iba a suceder en Lima.

Aquella mañana, recuerdo a mi madre amamantando a mi hermano mientras se anticipaba a lo que estaba a punto de suceder, sin que nadie alcanzase a entender su pensamiento. Cualquiera que hubiese estado allí hubiese sentido la cercanía de la muerte. El fin de lo iniciado se precipitaba ante los ojos de todos los que, aislados, permanecíamos en Lima, y resultaba difícil conciliar aquello con la posibilidad de seguir vivos.

Mi madre permanecía serena, su rostro no mudaba ante lo que se cernía sobre nosotros. En aquel momento la tensión entre ella y mi padre ya había crecido, la distancia entre ellos era palpable y lo que rodeaba a la ciudad no dejaba de ser un golpe mortal que supondría el fin de mi padre y su gobierno. La templanza de mi madre quiso ser vista por algunos como un atisbo de deslealtad, hasta de traición. Las decisiones debían tomarse sin demora, pero poco era lo que se podía decidir sin hombres.

Estábamos solos, las guarniciones importantes habían partido a Cuzco para defender a Hernando, Gonzalo y Juan. Los principales capitanes, alertados de la situación, se afanaban en llegar al valle sagrado de los Incas, donde comenzó la rebelión de Manco, para prestar auxilio a los españoles, rodeados por más de doscientos mil indios. Mientras, en Lima, apenas quedaban hombres ni caballos.

Durante ocho días, en Los Reyes el tiempo se detuvo. Permanecíamos escondidos, temiendo cualquier movimiento, y empezaban a asomar la desdicha, el hambre y la sed. Los guerreros de Manco, apostados alrededor de la ciudad, únicamente se hacían notar en los momentos en que el ritual de la guerra sagrada lo marcaba. Fieles a las instrucciones del Villac Umu, permanecían escondidos, dejándose ver solo en los momentos en que Inti así lo exigía. No atacaban, mermaban nuestra resistencia con el maquiavélico juego de obligarnos a estar alerta. Dentro de la ciudad, el miedo comenzaba a ganar a la esperanza, no quedaban provisiones, apenas había hierba para alimentar a los escasos caballos, no disponíamos de leña y durante la noche la temperatura descendía haciéndonos sentir el abrazo frío que siempre precede a la muerte.

En aquel momento, la ayuda de los indios de Lima fue absolutamente providencial y nos aseguró el sustento. Fueron ellos los que se atrevieron a romper el cerco, poniendo en peligro sus vidas para traer víveres. Ellos, que fueron desposeídos de sus tierras y desplazados en la fundación de la nueva capital, mostraron una lealtad inquebrantable a los españoles. Quizá en su memoria estaba presente todavía la ruda ocupación que los cuzqueños hicieron antes de sus tierras, quizá la unidad de los naturales no era la que caprichosamente unos y otros esperaban a su merced, y una vez más volví a entender como la raza no significa nada cuando la muerte amenaza, cuando la guerra está cerca y el rencor reaviva la memoria.

En esos momentos se desdibujaron el color de la piel, la cuna y hasta los dioses a los que se imploraba, no existieron distinciones, se mezclaron las fuerzas, se buscaron pactos y nacieron extrañas alianzas. Aquella rebelión traía una vez más la certeza de que las lealtades se pliegan al momento y a la necesidad apremiante que rija el mismo, a la urgencia por lograr algo deseado y arrebatado.

Las alianzas con pueblos nativos fueron habituales y esenciales en los años de la Conquista, muchos pueblos naturales apoyaron a mi padre y sus hombres, buscando escapar del dominio incaico. Hermanos lucharon contra hermanos, del mismo modo que ocurriría después entre los propios españoles.

Los guerreros de las tierras de Canta, temibles y feroces, se unieron a Manco, y tildaron de traidores a quienes defendieron a los españoles. El mayor agravio para ellos era tener dos corazones. No querían entender que no todos los corazones comparten la misma vehemencia, del mismo modo que no todos los corazones ansían una sola causa. La lealtad no es inalterable.

Mudables y alimentadas por anhelos tan precisos como efímeros, las pasiones cambian y se transforman en corto tiempo al albur de aquello que nos garantiza la vida o en defensa de una afrenta. Sospecho que para los canteños, al igual que para muchos otros, los mestizos cargábamos con el peso vergonzante de alimentar la vida con un corazón hecho de dos, de dos fuerzas, de dos sangres, éramos los primeros de los que habría que recelar siempre por esa razón.

Llegó el día en que los dioses ordenaron la entrada a la ciudad aprovechando el cauce del río. Allí se detuvieron esperando el ataque de la escasa caballería, ellos sabían bien que la estrategia pasaba por atraerlos allí, donde los animales se lisiaban perdiendo estabilidad y mutilándose las patas. La guerra de los barbudos ya no era un secreto indescifrable para ellos gracias a Manco. Lograron de ese modo despejar su acceso a la villa y sin demasiados problemas alcanzar con rapidez las primeras casas.

La ayuda solicitada por mi padre y que había rebasado las fronteras alcanzando Panamá y Santo Domingo no llegaba; confiaba en las fuerzas del capitán Alvarado, pero este no aparecía. Recuerdo bien como el sonido infernal de los golpes nos helaba la sangre. Las hachas y las boleadoras destrozaban todo cuanto encontraban a su paso. Los hombres, ahora sin caballos, se veían acorralados, los perros intentaban frenar aquella turba, las espadas apenas contenían la ira y el odio de los hombres de Manco, que avanzaban sin encontrar resistencia. Buscaban a las mujeres y a los niños.

Cuando su general cayó alcanzado por una lanza, ya eran muchos los que estaban en el corazón de la ciudad. Mi padre peleaba sin descanso, persiguiendo una pequeña ventaja; sus hombres desfallecían, se sabía perdido, observaba las hordas que aún no habían alcanzado la plaza principal y sabía que no podían contenerlas. El fin había llegado.

Sin embargo, de repente los guerreros se detuvieron, abandonando la lucha, mientras un refuerzo de más de mil hombres entraba en la ciudad, mezclándose con los hombres de Manco. Los españoles tardaron en comprender lo que estaba ocurriendo: ¿una vez más los estaban confundiendo?, ¿quizá la escaramuza debía detenerse por mandato de Inti? Mi padre siguió ordenando el ataque con los escasos arcabuceros que aún se mantenían apostados tras los muros, intentando convertir en ventaja aquella incomprensible confusión entre los guerreros incas. Reforzaron los talegos de maíz y trigo que se usaron de improvisada trinchera, buscando salvar la vida de los pocos que defendían la plaza y evitar que los guerreros alcanzasen El Callao, donde las mujeres y los niños permanecíamos escondidos.

Tardó en acertar a entender qué era lo que estaba sucediendo. En la retaguardia del nuevo efectivo que se incorporaba a la batalla, la vio. Una litera profusamente protegida con espesos cortinajes era transportada por seis yanaconas y alcanzaba ya la parte alta del cerro cuando se descubrió el toldo, dejándose ver. Era ella, mi abuela, Contarhuacho. Fijó la mirada en mi padre, y mantuvo la mano alzada.

Su sola presencia provocó la deserción del ejército de Manco. Hubieran podido dominar Lima, la tenían en sus manos, pero la Divina Providencia o el destino quiso que fuese ella, la gran señora de Huaylas, quien desbaratara la ofensiva militar perfecta del general de Manco Inca.

Aquel día, la retirada del cuzqueño permitió a mi padre seguir gobernado aquella tierra, y todo se lo debía a ella. Entendí entonces la serenidad de mi madre, la sangre fría que demostró cuando todo estaba perdido. Y sobre todo comprendí que el peso de mi sangre india tenía mucho más valor que el que los españoles en aquel momento querían darle. Aquella incursión cambiaría la historia del Tahuantinsuyu: una mujer y sus tropas devolvieron el equilibrio de poder a mi padre. Una mujer.

Todos agradecieron la llegada *in extremis* de aquel refuerzo, aunque pocos contarían aquella victoria atribuyéndosela a mi abuela, a pesar de que todos sabían que, de no ser por ella, la muerte se hubiera cebado aquel día con los que permanecíamos indefensos en Lima. La sola presencia de la señora de Huaylas hizo que las tornas cambiasen, y aquellos que amenazaban la posición y la vida de los españoles decidieron dar un paso atrás y desertar de la lucha.

Mi abuela permaneció en Lima unos días; mientras se hacía la necesaria reconstrucción de gran parte de la ciudad ofreció sus hombres, y su presencia garantizaba la calma. Fue el mayor tiempo que pude compartir con ella, y supe que movilizó a sus huestes solo para protegernos a mi madre, a mi hermano y a mí. No hubo en ella ningún deseo de enfrentarse con los de su sangre para favorecer a los españoles; frente a todo lo que se haya escrito después, a mi abuela la movió el vínculo indestructible de salvaguardar a los suyos. En aquella compleja red de alianzas y estrategias, fueron muchas las veces que los bandos se diluían por intereses, ambiciones y políticas convenientes, y, sin embargo, otras veces detrás de aquellas decisiones se escondía el primigenio y ancestral deseo de mantener con vida a aquellos a los que amabas. Lo que sucedió en el cerco de Lima lo comprendí tiempo después. El amor es feroz, y puede ser más despiadado que ballestas y dagas, e infinitamente más firme en su determinación.

Nadie entendió lo que mi abuela hizo. En una situación así, en la que hubiera sido más conveniente no actuar, Contarhuacho mantuvo un pulso con las fuerzas de Manco, que representaban la lucha por el Imperio inca. Sin embargo, como ya os dije, había muchos que no sentían como suya aquella lucha.

Mi abuela no debía lealtad a Manco, que en la guerra de los hermanos Huáscar y Atahualpa se había posicionado a favor del primero; tampoco le debía lealtad a mi padre, puesto que fueron él y sus hombres los que apresaron y pusieron fin a la vida de Atahualpa, su lealtad nada tenía que ver con las luchas políticas e intestinas que arreciaban el Tahuantinsuyu, estaba ligada a algo más primitivo y puro: la protección de su sangre. Aceptaba así que ahora su sangre también era española, antepuso la mezcla de sangre a la exigida pureza de otros, y yo siempre estaré agradecida a mi abuela por entender antes que todos la nueva realidad mestiza tan inesperada y difícil.

Era una mujer principal, gran señora, a la que se le debía respeto y cuyas decisiones se acataban. La retirada de los hombres de Manco fue un gesto de obediencia y respeto. Aquella intervención benefició considerablemente a mi padre, pero el espíritu vanidoso del hombre no acepta como legítima la ayuda de una mujer y menos en cuestiones de guerra. Reconocer y celebrar públicamente esa ayuda podría ser considerado una muestra de debilidad. Aun cuando el Dios cristiano ordena ser agradecido, no fue esa la actitud que los hombres mostraron hacia Contarhuacho.

En aquellos días, la curiosidad acerca de la curaca mujer que salvó el cerco de Lima corrió por las calles de la maltrecha ciudad, despertando el interés de los vecinos que solo unas horas antes habían temido por su vida. Todos querían saber quién era esa misteriosa jefa india que había logrado devolverles la paz y todos pudieron admirar en la casa de mi padre a la cacica de Huaylas.

Contarhuacho seguía siendo, a pesar de su edad, una mujer imponente que mantenía intacta la belleza que sedujo al gran Huayna Capac y que se hacía mucho más contundente cuando escuchabas su voz y observabas sus delicados y a la vez firmes movimientos. Era una mujer Hanan, la mitad superior que rige el mundo y el universo, de facciones fuertes, con pómulos muy pronunciados que enmarcaban una perfecta nariz recta. El cabello negro y lacio sobrepasaba la cintura, cubriendo su cuerpo como un liviano manto brillante del más exquisito azabache. Sus ropas refinadas delataban su peso en aquel imperio que se desmoronaba.

Vestía una túnica blanca, un *acsu* que le cubría los pies elaborado en *cumbi*, el magnífico tejido cuyo uso estaba prohibido al pueblo al que solo podían optar los miembros de la nobleza y cuyo tacto apacible está grabado entre mis primeros recuerdos, como una segunda piel, donde mi madre me mecía, me arrullaba y me protegía del frío. El ornamento sencillo y contundente de aquel *acsu* hablaba de muchas cosas, enviaba mensajes velados para los españoles, pero sagrados para los incas. Solo el ojo paciente advertía cuando se asomaba a los pliegues el *amaru*, la serpiente de dos cabezas que incitaba a la guerra y representaba el poder, solo el que sabe alcanzaría a entender que aquellos *tocapus* que salpicaban las mangas representan por igual el vuelo de la mariposa y la fiereza del *otorongo*, el temido jaguar. La faja de urdimbre de alpaca rematada con hilos de oro definía su silueta, y a modo de gola portaba un embozo de plumas de cóndor y halcón unidas con fibra trenzada de vicuña. Admiré la distinción natural de mi abuela, su maravilloso porte que mi madre heredó. Durante toda mi vida he perseguido emularlas, y ahora sé que fue en aquel momento cuando nació en mí el amor por las telas y los motivos andinos que me acompañan hasta hoy.

Tras recibir a los principales vecinos de la ciudad, se celebró una comida íntima y a puerta cerrada en la que mi padre agasajó a mi abuela, y a la que asistieron aquellos soldados que no habían resultado heridos. Contarhuacho hizo sentar a la mesa a sus capitanes, se habló de las pérdidas tras el cerco y de la difícil situación en que se hallaba el Cuzco, donde se hacía imprescindible acabar con las tropas de Manco, más aún teniendo en cuenta el grave peligro que se cernía sobre los tres hermanos menores Pizarro. Mi abuela no correspondió a la petición, no ofreció su ayuda, simplemente permaneció en silencio, y pese a la insistente mirada de mi padre, que intentó descifrar en los ojos de los capitanes de Huaylas alguna señal, no obtuvo nada.

La oportuna llegada de las fuerzas de Alvarado vino a calmar la angustia de mi padre. Pese a que llegaba tarde, su presencia daba una oportunidad a sus hermanos, asediados por Manco en Cuzco; ahora el camino a la sierra estaba despejado y era urgente partir a socorrer a los maltrechos españoles.

Aquella llegada, unida al silencio de mi abuela, desdibujó los hechos: el agasajo y la gloria se centraron en la bendita ayuda que los hombres de

Alvarado harían a la causa española. Mi abuela continuó comiendo y no mostró sino frialdad hacia Pizarro. Ya había dejado sus cartas sobre la mesa.

Sagaz y curtida en mil de vidas, Contarhuacho supo ver lo que ocurría entre su hija y el marqués. Decidió retirarse y dejó a los hombres organizar pactos, diseñando las estrategias que permitieran acabar con el rebelde Manco Inca, pactos y estrategias en los que ella no intervendría. Aquella ya no era su lucha. En todo caso, la sagrada ley de Ayni, de la mutua ayuda, dictaba que ahora era mi padre quien debería corresponder, si ella y sus gentes de Huaylas así lo necesitaban. Aquel era el lema que regía las relaciones en el mundo andino, una ley que aseguraba el equilibrio perfecto y necesario para que la vida se abriese paso, y aquella ley afectaba a todo. Ahora la armonía se había perdido, y el Ayni se hacía más necesario que nunca.

Dos días más tarde, al mismo tiempo que mi padre recibía la noticia de la muerte de su hermano Juan durante la defensa de Cuzco, Manco conocía lo ocurrido en Lima y en los caminos de la sierra.

El estado de sitio había impedido que las nuevas circulasen con la rapidez acostumbrada en el Perú, por eso no supimos de la muerte de Juan hasta entonces. Las terribles penalidades sufridas por los tres Pizarro en Cuzco culminaron con la primera vida segada del clan. Fue en Sacsayhuaman: luchaba sin tregua, quería volver a hacer suya la fortaleza arrebatada, que asumió se perdió por su culpa. Un instante bastó para que al bajar la adarga una piedra alcanzase su cabeza, quebrando el yelmo. La terrible herida no le impidió seguir peleando, Juan era joven y fuerte. Para cuando consiguió expulsar a los naturales del patio de la fortaleza, había perdido mucha sangre.

La herida era mortal. Aún le alcanzaron los días y el entendimiento para poder dejar bien organizadas sus cosas antes de que la muerte le recogiera en brazos para partir con su alma a otro lugar. En medio de terribles dolores, y con la magnífica herida supurante que dejaba ver los sesos, Juan pudo encargar una buena tanda de misas por su madre y las tías trujillanas que le cuidaron en su infancia, y proveer de dote a una hija que dejaba. También encomendó a Gonzalo que con las rentas de su fortuna se fundase un mayorazgo.

Hubo que enterrarlo de manera clandestina, al amparo de la noche y sin que nadie supiese de su muerte, por ser muy temido por los indios, una estrategia aquella que había sido usada desde tiempos antiguos por los guerreros castellanos. Jugar a la inmortalidad del caudillo permitía atemorizar al enemigo, doblegando su valor, de un modo mágico y mucho más eficaz que otras argucias de guerra.

La muerte de Juan fue el primer golpe mortal que afectó al clan Pizarro. Gonzalo le acompañó hasta el final. Su compañero, confidente y afín, su hermano más querido, se hizo depositario de sus últimas voluntades, guardián de su cumplimiento, jurando ante él y su espada que nadie le impediría ejecutar los dictados de su hermano muerto, y notando como una parte de él mismo desapareció con Juan aquel día.

Si mi padre lloró la muerte de un hermano, Manco lamentaría la muerte de la lealtad del suyo. Paullu no había cumplido su cometido, acabar con el contingente de españoles guiándolos por las tierras estériles e inhóspitas para dejarlos a merced de los feroces guerreros del sur, cuya violencia era conocida por el pueblo inca desde mucho tiempo atrás. La llegada de Diego de Almagro con parte de sus hombres tras la exploración de las tierras mapuches confirmaba la traición. La estrategia de Manco quedaba así desmontada: el asedio de diez meses había sido demasiado largo, había dejado a sus hombres exhaustos y los víveres escaseaban.

Pareciera que los dioses abandonaron a mi tío Manco cuando perdió la fortaleza de Sacsayhuaman donde murió mi tío Juan Pizarro. Se organizaron las maltrechas huestes y mi otro tío, Hernando, decidió atajar la rebelión desmantelando la fortaleza de Ollantaytambo, donde Manco tenía su cuartel general.

Allí, en una intimidatoria peña de grandes dimensiones, frente al camino que llegaba del Cuzco, Manco, al igual que su antepasado el primer Inca Hurin, hizo hablar a las piedras. A ese fin, ordenó Manco pintar sus armas. La lanza y el casco coronan desde entonces la pared rocosa, la piedra hablaría de él como ya lo hiciera con sus ancestros; aquella era la advertencia que encerraba un mensaje para el mundo andino y también para quien se atreviera a usurparlo. Manco se resistía a abandonar su condición de Inca y así lo hacía saber a todos, naturales y extranjeros. Aquella roca recordaba la fiereza de su poder sobre los cuatro *suyus*.

Los estragos de la guerra se dejaron sentir, muchos hombres habían perecido en el asedio, demasiado largo, demasiado exigente. Los brazos con los que contó Manco en la batalla eran los mismos que trabajaban la tierra. Durante el tiempo de asedio fueron abandonados los campos, los frutos de la anterior cosecha escaseaban, los tambos estaban vacíos de grano, usurpado por los enemigos; la amenaza de la hambruna sobrevolaba sobre el pueblo de Manco, que dedicado a recuperar el Imperio había abandonado el cuidado preciso y amoroso de la Pachamama, paralizando los ritmos que exigen los astros para la cosecha. No se había horadado la fecundidad de esta y eso podía significar el descontento de los dioses. El Inca ordenó la retirada de sus hombres, y se adentró en las montañas con el dolor de haber acariciado su deseo todavía sin alcanzar, y con la pesadumbre de saberse traicionado por su hermano Paullu.

La retirada de los guerreros, que había mantenido en vilo casi diez meses a los españoles, dejó a la capital sagrada libre, pero otros ya habían trazado sus planes. Tras regresar de la yerma y hostil tierra de Chile, Almagro aprovechó la oportunidad que Manco le procuró. Con los hombres exhaustos y la ciudad presa de una debilidad enfermiza, azotada todavía por la pestilencia de la muerte, Diego de Almagro ocupó el Cuzco e hizo prisioneros a los dos únicos Pizarro que allí permanecían.

Hay sitios que atrapan el deseo de todos, lugares cuyo control alimenta la falsa creencia de obtener el halo divino del poder. Esa era la esencia y la divinidad del Cuzco, que también entrañaba su contrario: la maldición de ser deseada por todos. El ombligo del mundo y su dominación derramaron más sangre que todas las batallas de la Reconquista castellana. Todos asumían que les pertenecía. Manco peleó por ella hasta agotar sus fuerzas, y ahora eran otros los que derramarían la sangre. Sería de Nueva Castilla, la gobernación de mi padre, y también de Nueva Toledo, los dominios de Diego de Almagro el Viejo. Se desató de nuevo el enfrentamiento, las intrigas regresaron. Aquellas intrigas que determinarían mi vida y la de mis hermanos.

En aquel conflicto entre españoles, alcanzaría su propia gloria Paullu Yupanqui, el hermano de Manco, que no cumplió con la palabra dada a los suyos: pasaba a convertirse en el nuevo Sapa Inca elegido por Almagro. Inició así su diletante reinado un nuevo Inca. Ni los dioses ni las *panacas* cuzqueñas, ni siquiera los orejones, hubieron de decidir. No se escuchó el consejo de las huacas, no se consultaron las entrañas de las llamas, tampoco se permitió oír las voces de los que clamaban que ya había un Inca.

Desde el último cerro que permitía observar Sacsayhuaman, Manco contempló el palacio de Colcampata donde su hermano Paullu se había vendido a los españoles, como antes hiciera él, y azuzó a su caballo para iniciar la marcha a las montañas acompañado de sus hijos, custodiado por treinta mil guerreros y una parte de la élite cuzqueña formada por la nobleza que renegaba de Paullu.

Dejando atrás la ciudad, el abrazo de los ríos sagrados Vilcanota y Apurímac los esperaba, custodiando la subida a la sierra de Vilcabamba. En la espesura de la jungla, rodeados de la humedad densa que oculta los caminos, desapareció la corte de Manco rumbo a su nuevo emplazamiento. Allí, en medio de la fragante y copiosa belleza andina, surgiría una nueva estirpe, en la que prevalecería el fasto del antiguo Imperio inca. Volverían a esculpir las montañas, regresaría el ceremonial y los adoratorios solo velarían a Viracocha, Inti y Quilla, agasajarían a Illapa y leerían en el cielo y en la tierra los mensajes velados que el Hatun Mayu, la Vía Láctea, el gran río que atraviesa la bóveda celeste, mostraba solo a los escogidos. Los dioses extranjeros no penetrarían allí, ni los traidores que habían usurpado el Imperio.

Dicen que recorrer Vilcabamba en aquel momento era vislumbrar el esplendor pasado del Cuzco, que ahora marchito languidecía dando paso a una nueva realidad. Cuidadosamente, Manco y los leales a su causa reprodujeron con detalle el pasado de sus ancestros. Los últimos Incas volvieron a tallar las piedras, a levantar santuarios donde honrar a las aguas y calmar a las criaturas sagradas que en ellas vivían mediante ofrendas y sacrificios. Desde una posición privilegiada que permitía observar el entorno sin ser vistos, y rodeado de una amplia sucesión de terrazas con bancales en los que la tierra se mostraba generosa propiciando los cultivos, Vilcabamba custodiaba el corazón de la ceja de selva para servir de nexo con los cielos que acariciaban las rudas montañas.

Allí Manco perpetuó los ritos y costumbres que le correspondían como Sapa Inca. Era un hijo del sol, su poder sería absoluto, nadie podría mirarle a los ojos, y en su presencia todos deberían acudir con los pies desnudos y mantener la cabeza inclinada mientras él hablaba. Se arrancarían cejas y pestañas en señal de respeto, se honraría con devoción sagrada su persona. Se resarcía así de la humillación vivida en los tiempos de mi padre.

Hubiese querido conocer aquella tierra, del mismo modo que pude entrever e imaginar el glorioso Cuzco de Huayna Capac gracias a los relatos de mi madre. Pero Vilcabamba se resistía a ser profanada tanto a través de las miradas como por las palabras.

Solo Vitcos, la antesala de Vilcabamba, fue alcanzada en una ocasión por mi tío Gonzalo Pizarro y sus hombres. Gonzalo recordaba aquel momento como un arrebato místico. Tal y como me narró, le pareció estar viajando a la otra cara de la luna. Los escarpados cortes rocosos a los que hubo de enfrentarse para alcanzar aquel lugar solo conciliaban con la creación del Altísimo en la abundancia de frutos que se adivinaban en aquellos bancales. Nadie conocía el modo de acceder a la hermética y enigmática Vilcabamba, creada con la intención de burlar a los enemigos. Sin embargo, nadie podía olvidarla.

Durante toda mi infancia, los guerreros de Manco hostigaron a los españoles con batallas en caminos y ataques estratégicamente inesperados a las encomiendas cercanas. Aparecían de pronto, y embestían con violencia, desbaratando el frágil equilibrio de las haciendas. Arrasaban los cultivos, masacraban a los naturales que trabajaban para los invasores, raptaban a las mujeres y degollaban a los españoles arrancándoles las entrañas y dejando sus cuerpos abiertos, amarrados a maderos en forma de cruz. Dejaban sonar entonces el ruido de los tambores elaborados con la piel y las tripas de los enemigos, un lamento negro que pretendía mantener vivo el espíritu del príncipe desterrado. Pero, ciertamente, en el tiempo en que mi padre perdió la vida, nada se sabía todavía de ellos.

La muerte de mi padre y de Almagro parecía haber aplacado las ansias de venganza de Manco y sus ministros. Pero nadie podía garantizar nada, y su amenaza seguía existiendo.

A menudo me preguntaba en aquellos días en Trujillo cuál sería la decisión del antiguo Inca. Recordaba el asedio de Lima y sabía de la fuerza descomunal que podía invocar Manco.

La realidad era que allí, en la corte de Vilcabamba, se debatían varias facciones. La noticia de la muerte de mi padre llegó casi de forma inmediata a las montañas. El último portador de esta no se detuvo cuando atravesó la compleja serranía, y al alcanzar Vitcos ya eran varios los guerreros que corrían en su afán de comunicar a Manco el que parecía el nuevo volteo del mundo.

Manco escuchó lo ocurrido en silencio. Meditabundo e impertérrito, acariciaba su *chipana*, el brazalete de oro macizo que le acompañaba desde los tiempos en que su vida como hijo de Huayna Capac no entrañaba más tribulaciones que las de cazar, asistir a las fiestas sagradas o entrenarse con las armas. No se pronunció, pese a que todos esperaban impacientes su parecer. Especialmente entre sus consejeros, eran muchos los que consideraban aquella la señal clara que los instigaba a actuar, y entre los ministros se dividían las opiniones.

Los hijos de Manco fueron convocados al efecto para recibir tan crucial mensaje y a pesar de ser unos niños dieron también su parecer. Sayri, Tupac Amaru y Titu Cusi estaban siendo formados en el palacio de Vilcabamba siguiendo los preceptos que en la corte de Cuzco se aplicaron hasta la muerte de Huayna Capac. Ya se atisbaba el incipiente carácter de cada uno, un carácter que se forjaría bajo la batuta de Puma Suma, el amauta, y Atoq, el hermano de Manco. Entre ellos las rencillas no habían comenzado, aunque sus temperamentos auguraban el conflicto inminente sin necesidad de oráculos.

Eran tan opuestos en su forma de ser, tan distintos, que la mecha prendería en breve tiempo. Ahora el frente común que habían forjado se dirigía peligrosamente a cuestionar a su padre. Sayri, el más niño, mostraba el temple que caracterizó a Manco en su juventud, era sosegado, pacífico y fácilmente impresionable; a él le correspondía suceder a Manco, pero la pureza y la legitimidad en la corte Inca podían verse truncadas por otras prerrogativas. Tupac Amaru se mantenía en un segundo plano, no participaba abiertamente; como hijo natural de Manco, se mostraba empeñado en obedecer, pero aquello no implicaba que, en la sombra, Tupac no ansiase su parcela de poder. Por su parte, Titu Cusi, el mayor, poseía un carácter más belicoso e inquieto, había crecido escuchando como los barbudos habían arrebatado todo a su pueblo, y los capitanes que defendían la guerra pusieron sus ojos en él.

A espaldas de su padre, Titu continuó alimentando el espíritu de la guerra sagrada con una parte de los orejones nobles. Sus hermanos lo miraban con admiración, especialmente Tupac, ya que su talante guerrero y apasionado contrastaba con la apatía de su padre Manco.

En consonancia con su carácter, el mayor de los hijos de Manco comunicó a su padre y en presencia de los cortesanos que era el momento de atacar nuevamente Cuzco y acudió a la fiereza de los guerreros chunchos, asegurando que desbaratarían las fuerzas del enemigo.

Manco no compartía esa idea. Aquella no era su guerra, aseguró, ordenando a su hijo que abandonase la idea de la batalla. Habían pasado muchos años desde que Almagro le ofreciera una alianza para acabar con el control de los Pizarro cuando se desató la primera guerra civil entre los españoles. Almagro fue el único español con el que Manco simpatizó, y a esto acudió con soberbia su hijo, que le recordó que eran los almagristas los que habían dado muerte a mi padre y que ahora sería fácil pactar con ellos y perpetuar la guerra. Sin embargo, pesaban en el alma del soberano demasiadas traiciones, demasiado rencor. Parecía que el odio que Manco acumuló por los Pizarro quedaba liberado tras el asesinato de mi padre, y sentía que otros se ocuparon de lo que era justo. El Ayni se había manifestado y todos los muertos quedaban vengados por la muerte del marqués Pizarro. No sintió que tuviera que hacer más.

A sus trece años, Titu brillaba exultante haciendo de su impetuosa obstinación un brusco y ostentoso desprecio a la autoridad de su padre. Manco le ordenó callar, mientras buscaba algún gesto que delatase entre los ministros la complicidad de estos en aquella desorbitada reacción de su hijo, y de este modo descubría el soberano como sus capitanes deseaban la guerra, usando a su hijo para enfrentarlo. Prohibió entonces que volviera a tratarse el tema y se retiró.

Todo se vistió de aparente normalidad. Los quehaceres mundanos ocupaban los tiempos, el olor de maíz cocido invadía la ciudad, las mujeres preparaban los tintes de carmín para las lanas que confeccionarían los *uncus*, esos hermosos ponchos cuajados de *tocapus* ceremoniales del Inca, y las ancianas narraban la gloria de un pasado que parecía asomarse de nuevo en aquella falsa realidad.

El soberano rebelde daba la espalda a la oportunidad que la muerte de mi padre les ofrecía. Y eso traería consecuencias que no se hicieron esperar.

Manco fue avisado por uno de los sirvientes: debía acudir con prisa a la alta planicie que circundaba el lado norte de la ciudad. Allí, el Inca sorprendió en el llano a sus hijos efectuando el gran chaco, la caza ceremonial de la vicuña. Aquel, desde el inicio de los tiempos, era el rito sagrado que simbolizaba el comienzo de la guerra. Los hombres, que ya tenían rodeado al esquivo grupo de vicuñas, permanecían cogidos de la mano, cerrando el abrazo de muerte que daría inicio al estado de guerra, y esperaban la orden de Titu, que, portando el quero colmado de chicha y acompañado de sus hermanos pequeños, observaba el momento presto a ordenar el ataque, cuando la mano de Manco detuvo su brazo.

—No habrá guerra, no se librará batalla —aseguró.

Humillado y encolerizado, Titu escupió al suelo.

—Esto es entonces lo único que la Pachamama obtendrá de su hijo el Inca —aseguró mientras derramaba la chicha en el suelo—. Ni la tierra ni los dioses perdonarán esta afrenta, padre. Has abandonado los cuatro *suyus*, no es digno de gloria quien entrega a su pueblo, dejándolo en manos enemigas.

Tupac Amaru se apresuró a coger el quero vacío, posicionándose a la derecha de Titu Cusi y confirmando ante todos dónde estaba su apoyo.

Manco supo que debía actuar con tino y poner fin a las presiones, aunque entendió que la semilla del conflicto ya estaba instalada en la corte vilcabambina. ¿Qué hacer entonces? Su negativa a participar en aquella guerra podía acarrear graves consecuencias. Sin embargo, no estaba dispuesto a entregar más vidas de sus súbditos a aquella causa. Ya habían sufrido demasiado. Había comprendido Manco algo que se escapaba al resto: la lucha sería inútil, la lucha nunca acabaría.

Capítulo 5

La memoria de todos

Ahora, mientras escribo, recuerdo cómo la necesidad de elaborar esta relación ya me acompañaba desde aquellos días. Mi hermano y yo no éramos los únicos hijos del marqués, aunque sí los únicos reconocidos por el rey. En la sombra, eran muchos los que deseaban la muerte de mi hermano. Era por ello importante recordar, apuntalar bien a través de la palabra escrita todos los hechos. Esa sería mi coraza, mi armadura, y mi lucha.

Recordé en aquel tiempo muchas cosas. Cierto es que mi memoria era prodigiosa, pero a menudo, no sé si la gran cantidad de hechos que me tocó vivir, o el ver cómo el propio paso del tiempo dejaba una huella de olvido en muchos de los que me rodearon, me hicieron adelantarme al momento en que se debilitarían mis talentos en el arte de recordar. Parece que en aquel instante ya supe vaticinar lo que acaecería, y por eso me esmeré. Quería fijar todo en mi memoria, y no perderla, porque solo así podría darle legitimidad escribiéndola después.

Esa fue una de las grandes lecciones que se aprendieron en aquel Nuevo Mundo: solo lo escrito vale, solo la palabra escrita otorga mercedes y concede privilegios, solo pervive aquello que habita los lienzos y legajos, solo el vencedor dicta y escribe sus normas. Así lo asumí durante aquellos largos días, escondida entre escribanos, donde la pluma y la tinta registraban incansables todos los hechos, se recogía por escrito lo que sucedía, todo lo que importaba, en los despachos del Palacio de Gobernación que era mi casa, y yo me aficioné a colarme entre los archivos.

El pueblo inca no conocía la escritura: basaba su cultura en los relatos, trasmitidos a través de la voz; innumerables cantares servían para esculpir una historia que se repetía de generación en generación, contada de unos a otros. También anudaban la memoria en los quipus, aquellos enormes artefactos en los que los hilos hablaban y los imponentes colores contaban por igual secretos y cosechas, tributos y dinastías reales; aquellas enmarañadas y largas hebras albergaban la memoria y el pasado del Imperio inca, así como el control tributario de todos los pueblos sometidos y las órdenes que marcaban los dioses. Solo los *quipucamayoc*, formados en el Cuzco para ello, sabían descifrar el complejo sistema de cuerdas, nudos y tonos que variaban desde el rojo al amarillo, pero aquello era tan válido como la palabra escrita.

En aquellos registros de memoria también se contaría la gloria del pueblo inca, obviando con meticulosidad la historia de los sometidos. Entre las *panacas* reales se elegía lo que merecía la pena contar, y lo que no, era silenciado, se creaban cantares que ensalzaban las hazañas del Inca al que pertenecían y los *quipucamayoc* confeccionaban con nudos esa historia de gloria que debía permanecer. Del mismo modo, cuando un Inca moría, los amautas, los sabios de la corte, se reunían y decidían si su gobierno merecía ser recordado y, de no ser así, era borrado para siempre de la historia.

Mi linaje, Yupanqui, hablaba de la gloria de la palabra, de cómo las gestas, si eran dignas y favorecidas, permanecerían en la historia a través de lo dicho. Yupanqui significa «contarás», y su esencia es lo que merece ser conservado en la memoria. Por ello, sospecho que desde antes de nacer ya crecía en mí la semilla del verbo, y ahora sé que por esencia y decencia debía hacerlo. Tenía que honrar a mis linajes escribiendo mi historia, despejar las brumas, alcanzar el fondo, limpiar una verdad incómoda salvaguardándola de los ojos de otros y entregándola a los que han de conocerla, a vosotros.

La ausencia de escritura no impidió ocultar y silenciar a otros desde antes de que los españoles asomaran a aquellas tierras. Solo el vencedor dicta sus normas. Para conocer el pasado de los pueblos huancas, chancas o chachapoyas, había que recurrir con tino a fuentes ocultas que se resistían a perder su memoria. Los sabios ancianos, herederos de linajes sometidos, eran una fuente frágil no siempre fácil de hallar. Tampoco era sencillo atisbar el origen de los cañaris, los eternos mitimaes o forasteros obligados por el Inca a abandonar su territorio, objeto del desarraigo más atroz con el fin de debilitarlos y lograr dominarlos. De todos ellos supe por los relatos que hasta mí llegaron, aunque hube de cuidarme de que otros conociesen mis contactos con quienes me proporcionaron los retazos de un pasado que de boca en boca se trasmitía.

Cuando mi padre y sus hombres llegaron a Perú, las crónicas orales tempranas que circulaban en el Tahuantinsuyu, el Imperio, hablaban de la extraña costumbre de los barbudos de pasar horas y horas frente a unos extraños lienzos blancos, en silencio, observándolos. No entendían aquel extraño ritual que se repetía constantemente y que alcanzaba su manifestación más fastuosa en las celebraciones de las liturgias. Pronto entenderían el poder que albergaban aquellos lienzos, los legajos y relaciones en los que se recogía tanto la historia de Dios como la de los hombres y también, de modo proceloso, la que llegaría al rey.

La palabra escrita empezó a rebelarse ante todos, y más aún frente a la extensa distancia de Castilla, como un salvoconducto que otorgaba poder. Así parecía entre los españoles y así lo entendieron los naturales. Pero ¿cómo se accedía al dominio de aquellas fórmulas que permitían narrar y defender, otorgar y arrebatar? Entre los españoles eran muchos los que no sabían escribir; mi padre era uno de ellos, al igual que Almagro, y sin embargo ambos se ocuparon de tener una importante corte de secretarios y escribanos que dieran buena cuenta de lo que sucedía. Todos, hasta los iletrados, conocían el poder de la palabra escrita, así como la ambigüedad que podía esconderse en las letras. La gran cantidad de crónicas que cubrieron la historia de lo que sucedió en las Indias no hizo sino incrementar las dudas sobre lo que realmente ocurrió para unos y otros.

Empezaron a escribirse un gran número de relaciones. Todas ansiaban ser la reproducción fiel y veraz de lo que ocurría en el Nuevo Mundo, mas muchas aparecieron en un tiempo y lugar demasiado alejados del momento narrado, incumpliendo por tanto los preceptos que exigían la verdad y el rigor cristiano. Sin embargo, aquello no sería nunca un problema de cara a ser publicadas, compartidas y creídas a pies juntillas.

Para gentes que ni siquiera estuvieron en el Perú cuando acontecieron los hechos que prolijamente narraban en sus escritos, me parecía de una insolencia insoportable que presumiesen conocer lo que ni siquiera vivieron. La verdad de la palabra escrita ya dejó de cuestionarse en un momento temprano, y sin embargo, de modo tácito y en función del viento que reinase todos la aceptaban o la denostaban. Aquellos relatos que cuidadosamente se escribían no eran las novelas caballerescas o los romanceros que circulaban desde antiguo en los que la leyenda sustentaba la narración y era sabido de todos; no, en aquellas crónicas los firmantes jugaban a ser historiadores y todos se afanaban en demostrar que, tal y como Cicerón expuso, la palabra escrita era la trasmisora veraz de hechos pasados a la que había que dejar libre de parcialidad o de interés propio.

Mi conocimiento de estas crónicas, así como mi ávida y enfermiza curiosidad por saber lo que sobre una parte de mi vivencia y pasado se escribió, me hizo embarcarme en un cuidadoso proceso de estudio en el que me di cuenta de lo caprichosa y benévola que es la percepción de muchos acerca de su supuesto trabajo en el oficio de contar la historia. Fueron muchos los que se atrevieron a hacerlo. Ya no solo en corrillos a media voz se trasladaban opiniones y cantares que servían para nutrir la imaginación de los que sí conocían el arte de la escritura, sino que muchas veces estos jugosos infundios convirtieron en informantes de primer orden a aquellos que solo repetían de oídas algo de lo que ni siquiera conocían el origen.

Cada uno escribía, sí, pero poco se tardaba en descubrir lo que había detrás de la reluciente pátina y las ínfulas retóricas. Era fácil advertir que se escribía en pos de un interés personal, contando verdades a medias, y en muchos casos dejándose llevar por la mano que los protegía en aquel momento. Y hubo muchas manos. Vaca de Castro sería el primero de una larga lista de enviados por la Corona con altas misiones que eran falacias. Todos llegaron hasta allí con la gloriosa tarea de pacificar las tierras y ponerlas al servicio de Dios, como se repitió de manera incontable, aunque en cada una de esas cartas se escondía de forma tácita su misión principal: dominar y poner aquellos reinos bajo el control absoluto de su majestad, alcanzando en esa labor el provecho propio.

Por eso me esforcé desde muy niña en adiestrar bien mi memoria, y se convirtió en tarea esencial escribir yo aquello que vi, oí y viví. Esa sería mi fuerza, esa y la de alimentar mi conocimiento acerca de lo ya escrito, así como las difamaciones que circularían sobre los míos. En aquellos tiempos de huida y zozobra, de muerte y desarraigo, intuía mi sino, y me anticipaba a lo que este relato sería, ya sabiendo que debía contar todo lo ocurrido y también intentar rescatar lo que sería marginado en la construcción de una historia única. Busqué un espacio en mí donde preservar la memoria, pero no solo la de los vencedores, que esa ya todos la recogerían, sino también la de los vencidos que otrora fueron vencedores, incluso la de aquellos que serían olvidados y marginados, los pueblos y las gentes que quedaron en el camino; ya la construcción de la memoria inca dejó atrás el relato de los pueblos sometidos al imperio del mismo modo que ocurriría después con la memoria que confeccionaron las crónicas españolas. Lo mismo sucedería con la memoria de las mujeres, o la de los niños huérfanos de aquella guerra sin final, la de aquellos que no tenían voz y cuyas vidas serían marginales anécdotas cuidadosamente olvidadas.

Conocí a muchos de aquellos cronistas de Indias que hoy día siguen presumiendo sin remedio ni certeza de haber aportado el relato veraz de lo acaecido en el Nuevo Mundo. Muchos de ellos pasaron por el palacio de mi padre, a otros nunca los vi allí, ni tuve certeza de que pisaran la tierra perulera en algún momento, a pesar de la pasión y vehemencia que ponían en sus letras y relaciones.

Otros fueron muy cercanos a mi persona, por ser de mucha confianza y cercanía a mi padre y a mis tíos. De entre ellos, recuerdo especialmente ahora a Betanzos, el que sería mano derecha de mi padre. Porque en los días de mi huida, nadie imaginó el quehacer y la misión que este había asumido; nadie, ni siquiera él, sabría hasta qué punto yo conocería después cuáles fueron sus pasos.

Juan de Betanzos fue un hombre cordial y bien parecido, de buen entendimiento, juicioso, prudente y muy leído. Desde su llegada al Nuevo Mundo, su habilidad con las letras le abriría las puertas de los despachos y su talento natural con las lenguas le permitiría afianzarse como intérprete. Ambas labores en aquel momento eran tan necesarias como el impecable manejo de las armas y la tenencia de un caballo, digamos que dominar las letras y la escritura y hacerse entender eran dos de los valores más necesarios en un momento en que la inmensa mayoría no sabía escribir y en un lugar tan vasto en el que las lenguas, a pesar de todos los esfuerzos, eran varias.

Juan era hidalgo, aquello se notaba con solo verle, de modales refinados y una exquisita educación cortesana. Betanzos mantenía intacto el porte característico de la hidalguía, esa mezcla extraña que aunaba las formas de un bachiller con la gallardía y el valor propio de aquellos que cargan en su sangre con la gloria de linajes viejos y memorables, cuajados de antepasados que enfrentaron durante largas generaciones a los sarracenos y a otros infieles.

Con ganas de encontrar aventuras y sumarse a los sucesos que daban vida a aquel fascinante Nuevo Mundo, Juan de Betanzos se vio de repente en el corazón de los hechos que cambiaron la historia de un imperio gracias a su buena relación con los Pizarro, una relación leal que se mantuvo intacta de principio a fin. Y aunque una mácula pudo ensombrecerla, quiso el destino que esta no pasara a mayores.

En el enorme grupo de secretarios que entraban y salían del palacio de mi padre en Los Reyes, la figura de Betanzos me fue siempre familiar. Era amable y distinguido, nos trataba con cariño y ceremonia, y siempre tenía un momento para obsequiarnos a mi hermano y a mí con algún pequeño presente improvisado. La intimidad que compartió con mi padre no la conocí, pero era un habitual a la mesa de los Pizarro, donde mostró un gran interés por la nueva compañera de mi padre, Cuxirimai. Como intérprete, escribano, y lengua, para Betanzos el contacto directo con un miembro de la alta aristocracia incaica constituía una suerte divina, un perfecto salvoconducto a la esencia o *alma mater* de la lengua que pretendía dominar. Su cercanía y amistad le permitiría apuntalar y engrandecer sus conocimientos de la lengua natural, y de este modo se aficionó a pasar tiempo con la joven Cuxirimai, ahora bautizada como Angelina, bajo la permisiva mirada del resto, que en ningún momento atribuyó a esa incipiente amistad más valor que el de la mutua curiosidad y el estudio por parte de ambos. A él le daría la oportunidad de aprender en profundidad el quechua, y ella obtenía a un conversador con el que mejorar aún más el castellano.

Así pasaban los días, y los progresos del uno y de la otra admiraban a todos, que elogiaban la capacidad de Betanzos ya no como escribano y traductor, sino también como maestro. En aquel momento Betanzos ya tenía en su haber la elogiosa tarea de haber conseguido traducir al quechua la doctrina cristiana, y a ese fin había elaborado dos vocabularios.

Aquello era una proeza divina que contentaría a Dios y al emperador, y por supuesto a la corte inmensa de clérigos que poblaban los caminos, que aplaudieron la hazaña asegurando que la doctrina de Betanzos facilitaba la tarea de abrir los ojos a los naturales para entender quién era el Dios verdadero. Era la segunda vez que los pueblos andinos recibirían instrucciones sobre a qué dios convenía más venerar, ya el Inca Pachacutec hizo oficial en todo el imperio el culto a Inti, dejando en segundo plano a otros dioses que consideró menores.

El mérito y los elogios recayeron siempre en Juan de Betanzos, nadie quiso o supo reparar en que la gran maestra de Betanzos fue ella, Cuxirimai, quien le permitió acceder a la intrigante esencia de su lengua, facilitándole la comprensión de conceptos e ideas vetados e inasumibles para los españoles. Ella le abrió las puertas del universo que encerraba su pasado inca, permitiéndole atisbar el carácter sagrado que escondía cada hecho cotidiano. Entre una palabra y otra, lograba Juan asomarse a las insondables simas de ancestros y *mallquis*, las momias sagradas de los incas, de tesoros y ritos, del origen que marcó la construcción de la ciudad de los dioses y la diáspora de los hermanos Ayar.

Cuanto más se adentraba en aquellos nombres, lugares y hechos narrados con el canto dulzón del *runasimi*, la lengua de la gente, más sentía Juan que se apartaba de lo que hasta ahora era su patria y su origen. Y así, se convertía en una necesidad volver y compartir con ella, su voz se convertía en un arrullo que le calmaba y al tiempo le adormecía como el soroche de las cumbres andinas. Un deseo del que no podía desprenderse le hacía permanecer junto a ella, pendiendo siempre de cada palabra de su relato.

Una de las escasas tardes en que se nos permitió compartir tiempo con mis hermanos ante la mirada desaprobatoria de Angelina y los mimos velados de su criada, le vi llegar. Esplendorosamente vestido, con una sonrisa acusadora y bien cargado, entró en el zaguán. Se presentó a su cita con un cuadernillo de gran tamaño y su inseparable pluma. Betanzos había logrado con empeño descifrar y traducir el nombre de Cuxirimai Ocllo. De esta forma, quería mostrarle sus avances en el quechua cuzqueño, pero sobre todo la admiración que aquella mujer despertaba en él. Abrió el cuaderno donde con esmerada caligrafía había escrito y tintado, empleando los colores sagrados, el nombre indio de Angelina durante la noche anterior.

—Contemplo cada día hasta qué punto vuestra lengua es sabia y no nombra nada al azar. Quiero agradeceros vuestras pacientes enseñanzas con este presente. Vuestro nombre es *kuxi*, que sería «ventura», y *rimay*, que de acuerdo a lo aprendido es «hablar», por tanto, vuestro nombre significa en mi lengua «la que habla ventura», y ningún otro nombre en la tierra podría describir mejor la magia que atesoráis en el don de la palabra, señora.

Ella le miró sin mudar el rostro y secamente añadió:

—Mi nombre ahora es Angelina. ¿Acaso no lo recordáis?

Al principio, Angelina disfrazó de cortesía lo que verdaderamente sentía. Huraña y desconfiada, había aprendido a ser cínica y complaciente, mientras mantenía intacta su naturaleza a espaldas de su nuevo dueño, mi padre.

El interés que Betanzos le prodigaba no la hizo sentir halagada ni por supuesto entendida: al fin y al cabo, aquel era otro español. Cualquier lisonja o detalle era condenado a la indiferencia por parte de la ñusta. Ahora bien, ese frío desdén se mantenía envuelto en tibia cortesía. El desprecio que tanto se cuidaba de ocultar ante el escribano hacía todavía más desalentador para este abordar sus encuentros. Betanzos no sabía enfrentarse a aquella barrera invisible que percibía ni cómo cautivar la atención de aquella ñusta y lograr convertirla en su cómplice.

Los años transcurridos desde la muerte de Atahualpa convirtieron a Cuxirimai en una maestra de la disimulación: era capaz de mantener perfectamente camufladas sus verdaderas intenciones, ocultando sus deseos. Aprendió así a sobrevivir, aunque dejó para ello de vivir. No experimentaba el más mínimo atisbo de placer o felicidad en aquellos días, ocupada en mantenerse con vida y procurar seguridad a los hijos habidos con mi padre.

La llegada de mis hermanastros fue algo inesperado y confuso para mí: de repente del vientre de aquella mujer, que había usurpado el lugar de mi madre, surgía una parte de mi sangre. No vivía con ellos, tanto mi hermano Gonzalo como yo pasábamos la mayor parte del tiempo en casa de mi tía Inés y de mi tío Martín de Alcántara, así que aquellos niños eran extraños y a la vez eran hermanos. Desistí de intentar entenderlo y de hacerme preguntas cuyas respuestas no llegarían hasta mucho tiempo después, cuando asumí que debía protegerlos del mismo modo que hice con mi hermano Gonzalo.

Poco compartí con ellos en aquellos días, entregados a la custodia de Cuxirimai. Ella se desvivía por los hijos, desplegaba toda su atención y entrega en los pequeños. No hubo nodrizas, las esclavas y sirvientas tampoco tenían acceso a los hijos de la viuda de Atahualpa. Solo ella decidía quién podía tocar, ver o incluso compartir estancia con ellos, manteniendo así su esencia inca de Hija de la Luna. Ya no era coya, ya no estaba Atahualpa, y aunque había perdido el don sagrado de ser la descendiente humana más cercana de la diosa, mantenía un estricto control sobre su descendencia tal y como los preceptos incaicos mandaban. Peleaba así Cuxirimai por mantener su legado y su poder. Trasmitiría a los hijos en secreto la pureza de su sangre, marcando como mujer Hanan el estatus de sus descendientes, aunque estos hubieran sido concebidos con la sangre extranjera de los Pizarro.

Tan solo permitía la ayuda de una mujer en las tareas de crianza y aseo de los niños, una mitimae, que se hacía llamar Yana. Su nombre encerraba un sentido preciso: Yana en aimara significa «venida de lejos», y en quechua, «sierva». Presumía así aquella mujer de su condición y lejos de avergonzarse reivindicaba su pasado.

Yana, de formas generosas y rostro apacible, era una mujer única en su disposición constante y en la rotundidad de su lealtad a Angelina. Pertenecía a los collas, uno de los pueblos desplazados durante la ocupación de los guerreros incas de Pachacutec. Su familia, tras la conquista incaica, había permanecido al servicio de la *panaca* del noveno Inca, ella se convirtió en la cómplice de Cuxirimai, silenciosa y casi invisible. Cuando escapaba de la vigilante mirada de Cuxirimai, Yana también nos prodigaba a mi hermano Gonzalo y a mí una cálida atención. Acataba las órdenes de esta respecto a los pequeños y las relativas a otras cuestiones del lado oculto de Cuxirimai, no preguntaba y no delataba, solo seguía las instrucciones de su ama.

Así lograba Cuxirimai mantener a los pequeños apartados de todos y en su empeño de custodiarlos hubo una especial obsesión por no permitir que pasaran tiempo conmigo y con mi hermano. Siempre presintió que Gonzalo y yo éramos una amenaza para el bienestar y la posición de sus hijos y nos privó de los tiempos que como hermanos debíamos compartir. Aquello sí fue un motivo de enfrentamiento con mi padre, siempre para los Pizarro primó el linaje en los términos que Castilla y la

Corona exigían. Aquellos hijos, al igual que mi hermano Gonzalo y yo, éramos primero Pizarro y después Yupanqui. Y aunque de modo temporal no impuso su voluntad mi padre, permitiendo a Cuxirimai mantener la crianza y custodia de los hijos, el futuro de estos pertenecería siempre a los Pizarro, aunque Angelina luchara silenciosamente por tenerlos solo para sí y se opusiera a ello.

Ahora, tanto tiempo después, sé que cumplió, a espaldas de mi padre, con todos los ritos de su condición incaica. Angelina, al alumbrar a sus hijos, los sumergió en el agua fría para fortalecerlos y curtir su resistencia. Habrían de llegar después las aguas de Cristo. El 22 de mayo de 1541 fue la fecha escogida para el primer bautizo que se celebraría en la iglesia de Los Reyes, terminada de construir el mes de marzo de ese mismo año. Aquella iglesia era el orgullo de todos por lo que representaba, y especialmente de mi padre, que puso la primera piedra, estaba exultante y no escondía la satisfacción de poder bautizar a su cuarto hijo como los preceptos cristianos mandaban en un templo que honraba a Dios y en especial a su venerada Virgen de la Asunción, y que habría de convertirse en la primera catedral del Perú. Pocas imágenes habitaban entonces aquella iglesia, más allá de la talla de la Virgen que mi padre colocó con satisfacción pueril en el modesto altar. Admito que la iglesia prácticamente desnuda ofrecía una extrema austeridad más propia de un cenobio de san Benito, donde las puertas de madera no tenían ornamento y ni siquiera había lienzos en las paredes, nada que ver con la espléndida iglesia en que se convertiría unos años después.

Betanzos estaba entre el reducido grupo de asistentes. Recuerdo que a mí me obligaron a llevar una saya de lino blanco con capucha para estar a la altura de la ceremonia. Y recuerdo que hacía calor, que todos lucían sus mejores galas, y que a pesar de las ausencias de mis tíos Hernando y Gonzalo, todos los allí presentes se esforzaban en cumplir una extraña etiqueta con la que buscaban poner de relevancia los vínculos que los unían a mi padre, su lealtad y también la jerarquía dentro de esa pequeña corte de amigos y familiares. Mientras me colocaba una y otra vez la insufrible capucha que se resistía a cubrir mi cabeza e intentaba aliviar el picor que aquella tela extraña me provocaba en brazos y pecho, pude cazar la mirada de Betanzos sobre Angelina, una mirada de candor implorante que no obtuvo ninguna respuesta.

El niño recibió el nombre de Juan para honrar al Juan muerto en Cuzco, y el niño recibió aguas de manera presurosa, algo habitual en aquel momento y en aquel mundo. Así se garantizaba que alcanzara el cielo cristiano y en caso de una muerte prematura se le ahorraba la estancia en el purgatorio, la permanencia en el limbo o quizá algo mucho peor, como algunos fervientes católicos temían: quedarse atrapado en el inframundo de los incas, el Uku Pacha, condenando su alma.

Tras la ceremonia, se celebró un ágape en el palacio de mi padre, donde ya, libre de la tiranía de la capucha, pude observar lo que era un secreto para todos y que sin embargo yo adiviné claramente en los ojos de Juan de Betanzos. No compartí con nadie lo que vi, y el tiempo, después, confirmaría lo que supe leer a espaldas de los deudos de mi padre y de él mismo.

Los hechos se precipitarían solo un mes después, y el magnicidio obligó también a Cuxirimai a hacerse invisible. Volvió a encontrarse sola, el hombre que la protegía, mi padre, había muerto. Una vez más, debía buscar una salida, y decidió confiar en él. En medio del miedo y el desorden que recorría las calles de la Lima revuelta que el Mozo dominaba, Juan de Betanzos recibiría una inesperada visita:

—Mi señora os reclama, ya debéis acudir.

—¿Cómo habéis llegado hasta aquí? —Betanzos admiró el valor de Yana, que se atrevió a cruzar sola, desprovista de escolta y de armas, las calles plagadas de rebeldes y atizadas de ira de Los Reyes jugándose la vida.

—Soy mitimae, desterrada, y esclava, señor, nadie sospecha de mí.

—¿Dónde está tu señora? ¿Y los niños?

—Acompañadme, yo os llevaré a ellos, pues. Pero sabed que no es lugar seguro, ya debemos partir.

Betanzos se vio honrado con la misión que desde hacía tiempo anhelaba sin saberlo: la de proteger y ayudar a la ñusta Cuxirimai. Aquel terrible desenlace le abría las puertas de su confianza, y en un punto quedó derribado el muro que con paciencia y tino Cuxirimai había levantado en torno a ella misma. Era un momento delicado, y la viuda de mi padre decidió dejarse ayudar y confiar en aquel que le prodigaba su atención, su lealtad y su veneración.

Admiro el valor que demostró. Cierto es que Betanzos se jugaba mucho: para los hombres de Almagro era un pizarrista. Él tampoco estaba a salvo, pero era consciente de que debía ayudar a aquella mujer y a aquellos niños.

Preparó sus armas en silencio. Ensilló dos de los caballos recién comprados, poderosos e imponentes, que asustaron a Yana, y cargó en sus alforjas unas mantas y la vieja lona que compró años atrás a un mercader en Santo Domingo con intención de proveerse de un techo en tiempos de campaña o exploración.

Betanzos buscó en su cabeza cuál podría ser el lugar seguro donde mantenerlos a salvo, y finalmente decidió subir al norte, a la ciudad de Piura, donde algunos amigos darían cobijo sin hacer preguntas. Sin embargo, cuando se reunió con ella, supo que el destino ya había sido elegido, y que viajarían a un lugar cuyo nombre no conocería hasta alcanzarlo. No hizo preguntas, solo poder servirla y acompañarla ya le hacía sentir dichoso y colmado. Proteger a aquella mujer le parecía la mayor misión que Dios podía encomendarle.

Viajaban de noche y permanecían escondidos de día, acompañados de la corte de yanaconas, de sirvientes, de Cuxirimai, lo que les permitía avanzar sin sorpresas desagradables, ya que los custodiaban desde la distancia y oteaban el camino.

Todo era nuevo para Betanzos. Seguían un itinerario preciso pero desconocido por él. Avanzaban a través de sendas paralelas al Camino Real del Inca, empleadas para pastoreo de llamas y que habían permanecido ocultas para los españoles. Solo aquel que conocía el derrotero podría aventurarse en ellas, ya que los cruces de caminos eran constantes y determinados tramos, tan escarpados como confusos, parecían no llevar a ningún sitio para aquel que no dispusiese de la habilidad de leer las señales.

Buscando alejarse de Cuzco, bajaron rodeando la zona sur de la selva hasta alcanzar Nazca. Juan seguía sin saber a dónde se dirigían, pero no le importaba, el viaje era duro, largo, y al mismo tiempo excitante, a pesar del miedo a ser descubiertos, del peligro que encerraba adentrarse por aquellas veredas extrañas y ajenas.

Aquella travesía representaba la mayor aventura que Betanzos hasta entonces había vivido, porque abarcaba todos los mundos del Perú. Partieron de la costa, seca y árida, llana y amable a los caballos, para adentrarse en la fragante selva, donde la humedad y el fulgor verde intenso mareaban los sentidos, donde la ponzoña se escondía en criaturas extrañas a las que Betanzos no lograba acostumbrarse, y luego comenzaría el duro trance de la serranía, adentrándose en la parte más hostil de la naturaleza del Incario, la ceja de selva, el lugar maldito al que eran enviados los *piñas* o prisioneros de guerra hostiles, que allí se dedicaban al trabajo en los cultivos de cocales en condiciones extremadamente duras. Así el Inca mantenía a raya a los rebeldes y así lo conoció Betanzos de boca de Yana, cuando se adentraban en la espesura que los conduciría a la selva alta.

Se abrió ante ellos un obstáculo insalvable: la cuenca del río sagrado Apurímac era un trance indispensable, y había que salvar el ingente cañón horadado en la montaña. A caballo, cruzar aquel puente parecía imposible, y a pie los animales espantados se negaban a seguirle, hubo de vendarles los ojos para conseguir que pasaran al otro lado. El mismo Betanzos entendió la reticencia y el miedo de los equinos, puesto que él lo compartió. El terror le traspasaba a medida que avanzaba sobre aquella estela de cuerdas, vacilante e imprecisa. Sin querer, adivinaba la gigantesca distancia que había hasta alcanzar las aguas del río: «*Hatun*», se decía a sí mismo, «*Hatun*, grande», entregándose al quechua para mantener a raya el vértigo. Parecía que la naturaleza le ponía a prueba y retaba su valor para adentrarse en un lugar prohibido y vetado para muchos. Era un rito de iniciación y de resistencia para adiestrar su fe.

Aquellas jornadas le permitieron acercarse y observar a Cuxirimai en un ambiente y circunstancias muy distintos a los que acostumbraba. Pudo descubrir el miedo en su rostro, pero también la imbatible fortaleza que mostraba cuando sus hijos la requerían. Fueron semanas tan duras como completas de entrega, en las que asomaron las primeras confidencias. Se forjaba así entre ambos una poderosa complicidad, la más pura, aquella que nace de la unión ante la desventura, ante el infortunio, alimentándose de la certidumbre de que podían morir en cualquier momento.

Los yanaconas advirtieron que la subida sería calma, no había rastro de barbudos, y los pueblos del Collao ya estaban avisados. ¿Quizá aquellos yanaconas eran deudos de la *panaca* de Pachacutec? Empezaba Betanzos a preguntarse cuál era la relación que Cuxirimai guardaba con ellos y la fe ciega que depositaba en sus informaciones. No se atrevía a preguntar, pero anotaba cuidadosamente todo cuanto veía y acertaba a comprender; ya dominaba el quechua costeño, pero no así el de Cuzco, y a veces se le escapaban detalles y palabras. A medida que subían, el frío y el viento los castigaban, solo el fulgor intenso de las estrellas parecía anunciarles la cercanía a su destino.

Juan de Betanzos solo hubo de jurar al salir de Lima su protección y su silencio; lo hizo ante sí mismo y ante Dios, armado de una daga y sus dos espadas, más la fuerza inquebrantable de su fe en Cuxirimai. A veces le asaltaba la inquietud de no saber adónde le llevaban, pero la apartaba de sí enseguida, puesto que la lealtad era la que alimentaba el honor de un hombre y su honor ahora estaba al servicio de Cuxirimai y sus hijos.

Todos tenemos que rendir cuentas tarde o temprano ante los dioses, sin embargo, antes debemos enfrentarnos al juicio de los hombres, mucho más atroz e implacable, mucho más vacuo y parcial, y Betanzos lo sabía. Visto así, la misión que tenía entre manos podría ser cuestionada e incluso castigada por los hombres, tanto los suyos, por partir en secreto y no hacer frente a la terrible situación que se vivía en Lima, como por los naturales si osaba delatar aquel lugar y el modo en que llegaría hasta él, pero en ese momento Betanzos ya no era dueño de sí mismo. Solo quería rendir cuentas ante ella, que solo le pedía silencio.

En medio de las noches cerradas se abrían paso entre la densa y fatigante naturaleza que se empeñaba en disuadirlos en su avance mostrando toda clase de peligros inesperados. Betanzos evitaba mirar las simas que se abrían a diestra o siniestra en forma de cortados inacabables, preocupado de mantener controlada la hilera de la exigua comitiva. Se esforzaba en no detenerse ante aquellos cañones gigantescos, prefería no pensar dónde estaba. Aquel paisaje invitaba al delirio, a la locura, y sabía bien que otros hombres sucumbieron al hechizo maldito y perdieron la razón al adentrarse en la maraña serpenteante que ofrecía la Pachamama en esa parte del mundo. Era inquietante atravesarla de noche, solo iluminados por la luz de las estrellas que, tal y como aseguraba Yana, les permitían leer mensajes, aunque él no alcanzaba a entenderlos.

Un buen día los víveres portados desde Lima terminaron, y hubieron de improvisarse nuevas viandas. En su intento por demostrar a Cuxirimai que él velaba por ella mejor que nadie, se afanó en intentar cazar un venado, tarea inútil. También buscó la forma de atrapar a los pequeños cuyes y tampoco lo logró.

Finalmente, hubo de conformarse con que los yanaconas, que aparecían y desaparecían, les trajesen el sustento. Cuando se acercó, el almuerzo ya se estaba asando en una pequeña hoguera. Abierto por la mitad, desprendía un olor agradable. No preguntó de qué se trataba, e intentó adivinarlo interpretando su forma, que recordaba a la de un cordero, más pequeño y más delgado. Su sabor le agradó transportándole a los suculentos lechazos que añoraba de la Península. Entonces quiso saber de qué se trataba, descubriendo que acababa de comerse uno de los pequeños perros del Collao, los *apurcos*, que desde antiguo se sacrificaban en aquella parte del imperio. Solo escucharlo le removió las entrañas, y a pesar de su intento desesperado por mostrarse entero ante Cuxirimai, hubo de correr apresuradamente entre los arbustos, donde arrojó todo el almuerzo.

En algunas noches, Mama Quilla se dejó ver en todo su esplendor otorgando una belleza brillante y plateada a las cumbres inalcanzables que fueron creadas solo para intentar acariciarla a ella. Otras noches les negaba su presencia, y en la más absoluta oscuridad debían avanzar sorteando aquellas trampas. Betanzos contaba las lunas que llevaban, en un intento de calcular las leguas que los separaban ya de Lima y del mundo conocido.

Cuando alcanzaron el altiplano, le pareció a Betanzos que el suelo crujía y que varias sombras se movían a su alrededor, y temió entonces una presencia ajena.

Nadie más pareció darse cuenta de lo que se ocultaba entre las ramas y los arbustos; quizá los habían seguido, y ocultos en aquellos bosques esperaban el momento favorable para sorprenderlos. Juan no dijo nada, pero aguzó su vista y su oído, buscando nuevas pistas que le permitieran identificar a los que sin duda los rodeaban. Su mano fue instintivamente a palpar las armas que portaba.

Los caballos cargaban con Cuxirimai, los niños y los enseres del viaje, y no ofrecían de momento una garantía frente al ataque. Su juicio se aceleró al igual que su pulso, intentando diseñar una estrategia de defensa que les permitiera salir airosos. El silencio volvió a hacerse y las sombras se disiparon, pero Juan de Betanzos sabía que allí había alguien más.

Cuxirimai temía por la vida de sus hijos; sin embargo, encontró la templanza que a veces le fallaba pensando en él. La decisión de traerle con ella obedecía a la exigencia de protegerse, solo él podría plegarse a la necesidad clandestina de aquel viaje, solo podía permitirse confiarse a él, ninguno de los hombres de mi padre hubiese accedido a aquello, y Cuxirimai lo sabía. El viaje emprendido era lo único que podía ofrecerle la garantía de salvar su piel y la de sus hijos. Nadie sabía con certeza quién era ahora aliado y quién enemigo. Por eso planeó a sabiendas aquella huida. Se dirigían al único lugar que el Mozo y sus hombres no podrían alcanzar.

Ya había vivido Cuxirimai más veces aquel desconcierto que sacudía a la tierra cuando los hombres decidían derrocar al poder. En su piel todavía palpitaba el recuerdo terrible de la muerte de Atahualpa, que la perseguía. Sé por mi madre que quiso en aquellos días entregarse a su esposo, acompañarle y cruzar con él el umbral de la muerte antes que seguir viviendo en un lugar que no le correspondía, pero no lo hizo, le faltó valor.

Cuando mi padre fijó sus ojos en ella, entendió que era su única salida. No hubo nada más, aquellos dos hijos constituían su carne, su alma y los pedazos que de su linaje podría rescatar. Eran mestizos, pero en el mundo incaico, como ya narré, es la sangre de la madre la que otorgaba la estirpe y el estatus a la descendencia y a esa idea se aferraba Cuxirimai. El carácter mudable de los tiempos la llevó a creer que, si un nuevo volteo del mundo se producía, ella podría instruirlos en méritos para alcanzar en un momento dado no el trono, pero si una posición ventajosa. Por esa razón, Cuxirimai nunca nos respetaría ni a mi hermano ni a mí, y siempre nos vería como una amenaza para el futuro de sus vástagos. Ella, acostumbrada a las luchas de poder entre mujeres en las *panacas* por la otorgación de línea sucesoria, estaba dispuesta a pelear.

Se resistía a aceptar la nueva realidad y se aferraba a la historia del noveno Inca, su bisabuelo Pachacutec, que alcanzó la *mascapaicha* por méritos, cuando el heredero huyó a Cuzco frente al ataque de los aguerridos y violentos *huancas*, aquellos guerreros que ahora se habían aliado a los españoles. Albergaba todavía la esperanza, la dicha de su linaje: el mundo podía volver cambiar, la historia inca estaba plagada de cambios. Y ella estaba asistiendo a uno profundo en su interior.

Admiro ahora la sagacidad de Cuxirimai, que siempre desconfió de los capitanes de mi padre como lo hizo de él mismo. Ella supo ver antes que yo muchas de las traiciones que poblarían mi historia, y supo identificar el peligro que a mí se me escapó.

Ese recelo tendría sus consecuencias, desatando en aquel viaje la peor de las batallas, una guerra interior. Asomaba un escollo dentro de sí misma que no lograba aplacar. En su férrea voluntad de condenar a los barbudos, una insurrección interna comenzaba a fraguarse y se fortalecía a cada jornada de aquel viaje de huida. Se dejaba invadir por un sentimiento alejado de su control, el sosiego se veía alterado por la inquietud al verlo, y pese a disfrazar de pura necesidad su presencia en aquel viaje, lo cierto es que empezaba a tomarle gusto a la compañía de aquel hombre. Demasiado difícil para ser cierto, en aquel ir y venir de emociones, sé que Angelina peleó con fiereza oponiéndose a lo que estaba por llegar, a lo que el corazón ya le había confesado al alma. El fin era inevitable, aunque todavía era pronto para conocer su alcance.

El último tramo los dejó exhaustos, y de repente, las sospechas de Juan de Betanzos se apresuraron a tomar cuerpo y voz: estaban rodeados por al menos diez guerreros, que aparecieron de la nada como si un extraño sortilegio invocado por el sol los hubiese colocado allí, cerrándoles el paso justo cuando amanecía, dejándose ver iluminados por el púrpura intenso que la aurora confería a aquel paisaje, vestidos con gruesos ponchos y violentamente armados con boleadoras y flechas.

Betanzos entendió que aquello tenía mala solución, y desenvainó su espada azuzando a uno de los caballos para que el movimiento del animal asustara a aquellos hombres mientras buscaba una ventaja imposible. Cuxirimai se apresuró entonces a sujetar la mano que sostenía la espada al tiempo que se dirigía a los guerreros hablándoles en una lengua que Betanzos no supo descifrar. No era el *runasimi*, se trataba de la lengua del Collao o lengua puquina, la lengua de los antiguos guerreros colla. Así se lo explicó Yana, puesto que era su lengua materna. Se alegró entonces de que aquella sirvienta estuviese allí, porque fue quien le sirvió de lengua y también de maestra, relatándole el final de los colla a los que el Inca Pachacutec arrebató el control del lago y sus reinos.

En aquel momento Betanzos se sintió solo y completamente vulnerable. Los hombres inclinaron la cabeza ante Cuxirimai, y el que encabezaba el grupo le entregó un hatillo que contenía las «lágrimas del sol». Betanzos contempló las pepitas de oro extraídas de las minas altas, traídas para hacer la ofrenda al lago.

Obtenían así permiso para pasar y serían escoltados hasta las aguas sagradas. Betanzos no comprendía nada de cuanto sucedía, pero se dejó llevar, admirando la soberbia puna del altiplano, los cuajados pastos de ichu que alimentaban a llamas y vicuñas y permitían trenzar las sogas que elaborarían puentes y tejerían vestidos. Jamás imaginó las formas y la belleza que escondía aquella inmensa planicie que recordaba la piel de la luna: la meseta del Collao.

Por su parte, Cuxirimai esperaba las mil preguntas que aquel español le haría, sabedora del impacto mágico que impregnaba cada rincón de ese lugar en el que el cielo y la tierra se unen a ratos. Debía darle su tiempo, aquel paraje enmudecía a todos los que se acercaban a él.

Nunca antes y nunca después volvería a contemplar Betanzos algo así. Ni siquiera la primera visión que tuvo del océano abierto y solitario cuando dejó atrás Cádiz mudó su aliento y ocupó sus ojos con la fiereza de aquel gigante azulado, fulgurante y precioso. El majestuoso lago Titicaca presumió ante el español de colores, de luz, de belleza, de pasado. Estaba en el origen de todo, allí comenzó el reino Colla, allí se definió la estirpe inca, el linaje mágico que reorganizó el mundo y pobló los cuatro *suyus*. En su seno aquel lago guardaba celoso la historia de cuanto se vivió en aquella parte del mundo. Solo Titicaca conocía la verdad del origen de la tierra, del sol, la luna y las estrellas.

En la orilla la balsa los esperaba con sus enormes velas desplegadas, y los indios colla que los acompañaban miraban con recelo a los caballos. Habría que dejarlos allí. Betanzos se opuso, no podía adentrarse sin sus caballos, pero Cuxirimai le tranquilizó. Por primera vez desde que comenzaran el viaje, desveló a Betanzos el lugar al que se dirigían: serían recibidos en la isla del Sol, lugar sagrado. Ella se encargaría de que los caballos fueran atendidos en los cercados de llamas con las que compartirían agua y cobijo, y ordenó a aquellos hombres que allí los trasladasen.

Una vez más, Betanzos hubo de confiar en el extraño destino que le aguardaba de la mano de aquella mujer, cargó con sus armas, y Cuxirimai le detuvo nuevamente, asegurándole que en el lugar al que se dirigían no iba a necesitarlas. Era dura la prueba, una vez más. Era difícil, una vez más. Una vez más Betanzos accedió.

A medida que se acercaban a la isla, le intimidó la majestuosidad de aquellas construcciones, gigantescas e imponentes. Contaban mucho de los que se atrevieron a erigirlas, y también de los dioses en honor a los que se construyeron. Era formidable que aquellos hombres, sin conocer la rueda ni el hierro y sin disponer de animales de tiro como los caballos, hubiesen logrado transportar y levantar aquellas moles insolentes y orgullosas que seguían desafiando al tiempo.

Betanzos recordó que su primera visita al Cuzco le ocasionó un trastorno similar, admiró profunda y sinceramente a quienes fueron capaces de retar al equilibrio, a la fuerza y a las leyes de Cristo en aquel cometido, envidió la determinación de aquellos hombres, y quiso para sí un arrojo igual.

Un grupo de cortesanos esperaban en la orilla para recibirlos. Por primera vez desde que la conocía, Cuxirimai permitió que otros observaran y tocaran a sus hijos estrechándolos en sus brazos, y todos pasaron sus manos por el cabello de los niños. Entonces Betanzos no comprendía el peso ritual del cabello, la fuerza simbólica y real que guardaba, especialmente en los niños. Los hijos de mi padre no participaron de aquella ceremonia de paso, que fue sustituida por las aguas sagradas en la iglesia de Lima, y Cuxirimai buscaba enmendarlo entonces, con mi padre ya muerto.

En el mundo inca, el corte del cabello del infante es primordial para asegurar su vida y su ventura, y solo con el *tumi* o cuchillo sagrado se trasquilaría al niño cuando este alcanzaba su primera madurez, tras ser destetados alrededor de los dos años. El que ejercería de protector realizaba el primer corte del cabello, y en ese momento el niño recibía su primer nombre. Todavía no sabía Betanzos muchas cosas, como que aquel rito era otra de las razones por las que estaban allí. Cuxirimai ya había decidido quién sería el protector de sus hijos y hasta allí había viajado para ejecutar su decisión.

Betanzos contempló a sus nuevas sirvientas. Le asignaron dos doncellas ágiles y pequeñas cuyos ojos poseían la habilidad de mostrar más que las palabras, afortunadamente para él, ya que ambas le hablaron, pero el español nada pudo comprender.

Las indias, solícitas, le indicaron el cuarto que sería su estancia. Todas las casas que los rodeaban mantenían una disposición orientada al norte y siempre custodiando la orilla del lago. Se observaba desde todas ellas el primer lucero de la tarde con una nitidez profusa y cálida; la cercanía de aquel astro invitaba a creer que hubiera abandonado la tierra y se encontrara en la antesala del cielo.

Dejó su bolsa de piel y los escasos objetos que configuraban su equipaje y se adentró en la isla buscando explorar aquel lugar en el que había casas que flotaban. La vida se hacía sobre el inmenso lago y cualquier hecho cotidiano poseía una simbología ritual que cobraba su sentido en solo una misión: colmar y agradecer al lago, el depositario del origen de la vida en la Pachamama, el regalo sagrado de los dioses, con plegarias y presentes.

Contempló en penumbra el grandioso templo del Sol al que acudiera mi abuelo Huayna Capac, y volvió a preguntarse si aquello era real. En medio de profundas tribulaciones le sorprendió la inmensa luna andina; es posible que la diosa Quilla se aliara con el lago para subyugarle y atraparle, en un acuerdo preciso para que su alma se entregara, como escucharía después.

Aquel lago fue, desde el comienzo de los tiempos, el espejo en el que la diosa Quilla se reflejaba cada noche, donde presumía de belleza, y con la complicidad de las aguas sagradas la luna tejió un plan para seducir al sol. Enamorada de Inti, preparaba su encuentro, del que nació Viracocha.

En aquellos días, Betanzos conoció secretos inimaginables, traiciones encubiertas que volverían a repetirse, pero por encima de todo, descubriría el amor a aquella tierra y a la civilización de mis antepasados. Sería en el cuerpo de Cuxirimai, en su bello rostro, donde el hidalgo

81

Betanzos aprendió a amar la que fue su segunda patria y de la que nunca se apartaría. Mientras paseaba la isla, la sorprendió rodeada de las doncellas de su corte cuando realizaba el baño ritual que la bendecía en las aguas de la isla del Sol, desnuda y a la luz de la luna. Cuxirimai oraba y entregaba presentes a las aguas, agradecía y recogía los dones que aquellas aguas le otorgaban al tiempo que entregaba regalos en pequeñas cajas de piedra. Cumplía con el Ayni, la bendita reciprocidad que regía los pactos sagrados, el equilibrio perfecto entre todos los elementos. Agradecía la vida de sus hijos, la suya, se empapaba de fertilidad sagrada y acogía las fuerzas de las diosas que se concentraban, todas ellas, allí. Las que propiciaron el origen y equilibrio de la vida, todas la observaban y la arrullaban. Hechizado ante aquella imagen, Betanzos no se percató de que otros ojos le escrudiñaban a él.

Siguió el rastro de la bella Cuxirimai hasta su estancia, sin preocuparse de nada. Allí, la viuda de mi padre le sorprendió y, lejos de ofenderse, ordenó a sus doncellas que le desvistieran lentamente. Betanzos no se negó y dejó hacer a las indias, que le perfumaron con la rica esencia de *kantú* y le acompañaron de vuelta a las aguas. Allí comulgó con el rito porque entendió que se trataba de un segundo bautismo. Ya eran dos los Mundos que habitaban en su interior.

Y después pasó lo que desde hacía días, semanas, meses ambos sabían que había de pasar. Los dioses lo habían permitido. La muerte de mi padre favoreció el encuentro de aquellos dos que, sospecho, ya se buscaban desde antes de conocerse. Aquella noche Cuxirimai desgranó las angustias de su alma y los favores que deseaba. Ardió en el lecho de otro español, pero esta vez el fuego era poderoso y perfecto. Era la primera vez que aquella mujer volvía a sentirse entera, no desgajada por los hechos. Se confió porque allí, en la tierra de los antiguos collas, la que fuera arrebatada por su bisabuelo Pachacutec para engrandecer y llenar de oro el Incario, sabía que los espíritus bendecían su unión.

Dos días después, Betanzos conocería el porqué de aquel extraño viaje a los confines del antiguo Incario. Los ministros acudieron y reclamaron su presencia: un grupo de orejones fuertemente escoltados esperaban para acompañarlos al palacio de Copacabana.

Hasta ese momento, no supo Betanzos quién era su anfitrión. Cuxirimai ordenó a sus sirvientes que dispusieran todo, se cargaron diez vasijas de oro con chicha y otros presentes. Solo cuando todo estuvo listo, Angelina apareció espléndida vistiendo la túnica de *cumbi*, el pelo suelto y con sus hijos de la mano.

Al desembarcar, se escanciaron dos queros, dos vasos rituales decorados con imágenes de Punchao, el sol naciente, que se colmaron de chicha. Betanzos permanecía en la parte de atrás de la insigne comitiva, tomando notas en su cuadernillo ante el estupor de los orejones, que le reprobaron con la mirada aquel gesto de los blancos. Parecía, pensó Betanzos, que los ojos aquí decían más que las palabras, y se dispuso a guardar el cuaderno. Afortunadamente, Yana se acercó hasta él y le narró cuanto estaba sucediendo, una vez más agradeció al cielo la presencia de aquella india colla, que le permitía descifrar los enigmas de aquel lugar.

Primero los sahumadores impregnaron el aire de la dulzona esencia del palo santo, los músicos hicieron sonar sus zampoñas y cascabeles en una música que a Betanzos se le antojó triste y entonces apareció él. Intercambió el vaso de chicha con Cuxirimai, ambos bebieron y se escanciaron otros dos vasos que compartirían esta vez con los niños. El amauta y el sacerdote se acercaron portando el *tumi*. Betanzos, perplejo, contempló el rostro de su anfitrión: era el Inca Paullu, hijo único de Añas Collque y de mi abuelo Huayna Capac.

Paullu cortó el pelo y las uñas de los pequeños, convirtiéndose así en su padrino y protector. En otros tiempos habría sido el hermano de la madre quien hubiese de dar ese primer golpe de *tumi*, pero ahora los tiempos habían mudado y de este modo establecía Cuxirimai que Paullu era su báculo, su hermano, su familia, consagrando el vínculo de parentesco ritual.

Tras la ceremonia se entregaron presentes. Se obsequió a los niños con láminas de oro, figurillas protectoras de plata, armas y vestidos a la altura de su condición de ahijados del Inca Paullu. Se guardaron cuidadosamente los cabellos cortados en cajas de madera engastadas con turquesas y polvo de esmeralda; Cuxirimai custodiaría con celo una parte de aquellas *huarcas*, convirtiéndose en amuleto y a la vez protección sobre la vida y la salud de sus hijos. Si aquellos cabellos llegaban a manos de hechiceros podrían practicar magia negra que acabaría con sus vástagos, era esa su fuerza y también su debilidad, de ahí que fuera primordial que las cajas fueran protegidas en las huacas sagradas que Paullu dictaminara. Como padrino, este adquiría el compromiso de cuidar a los hijos de mi padre como si fueran suyos. Comenzaron después los tres días dispuestos para la celebración, en los que todos se dedicarían a beber chicha más allá de lo humanamente asumible.

Cuxirimai se mostraba exultante, aunque de nuevo notó Betanzos que se alejaba de él. Los indios cargadores de las andas del Inca se apresuraron a realizar su cometido, y descubrió Betanzos que los *collagua* cargaban con el emperador en ceremonias y paseos, mientras los *lucana* eran los pies del Inca, encargados de llevar a este cuando marchaba a la guerra. Parecían flotar los *collagua* cuando portearon a Paullu trasladándole hacia el lugar donde las viandas estaban dispuestas. Allí, dos sirvientas permanecían inmóviles, una a cada lado del Inca, obstinadas en recoger los cabellos que pudieran caer de la sagrada cabeza del soberano, cabellos que debían ser comidos por ellas para proteger la vida del Inca.

Mi tío Paullu invitó a Betanzos a compartir chicha, y entonces en perfecto castellano le preguntó:

—Tal vez podáis ayudarme, ¿cómo se llaman las aguas en las que vuestro Dios recibió el bautismo?

Betanzos se sintió intimidado. Sabía que no podía mirarle a los ojos y no acertaba a mantener una conversación sin burlar la etiqueta y la actitud de respeto que exigía estar frente al Inca.

—Imagino que os referís al Jordán, al río en que recibieron las aguas sagradas Jesucristo nuestro señor y los apóstoles.

—¿Habéis gozado de nuestro Jordán? ¿Qué se siente al recibir aguas sagradas de otro dios? Es una pregunta que me hago a menudo en estos tiempos y que nadie ha acertado a narrarme. ¿Podréis hacerlo vos? Cuxirimai es parca. Ella vivió como una humillación su bautismo; sin embargo, yo no lo siento así.

Betanzos enmudeció. En su pregunta el Inca demostraba estar al tanto de todo lo sucedido en su encuentro con Cuxirimai. Ante los españoles, aquel inocente baño podía acarrearle la excomunión, y se daba

84

cuenta de hasta qué punto Paullu era mucho más astuto de lo que hasta ahora había escuchado. Intentó ser ambiguo:

—No sabría responderos, señor, no recuerdo ni siquiera el momento en que yo fui bautizado.

Paullu le ofreció más chicha, reconoció en el español la misma habilidad de la que él presumía, las evasivas que convenientemente disfrazaban las verdaderas intenciones, y eso le agradó. Continuaron conversando y Betanzos descubrió qué hacía Paullu allí, convenientemente alejado de todo lo que estaba ocurriendo tras la muerte de mi padre.

Aquellas tierras estaban ligadas a él desde su infancia, fue en aquel lugar donde permaneció durante la guerra fratricida que enfrentó a sus dos hermanos Atahualpa y Huáscar. Hasta allí acudía cuando no quería ser molestado y prefería apartarse del mundo. Paullu sentía veneración por aquella tierra, su corazón estaba allí, ya que era el lugar en que por primera vez se enamoró y se desposó con una joven. Esta no era la única, por supuesto. El número de concubinas de Paullu era inmenso, como lo fue el de su padre Huayna Capac, mi abuelo. Podría decirse que Paullu tenía abundante descendencia repartida desde el Collasuyo hasta Huaylas.

Ofreció escolta y apoyo a Cuxirimai porque no quería faltar a su palabra de protección. Desde niños ambos compartieron tiempo en Cuzco, y pese a las luchas e intrigas, ellos fueron confidentes. Poco se sabía de esto, porque ambos se cuidaron de no delatarse, primero ante Atahualpa, después ante mi padre. Nadie podía saberlo, y nadie lo sabría nunca. Solo yo accedí a ese enorme secreto gracias a la confesión de mi hermanastro Francisco, pero todavía es pronto para adelantar esto.

Betanzos notaba como la chicha exaltaba su amor hacia la mujer que le había transformado en otro. A merced de ese dulce sentimiento, miraba a Cuxirimai y se acercaba a la decisión que sabía debía tomar. Estaba ante Paullu, en su palacio, formaba parte de su corte y no sabía cómo afectaría aquello a su vida y a su posición.

Paullu, el impredecible, era experto en salir airoso de las más adversas condiciones tanto para él como para su familia. Taimado e inconstante, su habilidad para cambiar de bando era de todos conocida, y ahora que la guerra civil entre españoles estaba gestándose con la presencia del enviado de la Corona, Betanzos no podía apartar de su cabeza que su bando, el que le había proporcionado su condición de Inca, era el almagrista.

Temió Betanzos lo que podría significar aquello para él ante las fuerzas de su majestad y de los leales a mi padre.

¿Cuál sería la decisión de Paullu? No tomó el camino de su hermano Manco, no creyó en aquella rebelión ni creía en la realidad de Vilcabamba. Cuando fue nombrado Inca por Diego de Almagro ya sabía a lo que se enfrentaba y, pragmático, Paullu entendió que la batalla heroica por el Incario estaba perdida desde la muerte de Huáscar y que nada se podía hacer salvo jugar en el bando enemigo y ganar mercedes.

Paullu pasaba de ser traidor a aliado en un caprichoso instante. Desde que inició su participación en el poder, nunca supo nadie cuál sería su siguiente paso. No contaba Betanzos con la inesperada simpatía que parecía despertar en el Inca. Ebrio de chicha, el ambiguo Inca le confesó que él nunca hubiese podido abandonar a su suerte a Almagro en aquel viaje orquestado para hacerle desaparecer en las tierras de los mapuches, pese a la orden de Manco y del Villac Umu.

—Manco no entendió lo que los dioses nos estaban mostrando porque el sacerdote lo embaucó. Aquel delirio hubiese acabado con nuestras vidas. Almagro era mi aliado.

Betanzos asumió entonces el peligro que corría si permanecía allí. Debía abandonar aquel lugar y regresar a Lima. Pero ¿cómo demonios iba a salir de allí sin caballos y sin armas? Necesitaba una vez más que Cuxirimai le ayudase. Siempre acababa siendo torpe en presencia de aquella mujer.

Angelina no se opuso a su partida, pero no entendió las dudas de Betanzos. Confiaba plenamente en Paullu, sabía que permanecería allí hasta después de la Citua, la fiesta de purificación que no se celebraría hasta las primeras lluvias de octubre.

—Créeme, Paullu no participará en esta lucha. Sé que no puedes quedarte, pero yo no puedo regresar —le espetó con la frialdad que volvía a asomar en su corazón.

Sus hijos eran lo más importante y así lo entendió Betanzos, que subió a su caballo y emprendió el regreso a Lima, completamente solo, siguiendo esta vez el Qhapac Ñan, el Camino Real del Inca.

Capítulo 6

El Demonio de los Andes

Aquellos días en Trujillo se alargaban demasiado. Establecimos un ritual, llenando los tiempos con quehaceres que nos permitieran escapar a la angustia que aflora en un encierro forzoso donde la incertidumbre, si no se maniata, campa a sus anchas tejiendo los más negros pensamientos. Aunque no lo mencionásemos, percibíamos los juegos sucios que nos acechaban y los intentos por parte de los hombres de arrebatarnos lo que nos había sido entregado.

Vaca de Castro decidiría sobre nuestras encomiendas y sustentos como ya lo habían hecho otros. Inés callaba, pero yo descifraba sus silencios con una habilidad de hechicera: habría que volver a pelear y defender lo que nos sería arrebatado. Ese lema lo conocí desde niña y se grabó en mi alma con la misma habilidad misteriosa que los padrenuestros y los rosarios que, a base de repeticiones inacabables, se colocaron dentro de mí sin saber muy bien para qué servían. Esas letanías y oraciones aprendidas, de repente y sin darme cuenta, afloran sin llamarlas acudiendo por igual ante el miedo o la tristeza, sin un motivo y sin ser buscadas. De igual modo, defender lo nuestro germinaba en mi corazón hasta adquirir un sentido preciso y vital, mostrándose con encendida fiereza cuando se atisbaba la amenaza.

«Ser mujer no es fácil», repetían Inés y Catalina. «Que no te engañen, niña, ser mujer no es fácil, y todo cuanto te sea dado, te acarreará un precio a la larga».

En aquel Nuevo Mundo, la distancia con el Viejo favorecía ciertas licencias. Del mismo modo que se tejían inciertas y veladas libertades para las mujeres que serían impensables en la Península, también se desarrollaba en la sombra una cuidada habilidad para imponer el orden masculino nuevamente. Podíamos ser libres y disponer de riquezas, aunque la libertad había que pelearla todos los días y enfrentarse a los intentos de control, y en ese juego inacabable, también la riqueza constituía el acicate que podía otorgar, impedir o eliminar esa libertad. Así estaba la situación y así la conocí desde que la sesera me permitió entender.

Yo, mestiza de primera generación, recibí de mi padre grandes mercedes y encomiendas solo por nacer. Muchos de los territorios más ricos que antes estuvieron bajo el control de mi abuelo Huayna Capac y de mi tío Atahualpa pasaron a mis manos solo por el hecho de ser quien fui, y eso no era bien visto a ojos de muchos, especialmente a ojos de la Corona.

Las palabras de Inés y de Catalina sirvieron para que mi alma se acomodara a esa idea desde niña: podías ser mujer y gozar de libertad, podías lograr riqueza, pero debías estar dispuesta a defenderla, porque nadie consideraría que aquello fuera tuyo por derecho propio, solo los hombres obtienen esa licencia. Tampoco nadie consideraría que fueras merecedora de esa abundancia sin más, solo los reyes obtienen los privilegios sin ser cuestionados, y yo, aunque nieta de Incas, para muchos no era más que una mestiza, una medio india a la que había que controlar y que debía expiar los pecados de su padre y otra sarta de pecados posteriores que se me adjudicarían como un sambenito del Santo Oficio y que siempre sería lo único que muchos verían en mí.

La llegada de los indios de Contarhuacho aquella tarde trajo un regalo tan inesperado como necesario, un presente que nos iba a mantener muy ocupadas y lo agradecimos cada una a nuestra manera, mirando al cielo las tres y enviando a diferentes destinatarios la gratitud correspondiente a tan magno acontecimiento: Inés a la Virgen del Socorro, Catalina al Santísimo y yo todavía mantenía mis gracias ligadas a todos los dioses.

Encontrar en el exilio una res era como tener de repente asegurado el estómago y un pasatiempo suculento para los próximos días. No sé de dónde salió ni de qué manera lograron traerla hasta allí, pero la vaca era generosa en formas y eso nos obligaría a cuidar bien el despiece y la preparación de cada parte. Había que sacrificarla, y antes, bendecirla. Inés se ocupó de la liturgia mientras Catalina adoptó el papel de matarife con la ayuda de uno de los indios. Nunca tuvieron reparos ninguna de las dos para resolver esta parte del asunto que para cualquier dama noble y melindrosa hubiese supuesto una atrocidad insalvable, muriendo antes de hambre que perpetrando semejante acto. Ellas venían de un mundo en el que las mujeres hacen tareas de hombres, y a sus habilidades de resolución se unían los primeros años de la Conquista, que sirvieron para reforzar su resistencia y agudizar su ingenio.

Contemplé el rito de la muerte. Aquel espectáculo era desgarrador y a la vez conllevaba una suerte de esperanza. Me acostumbré a aquello aun siendo una niña: la muerte es quien decide. Me dispuse, una vez sacrificada la vaca, a ayudarlas con el despiece. Cada parte tendría un uso y exigía una elaboración. Si los costillares permitirían preparar ollas y pucheros durante un largo tiempo, las carnes del centro del animal pasarían por un periodo de condimento y maceración. Con precisión asombrosa Catalina extrajo el corazón de la vaca. Aquello me impactó. Las manos ensangrentadas de mi aya sosteniendo la fuente de vida de aquel animal ahora desprovista de su esencia ofrecían una imagen extraña que volvía a hablarme de la necesidad de morir para crear y afianzar nueva vida. Un ciclo perpetuo en el Nuevo Mundo.

Catalina sugirió entonces que lo cortásemos y preparásemos para cocinarlo asegurando que, tal y como sostenían algunos indios, tendríamos con ello larga vida y robustez. No sé de dónde sacó esa idea, pero aseguraba convencida que nada hay mejor que comer el corazón de un animal. Inés, espantada, le prohibió aquello, recordando que era más propio de bárbaros que de cristianos. Las vísceras de los animales no se comían entonces entre los españoles, y aunque al final en estas costumbres se mezclan principios mundanos y divinos, cada uno adoptaba el suyo y solo el hambre y la extrema necesidad rompían el precepto, como en los tiempos de la Conquista en que hasta las ratas se convertían en manjares.

En el Perú que yo conocí, las vísceras se entregaban a los esclavos negros, conocidos por los indios como *yana runa*. Era la deferencia que a los sirvientes domésticos se les hacía, y ellos lo agradecían preparando guisos extraños y viscosos que espesaban con yuca y frijoles, ensartando los pedazos de pulmón, sesos y corazón en ramitas. Aquel día no pude probar el sabor del corazón de res, pero más tarde y sin los ojos vigilantes de Inés para reprobármelo, lo haría en compañía de mi aya, y siempre he creído que tal y como afirmaba Catalina aquello me dio una fuerza extraña y paciente y me engrandó la salud para esquivar varias veces a la muerte.

Me esforcé en observarla en la faena que se avecinaba. Pronto comenzaron las maceraciones y aprendía con ellas antiquísimos rituales de conservación y elaboración de viandas que se mantenían en esta nueva tierra. Mi madrina, Beatriz la Morisca, fue la que les enseñó el modo de condimentar carnes y pescados tal y como se hacía en Persia, o eso aseguraban ellas. Tradiciones maestras como el escabeche, que las moriscas atesoraban tras generaciones y que disfrazaban de usos de cocina evitando cualquier vinculación de fe. De ella aprendieron la manera de mezclar diferentes jugos que a modo de pócimas permitían que la carne resistiese, y así comenzó el uso de naranjas y limones para sustituir el agraz tan escaso todavía en este Perú. El vino era poco y el vinagre por tanto se convertía en caro o a menudo era reconsiderado por la escasez del primero. Así hubo que echar mano del ingenio, y los limones cultivados por mi tía Inés y mi padre comenzaron a ser esenciales en este proceso embalsamador. Se aprovechaba también el zumo de las naranjas agrias para marinar el pescado crudo mezclado con trozos de cebollas y camote, una receta que Inés aprendió en los primeros años de las indias que formaban el séquito de mi madre.

Se apañaban con lo que a su alcance tenían, y se organizaban para dar salida a los almuerzos. A menudo las escuchaba hablar de las especias, que tanto facilitarían el trabajo en la cocina. Las enigmáticas especias, que provocaron un viaje sin igual y que demostraron que el mundo era redondo como una naranja, desataban entre ellas peleas encarnizadas y mil elucubraciones sobre su desconocido gusto. Catalina hablaba de la pimienta y del clavo con sobrada autoridad, aunque a duras penas recordaba su sabor, ya que solo en una ocasión pudo acceder a las sobras de un banquete con motivo del enlace del hijo de los marqueses de Moya en su Segovia natal. Los restos del ágape nupcial fueron repartidos entre las gentes del pueblo como obsequio y ella alcanzó a coger una minúscula escudilla de carnero adobado con pólvora del duque, una mezcla de canela y azúcar que constituía un manjar digno de la Virgen, como ella aseguraba, y que ya ni recordaba cómo sabía. Cuando Catalina suspiraba por las especias, era Inés la primera que desestimaba esa posibilidad, arguyendo que, si en la Península no tuvieron acceso a ellas por su elevado precio, a qué echarlas de menos aquí.

Siempre les estaré agradecida, porque ambas me enseñaron a adaptarme en aquellos días inciertos y a crear de donde no hay. La sabiduría que atesoraban juntas valía más que lo que cualquier leguleyo o bachiller de Salamanca pudiera aportar al mundo. Se inventaban lo que se les resistía, y daban la vuelta a la realidad a su antojo para hacerla más llevadera.

Mientras los hombres se ocupaban de hacer la guerra y ejercer su poder, mi tía Inés, Catalina, así como mis madrinas, se ocupaban en salvar el día a día y en ver con una tenacidad y certeza asombrosas cuáles eran los puntos débiles y las fortalezas a las que había que vencer y rentabilizar. Aquellas mujeres, que en la Península nunca fueron damas, poseían un instinto sobrenatural para percibir dónde la necesidad creaba una oportunidad. Si los alimentos e ingredientes fueron la primera privación, no porque no existieran en las Indias un gran número de bocados deliciosos, sino por la añoranza de los sabores, los vestidos fueron enseguida otro punto de escasez. Sin sedas ni brocados, sin telas de lino, ni bruneta, ni fieltro, había que vestir a muchos, y era aquella una de las quejas habituales en las cartas que cruzarían el océano.

Mi tía fue la primera en darse cuenta de la oportunidad que tenía ante sí y que ninguno de los hombres supo ver. Los tiempos compartidos con Quispe, mi madre, sirvieron para que mi tía conociera de primera mano la importancia que la elaboración de telas tenía en el Incario, así como la calidad y el virtuosismo alcanzados en los telares andinos. Gracias a las conquistas de nuevos súbditos, el arte textil de los incas fue creciendo en recursos y ornamentos, en nuevas formas de teñir con métodos que se compartían entre los distintos pueblos. Para mis antepasados, las telas tenían una simbología divina que los conectaban con los dioses, y yo, que admiraba la forma en que vestían mi abuela y mi madre, heredé esta afición desmedida por los ropajes. Me sedujeron desde niña los colores nítidos y brillantes que te acercan con solo mirarlos al Hanan Pacha donde habitan los dioses, los *tocapu*, las formas geométricas que decoraban los *uncus* que cubren desde la cabeza a los hombres y los hermosos *acsus* que visten a las mujeres. Los intensos tonos ceremoniales incaicos, el amarillo restallante y el rojo encendido que invadían los ojos del que observa, obligándolos a no contemplar nada más.

Mi tía poco sabía de obrajes y telares, pero sí reconocía el buen paño y supo sacarle partido a lo que los incas ya habían aprovechado, el poder del aprendizaje compartido, del mestizo intercambio y unión de técnicas para satisfacer la demanda creciente de sayos y capas, sombreros, medias y hasta alforjas. Las lanas de Castilla todavía no se tenían allí, pero no tardarían en criarse importantes cabañas de ovejas que mejorarían la resistencia al frío andino con el aporte de las lanas de llamas, alpacas y vicuñas.

Fue mi tía Inés la primera en atreverse a crear el primer obraje en Nueva Castilla, y lo hizo en el apacible valle de Mantaro, muy cerca de Jauja. Ideó con gran tino esta salida para las lanas que ya se esquilaban y que de otro modo se perderían. Encontró como siempre escollos, pero nunca nada la detuvo, a pesar de la oposición de la Corona, que no quería mermar las ventas ni el comercio de las lanas castellanas, y que por tanto no permitía que telares y obrajes en el Nuevo Mundo hicieran sombra a los mercaderes peninsulares. Pero eso vendría después. Aquel obraje sería la primera empresa que Inés materializaría en su nueva vida, pero no quiero ir más rápido en mi relato, os pido paciencia. Vuelvo al gustoso olor que inundaba nuestra casona desprendiéndose de los calderos que aquellos días nos devolvieron el color y la alegría.

Mientras nosotras dábamos buena cuenta de las primeras ollas de carne de la vaca, que nos salvaron, como aseguraba Catalina, de la desazón, en otro lugar del Incario se producía el encuentro de las tropas. Vaca de Castro, tras dejarnos allí bien custodiadas, no perdió ni un momento en afianzar su posición ganando más hombres para sus huestes. Se acercaba al Callejón de Huaylas, la tierra de mis antepasados, cuando el soroche le descompuso el cuerpo y el ánimo.

El mal de altura era uno de los grandes enemigos de los castellanos en el Perú andino, sobrevenía sin avisar y era difícil de contener. A aquellos hombres de tierra adentro, a los que las marejadas ya les dejaron las entrañas lavadas en la travesía al Nuevo Mundo, el mal de altura los dejaba macilentos y sin sentido, los enloquecía y se notaban morir sin comprender qué extraño espíritu demoniaco se les había introducido en el alma descomponiéndoles el cuerpo.

Tras bajar la cordillera, y sobreponerse al mal, encontró Vaca de Castro que la belleza le rodeaba de improviso en Huaraz. Ante sus ojos el inmenso Callejón de Huaylas, valle así llamado por su estrechez, dejó al enviado real preso de una embriaguez mucho más placentera que la vivida en las cumbres. Sintió el viento apacible, la mezcla de olores intensa, la profusa belleza de las tierras de mi abuela, que serían después de Quispe, mi madre, y que enardecieron su alma y su deseo de posesión, como un veneno poderoso, que ya no le soltaría.

Vaca se acostumbró a la luz prístina de la falda de los Andes. A menudo, la inmensidad de aquella tierra le conjuraba y exaltaba su alma y se sentía como un rey poderoso. Aquella tierra, espléndida con sus lagos inabarcables y sus promesas eternas, obraba este efecto en los hombres, les permitía soñar con la grandeza de los primeros reyes de Babilonia, jugar a ser dioses terrenales y asumir que todo lo que alcanzaban a ver sus ojos era de su propiedad. Vaca se acostumbró con habilidad a los colores de la selva y se embriagó con los aromas desconocidos que le rodeaban. En los campamentos de noche pasaba horas mirando al cielo, le hechizaban aquellas estrellas, una bóveda nueva e imponente que le permitía observar astros desconocidos en los que adivinaba su triunfo inminente.

Aquel leonés no dejaba de sorprenderse con la insolente y cruda belleza de cuanto sus ojos estaban encontrando en aquella tierra que iba seduciéndole hasta despertar la peor de las codicias, como pude sufrir después yo misma. Plagado de historias, aquel Callejón tendría siempre un peso grande en mí y en mi sangre.

Ahora, mientras la cera de las velas se consume a gran velocidad y al calor del fuego que bien atizado calienta mi alcoba, no quiero abandonar la escritura. Me he acostumbrado a escribir de noche, robándole horas al sueño; me es más fácil en esta vigilia invocar los hechos a pesar de que la memoria a ratos se me resiste. A veces me pasa, se me escapan detalles. Imágenes y rostros fugaces que solo un momento antes se asomaron a mis ojos con asombrosa lucidez, susurros que escucho como si me hablaran al oído con un eco de pasado y que se alejan si no consigo escribirlos. Soy consciente de que ninguno de los que me rodearon y compartieron su vida, sus anhelos y su intimidad conmigo están aquí, todos están muertos, y la misión que me he encomendado es por ello más importante.

A quien corresponda juzgar estos escritos, solo le pido que prevalezca en su sentencia que todo lo narrado fue vivido por mí y mis deudos y amigos. No traicionaré a mis fuentes, como tampoco lo haré a mi pasado y a quien soy. Seré la voz de aquellos que no pudieron hacerse oír, y revolveré en el ánimo de muchos la dolorosa verdad que no siempre se ciñe a lo contado por otros. Me cuidaré de faltar a nadie, pero no me doblegaré a los intereses de un poder en la sombra que solo persigue nutrirse sin tener en cuenta el honor y la virtud de muchos. Sé bien cómo ser silenciosa, pasar inadvertida cuando así lo requiere la etiqueta, vestirme de fingida indefensión cuando quien observa y escucha no es digno de mi confianza. Sé cuáles son mis cartas, y siempre lo he sabido, pero no dejaré en tierra de nadie la verdad de lo sucedido, con la esperanza de que mi relato ayude a entender y enmendar el daño realizado y os otorgue certezas que confío os sirvan para ser fuertes.

Aunque pierda el hilo de lo que narro, cuán agradecida es mi memoria, que al conjurarla a veces me devuelve al lugar perseguido con olores que me invaden situando entonces cada hecho y cada palabra. Otras, la fina manta de vicuña que me acompaña desde mi partida, y que fue un regalo de mi madre, se convierte en el talismán que con solo acariciarlo me traslada al Nuevo Mundo, al calor de aquellos días, para ordenar nuevamente a los dedos el compás necesario y dotarlos de la fuerza que aprisiona la pluma y vierte todo lo que en mí habita.

Para regresar al Callejón de Huaylas solo bastó azuzar a los olores que de niña me acompañaron, olores a tierra fragante, fecunda y generosa, a las mujeres aventando el maíz mientras los hijos que comenzaban a gatear permanecían en los pocitos excavados en la tierra simulando un pequeño nido. El esfuerzo en recordar la belleza de aquel lugar me llevó hasta el momento en que mi padre atravesó por vez primera aquel Callejón tras la muerte de Atahualpa de camino a Cuzco. Pero mi relato está en otra parte. Mi padre ya estaba muerto cuando Vaca de Castro pudo asomarse a la belleza sobrenatural de aquel espacio que fueran las tierras de mis antepasados.

De nuevo, un hecho jubiloso tuvo lugar para Vaca de Castro en aquellas tierras de Huaylas: más y más hombres se unieron a sus tropas, gracias a la arribada final de los que serían sus principales capitanes y gracias a los que aquel hombre pudo conservar su cabeza en su sitio, al menos por ahora. Por fin pondría cara a aquellos capitanes a los que tantas cartas había escrito en los tiempos anteriores, podría medir de primera mano la lealtad de estos, que bien sabía Vaca que podía ser quebradiza en aquel lugar en el que la altura nubla los sentidos. Se esforzó en leer los deseos de unos y otros, buscando anticiparse para ganárselos con firmeza. Sin embargo, también hubo de enfrentarse a algunas preguntas que sin duda hubiese preferido no encarar, al menos, nuevamente, por ahora.

Puedo imaginar la cara de aquel refinado hidalgo, en aquel entonces descompuesto por la resaca persistente del soroche, cuando fue sorprendido por la cabalgadura y las formas de aquel nuevo capitán que se apresuraba a acercarse para ofrecerle sus servicios. Se trataba de Francisco de Carbajal: orondo y animoso, presumía de su cabalgadura por ser precisamente la única que no se correspondía a la de un capitán. Descendía entre cortados a lomos de una mula tambaleante a causa del peso que transportaba, no solo el del jinete, generoso en formas, sino el excesivo equipaje de sus alforjas que desequilibraba al animal, algo que a él no parecía importarle. Su presencia seguía siendo intimidante y al tiempo cercana.

Es de mucho valor propio y admirable hombría que las más de ocho décadas de vida que cargaba a sus espaldas no hubiesen mermado ni su fuerza ni su determinación. Aquel hombre desbarataba ejércitos con la facilidad de un infante, guerreaba con ahínco y convicción y podía reducir a indios y españoles con la habilidad de una mente preclara y conocedora de los entresijos y argucias que sustentan el valor en la batalla. De ello se servía y por ello era temido.

—Os veo pálido, señor, ¿acaso el mal de la cordillera se cebó en demasía con vuestra merced? No son cortesanas las formas que gasta esta tierra, ya os iréis acostumbrando. Os recomiendo que os ayudéis con estas hierbas secretas de los indios, son un milagro para este mal, os calmarán las tripas y os saciarán el hambre.

Extrañado, y todavía vacilante, Vaca cogió el extraño presente y abrió la bolsa de tela encontrando lo que le parecieron las hojas de láurea con la que se ornaban los guerreros romanos. No sabía qué demonios era aquello, pero si era laurel, en su disparatado delirio determinó que sería un presagio de gloria y triunfo militar. Francisco de Carbajal debió leer su mente, porque se apresuró a decirle:

—No os confundáis, no es el sagrado laurel que bendijo a César, ni os lo ofrezco para elaborar una corona. Aquí las coronas no sirven de nada y la fortuna se logra de otros modos. —Soltó una sonora carcajada—. Pero ¿cómo diablos es posible que no conozcáis las hojas de coca con el tiempo que lleváis aquí?

Siguió riendo estruendosamente, mientras otros capitanes disimulaban la sorna que se había desatado entre la tropa en torno al encopetado enviado del rey. De un salto, Carbajal bajó de la mula, y se abalanzó sobre Vaca de Castro ciñéndolo con fuerza entre sus brazos, mientras gritaba:

—¡Por fin estáis aquí!

Un ademán que el enviado del rey jamás hubiese esperado por lo impropio de la situación y que tampoco supo interpretar, acostumbrado a formas menos efusivas. Por fin se atrevió a hablar:

—Os agradezco vuestro regalo y sobre todo vuestra honrosa presencia apoyando a nuestro rey emperador.

—¿No sabéis quién soy? —le espetó, mientras se atusaba la barba montaraz y blanca y miraba de arriba abajo al nuevo gobernador descolgando la alforja en la que guardaba un prominente odre del tamaño de una vaca—. ¡Virgen del cielo! ¡Es evidente que no lo sabéis! No os confundáis, letrado, estoy aquí para vengar el asesinato del único gobernador y capitán que han conocido estas tierras. El hombre que las conquistó y, gracias a su esfuerzo, las puso al servicio de su majestad. Mi nombre es Francisco de Carbajal, pero si os cuesta recordarlo, hay muchos que me conocen como el Demonio de los Andes. —Midió la reacción de Vaca, comprobando complacido que era la de siempre cuando pronunciaba su apodo, y se apresuró a añadir—: Aunque no creáis todo lo que se dice de mí en esta tierra, o sí.

Vaca entendió de quién se trataba, tanto escuchó de él, y se cuidó mucho de agraviarle. Desde el momento en que escuchó su nombre, se anduvo con tino. Aunque era nuevo en aquellas lides y no era hombre de guerra, sí sabía que era mejor no enfrentarse abiertamente a Carbajal, un hombre conocido, respetado y temido a partes iguales.

Para mí siempre fue uno de los fieles a la mesa de mi padre y un habitual sobre todo de los festejos que se organizaban. Desde los juegos de cañas a las fiestas de toros, Francisco de Carbajal no faltaba a la algarabía de una celebración en la que corriese el vino del mismo modo que no descuidaba su presencia cuando las situaciones se oscurecían y se avistaba una batalla. Era dado a los chistes mordaces y al vino, y la ausencia de este último fue el primer y único escollo que encontró cuando llegó a las Indias. Si a otros les hacían blasfemar las criaturas de la selva, los manglares y esteros en los que la humedad emponzoñaba el aire duplicando el peso de las cotas y celadas, o los fríos extremos de las cumbres, para Carbajal solo la falta de vino era una falla insalvable. Según él, si Dios no había hecho crecer la vid allí, era la prueba irrefutable de la falta de interés por parte del Creador hacia este rincón del mundo. Mientras se enmendaba con premura la falta de vino, en aquel tiempo se aficionó a la chicha, elaborada con los granos de maíz masticados por las ancianas y escupidos que así maceraban en tinajas. Sin embargo, le pareció poco y decidió crear él su propia bebida: una extraña cerveza elaborada también con maíz y algunas plantas extrañas que él mismo preparaba para lograr, como aseguraba, una mejor comunicación con Dios. «La falta de la sangre de Cristo me obliga a buscar otras formas de estar en paz con el Altísimo», afirmaba mientras otros miraban con aprensión aquel dudoso brebaje.

A veces presumía con sorna de su condición de clérigo, y bendecía por igual a caballos, tropas, mujeres y comida, afirmando que podría haber sido obispo de no ser porque ya había consagrado su alma a salvar las de los hombres en la batalla impidiendo que pasaran antes de tiempo al otro lado.

Le gustaban las mujeres y el vino con la misma intensidad que las armas y los aderezos que él mismo creaba para aumentar el efecto mortal de las mismas. De vivo ingenio, inteligencia natural y una admirable habilidad para la estrategia, en sus años mozos asistió a la Universidad de Salamanca, donde aprendió poco de leyes, retórica y latín —lo suficiente para saber desenvolverse y entender lo que se ocultaba detrás de las intenciones aparentemente intachables de muchos—, pero sí de cómo ganarse sustanciosas cantidades en las tabernas donde desplumó a más de uno con los naipes. Frecuentaba las mancebías con más devoción que las aulas, y pasaba los días a la orilla del Tormes mucho más ocupado en gastar la asignación que su familia le procuraba en comisionados de poca virtud que en alcanzar el grado de bachiller en leyes. La apacible vida de estudiante se fue al traste cuando las deudas de juego le colocaron en la cárcel y su padre acudió para contemplar cómo el hábito de estudiante de su hijo —del que presumía en su Rágama natal— era en realidad una farsa, y que los desvelos pasados en aquellos años no habían dado como resultado la posesión del título de bachiller en leyes, pues la compañía de su hijo no fueron los libros, sino una vihuela, una mula y una mona.

Cuando en las cenas de la tropa el vino se le subía a la cabeza, le gustaba narrar sus años de estudiante y deleitar a los hombres rememorando los mayores tesoros que adquirió en Salamanca: el dominio de la palabra escrita, las notas prodigiosas de la vihuela y las carnes prietas de Aldonza, una moza salmantina con la que compartió más que palabras a la orilla del Tormes. En aquel momento agradecía a su padre haberle proveído de aquello, pero si el vino se le agriaba, le acusaba de malnacido por haberle desheredado después.

Carbajal era fanfarrón, tosco y a la vez sabio y sagaz. La capacidad de aunar cualidades tan dispares era lo que le hacía ser admirado, pero también temido; se ocupó mucho de alimentar su leyenda y disfrutaba viendo en los ojos de los demás la terrible y sanguinaria imagen que las habladurías le habían asignado como una segunda piel.

Llegó a nuestras vidas tras el terrible cerco de Lima, al que acudió en ayuda de mi padre, y como ya narré desbarataron las tropas de mi abuela Contarhuacho. A partir de aquel momento, yo me acostumbré a sus estancias en Los Reyes y le buscaba, burlando el control de mi tía Inés, que se esforzaba en mantenernos lejos de él en un vano intento de evitar que escucháramos los improperios, blasfemias y barbaridades que surgían como un torrente de agua por su boca constantemente. Mi tía y mis madrinas de bautizo no acababan de ver con buenos ojos a aquel hombre. Su rudeza no les inquietaba, estaban acostumbradas a las formas burdas de los hombres de la Conquista, pero intuían en él un poso demoníaco al que atribuían sus mofas a la Iglesia. La forma deslenguada en que hablaba de Dios irritaba profundamente a María de Calderón, que señalaba la condición de infiel y peligroso de un hombre como aquel, y aducía la necesidad de un correctivo. Todavía faltaban muchos años para que el Santo Oficio pudiera establecerse en Lima, pero en ese momento los juicios morales ya se atrevían a hacerlos algunas de las primeras mujeres que entraron en el Perú.

Provocador, bullicioso y valiente, Carbajal contaba con el respeto de los hombres de guerra, en especial de Gonzalo, mi tío, y siempre contaría con el mío. Al fin y al cabo, pocos de los que estaban en el Nuevo Mundo podían presumir de haber participado en las batallas de Pavía y Rávena.

Tras su frustrado paso por la universidad y con su padre dándole la espalda, optó por la vida de soldado, como muchos en aquella España que, una vez arrebatada a los infieles, había que mantener unida frente a los avariciosos ojos del resto de los monarcas cristianos. Hacían falta armas y hombres para alimentar el voraz ejército imperial y Francisco de Carbajal asumió que ese sería su destino a falta de otro.

Se enroló en los Tercios y en poco tiempo se vio luchando en las inacabables campañas de Italia, de mucho más provecho para él que las aulas salmantinas. Allí tuvo la oportunidad de descubrir que en la guerra la crueldad y la astucia constituyen la clave para ganar. A las órdenes del Gran Capitán primero y después a las del glorioso marqués de Pescara, Carbajal halló una salida en la guerra, que aprovechó convirtiéndose en un experto en los despliegues y desarrollando un destacado genio militar.

Pocos saben que estuvo algún tiempo al servicio del cardenal Bernardo de Carbajal, del que aprendió la trastienda del clero o al menos lo suficiente para repudiar la fe que otros profesaban hacia los ministros de Dios en la tierra. Al cardenal Bernardo le tomó prestado el apellido, que cambiaría como muchos hacían al llegar al Nuevo Mundo.

Carbajal descubrió pronto el poder implícito que la palabra escrita posee para otros, y durante los hechos que rodearon al vergonzante Saco de Roma, mientras el resto de los soldados se afanaban en robar oro, alhajas, destrozando cuanto encontraban a su paso, él prefirió hacerse con la extensa documentación que atesoraba un notario, documentos que podían comprometer al dueño y a muchos más. No tuvo que emplear ni la violencia ni las armas, solo pidió un suculento rescate por aquellos legajos que le permitió embarcarse rumbo al Nuevo Mundo con la que se convertiría en su esposa, la rotunda Catalina Leyton, dejando atrás la desvencijada Roma.

Aquella noche, en el campamento montado por las tropas a los pies de la cordillera, Vaca observó la fascinación que aquel anciano despertaba en los hombres, que acudían como moscas a su alrededor para escucharle desgranar los detalles de las batallas vividas. Todos querían conocer cómo era el Gran Capitán o revivir las gloriosas tácticas de guerra ideadas por el marqués de Pescara. Vaca comprendió entonces el poder oculto del Demonio de los Andes y agradeció al cielo la inestimable ayuda que suponía tenerle a su favor, aunque en aquel momento subestimó las dotes políticas de un hombre que escondía bien sus destrezas exhibiendo solo la bravuconería que sabía que atrapaba a las huestes y en otros casos una crueldad implacable que, como él sostenía, era lo único que ponía a cada ser en su sitio.

Ambos hombres se observaron y medirían en silencio sus fuerzas mutuamente durante el avance a Lima. En aquel momento, Vaca ya empezaba a disfrutar de las mieles del poder y del ornato ceremonial que él mismo imponía a su flamante cargo de nuevo gobernador. Sin embargo, las informaciones recibidas a través de los espías hablaban del traslado a Cuzco de Diego de Almagro el Mozo y sus tropas. ¿Cómo era esto posible? Vaca esperaba entrevistarse con el Mozo a su llegada a Lima, aplacar el impetuoso espíritu del mestizo evitando un enfrentamiento armado y alcanzar un acuerdo. Al menos esto es lo que narró en la junta que celebraron tras el nombramiento y disposición de los cargos de los capitanes.

Ni el miedo ni la diplomacia son buenos consejeros cuando los ánimos están tan caldeados y los hombres presos de la sed de venganza. Carbajal, recién nombrado alférez mayor, entendió que aquel leonés era un ingenuo y un blanco fácil en la batalla, de ahí que mostrase tanta inclinación en evitar la guerra que a estas alturas era inevitable. También entendió que tenía los días contados si pretendía que los cientos de hombres que ya conformaban su ejército esperaran pacientes una resolución que no contemplara medirse con la espada; aquel lapso podía demorarse hasta tomar Lima, pero no más. Carbajal sabía que las esperas prolongadas atizan las rencillas y el descontento, creando el caldo apropiado para traiciones y levantamientos. Quiso ayudar a Vaca de Castro, no por tenerle especial simpatía, sino porque temía que, de no atajar aquello por la raíz, las tornas se volvieran muy oscuras para los pizarristas. La Corona le preocupaba poco, hacía tiempo que le había perdido el respeto, y su descontento se forjó en lo que vio y vivió durante el nefasto Saco de Roma.

Se apresuró a narrarle lo que Vaca no conocía del estado de las cosas en Cuzco. Allí se encontraba él, establecido en la ciudad imperial desde que fuera designado alcalde de Cuzco por mi padre, cuando la terrible venganza se ejecutó. Se hallaba en su hacienda dedicado al menesteroso quehacer de probar la nueva cosecha de vino cuando fue avisado por su esclava negra de la visita de un emisario que portaba una carta; no recibió al mensajero, pero sí hizo que le entregaran la carta. Cuando terminó de leer aquel despropósito, golpeó con fuerza la jarra sobre la mesa derramando el caldo, que vino a teñir de rojo el pergamino en el que se le informaba de su obediencia al Mozo. Aquello encolerizó a Carbajal, que sin previo aviso pero excesivamente armado, se plantó en el Palacio de Gobernación.

Afiló su sarcasmo para preguntarles a los miembros del cabildo si el miedo que tenían era tan grande que los llevaba a pisotear su honor, y los instigó echando mano de la Corona porque aquello constituía un agravio al rey de España. Empleó aquel discurso porque conocía la madera de la que estaban hechos aquellos hombres, y solo el temor a las represalias del Consejo Real podrían mudar en algo digno la cobardía enfermiza que ahora mostraban. Les escupió a la cara que si de ese modo vengaban el asesinato de quien les había otorgado el poder que ahora empleaban para doblegarse al asesino. El silencio se mantuvo, ninguno de los representantes del gobierno se atrevió a enfrentarse a Carbajal. Solo uno, Portocarrero, insistió en que él no tenía ya potestad ni poder, ya que, al morir asesinado el marqués, su poder también había desaparecido. La respuesta fue contundente: «Dejad la Vara que se os encomendó, si tanto es vuestro miedo, pero no la entreguéis al enemigo».

Dejó la ciudad de Cuzco, rendida deshonrosamente al servicio del Mozo. Buscó caballos y pertrechos, se despidió de su esposa Catalina y abrazó a su hija adoptiva Juana, a la que prometió que volvería no sin antes asegurarse de que un nutrido grupo de hombres defendieran su hacienda ante lo que se avecinaba, y partió entonces al encuentro del enviado real.

Una vez ante él intentó hacerle entender que las tropas de Almagro el Mozo eran muchas y bien pertrechadas, y que seguían usurpando ciudades, persiguiendo a los afines a Pizarro, arrebatando tierras y sembrando el caos, el desgobierno y la muerte. Cuando alcanzaban ya la plaza de armas de Lima, por primera vez, Vaca de Castro, que ya había empezado a disfrutar de su cargo de nuevo gobernador y a sentirse vencedor, escuchó de labios de Carbajal que si los incas de Vilcabamba o el ambiguo Paullu apoyaban al mestizo la situación se perdería para siempre. Y por primera vez tuvo que enfrentarse a la pregunta que le hizo Carbajal acerca de dónde nos encontrábamos nosotros, los hijos del marqués. No hubo respuesta. El enviado bajó de su caballo para atender a los vecinos que le aclamaban como a un césar, o así lo sintió él. Y Carbajal se preguntó qué se escondía en aquel silencio.

Capítulo 7
Vencer a la muerte

Apenas un mes después de la toma de Lima por Vaca de Castro, los habitantes de Quito recibieron una visita que no esperaban. Aquella fría mañana de junio, en el bullicio del día, el tiempo se detuvo. Había pasado un año desde la muerte de mi padre cuando la extraña comitiva avanzó hacia la plaza principal de la ciudad. Se trataba de un grupo de hombres heridos, semidesnudos, que ofrecían un espectáculo aterrador, algunos de ellos presentan amputadas las extremidades y avanzaban arrastrándose. Los vecinos de Quito no sabían identificar al conjunto de individuos que estaba tomando la ciudad, parecían seres de ultratumba, llegados del mundo de los muertos, y en cierto modo lo eran.

El grupo consiguió llegar hasta la puerta de las casas de gobernación, donde la guardia les cerró el paso, mostrándoles las armas y obligándolos a retroceder.

—Bajad las armas, estáis ante el gobernador de Quito, a qué esperáis para prestar ayuda a mis hombres.

Murmullos que procedían del interior de palacio dejaban sentir el desconcierto y el miedo que asolaron las casas de gobierno. Los guardias no sabían qué hacer. Pedro de Puelles, el teniente gobernador de Quito nombrado por mi padre y destituido por Vaca de Castro, se hallaba providencialmente allí preparando despachos del enviado real. El fiero y leal Puelles se abrió paso a empujones, apartando a los soldados que mantenían sus armas en alto. Salió del interior y corrió con la cara desencajada ante lo que acababa de escuchar. Era cierto, era su voz: Gonzalo Pizarro había vuelto. Se fundieron en un abrazo, y allí ambos hombres volvieron a sentirse cerca y cada uno, a su manera, se sintió a salvo, recuperando por un instante el pasado que los unía y al que pertenecían y que para ambos había mudado volviéndose violentamente negro.

—Bajad las armas —ordenó Puelles a los guardias.

—¿Qué demonios está pasando aquí y dónde están mis hijos? Traedlos, Puelles, quiero verlos.

—Los niños están con sus ayos, Gonzalo, no creo que este sea el mejor momento para que os vean —afirmó Pedro de Puelles observando el lamentable estado que presentaba Gonzalo.

—Tenéis razón, podría asustarlos.

—Alojaos en mis casas, Gonzalo, y descansad, yo me ocuparé de traer a los niños.

Los hombres que partieron dos años antes en busca del legendario País de la Canela habían regresado. Sin embargo, nadie se atrevería a afirmarlo al ver aquel espectáculo. Lo que partió de Cuzco fue una opulenta y magnífica expedición con más de ciento ochenta soldados, cien caballos, seiscientos perros de guerra, gran cantidad de cerdos y carneros para alimento y alrededor de tres mil indios cargadores, a los que los esclavos negros sumaban su fuerza, y lo que regresó fue una indefinible mezcla de tullidos, hombres escuálidos que inundaron de pestilencia y piojos la plaza de la ciudad. Eran despojos, con el horror y el hambre marcados en sus facciones, y las miradas sombrías y perdidas, ajenas a este mundo.

Pedro de Puelles entendió, solo con mirar a la cara a Gonzalo, que lo que se perdió en aquella expedición maldita fue el alma invicta del mejor guerrero de los Pizarro. No era momento de relatarle lo ocurrido en el Perú durante su viaje al infierno, era momento de dejar que Gonzalo volviese al mundo y abandonase el hades maldito al que hubo de enfrentarse en los años anteriores.

Aquella mañana pocos lo sabían, pero el sino del Perú volvería a cambiar: la selva había devuelto al último Pizarro, y aquella tierra sabía que consentir su regreso implicaría mucho más, como conoceréis. Las tornas del destino comenzaban así a reajustarse, cualquiera que entendiese el lenguaje oculto de la tierra, el mensaje de los astros y los sonidos del viento sabría darle sentido a lo que acababa de ocurrir. Hasta los chamanes, que cada día descifraban en cada uno de los cuatro *suyus* lo que susurra lo invisible, entendieron lo que ya era inevitable.

Yo también lo entendí, pero era pronto para verbalizarlo. Nunca le conferí más valor a mis adivinaciones, leer los mensajes del agua fue un don que siempre estuvo conmigo, al igual que la habilidad para bailar o para esconderme. Formaba parte de mí y siempre lo sentí como algo natural, no extraordinario, aunque por otros motivos siempre me guardé de compartirlo. De ese modo, aun estando lejos de Quito, yo supe que Gonzalo había vuelto.

Pedro de Puelles insistió en alojarlo en su casa, sabía que Gonzalo necesitaba ser atendido; las cosas habían cambiado mucho durante su ausencia, el Perú que Gonzalo dejó a su partida nada tenía que ver con lo que se vivía ahora. Su hermano había sido asesinado. Puelles calló, no quiso desvelar entonces los hechos, temiendo el efecto que aquello podría provocar en su ahora abismado espíritu. Veía en sus ojos el peso de la traición, y la ausencia de Orellana entre los que volvieron con él le hizo temer lo peor, pero no se atrevió a preguntar.

Todo esto lo supe después por boca del maestre de campo de mi tío Gonzalo, Antonio de Ribera, un valiente castellano que ya formaba parte del círculo de confianza de mi padre y sus hermanos. Antonio fue también quien relató a Pedro de Puelles lo que sucedió en el vientre de la selva: si atravesar los Andes ya dejó mermadas sus fuerzas, enfrentarse a la maraña maldita que protegía celosamente el ansiado País de la Canela acabó con ellos. Hubo que tomar decisiones precipitadas, y en medio del hambre y la desesperación, lo perdieron todo. Tal y como el propio Antonio aseguró, no se enfrentaron a una batalla, aquello hubieran podido vencerlo, esta vez el enemigo eran esteros, manglares y una humedad asfixiante.

Primero el frío los azotó salvajemente en las cordilleras, muchos indios murieron entonces y los animales que aseguraban su sustento se terminaron antes de lo previsto. Los caballos no soportaban el duro avance, hubo entonces que sacrificarlos, con las patas rotas y en carne viva. Tras comerse los caballos, el hambre comenzó a hacer estragos en los hombres y hubo que detener y castigar a los que fueron sorprendidos robando las escasas raciones de comida que quedaban. Los indios traídos de otras zonas del Incario se aprestaban a encontrar un poblado que nunca aparecía y Gonzalo ordenaba continuar. Se construyó un bergantín con lo que quedaba de los pertrechos y con los troncos de árboles desconocidos que con enorme esfuerzo lograron talar. No había calafates ni carpinteros, no tenían herramientas, solo la necesidad los guiaba en su trabajo, y recurrieron a los cueros de cinturones y botas para hervirlos y afianzar y ensamblar piezas, a restos de armas y artillería para crear clavos, y en medio de la desesperación, y con la mitad de los hombres muertos, Gonzalo ordenó a Orellana navegar río abajo en busca de alimentos. Los días y las noches se sucedían en una espera interminable, expuestos al ataque de alimañas, a los inacabables manglares que escondían la ferocidad de los indios omagua y con la muerte sorprendiéndolos a cada instante. Orellana nunca regresó. No hubo más relato, nada más se contó, nadie se atrevía a dar más datos de lo ocurrido. Gonzalo se sumió en un silencio del que parecía que nada podría sacarlo; absorto, con la mirada perdida, seguía amarrado a los brazos de la selva. Nada ni nadie parecía importarle.

A veces, solo a veces, parecía salir de allí, de ese lugar plagado de fantasmas y sombras que le consumían, y yo podía intuir su estado, estando a leguas, sin tener la certeza de que había vuelto. Algo me invadía, de repente, como un viento frío que me sacudía el pecho, y me llegaba hasta el corazón, arrebatándome del momento que me tocaba vivir, transportándome a otro lugar desconocido, peligroso, en el que sin embargo me sentía a salvo. Aprendí a interpretar aquellos arrobos como visitas de Gonzalo, y todavía hoy lo hago. Dentro de mí, la certeza invadía mi cuerpo, relegando a la razón, desafiando a los que aceptaban la ausencia como muestra indiscutible de la pérdida. Yo sabía que Gonzalo vivía, compartí su padecimiento y esperé su vuelta con ansiedad paciente, nutrida de la fe inquebrantable que siempre profesé al más joven de mis tíos.

Gonzalo era el más pequeño de los Pizarro, y al igual que mi padre y que el desaparecido Juan, eran bastardos, hijos ilegítimos de mi abuelo el hidalgo Gonzalo Pizarro, el Largo. A diferencia de mi padre, ellos sí tuvieron sitio en el testamento y en la mesa de mi abuelo, de quien Gonzalo heredó el nombre y un talento indiscutible con las armas. Llegó a Perú con veinte años recién cumplidos tras haberse adiestrado en el manejo de armas como paje a las órdenes de un hidalgo castellano, y presumió desde el primer momento de su maestría al caballo, siendo el mejor jinete que en esa tierra se conoció. Sentía devoción por los caballos, les hablaba y los cuidaba con esmero tanto como a sus hombres. Una camaradería extrema regía su trato con aquellas criaturas, repetía que caballo y jinete son uno, socios en la vida y hermanos en la guerra, y que solo la nobleza de ese vínculo asegura la vida en la batalla.

Tenía grandes amigos en las huestes, fue el más respetado de los Pizarro. Admirado por los hombres de guerra que participaron en las primeras expediciones de la Conquista, pronto en todo el Incario se habló de la fiereza de sus ataques, de la precisión de su lanza y del dominio que la ballesta y el arcabuz le conferían en cualquier combate en campo abierto. Nunca tuvo la inmensa ambición de Hernando o la capacidad de gobierno de mi padre, pero se convirtió en el báculo perfecto y necesario para ambos, capaz de hacer que los hombres le siguieran hasta el mismísimo infierno. Lideraba a las huestes como nadie, ante el mínimo desconcierto en la batalla que hiciese flaquear a la tropa era el primero en alcanzar la vanguardia, exponiéndose al enemigo, y recelaba en el estricto cumplimiento de órdenes y estrategias diseñadas por los mayores del clan. Gonzalo solo vivía para la guerra, fue buen soldado, se convirtió en un admirado capitán y no interfería ni cuestionaba las órdenes de Hernando y de mi padre, empeñado en apoyar a los de su sangre.

Las lenguas le atribuían tantos éxitos en la guerra como en los lances del amor. Su carisma incuestionable, su apostura y su seguridad resultaban tan eficaces en la batalla arengando a la tropa como entre las mujeres. Se decía que todas, indias, castellanas, esclavas, ñustas, cacicas y *capullanas* sucumbían al encanto del pequeño de los Pizarro. Solo accedió a tomar para sí a una princesa, Inquill, con la que tuvo tres hijos. Aunque siempre le persiguió la fama de hombre dado a los excesos de la alcoba, esto no fue así, como otras muchas cosas que los legajos escritos por las plumas mordaces de algunos escribanos dejaron para siempre en la historia. Yo le conocí, yo le amé y yo entendí lo que nadie supo atisbar en Gonzalo, de qué calado era su alma y qué le atormentaba.

A veces, todavía, puedo verlo a lomos de su caballo, contemplando ensimismado el atardecer en las tierras de Charcas, y a veces me acompaña su aroma. Su olor, fuerte y agridulce como el estío limeño, me visita inesperadamente, y entonces cierro los ojos y le busco, intentando en vano trasladarme al lugar en que se encuentra, deseando que ese lugar se convierta en un rincón del mundo que habito, palpable. Sé que el alma de Gonzalo me acompaña, me vela y me cuida, como hizo siempre, sin faltar a su promesa, pero no quiero adelantarme a mi relato.

Los días tras la vuelta del País de la Canela fueron un tormento para él, como me contó después. Tras conocer el asesinato de su hermano, al dolor y la pérdida, al rencor y la traición, se sumó la incertidumbre de no saber dónde estábamos mis hermanos y yo. La rabia se tamizaba con el abatimiento, pasaba horas absorto, ensimismado, y de repente le invadía la cólera. Pedro de Puelles y Antonio de Ribera fueron su bastón emocional, quienes vivieron el cambio de Gonzalo.

Pronto aparecería otro apoyo para mi tío Gonzalo. Conocí esta historia mucho después, pero sé que sucedió; al final, esas tierras no son tan grandes y una descubre lo que quiere descubrir. Los murmullos y las cuitas también se narran, a media voz, sí, pero llegan a aquellos oídos que quieren saber. Así supe de la existencia de María de Ulloa, la que llenó las horas vacuas de mi tío en aquellos días de desasosiego, la que brindó calor y cariño a su alma desfallecida y a la que siempre estaré agradecida por aquello. No caben ahora los celos: María irrumpió en la vida de Gonzalo cuando hubo de hacerlo y cuando más lo necesitaba.

De piel blanca, traslúcida, y modales exquisitos, María era una de las escasas doncellas de Castilla afincada por entonces en las Indias. Llegó al Perú por decisión paterna, convirtiéndose con su madre y su hermana en una de aquellas pobladoras nuevas de sangre vieja e impoluta que la Corona quería para este Nuevo Mundo. María llenaba sus días en Quito como toda dama castellana: debía leer la Biblia, rezar a diario, bordar, cuidar su aspecto todo lo que podía, dada la escasez de brocados y vestidos típicos del Viejo Mundo, y asistir a las interminables cenas que se celebraban en su casa, donde alrededor de una enorme mesa repleta de viandas se aprovechaba más para hablar de política que para comer, donde acudían los hombres principales de la zona, huéspedes de la casa o viajeros invitados, y donde se desgranaba la situación de las encomiendas. No sin razón, se extendió la creencia que señalaba a aquellas reuniones como precursoras de problemas, rebeliones o de desacatos a la autoridad si el número de convidados superaba los veinte, como solía ser el caso.

Todos los allí presentes coincidían y se vanagloriaban de la inminente y necesaria perpetuidad sobre los bienes más preciados que su majestad les concedió. Hablaban de las encomiendas de almas: ese tesoro adquirido durante la Conquista y concedido por el rey a aquellos que se jugaron la vida y los cuartos en ella, aquellos que buscaban dejar memoria de sí y que tantos males ocasionaron. Entre vino y chicha se hablaba a menudo del comportamiento de los indios asignados a esas tierras a los que había que proteger y educar en la fe cristiana, de las rentas obtenidas y también de los problemas que suscitaban determinados cultivos en aquel mundo. Ese era el fondo de las conversaciones; sin embargo, lo que de verdad preocupaba en aquellas veladas era la guerra inminente entre pizarristas y almagristas. De todos era conocida la tensión existente entre ambos bandos, y todos esperaban el siguiente movimiento.

Todas aquellas elucubraciones se desvanecieron momentáneamente tras el asesinato de mi padre. No era recomendable hablar de unos u otros ante el miedo a ser descubierto. Aunque ahora callaban, aquellos hombres seguían esperando la venganza de los Pizarro. A menudo surgía la pregunta acerca del paradero del pequeño, y era ese momento en el que María dejaba de prestar atención a la labor para acaparar cada detalle de lo que los hombres hablaban.

Sí, era su momento ansiado, el que le permitía obtener más información de Gonzalo Pizarro, el joven del clan. En secreto, María coleccionaba para sí retazos de la historia de aquel hombre al que ni siquiera conocía. Solo una vez lo vio en persona años antes cuando ella era todavía una niña: Gonzalo participaba en los juegos de cañas organizados por mi padre en Quito, liderando a la hueste ganadora, y ese único momento bastó para que María se entregase con fervor a las historias que sobre el pequeño de los Pizarro se contaban en el Tahuantinsuyu.

Fue una de aquellas noches cuando escuchó lo que deseaba en silencio: Gonzalo había regresado a Quito. María sintió que aquella era la revelación que esperaba. Al saber de su vuelta del País de la Canela, entendió que debía llegar hasta él. Adoraba las hazañas del guerrero, admiraba al caballero y ansiaba conocer al hombre.

No perdió el tiempo ni se preocupó demasiado en medir las formas. No observó lo apropiado en estos casos como corresponde a una doncella, solo trazó el plan que le permitiera llegar hasta él. Algo en su interior la desbordaba cuando pensaba en lo que estaba a punto de hacer y, lejos de disuadirla, la instaba a continuar su cruzada.

Como un polizón, se coló en la casa de Pedro de Puelles. Las caballerizas sirvieron de inesperado refugio para entrar sin ser vista y acceder a las cocinas. Una vez dentro dejó que fuera su instinto el que la guiara y eso le bastó para hallarlo. Con cuidado, abrió la puerta que la llamaba en silencio al fondo del zaguán y allí estaba él, en una antigua tina de barro cocido ahora convertida en bañera, cubierto por el agua. A la luz del fuego, le observó: con los ojos cerrados, su rostro era el de un hombre atrapado en el recuerdo de lo vivido. María así lo entendió, aquel no era el héroe que recordaba; lo que tenía ante sí era un hombre abatido, una víctima de la traición reciente, y eso la conmovió aún más.

Gonzalo, atrapado en sus pensamientos, no se percató de que la puerta de la alcoba se había abierto tras él, ni siquiera escuchó los pasos o intuyó la presencia de María. Permanecía ausente cuando una mano blanca y perfecta se colocó sobre su cabeza, acariciando sus cabellos. Gonzalo se incorporó para coger la espada que descansaba junto a sus ropas en el suelo, y entonces se topó con ella. Era una mujer. Atónito, se cubrió y se preguntó qué era lo que llevaba a una dama a visitar su cámara privada en un momento como aquel. Se disculpó por su desnudez, aunque pronto entendió que a María no parecía importarle. Al contrario, María no podía apartar la vista del cuerpo desnudo del guerrero. Tras un silencio demasiado largo, esta, por fin, acertó a articular solo dos palabras:

—Soy María…

Gonzalo la observó, sin apartar la mirada, desafiante, mientras ella se acercó lentamente hasta estar frente a él. María ya no era dueña de sí misma, era su instinto quien nuevamente la guiaba, y recorrió con sus dedos cada una de las cicatrices del pecho de Gonzalo, besando sus heridas una por una. Sus labios acariciaron la piel rota, transitando obedientes el itinerario de dolor que en su cuerpo había dejado su última expedición, en una suerte de ritual que perseguía curar y bendecir cada una de las marcas que acompañarían para siempre al cuerpo del guerrero, que recordarían la desdicha, el hambre, el frío, el abandono, la cruel traición, y que María, con sus labios, se esforzó en exorcizar y transformar en belleza indeleble, en honor, en la prueba eterna del deber cumplido, de la lealtad a los suyos, de la victoria sobre la muerte, de su regreso a ella.

Gonzalo no opuso resistencia. Dejó caer su espada y la abrazó, dando permiso para que ella continuara su viaje a través del maltrecho cuerpo. Deseando que llegue al final, que pueda con todo, que se adentre en él y acabe con la pesadumbre, la miseria, la decepción. Necesita que esa joven redima su espíritu, que aniquile el instinto de matar que le ahoga y purifique su alma, que libere a los muertos que le persiguen, que extraiga el dolor de lo vivido, las renuncias, la pérdida de la inocencia, la crueldad de una Conquista que le tortura.

María no necesitó más, no hubo cortejo, ni cartas de amor, ni regalos, ni siquiera tardes en compañía de una carabina que vigilara y contuviese las caricias de los amantes. El amor almacenado y cuidadosamente guardado durante todos esos años se derramó inundando su cuerpo y su alma, borrando las convenciones y legitimando su condición de esposa. María así lo sintió, era la mujer de Gonzalo y así se comportaría desde ese momento. Aquel abrazo correspondido fue el permiso silencioso que autorizó su unión y a ella le bastó para ser lo que siempre deseó ser, aunque hasta aquel momento no lo supiese con certeza. Para María, esquivando los ojos de un Dios al que nada se le escapa, o casi nada, aquel hecho fue la consumación de un vínculo sagrado, sin dote ni ceremonia. Ella ya pertenecía a un hombre y eso regiría sus días.

Se las ingenió para no levantar sospechas y siguió acudiendo a la casa de Pedro de Puelles con un solo fin: afianzar y ayudar al hombre que le había sido entregado. Sabía que se jugaba mucho, pero no le importó; su honra no quedaría manchada, puesto que todo lo hacía por amor, y él, Gonzalo, no la detuvo ni la disuadió, entendió que la unión era tácita para ambos, solo era cuestión de tiempo que pudieran compartirlo con el resto. De ella se esperaba otro comportamiento, sí, y María sabía que la honra y el buen nombre solo eran estrategias para cerrar acuerdos políticos y económicos. En los planes que se trazaban en nombre de la honra no entraba el amor, eran pactos mucho más preocupados en ocultar y esconder para poder obtener que en dar. Acababa de burlar las normas, ella, llegada desde el otro extremo de la tierra para crear una cristiana e inmaculada nueva estirpe de colonos por orden real, podría ser considerada una manceba o una concubina, y, sin embargo, no le importaba.

Todas las tardes acudía al despacho de Gonzalo y allí pasaba largas horas hablando con él, depositando toda su energía en devolverle la fe y la esperanza en sí mismo, ahora perdidas. Pedro de Puelles se acostumbró a verla en su casa, no hizo preguntas, dejó que aquello siguiera su curso y pronto se convirtió en un aliado de María como lo era del propio Gonzalo. Si temió por ella nunca lo manifestó, guardó las formas de cara al resto para protegerla. Así pasaron los primeros días de Gonzalo. No quería ver a nadie, solo María, Ribera y Puelles eran su compañía.

A base de yuca, sopa de turma y pescado, Gonzalo iba recuperando el color y el cuerpo, pero no el ánimo, seguía ausente de toda tarea que no fuera imprescindible para llegar a su alcoba por la noche. Los días pasaban iguales, uno tras otro, y Gonzalo seguía sin ser el que fue. Posponía despachos con sus capitanes, no leía documentos ni correspondencia, e incluso se negaba a escuchar a Puelles cuando este intentaba hablarle de Vaca de Castro o de los avances de los hombres del Mozo. No quería escuchar su nombre, porque no podía vengar a su hermano. Bebía vino, se sentaba frente al fuego y se entregaba a María con obediente devoción. Puelles hubo de marchar para unirse a las tropas de Vaca dejando a Gonzalo lejos de este mundo, o así lo describió él. Dejándolo en brazos de María.

Cuando reunió fuerzas, las empleó para acudir a las caballerizas, y allí pasaba horas en compañía del niño Amaru, un indio cañari que observaba los caballos con asombro y fascinación. Amaru le recordaba a él, reconocía en su cara la satisfacción que él mismo experimentaba observando a aquellos elegantes y majestuosos animales cuando era un crío en Trujillo. Le enseñó a montar y le inculcó el respeto y la camaradería que debía establecerse con ellos. Quizá fue Amaru el que le hizo recordar su infancia, sus primeros galopes por la Herguijuela, en Extremadura, y quizá eso le llevo a despertar de aquel letargo. A veces me pregunto si aquel cañari no fue un enviado de los dioses para que Gonzalo recuperase su alma. Lo cierto es que cuando Amaru comenzó a galopar, Gonzalo decidió tomar partido en aquel destino que no podía evitar.

Escribir a Vaca de Castro era el primer paso, Gonzalo nada sabía de mí ni de mi hermano, tampoco de mis hermanastros. La necesidad de reunir a los miembros de su familia se convirtió en su obsesión, saberse solo despertó en él el deseo de volver a la premisa de clan. La memoria perdida se rebeló con fuerza, entendió quiénes serían sus aliados y el poder de la sangre le llevó a diseñar su cruzada como último Pizarro en el Perú. No podía eludir su responsabilidad, sabía que debía restaurar la gloria de su linaje, y recuperar la tierra que tanto les costó y que ya le había arrebatado a dos hermanos.

Nadie sabe en qué momento uno se entrega de nuevo a su sino. Nadie, ni siquiera yo averiguaré qué fue lo que le azuzó, cómo Gonzalo se despertó y asumió lo que debía hacer: tal vez un sentido de la justicia en el orden en que él la entendió siempre, y que quizá no casaba con el orden real que imperaba en aquel tiempo. Pero, sea como fuere, la carta partió de Quito en el *quepi* de un chasqui con órdenes claras: solo debía ser entregada a Vaca de Castro. Antonio de Ribera aprobó su acción, y María premió su actitud recordándole que ese era su deber, puesto que era él el legítimo heredero de su hermano el marqués.

No encomendó aquella labor a un emisario privado. Las cartas y las informaciones más relevantes alcanzaban mejor su objetivo gracias a la labor de aquellos mensajeros de piel de cobre, los emisarios del Inca. Cada surco de sus caras castigadas por los vientos andinos era una suerte de mapa en el que leer los recovecos y trampas que escondía el Camino Inca. Los chasquis salvaron lo insalvable durante siglos, capaces de atravesar desiertos o nieves. Pertinaces corredores que daban y recibían lo más preciado en aquellos tiempos: la información. Rebelándose como virtuosos en el control y manejo de una tierra que a trozos se mudaba en inhóspita, cruel y extraña para los españoles, podían mantener a raya el hambre o el cansancio durante días mascando coca. A la resistencia de sus cuerpos se unía la resistencia de su compromiso: la discreción era la esencia de su trabajo. No entendían las letras escritas que transportaban, pero en los años del Incario, cuando sus mensajes viajaban en quipus, jamás hubieran osado intentar descifrarlos o entregarlos a otro destinatario. No era su cometido y nunca violaban el secreto.

Eran ocho las jornadas que los chasquis tardaban en alcanzar el Cuzco desde Quito. Lima estaba más cerca. Gonzalo despidió al primer mensajero, y confió en que serían a lo sumo doce los días que tardaría en llegar la respuesta.

Capítulo 8

Hanan y Hurin

Hanan la de arriba, la elevada. Hurin la de abajo, la profunda, eran las dos mitades opuestas y complementarias que configuraban el todo. El poder en el Incario, en el Tahuantinsuyu, se alimentaba de Hurin, centrado y religioso, y a la vez de Hanan, extenso y guerrero. Las primeras dinastías dominaban Cuzco desde su esencia Hurin. El apogeo del imperio llegaría durante la presencia Hanan. Allí se forjaron los monarcas que ampliarían los dominios conquistando y sometiendo más pueblos, cada uno de los llamados a convertirse en rey de reyes.

Yo era una mujer Hanan, mi linaje así lo acreditaba: mi abuelo fue Hanan en Cuzco; Contarhuacho, mi abuela, era Hanan Huaylas. Todo aquello debería recogerse en los quipus, debía cantarse en las celebraciones, ensalzando la gloria de mi linaje. Pese a que muchos intentaran mantenerla, ahora la división era otra, se tambaleaba y no hallaba equilibrio, y todo lo vivo que habitaba la tierra sentía con negrura la ausencia de Hurin y Hanan.

Vaca de Castro esperó a que el sol estuviese en su cénit para efectuar su entrada. Le gustaba dotar de ese toque teatral a sus apariciones públicas en ese lugar donde el aire era caliente y los colores invitaban a representar una epopeya. Su llegada a Lima fue un baño de multitudes provisto de toda la pompa y el boato que aquel hidalgo quería para sí. Aclamado por el pueblo, a lomos de su caballo y custodiado por los capitanes de la Conquista, su entrada fue un paseo triunfal que le llevó a exhibir un orgullo desconocido hasta ahora por él. Aceptar su comisionado en el Perú ya le había dejado grandes reconocimientos: el hidalgo leonés tenía en su haber un sillón entre los miembros del poderoso Consejo de Castilla, y la concesión del honorable y ansiado hábito de la Orden de Santiago, un privilegio que también obtuvo mi padre y que solo sirvió para amortajar su cuerpo destrozado a puñaladas.

Y ahora las gentes le aclamaban. Por un instante sintió en su interior el arrojo de Alejandro Magno o la valentía de Pompeyo, cuyas hazañas había leído en su juventud, pero a los que nunca se atrevió a emular. Por un instante, al mirar la cruz de Santiago no sintió la pesadumbre que le asediaba de día y de noche desde que aceptara aquella misión: la renta de doscientos ducados, las mercedes y gratificaciones que recibirían su viuda e hijos en caso de perecer. Le pareció poco el precio puesto a su vida, y ya comenzaba a acariciar la idea de ampliarlo.

Mientras, en Trujillo, ajenos nosotros a lo que sucedía en Lima, los días seguían su ritmo lento y asfixiante. El único momento que rompía la tensa calma lo constituía la llegada de los indios de Conchucos que una vez a la semana acarreaban los alimentos y provisiones que necesitábamos. Era la única visita del exterior que rompía el tedio impuesto a una larga hilera de horas iguales.

Nuestra salida precipitada de Lima hizo que en nuestro equipaje apenas pudiéramos acarrear enseres que no fueran de primera necesidad. Para esto, los suministros de los indios fueron providenciales, especialmente sus ropas. Durante un largo tiempo, el atuendo de aquel pueblo se convirtió en el uniforme de mi hermano Gonzalito y mío. Y confieso que me gustaba vestir esas ropas, mucho más sencillas y prácticas, desprovistas de la complejidad de la vestimenta castellana, donde botones, hebillas y otros ornamentos carentes de más función que la de embellecer o denotar el rango social se hacen a menudo insufribles. Esos *acsus* de algodón tejidos por las mujeres del pueblo que atesoraban siglos de maestría en el manejo del hilo y hablaban de su identidad como grupo eran una de las deferencias que mi abuelo Huayna Capac y los Incas predecesores tuvieron con los pueblos que voluntariamente se sometían, concediéndoles la merced de llevar una vestimenta propia que los identificaba.

La llegada de aquellos indios cargados de maíz, frijoles, aves y pescado fresco era el único contacto que teníamos con el exterior. Mi hermano correteaba por el patio y buscaba la manera de entretenerse, entregándose a los más variados e inútiles quehaceres, desde cazar moscas hasta reventar cochinillas, mientras yo me dedicaba a ayudar a Catalina y a Inés y espiaba de cerca a la guardia de Vaca, que no me inspiraba ninguna confianza.

Las horas pasaban lentas. Echaba de menos los tiempos escondida en los archivos del Palacio de Gobernación. Allí, a espaldas de los escribanos, ponía a prueba mi habilidad con las letras, leyendo con paciencia aquellos documentos mucho más complicados de descifrar, pero infinitamente más seductores y eficaces que la doctrina cristiana y el catecismo con los que fray Cristóbal me ocupaba día tras día, buscando alimentar más mi devoción que mi conocimiento.

En aquellos días las emociones que experimenté fueron extremas, y en mi alma anhelaba en secreto la llegada de mi tío Gonzalo con la misma intensidad con la que le reprochaba que no estuviera allí para defendernos. A veces la duda se instala en mí y la estúpida idea de que Gonzalo estuviera muerto me perseguía castigándome en los días grises.

Encontré a Inés hablando entre susurros: corría el rumor de que los almagristas estaban recorriendo el norte para volver a reclutar hombres, y temía mi tía que llegaran a Trujillo y descubrieran nuestra presencia. En aquel momento vi el miedo en el rostro de Catalina, que abordó la cuestión que hasta ahora nadie se había atrevido a tratar, pero que de modo machacón perseguía a ambas mujeres:

—¿Cuál será nuestro destino si el enviado real no acaba con el gobierno del Mozo, Inés? —afrontó Catalina sin tapujos ni adornos.

—El mismo que ha sido hasta ahora. Ocúpate de rezar por la victoria en vez de pensar en la derrota —aseguró mi tía rotunda.

—Eres viuda, Inés. Si el Mozo gana, y bien sabe Dios que no lo quiero, tendremos que volver a España con los niños. —Se santiguó—. O ahorrarnos el terrible viaje en barco e instalarnos en Cartagena o Panamá. En esta tierra no seremos bienvenidas, ya lo dijo Juan de Rada —espetó Catalina con la misma crudeza que empleaba desde el principio.

—No llegué hasta estas tierras sacrificando tanto como sacrifiqué, ni mi esposo las ganó perdiendo hasta la vida para que ahora un hatajo de desalmados me arrebate mi sitio.

—¿Habremos de viajar a Castilla? —pregunté asustada ante la idea de tener que abandonar el único mundo que conocía.

—No volveremos a España, esta es ahora nuestra casa, Francisca. —Inés me acarició la trenza mientras se dirigía a Catalina—: Estos niños son la mismísima sangre del gobernador Pizarro y haré valer su condición con mi vida si es preciso.

Catalina, poco dada a remilgos, expuso con cristalina razón lo que le esperaba a Inés de ser así. No debió mentar la soga en casa del ahorcado.

—En ese caso, deberás volver a casar. La libertad de una viuda para manejar su hacienda tiene un tiempo. Más si tiene tierras y encomienda. Los hombres decidirán desposorio. Además, ambas sabemos lo que es estar sola en estos lares.

La mirada de Inés hubiese podido fulminar a Catalina. Tiró el cesto de ajís que estaba cortando al ponerse en pie y juró ante la Virgen del Socorro que nunca jamás volvería a contraer matrimonio, y que ella sola sabría gestionar su hacienda.

Catalina decidió aliarse con la Providencia y no volvió a pronunciar palabra. Más tarde, Inés tendría que deshacer aquel juramento, para alivio de todos cuantos la queríamos.

A veces me invade una terrible voluntad de escapatoria que no sé manejar. Ya me ha ocurrido muchas veces, pero aquella fue la primera que recuerdo. Encontré una distracción recorriendo aquella casona, demasiado grande y destartalada. Me adentraba en los diferentes espacios que ocultaba, y gracias a mi esmerada exploración, descubrí los puntos flacos que podría burlar si necesitaba escapar de aquel encierro. Aquella casa era el mayor lujo que podíamos tener, pero admito que adolecía de la ausencia de vida en ella; los suelos de tierra sin alfombras, la falta de cortinajes y el abandono de puertas y ventanas delataban su condición de hogar no elegido. Mi padre solo pernoctó algunas noches allí y de eso hacía mucho tiempo.

Era fácil saltar desde la parte trasera. Cierto es que en aquel momento no quise pensar en la recíproca e idéntica simpleza que implicaría invadirla, solo aproveché la oportunidad que la desvencijada ventana de uno de los cuartos de atrás me ofrecía para salir, sin valorar el riesgo por más que hubiese sido repetido por Inés de manera enfermiza desde que viviéramos en ella. Solo quería abandonar por un momento aquella cárcel improvisada.

Tras salir al exterior, me alcanzó la brisa salada del mar. No podía verlo, pero se ocupaba bien en hacerse notar enviando el fragante viento cuajado de salitre y aromas de otros lugares, de otras tierras aún por explorar.

—El mar guarda la llave para acceder a otros mundos —escuchaba de niña a mi padre—. Por eso, Francisca, es tan difícil dominarlo, y solo él decide quién podrá alcanzar la otra orilla.

Mi padre pertenecía al grupo de los elegidos por el salvaje océano para llegar a aquella tierra, y a mí siempre me cautivó, me provocaba un vértigo denso e incontrolable. Había escuchado tantas historias sobre aquel mar, a veces calmo y a veces maldito… En él se ocultaban terribles criaturas, y era el lugar en que se mecían las almas errantes de los ahogados. A partes iguales mi alma lo adoraba y lo temía.

Cuando me adentré en los cercados de la parte trasera de la casona, me topé con una enorme pileta de agua hecha de grandes hiladas de piedra oscura. Unas sobre otras, las piedras se mantenían erguidas y desafiaban al viento que el océano enviaba protegiendo en su seno el agua dulce y cristalina. Aquel corral servía para observar los astros: eran los restos de un mirador del cielo de los muchos que hubo antiguamente en esa tierra, pocos saben en el Viejo Mundo que entre los pueblos del Incario el culto a las estrellas y su observación constituían una de las bases de su progreso y sabiduría. Reflejadas en el agua, las estrellas contaban secretos, vaticinaban cambios, auspiciaban los ritmos para fecundar la tierra y anunciaban tanto la fortuna como la maldad que acechaba al mundo.

Permanecí un rato observando el agua que ahora no me hablaba a través de las estrellas, sino que me ofrecía el azul del cielo como un magnífico augurio que me alentaba a seguir alejándome de la casona.

En mi exploración, iba encajando mis pasos para acoplarlos a lo que observaban mis ojos, a cuanto había escuchado de aquel lugar, intentaba buscar un lazo en el tiempo que me permitiera alcanzar lo que otros observaron antes de mí en aquel sitio, pero no lo logré. Todos mis recuerdos me llevaban a las historias escuchadas de la otra Trujillo, la noble ciudad extremeña que dio nombre a la que ahora yo recorría.

El ruido de cascos de caballos me devolvió a la realidad: estaba muy cerca de las calles de la villa. Me adentré en ellas sin ser vista y pude alcanzar desde los corrales el acceso que llevaba a la plaza principal. En las caballerizas el olor a pasto, sudor y cuero repujado me devolvieron por un momento a mi casa de Lima, y vi a las esclavas negras cargando agua a las casas. El bullicio que compartían me hizo seguirlas y así llegué finalmente a la plaza de armas donde se condensaba y exhibía la vida del Trujillo peruano.

Los naturales, ajenos a todo, trenzaban las fibras de totora que permitían crear unas extrañas canoas con las que pescaban. Profundamente obstinados, daban vida a aquellas balsas con forma de colmillo gigante con las que cabalgaban las olas del océano. En otro extremo, las mujeres intercambiaban frutas, telas y algunas ofrecían su mercancía exclusiva traída del Viejo Mundo. Todo lo que se anhelaba de Castilla adquiría aquí el precio del oro. Una de ellas presumía con orgullo de poseer la única remesa de olivas que había alcanzado el Perú, me acerqué y pude verlas: secas, negras y con una pátina verdosa sobre ellas. Recordé entonces la añoranza de todos por las aceitunas. Esos frutos diminutos levantaban pasiones por su ausencia en el Nuevo Mundo, escuché sus bondades e intenté imaginar cómo sería su sabor, qué oculto poder guardaban para ser tan deseados. Los olivos no conseguían abrirse paso en aquella tierra plagada de otros frutos singulares mucho más acostumbrados a sus particulares temperaturas y lluvias. Nadie acertaba a encontrar la ubicación perfecta para lograr la fecunda crecida del olivo. Serían Inés y Antonio los que, a base de esfuerzo y tenacidad, poblarían terrazas y bancales de aquel árbol que se resistía a crecer en el Perú.

Estaba a punto de hacerme con una, cuando me atrapó la música que procedía de una de las esquinas de la plaza, una fanfarria alegre y descarada. Reconocí las notas de la vihuela y el acompañamiento del pandero a los que enseguida se sumaron guitarras, flautas y arpas de boca inundando de repente la plaza. Siguiendo la pista de aquellos sonidos llegué hasta la mancebía donde tenía lugar el improvisado concierto. Aquella inconfundible música volvería a escucharla mucho tiempo después, como parte de las chaconas con que los hombres de mar pelean contra las largas y tediosas horas de asueto en las calmas chichas. Entendí entonces que a ellos se debía la proeza de que aquel día se vendieran olivas en Trujillo. Traídas de Panamá, sin duda, ellos le habían proporcionado las olivas a aquella mujer y con el dinero obtenido darían buena cuenta de otros placeres más fogosos y primitivos.

Permanecí un buen rato hechizada por la chacona. Soy una amante de la música, y fray Cristóbal de Molina fue quien me enseñó todos los secretos del clavicordio, e intuyó mi destreza para la viola. Quizá por eso, desde niña asocié la música con el olor a cera e inciensos que desprendía la sotana raída de fray Cristóbal cuando se movía al compás de las notas que escapaban.

Observé a los marineros a través del ventanal y envidié el jaleo que compartían, el jolgorio de libertad que todos vivían en el interior. Las mujeres danzaban, ofreciendo sus encantos y mostrando con procaz y estudiada seducción más de lo cristianamente decente para atrapar la atención de los hombres. Me acurruqué bajo una desvencijada tartana y me dispuse a asistir a aquel espectáculo del que fray Cristóbal de Molina hubiese disfrutado, manteniendo, eso sí, los ojos cerrados y a salvo del pecado. Dejé que la música me transportara a otro lugar, lejos de aquel en el que ahora me tocaba vivir; cada nota disipaba la angustia, el dolor por la muerte de mi padre y la necesidad de venganza, convirtiéndome en la niña que fui antes de que otros decidieran arrancarme la inocencia. Unos hombres se aproximaron al carro, atraídos como yo por el espectáculo. Los escuché hablar de las mujeres, y de repente mi corazón se heló. El terror me llevó a contener la respiración y aguzar el oído.

—¿No habéis conseguido más hombres?

—No. Solo hay niños y mujeres aquí. Lo hombres que quedan son despojos, haraganes que frisan las setenta primaveras.

—El gobernador Almagro ya está en Cuzco. Os propongo pasar la noche al calor de las hembras. Si los rumores son ciertos, la batalla será inminente. Gonzalo Pizarro no hará esperar a su espada.

Así supe que Gonzalo estaba vivo: irónicamente, fueron los hombres del Mozo los que me confirmaron la noticia que esperaba desde la noche que asesinaron a mi padre. También supe el peligro que corría estando tan cerca de los hombres del Mozo. Necesitaba regresar y hacerles a Inés y Catalina partícipes de aquello, pero entonces todo se nubló. Recibí un golpe seco en la cabeza, y de un tirón me sacaron de mi refugio bajo el carro, arrastrándome por un brazo. Cuando pude reaccionar, me vi en la parte de atrás de una de las casas con otras niñas indias que sin descanso limpiaban pescado extrayendo las vísceras para preparar las salazones que partirían en los barcos que alcanzarían Panamá. El olor era insoportable.

El capataz negro que me había sacado a rastras de mi escondite me gritó reprochándome el haberme escaqueado de mi trabajo, obligándome a coger una de las cestas cargadas de arenques y jureles. El resto de las niñas me miraban de reojo, las mujeres también lo hacían; sabían que yo no era una de ellas, pero mis ropas habían confundido al capataz. Sin embargo, nadie habló. Me dispuse a realizar el trabajo que violentamente se me encomendaba, mientras pensaba en cómo podría salir de allí. Las mujeres no dejaban de susurrar entre sí, hablando en muchic, la lengua de los pescadores. Imagino que se preguntaban quién era la extraña que acababa de aparecer. Las observé para imitarlas, no quería recibir otro golpe de aquel negro inmenso de espaldas curtidas y brazos hercúleos. Me afané en hacer los que ellas repetían de manera ritual, y con la cabeza todavía aturdida, ideando la manera de escapar, extraje las tripas de los peces, un amasijo pestilente de colores extraños.

Aquellas niñas y mujeres pertenecían al pueblo de Huanchaco, el puerto natural que servía de parada en los recorridos de los barcos del Callao a Panamá. Eran descendientes de los mochica y de los chimú, y su modo de vida se había visto afectado por los incas y después por los españoles, aunque se aferraban en mantener su esencia y sus costumbres intactas. Vi más amor propio en los ojos de aquellas mujeres que el que he podido observar en ninguna persona después a lo largo de mi vida. Exhibían con orgullo su impronta, eran hijas de pescadores y solo se unían con pescadores. Su piel mostraba las horas de sol y salitre, de tez más oscura y con la belleza del mar como ornamento perpetuo en sus caras.

Esos indios atesoraban la sabiduría ancestral de su oficio, conocían el manejo del mar y la habilidad para obtener frutos de este. Usaban aparejos milenarios, empleando embarcaciones tan rústicas como eficaces que ellos mismos construían y trenzaban empleando la totora. Eran el eslabón sagrado que permitía unir la tierra y el océano. Sé que mi abuelo Huayna Capac comía y cenaba pescado fresco en su palacio de Cuzco más de tres veces a la semana gracias a ellos y a la pertinaz carrera de los chasquis.

Presentía que aquel encuentro no era fruto de la casualidad, y me sentí segura entre aquellas que no me delataron y me enseñaron secretos solo mostrándome sus manos. Compartieron conmigo una escudilla de *lokro*, un guiso a base a algas, ají, maíz blanco y trozos de pescado que me devolvió las fuerzas. Hablaban poco, pero con sus ojos lo decían todo.

Pude entender lo que allí estaba ocurriendo: les habían confiscado toda su pesca, y las obligaban a preparar las salazones, a la fuerza.

No conocía de primera mano lo que rodeaba el detalle de los tributos que conllevaba la encomienda en aquella ciudad, pese a que yo era encomendera de primera generación. Fue mi padre quien se ocupó siempre de aquello, sin embargo, supe leer que aquel capataz negro no tenía nada que ver con los caciques que se encargaban de recoger tributo, y su trato hacia ellas era violento y debía ser castigado. Intenté averiguar qué o quién se escondía detrás de aquel hombre, a quién obedecía, pero el trabajo apremiaba: había que tender los lomos de los arenques al sol para que se secaran, y antes cubrirlos de arena y sal. Acarreaba los sacos de salitre para enterrar los lomos cuando un pescador de Huanchaco apareció y habló con el capataz, vi cómo me miraban y señalaban. Las mujeres se acercaron para intentar ocultarme en el ir y venir del transporte de sal y mantenerme escondida a duras penas entre las redes que algunas reparaban. Una de ellas me ató en la muñeca un trozo de totora trenzada, un extraño y rústico brazalete.

Tras mucho discutir, el capataz negro aceptó entregarme al indio a cambio de una bolsa de lana que no sé qué demonios portaba. Solo así permitió que aquel pescador me sacase y me llevase a hombros. Las mujeres y las niñas me seguían con la mirada, y en ese momento el indio se detuvo. Se aproximaba un carruaje, pertrechado con bridas de cuero para sujetar la lona que lo cubría a modo de quitasol y tirado por dos caballos. Intenté zafarme de aquel pescador cuando pasó el carruaje y entonces la vi: en la parte de atrás iba la niña que había conocido solo un año antes en Lima y con la que compartí juegos y secretos en el huerto de los naranjos. Era Florencia, la hija de Ana Pizarro, prima de mi padre, y de Diego de Mora, era mi familia. Ella no me reconoció, y yo estuve a punto de gritar, pero el indio me tapó la boca, y con una maestría circense me cubrió con un apestoso *quepi* de cuero de llama y me echó sobre sus espaldas como si fuera un ternero.

Cuando volvieron a descubrirme la cabeza, el olor intenso a cera de cirios me hizo creer que estaba en la capilla del Sagrario con fray Cristóbal, lo único que faltaban eran las notas del clavicordio. Mis ojos tardaron en acostumbrarse a la luz, y solo entonces distinguí a Inés y a Catalina. A su lado había dos indios de Huaylas, y junto a ellos mi raptor.

El pescador de Huanchaco era uno de los indios aliados de Hanan Huaylas. Mi abuela Contarhuacho mantenía intacta su protección hacia nosotros, y supe en ese momento que, aunque pudiera parecérmelo, nunca estaba sola. Seguían mis pasos de cerca, siempre ocultos, sin levantar sospechas. Su red de aliados era inmensa, y mi jornada con las pescaderas de Huanchaco era sin lugar a dudas el mejor de los destinos que los dioses podían haberme ofrecido en aquel día.

El que había burlado todos los peligros y me había traído a casa se llamaba Ymarán, y, aunque al servicio de mi abuela, era uno de los pescadores de la caleta que se ganaba la vida seduciendo al mar y obteniendo de él los más grandes regalos. Ymarán había sido guerrero, pero su mayor arte era el manejo de las mareas y una habilidad mágica de usar las redes en la noche. Aquel día se forjaron dos alianzas imbatibles que me serían de gran ayuda después, del mismo modo que yo intenté serles de ayuda más tarde. Mi compromiso con las gentes de Huaylas y de Huanchaco vendría validado por la ancestral reciprocidad que maneja el universo. Le ofrecí el brazalete que habían anudado las mujeres en mi muñeca, pero él no quiso recogerlo.

—Es vuestra marca, conservadla, doña. Y ahora recordad llevar siempre con vos un poco de totora y de coral.

—No olvidaré lo que he visto —le aseguré—. Y os doy mi palabra de que enmendaré el daño. Podéis contar con ello.

Mucho tiempo después cumpliría mi palabra. Cuando Ymarán marchó, me enfrenté a Inés y a Catalina, y sobre todo al momento en que debía informarlas de lo que aquel día supe. Ambas tenían la cara descompuesta y sin color. Mi hermano me abrazaba, agradeciéndome que hubiese vuelto. Habían pasado el día con el alma pendiendo de un hilo, entregadas a rosarios y oraciones, temiendo lo peor. Sé que Inés me hubiera abofeteado de no haberse alegrado como lo hizo al verme con vida. Las dos habían imaginado un espantoso final, pero las dos lo hicieron en un discreto silencio que buscaba no tentar a la suerte, o darle pistas para otro terrible desenlace. Ya eran muchos los que cargaban en sus espaldas, no podían aguantar añadir uno así a su conciencia.

Inés me metió en la tina de madera mientras me frotaba con fuerza para eliminar el olor a pescado. Allí se sinceró. Fue la primera vez que me exigió ser una mujer, al menos así sentí sus palabras.

—Muchas veces no te cuento lo que siento, porque asumo que eres demasiado niña para acarrear con semejante carga. Por ahorrarte sufrimiento quizá esté errada, quizá no esté haciendo bien. Ocultarte la verdad tal vez te haga vulnerable.

—Inés, siento lo ocurrido —alcancé a decir, sabiendo que de nada servía.

—Prometí a tu madre que te cuidaría, pero juré a tu padre ante Dios que nunca te faltaría mientras tuviese aliento.

—Y lo estás haciendo. No faltas a tu palabra —aseguré mientras el tono encarnado de mi piel iba creciendo por la fuerza de la friega, provocándome un intenso picor.

—No lo siento así. No sabes la responsabilidad que recae sobre ti. Es hora de esconderse. Ahora los hombres darían todo por tener la cabeza de tu hermano y la tuya. No ayudes al enemigo, no te pongas a merced de los que quieren destruirte. No confíes en nadie.

Intenté calmarla, y me reproché lo que había hecho. Había despertado el dolor de Inés, ese pozo inmenso y negro que se abría en su interior cuando la amenaza se cernía sobre mi hermano y sobre mí. Inés había asumido que solo en nosotros expiaba la culpa de la muerte de sus hijas. En aquel instante lamenté haberla llevado de nuevo a la sima del dolor de aquella pérdida. Quise contestarle que conocía mis obligaciones y mi carga, que también temía por mi hermano y por ellas. Quise decirle que no confiaba en Vaca de Castro, pero preferí guardar silencio y dejar que ella continuase.

—Siempre te tuve por juiciosa, y tus entendederas son mayores que las mías, cuanto antes aprendas esto antes podrás ser libre, ahora solo se te permite elegir el mal menor.

—Inés, ¿sabes a quién vi en la villa? A Florencia, mi prima. Ella y su familia son nuestra familia, podemos acudir a ellos, podemos ir a vivir a su casa, salir de aquí… —Inés no me dejó acabar.

—Ahora la línea que separa amigos de enemigos no existe. No seas ingenua, no debes confiar en nadie, los bandos cambian, si no puedes verlo, al menos ten la decencia de dejar que yo te lo enseñe y déjame que te proteja.

—Pero el capitán Diego de Mora puede protegernos…

—El capitán Diego de Mora fue afín a tu padre, la villa de Trujillo está bajo su mandato ahora, pero por el momento no sabemos nada más.

Tu ingenuidad puede costarte muy cara. Aprende a que tus actos y tus palabras no digan más de ti que lo que tú quieras que se sepa.

No tuve fuerzas para confesar en aquel momento que sabía de la vuelta de Gonzalo; Inés no me hubiese creído y saber que estuve tan cerca de los hombres de Almagro hubiese aumentado su culpa. Por eso callé. Esperando que los hechos hablaran por mí, confiando en la llegada de Gonzalo. Me aferré a la tranquilidad que me proporcionaba aquella noticia, fue como un bálsamo para mí. Gonzalo vendría a buscarnos, estaba segura. Él devolvería cada cosa a su sitio.

Más tarde me pregunté cómo lograría llegar hasta nosotros, me costaba confiar en Vaca de Castro y empecé a dudar de si revelaría a mi tío cuál era nuestro escondite. Tampoco le confesé a Inés que me sentía prisionera de Vaca de Castro más que protegida. Éramos los rehenes de aquel hombre, que nos mantenía apartados de todos solo para someternos. Eso me decían mis entendederas.

Inés me vistió con la túnica de algodón que me servía de camisón y me acompañó al camastro donde mi hermano ya dormía. Aquella noche comprendí que eran muchos los secretos que yo todavía no conocía y que eran muchas las trampas que nos esperaban. Lo que está arriba también está abajo, debía aprender a equilibrar las dos fuerzas, las dos esencias. Busqué en Hanan y Hurin, sabía que se rebelaban con fuerza, y yo empezaba a comprenderlo. Solo lograría avanzar si hacía mías las dos mitades, opuestas y complementarias. Mi cruzada por sobrevivir pasaba por ello, debía hacer valer mi condición de Hanan sin olvidar el apoyo y la importancia del Hurin que lo alimentaba.

Como ya ocurriera desde el inicio de los tiempos, Hanan era el frío, el día, el sol, la esencia masculina, el alma conquistadora, los cielos claros, el gobierno, y Hurin era el calor, la noche y la luna, lo conquistado y el rito. Debía aprender a reconocerlos, y ciertamente fue entonces cuando comencé a buscarlos. Abajo y alrededor había aliados a los que debía encontrar, escuchar y también proteger. Estaban ahí. Los indios de Huaylas y también los pescadores de Huanchaco, ellos serían mi Hurin. No debía olvidarlo.

Tres noches después, una inmensa estrella cruzó el cielo dejando una estela verdinegra a su paso. Aquel astro y su intenso fulgor me hicieron estremecer. Ya se había leído antes en el cielo. Recordé las crónicas antiguas, los cantares que narraban cómo antes de la muerte de mi abuelo una gigante estrella atravesó la bóveda celeste, como sucedería después la noche previa a la muerte de Atahualpa. La vi y la inquietud me sacudió por dentro. «Gonzalo», pensé.

Acudí al camastro donde mi hermano dormía, lo hallé rígido y frío, unos violentos movimientos habían tomado el control de sus brazos y piernas, se debatía en siniestra lucha con ellos. No respondía a mi llamada, no era una pesadilla. Mi hermano no estaba allí, solo su cuerpo preso de algo que no acertaba a entender.

Llamé a Inés y a Catalina, ambas tenían maña con el manejo de heridas y la recomposición de huesos rotos, sobre todo Inés, que en los primeros años de la Conquista hubo de curar a muchos tullidos, rebajar calenturas y sanar heridas emponzoñadas con las flechas de los indios, pero aquello escapaba a su precario control de dolencias. Comenzamos a aplicarle friegas e intentamos ablandar sus miembros para que no se agrediese más. Cuando lo incorporamos, Gonzalo se llenó de vómitos. No sabíamos a quién acudir, continuaba privado del juicio, y nuevamente su cuerpo convulsionaba preso de unos temblores desconocidos. Pensé que algún tipo de veneno había provocado aquello. Inés ordenó a los guardias que la acompañaran a buscar a un médico. Solo aquello permitió a Inés romper el estricto cerco que nos separaba del mundo y que yo había burlado.

Quise ir con ella y no tuvo tiempo de prohibírmelo mientras Catalina permaneció con mi hermano. Acompañadas por la guardia, atravesamos el villorrio en busca de ayuda. En medio de la noche la ciudad permanecía en silencio, apenas algunos indios quedaban en la plaza. La única vida parecía proceder de la mancebía que días atrás me hiciera acudir al son de los acordes. Allí los guardias entraron y salieron con el que aseguraba ser uno de los barberos sangradores que se habían instalado recientemente en la ciudad procedentes de Santo Domingo.

Al verse cara a cara con aquel hombre, Inés le suplicó que acudiese a la casa, en ningún momento supo ver lo que tenía ante sí. Yo le observé y abandoné cualquier esperanza, estaba ebrio y parecía salido de un lecho de estiércol, apestaba a establo. Me detuve en sus ojos, eran de diferente color, uno azul y otro negro. Sus manos sucias y ajadas no eran las de un barbero. Podrían ser las de un campesino, pero la amputación del dedo anular hablaba de otro oficio mucho más oscuro. Intenté disuadir a Inés, se veía a leguas que era un oportunista que se ofrecía como barbero o como obispo si era necesario y aquello le permitía cobrar unos ducados.

—Debo coger mis lancetas, decidme, ¿en qué estado se encuentra el enfermo? —Con fingida preocupación intentó ganarse a Inés, algo innecesario, puesto que presa de la desesperación ya había accedido a entregarle su confianza sin preguntas ni reservas.

—Es solo un niño, arroja bilis amarillas y negras. No hay forma de apaciguar los sudores y temblores que se le han metido en el cuerpo. —Inés hablaba de forma atropellada, estaba paralizada por el miedo, y yo estaba aterrada porque sabía que aquel hombre no tenía conocimientos ni podía ayudar a mi hermano.

Cuando entramos en la casa, la mirada de Catalina fue la que confirmó mis sospechas respecto a este individuo.

Mi hermano permanecía inconsciente. Su cuerpo, ahora inerte, descansaba sobre el camastro cubierto de vómito fresco. El hombre le tocó la frente y le abrió el camisón, buscando las formas del pecho. Comenzó a tantear sus extremidades y a palparle el vientre y después el cuello en busca de un signo de dolor que delatara la fuente de aquella extraña enfermedad. Aquel hombre conocía con precisión la anatomía humana, demasiado, tal y como la conocen los verdugos.

Estaba intentando decidir dónde practicaría la incisión para extraer la sangre. El dolor era la máxima información para los galenos y los físicos, pero él no era un médico. Tampoco un chamán. Mi instinto me decía que aquel hombre podía ser un galeote, uno de aquellos huidos de la ley que había conseguido esquivar la perpetua condena a galeras. La amputación del dedo hablaba de una antigua tortura que se aplicaba en Castilla a algunos delitos. Era hábil por su parte que intentara disfrazarla haciéndose pasar por barbero o sangrador, pero yo no confiaba en que supiese lo que estaba haciendo. Cuando extrajo de su bolsa las tres cánulas y la bacía, mi hermano continuaba sin mostrar el más mínimo atisbo de vida ni de dolor.

Busqué la complicidad de Catalina, que con su silencio habitual mostraba su desaprobación. Fingió ir a buscar unas hierbas para purgar a mi hermano y salió del cuarto, entonces la seguí. Mi aya temía, al igual que yo, que algún veneno fuera la causa de aquello, y decidió avisar a uno de los indios de Huaylas, que salió por el patio trasero en busca de ayuda.

El desconocido abrió la vena del brazo derecho de mi hermano, y la sangre comenzó a deslizarse por la piel para ir a verterse en un recipiente de metal. Gonzalo recuperó entonces el sentido, y de manera inmediata comenzó a arrojar nuevamente el viscoso líquido amarillo y negro.

Dudé de su fuerza para resistir aquello. Gonzalo nunca tuvo mi salud. Yo jamás enfermé, ni un rasguño en mis juegos, aprendí a montar siendo muy niña y nunca viví ninguna magulladura, ni los fríos despertaron en mí la fiebre, ni los malos aires se introdujeron en mi pecho, nunca.

Sí vi a muchos médicos trabajar en el palacio de mi padre. Uno de ellos, Sepúlveda, fue quien respondió siempre paciente a la artillería de preguntas que yo le formulaba cuando acudía a ver a mi tío Martín de Alcántara, que padecía de flemas extrañas y dolores en los huesos agravados por las humedades de aquellas tierras.

Yo observaba a Sepúlveda con detalle durante sus exploraciones, conocía bien la tarea de los barberos sangradores que le ayudaban y escuchaba las indicaciones sobre las pócimas que daba a mi tío. Por eso sabía que aquel sangrador no era un sangrador. La inquietud turbó el juicio de Inés, que no quiso verlo.

La enfermedad para los castellanos se origina por un desequilibrio de los humores. Para los incas hay una ofensa a los dioses detrás del dolor. Era imposible que Gonzalo hubiera ofendido a los dioses de ninguna forma, y me pregunté si quizá otros hubieran ofendido a Viracocha en su nombre. Busqué en su cabello una respuesta que no hallé. Ya he narrado el poder que el cabello guarda, había que protegerlo y venerarlo. Entre los españoles estas costumbres no eran compartidas, pero todos las temían, porque veían la mano de Lucifer detrás de aquellos conjuros y magias de los indios, como también imaginaban la presencia del demonio en otras dolencias.

Catalina e Inés se arrodillaron y comenzaron a rezar. Temían que aquella fuera la enfermedad sagrada de la que escucharon hablar en Castilla. Apelaron al Santísimo Cristo, recordando que en las Sagradas Escrituras se recogía cómo Jesús curó a un niño que convulsionaba al estar poseído por un espíritu impuro, y así mismo se encomendaron a san Vito, a santa Brígida y a san Juan. Y sé bien que ambas temieron que detrás de aquello estuviese el diablo. Yo no creía en el diablo, pero sí en el daño pertrechado por los que buscan tu mal. El odio podía desencadenar los más negros designios, los que odiaban podían despertar e invocar el dolor, o acudir a fuerzas sobrenaturales que te aniquilaban.

El hombre recogió sus lancetas y pidió su salario. No sabía qué le ocurría a mi hermano. Ante la insistencia de Inés acerca de las terribles convulsiones, aseguró que quizá sería mejor acudir a un sacerdote, e insinuó que podría tratarse del mal de San Juan o mal del infante, una enfermedad para muchos con poso demoniaco y que suponía un estigma de deshonra para el que la padeciese. Por ello el infame majadero pidió el doble de su salario, solo así aseguraba su silencio respecto a lo visto y vivido allí. Aquello dejó a Inés turbada. Quiso que aquel hombre saliera de la casa.

Mi hermano seguía sin reaccionar. Antes del alba, los indios de Huaylas aparecieron, y con ellos acudieron el *ichuri*, médico y a la vez confesor, cuya función era lograr averiguar, con la ayuda de los *camascas*, esos curanderos que sanan con hierbas y también adivinan, qué mal aire o espíritu había secuestrado el alma de mi hermano. Atendieron el cuerpo inerte de Gonzalo, que comenzó a rebelarse nuevamente recorrido por oleadas de violentos espasmos y la completa ausencia de su mirada y de su entendimiento. Tomaron el pulso a mi hermano, palpando sobre la nariz, donde nacen las cejas y las sienes. El corazón latía, pero demasiado lento. Se acercaban a su boca, buscando que el leve quejido del hálito de Gonzalo delatara qué o quién había ocupado su cuerpo.

Comenzaron los sacrificios como parte de la adivinación. Soplaron las entrañas de dos palomas salvajes buscando el origen del mal, extirparon los corazones de las aves y los aplicaron en las sienes de mi hermano. Los temblores se calmaron, pero Gonzalo seguía con la mirada yerta. Sahumaron su cuerpo y le dieron a beber sangre de cóndor. Aquello devolvió a mi hermano al mundo de los vivos. Cuando sus ojos alcanzaron a ver la realidad, nos miró extrañado, no recordaba nada de lo sucedido.

Los curanderos determinaron que se trataba del *urmachiscan*, una enfermedad que ya afectó a la coya esposa de Capac Yupanqui, que fue repudiada por ello. Estaba a merced del *llaqui*, una pena profunda que atenazaba su espíritu. Eso fue lo que leyeron en las entrañas de las palomas y en las piedras. Hablaron del *sonko nanay*, el mal del corazón, creían firmemente que era lo que había desatado aquel terrible estado. Catalina e Inés decidieron mantener en secreto la extraña enfermedad de mi hermano. Era fácil atribuirla a la mano del demonio y sabían que aquello levantaría las sospechas de la Iglesia. De este modo le protegerían.

Los *camascas* advirtieron que aquel mal podría volver en cualquier momento, y por ello debíamos averiguar qué lo desataba. Detrás de aquella dolencia podía estar la tristeza acumulada por una pérdida, el influjo de la *huayra*, el viento de los muertos. Lo que más me inquietó es que también la magia negra de un hechicero avezado podría haber desatado aquel mal.

Capítulo 9

A lo que obliga la sangre

Cuántos hechos en el Viejo Mundo se alimentaron de traiciones. Cuántas venganzas se perpetuaron en nombre del honor, de la sangre, en defensa del linaje. El pasado nunca termina de desaparecer, alcanza y vive de generación en generación. Se traspasa de padre a hijo y con él la honra o la fama. Ahora lo sé. No podemos escapar a esa fuerza invisible pero perfecta y vinculante, siempre guiará nuestras acciones. La sangre obliga y en su nombre hay que ejecutar, a veces, las más deshonrosas obras.

Son tenaces los rencores y el veneno que los alimenta. No lo olvidéis.

Diego de Almagro, el Mozo, estaba vengando a su padre, y yo buscaría la manera de vengar al mío. No volví a ver al que se convirtió en enemigo, pero sí presentía en mi interior en aquellos días la fuerza y la pesadumbre que encerraba su obstinación.

Quiso rescatar la memoria y limpiar la fama de su padre. Para ello, dejó que la ira guiara sus decisiones, y se dejó seducir por las palabras que otros colocaron cuidadosamente en su alma, atizando el odio, reclamando su honor. Era joven e impetuoso, demasiado joven para manejar el poder que le ofrecían sus hombres haciéndole creer que a él pertenecía, pero que se le escapaba una y otra vez, dejándole perdido. Ahí afloraba su incapacidad, entonces reforzaba su crueldad y su soberbia e iba dando mayor descrédito a su delirante cruzada. La muerte de Rada hirió sus planes, yo lo sabía.

Su llegada a Cuzco y el sometimiento de la ciudad hicieron que volviera a sentirse poderoso, aunque en el fondo él sabía que aquel triunfo no era suyo: estaba recogiendo los frutos de la maquinación y el plan iniciado por Rada.

Ahora el avance podría ser incierto y engañoso. Pero no quiso doblegarse, ni reconducir el camino condenado al que se precipitaba. Tanto tiempo después, os confieso que sirvió su ejemplo para excitar mi espíritu político, que ya empezaba a despertar. Comprendí hechos que más tarde me permitirían actuar de un modo menos apasionado. Aprendí que para no errar no debes claudicar a las pasiones, ni guiarte por un espíritu atormentado.

La entrada del Mozo en Cuzco fue triunfal. No imaginaba que, en Lima y en secreto, los miembros del cabildo habían jurado ya su obediencia al enviado del rey, renegando de él. No lo sabía ni se preocupó de saberlo. Prefería creer que la fortuna se aliaba a sus deseos. Hasta allí llegaron también el traidor y desleal Diego Méndez con los hombres que había conseguido reunir en Porco y otras partidas como la de Trujillo, que tan cerca estuvo de mí. Conoció en aquel momento un aliado tan esencial como inesperado, el capitán Pedro de Candía; el ingente artillero también se unió a su causa. Candía el Griego era un viejo conocido mío, uno de los que compartieron con padre penurias y hambre en la isla del Gallo, uno de los trece que traspasaron la línea trazada en la arena de la playa, demostrando su lealtad y su entrega a la empresa conquistadora y que irónicamente serían recordados como los Trece de la Fama. Aquel confidente y aliado fue quien plasmó en la tela las murallas y la puerta de entrada a la ciudad de Tumbes que ornaría el escudo de armas de mi padre. Candía buscaba riqueza y fama, algo que logró en parte. El Griego obtuvo oro y mercedes, se convirtió en un hombre enormemente rico gracias a mi padre y al clan Pizarro, aunque la fama quedaba ahora en entredicho con su decisión, aquel hombre renegaba del bando de mi sangre uniéndose al enemigo.

Para el Mozo, saberse señor del Cuzco, la ciudad por la que murió su padre, reafirmó su lucha, dándole alas y sentido. Buscó ratificar aún más su poder con una ceremonia para sí digna de reyes. Exigió a todos sus oficiales jurar ante la cruz y el misal fidelidad a su persona hasta la muerte. Cada uno de los hombres besó con solemne respeto la mano cobriza de su señor. Sellaban así su lealtad, y el firme propósito de seguirle hasta el final. Todos, después de hacerlo, maldijeron a mi padre y al cardenal Loaysa, postrándose ante su gobernador. Dicen que, en aquella clamorosa ceremonia, dos de sus capitanes, Cristóbal de Sotelo y García de Alvarado, besaron la mano del joven Almagro, pero ambos se profirieron miradas de odio que el Mozo no quiso ver. Las desavenencias entre la hueste comenzaban a fraguarse. Los favores concedidos a uno son la esencia del descontento que aguijonea la traición del otro, y el poder exige saber prever lo que se esconde en el ánimo de los hombres. Creedme cuando os advierto que el frágil equilibrio puede arruinarse con solo un gesto.

En aquellos aciagos días, los leales a mi padre permanecían encerrados en sus casas, bien escondidos. Cuzco no era un lugar seguro, como antes no lo fuera Lima para los que no acataran el nuevo gobierno almagrista.

Pero las noticias corrían, y el avance del enviado de la Corona hizo crecer la tensión y la inquietud entre los hombres.

El Mozo se ocupó. Al mismo tiempo que enviaba una embajada a Vaca de Castro pidiéndole que no usara la fuerza contra él y que mantuviese su cargo de gobernador hasta que el rey decidiese a quién correspondía gobernar, se preparaba para la guerra. Que tus palabras no delaten nunca tus pensamientos, una estrategia perfecta cuando el cóndor sobrevuela anunciando la guerra.

Ante la mirada atónita de los naturales, un bullir incesante de caballos y hombres se apresuró a recorrer las calles buscando aquello que ahora necesitaban imperiosamente, y no se trataba de oro. Los incas no conocían el hierro, ni tampoco el poder mortífero de aquel metal al que nunca dieron utilidad.

Ordenó el Mozo buscar todo el hierro que se escondiese en los lugares más inesperados. Comenzó la tarea de fundición y el humo cubrió el cielo. Pedro de Candía, como artillero mayor del Perú, poseía licencia para fabricar armas, y dirigía el cuidadoso proceso de la forja. Espadas, coseletes, dagas, bacías, clavos, hebillas, azadones, todos perdían su forma original consumidos por las llamas para convertirse en las nuevas armas, las potentes culebrinas preparadas para derribar a larga distancia al ejército realista y que habrían de dar la victoria al Mozo. Asistido por los indios plateros, el Griego trabajaba sin descanso, pero sus manos temblaban en exceso, sus movimientos no eran enérgicos y titubeaba en su hacer. Nadie se fijó.

Se creció el Mozo, aquel mestizo cuya sangre india, a diferencia de la de mi hermano y la mía, no legitimaba el poder al que aspiraba en el Tahuantinsuyu.

Yo conocía su carácter, compartí sus miedos y fui una de las primeras que atisbó las arrogancias, el temple furibundo, el odio implacable de aquel joven que se refugió en la ira como único medio para sobrevivir. Ambos sabíamos que quisieron usarnos como rehenes en los pactos que esperaban alcanzar nuestros padres, ambos conocíamos perfectamente lo que había iniciado aquel desastre, ambos deberíamos cargar con la afrenta. Él decidió convertirme en su enemiga. Yo sabía lo que buscaba, sabía a qué se aferraría.

Se sintió fuerte cuando los cañones creados por su nuevo aliado estuvieron listos. Las armas brillantes bien merecían una celebración. Flanqueado por sus nuevos capitanes, Cristóbal de Sotelo y García de Alvarado, presidiendo el salón que antes ocupara mi padre, el Mozo, como si de un monarca se tratase, hizo servir el vino robado en las casas y en los envíos que desde Castilla llegaron a Lima durante su ocupación.

Se alzaron las copas, se enardeció el orgullo. Se jactó del control que ya poseía sobre Cuzco, la sencillez con que el cabildo se había rendido a sus exigencias en la que iba a ser la plaza *a priori* más complicada.

—Bebed y celebrad, holgaos del triunfo cada vez más cercano. Solo tomamos lo que es nuestro, Cuzco es de los Almagro y sus hombres. Mi padre presume en el cielo de su hueste. Que entren las mujeres. —Ordenó abrir las puertas para dejar entrar a las prostitutas, una corte de mancebas listas para dar placer.

Un buen gobierno exige apercibirse de lo que recorre las entrañas de los súbditos. García de Alvarado, que era un rufián, se sintió afrentado al no alcanzar el cargo de maese de campo. Cristóbal de Sotelo fue el único capitán almagrista cabal, el único que frenó los desmanes, robos y ultrajes que los hombres se acostumbraron a hacer sin que nadie los detuviese. El indisimulado odio que se profesaban ya había comenzado a ser la comidilla entre sus hombres. El Mozo no quiso ver lo que ocurría, Rada no hubiese dejado escapar aquello.

Un enorme charco de sangre alrededor de Sotelo y la espada todavía desenvainada de García de Alvarado darían fin a la fiesta. Sotelo expiró dejando al Mozo aún más solo. Aún más perdido.

La traición ha de castigarse, la muerte debe proferirse, tarde o temprano de no hacerlo acabará contra ti, sabedlo. El Mozo no hizo nada, y aquel fue un signo de debilidad. Se preguntó qué habrían hecho Rada o su padre ante algo así. Quiso mostrar sabiduría en un momento en que solo el castigo podría atajar lo que estaba sucediendo. El silencio se hizo, y amparada en el silencio, la amenaza creció.

Los días se sucedían, largos y trabajosos, y había muchas decisiones que tomar. Cada día el Mozo contaba sus huestes, más de quinientos hombres estaban dispuestos a morir por su causa. Tenían caballos, arcabuces, ballestas y picas, estaba mejor armado de lo que nunca estuvieron ni mi padre ni el suyo. Mantenía la fe puesta en los apoyos de los indios, y esperaba que Manco y Paullu se unieran a él, las deudas han de saldarse y aquellos incas le debían mucho a su padre. Con su alianza, además, pensaba obtener la cuota de poder natural que legitimara su gobierno, ya que él no era inca; sin embargo, ninguno de los dos Incas se había pronunciado. A pesar de ello, el Mozo en su mente ya contaba con la victoria.

Nueva Toledo, la gobernación otorgada a su padre, sería una gloriosa realidad allí, no en las yermas y hostiles tierras de Chile. Cada día se estudiaban los mapas, se localizaban los posibles accesos, se almacenaba la pólvora, se diseñaban trampas, se enviaban espías. Cuentan las lenguas que también cada día el Mozo paseaba al atardecer por las huacas de Cuzco, pero nunca se acercó a ellas. Nunca quiso conocer su destino, no necesitó oráculos.

De haberse adentrado en ellas hubiese podido atisbar lo que sucedía. Cada hecho, cada embuste, cada estrategia ya eran conocidos por los sacerdotes. Pero Diego el Mozo prefirió vivir su destino sin interferencias ni avisos. Cuando el sol se escondía, pasaba horas en la iglesia de la Merced, al calor de las velas y al amparo del silencio. Allí, frente a la tumba de su padre, buscaba respuestas que siempre le llenaban de dolor. Al regresar, la ira le removía las entrañas cuando recordaba los últimos días de Almagro el Viejo.

Diego Méndez se convirtió en su confidente. Muerto Rada, obtuvo Méndez su oportunidad para hacerse con el control y manipular al Mozo, y a ese fin pasaba horas con él. Fue aquel infeliz el que se encargó de alimentar su orgullo con ideas desalmadas y delirantes que contemplaban acabar con los Pizarro. Aquel fue el que robó la casa de mi padre con su cuerpo aún sangrante y caliente; sustrajo todo cuanto encontró, desde joyas a tapices, y especialmente hurgó y robó los documentos, la palabra escrita, buscando la manera de legitimar a Diego de Almagro el Mozo. En el ir y venir de los rastreadores, se colaban mentiras que convenientemente alimentaban la fe del Mozo en una campaña imposible. Los espías campaban a sus anchas sin que Diego el Mozo se enterase. Se inflaban las historias. Nada se sabía de Vaca de Castro, el enviado real no respondía a las misivas. No presentaba batalla, tampoco ofrecía una amnistía para todos. ¿Qué era lo que retenía las decisiones?

Entre los hombres, tras el asesinato de Sotelo nadie comprendía la inacción del Mozo ante un hecho así. Aquel iracundo e impetuoso mestizo había dejado en libertad al asesino, y aquello no era algo a lo que los hombres estuviesen acostumbrados. Entre los afines a García de Alvarado la inquietud comenzaba a crear bandos, sin comprender por qué no había sido castigado. Ni el propio García de Alvarado lo entendía. Los leales a Sotelo comenzaron a renegar y a pedir venganza por la muerte de su amigo. La semilla de la traición ya estaba instalada en el seno de la tropa, una división clara y mortal, que debilitaría todos los planes.

Todo se preparó con prisas. Un banquete perseguía acabar con aquella división, así lo aseguró García de Alvarado. Se mostraba arrepentido y quiso agasajar a su gobernador y reiterarle su lealtad. El Mozo rechazó la invitación, no se encontraba bien. García de Alvarado acudió entonces hasta el Palacio de Gobernación, ya había decidido que debía asesinar al Mozo y unirse a Vaca de Castro si quería seguir viviendo.

El abrazo de la muerte es imprevisto y cálido, se disfraza de afecto lo que en realidad es un odio inclemente, y así fue recibido García de Alvarado al entrar en las dependencias privadas del Mozo, rodeado de sus leales. Fue un abrazo vespertino y tibio el que le mantuvo inmóvil para recibir la espada del mestizo, quien tras atravesarle dejó su cuerpo inerte y a merced de los fieles del fallecido Sotelo, que a puñaladas vengarían con saña y sobradamente la muerte de su amigo.

Fue la primera vez. Así se estrenó el Mozo en el arte de matar a uno de los suyos, pero no sería la única; el instinto de la sangre despierta las más bajas pasiones, se convierte en una adicción que te persigue y te atormenta, que exige ser repetida, volviéndose el círculo cada vez más estrecho.

Después de cortar de raíz el primer intento de rebelión, hubo de calmar en brazos de una mujer la marea que desataba la muerte. Diego Méndez le llevó al burdel que estaba a las afueras y allí mancebas, soldadescas, indias y mestizas harían su parte. Habría escoltas en la puerta custodiando aquel lugar, permanecerían toda la noche expiando la muerte a base de embestidas salvajes con aquellas mujeres que negociaban su virtud poniéndole precio al pecado y al placer. La única manera que tenían los hombres de escapar del instinto asesino era aquel, en la guerra se desataba el deseo por la carne porque era la única manera de no seguir matando.

En uno de los jergones de arriba, el Mozo se dejaba hacer mientras Diego Méndez compartía secretos con su nueva amante, Esmeralda, una manceba oriunda como él de Oropesa, la villa toledana que traería a más hombres a gobernar aquel Perú. Su nombre no era Esmeralda, al menos no el que recibió en bautismo en Castilla; las aguas le impusieron el nombre de Juana, y ella lo cambió por el de la piedra preciosa más buscada y escasa en aquella parte del Tahuantinsuyu. La moza se había ganado el puesto de favorita: ella le escuchaba, le alentaba y con gran maestría dejaba que Méndez desgranara sus planes entre chicha, vino y caricias. Ella conocía todos los planes, sabía mucho antes que nadie que aquella noche García de Alvarado moriría, y sabía en aquel momento lo que Diego Méndez y Rada quisieron hacernos a mí y a mi hermano.

A veces los juegos más inocentes te permiten forjar una manera de enfrentarte al mundo. Yo desde niña me acostumbré a esconderme y escuchar en silencio lo que otros hablaban. De ese modo y gracias a mi memoria, comencé a elaborar listas, detalles, frases y hasta sentencias aparentemente inocentes a las que recurriría toda mi vida.

Todos los que pasaban al Nuevo Mundo debían acreditar su identidad, y por supuesto su sangre de cristianos viejos. El Consejo de Indias velaba por estas cuestiones, y en las listas de pasajeros a las Indias se incluían datos que debían ser corroborados en la nueva tierra. Precisas y minuciosas descripciones que incluían un completo mapa de la piel, desde lunares a antojos de nacimiento o cicatrices, así como defectos en el habla o el rastro dejado por alguna enfermedad que permitirían identificar a aquellos que fueran acusados de algún delito, evidenciar el pago de soldadas, y sobre todo evitar desconocer a quien se aventuraba en aquellas nuevas tierras.

A pesar del severo control de la Corona, la costumbre de cambiar de vida y hacerse nadie fue lo habitual en aquellos tiempos. Esta práctica hizo que muchos crearan lazos en las nuevas tierras olvidando a las mujeres que esperaban en Castilla, muchos, desde hombres corrientes a los más brillantes e intachables capitanes o hidalgos reputados, olvidaban pronto el insigne hogar ya creado. Las esposas abandonadas reclamarían su condición enarbolando el matrimonio como prueba ante Dios y ante las autoridades. Y precisamente, gracias a las largas listas y detalles de su aspecto que fueron anotados y corroborados antes y después de su partida de Castilla, los bígamos que se resistían eran descubiertos.

En el Palacio de Gobernación de Lima, a espaldas de mi padre y sus hombres, accedí a aquellas listas. Practicaba concienzudamente mi recién estrenada destreza con las letras, me empleaba leyendo y releyendo aquellos documentos que acompañaban a las licencias y a las informaciones de limpieza de sangre, lo que me permitió acceder a algunos de los secretos de aquellos primeros habitantes de la tierra perulera que mi instinto me invitaba a recordar.

Siempre se podían esconder cosas, por eso también me aficioné a fijarme en lo que nadie reparaba y a hacer mis propias descripciones de aquellas personas, atendiendo a sus pasiones, a sus desvelos y a sus deseos. En mi lista estaban algunos de los hombres que rodearon a mi padre tanto para bien como para mal, no solo los hombres del Gallo y Cajamarca que acometieron la Conquista y a quienes por tanto se les presuponía lealtad. También los que llegarían después y querrían alcanzar la gloria sin haber empuñado armas, los más peligrosos.

Me esforcé especialmente en conocer los detalles de las mujeres que llegaron a Perú para labrarse una nueva vida. No eran muchas las primeras, Inés las conocía casi a todas, y yo me obligaba a recordar sus nombres y sus caras, por eso sé que Esmeralda antes fue Juana, y sé que pasó al Nuevo Mundo como criada, única manera de lograr el permiso de embarque y licencia siendo mujer y soltera. Tenía el pelo negro, enroscado en bucles y crespo, una mancha en la muñeca de quemazón, y un lunar de color azul ópalo en el tobillo derecho.

Esmeralda se instaló en Cuzco. Allí regentó una casa en la que acogía a aquellas que quisieran dormir bajo techo y ganar mercedes sin más méritos que el de ser discretas y no hacer demasiado ruido. En un principio su negociado era el de lavanderas y costureras, pero las atenciones que procuraban a sus clientes siempre iban a más. Enseguida se cambiaron los hilos y jabones por vihuelas y carmines, y aquellas españolas deleitaban a los hombres de guerra en su lengua y les permitían sentirse más cerca de Castilla, los escuchaban y aplaudían sus gestas.

Esmeralda recibía a todos: almagristas, pizarristas, funcionarios reales, contadores públicos, algún que otro fraile y poderosos y respetables encomenderos. Aquel que quisiera sentirse más cerca de casa tendría un lugar en la suya. Al principio, solo se invitaba a mujeres españolas, era la esencia de aquella mancebía, la de recordar a las tabernas de Sevilla que añoraban los hombres. Luego vendrían mestizas, indias y negras, muchas huérfanas o abandonadas, otras huidas de mil abusos. La discreción y el silencio eran esenciales y Esmeralda lo sabía.

La primera vez que Diego Méndez entró en su casa, no imaginaba quién era ni lo que se traía entre manos, y poco a poco, a base de frases a medias, fue componiendo como la experta costurera que era el terrible tapiz, separando las hebras y acercando los tonos que mostraban con detalle el magnicidio de mi padre, el marqués. Supo entonces que aquel hombre era uno de los asesinos de Pizarro y se aficionó a escucharle, y él se aficionó a contarle más de la cuenta, al amparo del vino que suelta los pensamientos y en la oscuridad de aquel cuarto, que como a Esmeralda le gustaba creer, al igual que en las cuatro paredes de una iglesia, todo permanecía entre ellos y Dios.

A la luz de las velas y el calor que coronaba el ambiente, se permitió Esmeralda participar en la intriga. No buscaba nada más que su provecho. Los regalos que Méndez le prodigaba hacían que esperara su encuentro cada vez con más avidez; sabía que se estaban forjando todo tipo de planes, y ya algunos se habían resuelto. Había hecho, entre otros, desaparecer el testamento de mi padre para legitimar al Mozo y no ensombrecer su gobierno con herederos previamente designados. Ella escuchaba y admiraba la perla que acababa de obsequiarle, una de las pocas que conservó mi padre de su tiempo en Panamá, y que tenía el tamaño de un huevo de codorniz. Era aquella perla la que acaparaba su atención más que los delirios de grandeza de aquel hombre, aunque temía por las vidas de todos ellos. Ya en otras ocasiones había tenido la maestría de ocultar a los levantiscos que habían estado en su casa y sabía que su ocupación pasaba por no delatar y no hacerse notar, pero ahora al que tenía en el piso de arriba desatando su febril pasión era al Mozo, jefe de los sublevados, capitán de la conjura, y quien la estaba agasajando era Méndez. Esa perla no compraba su silencio, no, pero sí podía convertirla en cómplice.

Al amanecer los despidió. El Mozo salió del cuarto, sudoroso y complacido, y ordenó que le entregaran un hatillo. Eran más monedas de oro de las que había visto en su vida. Esmeralda ya sabía que aquel dinero provenía de la hacienda real, del quinto que habría que entregar al rey y de los bienes de difuntos que habían esquilmado en Lima y ahora en Cuzco. Aun así, las guardó; ella y sus mujeres tenían que comer, pero no dejaba de pensar en qué sucedería si la trama que había escuchado la noche anterior no salía bien.

Aquella mañana, con sus hombres divididos, el Mozo decidió que había de asumir el control. Estaba preparado para la guerra, pero no parecía que el enviado del rey quisiera llegar a las armas. Tal vez fuera todo más fácil. Tal vez el rey reconociera sus derechos y contemplara su gobierno en aquella parte, como algunos se atrevían a sugerirle. Esperaría solo tres días más una respuesta. Necesitaba una confirmación por escrito.

Ahora, cuando recuerdo aquellos días, siento cómo siguen grabados en mí los nombres y los hechos, y es ahora cuando entiendo que la zozobra de aquellos tiempos sería después mi fortaleza. Como ya me advirtiera Inés, había que elegir muy bien a los paniaguados que serían de tu confianza, había que alimentar prolijamente a los que habían de informarte. Se podía comprar la lealtad, pero el precio más certero siempre sería el secreto oscuro o la mácula que cualquiera que se prestara a delatar a otros escondía. En aquella tierra presa de intrigas, escoger a tus aliados era lo más importante y también lo más difícil, como pronto conoceréis. Había que cuidarse de las palabras que buscaban halagarte como de las picas y las flechas.

Todos los que jugaban en aquel inmenso damero perseguían de un modo u otro que yo no interviniese. Todos querían hacerme daño y eliminarme, creo que aquella realidad empezó a dibujarse ante mí gracias al Mozo y a lo que hube de vivir con mi hermano en aquellos meses interminables que siguieron al asesinato de mi padre. Era peligrosa solo por ser quien era, mi sangre sin duda era la que alertaba el deseo de dominarme y doblegarme. No había un sitio para mí, al menos no un sitio seguro y calmo. Contra eso habría de luchar, y fueron los hombres los que me enseñaron a hacerlo.

* * *

139

Vaca contestó al ruego del Mozo, aunque le pareció de una soberbia desmedida lo que pedía aquel mestizo. Nuevamente los mensajeros dejaron en los oídos del Mozo palabras vacías, lisonjas desprovistas de alma. Perdonaba Vaca las muertes, los robos y los agravios solo si le entregaba su ejército. Además, se comprometía a concederle más de diez mil indios en encomienda para su provecho personal. Añadía también que no procedería contra sus amigos y consejeros, y aquello era lo más cercano a un perdón general a sus hombres, pero estaba sin especificar. Una vez más, la palabra escrita escondía celosamente las ambigüedades que habría que temer.

Diego Méndez actuó con premura poniendo al Mozo alerta y encargándose de dictar la carta que sería enviada a Vaca de Castro en respuesta: solo desistirían de la guerra si el perdón general aparecía en un documento firmado por su majestad el rey y si en ese documento se le reconocía como único gobernador legítimo del reino de Nueva Toledo, título que fue concedido a su padre y arrebatado por los traidores Pizarro.

Firmó el documento y decidió cuál sería el siguiente paso. Ordenó que todos sus hombres se aprestasen a salir de Cuzco para montar campaña; solo unos cuantos quedarían velando el ombligo del mundo, con Rodrigo de Salazar el Corcovado a la cabeza, el resto se dirigiría a la serranía, no quería que los capitanes de Vaca ni el propio enviado pensasen que faltaba arrojo y valor a su fuerza. Estaba listo para obtener lo que era suyo y lucharía a sangre y fuego.

La organización de la comitiva militar no dio tiempo a despedidas, sin embargo, Diego Méndez se las ingenió para acudir a casa de Esmeralda. Quería pedirle que los acompañara; muchas de las amantes y concubinas de los hombres irían en la caravana, trabajando en el acarreo de enseres y en tareas domésticas para la hueste. Esmeralda se negó, debía seguir en Cuzco, cuidando su casa y a sus pupilas, como le gustaba llamar a las mujeres que con ella vivían. Diego Méndez hubo de hacer como que lo entendía, aunque hubiese preferido que Esmeralda siguiera siendo su sustento y confidente en aquellos días que les esperaban. Al marchar, le prometió que tendría una vida mejor junto a él cuando todo aquello terminase, y Esmeralda asintió sin demasiado entusiasmo.

Vilcashuamán, la vieja ciudad del «halcón sagrado», los recibió con un silencio lleno de hastío y miedo. Escogieron aquel lugar por las ventajas del terreno en caso de llegar a las armas, e instalaron el campamento a una distancia prudente del villorrio. Era costumbre marcial acuartelarse lejos de la villa para controlar mejor a las tropas y las armas.

Se dispusieron las lonas y techumbres que darían cobijo a los hombres ante una espera incierta; los caballos estarían custodiados de día y de noche y las armas permanecerían en el centro del campamento. Las fogatas se encendieron para proporcionar el necesario calor a la hueste, donde el frío era insoportable y las cumbres blancas de nieve enviaban un viento que invitaba a marchar.

Los turnos de vigía se organizaron, eran largos. El frío apelmazaba los ojos y los sentidos hasta el punto de que a los hombres, en la madrugada, les parecía ver espíritus en la distancia. Corrió el rumor de que muchas almas erraban en la noche por aquellos campos que circundaban Vilcashuamán. Eran los muertos que habían sido sacrificados en la plaza de la villa en tiempos de Pachacutec, allí la piedra en la que perdieron sus vidas para lograr el favor de los dioses todavía permanecía expuesta. Los espíritus atormentaban a aquellos hombres que aseguraban ver como se movían sombras en la noche. Cada mañana se contaban nuevos extraños fenómenos: desde el ruido de huesos que chocaban a fogatas que se apagaban de improviso y sin que el viento obrase ninguna acción.

Hubo que templar el miedo cada noche a base de amenazantes castigos. Se decidió entonces que los flancos exteriores del acantonamiento, los más expuestos a los misteriosos muertos, fueran custodiados por los indios. Sería una forma de acabar con el terror que la tropa experimentaba hacia aquellas almas errantes, y al fin y al cabo a los yanaconas nada les sucedería, determinaron los capitanes, puesto que los espíritus eran de su sangre. Así se hizo, y los indios auxiliares, dispuestos en un enorme círculo, vigilaron el cerco externo del campamento y aprovecharon para estar entregados a sus trabajos y a la compañía de sus mujeres.

Por eso nadie se percató en la oscuridad de la entrada de aquel indio, que, sudoroso y extenuado, cubierto con gorra de lana, burló la mirada de todos y se adentró en las calles formadas por las tiendas de campaña.

Capítulo 10

La carta

De Quito, año de 1542 de Nuestro Señor

Muy magnífico señor licenciado Vaca de Castro:

A sus pies me pongo, para vengar la muerte de mi hermano y sobre todo poner fin al desgobierno que asola estas tierras que con tanto esfuerzo, sacrificio y dolor los Pizarro pusimos al servicio de Su Cesárea Majestad.

Mi vuelta de la Canela me ha tenido convaleciente, y eso ha demorado estas letras, pero no el ánimo y leal servicio que a vuestra causa, que es la mía, prestaré.

Ruego a Vuestra Merced me informe del paradero de mis sobrinos. Dios haya guardado su vida y su salud del infame y despiadado proceder de los traidores. Mi alma contrita solo espera el momento de vengar esta afrenta a Su Majestad y a los Pizarro.

Besa sus manos, su leal servidor,

Gonzalo Pizarro

Después de leerla, Vaca de Castro permaneció en silencio, con la mirada fija en uno de los tapices que colgaban de la pared. Solo habían pasado unas semanas desde que despachara al que era su nuevo aliado en aquella espera.

El joven Alonso García partió por las cuadras de palacio para no ser visto, portando el mensaje y la bolsa de cuero con los ducados de oro y el sello de la Corona. Los quehaceres se acumulaban. La carta le había sido entregada al inicio de la mañana, pero no pudo atender aquella misiva por estar atareado preparando su primera recepción ante los notables y vecinos de la Ciudad de los Reyes. Desde su llegada a Lima, buscó en la ciudad vestir de apacible rutina lo que era una cuenta atrás para la batalla que a toda costa deseaba evitar.

Todos los días en la mañana acudía a la iglesia para ponerse al día con Dios y hacía confesión diaria; necesitaba saberse a salvo. También para ponerse al día con los frailes mercedarios, a los que, como ya le advirtieron en Valladolid, había de vigilar de cerca. Entre breviarios y oraciones aquellos hombres santos manejaban arcabuces y blandían espadas si la ocasión lo requería, siendo mudables en las lealtades. Eso pensaba su excelencia, quien temía a estos hombres de Dios tanto como al demonio. Los dominicos le eran más afines, más sencillos de contentar, y no tardó en ganárselos.

Después paseaba por las calles de Lima, dejándose ver y reconociendo casas y huertos, establos, tierras, haciendas y cercados a los que pondría nombre y apellidos, lamentando los daños, e intentando decidir del modo más justo cómo hacer valer la difícil misión que su majestad le había encomendado. Por eso demoró leer aquella carta, traída por una de las indias de servicio que faenaban con denuedo para lograr que Vaca de Castro hiciera suyos, cercanos y confortables los aposentos que fueron de mi padre.

Esperó el momento del almuerzo, para tener calma, una suerte de silencio en aquella estruendosa nueva capital, y leer la inesperada epístola. Desde su llegada a Lima se obligó a almorzar en soledad, poniendo fin a la costumbre de mi padre de agasajar a los hombres con grandes comilonas en las que se disfrutaba a la vez que se compartían confidencias, política y asuntos de gobierno.

El licenciado Vaca de Castro temía. Temía muchas cosas. Temía no estar a la altura de la misión encomendada por el rey, pero por encima de todo, temía por su vida, y el recuerdo de la muerte de mi padre en uno de aquellos ágapes le instó a cambiar una costumbre tan arraigada entre los castellanos del Nuevo Mundo. Pensaba que así preservaba la soledad necesaria para enfrentarse a la situación manteniendo a salvo su vida. No imaginaba Vaca que pocas veces estaba solo, aunque a él le gustara pensar que sí. La soledad y los secretos apenas tenían cabida en aquel Perú, siempre había una sombra escuchando hasta los pensamientos, siempre alguien espiaba y esperaba el momento de actuar.

Le sobrecogían aquellas indias de servicio, tan silenciosas que parecían no existir, tan mudas que le hacían dudar de su presencia. Había escuchado tantas historias desde su llegada que a veces se preguntaba si realmente aquellas mujeres estaban vivas o eran almas capaces de mudar su apariencia, de levitar sobre el suelo ocultando sus pasos.

Se apresuró a preparar sus ropas con la ayuda de aquellas a las que, a veces, necesitaba tocar para confirmar que no eran espíritus errantes. Declinó la oferta del baño en la tina; sabía que era una costumbre muy extendida entre los incas, y como buen castellano se resistía a ella, ya que el agua emblandece el ánimo. Decidió usar sus mejores galas para recibir a los principales. Quería causar buena impresión. Seguía obsesionado con las ridículas etiquetas cortesanas, que en Valladolid te daban brío, pero en esa esquina del mundo eran del todo inapropiadas y no denotaban nada más que una debilidad implícita, alentando la ilusión de un poder que quizá no se poseía.

El mejor jubón, aquel que su esposa le hizo bordar en oro encargado a las benedictinas de León y que presidía con orgullo las prendas de su equipaje en aquel incierto viaje. El sayo corto, un sobretodo forrado en piel de cibelina, sus botas lustradas y un esfuerzo premeditado y ensayado para mostrar rigor y autoridad. Aquellos que vivían en esa parte del mundo ya habían demostrado su valía, su gallarda actitud y empleado las armas, perdiendo mucho en el camino. Vaca de Castro se congratulaba y se daba ánimo pensando en ello. Tener a aquellos hombres de su parte era un regalo, pero también podía ser un castigo; debía mantener su autoridad, aunque el respeto allí lo apuntalaban las armas y la lucha. Él sabía de letras, pero desconocía cómo sofocar un levantamiento. Sabía mantener a flote la honra, pero nunca hubo de pelear por la vida. Era difícil. No quería volver a pensarlo, prefería prepararse para la grandiosa recepción.

Recordaba el arco de flores, el palio, las campanas que anunciaron su entrada en Lima, y eso le hacía sentir más fuerte, más seguro y más valiente. Estaba atrapado en esta lucha interna cuando llegó esa carta. No contaba con aquello. ¿Qué podía hacer? Dejarla a un lado, y seguir adelante. Dobló con cuidado el papel y lo guardó en el bolsillo interno de su capa, decidido a ser agasajado por los principales.

El tumulto era grande, todos esperaban a ser recibidos por el enviado del rey. Allí se dieron cita los que tejían la vida de la Ciudad de los Reyes, lo más granado de la primera sociedad creada en el Perú, los vecinos principales, los capitanes y también los caciques y las mujeres.

Primero el momento de la lisonja, después las quejas, finalmente el requerimiento. Todos conocían los tiempos. La ciudad había sido muy castigada por Diego de Almagro el Mozo y sus hombres, los leales a mi padre esperaban su turno para exponer lo vivido y exigir lo perdido.

Vaca subió al estrado, se recolocó el jubón, y debió percatarse de que el sobretodo de piel le daría prestancia, pero también algún que otro sofoco, dado el calor asfixiante que se empeñaba en cargar aún más el aire. De un vistazo reconoció algunas caras, allí estaban sus capitanes. Carbajal hablaba con un grupo de soldados, Lorenzo de Aldana atendía a unos señores naturales, indios que vestían a la española, ni por asomo sabía quiénes eran. ¿Cómo iba a gobernar a aquellos a los que desconocía?

Volvió a meter la mano en el bolsillo interno, asegurándose de que la carta seguía allí. Se armó de valor, pidió la palabra, y tras un breve discurso, que buscaba aplacar las mermadas esperanzas de todos aquellos que habían sufrido una vez más el zarpazo que parecía no detenerse nunca en aquella tierra, se dispuso a escuchar.

Los primeros en acercarse fueron el veedor García de Salcedo y su esposa, la morisca Beatriz. Vaca no sabía del pasado de aquella mujer, que llegó como esclava blanca y ahora disponía y manejaba los negocios de su esposo en la sombra. Beatriz era una habitual de mi entorno, crecí cerca de ella, fue una de mis madrinas de bautizo, y también una de las que se jugó la vida para salvar la nuestra tras el asesinato de mi padre. Leal confidente de mi tía Inés, siempre supe que Beatriz era un poco hechicera y poseía el don de enmascarar su condición y otras muchas cosas.

De riguroso luto y en un extremo de la habitación, Vaca se sintió intimidado por otra mujer. La insistencia de su mirada y su porte altivo le llevaron a reparar en ella, lo que sirvió de señal para que esta se acercara sin más preámbulos ni protocolos. Imagino bien cómo sucedió aquello porque conozco el valor y la insolencia de María de Escobar desde mi infancia. Ella era una de las mujeres más influyentes e intrigantes de Lima y sabía pelear por lo suyo. Había que armar de nuevo el entramado de mercedes, y a eso había acudido.

María perdió a su segundo marido el mismo día que Inés perdió al suyo y yo perdí a mi padre. No había obtenido el título de «doña», pero poco le importaba, tenía que volver a hacer valer su condición de viuda. Tampoco era algo nuevo para ella, ya su primer esposo, Martín de

Estete, había abandonado el mundo de los vivos peleando por esta tierra nueva, y ella obtuvo la concesión de bienes y encomiendas del finado primero gracias a mi padre y después gracias a su nuevo matrimonio con Francisco de Chávez. Ahora ni mi padre ni Chávez estaban aquí, y esperaba María que Vaca de Castro fuera comprensivo con su situación. Deseaba no tener que llegar a la lucha, que en este caso no sería armada, pero sí letal e incansable. Éramos mujeres que no cabalgábamos a horcajadas en el caballo ni pasábamos por la espada al enemigo; pero había que luchar y no siempre era necesario poseer un montante o una ballesta, existían otras formas, y esa era nuestra guerra.

—Agradezco la oportunidad de conoceros y poder mostraros mi respeto y mi servicio a vos como representante del rey en el Perú. —María hizo una torpe reverencia que perseguía halagar al empingollado enviado real, aunque ella no estaba acostumbrada a esos menesteres.

—¿Cuál es vuestro nombre, señora?

—María de Escobar, viuda de Francisco de Chávez, muerto el día del magnicidio del marqués. Quiera Dios misericordioso y el alma bendita de su majestad que pueda recuperar mi sustento, arrebatado por esos endemoniados y feroces almagristas.

Empleó un tono dócil, aunque María podía ser muchas cosas menos sumisa. Conocía bien las reglas, sabía que la ley la amparaba como viuda. La ley debía permitirle recuperar su encomienda.

Esta fue otra de las guerras silenciosas en aquel Perú, una guerra en la que las mujeres debíamos ser diestras y aprender a defendernos. Mientras los hombres recibían prebendas, mercedes y encomiendas para premiar sus méritos con las armas, para la Corona no parecían suficientes los méritos de curar a los enfermos, proporcionar comida a las huestes, zurcir la escasa ropa de abrigo en los primeros tiempos, lograr cultivos imposibles, organizar las recién fundadas ciudades, persistir y sobrevivir a las mismas calamidades que los hombres o acarrear enseres y alimentos como mulas, no. Aquel era el discurso que más veces escuché a María desde niña, aunque también Inés se sumaba a la queja. Las mujeres no obtenían méritos, ni dádivas, ni regalos, salvo escasas excepciones. Debíamos estar siempre a la sombra de los hombres, padres, esposos, tutores.

Aquello que nos fuera entregado debía pasar a manos del nuevo esposo, y esos derechos de sucesión y heredad eran los únicos que obteníamos, siempre a través de un hombre.

María aprendió bien las reglas tras la muerte de Martín de Estete, el hombre con el que pasó al Nuevo Mundo. Fue la primera en enfrentarse a la oscura viudez de Indias, y fue quien instruyó a mi tía Inés y a las otras mujeres en aquellos momentos en que los tiempos se medían en presente, porque cada día podía ser el último. Solo el amanecer daba certezas, podías despertar al lado de tu marido, pero no podías saber cómo terminaría el día. La Conquista imponía sus normas y en cualquier momento podías estar amortajando el cuerpo de tu esposo si es que lograbas acceder a él y darle cristiana sepultura. Tras enterrar a su marido volvería a casar.

El derecho de sucesión lo dejaba claro, al casar con otro encomendero la pareja debía elegir una de las dos encomiendas. Así hubo de hacerlo María al contraer matrimonio con Chávez, perdió las de su primer esposo y adquirió el derecho sobre la de su nuevo marido, Francisco de Chávez, un iracundo capitán de pasado oscuro fue el elegido para desposarse con ella.

Mi padre nunca confió en él, había un terrible intento de traición que debía permanecer oculto; perdonó aquel desacato y aplacó el insidioso y voluble carácter de Chávez a base de engordar sus bolsillos y su posición. Por eso se organizó el matrimonio con María: así mi padre tendría bien controlado a Chávez desde la alcoba hasta la gobernación. María accedió, aunque en privado se quejaba de aquel hombre al que consideraba un necio codicioso. Chávez era despiadado con los indios, yo sabía del daño que profirió a sus encomendados y que María intentó frenar. Ahora, por su condición de viuda le correspondía la encomienda de su difunto esposo. Se daba a veces, pero muy pocas, que por mérito propio una mujer española obtuviese una encomienda sin tener que pasar por el matrimonio, la orfandad o la viudez; ciertamente, solo llegó a mi conocimiento el caso de la conquistadora Inés Suárez, la amante de Valdivia, como os digo, esa deferencia era escasa. Y por ello, las mujeres que hasta allí llegaron debían esforzarse en resaltar sus méritos, que desaparecerían de otro modo sepultados por las gestas bélicas de los hombres.

Ella quiso hacer valer su mérito en la población y conquista del Perú, argumentando ante su majestad la proeza de ser quien introdujo el trigo en aquella tierra. Una gesta no militar, pero cargada de simbolismo y que encerraba el propósito de asentar vida en aquel lugar, un deseo largamente acariciado por la Corona. Una gesta más reveladora y eterna que las armas, que anteponía la fuente de la vida al sendero de muerte ya recorrido por los hombres. Aquel honor lo compartían ambas, mi tía Inés y ella, y supuso poder hacer pan en aquel vasto continente que solo conocía el maíz, alimentando a hombres y reses.

María hizo llamar a una de las sirvientas indias que traía un paquete envuelto, y se dirigió a Vaca de Castro nuevamente:

—Perder a un esposo es duro, en esta tierra los hombres caen con facilidad. Imagino la preocupación de vuestra esposa, el dolor que envuelve su corazón ante la distancia del marido imaginando los terribles peligros a que se enfrenta. Conozco ese dolor, lo comparto y sé bien que será insoportable para ella. Cuidaos mucho, señor, no hagáis vivir a vuestra esposa el infierno en que yo me hallo. Nada hay más doloroso que verse sola en la vida, sin el cálido abrazo de un marido y su necesaria protección.

—Os acompaño en el sentimiento, señora, y os aseguro que pondré en orden estos reinos y castigaré a los rebeldes. Podéis estar segura de que todo se hará tal y como ordena su majestad nuestro rey Carlos.

María le miró de reojo, no era esa la respuesta que esperaba. Habría de insistir, ya lo había previsto, y continuó con su plan:

—Quiero entregaros una hogaza de pan blanco, yo misma lo amasé y lo cocí. Os ayudará a sentiros más cerca de Castilla. Es mi único sustento, los hombres de Almagro usurparon las tierras de mi esposo, quemaron los campos y se llevaron los indios. Os ruego que pongáis paz en este lugar y me permitáis recuperar la encomienda de mi esposo. En los tiempos del marqués se restituían con rapidez las quejas y sinsabores que los traidores ocasionaban a las buenas gentes que habitamos en esta ciudad. Sé que vuestra merced sabrá obrar con la misma sabiduría que nuestro difunto gobernador. Todo se lo debemos al gran Pizarro.

El tono lastimero que empleó no casaba con la mirada fija y altiva de María. No sé si Vaca se dio cuenta en aquel momento. La despachó con una media sonrisa y cogió el pan que la india le entregó.

María me contaría después que el enviado estaba sudando como un puerco, y curiosamente reparó en los mismos detalles acerca de él que yo; sus manos no eran las de un hombre de armas, y le inspiró poca confianza su refinamiento. Me confesó que no veía a aquel hombre capaz de poner a salvo el legado de mi padre, y que en su opinión no tenía el espíritu ni los redaños que requería aquella empresa. Salió de la sala con la certeza de que aquel fue el primer encuentro de ambos, pero no sería el último. Solo se detuvo en su camino para saludar a Francisco de Carbajal, quien no había perdido detalle de aquel encuentro desde la distancia.

En un solo día, en aquel día, Vaca hubo de conocer, poner nombre y descubrir a aquellas gentes que en su mayoría eran los leales a los Pizarro. Y tuvo que ser ese día en el que además recibiera aquella carta que volvía a colocarle en un lugar al que se resistía.

Su encuentro con María de Escobar ya le puso sobre aviso: la sombra de los Pizarro estaba perfectamente aposentada y regía aquellas tierras y a aquellos hombres. A pesar de muerto, la presencia fantasmal de mi padre le pareció que había adquirido el poder de los *mallquis*, las momias de los soberanos incas que seguían gobernando después de abandonar la vida, inspirando decisiones, y organizando ejércitos en su nombre.

Se reprochó aquel pensamiento que carecía de juicio y de respeto a Dios. Pizarro estaba muerto, él era ahora el gobernador y también el capitán general de las tropas que dirigiría la batalla que quería evitar. El dedo divino del rey le había encomendado ese cargo y esa misión, y ningún Pizarro le quitaría su puesto. La vanidad era otro de los pecados de Vaca de Castro, y en el Perú cada vez le resultaba más difícil expiarlo.

Lorenzo de Aldana le alcanzó una copa de chicha. Era la única bebida que tenían a mano, y el enviado parecía estar seco. Seguía sin quitarse la capa de cibelina. Entonces apareció otro sujeto que parecía compartir con él la misma obsesión por los ropajes: un sombrero ancho y emplumado, unas botas blancas, unas calzas más livianas y un jubón de raso. Había decidido imitar a mi padre hasta en la indumentaria, quizá también acariciaba la idea de ocupar su lugar. Vaca asintió a la reverencia y el otro habló:

—Beso sus pies y sus manos, señoría, soy vuestro leal servidor, Francisco de Ampuero.

No perdió el tiempo. Ampuero necesitaba limpiar su honra y escapar de la afrenta de haber huido en medio del asesinato, dejando a mi padre, su valedor, a merced de Rada y sus hombres. Podría esgrimir mil excusas, pero nada como ganarse el favor del enviado del rey si quería de verdad recolocarse en el nuevo orden de la Ciudad de los Reyes. Con un estudiado boato se presentó a sí mismo como el esposo de la princesa Inés Huaylas Yupanqui, mi madre. Prefería impresionar al leonés aludiendo a sus lazos con la estirpe real incaica a mantener vivo el vínculo con los Pizarro. Era una jugada hábil, pero predecible y con poca consistencia que se derrumbaría al primer envite. Él tampoco podía escapar al peso de los Pizarro.

Vaca se interesó entonces por Ampuero. Le rondaba insistentemente la duda acerca del peso y fuerza de los dos Incas, el rebelde Manco y el impredecible Paullu. Los hombres del real ya le habían advertido de la temeridad que supondría una alianza entre los almagristas y los feroces guerreros de Vilcabamba. Quería conocer con más precisión a aquellos caudillos, y nada mejor que hacerlo a través del castellano esposo de la hermana de ambos. Decidió tener a Ampuero cerca. Asignarle un cargo, y así poder acceder a la intimidad de aquellos para los que su majestad el rey Carlos ya tenía también planes muy bien definidos. Pensaba en esto cuando hubo de volver a secarse el sudor que le recorría la frente, pero no se quitaría aquella capa. Entonces uno de los indios vestidos con ropas españolas se colocó ante ellos.

—*Allaapa achachashqataq kaykanki hina tsayqa llakitsimanmi.*

Con ojos implorantes, el señor natural continuó su discurso, que acompañó de enérgicos movimientos con las manos.

—*Manam hitamuyta atimushaqtsu, ni uchuna aylluyta, millwata hina pawaqkunata. Chipmi suwakashqa, tampukuna, aylluykuna awki nunakunata mikutsiyananpaq.*

Vaca no conocía el quechua, y apeló a Ampuero para que intercediese y amablemente tradujese las palabras extrañas que resonaban ante sí con esa cadencia dulce a la que empezaba a acostumbrarse. Ampuero, azorado, buscó una salida. Llevaba años conviviendo con una ñusta cuzqueña y jamás se había interesado en aprender la lengua de los naturales. Su escaso espíritu y su soberbia le llevaban a creer que eran ellos, los indios, los que debían ocuparse en hacerse entender aprendiendo el castellano.

Estaba a punto de revelarle a Vaca de Castro esto, cuando una voz se alzó tras ellos:

—Mi señor, el cacique de Marca está preocupado por vos, señoría, asegura que estáis demasiado acalorado. Quiere además haceros saber su imposibilidad de pagar tributo, de reunir el grano, la lana y las aves, al haber sido esquilmados sus almacenes y sus cosechas para alimentar a los hombres de la guerra, o lo que es lo mismo, del Mozo.

Vaca miró sorprendido al joven que descifró con esa asombrosa facilidad aquel mensaje. Sus calzas empapadas y su frente sudorosa hablaban de una larga cabalgada, traía las ropas sucias y también la expresión desfallecida de quien ha hecho un largo viaje para llegar hasta su presencia, lo que hizo que Vaca de Castro se sintiera primero halagado y después admirado por la facilidad con la que el caballero trasladó a la lengua cristiana aquellos sonidos.

Francisco de Ampuero, en silencio, miraba con desprecio al recién llegado, cuando Carbajal se abalanzó sobre él levantándolo con fuerza en brazos, una vez más ese incómodo y animoso modo de saludar que Vaca de Castro ya había catado en su primer encuentro.

—Juanito de Betanzos, por fin os veo, llevaba días preguntándome si la traducción de la doctrina de nuestro Señor os había alejado para siempre de las armas y la batalla. Echaba de menos vuestra compañía en estas horas inciertas.

Betanzos, exhausto, se cuidó mucho de decir cuál había sido su ocupación en las últimas semanas, que por supuesto había estado muy lejos de la tinta y más aún de la palabra de Cristo. Se apresuró a contestar buscando evitar la pregunta sobre su paradero:

—Letras y armas son compañeras, viejo Demonio. La pluma y la tinta no lograrán nunca que no acuda al llamado de los tambores y las filas de la guerra. Máxime si llega la hora de vengar al marqués Pizarro.

Los dos hombres se fundieron en un abrazo tan infantil e impetuoso como sincero. La camaradería que unía a aquellos dos era sobradamente conocida en la Nueva Castilla. Betanzos era otro de los pupilos del Demonio de los Andes.

De este modo se frustró el primer intento de Ampuero de hacerse un sitio privilegiado a la diestra de Vaca de Castro. El enviado nombró su lengua personal e intérprete a Juan de Betanzos. Ahora no se sabía, pero ambos hombres, Ampuero y Betanzos, compartían mucho más de lo aparente. Ambos casarían y poblarían de vida el vientre de las dos compañeras que mi padre tomó para sí. Ahora nadie podía verlo, pero eso los ligaba a mí, a mi sangre, para bien o para mal, aunque no quiero adelantarme a mi relato.

Todavía quedaban muchas personas a las que escuchar y nuevamente el calor le robaba el aliento, y el recuerdo de la carta en su bolsillo le azuzaba la inquietud, volviendo insoportable la decisión que había de tomar. Escuchó a otros vecinos, y se enfrentó al terrible estado en que se encontraban las arcas, de donde el Mozo y su tropa habían tomado todo, no respetando ni el quinto del rey ni los acopios de oro y plata que habían de guarecer la hacienda de Nueva Castilla. Robaron, incluso, la pecunia de difuntos, un acto maldito y execrable. Como siempre escuché a Inés, robar a los muertos era el mayor desacato ante Dios.

Mientras escuchaba, Vaca pensaba en el momento en que debería pedir dinero a los vecinos de Lima. Intentaba evitar el enfrentamiento abierto de las tropas, pero no podía dejar a un lado la posibilidad de que sucediera. Necesitaban armas, más caballos, y ciertamente la artillería de Pedro de Candía le quitaba el sueño. Como ya le habían advertido sus capitanes, era esa otra de las fortalezas certeras que atesoraba el Mozo. Perálvarez y Alvarado le acosaban constantemente con las debilidades de la hueste y la necesidad de subsanarlas. Se había establecido entre ellos una suerte de rivalidad que solo se centraba en ver quién delataba antes los problemas por resolver ante él, y quién de los dos conocía mejor los puntos flacos del avituallamiento para la guerra. Aquella fue la razón por la que Vaca decidió reservarse para sí el cargo de capitán general de la tropa, pese a no haber vestido una armadura ni empuñado una lanza en su vida.

Le tocó el turno a Juan de Barbarán, el mayordomo de mi padre, el que más sufrió en Lima el acoso y la hostigación de Rada, el que presenció el robo de las casas de mi padre, y narró cómo fueron sustraídas las armas y los caballos. Barbarán presenció también las primeras traiciones entre los propios pizarristas; fiel y leal servidor, protegió con su vida pertenencias y documentos de mi familia que Rada quería destruir. Su amarga exposición dejaba traslucir la ira por lo ocurrido y la urgencia que exigía compensar aquellos desmanes. Su esposa permanecía a su lado con un rictus serio cuando contó el tormento al que sometieron al secretario Antonio Picado, que se había refugiado en casa del tesorero de mi padre, Alonso Riquelme, y cómo este le entregó a Rada. Como ya os narré, buscaban con ahínco el testamento de mi padre, para hacerlo desaparecer. De ese modo perseguían legitimar con la palabra escrita sus deleznables acciones.

Vaca entendió que había honor en aquel hombre y una lúcida honra en su valor y compromiso que había de resarcir, aunque su gobierno, su poder, por ahora no contemplaba hacerlo. No podía hacerlo, los planes eran otros, y debía cuidarse de ocultarlos hasta lograr pacificar Perú. Juan de Barbarán no usó cortesía ni rodeos, le preguntó directamente mirándole a los ojos por nuestro paradero. Vaca palideció, una vez más el marqués Pizarro se imponía en este caso a través de sus hijos. Contestó, entre dientes, que estábamos a salvo, y pidió que le sirvieran más chicha.

Una vez más el aire se le escapaba, el ahogo se hacía más fuerte. Le atosigaba y le oprimía la capa con la misma fuerza que el mensaje guardado en ella, se cuidó mucho de compartirlo con nadie. Quería ser él y solo él quien manejara aquella información. Después de todo, él dirigía a la tropa, él gobernaba, y él ya había tomado sus propias medidas para evitar la batalla del Mozo. Quizá sí había aprendido en aquel tiempo transcurrido en el Nuevo Mundo algo de las formas que manejaban aquellos desalmados y gigantes guerreros. Se relajó, aquella extraña bebida indiana, la chicha, aplacaba los pesares y alejaba la angustia.

Observó al fondo, entre los capitanes, a un jovencísimo Diego de Centeno que no alcanzaría ni veintiséis inviernos y que cautivaba de inmediato por sus buenas formas, su rostro agraciado, la escasa barba rubia y una mirada alegre y curiosa. ¿Qué hacía un joven como él en aquella tierra? Preguntó a Aldana y este le informó presto:

—Es un hidalgo, nacido en Salamanca, pero su familia, venida a menos, no podía ofrecerle ninguna comodidad. El joven, después de formarse, escogió las armas, y buscó la gloria en las Indias.

Intuyo que Vaca, al verlo, acariciaría el recuerdo de sus hijos, dejados en Castilla bien pertrechados de mercedes y favores reales a cambio solo de que él hiciese bien su cometido en aquella tierra.

Ahora, tantos años después, pienso que a Vaca le faltaba la habilidad esencial de observar y escuchar a los hombres para acceder a sus secretos.

Eso, que yo aprendí después del modo más doloroso, es lo que permite descubrir en sus pasiones sus flaquezas, en su arrogancia sus temores. Había que observar e ir más allá de lo aparente; al final, en una palabra, en un gesto, hasta en un silencio, se esconden las tribulaciones y el verdadero ímpetu que impulsa las acciones. Eso le faltaba a Vaca.

Decidió dar por terminada la recepción, no quería seguir exponiéndose a que alguien le preguntara por Gonzalo Pizarro. La carta de mi tío en el bolsillo de la capa le quemaba. No quería que nadie pudiera averiguar lo que él ya sabía. No supo ver lo que escondía la mirada inquisitoria de Pedro de Puelles y de Francisco de Carbajal cuando anunció que se retiraba. Ninguno de aquellos hombres preguntaría por algo que ya conocían. No supo verlo.

Vaca, que había cumplido su promesa de no desprenderse de aquel abrigo que por momentos le hizo difícil hasta respirar, se retiró convencido de que había mantenido a salvo de todos la noticia de que el único Pizarro que quedaba en el Perú había vuelto de la muerte y le ofrecía su ayuda en aquella cruzada, un gesto tan honorable como conflictivo. Regresó solo al improvisado despacho que había creado en las estancias privadas del palacio de mi padre, que permanecían blindadas y fuertemente custodiadas a cualquiera que no fuera él. Allí por fin se deshizo de aquella capa que ya le pesaba tanto como imaginaba que lo harían las enormes armaduras de los gallardos campeadores que escribieron con sangre el pasado y el presente del Nuevo Mundo. Las que nunca había cargado sobre su torso.

A la luz de la vela extendió el papel, dispuso tinta, pluma y comenzó la misiva: *Muy estimado Gonzalo Pizarro, la bonanza de Dios ha querido traeros de vuelta y en ello me huelgo. Agradezco al Altísimo saber que estáis bien...*

Interrumpió la escritura. ¿Estaba a punto de cometer un error? Se llenó de razones y volvió a coger la pluma.

Os pido que dediquéis tiempo a restableceros. No se requiere vuestra presencia aquí, de mayor provecho seréis ocupándoos de vuestra hacienda y recuperando la salud. Los niños están en las casas de su padre, en Trujillo, cuidados y custodiados, no temáis por su bien, así lo he dispuesto.

Se sintió aliviado. Acababa de despachar a Gonzalo Pizarro, de quitarlo de en medio en aquella gesta que quería hacer suya y que pertenecía de modo legítimo a mi tío Gonzalo. Disfrazó con un gesto de bonhomía lo que era un temor personal. Aquella recepción le bastó para comprender que su situación y su gobierno peligraban si el pequeño Pizarro entraba en escena. Sabía bien que aquellos hombres le darían la espalda y seguirían a Gonzalo. Buscó su propio provecho, afianzó su posición, y prefirió confiar en sus cuitas, las que nadie conocía, o eso creía él. Esperaba que la batalla no se produjese, confiaba en que todo se deshiciese antes de empezar; esa era la baza con la que buscaba desarmar la contienda. Las negociaciones estaban abiertas, pero no podía permitirse errar. Tampoco podía consentir aquella delirante petición. No podía sucumbir a las exigencias del Mozo y pedir al rey el perdón general. Por eso había recurrido a aquella innoble y despreciable maniobra. Estaba aprendiendo rápido las peores formas de la Conquista, y eso le daba una tregua a sus dudas y a su terror.

Solo faltaba fechar y firmar la carta y ponerla en manos del correo de los indios. Demasiada chicha y demasiado sudor. Se notó la boca seca y pidió agua, pero cuando la india apareció cargando la alcarraza, volvió a temblar, recordando que una vasija como aquella fue la que derrumbó a mi padre el día del asesinato, y decidió posponer el envío de aquella carta.

Capítulo 11

Innoble baldón

El amanecer iluminó el oscuro presente que la madrugada había dejado en el centro del campamento del Mozo. Dicen las lenguas que la luz púrpura de aquella hora sagrada le otorgó un aspecto más tétrico al patíbulo improvisado. Balanceado por el viento colgaba el cuerpo sin vida y teñido de azul por el frío de aquel indio falso que logró burlar los accesos al seno del acuartelamiento, pero no a la muerte. De nada le sirvió rasurar su barba y adquirir la piel lampiña de los naturales, ni tintar de negro sus dientes para remedar el consumo de la coca. Su *acllu* aparecía ensangrentado por el tormento a que fue sometido antes de la horca y sus pies descalzos. Del derecho colgaba la bolsa de cuero, ahora rajada y vacía, donde las columnas de Hércules y la leyenda *plus ultra*, que Carlos V imprimió a su escudo gracias al ahínco y el sacrificio de aquellos hombres que burlaron al océano austral y pelearon por aquellas tierras, ahora aparecían irónicamente desprovistas del esplendor pretendido, convertidas en un sello sin alma, una divisa vacía.

Alonso García era un experto espía y un hábil corredor. Diestro en mudar su apariencia, gozaba de una habilidad que ya conocían mi padre y mis tíos para escapar, sabía camuflarse y poseía la astucia de hacerse nadie si el peligro acechaba.

Fue descubierto cuando ya había alcanzado las tiendas donde se guarecían artilleros y piqueros, delatado por uno de los grandes corredores de Almagro, Juan Dientes, que enseguida se percató de que aquel no era un indio. Los corredores y espías almagristas certificaron la afrenta y Diego Méndez acudió para apaciguar el desconcierto que se extendió por todo el acuartelamiento ante la presencia de aquel extraño.

Le trasladaron ante el Mozo, que supo entonces de boca de aquel desgraciado cuál era su misión: conceder perdón a todos los que se pasaran al bando del rey antes de la batalla. Supo el precio que Vaca de Castro le había puesto al desarme clandestino de la tropa. Le pareció poco dinero, aunque sí entendió que eran generosas las promesas de perdón y las grandes prebendas que ofrecía para evitar la lucha armada. Dicen que el espía se envalentonó, confesando al Mozo que eran más de mil cien hombres los que querían destruirlo, y tuvo la osadía de prevenirle para que no se perdiera, para que no se enfrentase a una lucha que ya nacía vencida para él. Antes de ser colgado, Alonso García Camarrillas pidió confesión, Méndez le negó ponerse a bien con el Altísimo. No obtendría el perdón de Dios, algo que a ningún reo se le prohibía:

—La única confesión que os llevaréis es la que habéis hecho de vuestro traidor amo. Cuidaos mucho de no olvidar nada de vuestra relación antes de entregar el alma al infierno. Condenado ya estáis.

Antes de ahorcarlo, quiso el Mozo conocer a cuántos hombres de sus filas había llegado el mensaje de Vaca de Castro, y se hicieron interrogatorios entre las diferentes cuadrillas. Artilleros y piqueros habían sido los únicos alcanzados por la oferta del falso indio, y así lo confesaron al gobernador.

Se personó el Mozo en la tienda de Candía, donde encontró al griego postrado en su camastro recibiendo la cura a sus extraños temblores. Su sirvienta, una india cañari que le acompañaba desde Cuzco, le aplicaba emplastos de hierbas y le hacía beber un líquido verde que apestaba a orina de llama. A pesar de su avanzada preñez, se movía con prodigiosa habilidad y afanosamente mantenía controlado al viejo griego. El Mozo se admiró de su entrega y también del vigor que aquel artillero ya entrado en años demostraba habiendo preñado a la india.

Al ver su estado le preocuparon aquellos temblores, quizá la elaboración de los cañones se hubiera visto afectada por aquella dolencia, algo que Candía desmintió rotundo, asegurando que en nada dañó al fundido y a la forja. Ya se había acostumbrado el griego a tener que defenderse de las sospechas, por eso tranquilizó al Mozo, aseguró que nada podría quebrar la lealtad de sus hombres, y menos aún las falsas prebendas de un espía. Sin embargo, aquellas palabras habían llegado hasta allí.

El joven Almagro conocía bien el alcance que podían tener las palabras puestas en nombre del rey. Del mismo modo que en los momentos postreros de la batalla se recurría con súplicas y arrepentimiento al perdón de Dios, en los previos a una guerra la palabra del rey adquiría un peso preciso y desalentador si este condenaba la lucha. Por eso se apresuró a arengar a las huestes, subrayando el falso poder de Vaca de Castro y su condición de paniaguado de Loaysa, aliado de mi padre. La mentira vertida por aquel infame felón perseguía devolver a los almagristas a las privaciones, al hambre y al deshonor, arrebatándoles lo suyo tal y como los Pizarro hicieran antes. Había que definir y elegir bien las palabras, el Mozo lo sabía. Aquella era una herida en la moral de la tropa, pero podría reconducirla empleando el mismo mecanismo que Vaca: él doblaría las concesiones y los favores y apelaría de nuevo a la guerra justa con que investía a toda aquella gesta, la justicia que no obtuvo su padre.

Ciertamente, la estrategia de Vaca de Castro provocó el efecto contrario. El Mozo movilizó a las tropas. No negociaría con aquel alevoso Judas, que le pedía paz mientras le hacía furtiva guerra. Había que presentar batalla.

Al tintineo de las coracinas, el choque metálico de yelmos, alabardas y espadas se sumaron los ruidos de los arreos de caballos, mulos y llamas. Los animales tiraban de las culebrinas y cañones en un esfuerzo hercúleo para hacer frente a la terrible oposición que la Pachamama ofrecía a las ruedas, aquellas ruedas que nunca antes la hollaron hasta que los españoles llegaron allí.

Solo un sonido permanecía fijo coronando la marcha: el terrible lamento quejumbroso de las mujeres naturales que veían partir de Vilcas a sus hombres. Un abrazo corto, una despedida negra. Sabían que la guerra no devolvería a ninguno, conocían el desenlace de la batalla, la brutalidad que se desencadenaría. Entregaban amuletos de piedra, plumas y brazaletes de conchas, pequeños escudos mágicos ante una muerte que rondaba. Eran la tropa auxiliar, la ayuda inestimable que ambos bandos necesitarían y la más castigada.

A aquel llanto se sumaban también las mujeres cuzqueñas que se habían unido a los españoles. Amantes que vivían calentando el hogar y el lecho, perpetuando el olvido y sustituyendo a la lejana esposa en Castilla. Aquellas que algunos escribientes llamaron *pallas*, y que perderían con la muerte del compañero español todo cuanto ahora tenían, que era solo un techo y comida. A ellas no las amparaba nada. Solo sobrevivirían volviéndose a entregar a otro español, recluyéndose en casas públicas o en la casa de Dios.

Lentamente, la temible hilera inició su recorrido abandonando Vilcashuamán, el halcón sagrado. Desde el cielo, el halcón observaba a la serpiente que avanzaba lenta marcando la senda hacia el Uku Pacha, el mundo de los muertos y de los no nacidos. El puma no detendría su avance. La lucha volvería a imponer sus tiempos. Así lo dictaban los dioses, así lo entendían los naturales y así lo celebraron.

Antes de una batalla cada cual se prepara a su manera. Pequeños ritos que tratan de alejar el miedo, templar la adversidad y preparar al espíritu. Se miraría al cielo, se imploraría el perdón. Se rezaría con un intenso fervor, alimentado más por la saña que por la fe. Después, en nombre de Dios y de los santos patronos de la batalla, se ejecutarían los más aberrantes gestos. Los hombres forjarían alianzas para después romperlas. La confianza se entibiaría por necesidad y de mala manera. El coraje revestiría el alma, la furia desataría juramentos y blasfemias.

Cada uno poseía sus viejas costumbres, los ritos variaban de unos a otros, Carbajal afrontaba la batalla como casi todo en la vida, a base de vino; le inspiraba la sangre de Cristo a encontrar nuevos usos a los artilugios que él mismo inventaba, como aquellas pelotas con cuchillas de acero que abrían en canal a los hombres y que emplearía en aquella guerra. Perálvarez de Holguín, después de rezar, prepararía con mimo la extravagante indumentaria que le gustaba lucir en la guerra, emulando a los antiguos caballeros de los torneos medievales: su capa adamascada, su bruñida panoplia, su arrogante estampa sobre el caballo.

Pedro de Puelles afilaría más de sesenta y seis veces su espada y colgaría del cuello la medalla de la Virgen de la Antigua a la que se encomendó en su Sevilla natal antes de partir al Nuevo Continente, y que nunca le fallaba. Lorenzo de Aldana ataría al interior de la coracina un mensaje escrito con sus últimas disposiciones, en las que no faltarían mención a su madre, así como misas y cera suficientes para alcanzar un misericordioso y amable paso a la eternidad.

Las mujeres debíamos permanecer juntas y localizadas para los nuestros. Fuertemente protegidas y escondidas para el enemigo. Entregadas a letanías, súplicas e invocaciones divinas, enmascarando el miedo a base de rosarios inacabables. Si el enemigo nos hallaba, nos usaría como arma para desestabilizar y herir moralmente al rival. Descargaría en nosotras el odio que todavía no había logrado extirpar a base de sablazos y lanzas. Así fue desde el principio de los tiempos, así sería en el Nuevo Mundo.

La guerra parecía no cesar en aquellas tierras desde antes de la llegada de mi padre. La sacudida se repetía, el dolor y la angustia serían los mismos. Ellos, mi padre y Diego de Almagro, ya habían expirado, cargando en sus conciencias y en sus huesos con la batalla de las Salinas que precediera a la que ahora estaba a punto de iniciarse. Todos los muertos de entonces no sirvieron de nada. Los que seguíamos vivos debíamos volver a rendir cuentas a aquellas anquilosadas y purulentas heridas del orgullo y de la honra que no dejaban de sangrar. Ahora la guerra sería más dura, más implacable.

El odio acumulado por fin encontraría una salida: matar. Pero todos los que vivimos en aquel tiempo sabemos que el odio no cesa nunca y que sobrevive a la muerte. Siempre supe que la paz no llegaría a esas tierras. Aun muchos años después de mi marcha, desde la vieja España sigo conociendo nuevas afrentas, nuevas hostilidades, nuevas traiciones que beben de la misma fuente. El mal del Perú no eran los Pizarro. Su desaparición de aquella tierra no frenó ni el dolor ni la sangre. Pero en ese septiembre de 1542 todavía había mucho que perder y todavía Pizarro era un nombre recurrente y maldito, adorado o perseguido.

La batalla que estaba a punto de producirse se disfrazó con el hábito negro de honorable venganza del asesinato de mi padre para muchos. El poder del rey frenaba aquel desmán. Lo que escondía aquella lucha eran otros deseos. En nombre de Francisco Pizarro, se velaba la razón oculta que movía a la Corona a actuar.

En Huamanga, encerrado en su tienda de campaña, Vaca de Castro se puso de rodillas y entregó el tiempo a implorar frente a la cruz la ayuda de Dios. Apenas comía y las fuerzas se le escapaban, dejándole más vulnerable para asumir lo que ya era un hecho. Era reclamando por los capitanes, pero él parecía ausente. Se escabullía y permanecía a prudente distancia de todos; solo Peranzures y Francisco Becerra eran consentidos a su presencia por el enviado.

Volvió a leer la carta de mi tío Gonzalo. A pesar del fracaso de su iniciativa, se reafirmó en su decisión de no permitir que el pequeño Pizarro formase parte del ejército del rey. Firmó la carta entregándosela al chasqui, comprometiendo aún más su precaria posición. Aquello fue un error. Una decisión que marcaría la terrible senda de nuestros destinos. Se dio ánimos pensando que ya alcanzaba consistencia la urdimbre de poder que había tejido para sí, el entramado que nadie debía conocer. Le resultó especialmente fría la mañana y le pareció que los sonidos se habían extinguido, que el aire estaba mudo. Veía el movimiento, pero solo podía escuchar sus pensamientos y las promesas que insistentemente le hacía a Dios.

Los rastreadores de un bando y de otro peinaron lomas y llanos, oliendo como animales los movimientos del ejército contrario. Y él esperaba un giro del destino. Al abandonar Lima había dispuesto los navíos en El Callao para que los vecinos pudieran protegerse en ellos y partir, en caso de que el Mozo decidiera volver.

Vaca de Castro no sabía prepararse para la batalla, Vaca nunca antes había luchado, y su rito consistió en abrazar la delirante idea de que, antes de ser descubierto, Alonso García hubiera logrado calar en alguien, posponiendo lo que no quería ni sabía hacer: organizar la batalla.

En el arte de la guerra, la previa, los preparativos son tan importantes o más que la propia lucha. Yo estaba acostumbrada a escuchar tácticas y estrategias, ardides bélicos, argucias maestras que permitieron la victoria en el último momento, cuando todo estaba perdido. También conocía las providenciales intervenciones divinas, en las que la Virgen, pese a ser mujer, sí hacía acto de presencia en la batalla ayudando a los cristianos de muy diversas formas, a veces alargando el día, otras enviando una torrencial lluvia que convertía el campo de batalla en un lodazal que aceleraba el fin de la contienda, siempre y convenientemente a favor de los españoles.

Aquellas hazañas militares eran repetidas por los hombres que frecuentaban mi casa. Festejos, reuniones, o almuerzos eternos que se aderezaban con las viejas historias de lucha, de las que presumían una y otra vez los que resultaron vencedores. Escuché también aquellas tácticas que a media voz se contaban por ser las que ocasionaron la derrota, y que los capitanes almacenaban en silencio en sus corazones, pero mantenían vivas en la memoria.

Hasta donde sé, la organización de las huestes, la disposición de los batallones, obedecía a una compleja estrategia que se tejía de muchos elementos, desde las informaciones arrojadas por los rastreadores hasta la catadura moral que se estimaba en los rivales. Por eso había que esconder muy bien las intenciones. Por eso era más difícil ahora, cuando los que se enfrentaban habían sido hermanos en la guerra.

El Mozo organizó sus tropas de un modo maestro: tres noches con sus tres días invirtieron en diseñar el cuadro de ataque. Sabía bien los puntos débiles del ejército contrario, encabezado por un capitán general que no quería luchar, como apuntaban las lenguas. La apatía de Vaca de Castro había llegado hasta el bando enemigo. Además, eran dieciséis los tiros a su servicio. Pedro de Candía le había asegurado que solo con los cañones podían desmantelar al ejército del rey.

Sus más de quinientos hombres habían jurado morir o vencer, besando su mano. Se reservó para él uno de los escuadrones de a caballo, la fuerza más importante después de los cañones. El estandarte ondearía a su diestra, serían de color blanco nevado las señales que los reconocerían en la batalla frente a las rojas, que marcarían al ejército realista, el distintivo que permitiría atisbar a los tuyos bajo la inmensa nube de pólvora negra en la amalgama de barro y tierra, de sangre y sudor que se desataría.

Cuando se supo en el campamento del ejército del rey la posición de la artillería, hubo de ser Carbajal quien acometiera las decisiones de avance. Perálvarez, Tordoya, Aldana y Pedro de Puelles tuvieron que trabajar en el diseño de la estrategia y organización de los puestos y escuadrones, con un capitán general ausente.

Vaca pensaba en todo lo que había vivido desde su llegada a Perú, en lo rápido que se acostumbró a los colores de la selva, cómo se embriagó con los aromas desconocidos, en el modo en que durante los campamentos de noche las estrellas le habían susurrado su triunfo. Sin embargo, ahora en el valle de Huamanga su corazón se había encogido, el ruido incansable de tambores que se escapaban de los altos cañones parecía una mala señal, no provenían de su ejército y tampoco, como supo después, del ejército del Mozo. Un sonido rudo y constante, un goteo que le atravesaba. Preguntó a Betanzos a qué se debía aquella tormentosa tamborrada, puesto que aún no había comenzado la batalla.

—Se trata de los indios, excelencia —aseguró Betanzos—, agradecen que Supay no los reclama. El dios de los muertos exige esta vez que la sangre de los extranjeros bañe la Pachamama. No les toca a ellos morir y esa es la forma en que celebran la lucha entre españoles.

Vaca se horrorizó, y una vez más lamentó aquella batalla. Recibió la visita de Lorenzo de Aldana en su tienda, que quería informarle de la disposición de la tropa. Cuando la noche los cubrió, Illapa, el dios del trueno, desató una terrible tormenta, y a la luz de los rayos Vaca, en un delirio sin sentido, declaró traidor al Mozo y a los que le seguían. Los condenó a muerte si no se entregaban. No tenía autoridad real para ello, pero lo hizo, argumentando ante los hombres que le concedía un plazo de seis días para entregarse. Todos le observaron perplejos, sin comprender aquel disparate, que solo Carbajal entendió: seguía posponiendo la batalla, no daba la orden de atacar.

El amanecer llegó, coronando de rojo las lomas de Chupas, el lugar elegido para batirse. Daban así permiso los dioses para la guerra. Y los hombres leyeron el mensaje divino en el cielo. Perálvarez de Holguín, Carbajal, Aldana y Alonso de Alvarado determinaron que la caballería era su principal arma, era esencial organizar bien esos escuadrones y protegerlos.

La guerra se siente y se anuncia de distintas maneras, todos conoceríamos aquel día el clamor de la sangre. Un cóndor negro sobrevoló el palacio de la isla del Sol, estremeciendo al lago, y Cuxirimai lo observó, estaba inquieta, no podía dormir. Tras comprobar que sus hijos descansaban, caminó errante por el palacio sorprendida por su quietud. Los hombres de la guardia personal de Paullu no estaban; hizo llamar a sus criados, nadie sabía dónde se encontraba el Inca. Acudió entonces a los porteadores para descubrir que no había rastro de los *lucana*, los pies del Inca que lo portaban en su marcha a la guerra. Por primera vez, Cuxirimai temió por la vida del castellano Betanzos.

Ante la espera, los capitanes percibían cómo los hombres empezaban a flaquear. Demorar más la batalla era un suicidio. Acudieron a la tienda de Vaca, exigiéndole que diera la orden de atacar al alférez, pero Cristóbal Vaca de Castro arguyó que debían posponerla, ya que la noche los sorprendería en medio de la lucha y eso sería una fatalidad. Se negaron enérgicamente los capitanes: si habían de luchar en la oscuridad de la noche así se haría, pero debían atacar ya.

Contra su voluntad, Vaca se vio obligado a dar la orden. Los tambores comenzaron a sonar, era la señal que esperaban los soldados. Ya no había marcha atrás, la liturgia de la muerte comenzaba con aquella música, que despertaba el alma para la batalla, conjurando al valor y liberando la brutalidad. Observó a sus hombres, las bandas rojas eran cuidadosamente dispuestas en sus cuerpos, las manos acariciaban las lanzas, se ajustaban las toledanas, se ocultaban las vizcaínas, los caballos se vestían de acero, se colocaban los petos, se encajaban los morriones. Cada infante identificaría la orden del tambor. Los arcabuceros disponían su morral, los mosqueteros portaban su horquilla y dejaban por fin ver el penacho de su sombrero de ala ancha. Las trompetas acompasarían las embestidas de la caballería. La guerra era un baile, perfecto y despiadado, también una ciencia que se alimentaba de cálculo, estrategia y de la habilidad de enardecer el espíritu de la tropa.

Mucho después del ángelus, los ejércitos se encontraban organizados, cada uno en sus puestos. Inti velaba a poco más de dos cuartas sobre la cordillera andina que custodiaba el campo. Tenían pocas horas de luz, pero no les importó. Carbajal escupió al suelo tres veces, otro rito que alejaba a la mala fortuna, y acudió a resolver con el resto de los capitanes el orden a seguir. Estos, que rodeaban a Vaca de Castro, sabían que las órdenes finales debía promulgarlas él.

La guerra, como preludio de la muerte, devuelve a todos a su propia naturaleza. La verdadera esencia del alma surgiría: el cobarde dejaría ver su miedo, el traidor se entregaría a la maquinación, el guerrero sacaría su ira y el pusilánime buscaría refugio.

Aunque como capitán general de los ejércitos era él quien debía portar el estandarte real, y aunque mantuvo hasta el final su palabra de luchar, dejó Vaca que, en el último momento, los hombres fueran quienes le disuadieran de acudir a la lucha, algo que nunca contempló hacer. Asintió complacido a aquella decisión. Carbajal me contaría después que los capitanes temían la inexperiencia del enviado del rey, y bastante tenían con lograr esquivar los tiros de la amenazante artillería, que destrozaría caballos y hombres como si fueran muñecos de paja, como para exponerse a una imprudencia venida de un hombre que no solo desconocía la guerra, sino que además la temía.

Vaca se retiró sin el menor atisbo de decepción, algo impropio e innoble para un guerrero, pero él no lo era. Había logrado lo que perseguía. Desde la retaguardia, miraría, pero no expondría su vida, de eso estaba seguro, porque pidió para sí veintisiete caballeros de escolta.

Alonso de Alvarado se opuso, en esas condiciones, la privación al real de nada menos que veintisiete caballos y sus jinetes podía suponer la derrota. Carbajal no daba crédito a lo que pretendía el enviado del rey: el resto de los capitanes callaron, esperaban que renunciara. Vaca no cejó, escogiendo a Lorenzo de Aldana como principal de los hombres que le custodiarían.

El caballerito Aldana, que había sido hombre de confianza de Almagro, y que después pasaría a frecuentar el círculo de mi padre, hacía nuevamente honor a su condición de seguir con buen tino al sol que más calienta, y ya empezaba a recoger los frutos del favor de Vaca de Castro.

Desde la retaguardia, en lo alto de un cerro, como Nerón en la antigua Roma, Vaca contempló el llano de Chupas y observó al ejército enemigo, pero no reconoció a nadie.

Sin embargo, frente a frente, los que iban a arrebatarse la vida sí se reconocían. Eran camaradas de guerra, habían sido compañeros de conquista, aquello volvía a ser un combate entre hermanos. Esa última mirada buscaba afianzar o destruir los recuerdos. Cada uno elegiría para poder continuar con la lucha con qué se quedaría. No había sitio para clemencia, ni para el afecto, no dejarían que la espada se detuviese ante el pecho del que antes fue leal amigo.

El Mozo, a caballo, también buscó los rostros de los hombres. Se sentía poderoso. Dos noches antes, los extraños fantasmas que rodeaban su acuartelamiento en Vilcas y que provocaban el terror de los vigías habían alcanzado la carne y depositado a sus pies una ingente masa de corazas, ballestas, yelmos, arcabuces, espadas y balas, armas arrebatadas a los muertos españoles, que habían sido almacenadas y ahora entregadas en señal de apoyo por los indios rebeldes de Vilcabamba. Manco decidió así en el último momento participar en la guerra de los barbudos, hastiado por las presiones de sus hijos. No daría hombres, pero entregaría armas. El reparto de aquellas armas revolvería las conciencias y los recuerdos de los hombres. En ellas muchos reconocieron la impronta de viejos camaradas: lanzas con el sello de un antiguo amigo caído, morriones que aún conservaban cabellos de su anterior dueño, petos con sangre española y que recordaban la frágil lealtad que reinaba en aquella tierra.

Buscó el Mozo al enviado real y escudriñó el estandarte del rey: estaba en el escuadrón que lideraba Alonso de Alvarado, pero no había rastro de Vaca de Castro. Carbajal acudió hasta el lugar en que la infantería esperaba órdenes. Ciento sesenta arcabuces pugnaban por iniciar los disparos; aquella arma, que la vieja nobleza castellana repudió por considerarla de cobardes al eliminar el cuerpo a cuerpo, era ahora una de las más eficaces en batalla, y cargados con el pesado morral que portaba la mecha, la pólvora y el pedernal, los arcabuceros se aprestaban al disparo. Las compañías estaban dispuestas. Las picas preparadas para desestabilizar a la caballería.

Todos invocaban a Santiago Apóstol, y todos sin distinción hacían proclamas a favor del rey. Había que justificar la guerra, y esa era la manera en que se desligaban de la afrenta. Entre vítores, por fin pudo ver Vaca de Castro al Mozo, aquel soberbio mestizo que había desencadenado este descalabro en sus planes. Cabalgaba de un extremo a otro de la primera línea, pero no daba la orden de atacar. No lo haría hasta que la majestuosa litera de cortinas tejidas en oro y lana de vicuña alcanzara el flanco derecho de la primera línea.

Betanzos, apostado en la retaguardia por orden expresa de Vaca, reconoció a los *lucana* y permaneció en silencio. Allí estaba el Inca Paullu, el ambiguo y cauteloso hermano de Manco, el de las mil caras: había acudido como aliado de Almagro. Y con él traía sus guerreros cargados de hondas, dardos y lanzas. Los únicos indios que participarían en esta batalla de españoles serían los fieros guerreros cuzqueños de Paullu y los leales chachapoyas que seguían a Alonso de Alvarado allá donde este fuere. Carbajal buscó con la mirada a Puelles, aquello se estaba complicando mucho antes de comenzar:

—Si salimos de esta, dejaré las armas y me dedicaré a leer la buenaventura en la mano, como las gitanas de Sevilla, Puelles. —Rascándose la barba miró a Vaca bien aposentado en la loma—. Se lo advertí, qué diantres habrá hecho su excelencia el manigoldo enviado para que Paullu haya aparecido con sus guerreros.

Vichama, el dios de la venganza, dio comienzo a la macabra danza de la guerra. El sonido sordo de la espada que atraviesa la carne y el ruido hueco de los huesos que se descoyuntan se mezclaría con gritos feroces y alaridos de dolor. Se destroncaban las cabezas, volaban los miembros, las bocas ensangrentadas y los corazones eran atravesados por las diabólicas pelotas de los arcabuces.

Las primeras bajas en el ejército de Vaca de Castro fueron dolientes y certeras: el capitán Perálvarez de Holguín fue arrojado de su caballo por la fuerza de los arcabuces, convirtiendo en andrajos teñidos de rojo su exquisita capa de brocado. Desde el suelo dio orden a los caballos de que arremetiesen, y sonó la trompeta. Gómez Tordoya fue el siguiente capitán de Vaca alcanzado.

El enviado del rey veía cómo se perdían sus hombres y cómo la luz se apagaba dando paso al frío y las tinieblas que amenazaban aún más su fuerza. Recibió insultos de algunos soldados, recriminándole no luchar. Hasta la loma en que se encontraba acudió una joven india, jadeante; quisieron echarla los hombres, pero él, viendo su estado, dio orden a los caballeros de que la dejasen reposar allí y permanecer en lugar seguro y alejada de la batalla.

Admiró al Mozo, que con su espada despachaba a diestro y siniestro a piqueros, decapitaba a infantes y peligrosamente iba abriéndose camino entre los cuerpos de los muertos. El mestizo atendía a varios frentes, luchaba a dos manos, espada y lanza. Cada estruendo que provocaban los cañones de Candía reforzaba su ferocidad y hundía la lanza al son de los disparos, arrancando vísceras. Estaba más cerca de la victoria, y lo sabía.

Carbajal, viendo la insidiosa escaramuza con que los indios de Paullu estaban mermando a sus hombres, hostigando sin piedad a base de piedras y temiendo otra línea de tiros como la que le había reventado una hilera completa de la infantería, decidió liderar una compañía de arcabuces subiendo una loma y desbaratar el flanco izquierdo del Mozo, buscando una vía de ataque que los librara del asedio implacable de la artillería.

Sin embargo, en medio de la mayor orgía de sangre que hasta ese momento vivió la Pachamama, se detuvo el estruendo de las culebrinas. No había cañones disparando. El Mozo remató a uno de los piqueros y buscó insistentemente una respuesta a aquel vacío de balas. Vio cómo los hombres de Vaca avanzaban sin que las culebrinas contuvieran a la horda, que ya casi alcanzaba a sus primeras filas. Lanzó una mirada al cerro contrario y entonces la vio: allí estaba, entre Lorenzo de Aldana y el enviado del rey. La india cañari con su preñez le confirmaba la mudez de los cañones. Le confirmaba la traición.

La guerra devuelve a todos a su propia naturaleza: el cobarde dejar ver su miedo, el traidor se entrega a la maquinación, el guerrero sacia su ira, y el pusilánime busca refugio.

El Mozo dejó la lucha y sangró los cuartos de su caballo espoleándolo para alcanzar el puesto donde los artilleros debían dominar la batalla. El lugar perfecto, cuidadosamente escogido por el griego Pedro de Candía para terminar con el ejército del rey sin desenvainar espadas, sin emplear las lanzas, eso le había asegurado. Allí mismo le mató, atravesándole con la espada, bajo un grito iracundo:

—¡¿Por qué me habéis vendido?!

La agonía de Candía fue solemnemente acompañada por la mudez de sus cañones, y ambas obraron el milagro de dejar escuchar con toda nitidez las palabras de Carbajal, maestro donde los haya insuflando valor a la hueste en los momentos decisivos:

—¡Innoble baldón y eterna mengua para aquel que recule, seguidme a mí que soy blanco opulento!

Era el momento: el Demonio de los Andes era diestro en reconocer el instante sagrado en que todo se volteaba en la batalla y no esperó órdenes, las dio. El valor, que escasea cuando las bajas se multiplican y la muerte acorrala, es una difícil mecha que hay que saber prender, y aquel capitán disponía como nadie de ese poder de conjura, sabía obrar el hechizo. Solo entonces Vaca de Castro dio permiso a sus caballeros custodios para intervenir. El leonés no sabía de guerra, no, pero sí poseía una pasmosa capacidad para velar por sí mismo, y ahora el peligro no le rondaba.

* * *

Justo a tiempo, la noche acudió para cubrir los llanos de Chupas. Sería ella quien remataría a los heridos, ofreciendo una piadosa muerte en los brazos helados del viento que bajarían desde la cordillera para acariciar sus cuerpos obrando el milagro. Las llagas dejarían de sangrar, la mueca de dolor quedaría perenne en los rostros. Otros no recibirían el beso helado de la adormidera andina, encontrarían la muerte en manos de los indios que, como el viento, recorrerían también las faldas de las montañas, abandonando los altos desfiladeros para volver a ejecutar el ritual del saqueo de armas, apropiándose de todo aquello que pudiera serles útil y robando a los moribundos hasta las ropas.

También la noche serviría de amparo a los vivos: la lealtad pervive solo hasta la derrota. Ahora, los caídos del bando almagrista se despojarían de su distintivo blanco y robarían las bandas rojas a los muertos del ejército realista, buscando camuflarse entre los vencedores y escapar a una muerte segura en la horca.

Vaca de Castro recorrió el campo en busca de supervivientes de su hueste, acompañado de un capellán. Carbajal y Alonso de Alvarado calcularon en más de doscientos cuarenta los hombres que perecieron aquella tarde y que dejaron sembrado de muerte y sangre aquel llano. Todavía hoy las lenguas aseguran que se siguen escuchando los lamentos de los que no hallaron su camino al cielo al no recibir sepultura.

Serían muchos los lugares de aquel Perú en los que los fantasmas atormentarían a los vivos; había que enterrar a los muertos, oficiar misas si eran cristianos, ofrendar y velar a las momias si eran indios, y no siempre se hacía. Sin embargo, entre los caídos, y así se lo comunicaron a Vaca, no había rastro del Mozo ni de sus capitanes.

La larga cabalgada a Cuzco debió de ser dura, sin descanso; había que alcanzar la ciudad antes de que lo hiciesen las noticias del fin de la batalla, y ya se sabe que en ese Perú las nuevas viajaban sobradamente prestas en todas las direcciones y no siempre bien narradas. Diego Méndez organizó la evasión. Sabía que solo así podía salvar a su jefe, y por supuesto salvar su cabeza. Los golpes en el portón trasero de la mancebía despertaron a Esmeralda, que presintió lo que estaba a punto de conocer y los escondió en su casa. Ocultaron los caballos en el patio trasero, asegurándose de que las puertas estuvieran trancadas y las ventanas no dejaran escapar ni un solo destello de las bujías y candiles.

El Mozo solo quería partir, corrían peligro allí. Accedió a volver a Cuzco por la insistencia de Diego Méndez, quien no dejaba de repetir que necesitaban herrajes y pertrechos para poder asegurar el duro viaje a las montañas donde albergaban sus esperanzas si la batalla se torcía. Méndez, antes de la contienda, ya había decidido que el único modo de conservar la cabeza sería ese: desaparecer y asilarse bajo la protección de Manco Inca.

Algunas de las muchachas aimaras que Esmeralda había acogido como pupilas acudieron a servir a aquellos dos vencidos, nuevamente rotos. Aquellas mujeres no dormían, pasaban las noches circulando por la casa, entrando y saliendo a hurtadillas tras marcharse los amigos, como a Esmeralda le gustaba llamar a los clientes. Ella estaba al tanto de aquel extraño comportamiento y lo permitió, aunque no lograba entender ese carácter insomne de las mujeres aimaras.

Les sirvieron los restos del puchero que ellas cenaron aquel día. Los hombres comieron con desgana. Estaban sedientos, la guerra da más sed que hambre. Escanciaron chicha y vino, y se ocupó la propia Esmeralda de curar las heridas del Mozo, que eran leves, en manos y piernas, pero lo bastante fastidiosas para frenar un viaje que sin duda exigiría el galope y la resistencia.

Se habló a media voz, el plan era tomar el camino de Yucay, acceder a Vitcos y lograr alcanzar Vilcabamba. Partirían antes de que el sol despuntase. La ciudad de Cuzco estaba aún bajo el mandato de los tenientes designados por el Mozo, pero era cuestión de tiempo que los hombres de Vaca acudiesen. Había que partir antes de que los vecinos descubriesen que los almagristas volvían a ser los rotos, los vencidos, los condenados.

Diego Méndez se despidió de Esmeralda, prometiéndole que regresaría a buscarla. Ya había escuchado muchas veces esa promesa que nunca se cumplía. Se había acostumbrado a oírla como una fórmula de cortesía, vacía y desprovista de intención. «Lo que se promete en la tormenta se olvida en la calma», se decía a sí misma, pero ahora temía las consecuencias que podría acarrearle estar cerca de un proscrito, de un rebelde. Los vio alejarse, y se apresuró con sus pupilas a hacer desaparecer cualquier rastro que delatara la presencia de los hombres en aquella noche.

La fortuna es caprichosa, cuando el dios Inti besó el *ushnu* del Coricancha cuzqueño, la noticia de la derrota del Mozo Almagro ya había alcanzado las casas principales y las fuerzas de gobierno de la ciudad. Era el tiempo de la Citua, la sagrada celebración inca en la que se leía en las entrañas de las llamas el futuro del año que comenzaba y donde se eliminaban todos los males del Cuzco, las desgracias, las tragedias. Algo mágico rodeaba esos días la ciudad, el espíritu divino que desterraba el daño; eso pervivía en el alma de los naturales y el mal parecía que sería enviado a otra parte.

Al tomar el camino de Yucay, se percató el Mozo de que algunos hombres a caballo los seguían; primero sospechó de Esmeralda, quién sino esa manceba podía haber dado la voz de alarma, después se congratuló al identificar al frente a Rodrigo de Salazar, el Corcovado, el hombre que dejó como teniente velando por Cuzco cuando partió a la batalla. Acudía así a acompañarlos en su viaje a Vilcabamba. Observó el Mozo como una avanzadilla de indios enviados por Manco los esperaban camuflados entre los arbustos, pero estos al percatarse de la presencia de los otros jinetes se hicieron invisibles, desapareciendo en la espesura.

En el campo de Chupas, los cuerpos desnudos de la hueste almagrista se descomponían, y eran pasto de las alimañas, las ratas, y los que aún quedaban vivos eran degollados. Rodrigo de Salazar también adivinaba que el final que le esperaba no sería mejor, por ello detuvo su caballo lo bastante cerca del Mozo como para buscar la mano de este en un gesto suplicante y con estudiado respeto la besó. Solo entonces los jinetes que acompañaban al Corcovado rodearon al mestizo.

—No es tiempo de ceremonias, Salazar. Los corredores de Manco nos esperan.

—Os sería muy conveniente, mi señor, descabalgar y entregar las armas —apuntó el deforme Salazar.

Méndez espoleó su caballo, pero ya era tarde.

Desarmados y atados, ambos fueron conducidos de nuevo al ombligo del mundo.

Rodrigo de Salazar sería célebre en la tierra perulera por este y otros infamantes hechos que engordarían su bolsillo y su impostora fama. El Corcovado supo que la única forma de salvar su cabeza era entregar al Mozo y a Méndez.

171

La noche anterior había acudido a la mancebía, sabía bien que Méndez iría hasta allí; él también era un habitual de la casa de Esmeralda, aunque eran las naturales y no las españolas quienes le brindaban placer. Llegó tarde a la casa, el Mozo y los suyos ya habían marchado, pero irónicamente a tiempo para descubrir el camino que seguirían. Las lenguas eran muchas, los oídos también, y la fidelidad se achicaba hasta extinguirse cuando la amenaza rondaba. Fue fácil detenerlos y entregarlos como dos suculentas piezas de caza al nuevo amo. Como los perros carniceros, solo hubo de seguir el rastro que ya adivinaba. Rodrigo de Salazar conocía que solo se perdona la afrenta ofreciendo una compensación de la misma magnitud. Entregar al Mozo serviría para limpiar su honra como servidor del rey allanándole el camino para tomar méritos y riquezas. Ese sería el modo de pago; la moneda iría vestida de traición, la deslealtad a los que hasta ese momento habían sido los tuyos sería premiada, no sería la primera vez en aquella tierra, no sería la última.

Vaca no había llegado a la ciudad de Cuzco cuando el Mozo fue conducido a prisión. Una vez más el enviado real llegaba con un retraso estudiado a su misión; se demoró porque, tras saberse vencedor, quiso premiar a los leales, y también despachar y quitarse de su lado a los que podían ensombrecer su gobernación.

Pedro de Puelles fue uno de los primeros. Como leal a Gonzalo Pizarro, sabía bien Vaca que debía mantenerlo a distancia, y a ese fin se le encomendó fundar una nueva ciudad, en Huánuco, que llevaría el nombre de León para agasajar a la patria chica del enviado del rey. Las misiones y mandatos estaban convenientemente planificados, Vaca les otorgaba una porción de gloria y granjerías suculentas a los hombres para asegurarse que se mantenían lejos de él.

Durante su viaje a Cuzco, se marcó dos misiones: descuartizar a los almagristas que habían huido de la batalla y ofrecer entretenimiento y paz a los leales a mi padre que ahora podían estorbarle.

La cárcel que se decidió para el mestizo estaba repleta de mala fe. Se perseguía la humillación y el escarnio, buscando abrir de nuevo las heridas: le recluyeron en la casa de mi tío Hernando, el mismo lugar donde años antes fuera hecho preso su padre tras la batalla de las Salinas, en el mismo lugar donde mi tío le condenara a muerte, burlándose de los intentos que Almagro el Viejo hizo por conservar su vida. Méndez fue ubicado en otro de los cuartos, y allí recibieron a Vaca de Castro.

No hubo juicio ni tampoco clemencia: Vaca se apresuró a dictar sentencia en un macabro ejercicio que volvía a recordar el pasado reciente.

La historia parecía destinada a repetirse de nuevo. Hubo un intento de huida, que fue desmantelado por nuevas delaciones, y se decidió que el Mozo fuera conducido cuanto antes ante el verdugo. Rechazó que le cubrieran los ojos, solo pidió que su cuerpo fuera enterrado en el mismo sepulcro en que yacía su padre; él serviría de acomodo a los restos de Almagro el Viejo.

El silencio se hizo en la plaza, el verdugo ejecutó al mestizo. Un golpe seco y certero cercenó su cabeza, que fue mostrada a los presentes por las manos negras del ejecutor. Esmeralda, a salvo de miradas bajo una pesada capa negra, contempló escondida entre la multitud el último aliento del Mozo, se alivió al ver que solo fue una la ejecución. Méndez estaba vivo.

Así acabó todo.

Supe después que nunca quiso hacernos daño a mi hermano y a mí, que aquella fue una decisión de Rada, que el odio le pudo, el rencor le revolvió las entrañas, hasta tomar partido en aquella gesta tan demencial como justa ante su orgullo. Fue mestizo y entregó su vida a la causa de su padre, esa causa que en mí pesaba como una losa, compartida por mi padre también, el amor y la codicia entrelazadas a aquella tierra.

Ambos, padre e hijo, murieron en el mismo lugar, y por la misma causa: lograr hacer suyo el ombligo del mundo. Ambos compartieron el mismo sepulcro, el sitio sagrado que yo conozco bien, que velo y persigo. El lugar al que cada noche, cuando el sueño me vence, acude mi alma presurosa e infatigable. Recorriendo la penumbra de la iglesia de la Merced, mi espíritu castigado regresa allí, siempre. Estoy aquí. Estoy a tu lado.

SEGUNDA PARTE

«No solo no le es lícito al príncipe, sino que es imposible que dé
una ley que no atienda al bien común, porque tal ley no sería
ley, y si constara que de ninguna manera mira al bien
común no habría que obedecerle».
FRANCISCO DE VITORIA

Capítulo 1
El regreso

El enviado de Vaca de Castro llegó a la casona protegido con una escolta de diez jinetes dos días antes de la Natividad del Señor de 1542. Era una mañana radiante y calurosa en la que no esperábamos sobresaltos y mucho menos visitas cuando el tintineo de los arreos y el golpeteo de los cascos de los caballos nos alertó. El tal Diego de Mejías apareció emperifollado como un san Jorge victorioso, rematando con penacho blanco un inadecuado yelmo y dispuesto a narrar la gloriosa epopeya de su amo. Mientras nos comunicaba la ejecución del Mozo, insistía una y otra vez en la excelsa gloria del gobernador del Perú, del pacificador, del honorable capitán Cristóbal Vaca de Castro que había conducido a los ejércitos del rey a la mayor victoria frente a los insurrectos.

Buscaba aquel hombre insistentemente una respuesta de admiración o sorpresa por nuestra parte que no llegaba ni llegaría pese al esfuerzo desmedido que ponía en la narración de los hechos. Estábamos al tanto del resultado de la batalla desde el pasado mes de septiembre, gracias a la oportuna eficacia de los indios mensajeros de Huaylas.

Las fechas, tan señaladas, hicieron que Inés decidiese posponer el viaje de vuelta a Lima hasta que se celebrase la Natividad del Señor. Acudimos entonces al almuerzo con que el capitán Diego de Mora y su esposa Ana Pizarro nos convidaron. Mi hermano Gonzalo estaba completamente repuesto de su dolencia, aunque yo le observaba de cerca buscando algún rastro de aquel extraño mal que le sacudió con la misma inesperada rapidez con la que se esfumó. Vigilaba lo que comía y bebía, seguía de cerca su estado, pero nada asomaba de aquel mal. Ante mi insistente asechanza mi hermano llegó a alarmarse. El rezo se convirtió en el remedio al que acudieron Inés y Catalina para mantener alejado el inquietante maleficio. Una tarde sorprendí al pequeño Gonzalo de rodillas, entregado a la oración, rosario en mano y una duda en el alma:

—Inés asegura que debo rezar. Pedir protección a los ángeles que custodian el mundo y presiden las puertas del reino de Dios en los cielos. También me dijo que padre está en el cielo.

—Así es —asentí sin tener certeza ni seguridad de aquello.

—Pero los indios no van al cielo, eso me dijo el guardia al verme rezando. Entonces, ¿adónde iremos nosotros, Francisca? ¿Cuál es el cielo de los mestizos? —me preguntó asustado.

Y yo no sabía qué responder, entendía que un espíritu bondadoso y limpio como el de mi hermano sería bien acogido en el reino de Dios y también en el Hanan Pacha. Los mestizos habríamos de buscar nuestro sitio en aquella recién creada realidad, que desdibujaba las antiguas certezas volviéndose incómoda para muchos. Nuestra existencia derribaba las verdades que habían sido irrefutables hasta ahora, alcanzando en aquella indefinición hasta el impredecible sino de nuestras dos almas, india y española, cuando la vida terminaba. Yo no quería pensar en su muerte, no iba a morir, me convencí, e intenté calmar su inquietud manteniendo el disimulo en mis cuidados.

Llegamos al palacio de Diego de Mora. Solícitos y cariñosos nos esperaban en la puerta la dama Ana Pizarro, y sus hijos, Florencia, Diego y la pequeña Ana. Recuerdo bien cómo Florencia me sonrió, y recuerdo aún lo hermosa que era. Sus grandes ojos, limpios y cristalinos, así como su voz, rezumaban una dulzura envolvente que siempre conservó y que siempre atribuí al hecho de haber crecido entre los cultivos de caña de azúcar que su padre trajo a las Indias. Esa impronta cálida y afable permaneció siempre en mi prima, al menos así lo acredita mi memoria.

La casa de los Mora era un señorial palacio o eso me pareció al compararla con la casona destartalada en la que nosotros habíamos vivido aquel exilio. Las paredes encaladas, los muebles macizos traídos de Castilla, cortinas de terciopelo, finas alfombras peruanas y la imagen de Cristo crucificado presidiendo cada estancia. Observé la estricta etiqueta de los indios de servicio en aquella casa, vestidos al modo castellano. No sonreían, no hablaban. Permanecían cada uno en su sitio, temerosos, obedientes, y solo se movían cuando el capitán de Mora se lo indicaba con un leve gesto.

La escasez de alimentos que sobrevenía inevitablemente tras una guerra se notó en aquella mesa. Los tiempos de siembra y recogida se vieron paralizados por el golpe seco de la muerte también allí, en el opulento Trujillo peruano. Hasta las bestias y las aves parecían agriarse, negándose a dar nada de sí en aquellos días que se teñían de saña.

Un consumado de ave, que a poco sabía, y una carne de cordero viejo regada con salsa de higos fueron el agasajo. El sabor rancio de aquel cordero era insoportable, no fue hasta que el capitán de Mora lo probó, cuando supimos que nuestros anfitriones ya habían previsto lo poco que aquellas carnes podrían ofrecer, y con premura, esta vez fue Ana Pizarro la que ordenó una abundante fuente plagada de jureles y anchovetas. Catalina agradeció el cambio:

—Os felicito por el tierno pescado, ya ni recuerdo el tiempo que hace que no probaba algo igual.

El gesto de aprobación de Ana fue interrumpido por las secas palabras de su esposo.

—Es lo único que hemos conseguido del repartimento de Huanchaco, estos indios solo saben pescar, son haraganes y traidores, se cuidan mucho de entregar las mejores piezas, algo que he sabido enmendar.

Afortunadamente, las frutas escarchadas y los panecillos de azúcar y jengibre dieron fin al ágape que pasó de añejo a podrido tras escuchar aquellas palabras, al menos para mí.

La tarde la pasamos primero orando, después cosiendo, y finalmente nos preparamos para acudir a la misa del gallo. Si las palabras de Diego de Mora me habían indicado el camino, la presencia del capataz negro, el mismo que me arrastró con violencia en la puerta de la mancebía y que ahora empleaba su fuerza atando bridas y ordenando los caballos del carro que nos llevaría a la iglesia, me dio la certeza de quién estaba detrás de lo que viví. Al verlo no os negaré que se me heló la sangre, la crueldad de sus actos obedecía al mandato de su amo, porque la violencia se imita, y campa a sus anchas con el beneplácito del patrón. Debía hablar con Florencia, debía mostrarle lo que estaba pasando con las indias de Huanchaco. Alguien debía detener aquello.

En el atrio de la iglesia se mostraba el pesebre, y mi hermano permaneció ensimismado ante la imagen de la Sagrada Familia. Las tres figuras permanecían allí para la adoración de todos los fieles, aunque con un aspecto marchito. La amputación de la nariz del Santo Padre y los colores deslavados del manto de la Virgen delataban los años de sol, viento y lluvia en largas misiones de adoctrinamiento a lo largo y ancho del Tahuantinsuyu. Solo cuando estuvimos dentro, y a salvo de la mirada de sus padres, mostré a Florencia el brazalete de fibra de totora que me entregaron aquellas mujeres. Le pedí que lo llevara puesto, nunca en presencia de su padre, y siempre cuando acudiese a las caletas de los pescadores; ellos le hablarían de cuanto sucedía. Sospecho que en aquel momento no entendió nada, pero su afable temperamento hizo que fuera fácil que comprendiese después lo que encerraba aquel presente.

Una mañana de finales de diciembre, emprendimos el viaje de regreso a la Ciudad de los Reyes, con el petulante Diego de Mejías dirigiendo la comitiva, empeñado en proseguir sus cánticos gloriosos centrados en Vaca de Castro. No sé qué perseguía con aquel machacón concierto laudatorio, pero escucharle se volvió irritante, y obró en mí el efecto contrario al que buscaba. Mi hermano mostraba una alegría inesperada por el regreso a Los Reyes de la que me dejé contagiar, haciendo caso omiso al discurso amanerado de Mejías.

Abandonábamos el Trujillo que fue nuestro refugio durante casi dos años con mayor equipaje del que traíamos y también con nuevos aliados. A los indios de Huaylas que por orden de mi abuela habían compartido con nosotros aquel destierro, se unieron dos indias jóvenes que habían sido bautizadas solo unas semanas antes con los nombres de Teresa y Antona. Quise saber cuáles eran sus nombres quechuas, Nuna y Shaya. Así las llamaría yo. Juntas, configuraban un todo. Nuna, silenciosa y casi etérea, parecía flotar en vez de caminar, mi bendita Nuna, leal confidente y compañera. Shaya, era todo lo contrario, erguida, terrenal e imponente, se mostraba resuelta y alegre como un cascabel. Ambas regresaron a Lima con nosotros, y ambas ya habían adquirido la condición de amigas para mí y hasta hoy perdura nuestro pacto.

Justo antes del amanecer arribamos a la ciudad, cubierta por la misma garúa con que nos despidió. Justo en la misma hora que la abandonamos. Justo en el mismo momento en que Rada nos detuvo. Quise interpretar aquello como una señal, los dioses me advertían que todo empezaba en el mismo punto, me ofrecían una suerte de camino paralelo y alejado de lo vivido. Pero no fue así. No hubo ninguna tregua.

Cuando llegamos a Lima, los sentimientos que habíamos tenido apretados dentro tanto tiempo se desbordaron. Todo seguía igual y todo era despiadadamente distinto. Plagada de ausencias, la ciudad y nuestro entorno delataban a cada paso, a cada recuerdo, a cada gesto que ya nada era lo que fue. Y nunca lo sería.

No podríamos vivir en nuestra casa, los funcionarios designados por Vaca de Castro ocupaban el que fuera el palacio de mi padre y no tenían ningún deseo de dejar de hacerlo. Aquel fue el comienzo de otra de mis largas luchas: nos fue arrebatada la casa que nos pertenecía, ahora empleada como casa de gobierno. Unos y otros la hicieron suya olvidando premeditadamente quiénes eran sus dueños. Aquel palacio levantado por mi padre serviría para albergar a todos los que recogían el poder en nombre de la Corona, se usaría tanto para tareas de gobierno como de cárcel, y hasta para fundición de platas de la Hacienda Real. Usurparon nuestra casa, sin permiso, sin explicaciones, sin contemplaciones la hicieron suya. Nadie propuso la compra de esta o el pago de un arriendo hasta que no lo hice yo.

Aquello era solo el principio de cuanto nos esperaba. En la casa de García de Salcedo y de Beatriz nos dieron posada para descansar del largo viaje, asearnos y reponer fuerzas. Recuerdo que Catalina se quejaba de las rodillas y de la espalda. El veedor había envejecido, no así su esposa, que mantenía inalterable su belleza morena. Agradecí encontrarme con ellos de nuevo. Beatriz abrazó a Gonzalo y admiró lo hermosa y crecida que estaba yo.

—Vuelves hecha una mujer —aseguró.

Cuando entramos en la casa de Barbarán, el leal mayordomo de mi padre, sentí algo parecido al olor del hogar. Barbarán asumió nuestra tutoría y defendió como pudo nuestros intereses en la obligada ausencia, sin tener noticia de nuestra vida o nuestra muerte. El viejo Barbarán había escudriñado, con mano de hierro, la voracidad almagrista y la de otros vecinos píos y decentes, que abandonaron sus sólidos principios cristianos para saquear sin pudor las casas de mi padre.

Con él acudimos al palacio arrebatado para recuperar los escasos bienes que dejaron. Recorrí ese espacio antes familiar que ofrecía ahora un alma hostil y extraña. Reconocí la ausencia de muebles, manteles y cortinas; faltaba toda la plata, se esfumaron cubiertos, candelabros, bandejas y muchas de las joyas que mi padre guardaba desde antes de su llegada al Perú. No había rastro de las perlas panameñas que esperaba engastar en la corona de la Virgen. Mantelerías y tapices fueron arrancados, sin miramiento ni respeto. Entendí con precisión el alcance de aquel hurto salvaje y lo que acarreaba para mí. Me arrebataron a mi padre, me separaron de mi madre y ahora, después de robarme mi infancia, se apoderaban de mi hogar, de mi casa. Todos los que me rodeaban querían algo de mí, algo que obtendrían de modo despiadado y feroz si era necesario, ese fue el mensaje que leía en aquellos despojos. La legitimidad de lo que te pertenece se esfuma ante la voluntad y la codicia de quien ostenta el poder. Existían mil fórmulas legales para apuntalar esa disposición cruel y sin sentido. Me obligarían a defenderme y aprendería a hacerlo.

El silencio denso que reinaba en las caballerizas me rompió el alma. Todos los caballos que mi padre trajo de España y con tanto esfuerzo crio en aquella tierra marcharon con la tropa del Mozo a Cuzco. Recorrí los abrevaderos secos. Solo los restos de estiércol y las moscas habitaban ahora aquel lugar. No estaban los arreos que cuajaban antes las paredes, se llevaron todas las sillas y hasta los altos borceguíes berberiscos de cuero labrado que se usaban en los juegos de cañas. Todo, espuelas pulidas, cabezadas, frenos y pretales habían desaparecido, nunca sabré a manos de quién. Se señalaba al Mozo, pero ¿cómo saber cuántas fueron las manos que asaltaron mi casa apropiándose de lo ajeno en aquel largo tiempo?

Recordé entonces a mi padre, que pasaba largas horas allí, y sentí como mía la pesadumbre que le apretaría el alma al contemplar aquello. El huerto y las cuadras eran los lugares donde podías encontrarle en los escasos tiempos de asueto. Sé bien el esfuerzo que hizo para poder tener a aquellos animales que tanto le asegurarían en aquella tierra. Crio caballos en un mundo que no conocía a aquellas criaturas; los naturales creían que caballo y hombre eran una misma cosa, y mi padre, como otros, cuidó mucho de seguir alimentando esa creencia. Cuando un caballo moría era enterrado secretamente para que los indios nunca descubriesen esa flaqueza: el carácter inmortal de esas impetuosas criaturas permitía seguir manteniendo la ventaja moral frente a los ejércitos incaicos.

Los potros berberiscos fueron los primeros en pisar el Perú, aquellos caballos ya estaban muy asentados en Castilla llegados durante la Conquista musulmana. En el Nuevo Mundo destacaron pronto por su resistencia. Eran de poca alzada y la extrema dureza de sus cascos los hacía imbatibles en los terrenos impredecibles y hoscos de la tierra perulera. Pronto se unirían los yegüerizos andaluces y las potras que su majestad le hizo entrega en la capitulación, traídos desde las islas de Jamaica.

Ya os he hablado antes de lo que significaba tener un caballo en aquel Perú revuelto y hostil; mientras las guerras europeas reforzaban las tácticas de infantería dejando en un segundo lugar a la caballería, en el Nuevo Mundo el caballo era el *alma mater* de las huestes, de la batalla y también de la vida.

Es cierto que en la guerra mi padre no era buen jinete, aquella habilidad era de Gonzalo, que rivalizaba con Hernando de Soto en apostura y fiereza manejando al caballo en ambas sillas, dominando a la jineta y a la brida. Sin embargo, a mi padre aquello no le impidió amar a los caballos. Hasta invocaba la protección mariana para ellos llevando siempre en su arzón a la Virgen de la Guía.

Desde niña me acostumbré a acompañar a mi padre cuando visitaba a las yeguas que estaban a punto de parir. Veía el regocijo en sus ojos cuando admiraba a los potros que aseguraban la nueva estirpe de equinos indianos, y no sé las veces que le escuché musitar las palabras de su primo Cortés. Es cierto que, después de Dios, los caballos fueron la seguridad y el sustento a la vida en aquellas tierras.

El amor por estos animales nació en su Trujillo natal. Según me contó, cuando era infante le gustaba trepar por el cercado de la dehesa de los Caballos, un vergel de pasto selecto en el berrocal trujillano destinado solo a la estancia y cuidado de los caballos de silla. Allí pasaba horas observándolos, descubriendo de lejos cómo eran cuando su estado simulaba la virginal libertad que les correspondía. Descifraba su entusiasmo, sus enojos, su carácter. Aprendió desde niño que para ser caballero había que tener armas y caballo, y ciertamente se lo grabó a fuego en la sesera y el corazón. Disfrutaba presumiendo de las gloriosas lanzas que a caballo salieron de Trujillo para engrosar las huestes de los Reyes Católicos y que yo conocía al dedillo. Me las repetían tanto él como Gonzalo desde que tengo memoria.

Los nuevos amos de mi casa miraban con desidia nuestra presencia allí, con un rictus seco que buscaba apremiar nuestra marcha. Me adentré en la sala donde se guardaban los archivos de las gentes venidas de la

Península, aquel lugar donde escondida pasaba largas horas y que me dotó de información valiosa acerca de los hombres y mujeres que se asentaron en el Perú. Recogí los únicos tres vestidos que permanecían en la que fue mi alcoba. Sabía que había crecido en este tiempo y que no sería propio que los usase, pero de momento, salvo los *acsus* de los chimo, no disponía de más ropa. Acudí a una de las salas del fondo, busqué detrás de una alacena, la falsa puerta seguía allí, respiré aliviada al encontrar la tela pintada que sería el único recuerdo que mantendría de mi padre. La guardé en los pliegues de mi túnica. Busqué sin suerte el olor de mi padre en aquel lugar, el calor de las tardes del estío compartidas con él, su voz ronca y las manchas de sus manos. Me sentí huérfana, porque allí entendí que nada de lo vivido y compartido permanecía, todo fue borrado como hacían los amautas con las gestas de los Incas caídos en desgracia. Solo la cruz que con su sangre trazó en el suelo antes de morir permanecía allí. La besé. El llanto acudió, y también el dolor. Me recompuse como pude de la pena que amenazaba con desbordarse y salí con paso firme, asegurándole a Inés que podíamos marcharnos.

La llegada a la casa de Inés no fue mejor, había sido brutalmente desvalijada, pese a la guarda y custodia que Barbarán y García de Salcedo habían hecho en este tiempo.

—Diríase que la batalla tuvo lugar en los zaguanes de mi casa y no como aseguran las lenguas en el llano de Chupas —bromeó Inés intentando que se esfumase la pesadumbre que nos acompañaba.

—Virgen del Socorro, Inés —profirió Catalina—, se han llevado hasta las bacinillas de las alcobas. ¿A qué necesitaban esos bárbaros las bacinillas? No les bastaba la tierra que usurparon para llenarla de orines. Han vaciado las cocinas. Nos obligan a rascarnos la faltriquera, Inés.

Ese era otro cantar, las faltriqueras estaban vacías. Inés y Catalina habían empeñado todo cuanto pudieron sacar de Lima la noche en que huimos. Los últimos reales habían ido a parar al bolsillo de aquel sangrador que nada hizo por mi hermano. Resolvieron esperar la llegada de los caciques con el pago del tributo de las encomiendas. Entendieron que era pronto y que los turbulentos tiempos del Mozo habrían esquilmado las haciendas y los campos, así como tomaron todo cuanto pudieron acarrear de las casas.

Mi hermano se entretenía buscando dragones y bichas grabadas en uno de los llares de cobre que milagrosamente permanecían en la cocina y las indias esperaban impacientes una orden. Eran listas, el reconocimiento de la casa se les hacía tedioso y absurdo, entendieron antes que nosotras que había llegado el momento de empezar a limpiar y ordenar aquel estropicio. Pero no, antes debíamos acudir al huerto, era nuestra salvación. Inés se había dejado la piel en aquel lugar, donde volcó todos sus conocimientos sobre trasplantes, semilleros, y elaboró una particular ciencia de la tierra. Una poderosa alquimia alabada por todos que había dado enormes satisfacciones y frutos ya en los primeros tiempos de la Conquista.

Desde la triste tapia de adobe que lo cercaba, ahora deshecha, ya se asomaba el erial en que se había convertido. Solo entonces, observé el dolor profundo y verdadero en el rostro de mi tía. Su fortaleza y su orgullo cayeron precipitándose contra aquellas tierras a las que había dedicado su afecto y su paciencia día tras día. Mi tía, curtida en tantas batallas diarias y superviviente de los más atroces embates de la vida, se desmoronó cuando observó los despojos de lo que sin duda fue su más preciada conquista. El mayor botín logrado desde que alcanzara esta tierra aparecía ahora yermo, enmarañado, desnudo e infecundo.

Atisbar el alma rota de Inés nos hizo al resto despertar; ella era el espíritu que alimentaba de arrojo nuestra existencia tras el volteo negro de la suerte. Cuando sus lágrimas de rabia y orgullo alcanzaron los restos de las hojas pardas que antes fueron legumbres, Catalina y las indias comenzaron a desbrozar y limpiar cada trozo de aquel huerto. Gonzalito las siguió, y yo decidí trenzarme el cabello y atarme el bajo de mi *acsu*, para de rodillas empezar a trazar las besanas de tierra que se abrirían para darnos sustento.

Pasábamos la jornada desde el alba al ocaso en aquellas tierras. Removiéndolas para orearlas, proporcionando los lechos de estiércol que las despertarían del abandono. Las indias de Huaylas se mostraron grandes conocedoras de los ritos que fecundaban el vientre de la tierra. Aprendimos de ellas a emplear el guano de las aves como fuente que vigorizaba el suelo y que era usado ya por los mochica. Mi hermano Gonzalo y yo recogíamos las hojas caídas de limoneros, ceibos y huarangos, creando un mullido lecho en la tierra que después acogería las semillas y plantones. Mientras, Inés y Catalina se entregaban a los almácigos, donde buscó Inés de nuevo obrar el milagro de la germinación de las semillas. Nos faltaban útiles y aperos de labranza, que suplimos con esfuerzo e ingenio, y también nos faltaba la comida.

Porfiábamos en nuestro empeño de lograr que aquel baldío nos diese pronto garbanzos, pepinos, verdinas y arroz. La providencia quiso que las nubes que cubrían el cielo limeño vertieran un chaparrón de agua. La humedad, siempre presente allí al igual que la garúa, pocas veces, por no decir ninguna, significaba lluvia. Supongo que arriba alguien decidió darnos una ayuda. Quizá alguno de los ángeles custodios a los que con tanta insistencia imploraba mi hermano.

Detuvimos entonces la faena para guarecernos mientras las indias no se movieron de su lugar a pesar del aguacero. Permanecían ajenas a él, Nuna se ocupaba de abrir surcos de tierra, mientras Shaya iba depositando en ellos con una paciencia admirable los granos, rodeándolos de pequeños peces, ya que según ellas las anchovetas alimentarían la semilla para que creciese fuerte.

Inti apareció milagrosamente, enviando a las nubes por un momento lejos, lo que entendimos como el fin del descanso y volvimos a la tarea. En ese momento, Nuna y Shaya huyeron despavoridas, como alma que lleva el diablo. Corrían y buscaban un sitio en el que esconderse, y finalmente se refugiaron bajo uno de los ceibos donde permanecieron inmóviles, mirando al suelo y cubriéndose compulsivamente la nariz y la boca con tierra.

Nos costó un rato entender que era el súbito arco multicolor aparecido en el cielo lo que les proporcionaba aquel terror desmedido. Temían que las preñase, al menos a esa conclusión llegó Catalina, después de intentar descifrar el compendio desordenado de palabras que soltaron cuando aquel puente de colores desapareció. El arco de colores, al que llamaban Cuychi, era portador de enfermedades y malos presagios. Era Supay, el dios de los muertos, quien lanzaba aquel puente maligno por los manantiales, la boca fértil de la Pachamama. Debían evitar que se les introdujese en la barriga, de ser así podría nacer un monstruo de su vientre. Catalina comenzó a reír.

—Mucho conocéis de los secretos para fecundar la tierra, pero creedme, hace falta mucho más para preñar un vientre —aseguró con picardía.

Cada día recibíamos la visita de algún vecino, que se dejaba caer con excusas que escondían el deseo de ayudar a Inés en su cruzada. Del mismo modo, en la casa a las horas del almuerzo y la cena siempre aparecía algún amigo que, sospechosamente, acarreaba con él ollas y viandas. Era una extraña hospitalidad que recordaba mucho a los primeros años de la Conquista, cuando todos compartían la escasa comida y cada uno ayudaba con lo que tenía a mano. La afluencia de alimentos fue tal que en algunas noches nos vimos zahorando a deshoras por no rechazar las mazamorras de trigo o los guisos de aves que cual milagro bíblico se multiplicaban en las mesas del zaguán. En realidad, se trataba de un plan impecablemente urdido por María de Escobar y Beatriz, la morisca, que buscaban darnos holgado sustento sin herir el orgullo de Inés.

María de Escobar nos obsequió con seis gallinas que dieron alegría al desolado corral y a mí me hicieron ducha en el noble arte de encontrar huevos. Aseguró que se veía obligada a hacerlo para ganarle espacio a su gallinero repleto. Beatriz, con ayuda de sus esclavas negras, se presentó en la casa con un cerdo de más de once arrobas; les costó lo suyo traerlo hasta allí, y convino con Inés en que a ella le sería más fácil acabar con la terquedad del animal, que se empeñaba en derribar los cercados y zamparse sin miramiento todas las flores del patio.

—Cuidadlo bien hasta que escampe, Inés. Y mirad por vuestra hacienda —aseguró misteriosamente al marcharse.

Así nos íbamos haciendo a la situación. Supimos que Vaca de Castro se había instalado en Cuzco y dirigía desde allí el gobierno. El victorioso enviado iba ganándose los corazones de los soldados entregando tierras y encomiendas de indios de modo tan generoso como arbitrario. Entre sus planes para ganarse a los hombres estaban las nuevas tareas de conquista y fundación, con las que había despachado a los capitanes que intuía levantiscos manteniéndolos ocupados en otros menesteres que no fueran cuestionar sus mandatos. Así pudo tejer libremente nuevos planes entre los que ya se encontraba incluido el Inca Paullu.

También se hablaba del juicio a los almagristas vencidos. Se dieron prisa en decapitar al Mozo. Solo el perro muerto es el que no muerde. Los pocos restantes darían cuenta de los destrozos. En especial el sanguinario Diego Méndez. En aquel juicio se vertieron innumerables infamias sobre lo ocurrido tras la muerte de mi padre. Allí volví a descubrir como la palabra engaña, como tergiversa el hecho, y si algo era cierto, es que Juan de Rada buscaba nuestra muerte. A Rada y al Mozo les agradezco ahora la enseñanza, había fraguado en mi alma la sospecha de que los enemigos más feroces se esconden entre los que antes fueron aliados. Esa sospecha se convirtió en salvaje certeza mucho tiempo después. Ahora es una letanía que me curte en la costumbre de observar con detalle a todo el que se acerca a mí.

Todos los vecinos principales de Lima pasaron por nuestra casa en aquellos días, con aparente buena voluntad en sus intenciones. Observé en muchos las miradas lastimeras hacia mí y mi hermano que escondían una muestra de satisfacción. En el ir y venir de antiguos amigos, paniaguados de mi padre, oportunistas y algún que otro chismoso, echamos en falta la presencia de mi madre, Quispe Sisa.

Aquello alertó a Inés, y decidió atajar las cosas a su manera: si Quispe no acudía, iríamos nosotros a ella. Me hizo poner mi nuevo vestido de paño negro cosido con los restos de un viejo sayal de María de Escobar, ordenó a Catalina que me cepillara el pelo y solo me permitió como ornamento un sencillo velo, cerciorándose de que mi cabello permaneciese suelto. Ella se ocupó de vestir con calzas y jubón negro a mi hermano; sabía que algunos en la ciudad murmuraban y criticaban que Inés permitiese a los hijos del difunto marqués el libertinaje de no llevar el negro en señal de duelo y no estaba dispuesta a ser la comidilla de las malas lenguas.

Nos roció con el agua de azahar que ella misma preparaba cociendo las hojas de los naranjos según las indicaciones de la morisca Beatriz, y salimos en dirección a las casas que Ampuero ocupaba tras su matrimonio con mi madre. Eran solares cercanos a los de Inés, en la zona privilegiada de los primeros colonos, los mejores terrenos, frente al convento de la Merced. Cuando llegamos me topé con el quitasol de mi madre, estaba allí, cerrado y dispuesto a que yo lo acariciara, con sus hermosas plumas de colores. Eran las plumas sagradas de las diosas que dieron vida al reino Cañar, recordé. Mi memoria viajó a los tiempos apacibles en que aquellas plumas me cubrían y me protegían. Los colores nítidos y alegres, la suavidad y la ternura de su caricia, todo regresó en un instante a mí.

Cuando la puerta se abrió, una india oronda y bien entrada en años nos observó con expectante curiosidad. La buena mujer debió pensar que éramos importantes, sobre todo mi hermano, al que no le quitaba ojo por su cabello largo y negro, su rostro indio y ese jubón de terciopelo negro que brillaba como las ropas del Sapa Inca al ser acariciadas por el sol en las ceremonias, las que eran confeccionadas con piel de murciélago en los gloriosos tiempos del Imperio. Aseguró que mi madre no se encontraba en la casa.

—¿Y dónde se encuentra? Debemos acudir donde esté, es importante. Debe ver a sus hijos.

—Los hijos de la ñusta están en la casa, señora.

Inés se exasperó.

—Estos son sus primogénitos. Decidme, ¿dónde se encuentra?

—La ñusta Inés ahorita fue a rezar, está en la iglesia, pues. Debía hablar con el *ichuri* español, señora.

Inés se contuvo de lanzarle un improperio a la pobre mujer, que era corta de luces. Con un remilgo inusual en ella, prosiguió:

—En ese caso, decidle que doña Inés Muñoz ha estado aquí, que la espero en mis casas para comunicarle un asunto de vital importancia, ¿recordaréis hacerlo?

—Descuide, señora, en cuanto regrese la ñusta se lo haré saber.

Enfilamos rumbo a la iglesia, aunque la presencia del quitasol delataba que mi madre estaba en casa, también los caballos apostados en la entrada hablaban de que no estaba sola.

—Esa mujer miente, mi madre no saldría sin su quitasol —aseguré.

—Ni tampoco iría a la iglesia, y mucho menos a confesarse sin ser día de domingo y por estricta obligación. Es evidente que esa mujer hablaba por boca de otro, y sé bien de quién, hija. Acudiremos en cualquier caso a la iglesia.

Entramos en el templo a pesar de estar ya iniciada la ceremonia, escuchamos el final de la homilía de un nuevo vicario que sustituía al párroco de Lima y primer obispo de Perú, fray Vicente de Valverde. Tras la muerte de mi padre, fray Vicente quiso apartar su pena realizando misiones en la puna, donde acabó muerto y comido por los indios de Guayaquil. No conocía a aquel nuevo vicario, pero su poder de oratoria superaba con creces al de su predecesor. Le observé cuando, mostrando una gravedad sobrecogedora en la expresión, anunció el terrible castigo que suponía apropiarse de lo ajeno. El cura, a grito destemplado, aseguró que el robo era uno de los mayores pecados a ojos del Señor añadiendo que los ladrones solo serían perdonados si se retractaban de su falta, confesando y devolviendo lo sustraído.

Aquellas palabras resonaron en mí, e Inés le miró complacida. En la iglesia, como ya imaginábamos, no había rastro de mi madre, pero sí estaban allí María de Escobar, Juan de Barbarán, el veedor García de Salcedo y también vi a algunos de los ambiguos leales a mi padre que en el momento del levantamiento tardaron poco en plegarse a los deseos del Mozo y a los que no merece la pena recordar en este relato. Saludé a fray Cristóbal de Molina, que desde el coro contemplaba la ceremonia, y esperé el momento de pedirle que retomáramos nuestras clases. Quise contarle la hermosa chacona que escuché en Trujillo, pero me cuidé de hacerlo; una mancebía y un rapto quizá fuese demasiado para el alma sosegada de un anciano siervo de Dios.

Al terminar, el vicario se acercó, fue Barbarán quien le entregó unas monedas, y a continuación se dirigió a nosotros.

—Denunciar el pecado del robo está dando sus frutos, Inés. De manera milagrosa han regresado barras de plata y oro sustraídas del palacio del marqués, así como algunas joyas y estatuillas. Parece que la entrega se hace en confesión, para eludir la vergüenza y obteniendo en un mismo trámite el perdón de Dios.

—Os lo dije, Barbarán. Que tú no veas al enemigo no implica que el enemigo no te vea a ti. Los únicos ojos poderosos que todo lo ven son los del Altísimo, hoy por hoy la única potestad en este Perú para disuadir a los infames. Ya os lo dije, la amenaza de excomunión o las llamas del infierno pueden obrar milagros en las conductas corruptas, que son una plaga en esta tierra.

Una mañana, al alba, cuando nos disponíamos a acudir al huerto, encontramos a Cayo en la puerta. La abracé con fuerza. Cayo era la doncella de mi madre. La esclava que la acompañó en su infancia en Cuzco y de la que fue separada cuando hubo de subir al norte a reunirse con Atahualpa. Poseía la elegancia natural de quien ha sido poderoso. Hija de uno de los jefes militares del reino de los chachapoyas, Cayo obtuvo por su belleza y distinción un puesto destacado entre las criadas de la corte cuzqueña, y recibió la orden de servir a mi madre siendo muy niña. Entre ellas surgió un cariño profundo y sincero. Cuando mi madre se instaló en Lima con las huestes españolas, fue lo único que pidió a mi padre, que le devolvieran a Cayo.

Su piel era más blanca que la de las otras indias y sus ojos almendrados no eran negros, sino claros como la miel. Esa fue la razón por la que

Cayo obtuvo un puesto importante en la corte del Inca, su belleza, y esa fue la misma razón que llevó a su hermano a convertirse en huaca con apenas diez años, siendo sacrificado con otros tres niños en la *capacocha* que buscaba devolver la salud a mi abuelo Huayna Capac. Vestía ropas de lana exquisitas y una expresión sombría cuando la hallamos allí, cargada con un enorme *quepi* de lana, rebosante de camotes, maíz tostado, ajíes, carne en salazón y un gran cántaro de chicha.

Se inclinó ante Inés, que la levantó enseguida.

—Pasad dentro, Cayo, no es seguro que os vean aquí. Ambas lo sabemos.

—Mi señora se disculpa por su ausencia, pero no quiere faltar a sus hijos ni tampoco a vos, os traigo estos presentes en su nombre —anunció Cayo.

—¿Qué está pasando en esa casa, Cayo? —Inés no se anduvo con rodeos.

—Nada que no se repita, señora. Me he convertido en los ojos, las manos y los pies de la ñusta Inés Huaylas. Me dedico a mantenerla a salvo, siendo su único vínculo con el mundo, al que no se le permite acceder.

—La tiene cautiva en su propia casa, me lo temía. Al menos le permitirá acudir a escuchar la palabra de Dios —afirmó Inés, consternada.

—Solo acompañada de su esposo. Y solo cuando él lo decide.

Ampuero mantenía enjaulada a la ñusta Quispe. Y yo podía sentir en mí la languidez de mi madre, marchitándose hasta morir. Arrebatarle la libertad era una hábil forma de consumirla. Guardar a la mujer en casa para agrandar la virtud y la honra era una costumbre de los hombres castellanos que se alejaba de lo que mi madre había vivido desde niña. Ella había crecido en el Cuzco imperial donde *pallas* y ñustas se movían a su antojo. Rodeadas de su séquito, recorrían las casas de los familiares, llevando presentes y agasajando con chicha cada momento reseñable y gozoso o compartiendo los ritos que Mama Quilla ordenaba, cuyo culto era asumido por ellas bajo el mandato de la coya.

Mantenerla apartada de todos permitía a Ampuero ocultar lo que estaba sucediendo, doblegar su espíritu y hacerlo sin despertar sospechas, ya que contaba con el beneplácito del resto de los vecinos, que admiraban la discreción y el recogimiento de la esposa. La mujer decente debía vivir de puertas adentro.

—Mejor hubiera sido que Francisco la metiera a monja antes que unirla con ese desalmado, al menos en el convento estaría a salvo de otras muchas cosas.

Di la razón a Inés, el encierro era abominable, pero lo que escondía y sustentaba ese encierro lo era mucho más. No hubo elección, al menos no para mi madre, que buscaría la forma de defenderse dando lugar a una desgracia que a punto estuvo de costarle la vida. La vida en un convento hubiese sido mejor para ella. Y nos hubiese librado de la pesadilla de aquel hombre, que se revolvería con fuerza contra nosotros también.

Tres veces al año, los curacas acudían a Los Reyes para entregar los tributos de las haciendas; aquellos eran días en que el bullir de gentes, animales, mercancías dotaba a la capital del jaleo que yo imaginaba en otras ciudades de Indias que no conocía, como la bella Cartagena. Hasta la propia Inés aseguraba que ese trajín repentino le recordaba a la Sevilla española, al hervidero que se desataba cuando arribaban los navíos de Indias. Todavía Lima no era la opulenta ciudad en la que se convertiría, pero crecía a pasos gigantes, al menos para mí, que observaba con detenimiento el modo en que cambiaba. Contemplaba a los nuevos habitantes, admiraba las nuevas casas, que crecían poco a poco, ganando altura. Memorizaba los prodigios de torres y espadañas que definían el nuevo perfil de la capital que mi padre fundó. Guardé siempre la impresión de que la Ciudad de los Reyes y yo crecíamos y cambiábamos al mismo tiempo. A base de esfuerzo, sacrificio, tesón y muerte. Ambas nos enfrentábamos a la nueva realidad que se imponía de manera urgente, sin darnos tiempo a acostumbrarnos.

En el jaleo que dominaba la plaza de armas nos sorprendió la llegada de Ymarán. Llegó al mismo tiempo que María de Escobar entraba por la puerta trasera de las caballerizas, ambos se encontraron en el patio y se miraron con desconfianza, sin saber que ambos portaban la misma noticia.

María apenas podía contener la rabia.

—Ese Vaca de Castro es un hijo de mala madre —espetó con la cara bermeja y un desafío en la mirada que nos hizo palidecer al resto.

—Entrad y despachaos a gusto, María. Pero no aquí. —Mi tía Inés sabía bien la importancia de que los asuntos en Lima se trataran lejos de puertas y ventanas.

—Yo he sido la primera, Inés, pero te aseguro que no seré la única —prosiguió enfurecida—. Me ha arrebatado lo mío, el retraso en los tributos no era cosa de la guerra, no. Ha dispuesto de mis encomiendas como si fuesen suyas. Asegura que los repartimentos están vacos por la muerte de mi esposo. ¿Acaso no soy yo la legítima heredera? ¡Tal vez pensó su excelencia pacificadora que yo era un ánima errante cuando acudí a esa absurda y pomposa recepción! ¡Ese majadero se cree que es el Rey de Romanos y que esto son las Cortes de Valladolid!

—Sosegaos, María, las leyes son claras, como viuda os pertenece la heredad, la Corona así lo avala, ya conocéis esto, con vuestro primer marido... —la interrumpió.

—Con mi primer marido estaba vivo el marqués, aun así, hube de casarme y elegir entre las dos encomiendas: la que aportaba Chávez y la mía. La escogida, por supuesto, quedaba en cabeza de mi difunto esposo. Ahora, me la arrebatan. Entiendo que si no vuelvo a casar me dejarán sin nada, Inés.

—No digáis sandeces, la ley nos ampara. Las viudas tenemos esa merced de su majestad, bien conocéis la cédula de mi cuñado el marqués con la real provisión a favor de esposas e hijos, además recuerdo que mi esposo puso en orden los documentos y hay una disposición que...

Ymarán no espero su turno e interrumpió a Inés:

—Los tributos de Huaylas están retenidos por orden del gobernador Vaca de Castro, señora, así como los de Chimo, Conchucos y Lima, lo sé porque en la caleta del Callao no se habla de otra cosa.

Ymarán y un grupo de pescadores de Huanchaco habían bajado hasta Lima huyendo del maltrato a que eran sometidos en Trujillo por el cabildo encabezado por el capitán Diego de Mora, que no fijaba un precio para sus pescados y los obligaba a entregar las mejores piezas como tributo. Al verle, presentí erróneamente que mi prima Florencia había tomado cartas en su situación, pero no, tuvieron que marcharse y establecerse en la caleta limeña. Tenerlo cerca de mí era una bendición, aunque portara noticias como aquella. Era cierto, Vaca de Castro nos había arrebatado todo.

—El curaca Vilcarrima está en el zaguán, señora, he creído oportuno avisarle —anunció Ymarán, que ya había decidido por nosotras.

María no se movió, pero Catalina, Inés y yo acudimos a recibir a don Cristóbal Vilcarrima, el curaca en el que mi padre y mi abuela depositaron la tarea de encargarse de los indios de Huaylas. Fue mi abuela quien insistió en él, por su lealtad inquebrantable, por su buen trato e infinita sabiduría en el gobierno de las *guarangas* que componían la provincia de Hanan Huaylas. Vilcarrima era un hombre sabio, tremendamente respetuoso y cumplidor de sus obligaciones. Su expresión ruda contrastaba con la dulzura de sus modales. Su semblante hosco y ajado mudaba con la admiración que mostraba por nosotros. Se sentía unido a mí y a mi hermano, honrado de servirnos, como insistentemente repetía en mi presencia. No lo conocí hasta aquel día, pero después me aficioné a pasar tiempo con él.

Gracias a su memoria prodigiosa, curtida en el manejo de tierras, ganado y en procurar el concierto entre las gentes, Vilcarrima era un pozo de sabiduría viva que me permitió acceder a recovecos de mi pasado y de los pueblos que formaban parte de mi sangre. Cuando rememoraba los tiempos del Inca Huayna Capac, le gustaba recordar cómo mi abuela, al desposarse con él, buscó una y otra vez favorecer a su pueblo tildado de rebelde. Sería Huaylas, gracias a mi abuela y en sus palabras, una provincia dichosa y bien considerada en el Cuzco imperial, cesando los tormentos despiadados de los señores de la guerra, cuando las huestes incas desollaban vivos a los huaylas.

Cuando nos vio a mi hermano y a mí, se lanzó con prisa sobre la tierra del patio. Vilcarrima mantenía la extraña costumbre de postrarse en el suelo cuando nos tenía ante él en señal de respeto. Aquella deferencia me ponía nerviosa y me incomodaba, y sé que era mal visto por los que querían reducirme a mi condición de mestiza; les incordiaba que alguien recordara con tanta pompa lo que ellos se esforzaban en olvidar, que yo era nieta del Inca Huayna Capac. Por eso intenté disuadirle de que lo hiciera, pero enseguida entendí que no permitírselo era una afrenta para él, siendo el único modo que conocía para mostrarme su fidelidad y su respeto.

Supe gracias a Vilcarrima que Vaca de Castro no solo nos había arrebatado a mi hermano y a mí nuestras encomiendas, las que mi padre nos dejara mucho antes de su muerte, sino que algunos de sus mayordomos, entre ellos el fatigante Mejías, ya habían acudido antes de la batalla de Chupas reclamando oro y plata. Requisaron jáquimas, así como ropas, lanas y demás enseres que usaron para aperar a los hombres en la batalla.

Del repartimento de Chimo esquilmaron todo el oro y la plata, y no teníamos noticia de lo sustraído en otras heredades, como las de mis hermanastros. No andaba errada cuando calé en mi primer encuentro con Vaca que el espíritu de la Conquista había mordido su alma, pero no fue hasta ese momento cuando pude vislumbrar el alcance de su desmedida ambición. Despedimos a Vilcarrima, que se afanó en repetir que él era nuestro servidor, con la certeza de que debíamos enderezar aquello. Mientras Inés permanecía azorada, y en silencio, solo María se atrevió a hablar:

—Esto es lo que te decía, Inés, debéis acudir al cabildo. Tan vacos están para el nuevo gobernador los repartimentos del marqués y los míos como los de vuestro difunto esposo.

Capítulo 2

Poderoso

Anhelar lo que no tienes es un defecto que acompaña al necio. Apropiarse por la fuerza de lo que no es tuyo es la esencia del tirano.

En aquel Perú había que aprender a ser despiadado. Descubrir cuáles eran tus habilidades en el arte de la guerra, que no siempre se batía en campo abierto. Una vez más se mostraba ante mí que ese sería el único modo de sobrevivir. Los dioses disponían que debía pelear. Creo que fue en aquel momento en el que vislumbré un poco de lo que yo sería después, en lo que acabaría convirtiéndome. Debía aprender bien las reglas, solo así lograría burlarlas como mujer y como mestiza. Debía escrutar a mi enemigo, solo así alcanzaría sus flaquezas, sus dudas y asestaría la estocada perfecta.

Cuando acudimos al cabildo, nos encontramos con el regidor perpetuo: Francisco de Ampuero. Mantenía el pernicioso Ampuero las prebendas que mi padre le entregara. ¿Cuánto más podía ensañarse el destino con nosotros? Al vernos acudió presuroso, iba engalanado como un príncipe: jubón de raso, calzas chupadas, capa de terciopelo y ese tono de falsete que usaba cuando quería dotar de ceremonia a su cargo. Se deshizo con nosotros en un alarde de fingida cercanía. Nadie aparte de Vaca de Castro estaba más lejos de nuestro bien que él.

El dechado de falsa cortesía se esfumó en cuanto le pregunté por mi madre. Me despachó con un desabrido «Mi esposa se encuentra bien» y solo le mudó el rostro al saber que nuestras encomiendas estaban confiscadas por el enviado del rey. No malentendáis los gestos, su preocupación nada tenía que ver con nosotros, se alimentaba únicamente de lo que podía afectarle a él. Así lo leí en sus ojos. Me fijé en sus manos, impolutas, alejadas de la guerra y el trabajo, que sin embargo mostraban la señal de una herida, un corte y lo que parecía la huella de una dentellada. Al preguntarle por la marca aludió a la terquedad de una de sus yeguas, y con súbita impaciencia nos despidió.

La infructuosa visita al cabildo solo nos confirmó que Vaca de Castro no había puesto sus ojos todavía sobre la encomienda de Collique, imagino que demasiado austera y escasa para sus ambiciones. Aquel repartimento fue el último que mi padre otorgó en vida a su hermano Martín y por tanto a Inés, y fue el que se convirtió junto con la huerta en nuestro sustento por ahora. Así constatamos lo que era un hecho. Nos habían arrebatado la casa, las tierras y las encomiendas.

Una suerte de conjura nació aquel día. Vaca de Castro no imaginaba lo que acababa de provocar. De repente, el sentimiento que compartíamos sería el alma que nos uniría en aquella cruzada. Tendríamos que pelear, todas habríamos de hacerlo. Sin vizcaínas ni acero, las armas habían de ser otras e igualmente eficaces, cumpliríamos las leyes, retaríamos al que usurpaba lo nuestro con argumentos y astucia. A modo de adarga emplearíamos nuestra determinación, las picas y espadas serían la pluma y la tinta, usaríamos como cubrenucas y gola la palabra del rey, que, aunque muchos lo hubiesen olvidado, ya comprometió su poder real autorizando esa merced. Ese sería un remedio eficaz para salvar nuestro cuello en caso de que algo saliese mal.

Inés y María se apresuraron a organizar a la que sería nuestra tropa. Una extensa hueste de notarios, escribanos y procuradores se convertirían en nuestra soldada mercenaria, a los que habría que otorgar dádivas para alimentar y asegurar el cumplimiento de su cometido. Aprendí en aquellos días que la lucha sería larga y agotadora, y que el campo donde se libraría cada batalla sería movedizo, inestable y traicionero, como lo eran las lagunas insidiosas de la burocracia indiana en las que muchos derechos desaparecían engullidos por el tedio y los hábiles intereses de quienes retrasaban los pedidos y escogían lo que llegaría a la otra orilla.

La palabra escrita se constituiría en nuestra salvaguarda. Por eso había que definir muy bien la estrategia, elegir muy bien lo que se escribiría. Yo me convertí en una suerte de escudero: era quien leía cada epístola, repasaba cada cédula, desgranaba cada documento aprendiendo lo que escondían las leyes, el significado de las enmarañadas fórmulas reales. Ni María ni Inés sabían leer. Agradecí en esos días las horas pasadas con mi maestro fray Cristóbal cuando las letras dejaron de ser un enigma abriéndose ante mí con toda claridad.

En la estrategia, María de Escobar fue tajante: el primer paso era recuperar los documentos que atestiguaban que aquellas heredades y encomiendas eran nuestras y lo eran con el beneplácito de la Corona, era primordial. Se solicitaron las copias a la Audiencia de Panamá. Ya antes se preocuparon los hombres de dejar por escrito la garantía de nuestros derechos. Así lo hizo mi padre, así lo hizo mi tío Martín de Alcántara y así lo conocían María e Inés. Las avisé de la tardanza que aquello supondría, y fue María de Escobar quien se ocupó de alentar los bolsillos de nuestros mensajeros para que la prisa y el buen tino sobre a quién encomendarse fueran certeros.

—El camino va a ser largo, hermana, y no debemos dejar puntada sin hilo. Convirtamos, Inés, la necesidad en virtud. Hay que dejar por escrito que cada día que pase sin nuestro sustento deberá ser devuelto con creces. Busquemos un beneficio en esta desgracia —aseguró María.

—Está buscando complacer a otros. Creando su corte de paniaguados, a costa de niños y de mujeres viudas. ¿A quién habrá entregado las tierras de Huánuco? —apostillo Inés mientras se ajustaba la cofia para acudir al huerto.

—Eso no importa, lo que importa es que te pertenecen a ti, y a ti van a volver.

—Necesitamos más ojos y más oídos, María. Debemos ser discretas, sí, pero quizá sea la hora de cobrarnos los favores de todos aquellos que antes nos necesitaron. —Inés fue rotunda.

Se hicieron las tres copias de la solicitud como era de rigor para asegurar su destino. Los correos de Indias eran frágiles y a menudo tramposos, y había que extremar el cuidado ante la amenaza de naufragios y siniestros extravíos, por eso las nuevas debían viajar por triplicado y en rutas diferentes. Especialmente, las que buscaban llegar a la otra orilla y alcanzar al rey. Vi cómo partían de Lima los que debían alcanzar que lo nuestro nos fuera devuelto. Sé que la noticia corrió como las aguas del Rímac alcanzando casas y haciendas; estaban muy cerca todavía las heridas del desgobierno del Mozo, muy presente la sacudida de la guerra y pocos se atrevían a hablar de los nuevos desmanes que estaba cometiendo el nuevo gobernador. También sé que algunos se alegraron, lo veía en sus ojos, como ya vi otras veces el desprecio que me procuraban.

Cuando acabábamos la jornada, nos reuníamos todas en las casas de Inés. Sentadas mirando al fuego cada una buscaba un poco de paz. El crepitar de las llamas nos mantenía presas de ese hechizo que todavía hoy me atrapa. La danza del fuego es lo único que me mantiene absorta. Miento, también las estrellas y el mar poseen ese don. Esas fuerzas conservan intacto, a pesar de los años, el bendito poder de separarme del pensamiento y de las tribulaciones, y que busco todavía hoy al final del día. Nunca falta un generoso fuego en mi casa, los criados lo saben y se afanan en atizar bien cada chimenea, manteniendo alimentadas las llamas de los hogares que pueblan cada estancia. Frente a ellos me entrego a la calma, arrullada por el calor desde siempre y ahora más, cuando siento que el frío me acompaña día y noche.

Recuerdo que aquella precisa tarde habíamos contemplado la belleza de la tierra que comenzaba a germinar; asomaban ya los diminutos brotes que se convertirían en verdinas y garbanzos y era un día de alegría, de festejo íntimo. Por fin recibíamos una pequeña victoria en aquel interminable asedio. Las jornadas en el huerto empezaban a pesarle a Catalina, le crujían las rodillas y se quejaba de los riñones, un trance doloroso que nos era de gran ayuda para vaticinar las escasas lluvias. Cuando el dolor alcanzaba «al de miles de dagas atravesando la baja espalda», según sus propias palabras, sabíamos que era probable que del cielo cayese el agua. Y así era, escasa pero anunciada. Admito que la recurrente lumbalgia era infalible en su predicción y más eficaz que los augurios de los chamanes.

Catalina esperaba sus friegas. Nuna y Shaya amorosamente le aplicaban carne de llama a la altura de los riñones, y después masajeaban con vigor toda la espalda, mezclando paico, cenizas de coca y sangre de dragón. Este óleo rojo oscuro con tan sugerente nombre ni era sangre ni exigía el sacrificio de un dragón como el que aniquiló san Jorge, no, era la savia extraída de la corteza de un árbol que Nuna conocía y, aunque su uso era para sanar cicatrices y cortar la cagantina, inexplicablemente a Catalina le aliviaba las lumbares. Así que seguimos aplicándoselo.

Mientras Catalina recibía su cura, mi hermano y yo escuchamos el tintineo del hierro que circundaba la casa y que se convirtió en un ruido familiar. Por instancia de Juan de Barbarán vivíamos escoltadas; tres centinelas custodiaban ahora la casa de Inés convertidos en una sombra protectora que nos seguía a distancia a cada paso que dábamos por la Ciudad de los Reyes. Perú seguía revuelto y eso implicaba que había que seguir temiendo por nuestras vidas.

Nuestros custodios eran fanáticos de los naipes, lo habíamos descubierto en el huerto, donde a uno de ellos se le cayó una hermosa carta que todavía guardo y en la que reconocí pintada la figura de mi padre a caballo. Con porte distinguido, aparecía vestido con vivos colores, algo que no casaba con su sobriedad en el vestir, puesto que mi padre era mucho más inclinado al negro y al pardo en sus ropas.

Era sábado, con los salarios cobrados, aquel era el día en que se organizaban las apuestas más altas en la taberna. Por eso temió Inés cuando Shaya llegó alertando de la presencia de tres jinetes apostados en la parte de atrás de la casa, justo en el callejón que cada día usábamos para acudir al huerto.

Mi tía se armó con el atizador y sigilosas acudimos a donde los extraños ya habían puesto pie a tierra y se hallaban estirando los miembros después de una indudable larga cabalgada. Era una pequeña comitiva formada por tres jinetes, cuatro caballos y cinco indios. En la penumbra adivinábamos sus hechuras: altos, robustos y de buena planta los dos primeros, el tercero entrado en carnes, en silencio pegamos la oreja al palique que traían:

—Seguís sin responderme, ¿a qué obedece el nombre de Ciudad de los Reyes? Las lenguas dicen que fue en honor a los Magos de Oriente, aunque otras afirman que a la reina Juana y a su hijo el emperador Carlos.

—A todos por igual, Antonio. Esa era la intención. Mis hermanos y yo sabíamos que había que adular a los reyes y tener contento al papa. El nombre resolvía y alentaba la vanidad de ambos: Corona e Iglesia se sintieron honrados por igual. Así de sencillo es a veces acariciarle el lomo al poder.

Los tres rieron mientras se sacudían el polvo. Mi corazón se aceleró al ritmo que desensillaban a los caballos y atraían al pequeño potro que los acompañaba, recogiéndole la brida y palmeándole con suavidad el cuello. Cargaba con alforjas, fardos y ropas. Mientras le libraban del peso, vi con claridad lo que ya presentía. En la silla, labrada en plata, vislumbré la leyenda «G. P.».

—Es Gonzalo, Inés. Es Gonzalo.

Mi hermano fue el único que se contagió de mi entusiasmo sin saber bien a qué se debía. Inés soltó el atizador mientras se persignaba. Catalina se apresuró a terminar de vestirse, las prisas y la inquietud le hicieron salir sin corpiño, con la camisa abierta y su espalda roja, aderezada con los chorreantes aceites.

Los indios auxiliares descargaron los fardos; eran jóvenes quiteños que hicieron las delicias de Nuna y Shaya, las vi atusarse el cabello y colocarse en un alarde de vanidad el *acsu* precipitadamente. Entendí que mis oraciones y ruegos habían sido atendidos, aunque en aquel momento no supe a quién agradecer el oportuno milagro, ya que a instancias de fray Cristóbal de Molina desde hacía dos semanas rezaba los padrenuestros y el credo todos los días. Tenía que ser obra de la Virgen del Sagrario, puesto que yo era la única que rezaba en su capilla por orden de fray Cristóbal.

Tampoco entendí el inmenso rubor que me azoró el cuerpo cuando tuve a Gonzalo frente a mí. Enrojecí por entero y me quedé muda. Observé su aspecto, algunas canas asomaban a su barba, muy pocas. Su rostro seguía ofreciendo la apostura y el arrojo del Gran Gonzalo. Sus ojos castaños y chispeantes no habían perdido su fuerza, continuaban desafiando a la vida y mostrando la belleza que habitaba su alma. Aquel hombre seguía devolviéndome a la calma como cuando era niña y al mismo tiempo me despertaba un taconeo descontrolado en el pecho.

Él me observó con admiración, vi un gesto de satisfacción con lo que encontraba. Yo ya no era la niña que dejó atrás cuando acudió a la Canela. Cogió en brazos a mi hermano Gonzalo, mientras se disculpaba ante Inés por la inesperada llegada.

—Acudí a casa de Barbarán y él me dijo que estabais aquí. También supe por él otras muchas cuitas desalentadoras. Os pido posada, Inés, ¿tendréis un sitio en vuestras casas para mis hombres y para mí?

—Por Dios, Gonzalo, mi casa es vuestra. Venís caído del cielo, no sabéis la falta que nos habéis hecho y nos hacéis. Y las cuitas…, ya os contaré en detalle, ahora acomodaré a los caballeros.

—Estos son Juan de Acosta y Antonio de Ribera, al que ya conocéis.

Contemplé el rostro de Ribera, y vi enseguida que padecía el mismo extraño mal que yo. Bermejo y torpe, observaba a Inés pasmado mientras mi tía aseguraba no recordarle, aunque le miraba con curiosidad.

Oportunamente, Juan de Acosta se interpuso entre ambos poniendo fin a aquel incómodo momento. Cargado con una enorme bolsa de cuero labrado, pidió que le indicaran cuál sería su alcoba. Inés desapareció con él, y Catalina, con ayuda de Nuna, sirvió a Gonzalo y a Antonio unas jarras de chicha. No teníamos vino.

—Todos decían que habías muerto, pero yo sabía que no, sabía que regresarías. Soy la única que te esperaba —le aseguré cuando pude hablar.

—Te di mi palabra antes de partir, Francisca. ¿Cuándo he faltado yo a mi palabra?

—Nunca.

—Siempre regresaré. —Eso me dijo. Esa frase me sirvió. No necesitaba más.

Mientras yo seguía embobada, llegó la hora de los presentes. Era la improvisada etiqueta que se mantenía en el Nuevo Mundo desde los primeros tiempos. Las casas se llenaban de amigos y familia, se acogía a los que llegaban, se les daba posada, se los cuidaba con mimo, y así mismo el invitado devolvía la cortesía con regalos. Cuando los indios trajeron los obsequios, constaté que Gonzalo ya me adivinaba moza, ciertamente no era aquel un regalo propio para una niña. La sorpresa me aturdió más de lo que estaba cuando me entregó el collar cuajado de aljófares, no fui la única; la gargantilla dejó a Catalina con una media sonrisa en la boca, y a Inés maravillada, las perlas eran finas y preciosas como nunca las vio antes ni en Panamá ni en la alcaicería sevillana, aseguró mi tía. Volví a ruborizarme, aunque me sentí bendecida y dichosa con aquella alhaja en el cuello.

A Inés le entregó una saya de brocado carmesí con vuelo, bordada en el bajo con delicadas espigas en plata y rosas. Encargó aquella labor a una dama española afincada en Quito a quien le unía una gran amistad, nos dijo, aunque yo entendí que aquella amiga era algo más de lo que decían sus palabras y poco tardé en averiguar que se trataba de María de Ulloa. Las espigas eran una deferencia a mi tía y a su labor de primera pobladora en el Perú, y a Inés se le saltaron las lágrimas, no sé si por el

202

reconocimiento que suponía, o porque no tocaba la seda desde que besó el manto de la Virgen antes de partir en Sevilla.

Catalina también se emocionó cuando recibió las exquisitas mantas de alpaca quiteña, aunque sé bien que agradecía más el presente que se hallaba en el corral: una pareja de gallipavos. Mandados traer de Nicaragua, sirvieron para criar junto a las gallinas de María una buena remesa de aves. Aquellas aves, que fueron domesticadas por los aztecas, constituían un manjar digno de la realeza. De hecho, en las mesas castellanas desplazaron pronto al pavo real de Oriente, mostrando igual galanura en sus carnes y en sus plumas. Gonzalo los criaba en Quito. Ahora los criaríamos en Lima.

Cuando parecía que los obsequios habían terminado, mi tío se levantó de un salto y cogió en brazos a mi hermano Gonzalo, haciéndonos salir a las caballerizas.

—Este es tu regalo, Gonzalo. —Un silbido bastó para que acudiese obediente el potro que los acompañaba—. Ten presente que llevas mi nombre, confío en que no eches por tierra mi buena fama como jinete —le advirtió.

—No lo haré, tío. Aunque nunca he montado solo, ni siquiera he sujetado las riendas —aseguró mi hermano, que de pura excitación no acertaba a acercarse al potro.

Un simple vistazo me bastó para reconocer que ese animal era heredero de los caballos de mi padre, se veía en las hechuras firmes y en la nobleza que mostraba. Era un potro tordo, calzado de la pata izquierda aún. «Los potros blancos nacen negros», fue lo primero que me enseñó mi padre, lo que significaba que cuando alcanzase la mayoría de edad, su color sería el de las perlas. De dorso recto, en su cara descarnada se adivinaba la maraña de venas que recorrían su cabeza. Reparé en su estrecha y pronunciada grupa, sería confortable, pensé, asumiendo que ese sería mi lugar a lomos del caballo si mi hermano lo permitía. Hubiese querido un caballo para mí. Un caballo como aquel. Con sus ojos grandes y amables, y aquellas orejas pequeñas y despiertas que terminaban en punta como las de un lince.

—Ya es hora de que tengas tu propia cabalgadura. Yo me ocuparé de que montes como yo y no como tu padre —añadió mi tío con cierta sorna mientras le acercaba la rienda a mi hermano.

—¿Cómo se llama?

—Tú debes decidir su nombre, ahora es tu compañero, tu camarada.

—Poderoso, ese será su nombre, Poderoso. —Era la primera vez en mucho tiempo que veía a mi hermano conmovido—. Es un caballo Pizarro, que compartirá la inicial de mi padre. Gracias, tío Gonzalo.

Miré con orgullo a mi hermano, y me reconforté por lo acertado del presente y sobre todo por el efecto que obró. Aunque aquel mal seguía sin dar la cara, a menudo percibía en él una languidez que no reconocía como propia de los nuestros. Y eso me inquietaba. La pena podría volver a dominarle. Agradecí aquel potro, era lo único que teníamos de la yeguada de mi padre, ahora desaparecida. Y me pareció un guiño de los dioses que aquel fuera el caballo de mi hermano, un augurio, volverían las aguas a su cauce y una nueva generación Pizarro crecería en aquella tierra. Una generación mestiza.

Nos acomodamos a la nueva vida en la casa ahora más viva gracias al bullicio de aquellos invitados. Juan de Acosta era bravucón y chistoso, y se encargaba de amenizar las sobremesas, que se alargaban volviéndose ahora un momento esperado por lo familiar. Todos compartíamos recuerdos y cada uno contaba sus cosas. Mi hermano pedía insistentemente conocer las aventuras de la Conquista, detalles de las batallas que todos habían compartido con nuestro padre. A veces, Juan se apasionaba tanto en la narración de la guerra que Catalina debía enmendarle, haciéndole medir sus palabras con la excusa de que el niño no pudiera pegar ojo por la noche, aunque sé bien que era ella la que temía las pesadillas, buscando cambiar de tema cuando en la charla asomaban virotes de ballesta sangrantes o flechas emponzoñadas con la podredumbre de los muertos.

Antonio de Ribera se mostraba silencioso; aquel caballero alto y de buen porte poseía un encanto natural que ya conocía, pero ahora el enorme maestre de campo de mi tío lucía un extraño apocamiento que no casaba con su fama ni con su apostura, y que sospecho solo emanaba y recorría su cuerpo ante la presencia de Inés.

Como buena observadora, entendí que aquel hombre buscaba la manera de ser útil a mi tía. Perseguía con torpeza su confianza para lograr después lo más importante, su admiración. Solo se ama lo que se admira. El primer día, Antonio se desmoronó cuando mi tía no le reconoció. Afortunadamente, Inés cayó en la cuenta de quién era al día siguiente, aludió a un almuerzo compartido con él, mi padre y su esposo («que en gloria esté», se apresuró a recalcar). La cara de Antonio se iluminó, pero ella no dio más cuerda al asunto, pasando a quejarse de la falta de aperos de labranza.

—Los hombres del Mozo arramplaron con todo el hierro, además de con el oro y la plata —profirió, molesta.

Esa misma tarde, apareció Antonio con un azadón brillante y dos escardillos. Inés lo agradeció con una cortesía desabrida, sin embargo, yo sé que se le llenó el pecho con aquel bendito regalo, lo vi en sus ojos. Igual que vi otras cosas que ella se esforzaba en ocultar ante todos y especialmente ante el caballero Ribera.

Antonio prosiguió infatigable su lucha. Allí donde fuéramos acabábamos topándonos con él, nervioso y azorado; al vernos se recomponía el jubón, se colocaba el cincho y se ofrecía a cualquier pequeño encargo que quisiéramos hacerle. Ribera era lo primero que veíamos al entrar a la iglesia y por supuesto lo único que veíamos al salir, siempre solícito y dispuesto a acompañarnos a casa. Busqué en el rostro de Gonzalo alguna señal que me confirmara el repentino interés de Ribera, pero no la hubo; sí la hallé, sin embargo, en la sonrisa cómplice de Catalina.

«El primer presagio de la acechanza del amor en el hombre es la cortedad y en la mujer la audacia», le había escuchado decir a Catalina en incontables ocasiones. La fórmula perfecta se daba ahora, pero a medias, porque mi tía era terca como un mulo, y como estos decidió ponerse anteojeras para no ver lo que para Catalina y para mí era un hecho. Sé que a Inés le agradaba Antonio, pero también sabía que no daría su brazo a torcer; había decidido no volver a casar, guardar el luto y no quería ser una de aquellas mujeres que se desposaban por orden de otros. Habría que ayudar al ya cautivado Antonio en su cruzada. Sé que él fue uno de los que me devolvió a Gonzalo, él fue su sustento para regresar del vientre de la selva. Se lo debía, fue aquello lo que me hizo tomar cartas: decidí empujar al destino y me puse manos a la obra con Catalina. Había que atizar aquello, y la manera de hacerlo no podía ser más simple. Me agarré del brazo del caballero y me dispuse a ser su aliada en la gesta a la que su corazón se había encomendado:

—La abnegación de mi tía hacia sus huertas es admirable, aunque me preocupa los tiempos que pasa en soledad hasta la caída del sol. No hay manera de sacarla de allí —comenté a Antonio rebosante de intenciones.

—No debe estar sola a esas horas, puede ser peligroso.

—Eso mismo pienso yo, Antonio, quizá podáis ayudarme a disuadirla.

—Nada me place más que seros útil, Francisca, a vos y vuestra tía Inés. Aunque dudo mucho que mi presencia le sea grata; una mujer bravía como ella no querrá mi protección. Si supierais lo que se cuenta de ella, cómo desafió a todos tras la muerte de vuestro padre, cómo encaró a los de Chile acusándolos de traidores…

—Estoy al tanto, Antonio —le corté, ya conocía bien el temple de Inés y también las gestas que se le atribuían, aunque en el fondo la gran matrona indiana, como era conocida mi tía, era una mujer de carne y hueso—, pero hasta el más bravo corazón sucumbe a la lealtad en tiempos hostiles. Mostraos como un amigo fiel y solícito. Dejad las chanzas de amor y sed su camarada. —Antonio se sonrojó al comprobar cuán predecible era su sentimiento—. No esperéis, señor mío, a ser invitado, ofreceos sin más a compartir con ella la que es su gran liza: recomponer su pasado y recuperar lo que fue.

—Ese era mi deseo, pero no parece que le plazca.

—Porque no os habéis acercado desde el lugar oportuno, acudid al huerto cuando os indico, y dejad que sea yo quien resuelva el resto.

Así me aseguré de que ambos pasaran tiempo a solas y entregados a una causa común, nada une más. Me ocupé de que Antonio poseyera el don sagrado de la oportunidad, adelantándose con maestría de hechicero a los deseos y necesidades de Inés. Desde simientes a aperos pasando por bestias de tiro. Había que mantener alejados los presentes que no fueran prácticos y necesarios. Nada de agasajos galantes e inútiles: espejos, marfiles o joyas estaban fuera de lugar, al menos por ahora. Inés, como ya os narré, acariciaba desde hacía tiempo la idea de crear un obraje, y oportunamente Antonio se mostró un magnífico aliado en aquella empresa conociendo detalles que a la propia Inés se le habían escapado.

Pasado un tiempo, me ocupé de Inés. El mejor modo de testar sus sentimientos era agraviar a Antonio. Si las cosas iban encaminadas, defendería a este de cualquier afrenta, y así fue. Me quejé de su sempiterno silencio, de su aburrida compañía; eso fue suficiente para que ella saltara como un jaguar, destacando una lista de virtudes del caballero.

Ya solo faltaba propiciar la ausencia, abrupta e inesperada. Por alguna extraña razón desde que el mundo es mundo, la desaparición del favor largamente prodigado siempre obra el milagro de valorar con creces lo perdido. Antonio no acudió por días al huerto; abandonaba su cuarto al alba y no regresaba hasta el anochecer. Ahora era ella, Inés, la que buscaba al caballero por toda la ciudad, preguntándose qué diantres podría mantenerle alejado de las tareas que compartían. Cuando al cabo de una semana se encontraron por fin en la puerta de la iglesia, Antonio se mostró frío, y el cálido afecto anterior fue prodigado a Catalina, a la que le ofreció su brazo para regresar a la casa. La cara de mi tía Inés fue un poema, y supe que el amor ya había prendido en su castigado espíritu. No permití a Antonio ir más allá, quería el bien de Inés y sé que, aunque los celos despiertan cuando hay amor, también desalientan al más vehemente de los corazones.

Hablé entonces con mi tío Gonzalo, que no se había percatado de nada, cosa habitual en los hombres, más inclinados a asuntos de armas, caballos o gobierno y siempre alejados de los afectos. Gonzalo alentaría a Antonio a pedir la mano de Inés. El sí de Inés sería rotundo y comprometido, yo lo sabía, y Catalina también.

Ahora cuando recuerdo esos días, me doy cuenta de que la llegada de Gonzalo fue como un bálsamo, una bendición, para todos. Su sola presencia disipó dudas, aclaró entuertos, deshizo malhadadas intenciones y nos permitió vivir en paz. A todo aquello se unía que yo no podía ni quería separarme de él, lo que hizo que buscara mil argucias para acompañarle en sus despachos, que efectuaba solo. Juan de Acosta pasaba horas y horas en la taberna, nunca le vi ebrio, pero lo cierto es que solo salía de allí para reunirse con Gonzalo al final de la tarde. Mientras, como ya he dicho, Antonio de Ribera se dedicaba a pasar tiempo con Inés.

Gonzalo y yo recorríamos juntos la Ciudad de los Reyes y en nuestras idas y venidas pude ver el respeto y el cariño que todos le profesaban. No había una sola persona en aquel lugar que no admirara la bonhomía de mi tío, que no viese en él al héroe de las batallas pasadas, a la mejor lanza de aquellas tierras y que no reconociese en él al legítimo heredero de mi padre, como muchos le hacían saber. Yo observaba cómo se dirigían a él, cómo le trataban y también cómo me trataban a mí en su presencia. Admiraba su autoridad natural. También comprobé el efecto que en las mujeres obraba, despertando en ellas el descaro; vi a algunas recurrir a zalamerías más propias de un hombre para llamar su atención e incluso echar mano de aparentes descuidos disfrazados de inocencia que buscaban provocar al joven Pizarro.

Admiraba su habilidad para quitarle hierro a cuanto nos ahogaba. En aquellos días palpé la serenidad que rezumaba, el cambio que en él se había producido. Supe que acudió a Trujillo en nuestra busca, pero ya habíamos partido a Lima, como le informó su prima Ana Pizarro. Ante mi insistencia, desgranó algunos detalles de la Canela, vaguedades que dejaban claro que no quería volver sobre aquello. Presentí entonces su alejamiento de conflictos; el guerrero que fue había quedado atrás, ahora Gonzalo buscaba algo distinto a lo que había regido sus días hasta entonces. Conocí el idealismo que asomaba en su alma, sin los mandatos de sus hermanos, sin la acuciante necesidad de conquistar, de batallar, de dominar o de someter, Gonzalo quería permanecer alejado de las armas, y solo estaba dispuesto a tomarlas para defender aquello que creía justo. Acudí con él al cabildo, donde asumió nuestra tutoría, que hasta entonces permanecía en manos de Barbarán, y eso cambió sustancialmente las cosas, como pude comprobar después y cómo él ya sabía. Allí, en el cabildo, adiviné la ambición de Ampuero por hacerse con el favor de mi tío Gonzalo. Quise advertirle de lo que sabía y que aún no le había compartido y juraría que Gonzalo me leyó el pensamiento, cuando sin rodeos pidió al esposo de mi madre poder visitarlos en su casa, a lo que el regidor no se negó. No podía negarse.

Sería al día siguiente, cuando por fin veríamos a mi madre. También sé que aquello tuvo un precio. Lo averigüé en la casa de Quispe.

Yo no crecí con mi madre. Ya os narré cómo nos separaron de ella cuando mi padre se unió a Cuxirimai; sin embargo, la ausencia cotidiana de Quispe Sisa en mi vida no mermó ni disipó la fuente de amor que une a madre e hija, no desnaturalizó mi afecto como muchos dirían después. Es cierto que no compartí con ella la intimidad ni las cuitas diarias que forjan la confianza. Aunque no la tuviera cerca, entendía que era ella la que me dio el don más sagrado, y sentía que, al igual que mi abuela Contarhuacho, velaba por nosotros en la adversidad y celebraba en la distancia nuestra fortuna.

Con los años aprendí que aquella separación no era una pérdida, al contrario, agrandaba el amor que recibía, porque poseía dos madres, Inés y Quispe. Cuando me obligaron a marchar hallaría una tercera fuente de amor en los brazos de Catalina. Me sentí siempre querida, pero hoy me persigue la culpa de no haber devuelto todo ese amor a mi madre. Ya es tarde, lo sé. Pero me empeño cada día en rescatarla del olvido y darle su lugar en este Viejo Mundo que ella nunca conoció y que tanto le debe.

Nos abrió la puerta la misma criada, aunque su actitud fue muy diferente. Mientras nos acompañaba al patio, Ampuero acudió a obsequiar a Gonzalo con un vino que había recibido de Castilla y que aseguraba era de gran calidad, a pesar del viaje por el océano, que siempre arruinaba los caldos castellanos llegando estos tan mareados como los pasajeros. Cuando estuve frente a mi madre vi la pesadumbre y el dolor en su rostro. No habían cambiado otras cosas, reconocí su olor y palpé la suavidad de su piel, la abracé, sin perder de vista a mi tío ni a nuestro anfitrión.

—Madre, estáis más hermosa que nunca —mentí—. Pensé que nunca volvería a veros.

—Las diosas atendieron mis ofrendas, devolviéndome a mi sangre. —Volvió a abrazarme y me susurró—: Ahora sé que Contarhuacho y los guerreros de Huaylas hicieron su cometido también, mantenedlos cerca, siempre. —Entonces lo vi. A la altura de la clavícula, de color púrpura, el pequeño moratón apenas perceptible salvo para los ojos que buscaran la huella del agravio y el desamor. Del infamante desprecio. Supe entonces lo que a media voz mascullaba Inés desde hacía tiempo. Me deshizo el alma verla así, rota.

Besé a mis hermanastros, y dejé al pequeño Gonzalo jugando con ellos bajo la atenta mirada de Quispe, lamentando lo poco que tenía que ver con la que recordaba, los ojos vivos que antes brillaban destilaban ahora una profunda tristeza. Se había apagado su luz. Estaban vacíos. Me extrañó la ausencia de Cayo. Vi a la criada negra portando las jarras de vino y la seguí.

—Es un excelente vino. Si mi hermano viviera, os obligaría a darle el nombre del bodeguero para traerlo de inmediato al Perú —aseguró Gonzalo.

—El marqués Pizarro sabía apreciar las cosas buenas, Dios le tenga en la gloria que merece.

—Su gloria era grande y su fin abrupto e infame. ¿No creéis? No dejo de preguntarme qué pasó aquel día, un guerrero como mi hermano no era fácil de abatir. Con menos hombres ha ganado escaramuzas y hasta batallas. Esperaba que vos pudierais ayudarme a entenderlo, puesto que estabais allí.

—Fue una voraz sangría, Gonzalo, no hubo tiempo de detenerlos. Los criados no supieron guardar la puerta, Francisco de Chávez la abrió para parlamentar con los chilenos y aquello fue el fin.

—Fue el fin para Chávez, para Martín de Alcántara y para mi hermano; sin embargo, vos no recibisteis ni un pequeño rasguño —advirtió mi tío.

—No sé a dónde queréis llegar.

—Sí, Ampuero, si lo sabéis. Ambos lo sabemos. Aunque estoy dispuesto a dejarlo estar. Y a pesar de que mi único hermano con vida, Hernando, os detesta, vos sabréis por qué, yo voy a confiaros mi amistad, como hizo el marqués. Y confío en que me sirváis con lealtad.

—Como siempre he hecho, señoría. Servir a los Pizarro ha sido mi único fin desde que llegué a estas tierras.

—No creo que ese haya sido vuestro único fin hasta ahora, pero creedme, sí lo será de ahora en adelante. Os aseguraréis de servir bien a los Pizarro, a todos, eso pasa por proteger a mis sobrinos, velar por sus intereses y proporcionarles el bien.

Ampuero permaneció en silencio.

—Sois el esposo de su madre. Nada es más importante que una madre para sus hijos, tenedlo presente, y servidme más vino, está delicioso.

Entendí que el precio a pagar por estar cerca de mi madre sería tener sobre nosotros la sombra oscura de Ampuero. Me propuse entonces observar cada movimiento para actuar en el momento preciso y desenmascarar a aquel hombre.

Regresamos a casa antes de que oscureciese. Gonzalo debía acudir a su cita diaria con Juan de Acosta, en las inmediaciones de la taberna. Cuando alcanzamos la plaza, vi a María de Escobar cruzar la calle como una exhalación en compañía de su pupila, Leonor de Soto, que apenas le alcanzaba el paso. Leonor era mestiza como yo, hija de la pasión encendida del honorable capitán Hernando de Soto y la ñusta Tocto Chimbu; sin embargo, Hernando de Soto, como otros ya hicieran, decidió acometer la exploración y conquista del buscado paso del Norte. Acudió a por permiso y pertrechos a Castilla y allí contrajo matrimonio con la prominente dama Isabel de Bobadilla, hija del poderoso Pedrarias Dávila. Su nueva esposa, castellana y de la más alta alcurnia, le abría de par en par las puertas de la corte, y el honorable Soto olvidó regresar a los brazos de su primera mujer y de su hija. La princesa inca, despechada y harta de esperar, decidió volver al Cuzco, y Leonor, que era una niña, fue dejada en casa de María, que debía instruirla en costumbres castellanas para lograr un buen matrimonio; ese sería con suerte su mejor destino. No era la única. No era fácil. El olvido de las mujeres se daba por igual a ambos lados del océano. Años después sería la linajuda y enconada esposa Isabel la que se cansaría de esperar el regreso de Soto, que nunca volvió de su expedición a las tierras del norte, muerto por los indios en un río tan inmenso como el que custodiaban las amazonas y que provocó la deslealtad de Orellana.

En la casa de Inés las encontramos todavía sofocadas. María guardaba en la manga las nuevas de nuestros emisarios: la Audiencia de Panamá ratificaba y confirmaba las reales cédulas otorgadas por mi padre, aquellos documentos aseguraban que las encomiendas nos pertenecían legítimamente. Solo habría que esperar a que se ejecutase el traslado, que debía ordenar Vaca de Castro, y se nos devolviese lo que nos pertenecía. Gonzalo leyó los documentos.

—Acudid al cabildo con ellos, pero no será esa la solución, al menos no de inmediato. Escribid al emperador, Inés. Preparad las tres copias de vuestra relación y que partan de inmediato a Castilla. Yo me ocupé de escribirle también.

Gonzalo ya había denunciado ante el emperador nuestra situación tras el asesinato de mi padre, y había puesto en conocimiento del rey también la traición de Orellana, que los abandonó en la selva, acometiendo con fray Gaspar de Carvajal el descubrimiento de ese caudaloso e imponente río al que bautizaron con el nombre de Amazonas. Orellana prefirió alcanzar su parcela de gloria como descubridor a acudir en auxilio y rescate de sus compañeros. Y aquella deslealtad seguía pesando en Gonzalo, aunque se esforzara en negarlo.

* * *

Todas las tardes dábamos largos paseos hasta el río. Recorríamos el mismo camino que mi padre hizo día tras día las semanas antes de morir asesinado, acudíamos al molino que estaba construyendo con los alarifes Sancho y Guzmán, ese mismo camino que se aventuró a hacer sin escolta, rehusando a los centinelas, seguro de que nadie iba a atentar contra él. Narré a Gonzalo cómo fueron sus últimos días, desgrané sus ilusiones, y sus deseos.

Era un rito para mí, me sentía vital e importante, era mi manera de mantener viva la memoria de mi padre. Y también era el momento de acaparar a Gonzalo. Allí, al tenerlo a solas para mí, aprovechaba para narrarle cuanto me sucedía. Observarle cuando era él, solo, sin más arma que su imbatible carácter, sin más guerra que la de atender a mis palabras. Me acostumbré a aquellas tardes en las que solo parecíamos habitar el mundo él y yo. En los que el celo, la inquina, las viejas afrentas y el pasado no alcanzaban a rozarnos.

Al principio me abstuve de hablarle del oráculo de Rímac, la huaca que me atrapaba y cuyas sus mágicas habilidades para burlar al tiempo yo conocía, desgranando los acontecimientos que se avecinaban. Me fascinaba. Nuna y Shaya se dieron buena maña en instruirme, a espaldas de todos. Con ellas aprendí los cultos a los ídolos que habitaban las huacas y que todavía eran veneradas en la más oscura clandestinidad. Esa otra realidad nunca desapareció en el Perú. Se aceptaba el bautismo, así se evitaban problemas, pero el alma de aquellos pueblos seguía prendida a sus antiguos dioses, que se manifestaban y les hablaban a través de los ídolos.

No entendían a la huaca cristiana, me decía a menudo Nuna, aquella cruz muda no podía ayudarlos puesto que no sabía hablar, aseguraban. Las huacas son la fuerza sagrada que animaba y daba vida a lo inerte. A ellas se acudía para hacerles ofrendas porque nada escapaba a su poder, de ahí que cualquier inquietud sobre cosechas, enfermedades o una posible guerra fuese consultada. Entendí que la puerta para acceder a lo que debía acontecerme estaba allí, y yo la abriría. A ese fin Nuna me explicaba los ayunos estrictos que había de seguir para conocer el mensaje de la huaca, y Shaya se esforzaba en mostrarme las ofrendas más adecuadas para obtener el secreto que guardaba el devenir de los tiempos. Estaba decidida a acudir a la sacerdotisa y obtener el mensaje sagrado del ídolo hablador del Rímac, pero nadie podía saberlo.

En aquellas tardes de confidencias, la cálida confianza que se iba forjando me llevó a compartir aquello solo con Gonzalo. Le hablé del agua, de cómo encerraba mensajes que a veces me parecía entender y también del poder de Mama Cocha, la diosa del mar, ríos y manantiales, creadora de vida. Al principio se mostró contrariado, hasta temeroso. Mi tío era un cristiano viejo, aunque el tiempo pasado en aquellas tierras había mudado muchos de los principios y certezas que antes estaban poderosamente arraigados a su espíritu y por fin se atrevió a hablar añadiendo a mi relato muchos secretos de aquel lugar, que él también conocía, así como del ídolo sin piel ni huesos al que descubrieron tras las primeras campañas a Pachacamac, mucho antes de que eligiese mi padre fundar la Ciudad de los Reyes.

—Puedes adorar al dios que te plazca, Francisca, no seré yo quien te disuada de ello. Pero que nadie sepa cuál es. Cuídate de que nadie conozca esto.

—Ya lo hago. Ni siquiera Inés conoce lo que te comparto.

—Acude con frecuencia a la iglesia, que se os vea allí a Gonzalo y a ti. Me consta que Inés ya se ocupa de esto. Ante el clero muéstrate devota, piadosa y mantente alejada...

—Soy mucho más piadosa que ellos.

—Si te encomiendas a los frailes, hazlo a los mercedarios, guárdate de los dominicos.

—Pero fray Vicente...

—Fray Vicente está muerto, comido y mal digerido por los indios de Guayaquil, que están más belicosos desde entonces. Me preocupan los vivos, los que vinieron con nosotros como fray Gaspar de Carvajal, que cuenta infamias a la Corona. Y los que vendrán.

—A mí me preocupa Vaca de Castro.

—Deja que me encargue yo de Vaca de Castro. Estoy al tanto de sus movimientos. Solo hay que esperar el momento de actuar. Si mis informantes no yerran, su fin está cerca. Pero hasta que llegue ese momento, haz lo que te digo. Recibirás mis cartas, de modo anónimo y nadie deberá conocerlas.

—¿Cartas, acaso vas a dejar Lima? Tú sitio está aquí.

—Mi sitio, Francisca, está donde pueda serviros a ti y a tus hermanos. Aquí mi presencia generaría habladurías que son las que nutren las intrigas. Partiré a Cuzco, Vaca de Castro quiere reunirse conmigo. Y resolveré esto.

—¿Cómo lo resolverás? ¿Rindiéndole obediencia? Nada me parece más mezquino —aseguré enfurecida ante la noticia de su partida.

—Ahora, más que nunca, debemos ser cautos. Circulan rumores, muchos. Mis deudos me muestran parte de lo que sucede. En Panamá ya se habla de una flota enviada por el rey que no tardará en arribar a Lima; ¿a qué iba a enviar el monarca una flota si ya está pacificado el Perú?

«A desatar otra guerra», pensé, aunque me lo guardé y permanecí en silencio. Me preocupó más en ese momento saber cómo había logrado aquella información y hasta qué punto era cierta. Sabía que mi padre y sus hermanos disponían de muchos espías. Pero no sabía si en ese momento era conveniente confiarse a ellos. Entendí que necesitaba tener mis propios informantes, y tendría que elegir bien quiénes podrían serlo.

—Además de los oráculos indios, existen lugares donde se obtienen profecías certeras con ofrendas tan sencillas como un buen odre de vino. No desdeñes el poder de las tabernas. A veces el vino y el oro son mejores aliados que la espada para saber lo que se oculta. Lo que sucede en Cuzco tarda cinco jornadas a caballo en circular por los corrillos de las mesas para el que quiera escuchar.

Las largas estancias de Juan de Acosta en la taberna obedecían a eso. Comprendí también que algo se estaba pergeñando en Castilla. Por eso no entendía su marcha. Me pareció un descalabro que partiese dejándonos allí, si eran ciertas esas informaciones.

—Tu padre lo dejó todo bien atado, Francisca, legítimamente y ante la Corona, el peso Pizarro en estas tierras no puede ser borrado. Hay documentos, hay compromisos, las capitulaciones son claras. Ya hemos batallado bastante, ya ganamos estas tierras y cumplimos nuestra palabra con el rey, por eso debemos ser hábiles. Son muchos los ojos que vigilan, deseosos de acusarnos de levantiscos. Ahora hay que apelar al emperador, recordarle con humildad y obediencia los trabajos hechos en su nombre, e instarle a cumplir sus compromisos. Esa será nuestra baza, esa y desenmascarar al hombre que ahora ocupa el lugar que fue de tu padre.

Sus palabras me devolvieron a la realidad de la que a menudo me olvidaba en su presencia. Me ahogó el peso de ser una Pizarro en aquel momento, no habría paz para nosotros y así sería siempre. Entendí que los derechos de sucesión de mi hermano suponían vernos en aquel infierno. Seríamos obligados a cargar con esa culpa violenta. El corazón de la Conquista era mi padre, nosotros éramos la sangre. Habíamos perdido el corazón, y la sangre, que ahora no tenía a dónde ir, sería implacablemente perseguida.

Gonzalo debió adivinar mis sombríos pensamientos, porque se apresuró a sacar una moneda brillante y me hizo ponerme en pie para acompañarle en aquel ritual. Sujetó mi mano con fuerza y me invitó a lanzarla aludiendo a que esa sería la primera ofrenda al ídolo. Al contemplar las aguas moviéndose, vi nuestros reflejos, los dos observando las ondas armónicas que generaba el peso del doblón de dos caras al adentrarse entre ellas, acudiendo al fondo del Rímac.

Admiré aquella imagen, él alto y apuesto, yo con la mirada oscura al conocer su partida inminente. Su olor me rodeó, ese aroma inconfundible que destilaba la impronta del arrojo. Cuando el agua se calmó, contemplé extrañada que estaba sola, era mi imagen la que me devolvía la lámina del río; la de Gonzalo había desaparecido de mi lado, sin embargo, él continuaba allí, sujetándome la mano con la que habíamos lanzado la ofrenda. Aquello era un mensaje, una vez más las aguas me estaban hablando. Debía acudir cuanto antes a la huaca. Poderoso se acercó y el calor de su hocico junto a mi cuello me devolvió al presente.

Capítulo 3

Los sagrados sacramentos

La boda se celebró en verano. Recuerdo aquel día con una nitidez precisa y cargada de añoranza. Puedo escuchar el murmullo de los invitados, oler el fragante perfume de los arcos de flores que las indias tejieron para ornar cada esquina de la iglesia, hasta puedo palpar la admiración que despertó en todos el imprevisto enlace, aquella bendición en un tiempo oscuro. Encontró el amor el modo de abrirse paso en medio del odio y las traiciones.

Las campanas repicaron cuando Inés y Antonio abandonaron la iglesia. Su tañido abrazó la ciudad de Lima, que se vistió de regocijo dándonos una pequeña tregua que nos permitió olvidar las angustias que todos presentíamos. Hasta el sol se asomó entre las eternas nubes limeñas, y fue gracias a las oraciones de las beatas que después fundarían el convento de la Encarnación. Catalina acudió a ellas, y las alentó para que extremaran sus rezos con una buena cesta de huevos del corral y la promesa de dos gallinas.

Inés había determinado que la boda debía ser íntima y austera, intuyo que no pesaba tanto en su alma el fantasma de mi tío Martín o el luto no resuelto como las cencerradas que en Castilla hubieran provocado el matrimonio entre dos viudos y lo que las lenguas verterían en Lima.

—Merecemos celebrar, Inés, además los amigos y leales no dejarán de acudir por mucho que te empeñes en lo contrario —le insistí a mi tía.

Era necesaria la merced que había de hacerse con todos los vecinos importantes en un día como aquel. Cierto es que conté con la aprobación del novio, que me ayudó a convencerla. Prescindió de guirnaldas o tiaras, evocar signos de virginidad era tentar a las lenguas, se recogió el pelo en una sencilla trenza que luego enroscó en un aún más sencillo moño. Sin embargo, no se privó mi tía de lucir la saya que Gonzalo le regaló, dejando ver a todos sus flamantes espigas bordadas, presumiendo de la seda que auspiciaba una vida dichosa y rica. No necesitaba más para hermosearse, el mejor adorno eran sus ojos, destilando amor a raudales.

Yo lucí el collar que me regaló Gonzalo, no dio tiempo a que cosieran el sayal que mi tía quería que vistiese, algo que agradecí, porque me permitió enfundarme una hermosa túnica de *cumbi* que con ayuda de Nuna y Shaya decoramos, añadiéndole lanas de colores y una faja gruesa y galana que marcó mi cintura. Dejé mi cabello suelto, lo que escandalizó a algunos de los ilustres invitados, porque mi aspecto era el de una princesa inca y no el de la hija del marqués.

La novia fue entregada por mi tío Gonzalo, y para la velación que se hizo ante todos, se usó un primoroso lienzo de seda bordada. Fue regalado por Beatriz la Morisca, que guardaba un portentoso ajuar del que mágicamente extraía cada tanto prendas de señorial prestancia que solo ella sabía de dónde habían salido.

Inés, discreta y modesta, era una mujer principal en el Perú, y el capitán que ahora se había convertido en su flamante esposo era un caballero respetado y muy querido en Lima. La mayor victoria que atesoraba mi tía en aquella bendita unión era la de mantenerse fiel a su decisión de casarse con quien ella eligiera y no forzada por otros y las conveniencias del momento, lo que era demasiado habitual en aquella tierra. Como Inés conocía. Como yo conocía. Antonio la amaba, y precisamente el carácter de Inés fue lo que atrapó su alma. Sabía que Antonio no contendría las mareas de Inés, ni pretendería nunca sofocar su acertado instinto.

A la ceremonia acudieron los principales de Lima, desde el licenciado Benito Suárez de Carbajal, que todavía estaba recomponiéndose de la batalla de Chupas, hasta su hermano el factor Illán Suárez. Me agradó verle, apuesto y atento; sabía que fue hecho preso por los hombres del Mozo durante los tiempos del reciente desgobierno. Ambos hermanos eran muy respetados, sabios y poseían fama de conciliadores, una fama intachable que mi padre premió y agradeció en vida.

Observé a los miembros del cabildo que llegaron precedidos por el intrigante Ampuero; mi madre caminaba detrás con su séquito de doncellas indias encabezado por la hermosa Cayo. Reconocí muchas caras, allí estaban los leales y cercanos a mí que antes fueron aliados de mi padre. En un extremo de la entrada, María de Escobar, cuajada de sedas y tafetanes, brillaba al sol con sus espléndidas joyas, acompañada por la joven Leonor de Soto. Estaba inquieta. Buscaba insistentemente mi presencia avisándome con la mirada de la urgencia de hablar. Le sugerí hacerlo tras el convite, estaba demasiado ocupada encargándome de que todo estuviese a punto, ya que Catalina había decidido celebrar aquella boda como si la desposada fuese ella.

Se sirvieron los platos: carne de venado asada con manteca y vino, carnero relleno de higos y cubierto con salsa de granadas, y una gran cantidad de pescados aderezados con ají, camote y cebollas que yo misma encargué a los pescadores de Huanchaco, ahora instalados en la caleta de Lima. De postre, pastelillos de canela, y el orgullo de Inés y Antonio, los primeros duraznos obtenidos en el huerto, que se dispusieron en las mesas confitados y cubiertos de una fina capa de cacao peruano, traído de Piura para la ocasión.

Me ocupé de que parte de las viandas fueran a parar a Ymarán y los pescadores de la caleta que tan buen servicio hicieron; también obsequié a los indios de Huaylas que velaban casi ocultos por mi seguridad y la de mi hermano y que a estas alturas ya estaba acostumbrada a que fueran como mi sombra, silenciosos e inseparables. El ágape fue bien regado con vino, mi tío Gonzalo resolvió este asunto logrando que Ampuero cediera generosamente a los novios todo el cargamento del caldo delicioso que se hacía traer de Castilla.

Cuando los músicos comenzaron a tañer vihuelas y laúdes, todos, indios y españoles, se dejaron llevar por las romanzas. Catalina bailó y celebró con ahínco el sacramento del matrimonio, sintió que aquel era un triunfo suyo, de ambas. Temí por su espalda y sus rodillas, porque aquel día todos sus males se esfumaron, pero presentí las friegas a las que deberíamos entregarnos tras el exceso.

Yo no dejaba de espiar a los dos Gonzalos, vigilé lo que mi hermano comía y bebía. Solo dos días antes, el protomédico Sepúlveda determinó al examinarlo que su mal fue algo pasajero y sin importancia, pero yo no le creí, desconfiaba de la medicina de aquel hombre, que fue capaz de abrir en canal a una pareja de hermanos que nacieron unidos por el torso solo para determinar si eran una o dos almas las que ocupaban el extraño cuerpo. Por eso seguí administrándole el polvo de piedra disuelto en chicha que el *camasca* me entregó en Trujillo.

Observaba a mi tío Gonzalo, apuesto con su capa adamascada, el elegante jubón de mangas acuchilladas y una sonrisa eterna. Departía con todos los principales; orgullosa contemplé cómo acudían a él, cómo luchaban por acaparar su atención y su presencia. Charló con los miembros del cabildo y con los hermanos Suárez de Carbajal. También hubo tiempo para que los hombres se apartaran de todos; entendí que en aquel pretendido conciliábulo se expondrían, entre otras, la situación que el enviado del rey estaba desatando y que no solo nos afectaba a nosotras. Solo me entristecía el hecho de que antes de que terminase el festejo Gonzalo partiría a Cuzco, dejándome de nuevo sola frente a todo.

Cuando me disponía a repartir la comida entre indios, huérfanas y mendigos, como Inés había ordenado, María de Escobar me cerró el paso:

—Dadme un instante, por el Santísimo Cristo. Tengo esto guardado desde anoche, y no he querido abrirlo. Niña, dime, ¿qué es?

Me entregó un paquete pródigo en nudos y cuerdas, atado con desesperación. Había aparecido en la última valija llegada de Panamá portando una remesa de aves de corral y fue encontrado por una de las negras de servicio al vaciar la caja. Lo abrí, y leí el contenido. El mensaje no presentaba rúbrica, pero sí una jugosa información que apestaba tanto como el propio envoltorio cuajado de heces, semillas y el pestilente rastro que deja el agua de las sentinas de los barcos. Observé que estaba escrito en un tono cercano que implicaba confianza.

—Veo que tienes amigos hasta en el infierno —le dije mientras guardaba el papel y corría a buscar a Gonzalo.

—Pero, chiquilla, ¡¿qué dicen esas letras?! —me gritó, alarmada por la urgencia con que desaparecí.

—No hay tiempo, María.

No había rastro de Gonzalo y sus hombres. Acudí a las caballerizas y comprobé que ya habían marchado. Ensillé a Poderoso, me até la túnica y salí al Camino Real que unía Lima con el ombligo del mundo. Los vi, estaban muy cerca: Juan de Acosta iba delante, Gonzalo se mantenía al final en animada conversación con sus camaradas de armas, un grupo de jinetes que lo acompañaban y escoltaban a Cuzco, en ese momento tres rezagados se unieron a la comitiva. Les grité. Todos se detuvieron, y

Gonzalo sorprendido acudió al galope hasta donde yo estaba, me miró de arriba abajo:

—Debí regalarte a ti ese potro, ¿qué demonios haces aquí?

—No puedes partir sin conocer esto.

Leí en voz alta la misteriosa y esperanzadora misiva, llegada gracias a la Divina Providencia justo a tiempo. Gonzalo la guardó. Me miró con orgullo y sentí como el calor me azoraba el cuerpo.

—¿Te marchas sin despedirte de mí? —le espeté con el escaso valor que quedaba en mí cuando Gonzalo me miraba de ese modo. Entonces me abrazó y me besó en la frente.

—Estabas demasiado ocupada. No hables de esto con nadie. ¿Sabes quién puede haberla enviado?

—No, tan solo sé que vino de Panamá.

—Lo que dicen estas letras proviene de algún miembro del cabildo, o de la Real Audiencia. Me temo que sé de quién se trata. Juan de Cáceres, el contador, no acudió al desposorio y sabía de su partida de Los Reyes, pero no su destino. Debes regresar, Francisca.

—Sí. Pero…

Esta vez fui yo la que se abalanzó sobre él en un abrazo que buscaba empaparme de su olor. Atesoraría aquel instante, como ya me había acostumbrado a hacer. Había contado las horas que habíamos pasado juntos. En aquel tiempo compartido, Gonzalo dejó de ser mi tío, el guerrero idealizado que habitaba mi memoria de niña, para convertirse en mi amigo y confidente. El tormento de su ausencia ya asomaba en mi pecho aun cuando no había marchado. Solo con Gonzalo me sucedía aquello.

—¿Cuándo volverás?

—Mucho antes de lo que esperas.

Me ayudó a montar en Poderoso y se despidió satisfecho. Vi orgullo y admiración en sus ojos, me consolé: atisbar aquello era el primer paso, solo se ama aquello que se admira.

Cinco días después, con la prodigiosa precisión que Gonzalo me había anunciado, las nuevas llegaron a Lima y supimos que, en Cuzco, aquel día también se preparaba una inmensa celebración. Mientras nosotras despedíamos a Inés y a Antonio, que partían a Jauja para poner en marcha el nuevo obraje, en el ombligo del mundo la mañana amaneció fresca y el cielo anunciaba lluvia, pero a Vaca de Castro no le importó. Dicen que se mostraba exultante ante la ceremonia que durante semanas se había ocupado personalmente de preparar evitando la torpeza que mostraba el vicario, que se empeñaba en un ceremonial discreto que emulara al primero que se hizo en la tierra. Por supuesto Vaca no iba a prescindir de la pompa y el boato del que quería dotar a aquel momento que brillaría en su expediente de gobernador con el mismo fulgor que el oro que se estaba llevando a manos llenas. Ya era un secreto a voces que Vaca se crecía por momentos, jactándose de haber hecho más por esta tierra que mi padre, y alardeando del triunfo sobre los rebeldes almagristas a los que les arrebató todo, como hizo con los bienes de mi padre. Se dejaba ver poco y no atendía a las recepciones que exigían vecinos y pobladores, pero sí disponía de tiempo para organizar disposiciones legales que amparasen sus maquinaciones.

La excelente relación que desarrolló con los frailes dominicos y de la que ya me advirtió Gonzalo hablaba de su profunda fe, sí, pero alertaba de otros asuntos muy alejados del orden de Dios. Cumplía a su particular manera las disposiciones de la Corona. En especial atendía a una: evangelizar a los naturales. Puso gran celo en fundar monasterios dominicos, sus frailes predilectos. Estos, al tiempo que ganaban almas para el rey, robaban oro, plata y los bienes de otros para Vaca.

Dicen que en el interior del palacio de Colcampata, la casa de Paullu, aquel día el trajín de yanaconas y sirvientes era infatigable. El opresivo torbellino de mandados para que todo estuviese correctamente dispuesto se percibía desde fuera, donde muchos se apostaron para poder ver de cerca lo que se esperaba con intriga en la ciudad. No conocían los yanaconas la etiqueta precisa, tampoco los detalles ni las ofrendas que exigía lo que estaba a punto de suceder, de ahí las carreras y las dudas. Querían complacer al Inca, pero el ritual que ahora preparaban les era ajeno.

Paullu se revistió de una supuesta serenidad, aunque se notaba que la ropa que llevaba le oprimía y le restaba libertad. Se acostumbraría a ella, como tendría que acostumbrarse a otras muchas cosas. Había renunciado al resto de sus esposas secundarias, debía hacerlo. Aquellas mujeres que tanto le habían dado ya no serían suyas. Solo podía conservar a una y la elegida fue la ñusta Tocto Ussica, con la que se desposaría ante los ojos de Cristo. No era particularmente bella ni especialmente resuelta. Descendiente directa del Inca Roca, Tocto era más bien dócil, una virtud que otros admiraban en las hembras y que a Paullu no le sedujo nunca de las mujeres, pero que tan conveniente se le antojaba ahora.

Acariciaba una y otra vez sus orejas, horadadas como mandan los preceptos incaicos, los lóbulos deformados, donde la carne crecida alcanzaba el cuello, preguntándose hasta qué punto aquel detalle podría ofender al Dios blanco.

Cuando abandonó sus dependencias, Tocto, su nueva única esposa, le esperaba obediente con sus dos hijos, que vestían ropajes tan extraños como los suyos. Los apremió a avanzar, mientras el séquito de indias, con los ojos fijos en el suelo, organizaba las literas de la familia imperial, que Paullu rechazó. Irían caminando.

Sé bien que Añas Collque no aprobaba lo que su hijo estaba a punto de hacer. Aquella mujer era Hurin Huaylas, compartía con mi abuela, además de su origen, sus desposorios con Huayna Capac que se celebraron a la vez, como ya narré. A diferencia de mi abuela, Añas sí hubo de pelear fieramente por la posición de su hijo en el seno de las *panacas*, no confiaba en el paso claudicante e inexplicable que Paullu estaba a punto de dar y que también la incluía a ella.

Cuando las puertas de palacio se abrieron, irónicamente lo que encontraron fue un rescoldo de los mejores tiempos del Cuzco imperial. Las calles estaban atestadas de gentes. Los españoles, a los que pudo la curiosidad, se mezclaron con los naturales, que recibieron a la familia del Inca con grandes alharacas y una devoción precisa en la que el respeto y el amor se mezclaron con el dolor. Todos se arrodillaron a su paso, todos en su presencia se arrancaron cejas y pestañas lanzándolas a los pies de Paullu ofrendando al Inca Dios.

La ceremonia se celebró en la iglesia del Triunfo, un nombre preciso y conveniente. Aquel fue el lugar donde fray Vicente de Valverde celebró la primera misa cristiana en el Cuzco. Poco quedaba de su anterior disposición y menos de su regia naturaleza. La iglesia se construyó sobre los restos del palacio del Inca Viracocha. Ahora habían desaparecido los pasillos laberínticos, las habitaciones de la coya, los salones alfombrados en que se recitaban los mensajes de los quipus, sustituidos por el presbiterio, el altar con la enorme cruz inanimada y silenciosa, las capillas y una minúscula sacristía. Las dependencias del antiguo señor de los cuatro *suyus* ahora eran la morada del único Dios cristiano.

El vicario de la iglesia, fray Pérez de Arriscado, por orden de Vaca lució una magnífica casulla bordada en hilos de oro de la que a ratos parecía desaparecer, como si fuera engullido por la portentosa prenda. Se mostraba nervioso y menguaba por momentos, su cometido de poner el agua sagrada en la cabeza regia de un Inca le amedrentaba. Los padrinos asignados, el capitán Garcilaso de la Vega, deudo de mi padre, y el hermano de Paullu, Tito Auqui, esperaban a ambos lados del gobernador, que satisfecho escrutaba las caras de todos los presentes. Eso me aseguró Francisco de Carbajal, cuando prolijamente me narró los hechos. El Demonio acudió a «aquella pantomima orquestada para gloria de aquel pobre diablo», según sus propias palabras, solo para comprobar qué era lo que se traía entre manos el enviado del rey antes de comunicarle la decisión que ya había tomado.

No debo olvidar una presencia esencial, la del cronista y lengua Juan de Betanzos, requerido por Vaca de Castro, y que venía a cumplir una misión casi tan suprema como la del sacerdote. Vaca no quería incurrir en pifias ni desaciertos, cada frase de las Sagradas Escrituras sería explicada y traducida, no dejaría lugar a malas interpretaciones, se expondría con claridad el santo sacramento. Aunque Paullu conocía la lengua castellana, el resto de su familia no. Tampoco el gran número de almas que esperaban alcanzar tras el bautismo del Inca para alborozo de Roma y su majestad. Supongo que a quien más tranquilizó la presencia de Betanzos fue al azorado fray Pérez de Arriscado, que no deseaba cometer ningún agravio insalvable. Todavía se contaba en los cuatro *suyus* cómo el malhadado fray Vicente de Valverde, en su primer contacto con Atahualpa, no se hizo entender, ostentando desde entonces el dudoso prodigio de lograr excomulgar al inca sin haberle siquiera bautizado. Tampoco debo dejar atrás a Cuxirimai y mis hermanos, que contemplaban la ceremonia desde uno de los primeros asientos de la iglesia. Mandados traer por Paullu desde Copacabana, la presencia allí de la viuda de mi padre desató no pocas murmuraciones, que también alcanzaron Lima.

La generosa descripción de Carbajal hace que pueda imaginar cómo se sucedieron los hechos. La primera en recibir las aguas de Cristo fue Añas Collque. Ante el silencio sepulcral de los presentes, el sagrado líquido empapó su cabello lacio y negro dejando ver el desacato interno del alma de aquella mujer, que se resistía a abrazar a ese dios. Detrás de ella Tocto esperaba asustada el momento del rito. Tardaría en acostumbrarse a su nuevo nombre, Catalina, aunque sabía que en la intimidad seguiría escuchando su nombre de princesa del sol.

Paullu fue el último en ser bautizado. Todos escucharon embelesados a fray Pérez, no por su brillante oratoria, sino por su tediosa lentitud. Parece que el clérigo se esforzó demasiado en pronunciar despacio las palabras de la liturgia para hacerse entender.

Asumió Paullu que, si había de bautizarse, resaltaría el rango de su familia, acudiendo al emblema regio. Los nombres castellanos que llevarían fueron cuidadosamente escogidos por él mismo. Se trataba de un ardid preciso, un alegato a su prestancia imperial: su madre Añas Collque ahora sería Juana, compartiendo nombre y posición con la bella y desafortunada reina Juana de Castilla, madre del emperador Carlos. Su esposa sería Catalina, como la hermana del rey y reina de Portugal, mientras que su primogénito recibiría el nombre de Carlos. Él fue el único que no pudo elegir su nombre. Paullu fue bautizado como Cristóbal porque había que honrar al gobernador Cristóbal Vaca de Castro, que dejaría así su impronta en aquella gesta que se le antojaba histórica.

Así fue como Paullu se entregó a los brazos de Dios, aunque todos, salvo Vaca, sabíamos que el nuevo y piadoso cristiano seguiría honrando a Inti y a Quilla, ofrendando a las huacas y celebrando las fiestas que el calendario inca marcaba como sagradas.

Vaca hacía así constar al rey su buen gobierno, algo muy necesario a aquellas alturas, ya que pese a su insistencia y a los cargamentos de exquisitos brocados castellanos que había entregado a los chasquis para agasajar a Manco, lo único que obtuvo de Vilcabamba fueron dos vistosos papagayos cuyo sórdido canto le aturdía. No había logrado desarmar al Inca rebelde y por eso entregaría a su majestad la cabeza cristianada del Inca ambiguo.

El bautismo del Inca lograba que un gran número de súbditos siguieran su camino, aceptando al nuevo dios. El fervor se desató cuando la familia imperial salió a la puerta de la iglesia portando los óleos sagrados y sus nuevos nombres. Fray Pérez se asustó, persignándose al ver el tumulto de indios que acudieron en tropel a recibir el sagrado bautismo emulando a su señor. Era un incuestionable triunfo de la gracia de Cristo y un honorable gesto lograr salvar a aquella ingente cantidad de almas, pero el pobre vicario no esperaba que fuese así y se sintió desfallecer, porque el milagro que estaba contemplando le pareció un castigo encubierto.

Dicen que Manco abandonó Vilcabamba y acudió ese día a Cuzco para contemplar con sus propios ojos si era cierto lo que sus espías le habían contado. No sé si esto sucedió, ya he narrado cómo las lenguas engordan los hechos y cómo las plumas se entregan a la imaginación dando por ciertas hazañas que no existieron, pero de ser así, puedo imaginar el desprecio que le provocaría aquella injuria.

Cuando Gonzalo alcanzó el Cuzco, no se hablaba de otra cosa. La ostentosa ceremonia del bautizo del Inca era el tema principal y eclipsaba oportunamente otras conversaciones sobre el pernicioso gobierno de Vaca. Mi tío conocía bien al Inca y no le extrañó aquella maniobra, puesto que era muy dado el nuevo cristiano a los cambios inesperados y a mudar sus lealtades. De hecho, si años atrás Gonzalo pudo acceder a la antesala de Vilcabamba, fue gracias a la compañía y guía de Paullu y sus hombres, que estaban dispuestos a acabar con Manco, o eso aseguraban.

Los hombres buscaron posada. Gonzalo acudió a casa de Francisco de Carbajal. Entre los muchos deudos que tenía en Cuzco, el Demonio de los Andes era el más cercano, el más leal, era el padre que Gonzalo nunca tuvo. Allí fue recibido por Catalina y Juana, esposa e hija del capitán respectivamente. El viejo Demonio no estaba, había acudido a una recepción con el enviado. Mi tío se unió entonces a los hombres en la taberna, y allí escuchó muchos de los detalles de la ceremonia, y también se apresuraron algunas lenguas a compartirle la presencia de Cuxirimai y los hijos del marqués en la ciudad de Cuzco.

Sé que mi tío decidió de inmediato que los pequeños Juan y Francisco, mis hermanos, fueran trasladados a Los Reyes. Eran Pizarro y debían estar en Lima, con nosotros; no sabía todavía la férrea negativa que encontraría en Cuxirimai. Me detendré en esto más adelante, ya que fue un duro varapalo para Angelina, que no merecía.

Mi único respeto hacia esa mujer fue ese; admiré la determinación y el desvelo por sus hijos, mis hermanos, su fiereza como madre y nunca, jamás he podido transigir con la decisión de apartar a una madre de su hijo. A mi juicio atenta contra las leyes naturales. Solo la muerte de la madre justifica ante Dios aquello. Sé bien lo que digo, a mí me tocó vivirlo, como hija, y después tendría nuevamente que contemplar y sufrir como otra madre era apartada de sus hijos para cumplir con esa brutal exigencia del linaje. Afortunadamente, en ese momento la obstinación de mi tío era más sosegada que la que hubiese cabido esperar de otros miembros del clan como Hernando. Además, un hecho inesperado tuvo lugar en aquellos días, que sirvió para retrasar aquella elección.

Parece que el hidalgo Betanzos comprendió que poco podía ocultar por más tiempo sus sentimientos hacia la ñusta. Sabía bien el peso de las habladurías que corrían a lo largo y ancho de la ciudad imperial y que podrían herir de muerte la ya trasnochada honra de aquella mujer. Mantuvo al principio las distancias con ella, en su afán de proteger el secreto. Pero la carne es débil, y cuando el corazón habla, poco puede decidir la razón. Ocultaron con cuidado sus afectos, y acudía a encuentros furtivos con Angelina en lugares insospechados y escondidos a los que Yana le guiaba. Sin embargo, terminó confesando a Carbajal su preocupación por la viuda del marqués y sus hijos. Fue el mismo día que el Demonio se entrevistó con Vaca de Castro. El mismo día que Betanzos supo que una nueva vida poblaba el vientre de la viuda de mi padre, decidió exponerle al viejo Demonio sus desvelos esperando que Carbajal le tendiese una mano para poder matrimoniar con la viuda de mi padre.

Francisco de Carbajal era un hombre austero, poco dado a exquisiteces y muy descreído respecto a las apariencias cortesanas. Por eso sintió un súbito empacho al contemplar la suntuosidad del salón de recepción que Vaca había ordenado hacer en el Palacio de Gobernación del Cuzco cuando fue a visitarle, tras la fastuosa ceremonia del bautizo colectivo. «Aquello mareaba los sentidos, hija», me aseguró Carbajal después. En tiempos de mi padre aquella estancia era sobria, fría, de paredes desnudas, y estaba dispuesta más para la comodidad de los escribanos que para los que la visitaban con peticiones y quejas. Le pareció al viejo Carbajal haber regresado a la suntuosa Roma o a las estancias privadas del Real Alcázar de los Austrias, que Carbajal no conocía, pero imaginaba muy del gusto de aquel leonés.

Un lujo desmedido era la seña de la estancia, tapices finamente tejidos con urdimbre de oro en los que se mezclaban la cruz de Cristo con las sagradas mariposas andinas. Sospechó con buen tino que provenían de Lupaca, donde los dominicos controlaban ya la producción de los telares indígenas y habían conseguido introducir símbolos cristianos en aquellas escenas ancestrales que se les antojaban demasiado profanas. Los estantes aparecían ahora cuajados de objetos de oro de toda talla y condición. Habían desaparecido los escritorios macizos de madera de roble traídos por mi padre, sustituidos por nuevos y refinados muebles que refulgían al recibir el destello de las bujías gracias a los profusos remates de plata.

—Os habéis acomodado bien en el Cuzco, señoría.

—Es de gran importancia lograr cierta holgura estando tan lejos de mi casa.

—No lo dudo. Gobernar es trabajoso y arduo. Aunque os vais dando maña apriscando almas —espetó el viejo Carbajal mientras buscaba el vino que a su juicio ya debía estar servido.

—Cumplo con el mandato de su majestad, hay que hacer llegar a los naturales la salvación de nuestro Señor.

—Lo sé, señoría, también sé del gozoso aliento que en esa cruzada os proporcionan los dominicos. No en vano, el número de monasterios fundados desde que llegasteis ha crecido para gloria de santo Domingo, que desde el cielo observará complacido la merced que le hacéis desinteresadamente.

Vaca de Castro, receloso, ordenó traer el vino y una ridícula bandeja de pastelillos de maíz que simulaban los mazapanes castellanos y que a Carbajal le pareció más propio de una merienda de novicias. Después de la primera copa, el viejo Demonio decidió acometer de golpe el motivo de su visita, la decisión ya estaba tomada, solo quería obtener alguna merced de aquel hombre al que le había salvado el pellejo en Chupas y averiguar qué diantres se traía entre manos.

—Deseo volver a España, con mi esposa y mi hija, que ya está en edad casadera, y nada me dolería más que verla sin dote tras el trabajoso esfuerzo que su padre ha hecho en estas Indias para proveerla de ella. —Lo soltó todo seguido, apurando después la segunda copa de vino.

El enviado del rey permaneció en silencio masticando con parsimonia uno de aquellos pastelillos y evaluando qué hacer ante aquella inesperada noticia. Se convenció de que la marcha de Carbajal podía hacerle mayor mal que bien en Castilla si no iba cuidadosamente enfilado a su causa. Simuló convenientemente congraciarse con él mostrándole uno de los legajos que estaban sobre la mesa. Carbajal reconoció el sello del Consejo Real de Castilla, y antes de que pudiera leer la totalidad del farragoso escrito, Vaca se adelantó:

—Su alteza quiere cambiar las reglas. Las voces de algunos frailes que condenan la tenencia de indios y el trato a que son sometidos los nativos hacen que el rey considere que se está cometiendo un abuso de poder. Su alteza imperial, en su magnificencia, desea para estos reinos que la igualdad impere entre sus súbditos, y los indios también lo son, no quiere que se mantengan diferencias de trato ni abusos y a ese fin se han creado nuevas leyes.

Carbajal se mordió la lengua ante semejante necedad. Estaba acostumbrado a estos lances, y también a los honorables eufemismos que empleaban los cortesanos para no aludir a lo que realmente se buscaba. Decidió no interrumpir a Vaca, que ya había pegado la hebra, y no estaba dispuesto a que la soltase hasta averiguar con pelos y señales lo que se estaba cociendo en la corte. También esperaba el agasajo que aquel bellaco le haría. La prebenda apareció pronto y en forma torpe:

—Señor de Carbajal, sería conveniente tomar medidas si no queréis perder lo ganado con tanto esfuerzo en estos reinos.

No abrió la boca el Demonio, buscaba conocer lo que escondía aquel corpus legal cargado de buenas intenciones. Y de paso medir hasta qué punto el pomposo Vaca de Castro tenía ya las manos sucias y el juicio de residencia encima.

—¿Qué podría hacer yo, excelencia, si su alteza ya ha dictado la nueva ley? —arguyó con una sumisión que estaba muy lejos de sentir.

—Debéis nombrar procuradores en cada villa y ciudad que en nombre de este reino se desplacen a Castilla para hacerse oír. Antes de que la nueva corte llegue, hay que hacer entender al emperador los daños e inconvenientes que a los pobladores y a la propia tierra supondrán estas leyes. Nadie mejor que vos para encabezar esa comisión.

No había que ser muy hábil para saber que el sentimiento estallaría de un momento a otro, nadie entendería en el Nuevo Mundo aquel cambio en las tornas, nadie asumiría que el rey abandonase la promesa hecha a los españoles hasta allí llegados. Todos blandirían espadas si era necesario.

Vaca prosiguió en su alegato:

—El cumplimiento de esas ordenanzas será difícil. Mi tiempo en esta tierra me ha hecho conocer cuán osado es legislar sin compartir la realidad que se vive en estos reinos. Sería necesario que vos acudieseis a la corte y expusieseis lo que os indico.

No contestó Carbajal a aquel mandado que le pareció que escondía más interés personal que el bien de los pobladores. Se atusó la barba, apuró el vino, y se despidió arguyendo que ya tendría noticias suyas.

La flota que se acercaba portaba las nuevas ordenanzas, así como al nuevo virrey que su majestad, Carlos V, había nombrado para gobernar los designios y riquezas del Perú. Una nueva corte desembarcaría y aplicaría la nueva ley, el nuevo orden. Aunque a media voz, ya corrían los rumores de qué se avecinaba, nadie salvo Francisco de Carbajal tenía la certeza de lo que realmente portaban aquellos barcos. Él y mi tío Gonzalo, con el que compartió lo que sabía. Había una ley, solo una que suponía desbaratar la vida y las esperanzas de todos los españoles asentados en las Indias.

—Esos manigoldos de sotana y tonsura le han sorbido el seso al rey. Su dignidad religiosa solo comete atropellos. Poca sesera muestra su alteza si no entiende lo que esto desatará. Acaso no sabe que son hombres de guerra a los que intenta dar gato por liebre. Gonzalo, mal asunto es este —resopló.

—Quizá el rey desista de traer a otros a gobernar en su nombre cuando compruebe los negocios que su honorable enviado ha hecho en el Perú.

Carbajal se sirvió otro jarro de vino; era el único que no bebía en copa de bronce, demasiado breves para su gusto, prefería beber en aquellos queros enormes que más parecían alcarrazas.

—Ni a Castilla, ni a los consejeros, ni a los curas les preocupan los naturales, no. Lo que les quita el sueño son los españoles.

—Padre, ¿viajaréis a Castilla? Nos quedamos huérfanos el Perú y yo si cruzáis el océano —suplicó Gonzalo, que no bebía tanto vino desde el bautizo de mi hermano.

—Sería lo más cuerdo ante este sindiós que los dominicos y los consejeros han desatado. Pero, evidentemente, no dejaré desprovisto de su único padre a mi único hijo. —La estruendosa carcajada despertó a los sirvientes y Juana acudió a mandar callar a su padre.

Ya sabía Carbajal que no debía moverse de Perú. Como buen agorero entendió antes que nadie, antes que yo, hasta qué punto Gonzalo iba a necesitar su presencia.

—Gonzalo, los hijos del marqués están en el Cuzco. La madre los tiene en Colcampata —susurró apurando el enésimo quero de vino.

—Estoy al tanto. Debo organizar su traslado a Lima, se los encomendaré a Inés y a Ribera. Así lo querría mi hermano.

—No lo hagáis, quizá haya una solución mejor que os permita tenerlos protegidos.

—¿Qué estáis pensando, padre?

—Casad de nuevo a la viuda. Tengo al novio, un caballero leal y desinteresado, que no meterá bulla ni pedirá prebendas.

Así orquestó el astuto Carbajal un nuevo matrimonio; no lo hizo conmovido por el amor, que desde el primer momento encontró en los ojos de Betanzos, sino porque sabía que el escribano velaría por el bien de mis hermanos con la misma vehemencia que el propio Gonzalo y no sería nunca un enemigo. Cuxirimai y Betanzos contrajeron nupcias de modo precipitado solo unos días después del fastuoso bautizo del Inca, en el Cuzco, y ante la presencia de mi tío, Carbajal y del propio Paullu, que reverenció a Gonzalo, con esa doblez sibilina que nunca se sabía cómo interpretar.

El enlace fue clandestino. Aceptó Angelina al español. La mujer que a los doce años se desposó con Atahualpa y con diecisiete se unió a mi padre, elegía ahora un esposo uniéndose esta vez bajo el sagrado sacramento cristiano. Eran veintidós los inviernos que poblaban su vida, y sé bien que el frío de la incertidumbre y el desasosiego seguían llenando sus días. Intuyo que fueron muchos los hechos que empujaron a Cuxirimai a aquello, pero entre todos pesó una razón poderosa: la nueva vida que crecía en su vientre.

En aquel acuerdo, Gonzalo dispuso que en un tiempo prudente Francisco y Juan se establecieran en Lima, allí serían educados con nosotros bajo la tutela de Antonio e Inés. Cuxirimai estalló en un ataque de ira y hostigó a Betanzos para que lograra evitar aquello. Fue el inicio de una larga lucha. El hidalgo, apoyado por Carbajal, alcanzó un acuerdo con Gonzalo que permitió retrasar la marcha de Francisco y Juan: los niños permanecerían en Cuzco, donde recibirían enseñanzas de letras y armas, el mismo Betanzos se ocuparía, del mismo modo que se comprometía a que viajaran a Lima cada poco tiempo para estar con nosotros.

En aquellos días, esperé impaciente las cartas prometidas por Gonzalo, pero nada llegaba. También esperé con ingenuidad su regreso, y me consolaba pensando que podría desistir de todo y volver. La inquietud y el temor se apropian de una cuando las noticias no llegan, así era en aquellos tiempos; ahora, la vejez ha cubierto de paciencia mi espíritu. Los peligros son recibidos con templanza. La muerte ya no es un desvelo, me acostumbré a vivir con ella cerca, rondándome día y noche hace muchos años. Admito que los presentimientos siguen acudiendo a mí, pero ahora son débiles, no violentos, y pocas cosas me roban la quietud. Entonces no era así, y cuando se trataba de Gonzalo, me trastornaba. Cualquier daño que pudiera alcanzarle me atormentaba.

Por eso aquel silencio se me antojaba cargado de malas intenciones. Imaginaba mil argucias oscuras de Vaca de Castro que buscaban apartarlo de nosotros para siempre. La razón de no tener noticias era que el gobernador había demorado convocar aquella audiencia. Los notables y principales de Cuzco estaban al tanto de la presencia de mi tío en la ciudad. Las lenguas se aprestaron en hacer creer a Vaca que Gonzalo iba a atentar contra su vida. Nada más lejos de la realidad. Por unos ducados de oro, cualquiera delataba una falsa conspiración como ya había ocurrido antes, así fue en este encuentro, aunque diré que no necesitaba el leonés a estas alturas que nadie invocara la muerte violenta para temerla, más aún si se hablaba de Gonzalo Pizarro.

El día señalado, partió mi tío de la casa de Carbajal rodeado de sus hombres. Fue el propio Carbajal quien convino con Acosta que así fuera. A pocas cuadras del Palacio de Gobierno ya apareció la emboscada. La hilera de casas de adobe que precedían al edificio estaban cubiertas de hombres armados apuntando directamente a la comitiva. Juan de Acosta fue quien tomó la iniciativa, encargándose de custodiar y dirigir la defensa, en caso de que se produjese la escaramuza. Bastaría un gesto del guerrero para que los hombres, ante cualquier movimiento que pusiera en peligro a Gonzalo, atacasen.

—Señoría, ¿así acogéis a un hombre que acude a parlamentar con vos? ¿A qué se debe este recibimiento? —profirió Gonzalo mientras intentaba revestir de sosiego sus palabras para evitar que la situación se perdiera.

—Es el único que cabría esperar de un hombre al que vienen a matar.

Los guardias trajeron a un tal Villalba, que confesó entre dientes la pretensión de mi tío de asesinar a Vaca de Castro asegurando que la conspiración fue tramada en su presencia. Gonzalo observó a aquel hombre: era uno de los tres jinetes que se habían unido a la comitiva en Lima en el último momento y con el que no había cruzado ni una sola palabra. La confesión del tal Villalba provocó la huida de los otros dos cómplices, afortunadamente la guardia de Vaca los detuvo. Aquel desencuentro provocado por los hombres de uno y otro bando ponía en juego la difícil negociación, que ya se sabía complicada, y que podía haber significado que la sangre volviese a derramarse antes siquiera de conferenciar y buscar el entendimiento.

Mi tío buscó aplacar los ánimos y, en un gesto conciliador, accedió a prescindir de escolta en el interior del palacio. Allí encontró la misma estancia prolijamente descrita por Carbajal con un añadido, más de diez hombres armados hasta los dientes. Así se orquestó una bienvenida que ya nacía estragada.

—Bienvenido al Cuzco, está magnífica ciudad que tanto os debe.

Su tono complaciente no casaba con el temblor de sus labios ni de sus manos. Ya había consultado con los capitanes Gabriel de Rojas y Alonso de Alvarado sobre cómo proceder ante el pequeño de los Pizarro, pero de nada sirvió; como ya es sabido, Vaca de Castro gustaba de tomar las decisiones desoyendo mayoritariamente los consejos de otros.

—Me he acostumbrado a su placentera belleza y a sus armoniosos tiempos. Entiendo ahora el hechizo que obra en los hombres este pedazo de cielo en la tierra —prosiguió Vaca de Castro.

—No siempre fue así —aseguró Gonzalo—. Hubo tiempos malditos en los que el fuego y la muerte nos azotaron sin piedad en estas mismas dependencias que ahora os son tan acogedoras. Por el bien de Cuzco y del Perú, vengo a reiteraros mi lealtad y mi servicio, aunque adivino que no confiáis en él.

Vaca prosiguió con un discurso alejado del enfrentamiento abierto, pero que escondía una orden:

—Confío en vos; Gonzalo, el servicio que habéis hecho a esta tierra ha sido glorioso, tal vez sea el momento de descansar y dedicarse a otros menesteres más placenteros.

—Decidme entonces, ¿cuál es la menesterosa misión que intuyo ya habéis elegido para mí?

—Poseéis tierras y minas en Porco, una zona tan bella como cargada de riquezas según he sabido. Si yo fuera vos no dudaría en retirarme a alguno de esos apacibles cerros y llevar una vida de sosiego y plenitud. Desafortunadamente, yo me debo a mi cargo de gobernador, pero vos deberíais descansar y retiraros a vuestras encomiendas de Charcas.

Gonzalo entendió que quería apartarlo nuevamente. Asintió, no iba a enfrentarse a Vaca, pero sí deseaba que el enviado entendiese bien cuál era su peso.

—Es admirable cómo juega el destino con los hombres, colocándolos en lugares que no les corresponden. ¿No creéis, licenciado? Yo recomendaría a su señoría que hiciese realidad su deseo, retirándose a vivir como encomendero, explotando minas, generando riqueza, y contemplando los días pasar sin ninguna ambición más que la de seguir acumulando oro. Al tiempo, yo me dedicaría a gobernar el Perú tal y como legítimamente me corresponde hasta que mi sobrino, el hijo del marqués, alcance la mayoría de edad, pero las circunstancias han hecho que ambos estemos en el lugar equivocado.

—Yo estoy en el lugar que su alteza me encomendó, señor. —Vaca ordenó a uno de los escribanos que entregara a Gonzalo el auto de gobierno por el que se le despachaba a Charcas.

—Seguiré vuestro consejo, excelencia, pero permitid que con humildad os aconseje ahora yo. Son muchas las voces que cuestionan vuestra labor, a media voz corren rumores que no os dejan en buen lugar, cuidaos de ellos —aseguró Gonzalo mientras doblaba el documento.

—Las habladurías son solo eso, habladurías, no creáis todo lo que se dice. —Vaca se apresuró entonces a ordenar a escribanos y guardias que los dejaran solos.

—Por no querer creerlas me veo rodeado de hombres armados. Sosegaos, licenciado. No entorpeceré vuestro camino siempre que vos no os crucéis en el mío. Solo Dios sabe a dónde os llevará vuestro juego, pero sí os advierto: no hagáis de mí un enemigo. Sabéis bien que los repartimentos de mi hermano no están vacos, sino bien asignados a sus hijos, sus herederos. No toquéis lo que no es vuestro.

—Solo cumplo órdenes, señor, celosamente sigo instrucciones, ese es mi cometido en esta tierra, velar por el cumplimiento de la ley.

—Hay muchas leyes no escritas que en esta tierra se respetan. Del mismo modo, robar, excelencia, es un pecado que hasta el rey condena. Quizá cuando su alteza descubra lo que vuestra esposa ha recibido en Castilla de manos de los dominicos, o las remesas de oro y joyas que entraron burlando la Real Hacienda, tal vez recele de vuestro modo de cumplir sus órdenes.

Se hizo el silencio, Vaca entendió que alguien le había delatado. Intentó mantener el aplomo, y con cierto desdén amenazó a Gonzalo:

—No sé de qué me habláis, señor. No levantéis falsas acusaciones, pues estas serán duramente castigadas.

—No llaméis acusación a la dulce advertencia de quien desea ser vuestro amigo, excelencia. Soltad lo que no es vuestro. Devolved lo que ya tiene dueño. Solo así evitaréis males mayores. Un juicio de residencia sería demoledor con vos si esto que con buena fe os confieso llegara a oídos del Consejo de Indias y del propio rey.

La carta que providencialmente apareció en la valija de María de Escobar nos informaba desde Panamá de que las misivas de Vaca de Castro a su mujer habían sido interceptadas, y tal y como Gonzalo auguró, detrás de aquello estaba el contador Juan de Cáceres. Uno de sus pajes, antiguo criado de María, al saber de nuestras súplicas a la Audiencia, decidió advertirla de lo que estaba ocurriendo: el glorioso enviado había amasado una cuantiosa fortuna durante el tiempo que había estado en Perú. Deseoso de fundar un linaje portentoso, explicaba en sus epístolas a su esposa el modo conveniente de emplear aquel dinero, adquiriendo señorío y burlando a la Hacienda, al Consejo de Indias y al propio rey. Muchos de los envíos ocultos se hicieron a través de frailes dominicos. El honorable provincial dominico fray Tomás de San Martín se encargó de recopilar grandes sumas; también Peranzures y Francisco Becerra fueron portadores de aquellos bienes.

La amenaza de Gonzalo surtió efecto. Antes de que mi tío llegase a Charcas, regresaron las encomiendas a nuestro poder; sin embargo, Vaca de Castro ya estaba acabado, cuando Gonzalo le advirtió ya habían arribado a la corte las exigencias de Juan de Cáceres pidiendo el juicio de residencia del infame gobernador.

Capítulo 4

El oso y el cóndor

Me hice mujer sin darme cuenta, sin entender bien lo que conllevaba. Apenas presté atención a lo que mi cuerpo mostraba. Solo la cotilla delataba a veces la inesperada redondez de mis pechos, que parecían escaparse, asomándose a la camisa. No me percaté del vello crecido, ni de las sinuosas formas que adquirieron mis caderas.

Fue una mañana caliente de enero, cuando las luces anunciaban el alba. Al salir de la cama descubrí la mancha roja y brillante en la sábana bajera. El camisón mostraba la misma marca. Permanecí en silencio, colocando dentro mí un torbellino de pensamientos. Me cubrió un manto de vergüenza pesado, la misma que me azoraba cuando Gonzalo estaba cerca. Desarrollé entonces la extraña costumbre de rehuir a Antonio, único hombre que vivía en nuestra casa. Me sentía perdida.

Aquella sangre de la que nunca se hablaba era impura, mucho más que la que brotaba de las heridas mortales en la batalla. Significaba que mi vientre ya podía crear vida, que perdía mi niñez, puesto que la inocencia hacía mucho tiempo que me había sido arrebatada. También significaba que portaba un estigma venenoso y nocivo, aquel residuo de mi cuerpo poseía poderosas facultades que, aunque engrandecían mi salud, podían privar a los árboles de su fruto, matar injertos y agriar el mosto. Hasta los perros se volvían coléricos y los enjambres perecían en contacto con aquello. Eso decían los hombres. Pero, ciertamente, yo nunca lo viví. Debía procurar que la menstrua bajara y no se me durmiera dentro, empleando caldos de perejil y ruda en ese caso.

Inés se apresuró a darme un sermón que no entendí, en el que la honra y la virtud poblaban un discurso torpe que a ella misma le costaba ordenar. Catalina resolvió el entuerto:

—Lo que tu tía quiere decir es que a partir de ahora te cuides de los hombres.

Nada más se habló. Me refugié en Nuna y Shaya, ellas aceptaron con regocijo lo que les confesé. Me hicieron ayunar durante dos días. Al tercero, me dieron de comer maíz crudo, me lavaron y trenzaron el cabello y preguntaron dónde estaban los ancianos de mi familia que debían traer presentes para festejar el fin de la niñez. Mi nueva condición debía celebrarse, puesto que aquello me facultaba para obrar el prodigio de dar vida como mujer. No sé cómo sucedió, pero los presentes llegaron finalmente desde Huaylas. Contarhuacho envió chicha, túnicas y gran cantidad de telas.

—Debe aprender a bordar, no entiendo cómo a estas alturas aún no lo has conseguido, María —reprendió Inés, rotunda, a mi maestra de costura, María de Escobar.

En mi temprana adultez, decidió Inés que tenía que entregarme a las labores de la aguja y a otras típicamente mujeriles que yo detestaba. Me parecía un soberano tostón, pese al empeño de Inés, que buscaba en mí una educación como la de la insigne Reina Católica a la que tanto admiraba. Y a ese fin, me obligó a pasar tardes eternas con Leonor de Soto, aplicadas a los hilos, combinando hebras de distintos colores para embellecer con flores e iniciales sábanas, traveseros y manteles que ya iban encaminados a convertirse en nuestro ajuar. Un día me rebelé. Tiré la labor al suelo y salí como una furia buscando el aire de la tarde. No estaba dispuesta a dejarme los ojos y las manos en aquel absurdo fin.

—¡La reina de Castilla tejía y bordaba primorosamente y tú no serás menos! —me gritó Inés persiguiéndome con la ristra de hilos lustrando el patio.

—También cazaba, montaba a caballo y sé que amaba la danza y la lectura. Ya comparto con ella esas otras destrezas —le espeté mientras me adentraba en las caballerizas, y así logré zafarme de aquel tedioso e inútil comisionado.

Solo encontré apoyo en Catalina, que zurcía y remendaba con la misma maña con la que despreciaba las florituras y los bordados, para ella vacíos y prescindibles.

Pronto descubrí en los ojos de los hombres el deseo. Desde muy niña supe cuáles eran las miradas que delataban aquel fervor, miradas siempre dirigidas a otras. No había reparado en las miradas encendidas que ahora yo provocaba. Comenzaron a contemplarme con excitación. Miraban sin pudor mi escote, y a veces sorprendía en sus rostros cómo asomaba la lujuria. No escapaba a aquellas miradas, a veces eran breves y cargadas de intenciones y otras se volvían pesadas y violentas, permaneciendo más tiempo de lo decente sobre mi cuerpo. Al igual que los caballos huelen el miedo, los hombres perciben el olor de las hembras, un olor peligroso que desata pasiones tormentosas de las que debía cuidarme.

Sería más tarde cuando padecería el acoso de los hombres, y también cuando hubiera de zafarme de la promesa de placer que sin permiso leían en mi cuerpo. Conocí la fuerza irrefrenable y violenta del deseo insatisfecho, descubrí que la negación de favores excitaba aún más la lujuria desatando la apremiante necesidad de dominarnos.

Acudía con frecuencia a la iglesia. Más por costumbre que por devoción, Gonzalo dejó claro aquello. Pero allí tampoco hallé consuelo. Mis confesores se afanaban en repetir que las mujeres éramos responsables de provocar aquel febril apetito y, por tanto, debíamos cargar con esa culpa. Éramos las mujeres una obra imperfecta de la naturaleza. Tal y como escuché de niña al protomédico Sepúlveda, la luna era quien regía las mareas y quien ordenaba el menstruo, de ahí que las mujeres estuviéramos siempre en peligro de sucumbir a la locura. La mejor manera de mitigar aquella perniciosa influencia lunar en nuestra pobre condición de seres defectuosos era fomentar el apego a los deberes domésticos como coser y cocinar, y por supuesto prepararnos para el matrimonio y la maternidad. Muy conveniente me pareció el remedio, sobre todo para los hombres, aunque poco apropiado para mí, que seguí manteniendo intacto mi fervor a Mama Quilla, la diosa que me bendijo con aquella fuerza.

Todavía me estaba acostumbrando a aquello, cuando el primer pretendiente comenzó a frecuentar mi casa. Sabía que ya había puesto sus ojos en mí por cuestiones muy alejadas de mi exótica belleza mestiza o mis inexistentes habilidades con la aguja y el bastidor. El caballero Lorenzo de Aldana ya maquinó mucho antes un posible desposorio, y supongo que atisbar mi mocedad con la rotundidad con que para los hombres se evidenció le animó a iniciar un prudente y tímido cortejo. En aquellos días yo me mantenía muy ocupada, tal y como narré, nos devolvieron las encomiendas, aunque el reconocimiento de nuestros derechos sería efímero, y no tardamos en descubrir que aquella concesión escondía un siniestro propósito, que entendí a medias en cuanto vi rondar a Aldana por mi casa.

Cuando regresaba allí estaba él, exhibiendo su acicalamiento extremo. La vanidad de este caballero era extraordinaria, se dice que le acompañó hasta el final, se engalanó hasta para la muerte y se leía en su testamento la alta estima en que tenía a su persona. Aldana era un linajudo hidalgo cacereño, de los de gola almidonada y puños de encaje. Era sobre todo ducho en el arte de arrimarse al sol que más calentaba, como ya mencioné. Pasó al Perú siendo muy joven y se hacía llamar pomposamente «Conquistador del Incario»; así era Aldana, orgulloso de sí mismo, y cuando hubo de serlo, discreto como el que más. Las lenguas contaban que participó en la sombra en la conspiración que perseguía matar al capitán Pedro de Valdivia. Quién iba a pensar, viéndole tan engalanado y cortés, que pudiera el caballero entregarse a tan turbios asuntos. Con sus uñas pulidas y sus ropajes excesivos, poseía Aldana el don de manejar los tiempos: tiempos para la presunción y tiempos para pasar desapercibido y volcar todo su ánimo en jurar una dudosa lealtad al que hubiese decidido que debía ser su señor.

Como decía, le encontraba a menudo alrededor de mi casa, unas veces dando conversación a las criadas y engatusando a los indios, otras bebiendo vino con Antonio. Siempre alabando las rosas, geranios y madreselvas que poblaban el patio gracias a la buena mano de Inés. Lisonjeando a Catalina, que le respondía con miradas toscas, y ponderando a mi hermano Gonzalo como jinete. Al verme se deshacía en galantes y excesivas reverencias, un sinfín de palabrería vacía para mí. Yo me escabullía con vanas excusas, conocía bien a Aldana, y hasta donde sé solo se quería a sí mismo y a su santa madre.

Lo único que agradecí al caballero fue uno de los dos regalos que me hizo en aquellos días de verano en los que buscaba camelarme. Solo uno. El otro, un reclinatorio, sigue arrinconado en el desván de mi casa; todavía no he hecho leña de él, como me juré. Pierdo el hilo, como decía, una cosa es agradecer y otra otorgar el favor que buscaba.

—No es propio de una dama montar a horcajadas, doña Francisca.

Hizo llamar al negro que portaba una silla con pedal. «Corneta», se apresuró a aclararme que se llamaba aquella extraña funda en la que debía introducir el pie. Tal y como cabía esperar viniendo de él, la silla estaba decorada con tanta puntilla y tanto brocado que más parecía el palio que transportaba a la Virgen el Jueves Santo.

—¿Podéis asegurarme que con esto no me partiré la crisma, caballero? —le pregunté con cierta desconfianza.

—Os doy mi palabra, señora.

Poca garantía era esa, pensé. La palabra de Aldana tenía la misma consistencia que el humo que escapa de las candelas. Pero decidí probarlo. Si Aldana traía ese presente, era porque ya las lenguas habían descubierto mi afición a montar. Y ya corrían por las calles cantares sobre mí. Era cierto. Seguía con atención los avances de mi hermano a lomos del corcel, que se iba convirtiendo en un magnífico jinete, pero también me aficioné a montar a Poderoso. Iba bien custodiada cuando lo hacía, de otro modo ni Catalina ni Inés lo hubieran permitido, y por eso la silla mujeriega que Aldana me regaló acallaría los rumores.

Bajaba todas las tardes hasta la caleta del Callao, y allí me ensimismaba con las puestas de sol cuando el cielo y el mar se hermoseaban con arreboles magníficos que simulaban el manto de la Virgen. Echo de menos aquellos colores y aquellos atardeceres. No hay un mar más bello que aquel Pacífico. Aprovechaba para comprar pescado a las indias de Huanchaco, ahora establecidas allí. Mientras esperaba que mi prima Florencia devolviese mis cartas, convine con Antonio de Ribera que ordenase a Ampuero comprarles a ellas la pesca fresca, al precio que tasaran. Aunque no era mi tutor, por autorización de Gonzalo, Ampuero era quien manejaba mi dinero; afortunadamente, Antonio era mi aliado para mantener controlada su codicia. Cuando el sol se escondía en las aguas, regresábamos a la villa.

El huerto se convirtió en un vergel que daba pingües beneficios a Inés y a Antonio gracias a la venta de las añoradas legumbres, frutas y verduras españolas, y ya no necesitaba nuestra constante presencia, algo que Catalina agradeció enormemente. Recuperó entonces su afición a las hierbas y a las medicinas que con ellas elaboraba. Pasaba las tardes hablando de recetas con las indias costeñas, así aprendía usos benéficos y también provocaba, a qué negarlo, algún que otro desaguisado. Cada día nos sorprendía con nuevos brebajes y cataplasmas, que no siempre obraban el efecto perseguido.

Inés trabajaba a destajo en el obraje, con ese cometido se ausentaban ella y Antonio a menudo de Lima, al menos esa era la razón que nos daban, aunque Catalina y yo sospechábamos que como dos chiquillos buscaban la soledad que favorece los afectos encendidos, lejos de nuestra presencia. Eran dos recién casados, y como tal habían de retozar, y lo cierto es que nuestra casa no favorecía esa intimidad.

Retomé entonces mis clases con fray Cristóbal, de mucho más provecho que las labores. Enseñé a mi hermano a leer y escribir, le instruí vagamente en el latín con la ayuda del fraile y pude regresar a una de mis pasiones gracias a la presencia de un mercachifle que apareció en Lima voceando su cargamento de libros y quincallerías. Era andaluz y astuto. Observé la mercancía dispuesta en su enorme hatillo extendido, en el que convivían amigablemente lienzos de aroca y bramante con obras de dudoso interés. Pensó el pobre diablo seducir los gustos literarios de los vecinos de Los Reyes acudiendo a manidos manuales de doctrina cristiana, breviarios, misales y a las populares relaciones de aventura en las que se contaban hechos pasados del Viejo Mundo. Cuando contempló mi expresión de disgusto se apresuró a sacar de la bolsa de cuero, orgulloso, un ejemplar del *Amadís de Gaula*. Había burlado como otros la censura eclesiástica, obcecada en prohibir las historias profanas, a las que tildaban de mentirosas y perjudiciales para un buen cristiano. Un cometido inútil, ya que el *Amadís* poblaba los estantes de legos y clérigos en Lima desde hacía años. Extrajo también entonces varias obras de los antiguos, asomaron Aristóteles y Platón. Lo hizo con el fin de acudir a otros libros más propios de una dama que aseguraba permanecían en el fondo de su bolsa, y no disimuló su cara de sorpresa cuando le pregunté el precio de las primeras.

—No es esta lectura para una joven, permitidme, señora, que os ofrezca algo más de vuestro gusto.

—Aristóteles no me hará sino bien —repliqué poniéndole medio ducado de oro en la mano, lo que disipó todas sus dudas acerca de la conveniencia de tener cerca al griego.

Gracias a mi oportuna compra el hombre pudo costearse posada y comida hasta que prosiguió su viaje a Cuzco. En Lima pocos gastaban entonces los reales en libros y no le auguré un éxito mayor en la capital de la serranía. Cuando me entregué a las letras de aquel filósofo descubrí de dónde venían las ideas que poblaban la mente de Sepúlveda y de los confesores. Y las de san Agustín, y las de otros padres insignes de la Iglesia, llamados sabios, que repetían machaconamente el carácter pobre de la mujer. Me había criado con mujeres que ni de lejos poseían un espíritu pobre o errado. ¿A qué entonces esa creencia, que compartían por igual mentes preclaras, hombres santos y reyes? Todavía hoy me lo pregunto.

—Las voluntades de los muertos han de cumplirse, si no, estos quedan en el purgatorio y regresan cada poco para atormentar a los vivos.

—Sé por dónde vas, Catalina, aunque no sé dónde estará el espíritu de mi padre. Créeme que lo busco, lo invoco, y solo obtengo silencio.

—Pues su cuerpo ya debería estar descansando en el sepulcro cristiano y decente que él mismo pidió. Dios santísimo quiera que no me encuentre yo al marqués como una sombra descarnada exigiendo lo que dispuso —afirmó mientras se santiguaba, y volvía a rezar.

Mi aya, Catalina, creía firmemente en espíritus errantes, y le aterrorizaba tanto una aparición como acabar siendo ella misma un alma perdida que vagase en la noche. Me metió en la cabeza aquella idea; aseguraba que ella, su madre y su abuela habían vivido el acoso de los aparecidos que en mitad de las gélidas noches segovianas las despertaban con lamentos, arrebatándoles las mantas y pidiendo misas y oraciones para purgar pecados y alcanzar a Dios.

Ahora mantengo una dura pelea por hacer valer su última voluntad. La obra pía de Catalina me quita el sueño. Sé bien que de no hacerlo cualquier día Catalina aparecerá en los pasillos de esta casa, con su dedo amenazante, exigiéndome lo acordado y reiterándome que ella nunca faltó a sus promesas. Y no lo hizo, debo darle esa razón, renunció a todo por mí y hasta ya de anciana peleó por escapar de los brazos de la muerte para seguir a mi lado. La enterré en La Zarza hace más de veinte años, y no hay día que no la eche en falta aquí.

Determiné dar orden para construir la capilla que proveería el descanso eterno a mi padre. Esa era su última voluntad, y así lo recalcaba en su testamento. Nunca quiso volver a España, quería ser sepultado allí, en la tierra perulera que amaba y a la que acudió en busca de gloria y fama. Nombré a fray Cristóbal de Molina, mi mentor y maestro, capellán de la misma. Sabía bien que era el único fraile al que me podía encomendar. Acudí al cabildo para solicitar el traslado de sus restos al altar mayor de la catedral hasta que la capilla estuviese dispuesta.

En aquellos días la bula del papa convirtió en catedral a la modesta iglesia, y se iniciaron un sinfín de obras para adecuarla a su nueva e ilustre condición, disponiéndose nichos y tumbas para los más ilustres vecinos. Hasta el nuevo obispo del Perú, el trujillano Loayza, que ya se había instalado en Los Reyes, dio el visto bueno al traslado. Sabía que la obra sería larga, pero como bien advertía Catalina, no podía dejar a mi padre allí, en aquel sepulcro improvisado que albergó con prisas su cuerpo la noche del magnicidio.

No fue difícil lograrlo. Acudí con el caballero Ribera, y haciendo valer ante Ampuero el compromiso que ya había adquirido con mi tío Gonzalo para favorecer la misión. Fue un 21 de enero del año de 1544 cuando se exhumó su cuerpo. Una vez más, Inés mantuvo la reciedumbre insólita que la caracterizaba al señalar el lugar en el que mi padre fue enterrado precipitadamente y sin una misa. Los esclavos negros removieron y cavaron la tierra, lo hicieron con respeto y cuidado. Yo seguía hechizada el compás de las paletadas de tierra, cuando todo se paralizó. El choque de la pala alcanzó sus huesos, provocando un sonido hueco. A ese golpe le siguió un profundo silencio. Se extrajeron con mimo los restos. El harapiento y decrépito hábito de Santiago es lo único que reconocí. No quise mirar, me juré hacer perdurar el rostro vivo de mi padre en la memoria y a salvo de aquel terrible despojo. Un pequeño osario de madera fue suficiente para recoger lo que quedaba de su ingente cuerpo. Me ocupé de cubrirlo con un paño negro sobre el que dispuse la cruz de Santiago.

Me pareció insolente y despreciable que Francisco Ampuero encabezase la comitiva de entrada a la iglesia. Mi hermano Gonzalo era quien debía ir al frente. El negro riguroso cubrió la plaza de armas, todos acudieron a despedir al marqués. Las crónicas no contarán aquello, pero yo lo viví: indios, mestizos, españoles y esclavos rindieron respeto a mi padre. Se ofició una misa solemne, se lanzaron salvas, y en el nicho del costado del evangelio de la capilla mayor enterré a mi padre, bajo el dosel de paño negro de los Pizarro. Su cuerpo ya descansaba, aunque yo me ocuparía de mantener vivo su espíritu.

A ese fin hice correr la voz de que el alma de mi padre buscaría venganza y que su sombra ya rondaba el Palacio de Gobernación. Lo hice con un solo propósito: lograr la estampida de los funcionarios reales. Usé a mis indios para ello, que convenientemente diseminaron aquella creencia entre los yanaconas y estos, a su vez, entre sus señores. No logré lo que perseguía, los funcionarios ni se inmutaron, pero sí caló en Ampuero y en otros traidores el miedo a aquella venganza llegada del más allá. Las conciencias corrompidas temieron al alma errante de mi padre, lo que supuso que se ordenaran y pagaran un gran número de misas cantadas en su memoria, así como hachas de cera blanca y candelas de cera amarilla buscando el alivio de su espíritu. Así eran los hombres, profundamente temerosos de Dios y de los muertos, no se achicaban al traicionar en vida, buscando después el perdón comprando misas y responsos.

Gonzalo estuvo ausente de Lima por un año y medio. En ese tiempo recibí sus cartas, entregadas por chasquis con orden estricta de asegurar que solo yo las recibiera, y tal y como me anunció, sin rúbrica. Me hablaba en ellas de su exilio en Chaquí, de sus avances en la rica tierra de Charcas; se dedicó a explorar las vetas de plata que quedaron en suspenso tras el tiempo de guerra y expedición; parecía en paz, al menos eso me pareció que trasmitían sus letras. A mí, por el contrario, me exasperaban aquellas cartas en las que no anunciaba su regreso. Una vez más, olvidaba el lugar que debía ocupar, y yo presentía desatinos hacia nosotros en su ausencia. El reproche era interno, ya que no podía escribirle, lo dejó muy claro. Y me mordía la lengua, y contenía la pluma.

—El *apu* Gonzalo está viniendo, no te asoroches —me repetía Nuna con su español cantadito.

—La huaca dirá cuándo, pero es ahorita. Pídele a Mama Quilla su vuelta. Y mientras ponte bien hermosa —secundaba Shaya, rotunda.

Y así lo hice. Cuando la luna se llenaba, Nuna y Shaya salían al corral, allí tostaban maíz, y derramaban chicha. Yo las acompañaba, a espaldas de Inés y Catalina. Me gustaba ver cómo soltaban sus cabellos, se rociaban con agua que elaboraban a base de *kantú* y otras hierbas, después encendían sahumerios que desprendían fragantes olores a musgo y a salitre, y con ellas me dejaba envolver por el dulzón aroma del palo santo.

Reían y oraban, hacían pedidos a la luna, ella les otorgaría la fecundidad del vientre y alejaría la maldad de aquellos que quisieran dañarlas. Yo me entregué a pedir el regreso de Gonzalo y la salud de mi hermano.

Heredé de mi madre el cabello de india, negro, grueso y lacio. Aprendí con ellas a cuidarlo para que no le faltase brillo cociéndolo en agua mezclada con la raíz del árbol *chau* o maguey y otras hierbas que ellas conocían. Esta prodigiosa raíz no solo volvía el cabello fuerte haciéndolo relucir, sino que con los tallos de la planta se elaboraba un jabón que era milagroso, no he vuelto a usar un remedio así. Con igual precisión calmaba el dolor de cabeza que hacía desaparecer las manchas del rostro, volviendo la piel fina y aterciopelada.

Pasábamos horas engalanándonos. Me enseñaron a colorear los ojos con palitos de hinojo, dibujando sobre el párpado, donde nacen las pestañas, una línea hasta la sien de color bermejo. Antes se usaba para ello el polvo de *ychma*, el cinabrio de los españoles, pero el Inca lo prohibió, quedando limitado su uso a ñustas y *pallas*. Antes de que los barcos surcaran el océano con grandes cargas de azogue para separar la plata de la roca, mis antepasadas usaban este polvo para embellecerse, pero pronto descubrieron que enfermaba.

De Shaya aprendí a crear rubor en las mejillas con el polvo ocre de las cochinillas, que proporcionaba una de las mejores tinturas que viajaron al Viejo Mundo. Los rojos restallantes que vibraban de un modo endemoniado en las telas andinas se obtenían de ese bichito. Las cochinillas se alimentan de las tunas, unos enormes cactus que crecían a lo largo y ancho de los valles andinos y que se usaban a modo de cercado. Aunque las plantas se protegían con púas enormes, eran engullidas con ferocidad por aquella minúscula criatura que transformaba su gula en los preciosos carmines. Fueron llevadas las dos, tunas y cochinillas, al Viejo Mundo, buscando emular allí aquel prodigio de color que vestiría los atuendos de reyes y papas, pero el resultado fue una plaga de ambas que asoló los campos castellanos, andaluces y extremeños y que todavía hoy persiste.

Me gustaba acompañarlas mientras las recogían en bolsitas de lana; después las horneábamos y machacábamos para lograr el carmín con el que también nos tintábamos los labios. Nos poníamos hermosas. Ellas me enseñaron a ornar mi cuerpo, pero también me advertían de los peligros del exceso de vanidad, y de los celos que la belleza despierta.

Fue gracias a ellas que una de aquellas noches conocí dónde nació el desdén que los hombres mostraban hacia nosotras. Según me contaron, las manchas de la luna eran trozos de ceniza que Inti arrojó sobre ella, preso de los celos al comprobar que al llenarse su luz era más poderosa y hermosa que la que él irradiaba.

—No debes dar sombra al hombre, ni dejar que él te la dé a ti, doña.

Supe también que los celos son el más dañino de los hechizos que se podían sufrir, y aunque me juré no sentirlos, acabarían devorándome el alma no mucho tiempo después.

Poco a poco, la crispación volvía a poblar la ciudad de Lima. Se contenía de día con parcos silencios, pero al atardecer, en la taberna había bulla un día sí y otro también. No se veía, no, pero hacía mella en los ánimos, y estaba presta a estallar. El desconcierto ante lo que llegaba por orden del rey alimentaba la tensión entre los vecinos. Descargaban las dudas en acaloradas discusiones, en las que no se ponían de acuerdo sobre qué pasaría. El vino desataba las lenguas y afloraban los improperios con la misma facilidad que se desenvainaba el acero. Unos defendían el buen gobierno del rey, que no faltaría a la palabra dada, mientras otros auguraban su perdición en aquella flota que estaba al llegar.

Muchas veces las palabras pasaban a mayores al calor del vino. El tabernero Antón era un extremeño de carácter afable y bonachón, nacido en Jerez de los Caballeros y llegado con mi padre a las Indias, poseía una paciencia imbatible. Antón se unió a una india yunga, y tenía cuatro hijos, lustrosos y espabilados. La prole de mestizos correteaba por el rellano de la taberna de la mañana a la tarde. Eran el orgullo de su padre y también la causa de su esforzada entrega al trabajo. Las cuatro bocas que alimentar eran la razón por la que Antón regentaba la taberna con amor desmedido hacia los parroquianos, a los que llevaba a casa a dormirla cuando el vino hacía estragos y a los que escuchaba con mansedumbre y temple de fraile. Se convertía en padre, hermano y confidente. Lo único que no hacía era fiar. Por eso ahora temía que, si aquella situación seguía, habría de cerrar la taberna. Todas las tardes contemplaba como sillas, mesas y bancos eran destrozados a puñetazos y patadas cuando el consenso no regía. Se alborotó tanto el ánimo de la clientela que Antón temía algún muerto. El alguacil hubo de acudir muchas noches a poner orden, y ni por esas amainó la crispación. Le vi llegar a nuestra casa, pidiendo ayuda a Antonio y a Inés:

—A vos os respetan, Ribera. Solo vuestra presencia desarmaría estos descalabros. Amansadlos, por amor de Dios —rogó el buen hombre mientras se secaba el sudor que le recorría la frente ante la angustia de su situación.

—¿Quiénes son los revoltosos, Antón?

—Ojalá pudiera señalarlos con la misma llaneza que en los tiempos del Mozo. Ahora cualquiera se enardece y desata un demonio con solo mentar el poder del rey.

—Acudiré, Antón, e intentaré aplacar a los hombres, aunque no sé si lo lograré.

—También hablan del joven Pizarro. Si el Gran Gonzalo acudiese con vos, todo se templaría.

La palabra del rey seguía siendo la máxima autoridad, pero ahora, por los rumores que ya habían alcanzado el Perú, la palabra del monarca olía más a interés que a santidad como algunos clérigos se atrevieron a denunciar por igual tanto en los sagrados púlpitos como en las profanas tabernas. Las cartas de familiares y allegados que cruzaban el océano alertaban de aquellas extrañas leyes que quitaban el sueño a todos. Comenzó a quitarme el sueño a mí que mi tío Gonzalo estuviese en esas cuitas, apareciendo en esas conversaciones. Sabía bien del respeto y admiración que le profesaban, pero nada bueno salía de lo que se tramaba en las tabernas, al menos siempre escuché eso a Catalina. Por eso temí, y por eso supe que debía conseguir el modo de tener oídos fiables en aquel lugar vedado a las mujeres decentes.

Una soleada mañana de marzo, me despertaron los gritos provenientes del patio de la casa. Me levanté para acudir a ver qué era lo que estaba sucediendo. Catalina entró en mi alcoba:

—Hay una mujer venida del Cuzco que quiere verte, Francisca. Los guardias ya la han despachado tres veces, pero insiste, y si sigue en su empeño pronto toda la Ciudad de los Reyes acabara acudiendo hasta aquí.

—Yo me ocupo —le aseguré sin tener certeza de qué era lo que estaba pasando.

Me topé en la puerta de la alcoba con Inés y Antonio, que también acudieron desorientados y somnolientos ante el escándalo que la buena mujer estaba montando en la entrada. Inés, tan práctica, sugirió que los guardias la amordazaran para detener el griterío, y Antonio resolvió vestirse y traer al alguacil para que se llevara a aquella trastornada. Los detuve, algo me advertía de la necesidad de escucharla y me asomé a uno de los ventanales que daban al patio para observar a la recién llegada.

No conocía a esa mujer. No era muy alta, el rostro bien parecido se ocultaba por momentos detrás de una toca de paño negro, la saya que lucía pretendía discreción, pero no casaba con las que habían de vestir las mujeres honestas, más cerradas y menos coloridas. No pude sino reparar en los enormes bucles negros que se escapaban de la toca, por el movimiento nervioso de la mujer intentando convencer a los guardias. Vi su enorme mancha púrpura en la muñeca, mi memoria, por entonces obediente, recordó: «De pelo negro, enroscado en bucles y crespo, una mancha en la muñeca de quemazón, y un lunar de color azul ópalo en el tobillo derecho».

—Por amor de Dios. Debo hablar con la hija del difunto marqués. No me moveré de aquí hasta que acuda —suplicaba a los guardias, con desesperación.

La curiosidad superó a mi prudencia, y pese al gesto torcido de Inés, decidí recibirla.

Los guardias permanecieron presentes, así como Antonio, Catalina e Inés, cuando acudí al patio. La mujer hizo una extraña reverencia, y me miró con ojos suplicantes, buscaba un encuentro privado.

—Mi nombre es Esmeralda. Acudo desde el Cuzco para serviros, joven marquesa. Es importante que trate algo con vos. —Volvió a inclinarse y añadió—: A solas.

—Lo que hayáis de tratar con ella lo haréis aquí, delante de todos, buena mujer —replicó Inés acercándose a ella.

—Dejadnos solas, tía Inés —le rogué cuando observé lo que aquella mujer portaba en el cuello.

La mancha de quemazón y los bucles me remitieron a su pasado, ciertamente, pero en aquel momento solo el nombre me confundió. Juana, la criada que partió de Oropesa rumbo a las Indias, era ahora Esmeralda. Recordé los archivos de viajeros y las probanzas de sangre. Era ella. La enorme perla de mi padre ahora engastada en un vulgar collar me advirtió de la necesidad de escucharla. Mi tía me lanzó una mirada que pretendía disuadirme de aquel descalabro. Pero yo ya estaba decidida, y la invité a pasar a una de las salas que rodeaban el patio, con la esperanza de que aquella mujer me desvelara cómo diantres había llegado hasta ella la joya de mi padre. Sin duda sería una historia suculenta.

Cuando se deshizo de la toca me percaté de su aspecto marchito, el largo viaje en caravana desde Cuzco obraba ese efecto en los pasajeros, que enfrentaban con igual violencia las emboscadas de indios, el mal de altura y las inclemencias de los fríos de la cordillera. A veces ni las sagradas hojas de coca eran un alivio. A la larga lista de penalidades había que añadir una que asolaba sin remedio a las mujeres que viajaban solas: el acoso de los hombres. Viajar en aquellas caravanas era peligroso, tantas jornadas compartiendo un espacio reducido podía despertar la lujuria desatinada de los varones, aunque sé bien que Esmeralda era lo bastante astuta como para salir airosa de esos lances. Como me narró, hubo de zafarse de algunos tocamientos que enmascarados en el vaivén de la caravana le prodigó un viejo clérigo que acudía a Lima por llamado del obispo.

Me entregó la perla, asegurando que era mía, que solo la aceptó porque no quería ofender a quien se la regaló: el almagrista Diego Méndez. La razón de su visita precipitada era ese fin. Y alertarme de que estaba en peligro, ya que el que fuera su amante, el secuaz del Mozo, había logrado huir de la prisión impuesta por Vaca de Castro. Ahora nadie sabía dónde se encontraba. Se hicieron partidas de búsqueda, y se castigó a los guardias que vigilaban su celda por aceptar el soborno del preso. A pesar de que se les dio tormento para que confesaran su paradero, nada dijeron.

Conocer aquello me devolvió al miedo. Admito que todavía hoy escuchar aquellos nombres me estremece, al igual que recordar sus rostros me paraliza. Pese al paso de los años, mi corazón tiembla cuando se asoman aquellos días a mi castigada memoria. Esmeralda acudió a mí con el deseo de lavar su conciencia y quedarse en paz. Entendí que no tenía a dónde ir, y que sabía que todo, tarde o temprano, acababa conociéndose en el Perú.

Le ofrecí una taza de chocolate con pastelillos de canela que engulló con rapidez. La mujer llevaba sin comer días.

—Yo sé dónde está, señora. El Inca lo protege —dijo mientras se limpiaba los restos del chocolate.

—¿Sabéis dónde está el asesino de mi padre y no habéis acudido a la justicia?

—De hacerlo me habrían hecho presa a mí, por cómplice. Y solo el Santísimo Cristo sabe de qué más crímenes se me hubiese acusado. Por eso estoy aquí, para que lo que sé os sirva a vos y a vuestro hermano. Desde la horca poco podría ayudaros.

—¿Y por qué he de creeros? ¿Por qué he de creer a la que fue amante y confidente de ese miserable?

—Porque os digo la verdad. Os he entregado la joya. He viajado hasta aquí, abandonando mi casa y a mis mujeres, exponiéndome a que me delatéis. Nadie que no quiera vuestro bien haría algo así. Con lo que me hubiesen dado por esa perla hubiera podido viajar al sur y desaparecer, pero no, aquí estoy, solo para serviros.

Era tan delgada la línea que separaba el bien del mal, que decidí que al menos el hecho de haberme confiado cuanto sabía de los enemigos de mi padre era una prueba de buena fe. Confié en aquella mujer, pese a los desvelos que a Inés le procuraba. Catalina, en cambio, se mostró mucho más comprensiva con la que sabía, a ciencia cierta, era una mujer de virtud negociable.

Quise creer que, si había salido ilesa de aquella turbulenta relación, podría sernos útil en Lima para conocer lo que se tramaba en tabernas, mancebías y otros lugares de dudosa reputación. Entendí que Esmeralda se sentía en deuda conmigo y buscaba aliviar su conciencia. Decidí protegerla. Y hacerlo en secreto, nadie podía conocer mi relación con ella, por muchos motivos. Se instaló en una pequeña casa a las afueras de Lima, se ganaría la vida como lo había hecho antes de entregarse a la carne, cosiendo y lavando. Me encontraría con ella en el río, a salvo de miradas licenciosas y alcahuetas. Solo le pedí que fuera discreta, el valor más apreciado en las mujeres en Lima.

Sabía que terminaría vendiendo su cuerpo. El peso de la faltriquera se multiplicaba en breve con aquellos solazamientos rápidos y violentos. Me preocupaban los alguaciles que acechaban aquellas prácticas no porque violaran la ley, ya que el negocio de la carne, pese al pecado, era permitido por Corona e Iglesia como un mal necesario para aliviar a los hombres. Lupanares, mancebías y burdeles surgieron para satisfacer el febril apetito masculino, que el lecho conyugal no colmaba nunca. Ellos podían tener cuantas mujeres quisieran, porque su naturaleza desenfrenada debía aplacarse en aquellas mancebas. Eran dos los tipos de mujeres que admitían la Corona y los hombres, la esposa honesta con la que crear un honorable linaje legítimo y la mujer pública, la ramera que satisfacía los deseos descontrolados que el varón poseía.

Sin embargo, el mal de bubas era la preocupación principal entre las autoridades, que ya se había propagado a la velocidad del rayo entre los vecinos en otras villas. Las mujeres que vendían su cuerpo estaban vigiladas por esa razón, y aunque le proporcioné a Esmeralda una bolsa de oro que le daría holgado sustento, no tardó ni tres días en volver a recibir hombres en su casa.

Acudí con frecuencia a las casas de mi madre y Ampuero, y mi sorpresiva presencia allí hacía que el desalmado se cuidase en sus formas. Me hacía acompañar de María de Escobar, primero porque ella era madrina de bautismo de mis hermanastros y segundo porque ciertamente nadie en Los Reyes, ni siquiera Ampuero, se atrevería a desairar a María. Juntas, aparecíamos sin avisar a horas intempestivas con mi hermano Gonzalo y Leonor de Soto, y pasábamos allí un tiempo prudencial para asegurarnos de que Quispe estaba bien. Cayo nos servía chocolate. Los niños jugaban. Mis hermanastros Martín, Francisco e Isabel habían crecido. Fueron aquellos días en los que trabé confianzas, consolidé afectos y me desviví con ellos, mientras que de mis otros hermanastros, los pequeños Francisco y Juan, nada sabía.

El factor Illán Suárez de Carbajal y su hermano Benito acudieron a una cena en nuestra casa convocados por Antonio, y hubimos de preparar la mesa principal, que no se vestía con manteles desde antes de la muerte de mi padre. Se sacaron la vajilla de porcelana y los vasos de cristal tintado que Antonio regaló a Inés tras el desposorio. Nos sentamos Inés, Catalina y yo. A pesar de nuestra presencia en la mesa y del consabido tiempo que se daba a la comida antes de abordar las tribulaciones, aquella noche no se demoró el motivo que había propiciado la cena, organizada por Antonio con ese fin ante la desalentadora súplica de Antón. Se habló de lo único que se hablaba ya en todo el Perú.

Los caballeros traían su opinión respecto a los hechos y se palpaba la inclinación de cada uno en aquella balanza en la que todos comenzaban a medir lo que se avecinaba. No compartían los hermanos la misma visión, sin embargo, y aunque ya era sabido que en esa tierra el más nimio desacuerdo podía aniquilar familias desatando odios fraternales que invocaban a la muerte, percibí que aquellos dos, pese a sus diferencias, nunca se dañarían.

La temida flota de más de cincuenta y dos velas ya había arribado a Nombre de Dios, los viajeros habían pasado a Panamá. El virrey tardaría solo unas semanas en llegar a Lima, y sus informantes aseguraban que la lentitud de la travesía hizo que su excelencia dejase a los oidores allí continuando él por tierra su camino hasta Los Reyes. Era una gigantesca corte la que le acompañaba: soldados, guardias, criados y escribanos avanzaban a caballo desde Tumbes, desposeyendo de indios las tierras de encomenderos, monasterios y hospitales. Esos indios ahora pasaban a estar en cabeza del rey y quedaban libres del servicio personal a la encomienda, que ahora debía ser pagado con un salario. Asimismo, los naturales debían pagar tributo, en moneda, no en trabajo o en especie.

En el Tahuantinsuyu no se conocía la moneda, y durante el imperio el pago de los pueblos vasallos al Inca se hacía en fuerza de trabajo y tributos como oro, plata, telas, alimentos y cosechas, como se seguía haciendo ahora a través de los caciques. Aquello era nuevo para ellos, no entendían aquel cambio. El desconcierto alcanzó no solo a los españoles, también a los naturales. El virrey, en su celo por aplicar las nuevas ordenanzas, paralizó el trabajo en las minas, detuvo los cultivos de tierras y confiscó en Panamá cargamentos de oro y plata que partían a España, aduciendo que hasta que no comprobase que ese oro y esa plata se habían extraído sin burlar las nuevas leyes, no los devolvería. Muchos de los naturales se negaban a abandonar a sus señores, lo que provocaba más furia por parte del virrey, que los tildaba de necios. Yo, que no entendía todavía mucho de leyes, sí entendí de inmediato que aquellas ordenanzas cargadas de buenas intenciones provocarían un descalabro en el Perú.

El factor Illán conocía los detalles de lo que ya había sembrado la turbación en el Nuevo Mundo:

—Ahora no podrá tener encomienda de indios ningún oficial real por debajo del virrey, tampoco las órdenes religiosas, los hospitales y las obras comunales o las cofradías, todos pasarán al monarca. Y aquellos que posean encomiendas de indios, las perderán a su muerte por la misma razón.

251

—Pero es un desatino, señor factor. —Inés alzó la voz y golpeó la mesa—. Todo, absolutamente todo lo que poseíamos lo gastamos para venir hasta aquí, para poner esta tierra al servicio del emperador. Yo perdí además a mis hijas y a mi esposo. ¿Qué dirá ahora su majestad a los desdentados, tullidos, huérfanos y viudas que quedaron tras las inacabables guerras? ¿Así honra la Corona a sus vasallos? Jamás maltraté ni abusé de los naturales, más aún, en esta casa siempre fueron protegidos y enseñados en la doctrina. ¿Por qué debo admitir este maltrato por parte del emperador? Vaca de Castro nos arrebató todo, ¿y ahora lo hará de nuevo su majestad?

—Calmaos, doña Inés, es la palabra del rey, como súbditos de la Corona, debemos cumplirla. —El factor mantenía su inclinación hacia la obediencia, no así su hermano Benito.

—Blasco Núñez de Vela no es el rey, hermano, y sus formas violentas y soberbias no son las más adecuadas cuando vienes a aplicar unas leyes que ya nacen cubiertas de la traición a los compromisos adquiridos con tus súbditos.

—Nos guste o no, ahora Nueva Castilla y Nueva Toledo son el virreinato de Perú, y la Audiencia y el virrey son los portadores del sello real, la mano de su majestad en esta tierra.

—¿Imponiendo una ley que atenta contra los derechos del pueblo? ¿Castigando por igual a justos y a pecadores? Un rey ausente que no conoce esta tierra con esto solo consigue que dejemos de creer en él. Sus enviados solo siembran más desaliento y conflicto. —Inés estaba encolerizada.

—Estoy de acuerdo con vos, Inés —aseguró Benito—. No creo que su majestad desee una nueva guerra en el Perú, aunque parece que la esté buscando.

—Habrá otras formas de apelar al rey o suavizar las leyes que no sea acudiendo a las armas, caballero —convino Antonio, que no quería oír hablar de batallas.

—Hasta donde sé, el flamante virrey no está muy por la labor, así lo espetó en Trujillo al cabildo, acudiendo al expresísimo mandamiento del emperador para ejecutarlas sin oír ni conceder apelación alguna.

* * *

La provincia y reino de Nueva Castilla que mi padre fundó se diluía en el nuevo e ingente virreinato del Perú. La lucha por la tierra y el poder, que acabó con la vida de Almagro y que me dejó huérfana, se resolvía uniendo ambas gobernaciones y poniéndolas bajo la Corona. Un virrey y cuarenta Leyes Nuevas desembarcaban en aquella tierra para imponer el orden. ¿Orden? Aquello sin remedio desataría una nueva guerra civil en Perú.

Alabé el cuidado y conservación que procuraba su majestad a los indios, siempre me posicioné en contra del abuso y del maltrato hacia los que compartían mi sangre, pero si al hacerlo se burlaba a los vecinos, a los primeros hombres que hasta allí llegaron arriesgando por igual vida y dineros, consideré atropellada la enmienda, y auguré más sangre, más muerte, y más violencia. La trigésima ley de aquel cuerpo de ordenanzas fue la que golpeó con fuerza el espíritu, el orgullo y el honor de los hombres: en ella prohibía ahora el rey que los hijos heredaran lo único que poseían sus padres en aquella tierra. Tampoco las viudas percibirían la herencia. Aquel era el único patrimonio de todos aquellos que dejaron España para pelear, poblar y colonizar estas tierras. La merced obtenida se perdería, pasaría a manos de la Corona. Y muchos seguían estando endeudados por las expediciones de conquista.

—Cuando desposeyó de indios a los encomenderos del norte, ¿qué hicieron los naturales, señor? —quise saber.

—Nada, se quedaron allí, esperando. Se ordenó entonces a los soldados que dispararan arcabuces para asustarlos y que marcharan. Pero cuando el virrey prosiguió su viaje, volvieron a sus haciendas, con sus antiguos señores.

La primera luna llena de mayo, con el espíritu apretado ante lo que se avecinaba, pude acudir a la huaca. Me vestí con las ropas de Nuna, un *acsu* con faja, las ojotas de cuero de llama, el cabello suelto, y un manto cubriéndome la cabeza para que nadie pudiera reconocerme. No recuerdo bien los detalles, salvo por lo que me contaron después mis indias. Me encontraba aturdida, con una inmensa flojera dominándome el cuerpo a consecuencia del ayuno de días y los brebajes de paico y ceniza que hube de tomar antes de pisar el espacio sagrado del ídolo.

Allí estaban las mujeres, las indias yungas que atendían a la sacerdotisa, vigilando mi llegada. Ofrendé oro, plata, mantas y grandes vasijas de chicha. Pedí a Ymarán la requerida talega de *mullu*, las conchas sagradas que alimentaban a los dioses. Era el *mullu* sagrado el oro rojo que circuló por los caminos reales del Imperio y que se extraía de las cálidas aguas del golfo de Guayaquil. Se sacrificaron los cuyes cuya sangre sería entregada al ídolo y también una llama y dos carneros de la tierra, como eran conocidas las alpacas entre los españoles, pero la huaca no hablaba, permanecía muda, no se revelaba el secreto para mí.

La sacerdotisa acudió entonces, me miró con extrañeza. La recuerdo alta y hermosa, vestía una impoluta túnica blanca y portaba en sus manos el manto de vicuña que usaba para aislarse del mundo terreno cuando suplicaba palabras al ídolo. Mostraba una majestad innata, no necesitaba hablar para que sus sirvientas, las indias yungas que la atendían, supieran en cada momento lo que ella necesitaba para penetrar al mundo sagrado de los dioses.

Se decían muchas cosas de aquella imponente mujer, unos aseguraban que era miembro de la *panaca* de Huáscar y que se escondió allí huyendo de la mortal campaña de las tropas de Atahualpa. Otros le daban un origen humilde, asegurando que fue señalada con el dedo divino de Illapa el trueno al nacer de pie en una aldea incierta cerca de Pachacamac. Ella y su hermana gemela, que murió por no portar el *mullu* y cuyo cuerpo permanecía en una vasija en el interior del templo, poseían el don del control ritual del agua, que solo las escogidas, las *aclla huasi*, dominaban.

La consulta hubo de ser repetida hasta cuatro veces. «Óyeme, respóndeme, concede conmigo y a través de mí». Escuché en quechua las palabras de aquella mujer que pasaban de melosas a autoritarias, quedando al final en tono suplicante. Pero nada se dijo. Nuna temió que el silencio del ídolo fuera por enojo; a veces las huacas no daban a conocer los mensajes de los dioses cuando estos estaban ofendidos. Yo solo quería saber qué peligros se cernían sobre los dos Gonzalos. No me preocupaba mi salud, siempre fui fuerte. La sacerdotisa por fin se dirigió a mí, aunque su mensaje nada tenía que ver con lo que consulté:

—No eres quechua. Tu sangre es mezclada de dos reinos y en ti volverá a repetirse, pero Supay le dará fin con premura. Aún deberá tu corazón sufrir el dolor de dos almas, defender las dos tierras, pero para eso llegaste aquí, ese es tu sino. El hombre que preñará tu vientre ya comparte una de tus sangres. Será una sola, limpia, blanca y lejana la sangre que dotará de vida a tu estirpe, que será breve. El oso volverá a doblegar al cóndor, y tú volverás a rebelarte. —Después desapareció dejándome más confundida de lo que estaba.

Fue ese el día que supe mi destino, aunque admito que entonces no lo comprendí, hubo de pasar algún tiempo hasta que aquellas palabras tomaran peso. Pero fue esa fría noche de mayo, cuando supe que sería un Pizarro quien colmaría de vida mi vientre.

Capítulo 5

El buen rey

Lo que pasó en ese tiempo debo narrarlo con cuidado, deteniéndome en los hechos, porque fueron estos los que marcarían mi vida. Descubrí hasta dónde el poder es despiadado e implacable y puso fin al cauteloso y frágil tiempo de paz que vivíamos en Lima. La violencia se desató nuevamente. Y ninguno quiso respetar el sufrimiento ajeno, las privaciones y el dolor. Las bellaquerías y las infamias regresaron. Lo que sucedió en aquellos días volvería a teñir de odio y sangre aquella tierra.

En nombre del rey, esta vez, se cometerían atropellos que aniquilarían la clemencia y la piedad, horribles crímenes que sé bien que no alcanzarán perdón más allá de la muerte, porque cargo también con esa culpa.

El silencio que reinaba en Los Reyes cuando se recibió al virrey era más peligroso que los tiros de los arcabuces, más mortal que el estruendo de mil bombardas. Un ingente séquito le acompañaba. Recreó los usos de la corte castellana, rodeándose de una prolija comitiva en la que paniaguados, soldados, escribanos, criados y escoltas se desvivían por agradarle. Todos se acomodaron en las casas de mi padre, como ya era costumbre. No se hizo acompañar de su esposa, como las propias leyes del rey exigían ahora. Los hombres que pasaran a Indias debían hacerlo con sus mujeres legítimas, pero la dama Brianda de Acuña no cruzó el océano, permaneció en Ávila, entregada a labores pías y a la oración, haciéndose perdonar la innumerable sarta de pecados de su esposo.

De aquellos días, mantengo la terrible imagen de Vaca de Castro, los puños de encaje y seda ahora reemplazados por los pesados grillos, las manos impolutas ahora manchadas con el pecado del deshonor. Era llevado con violencia a la que sería su prisión en uno de los barcos que Ampuero se apresuró a ofrecer como cárcel, en El Callao.

El traslado del preso se hizo a media mañana, a la vista de todos, para acrecentar el escarnio público, buscando su humillación. Todos, oidores, vecinos, miembros del cabildo, comerciantes, indios y esclavos, asistimos al grimoso espectáculo. Solo unas semanas antes aquel infeliz era el ínclito pacificador del Perú, y ahora era conducido como un vulgar delincuente. Todo podía trocar en aquellas Indias, todo mudaba a la velocidad del relámpago.

Ciertamente, Vaca, que acudió a Lima tres días antes para recibir al virrey y jurarle lealtad, ya había hecho maniobras para salvar su cabeza. En su viaje desde el Cuzco trajo consigo a un ejército de descontentos que bramaban contra las Leyes Nuevas y a los que hubo de apaciguar. No fue ese ejército lo que provocó su encarcelamiento; como creo que ya narré, en la corte ya estaban al tanto gracias al contador Juan de Cáceres y de otras voces de los oscuros asuntos de Vaca de Castro, más preocupado en hacer bien y provecho a sus deudos y allegados que en cumplir con el buen gobierno de su majestad. Su ambición fue lo que precipitó su fin. Eso y un plan bien orquestado para eliminarle cuando fue molesto, y que siempre sospeché partió de los propios despachos del Consejo Real.

En un maloliente camarote, mecido por las aguas del Pacífico, pasaría los días el que fuera el gobernador del Perú, rodeado de mugre y piojos, asediado por las ratas y planeando el modo de escapar. La advertencia de mi tío Gonzalo sobre el juicio de residencia resultó ser profética. Todos los que acariciaban el poder en las Indias debían enfrentarse al implacable tribunal, rindiendo cuentas por sus desmanes y atropellos. Una portentosa maniobra que también sirvió para arrebatar el poder a quien no interesaba. El juicio se celebró de inmediato por petición del virrey. Allí, todos los frailes dominicos que engordaron los bolsillos de Vaca de Castro se desdijeron y le dejaron solo, hasta el honorable fray Tomás de San Martín, provincial dominico, salió ileso de las acusaciones cuando era público y notorio que facilitó grandes cantidades de oro, plata e importantes sumas de dinero a Vaca y a su esposa. Años después yo misma declararía en el proceso contra Vaca de Castro, que continuó en España, pero ahora no estamos en esas. Ahora estamos en el polvorín silencioso que era el Perú cuando Blasco Núñez de Vela tomo posesión de su cargo de virrey.

La ausencia del rey en las provincias de ultramar, que dejaba a aquellos lejanos súbditos sumidos en la orfandad, era peligrosa, y en Castilla lo sabían. Exigía fórmulas que apuntalasen el afecto y el rigor, el poder y la obediencia. El monarca, como cabeza y alma del reino, debía hacerse presente con el ostentoso ceremonial del sello real, que portaban el conjunto de oidores y el representante de su majestad en ese recién estrenado virreinato de Perú.

Una vez más el mismo trajín. Se sacaron los palios, se tejieron arcos de flores, se dispusieron soldados a caballo primorosamente enjaezados rodeando la plaza y el canciller portó el cofre cubierto con paño de oro que contenía el sello real. Así fue como la personificación del poder del rey entró en Lima, bajo palio de brocado, así, porque su alteza nunca pisó esa tierra, tampoco su hijo. Se lanzaron salvas y se perpetuó el ritual realengo en un ambiente que ya no toleraba aquello. En la catedral se cantó sin regocijo el *Te Deum laudamus*. La inmundicia y el deshonor que evocaban aquellas leyes eran hostiles para los vecinos. Tampoco la cacareada obediencia al rey pasaba ahora por un buen momento. Las gentes callaban, pero el odio indisimulado se palpaba. Nadie iba a tragar con aquello después de todo lo sufrido. El celo del virrey y la violencia en sus disposiciones no ayudaban a aplacar el descontento. Al contrario, atizaban el odio, avivaban el rencor y lo que era peor: el desafecto al monarca comenzaba a afianzarse.

Solo dos días después de la llegada de la nueva corte apareció la primera de aquellas cartas que me iban a acompañar en esos últimos tiempos en mi tierra perulera. Estaba asida a la enredadera bajo el alféizar de la ventana, cuidadosamente dispuesta a salvo de ojos curiosos. Palpé el pergamino de gran gramaje y calidad, de señorial tono amarillento, sabiamente doblado de manera intrincada y segura, como se hacía de antiguo para mantener el contenido a salvo. Dos cordeles trenzados, de un verde intenso, ataban la misiva. La abrí, no tenía fecha ni sello, no presentaba firma, no estaba lacrada. Solo contenía escritas con tinta roja estas palabras:

Los que dejan al rey errar a sabiendas merecen pena como traidores.

Permanecí dándole vueltas al mensaje. Guardé la carta en el mismo sitio en el que guardaba la tela pintada de mi padre, escondida en mi alcoba en un hueco hollado con paciencia en una pata de la cama y tenazmente cubierto por el rodapié de seda. Asumí que Gonzalo extremaba las precauciones ante la nueva situación en Lima y decidía alertarme sobre las calamidades que escondía aquel cambio. Recuerdo bien que los indios andaban revueltos, debían acostumbrarse también a esta nueva realidad que no entendían.

—*Colque* —aseguró Shaya—. Es la plata, pues, doña.

Ese fue el nombre que los naturales dieron a la moneda. Crearon en su lengua un sitio para el pedido del rey. Para lo que regiría su fuerza, su trabajo y su vida. *Colque*. No faltaría ninguno a su pago, era solo que no comprendían qué valor tenía aquello que no abrigaba, no alimentaba, no calmaba la sed, su única valía era simbólica y ya tenía dueño, pertenecía a los dioses. Desconfiaban de lo que era un ornamento sin capacidad de sustentar la vida o defenderla. Por eso no entendían, aunque acataron.

—La Pachamama nos cuida y nos da de comer, pero el *colque* no hace crecer el maíz ni fecunda a la tierra —le escuché a Shaya a menudo.

En el mundo andino, hasta donde sé, nada se nombraba al azar, tampoco por capricho, cada voz encierra una cualidad, destaca una virtud o señala un vicio. Ahora los términos eran acuñados con urgencia, y por tanto imprecisos para cubrir ideas y conceptos inexistentes en aquel vasto mundo. Sin embargo, *colque* hablaría también del vicio que despertaba aquel metal en los barbudos. Iría desde ese momento la palabra unida a la ambición y a la codicia.

No pasó mucho tiempo desde el ceremonial realengo cuando fui convocada con Inés, Antonio de Ribera y mi hermano a una audiencia con el nuevo señor del Perú, el honorable virrey Blasco Núñez de Vela. Recuerdo bien que ya se hablaba en toda Lima de su hermano, único familiar directo traído hasta allí, más calmado en sus actos, Vela Núñez, que parecía la única solución para controlar al virrey, y en él depositamos nuestras esperanzas. Me vestí de negro para honrar a mi difunto padre. También lo hice para agradar al que imaginaba tan implacable con la etiqueta de la muerte como deseoso de sacarnos alguna tacha. Nos recibieron en el salón principal. Habían dispuesto tapices flamencos cubriendo las paredes, en algunos el águila bicéfala y el toisón de oro, las armas de Carlos V, advertían del peso de la mano del rey. Las alfombras de lana traídas de Castilla ocultaban el suelo de barro cocido. Las bujías descansaban en candelabros de oro, y la enorme mesa que antes presidía la sala, ahora relegada a un rincón, era lo único que quedaba de los tiempos de mi padre.

Miré al caballero, era alto, de expresión huraña. Un semblante iracundo siempre borra cualquier atisbo de belleza. Su excelencia era malcarado, de barba espesa y frente ancha. Su rostro cetrino mostraba una nariz aguileña. Me fijé en sus ojos diminutos y vivos, como los de un ratón, y en su temple nervioso. Lucía la cruz de Santiago, y una capa de marta sobre sus hombros bajo la que descansaba una gigantesca cadena de oro. Las armas de su linaje estaban colocadas de modo ostentoso en la pared tras su sillón. Ahora, tanto tiempo después, sé que adquirió el mayorazgo no por destino, sino por caprichoso azar y tenaz lucha.

Nos recibió rodeado de los oidores de la nueva Real Audiencia de Lima. Allí estaban los caballeros Diego Vázquez de Cepeda, Juan Álvarez, Pedro Ortiz de Zárate y Juan Lissón de Tejada, que compartían el poder con el virrey. Eran muy diferentes entre sí, y se veía a leguas el desacuerdo presto a surgir entre ellos. Acudí a sus rostros, estragados y famélicos, como corresponde al viaje arduo y largo por mar que siempre mellaba la salud del cuerpo y el vigor del ánimo. Reparé en Vázquez de Cepeda; de los cuatro jueces, era el único al que el aire limeño parecía hacerle bien, bronceado el rostro y saludable, se mostraba animoso y nos miraba con curiosidad a mi hermano y a mí. Al fondo, el factor Illán Suárez de Carbajal observaba la escena, atusándose la barba y con la bondad poblando sus ojos; me confié, al menos había una cara amiga.

—Os trasmito mis condolencias por la terrible muerte de vuestro padre el marqués, señora. A vos y a vuestro hermano. —Habló manteniendo una compostura fría que no casaba con el pésame y sin apartar los ojos de los documentos que tenía en la mano.

—Habría que pensar en vuestro traslado a España de forma inminente. No es esta tierra segura para vos.

Me dejé llevar por un impulso que me dominó, y que buscaba disuadir de aquella fatal idea a su excelencia:

—Con el mayor respeto, señor virrey, no hay tierra más segura para mi hermano y para mí que esta. Todo lo que conocemos y amamos está aquí. No viajaremos a España.

El semblante de Blasco Núñez de Vela se agrió. La oportuna intervención del oidor más anciano, Zárate, aplacó el rostro y el ánimo del virrey. Con gran maestría el sabio y achacoso juez diluyó la propuesta acudiendo a las peligrosas penalidades que aquel viaje supondría para una doncella y un infante. Después, oportunamente, cambió el tema por uno menos intrigante y más socorrido para él: las humedades del invierno peruano que ya empezaba a sufrir en sus huesos. Comprendí entonces que en Zárate había un aliado, aunque yo ya había calado a su excelencia, el virrey.

Blasco Núñez de Vela evidenciaba el escaso tino de su majestad el rey Carlos encomendando misiones delicadas. Aquel era un hombre desalmado, de odios violentos, con un sempiterno rictus de agravio, que poseía la soberbia de quienes se creen por linaje superiores al resto y no consienten que no se haga su voluntad. Arrogante y terco, era fácil leer en sus ojos lo que le recorría el pensamiento, casi siempre a merced de su espíritu iracundo. Me convenía acercarme a él, a pesar de la impetuosa crueldad que ya se adivinaba en sus gestos. Convine adoptar una actitud de profundo respeto y obediencia, incluso mostrarme inclinada a servirle en su nueva empresa. Lo alabé, como él esperaba que todas las criaturas de aquel reino perdido lo hicieran. Era evidente que Blasco Núñez de Vela no quería ser solo el virrey, lo que anhelaba y con su actitud mostraba es que todos le hiciéramos sentir que lo era, manteniendo sumisión y obediencia.

—Quería, excelencia, ofreceros a mis indios de servicio. Nada me placería más que contribuir a que hagáis de este lugar vuestra casa, y para ello os confío a mis criados. Os darán descanso y os proporcionarán cuanto necesitéis en esta tierra todavía extraña para vos. —Su rostro volvió a mudar, y me anticipé a la que podría ser su queja—. Yo correré con el gasto, excelencia, pagando este servicio en monedas a mis indios —añadí.

—Soy el único en esta tierra que está exento de pago por el servicio de indios, señora. Puedo tener cuantos me plazca —aseguró con desprecio—. Me complace comprobar que conocéis las nuevas ordenanzas y las cumplís. Por vuestro difunto padre, aceptaré el presente.

Así se zanjó nuestro primer encuentro. Vi en los ojos de Inés la inquietud negra y pesada. Ella, mi tía, sabía tomarle el pulso a los tiempos oscuros mejor que nadie, adelantándose a los infortunios. Entendí que, si queríamos seguir en Lima, debía ser discreta, obediente y plegarme a la causa del virrey. Una vez más, hacerme invisible, prodigarle las mayores consideraciones, mostrarme ingenua y melosa hasta que solo viera en mí a una pobre mestiza huérfana digna de su compasión.

Agradecí a los dioses que aceptara mi ofrecimiento. Dispuse ocho indios yanaconas que, bajo el mandato de Ymarán, pasarían las jornadas atendiendo las necesidades del virrey. A su vez, Nuna y Shaya harían el servicio de la casa. Gracias a mis indias conocí las cuitas que se tramaban en el palacio y accedí a la trastienda de aquel hombre. Blasco Núñez de Vela era tan implacable como devoto, y supe que, para expiar sus pecados, cada noche buscaba la mortificación del cuerpo ayudándose de un cilicio plagado de puntas de plata. Disponía de su propio capellán, con el que confesaba a diario y al que imagino obediente a la hora de purificar la culpa otorgando indulgentes penitencias. Asignó el cargo de copero, un título en desuso en las Indias, a uno de sus hombres: el criado probaba su comida y su vino antes que él, temía el virrey ser envenenado. No comía pescado, aborrecía la chicha y despreciaba por igual maíz, camotes y papas. Mal asunto gobernar una tierra detestando sus frutos. Se quejaba en los almuerzos privados de los oidores. Se le revolvían las entrañas cuando observaba a los vecinos de Lima vestidos con mantos de terciopelo. No se daba cuidado en vigilar quién estaba escuchando, fueran indios o españoles, cuando encolerizado repetía a su hermano:

—Yo juro ante Dios y Santa María su madre, que por vida de doña Brianda, mi mujer, reformaré las repúblicas de esta tierra y pondré orden y concierto sobre la manera como han de vivir estos hombrecillos, que parece que andan hinchados como odres de vientos con vestidos de grana y seda.

Nuna y Shaya me contaron también que vivía obsesionado con una conspiración, un levantamiento contra su autoridad. «Nadie teme lo que no provoca», pensé. Por Ymarán supe que espiaba a todos los que poseían autoridad. Recelaba de los miembros del cabildo, y pese al paciente consejo que el caballero Illán Suárez de Carbajal le procuraba sobre los asuntos de una tierra de la que ignoraba todo, desconfiaba de él, profiriéndole un profundo desprecio en sus despachos.

Mientras el virrey blasfemaba contra todos, y se adelgazaba por la dificultad de encontrar platos de su gusto, juntas y corrillos se hacían en penumbra en las casas, huyendo de la presencia de sus soldados, que acechaban calles, plazas e iglesias vigilando toda la ciudad. En la taberna el alboroto se apagó, sustituido ahora por el terrible silencio cuando uno de los hombres del virrey asomaba por allí. Antón el tabernero veía como se vaciaba su negocio; ni dados, ni naipes ni bulla. Los duelos y destrozos de los días pasados daban ahora lugar a una tensa calma que provocaba la marcha de los vecinos.

En casa de Beatriz la Morisca nos dábamos cita. Con el honorable propósito de rezar como excusa, Inés, Catalina, mi hermano y yo acudíamos a sus casas. Los hombres convinieron no ir a la de María de Escobar, donde, por orden del virrey, Catalina de Argüelles, la esposa del oidor Cepeda, tomó posada. María no pudo negarse al hospedaje, pero tampoco se anduvo con remilgos y acogió al matrimonio, aunque siguió recelando del virrey. Las puertas de María estaban abiertas para quien quisiese hacer frente al despótico Blasco Núñez. Había vivido tantos atropellos que María ya no conocía el miedo, y no cejaría en su empeño de hacer frente, con uñas y dientes si era preciso, a aquel hombre. Pudo observar con detenimiento entonces a la mujer y al oidor, a ella la tildaba de corta de luces, y dotada de una mansedumbre que al marido convenía. La conocí escasamente, y lo que acerté a entender es que Catalina de Argüelles vivía en un conveniente engaño.

A aquellos cónclaves clandestinos en casa de Beatriz y el veedor Salcedo, acudían Juan de Barbarán, Benito Suárez de Carbajal y Antonio de Ribera. Los antiguos capitanes hablaban y hablaban; poseían información gracias al cabildo y sobre todo gracias al factor Illán, que vivía de cerca todo cuanto sucedía y que había jurado lealtad al virrey. Una de las leyes más comentadas era la que prohibía la encomienda a todo aquel que hubiese participado en los enfrentamientos entre mi padre y Almagro. Solo esa ley permitía desposeer de hacienda a prácticamente todos los vecinos del Perú, un desatino que envenenó por igual el ánimo de los que antes fueran épicos enemigos entre sí.

Los rumores desbandados ya corrían por todo el Perú, alcanzando también la selva de Vilcabamba, donde Manco Inca para unos buscaba el momento de congraciarse con el recién llegado Blasco Núñez de Vela, para otros volver a atacar Cuzco, de todo se decía. Cada vez y con más fuerza, el nombre de Gonzalo poblaba todas las conversaciones.

Nacía herido de muerte el nuevo virreinato de Perú, y debo decir que no solo por el descontento de los vecinos. La primera llaga se abrió dentro.

—Los jueces no tardarán en estallar. Advirtieron a su excelencia no aplicar las leyes hasta que no estuviesen ellos en Lima y declarado su cargo en todo el Perú. Huamanga, Cuzco y las ciudades del sur se niegan a acatar el poder del virrey —confirmó el veedor Salcedo lo que yo ya sabía gracias a mis indios.

—A estas alturas no vamos a comulgar con ruedas de molino. Esas leyes y ese hombre son hijos de Satanás. Al oidor Cepeda lo veo levantisco. Vos, que sois leguleyo, sabréis qué hacer, Salcedo —apuntó María, que siempre perdía las formas al tratar aquel asunto.

—Su excelencia asegura que no ha de estar el poder de esta tierra en manos de porqueros y arrieros —replicó Benito imitando la voz impostada del virrey.

—Estos porqueros les pusimos la tierra en bandeja. Que no olvide su excelencia que, igual que engordamos al marrano, podemos degollarlo, y hacer buena matanza —aseguró María golpeando el rosario en la mesa.

El portentoso virrey no se cuidó de burlas arrogantes hacia los que vivíamos allí asentados. Hasta en la Audiencia profirió ante todos que había de ahorcar a los españoles de setenta en setenta hasta aniquilar la última cabeza en este lugar. Una provocación que golpeó el espíritu de los españoles, entrenados desde antiguo en el arte de la afrenta, y que acarrearía consecuencias.

En aquel momento no supe verlo, pero ahora sé bien, con la distancia oportuna que otorgan los años, que esa era la esencia de todo: el poder no debía abandonar las manos primitivas que lograron hacerse con él, siempre auspiciado y bajo el beneplácito de Dios. No era algo nuevo. En el Incario también los dioses apuntaban a quien debía gobernar, un privilegio limitado a unos pocos, que justificaba las guerras para someter a los otros pueblos. Esos mismos eran los que, una vez obtenido, se encargaban de entregarlo a los suyos, vigilando que no escapara mediante luchas intestinas lideradas por orejones en el seno de las *panacas*.

Comprendí que no era diferente en España. No podía osar un porquero o un campesino manejar la gobernación. Mucho menos un bastardo. Esa sería la justificación última. Se les otorgó poder solo para acometer el trabajo peligroso, a su costa y a su riesgo. Pero era un espejismo, una ilusión vana. Ahora había que arrebatárselo, para que volviera a quien por cuna le pertenecía. Ni mi padre, ni mis tíos ni muchos de los capitanes y hombres que enfrentaron aquella empresa poseían la sangre azul e impoluta de los grandes linajes castellanos, esa que los altos cargos exigían. La alta aristocracia copaba los oídos y la mente del rey dirigiendo en la sombra sus mandados. Y sus miembros, bien asentados en los Consejos Reales, se resistían a que hombrecillos de baja estofa osasen decidir los designios de los provechosos reinos de ultramar. Cuando lo que narro sucedió, ya había otros caídos en desgracia: el almirante Colón y el capitán Hernán Cortés fueron desposeídos de privilegios y poder, cuestionados y señalados, sometidos a humillación y apartados de la tierra por la que pelearon. Ahora había que derrocar a los Pizarro.

Mientras se proferían aquellos interminables conciliábulos, yo observaba a Leonor de Soto, que permanecía ajena a cuanto se hablaba, ausente y calmada, dibujando figuras mitológicas de herencia andina para sus bordados o haciendo bolitas con la miga del pan cocido por su protectora. Parecía habitar en otro mundo, no la rozaban ya la indignación ni el desconcierto, ni siquiera la perturbaban los negros hechos que se avecinaban, al igual que mi hermano Gonzalo poseía una suerte de halo que los protegía, barnizado de imbatible paciencia, para afrontar desde mandados inútiles a envites malhadados y feroces. Era el alma de los que ya creen conocer su destino, y asumen que nada puede hacerse por cambiarlo. El alma que alentaba la aceptación sin lucha, la obediencia y la sumisión.

Las palabras de Antonio de Ribera me devolvieron a la conversación, alertándome:

—Sé que Pedro de Puelles está acudiendo a Charcas en busca de Gonzalo. Muchos están cruzando la serranía pidiendo que Gonzalo encabece la súplica que el virrey se niega a dar —aseguró Antonio—. Yo no puedo hacer nada, me consta que el virrey tiene vigilada nuestra casa, y no pondré en peligro a mi esposa ni a los niños.

—Si Gonzalo acepta el cargo de procurador ante su majestad, podremos negociar ante los jueces, mi hermano Illán así me lo confirmó.

—Vuestro hermano juró lealtad a ese majadero, señor Benito. ¿Realmente se puede confiar en alguien que sacrifica su honra plegándose a ese infame?

—Él es fiel a su cargo, doña Inés, le conozco y sé bien que buscará la manera más pacífica de disuadir al virrey; en cualquier caso, ni mis hijos ni yo vamos a asumir este agravio.

Así supe que Benito Suárez de Carbajal y sus hijos partirían de inmediato a reunirse con mi tío Gonzalo, como ya habían hecho otros principales vecinos de Lima y de todas las ciudades. En aquel tiempo oscuro, hasta los detestables dominicos defendían a Gonzalo. Fue en Cuzco, durante la misa, y fue fray Agustín de Zúñiga quien se atrevió a exclamar desde el púlpito: «Gonzalo Pizarro tiene más derecho a la tierra que el rey». Y cuando alguien le dijo que sus palabras eran desproporcionadas, aseguró: «Qué queríais que hiciese, si se ejecutan las ordenanzas quedan mis hermanas y sobrinas a la putería».

Era un camino de dos sentidos aquel de las nuevas y los sucesos. Al tiempo que nosotros obteníamos informaciones, al virrey le llegaban otras. Todavía no había aceptado mi tío el requerimiento que todos los pobladores del Perú le estaban haciendo de convertirse en su representante ante el rey, y ya las cuitas que rodeaban al virrey eran de tropas y levantamientos, de guerra hacia su persona. Todas las amenazas llevaban siempre el mismo nombre, Pizarro. Quise escribir a Gonzalo, hasta acaricié la idea de enviar a mis indios de Huaylas a Chaquí. Necesitaba advertirle, y sobre todo necesitaba su presencia en Lima. Era demasiado arriesgado, y Gonzalo fue tajante al marchar, solo él me escribiría. Una carta en aquel momento hubiese sido un error de graves consecuencias, como se verá después. Hube de aplacar mis desvelos. Y confiarme a todos los dioses.

Una mañana, cuando salía para acudir a la iglesia, encontré un gran número de soldados desconocidos y prolijamente empenachados rodeando la casa. Fuimos desposeídos de nuestros centinelas por orden del virrey; a pesar de la oposición de Barbarán, Ribera y el cabildo al completo, determinó sin consenso por parte de la Audiencia que, si había de procurar seguridad a los hijos de Pizarro, sería su propia guardia personal quien la brindaría. Argumentó que de ese modo correspondía a la amabilidad que le prodigué entregándole mis indios a su llegada. Hábilmente, conseguía así ese linajudo zorro controlar nuestros movimientos.

Yo intentaba revestir de normalidad los días y proteger a mi hermano. Lo único que hasta ahora mantenía a Gonzalito con ímpetu era el tiempo compartido con Poderoso. Ni las letras, ni el estudio, ni la incipiente lectura despertaban su curiosidad ni su espíritu. Mi hermano ya poseía cierta soltura en ambas sillas. Cabalgaba con aplomo. Estaba casi tan impaciente como yo por el regreso de mi tío Gonzalo, porque quería impresionarle. Por eso supliqué a Antonio que no nos privara de montar, aquellas salidas al río eran medicina, y por el bien y la salud de mi hermano rogué que siguiéramos con ellas. Accedió el caballero, asumiendo nuestra protección, acompañados por dos de sus hombres de confianza. Acudíamos al río, y allí cuando mi hermano pedía descansar, yo aprovechaba para darle unos trotes al caballo usando el invento de Aldana. Me escabullía hasta la orilla donde, entre sábanas y sayales, se afanaban las lavanderas. Lo hacía con la esperanza de hallar a Esmeralda. Pero no había rastro de ella.

Una tarde, cuando nos disponíamos a salir, un indio entró en las caballerizas buscando con impaciencia a Antonio: portaba un mensaje del cabildo, le urgían a un encuentro a las afueras. Hubo que posponer nuestro rato de monta. Antonio cogió las riendas de Poderoso y montó para acudir al llamado de los hermanos Suárez de Carbajal. Cuando mi hermano Gonzalo y yo regresábamos a la casa, escuchamos los golpes y los gritos que provenían de la calle, el caballo se encabritó al descender la cuesta que unía la casa de Antonio e Inés con el convento de la Merced, cabeceando de modo violento. Tras un largo quejido de dolor, Poderoso se puso de manos y desestabilizó a Ribera, que a punto estuvo de caer arrojado por el potro. Su propio peso fue lo que le salvó, mi hermano y yo hubiésemos salido despedidos ante tan violento e inexplicable movimiento por parte de aquella noble criatura, que nunca hizo el más mínimo extraño. No entendimos qué desató la fiereza extraña del animal. Cuando Antonio logró desmontar, ordenó a los criados que quitasen las cabalgaduras y examinaran los cascos. Calmaron al animal como pudieron. La boca sangrante de Poderoso nos dio la respuesta, alguien había colocado clavos en el bocado, que al tirar de las riendas para frenar se clavaron en el paladar y la lengua del caballo. Solo mi hermano y yo montábamos a Poderoso. Antonio se volvió loco, reunió a los criados, sometiéndolos a un implacable escrutinio, para averiguar quién armó y ensilló a Poderoso aquel día, amenazó a los esclavos y reunió como último recurso a los indios, que acostumbraban a pasar tiempo en las caballerizas. Detuve aquel delirio cuando se organizó una partida de castigo que a latigazos buscaba hallar al culpable de aquella felonía.

—Nadie de los que viven en esta casa ha sido capaz de hacer esto, Antonio. La maldad viene de fuera, ¿a qué castigar a inocentes?

Regresó a mi cabeza lo confesado por Esmeralda, Diego Méndez seguía huido y aquel hecho estaba cargado de siniestras intenciones. Busqué sin suerte a la amante de Méndez, ahora mi deuda. Hasta envié a Ymarán a la taberna con la esperanza de que diera con ella. Pero no, Esmeralda estaba demasiado ocupada manteniendo un pulso arriesgado con el destino en aquel juego a tres bandas que le procuraba no solo holgado sustento, sino también una posición que ella suponía ventajosa en la incipiente e intrigante nueva corte.

Fue una mañana tibia y templada de septiembre, cuando al salir de la iglesia, la vi abandonar el Palacio de Gobernación por la puerta principal. Entendí que ahora era ella quien prodigaba su cuerpo en alcobas y no al revés. Cerró su casa y su cama, no recibía a los hombres, acudía a los lechos ilustres de los recién llegados. Me admiró lo hermosa que estaba, la blancura perfecta de su rostro que en secreto yo envidiaba. Vestía una saya de primavera a pesar de ser invierno. Parecía liviana. El jubón de raso con trenza de oro ofrecía sin pudor sus carnes y enseguida percibí la calidad de las alhajas que ahora cubrían su escote, cabeza y brazos.

Esmeralda era una de esas mujeres astutas de carácter recio, que no se amedrentaban fácilmente. Pecaba de osadía y también de determinación. La enemistad que Inés le procuraba partía de la similitud de sus espíritus, alejados de los remilgos, y prestos siempre a avasallar cuanto encontraban. A pesar de ser opuestas, Inés una respetable matrona indiana y Esmeralda una meretriz, ambas compartían mucho. Vestir un sayal y una enagua no era un límite para ellas. Puedo asegurar que son las únicas mujeres que, hasta el día de hoy, he visto pelear por lo suyo sin despeinarse con más firmeza que un hombre. Y son muchos los otoños que pueblan este espíritu, y muchas las batallas y mujeres que he conocido después.

Burlando mis indicaciones y también a la guardia del virrey, aquella tarde Esmeralda acudió a la casa de Inés cumpliendo con la promesa hecha. Los criados la dejaron entrar, ya conocían su tumultuoso proceder cuando algo se le negaba a aquella mujer y estaba demasiado cerca el castigo anunciado por Antonio como para provocar más trifulcas.

—No temáis por Méndez, marquesa, está muerto. Intentó salvar su vida, y la del resto de almagristas escondidos en la selva, ofreciendo al virrey Blasco la cabeza del Inca. Entre todos y a ese fin mataron a Manco a traición. Pero los criados del rey indio acabaron con ellos.

Cuando supe el terrible fin de Manco no pude creerlo. Asesinado con vileza por aquellos a los que les ofreció protección y sustento en la llanura sagrada. Sentí un profundo pesar, siempre respeté a Manco y a su causa, aunque fuera contraria a los Pizarro. Hay que saber reconocer y admitir la dignidad del enemigo, así lo aprendí de Gonzalo, aunque confieso que Manco nunca fue un enemigo para mí. Sayri Tupac sería ahora el señor de Vilcabamba, pero hasta que no se perpetuaba la sucesión se mantenía en secreto el fallecimiento de un Sapa Inca, desde los primeros tiempos fue así en el Incario. Si yo no lo había sabido por los indios de Huaylas, o por mi abuela, ¿cómo demonios podía saberlo ella? La respuesta no se hizo esperar.

—El caballero Vela Núñez, el hermano del virrey, me trata como a una infanta, estos chapines, los más hermosos que he visto nunca, son su regalo por la dulce compañía que le obsequio.

Se subió el sayal, no llevaba calzas, y ahí estaba su lunar perfecto, con ese color azul ópalo que parecía brillar en su piel nacarada. Los zapatos altos, forrados de terciopelo y perlas, eran demasiado ostentosos para venir de la corte castellana, siempre temerosa de que el lujo corrompiera a las almas. Sospecho que el buen caballero ya sabía de las escaseces de las Indias, e hizo encargo de un buen acopio de sayas, zapatos, telas y vestidos de Italia que emplearía como granjerías, buscando favores poco honorables en el Perú.

Con gran tino e infinita paciencia, Esmeralda sedujo al hermano del virrey, que se convirtió en su leal amigo. Era lo bastante lista como para saber que la escucha incondicional y los afectos son el mejor bálsamo para despertar la confianza en los hombres. Así fue como, al igual que antes pasara con Diego Méndez, el hermano del virrey le compartió cuitas, desvelos y también sus planes. El asunto es que, tal y como ella me contó, frecuentaba también la compañía del linajudo juez Vázquez de Cepeda. Me estremecí, la esposa del oidor, Catalina de Argüelles, vivía en casa de María, aunque no sería ni el primero ni el último que desfogaba sus apetitos fuera del lecho conyugal. Le advertí, no obstante, del peligro que corría si, al saberlo, alguno de los dos caballeros se sentía agraviado, y con sorna, me aseguró:

—¿Qué agravio podría despertar una mujer como yo? No es un cortejo, marquesa, es un negocio.

—Aun así, es peligroso.

—Es provechoso para ambas, marquesa.

Esmeralda era clara, sin dobleces. A partir de entonces acudió a mi casa todos los días a atiborrarse de pastelillos de maíz con azúcar y a beber chocolate mientras me narraba con cuidado lo que sabía gracias a sus amantes. Cada avance en los planes, cada desavenencia entre el virrey y los jueces, los conocí por Esmeralda; como ella aseguraba, donde mejor se conoce a un hombre es en la alcoba, al lecho nada escapa. Los secretos entre las sábanas se esfuman, y el placer desata la complicidad alentando las confidencias.

Aunque no era de recibo, también tuvo tiempo para desgranar detalles que superaban lo cristianamente decente. Supe cómo eran ambos hombres en la intimidad, del mismo modo que conocí detalles de sus ardientes apetitos y del modo de satisfacerlos. La sabia discreción que manejaba ante sus clientes se disipó conmigo. Para Esmeralda el juez Vázquez de Cepeda estaba muy bien dotado, mientras que el hermano del virrey destacaba más por su buen hacer y resistencia en otros comisionados a la hora de dar contento a una hembra. Debo admitir que todo lo que conocí del deseo y de los cuerpos se lo debo a ella, en aquel momento la prudencia de Inés y Catalina no podían ayudarme, y Esmeralda se convirtió en eficaz maestra. Negar favores era la mejor arma para alimentar el deseo del hombre, pero como ella decía, si no conoces el itinerario de placer que esconde un cuerpo, de nada servirá.

Conocía bien las reglas, sabía que eran dos las castas de mujeres que admitían los hombres, las que servían para dar honra e hijos y las que cubrían los apetitos oscuros e inconfesables, aquellos que no debían mentarse. Asumió que ella sería del bando de la mácula a olvidar, de las que debían cumplir la misión más sucia para mantener la honra de las otras. Debía evitar la preñez que evidenciaba su pecado ofendiendo al resto, aunque Esmeralda, tal y cómo me contó, renunció a ser madre porque veía cada día cuál era el sino de los hijos marcados por la vergüenza. De señalar su condición ya se ocupaban los innumerables tratados escritos al respecto, donde se recogía tanto la vestimenta como los lugares donde debían estar las mujeres de poca virtud, pero a ella, sabia y curtida, no le importaba a estas alturas.

Aprendí de ella los secretos que las mujeres empleaban para evitar la vergüenza del hijo del pecado. La miel y el vinagre ayudaban a arruinar la savia del hombre en su camino al vientre, con paños empapados que se introducían en las entrañas después de holgar. Me confesó que las mismas virtuosas mujeres que ocupaban en la iglesia el banco junto a sus maridos los domingos le agradecieron mil veces con gestos y miradas que fuera ella quien apaciguara el alma indómita de sus flamantes esposos en la alcoba y protegiera la honra de sus jóvenes hijas, que estaban así a salvo de ser forzadas por otros. Esmeralda, que había vivido mucho y que se movía como un pez escurridizo entre las convenciones y los preceptos, agradecía la libertad que su condición de casquivana le otorgaba en un entorno pacato e hipócrita. No había pisado la corte en su vida, pero ahora le gustaba llamarse a sí misma cortesana. Un viejo clérigo en Cuzco, asiduo a sus favores, le habló de las cortesanas de la Antigua Roma y el importante peso que desempeñaban entre césares y hombres de Estado. Por eso ahora, Esmeralda se sentía obsequiada con un regalo: ser la favorita de aquellos dos hombres.

—El virrey teme un ataque, ordenará el traslado de la capital a Trujillo para mantenerse a salvo. Asegura que Lima no posee defensas. Vela me instó a tener prestas mis cosas por si hemos de viajar al norte. Quiere que le acompañe. Aunque sé que no ocurrirá —anunció de repente con la boca llena—. Cepeda me narró cómo los jueces se opondrán en bloque a esa decisión.

No había terminado la frase cuando me sujetó la mano, y acudiendo a mi oído, dijo:

—También teme el virrey que vuestra tía Inés os esconda y os lleve lejos, a vos y a vuestro hermano, como ya hizo tras la muerte del marqués. Andaos con ojo, mi joven marquesa. Dejad Lima, marchaos de inmediato.

—Mi tía nos llevó para ponernos bajo la protección del entonces enviado del rey, Vaca de Castro, ¿adónde íbamos a acudir ahora, Esmeralda?

—Huid con vuestro tío, el joven Pizarro, él es a quien teme el virrey. Todos le aclaman en Cuzco y todos le siguen. Lo sé porque están requisando el correo, interceptando envíos en los caminos. Aunque Vela intente aplacarle él sigue empecinado en la idea de que quieren matarle. Ahora desconfía del factor Illán Suárez de Carbajal, le tiene ojeriza.

Y así era. Aquella obsesión le turbó tanto, que amanecimos un día con los hombres elaborando adobes y levantando una fortificación alrededor de la ciudad, donde dispuso bastiones y defensas. Hizo descolgar las campanas de la iglesia para fundirlas y preparar armas, ante la mirada lastimera de fray Cristóbal de Molina y el resto de los clérigos. Puso a trabajar a todos, bajo pena de cárcel, los vientos se tornaban negros. Los indios andaban perdidos sin saber qué esperar y muchos se mostraban resentidos. Algunos se alzaron negándose a hacer las sementeras. Hubo motines. Las mujeres indias temían por sus hijos, se veían sin sustento, las calles volvieron a llenarse de huérfanos, de mestizos abandonados a su suerte. El revuelo alcanzó a todos, aquella guerra fría y silenciosa iba tomando forma y alentó a las *yanaruna*. Los esclavos negros se levantaron en armas, organizándose en Huaura, y desde aquel palenque hostigaron Lima duramente, asaltando un día sí y otro también los caminos, mientras el virrey seguía obcecado en su delirio.

Catalina y yo acudíamos al mercado semanal, siempre vigiladas por la guardia del virrey. Hizo mi aya amistad con un clérigo, con el que a menudo la veía parlamentar; no había visto a aquel joven nunca antes. Uno de aquellos días Catalina desvió el rumbo y me llevó a la iglesia.

—Vayamos a rezar al sepulcro de tu padre.

—Aún tengo que salir a montar con Gonzalo.

—No harás tal cosa, niña, alguien intentó atentar contra vosotros. Poderoso no saldrá de las caballerizas ni tú tampoco de la casa. Solo a la iglesia.

La vi acudir a una de las capillas del fondo del templo; allí, tras uno de los nuevos pilares levantados en la catedral, estaba el clérigo con el que la había sorprendido días atrás.

—Este es el padre Martín. Desde hoy será vuestro confesor, Francisca.

—Os saludo, padre. ¿Formáis parte de la prelatura del nuevo obispo, Loayza?

—No, mi señora, soy clérigo de Extremadura, recién llegado a estas tierras, me complace serviros, y alentar vuestra alma para lograr que estéis en paz con Dios.

—¿A qué orden pertenecéis?

—Soy un humilde soldado de Dios.

No dijo nada más. Resolví que, siendo extremeño y cercano a Catalina, sería persona de fiar, guiándome por estas razones más que por su condición de clérigo acepté. En cualquier caso, para aquel entonces como todavía hoy, la cautela es lo que dirige mis confesiones ante los ministros de Dios.

Aquella tarde Esmeralda no me visitó, la imaginé muy ocupada con sus dos amantes, era un domingo tibio y apacible que dio paso a una fina lluvia al atardecer. Nuna y Shaya regresaron antes de tiempo, el virrey las despachó, haciéndolas salir del palacio porque debía atender un asunto urgente. Aproveché para bañarme. Les pedí que me lavaran el pelo con la raíz del maguey, y me embadurné el cuerpo con los emplastos relajantes que Catalina y ellas preparaban con hierbas, que calmaban los miedos y alentaban la belleza. El agua de la tina de barro se oscureció hasta volverse negra, como las mareas violentas del océano, y la piel se me erizó inquieta.

Visité a mi hermano en su alcoba antes de dormir. Le encontré leyendo, aquello me serenó. Desde hacía un tiempo, cultivé la costumbre de leerle en voz alta retazos de libros de caballerías, del mismo modo que a menudo les leía a Catalina y a Inés otras obras. Estaba nervioso. Quiso dormir con una bujía encendida. Catalina se negó, pero yo insistí en permitirlo.

En la mañana del lunes, Ampuero y García de Salcedo acudieron a buscar a Antonio y a Inés: corría la noticia por toda Lima de que Gonzalo se acercaba desde Cuzco con un ejército para enfrentarse al virrey, lo que dio fin a la escasa cordura de su excelencia, que ordenó de inmediato la evacuación de Lima y el traslado de todos a Trujillo. En el cabildo nada se sabía del factor Illán Suárez de Carbajal, y tampoco de las cartas enviadas a Cuzco a su hermano Benito. Los jueces, como ya sabía gracias a

Esmeralda, se negaron a aquel atropello, y el virrey encolerizado los amenazó con tomar el sello real y desposeerlos de su poder.

El martes, después de una cena frugal, resolví acostarme pronto, quería acudir al primer oficio de la mañana en la iglesia, mostrarme devota ante los secuaces del virrey y confesar con el clérigo Martín. Fue bien entrada la noche. El ruido de los caballos me despertó. Y me aguijoneó las tripas. No hubo tiempo de huir. Cuando Ymarán entró por las traseras del patio para alertarme ya estaban los doce hombres a caballo apostados en la puerta de mi casa, con el capitán Diego Álvarez de Cueto a la cabeza, el cuñado del honorable virrey. Antonio de Ribera aplacó a Inés, que iba dispuesta a enfrentarse a los hombres, y acudió a la puerta. Desmontaron, y solo Cueto entró en el zaguán. Desde la alcoba pude escuchar cuanto se dijo, así como palpé la inquietud de los míos en la casa.

—¿Qué atropello es este, don Diego, habéis perdido el juicio?

—Son órdenes del virrey, Ribera. Os ruego que no compliquéis más las cosas —replicó el capitán Diego Álvarez de Cueto con un rostro serio que desmentía, a su juicio, la conveniencia de aquel acto.

—Invadir mi casa para apresar a dos inocentes, en medio de la noche, acudiendo armados con un ejército, ¿os parece una orden cabal, capitán?

Tomé a mi hermano Gonzalo de la mano y acudí al zaguán. Allí Catalina me entregó la medicina de mi hermano y también un diminuto escapulario que contenía un líquido amarillento.

—Escóndelo bajo el sayal, en la media. Empléalo solo si es necesario, no es una muerte dulce, pero sí rápida —murmuró.

Las piernas me temblaban, apenas podía ordenar a mis pies los pasos, no me obedecían, pero hice acopio de fuerza y me sacudí el miedo como pude por mi hermano.

—¿A dónde nos llevan, Francisca?

—No lo sé, Gonzalo, pero donde sea estaremos juntos. —Confiaba en que fuéramos conducidos al palacio, ni por asomo pude imaginar el lugar al que nos llevaban.

—Esto es por mí, hermana. Soy el heredero de padre. No deberías cargar tú con ello.

Conmovida por mi hermano, avancé como pude hasta la puerta. Maldije que mi tío no estuviese en Lima. No teníamos escapatoria. No por haber sido alertada, no por conocida la terrible decisión de aquel desalmado, fue menos doloroso para mí. Nos trasladaron al Callao, al puerto donde los barcos amarrados servían de cárcel y de exilio forzoso. Volví a recordar la última vez que subí a una de aquellas naves y el corazón se me desbocó. Allí acomodaron a Gonzalo en una pequeña cámara dispuesta en el castillo de proa, en la cubierta, vigilado por tres hombres, y a mí me obligaron a bajar a la bodega, me negué. Apelé a la necesidad de mi hermano menor de estar cerca de mí por su precaria salud. A pesar de mis súplicas, el capitán Diego Álvarez no quiso contravenir la orden del virrey, hizo oídos sordos, miró a otro lado y permitió que me condujesen abajo, por la bodega hasta un apestoso recoveco. Con hierros y tablas habían cerrado aquel espacio insalubre en el que solo había varios toneles de madera, un jergón negro lleno de chinches y una enorme palmatoria con una vela que apenas alumbraba. Solo eso alcancé a ver, la penumbra reinaba en aquel lugar. Un olor nauseabundo, a tocino rancio y a agua descompuesta de la sentina, inundaba mi celda. El vaivén del barco me alentó a escuchar el tintineo de grilletes y cadenas de quien en el otro extremo de la bodega cumplía su prisión. Compartía cautiverio con Vaca de Castro, desconociendo qué crimen me había llevado hasta allí.

Avanzada la madrugada, cuando me acostumbré al crujido de maderas, al golpeteo constante de las velas y al quejido del viento al colarse en las grietas de aquel cascarón inmundo, un ruido mudo me advirtió de una presencia ajena. La luz de la vela prácticamente consumida no me dejaba ver con claridad. Atisbé dos bultos, dos sombras oscuras que se adentraron en aquel pequeño espacio. Cuando pude incorporarme ya los tenía encima. Solo alcancé a ver sus ojos de lobos en celo, hambrientos de carne. Sus dientes estaban negros por la coca. Me agarraron del cuello para darme la vuelta empujándome contra el jergón. Me taparon la boca y sentí sus manos ásperas y despiadadas palpando mi cuerpo y sujetándome los brazos. Noté el apestoso olor a vino agrio de su aliento lamiéndome la nuca, y el sexo duro presionando y embistiendo contra mi espalda. Con las piernas uno forcejeaba desesperado por abrirme, buscando arrancarme la cotilla y deshacerse del sayo, mientras el otro acudió al pasillo a vigilar. Escuché el sonido de mi pulso golpeándome las sienes, solo eso. Con los sentidos aturdidos, mi juicio buscaba desesperado el modo de acabar con aquello, no acudía nada. Demasiado tarde para recurrir al remedio de Catalina. El rechinar de la madera alertó al que vigilaba, que avisó de que alguien bajaba. Mordí entonces la mano de aquella bestia, que me soltó para defenderse, acudí a la palmatoria, derramando toda la cera hirviente en su rostro y golpeándole con fuerza, sus aullidos alertaron a la guardia del capitán Diego Álvarez, el ruido atronador de los pasos en cubierta es lo siguiente que recuerdo, eso y las luces del alba colándose entre las cuadernas del barco.

En mi intento por huir y esconderme, tropecé con algo. No la había visto hasta entonces. Estaba allí. Boca abajo, tendida e inmóvil en el suelo, el sayal hecho jirones cubriéndole el torso y la cabeza, las piernas desnudas abiertas, más pálidas que nunca, y su precioso lunar azul ópalo en el tobillo derecho se había vuelto negro por deseo de la muerte.

Capítulo 6

El gobernador del Perú

Dos semanas después, mi tío Gonzalo entró en Lima, acompañado de todos los hombres que estaban dispuestos a poner fin al despótico virrey. Para ello, en Cuzco le nombraron procurador, capitán general, justicia mayor y no sé qué más cargos pomposos. Decidieron que el último Pizarro encabezara su cruzada en la que todos se honraban usando razonables argumentos pacíficos, pero secretamente usarían fuerza y espadas para lograrlo.

Fueron muchas las madrugadas que pasé en vela. La oscuridad desataba lo vivido. La penumbra invocaba a aquellos perros en celo, mostrándome sus ojos y sus manos, los adivinaba detrás de los muebles de mi alcoba, escondidos y prestos a saltar sobre mí. Escuchaba ruidos a mi alrededor, me inundaba el olor de su aliento en medio de la negra noche. Ni las tisanas de adormidera de Catalina lograron aplacar aquello que con nadie compartí. Me volví silenciosa y huidiza. Temía a los hombres. No levantaba la cabeza del suelo cuando caminaba por las calles, me estremecía con las voces roncas de soldados y vecinos, no quería que ningún hombre me mirara. El más leve roce me ponía en alerta. Quemé el sayo y la cotilla. Me lavaba una y otra vez en la tina de barro, pero el olor de aquellos vándalos seguía incrustado en mi piel y en mi cuello. No dejaba que nadie me tocara, ni siquiera mi hermano. Solo la imagen del cuerpo muerto de Esmeralda me arrancaba por un instante del miedo para devolverme a la culpa.

En Lima, poco a poco, pude rehacer el relato de lo sucedido en aquellos tres días malditos de septiembre. Mi hermano y yo fuimos llevados a tierra a bordo de un pequeño esquife solo unas horas después de la amanecida. Ninguno de los guardias, ni el capitán Álvarez de Cueto, repararon en mi estado. Nadie preguntó nada, ni la cotilla desastrada ni el bajo del sayal manchado levantó ninguna inquietud, solo mi hermano Gonzalo me miró asustado, le apreté contra mi pecho y le sonreí sin fuerzas. Quise llevar conmigo el cuerpo de Esmeralda para darle sepultura, pero no me lo permitieron. Ella no era nadie, no existía en aquel mundo y así debía continuar después de su muerte. Los guardias la envolvieron con los restos de una vela de cáñamo, rota y deshilachada, a la que ataron un lastre de piedras, y la arrojaron al mar.

Esmeralda fue forzada y después asesinada el domingo 13 de septiembre de 1544, todos recordarán esa fecha gracias a las mordaces e imprecisas plumas de cronistas y escribanos. Yo no la olvidaré mientras viva. Fue la misma noche que el virrey cosió a puñaladas al factor Illán Suárez de Carbajal en el palacio de mi padre. Ese era el asunto urgente que había de despachar cuando hizo salir de allí a mis indias no permitiéndoles volver a entrar.

Interceptó todas las cartas del caballero, escritas en clave, y sin haberlas leído decidió que estaba conspirando contra él. Loco de ira, viendo que cada vez eran más los que no acataban su autoridad, su excelencia perdió el juicio, acusándole de traidor y atravesando su vientre con su daga de oro ante la mirada de todos sus criados. Intentó mantener el crimen en secreto, buscó enterrarlo en alguno de los nichos de la iglesia, y que el asunto no fuese más allá. Ingenuo y soberbio proceder. Había muchos testigos, y esa fue la mala fortuna de Esmeralda, hallarse en aquel lugar y en aquel momento. Fue conducida de noche a la misma nao que después yo ocuparía. Allí los marineros hicieron lo que desearon con ella. Poseían sobrado permiso para ensañarse con la ramera del hermano del virrey.

Al saberse en la ciudad el tremebundo y despiadado fin del intachable factor Illán, fue el juez Cepeda quien encabezó la disposición para apresar al virrey y a su hermano. La vileza cometida llegó a alcanzar a todos los pobladores de Lima y en pocas horas fue sabido en otras ciudades con la velocidad con la que se expande en el Perú la sangre y la muerte. Solo Gonzalo Pizarro podrá detener esto, se repetía. Sé que fueron muchas las voces que se alzaron pidiendo mi liberación y la de mi hermano. Sé también que los vecinos de Lima estaban dispuestos a levantarse en armas contra el colérico Blasco Núñez de Vela. Pero nadie supo del otro crimen cometido aquella noche. Nadie preguntó por ella. Ninguno de sus amantes le brindó ayuda.

La culpa y el horror me persiguen, lo harán hasta que deje este mundo y sospecho que marcharán conmigo después, cuando la muerte me lleve. Me devora el recuerdo de Esmeralda, me atormenta saber que en aquel barco desapareció brutalmente la memoria y la vida de una mujer que se jugó la piel ayudándome. No recibió justicia. Esmeralda sigue siendo un fardo pesado y doloroso en mi memoria, que grita y me atormenta, como me pesan y me duelen otros muertos de aquellos días.

Cuando Gonzalo llegó a Lima, lo primero que hizo fue encerrarse conmigo, para que fuera yo y nadie más quien le contara lo que había sucedido. Antes de tomar cualquier decisión, antes de asumir cualquier cargo, solo confiaba en mí. Cuando supo de la infamia de nuestro apresamiento, se le llenó el pecho de ira. Inés y Antonio le contaron lo que vivieron en tierra, pero solo yo sabía lo que pasó en aquel barco. Me costó hacerlo, pero me atreví a narrar momento a momento lo vivido. Lo hice porque aquellas bestias no lograron su propósito, pero de hacerlo, el ultraje hubiese alcanzado al honor de mi tío.

Así es y así sigue siendo, no solo perdíamos las mujeres la reputación tras ser forzadas, sino que aquel acto atentaba contra el honor de los hombres que debían habernos protegido. Mi tío era mi tutor, sobre él hubiese recaído la afrenta y el deber de recomponer mi honra. Siempre he sabido que la ley castiga con mayor dureza el perjuicio causado al honor del hombre, no reparando tanto en el dolor y el daño de la mujer sometida por la fuerza. Más oscuro era para las mujeres sin honra, que debían tragar con el agravio y, si confesaban, la pena dependería del talante del oidor de turno y también de sus creencias o de su facilidad para corromperse. Muchos eran los que creían que las mujeres que mercadeaban con su cuerpo merecían ese trato, estaban expuestas por sus quehaceres a esa violencia que todos, sin distinción, asumían como algo inevitable.

—Mataré a esos salvajes —profirió enfurecido.

—Eso no reparará el daño, que ya está hecho, Gonzalo.

—No puede permanecer impune un acto tan abominable. Te juro que no llegarán a la Natividad del Señor sin pasar por la horca.

—¿Y qué más harás? De haber estado en Lima, nada de esto hubiera sucedido. Pero ya está hecho. Todos esos caballeros que te aclaman y que llevan meses señalándote en sus cuitas, ¿qué quieren de ti?

—Que sea su procurador pacífico ante su majestad y el Consejo, para modificar las leyes que afectan a la posesión de encomiendas y a su perpetuidad.

—Pacífico... ¿Para ello es necesario acudir con un ejército?

—Organicé hombres y armas por miedo a un nuevo ataque de Manco; en esta situación de anarquía que ha creado el virrey, cuando supe de su terrible muerte deshice la fuerza, pero de nada sirvió. Créeme, ni los llamé ni les pedí que me siguieran. Al contrario. Los he instado a que regresen a sus casas. Pero de nada sirve. Desde que salí de Cuzco cada vez son más —aseguró.

—¿Cuánto crees que tardarán en traicionarte? Podría jurarte que no llegarán a la Natividad del Señor sin haberte negado. Es lo único que he aprendido, la frágil lealtad en esta tierra, que se pliega a las conveniencias. Como con padre, como con Vaca de Castro, como con todos.

—No puedo desoír sus peticiones, Francisca, ni tú tampoco, hemos de defender y ayudar a los que vinieron hasta aquí con nosotros.

—No entres en el sucio juego del poder, Gonzalo, te lo suplico. No aceptes ser gobernador, porque te lo pedirán. Tengo un mal presentimiento.

—No lo haré, Francisca, no temas. Pero debo responder a su requerimiento y ayudarlos por la memoria de tu padre y por el bien del pueblo. Si no convencemos al emperador y detenemos esto, la tierra se paralizará, el quinto real no llegará a España y...

—Y los indios pasarán hambre y penurias, siendo más señalados y castigados por los descontentos de las leyes. No olvides a los indios. Ya están sufriéndolo —apunté.

—No olvido a los indios.

Admití sus razones, pero también vi el brillo de la vanidad satisfecha en sus ojos, un destello de orgullo por el valor que adquiría su persona para todos los habitantes, que le asediaban pidiéndole ayuda ante la tiranía que mostraban la corte y sus enviados.

* * *

Las semanas siguientes vi desfilar a los capitanes de Gonzalo que acudían todos los días a la casa. Pedro de Puelles, risueño y bien parecido, pero de severidad temeraria en los asuntos de guerra; Hernando de Bachicao, alto y fornido, parecía valeroso y también desconfiado, y Juan de Acosta, que seguía siendo bravucón y chistoso, y cuya sobrada lealtad estaba para mí fuera de dudas. Había otros que no conocía, como el capitán Hinojosa, que me resultó excesivamente silencioso y poco decidido. Me esforcé en observarlos, con detenimiento y distancia. No podía hacer otra cosa, ni por asomo quería tenerlos cerca, pero en la clandestinidad que ofrecían las ventanas del patio podía averiguar de qué calaña era cada uno. Recelaba de todos. Recelaba de los encomenderos, de los hombres principales de todo el reino de Perú, que acudían a suplicarle que los defendiera ante la corte.

También se convirtió en asiduo el oidor Vázquez de Cepeda; el que fuera amante de Esmeralda buscaba impaciente la presencia de Gonzalo y también su favor. Acudía día tras día a mi casa, acarreando su gran séquito de escribanos portando legajos, relaciones y pesados libros de jurisprudencia. Vi su apostura, su genio político y su astucia, y también la obcecada decisión que mostraba en nombrar a Gonzalo nuevo gobernador. ¿A qué obedecía esa obsesión? Él mismo, después de apresar al virrey y hacerse con el sello real, se nombró presidente de la Audiencia, capitán y gobernador, supliendo por tanto al virrey. No dejaba de inquietarme que inexplicablemente renunciara a ese cargo que ahora insistía en ponerle en bandeja a mi tío.

Corrían chanzas poco honorables en torno a Blasco Núñez de Vela. Mofas y burlas mitigaban un poco el odio desmedido que aquel hombre despertó en el Perú. El virrey primero fue hecho preso en la casa de María de Escobar, que se ofreció gustosa a ser su carcelera. Ahora, el soberbio Blasco permanecía en la isla de los Lobos, un islote infame situado a una espléndida y atinada distancia del Callao, lo suficientemente amplia para desalentar la huida y tan cercana en balsa como para acudir a controlar al preso. No dejaba de tratar con desprecio a los custodios, no perdió un ápice de su arrogancia. Bramaba sin descanso contra los jueces, acudiendo a la muerte que su majestad les daría por traidores.

Hartos de la cantinela, decidieron los oidores lavarse las manos, enviándolo a España para que allí fuesen otros quienes juzgasen su crímenes y tropelías. Al oidor Álvarez, el más callado y distante, fue a quien se le encargó la misión de custodiarlo en aquel largo viaje. No parecía muy contento con la idea de volver a enfrentar el océano que tan mal le trató a su venida. Con la mirada gacha, como a un lechón al que llevan al matadero, le vimos embarcar en la nave que partió del Callao rumbo a Panamá con el ilustre preso ante la indisimulada satisfacción de todos los vecinos de Lima, que, de habérselo permitido, aquel día hubiesen organizado juegos de cañas y fiesta de toros.

No hubo un hombre más odiado que Blasco Núñez de Vela en todo el Perú, y ese odio desmedido se tornaba, con la misma vehemencia, en afecto y amor hacia mi tío Gonzalo. Condeno desde entonces las pasiones febriles y desatadas, que son armas peligrosas de las que hay que cuidarse, porque su fervor caprichoso y cambiante es una maldición.

Fue en aquellos días cuando Gonzalo ordenó que mis hermanastros viajasen a Lima. Cerró filas en torno a nosotros, le obsesionaba nuestra seguridad después de lo ocurrido. Fuertemente custodiada por doce jinetes para evitar cualquier tropelía, la comitiva partió de Lima, y solo diez días después, se detuvo de nuevo ante las casas de Inés y Antonio. Eran trece los caballeros que descabalgaron, Betanzos acudió en ella y comprobamos que solo mi hermanastro Francisquito venía con él. El pequeño Juan había muerto un mes antes, presa del garrotillo, ese terrible mal que estrangula y sofoca.

Eran los últimos días de la preñez de la madre cuando el niño expiró. Cuxirimai, que no se había movido de su lado a pesar de la gravidez de su estado, se volvió loca. Cerró las piernas, negándose a parir a la criatura que pugnaba por salir del vientre. Betanzos acudió a las parteras indias, que con placenta de llama cocida favorecieron el alumbramiento. Sin embargo, el nacimiento de la niña María no aplacó la pena de Cuxirimai. La madre dejó de comer y beber durante días, y Yana hubo de buscar a las robustas nodrizas aimaras para salvar a la criatura. La pena le cortó la leche y las ganas de vivir. Hice mía la pesadumbre insoportable de Cuxirimai, también Inés permaneció en silencio durante el espantoso relato. Ninguna madre debería vivir el infierno que desencadena la pérdida de un hijo. Ahora sé de lo que hablo, porque yo también lo he sufrido. El agujero negro que en mi pecho dejó la muerte de mis hijos no deja de doler, por muchos años que pasen. Cada hijo que muere se lleva un trozo de ti. Parir es un dolor cargado de esperanza. La muerte de un hijo es el mayor tormento que existe en la tierra, un dolor yermo e insoportable que no cesa nunca.

El caballero Betanzos permaneció tres días en Lima, tenía prisa por volver al lado de Cuxirimai y su hija. Solo acudió para proteger a mi hermanastro y para hablar con mi tío Gonzalo. Al volver a verle me di cuenta de cómo el amor, cuando es verdadero, no se desalienta ni con el azaroso e implacable paso del tiempo. Reconocí en él la misma mirada de entrega sin fisuras hacia aquella mujer; aquel candor que lo delató ante mí, tantos años atrás, no había menguado. En la recámara del zaguán que ahora hacía las veces de despacho de Gonzalo los vi hablar. No llegaron a un acuerdo, como me adelantó la pesada sombra de desesperación que afloraba en su rostro. Acudió entonces a mí:

—Señora, sé que sois piadosa. Siempre confié en vos, desde niña, y ahora a vos me encomiendo.

—Decid, Betanzos, qué os aflige, y si está a mi alcance, contad con mi ayuda —le contesté retirándole la mano que quería besarme postrado de rodillas. Yo seguía sin tolerar ningún roce.

—Interceded por mí ante vuestro tío. Doña Angelina, mi esposa, no podrá hacer frente al desaliento sin tener cerca a su hijo. La vida se le escapa. Y a mí al verla así.

—Os dais cuenta de que lo que me pedís no será fácil, mi hermano y yo también fuimos apartados de nuestra madre.

—Lo sé, pero ahora es distinto, mi señora, vuestro padre no vive, Dios le tenga en la gloria, y yo solo pido que regreséis al niño pronto al Cuzco. Yo me encargaré de volver a traerlo después.

—Partid sin cuidado, haré lo que sea por convencer a mi tío.

No era sencillo, y menos ahora. Determiné buscar el momento adecuado para hacer frente a mi tío Gonzalo y exponerle de un modo razonable el asunto, sabiendo la oposición que encontraría. Mientras, me percaté de cómo la llegada de Francisquito fue un bálsamo para mi hermano. Los dos niños recuperaron el tiempo perdido en un instante y de manera fácil y amable crearon el vínculo fraternal que se les había negado hasta ahora, como solo los infantes saben volver simples los afectos. No había manera de separarlos. En el patio pasaban horas entrenando con la espada. Hurgaban en las panoplias de mi tío y Antonio para vestirse con petos y coracinas. Se ofrecían a ayudar a Catalina en el corral, destrozando los huevos y amedrentando a las gallinas, que ponían menos desde que aquellos dos las incordiaban. Asediaban a las mulas del huerto colocándoles arreos de caballo, luchaban contra los gallipavos a los que perseguían incansables asegurando que eran dragones y después, gracias a la magia que habita en las mentes de los niños, volvían a su condición de aves, esta vez sagradas, a las que arrancaban las plumas y se coronaban con ellas, emulando el *llauto*, la corona del Inca. Solo había un punto de discrepancia entre ellos, los tiempos de montar a Poderoso.

Un día los sorprendí inmersos en una tribulación. Habían decidido que los nombres impuestos por bautismo determinaban el porvenir de quien los llevaba. La vida y la muerte estaban a merced del nombre recibido. Condenaba el final del antecesor que lo portase.

—Tu hermano Juan murió como lo hizo nuestro tío Juan, el hermano de padre. El siguiente en morir serás tú, Francisco, ya que nuestro padre está muerto. Antes alcanzarás a tener poder, gloria y fama, pero morirás. Solo yo llegaré a tener una vida larga y dichosa, como la de mi tío Gonzalo.

Acudí a remediar la congoja de Francisco, al que le mudó el semblante al escuchar aquellas palabras, y deshice el entuerto aludiendo a que yo compartía nombre con padre y no pensaba morirme. Francisquito resopló más calmado. Lo cierto es que yo misma cavilé durante algunos días sobre aquel singular pensamiento, que quizá portara más razones que el más lúcido juicio.

Aproveché las largas estancias de Pedro de Puelles en la casa de mi tía Inés para crear una amistad con el caballero. Sabía bien de quién se trataba, era un leal a Gonzalo y quien le curó y veló tras la vuelta de la Canela. También sabía bien que todo lo que ocurría en Quito pasaba por sus manos. Conocí de primera mano la trastienda y los pormenores de aquellas estancias de Gonzalo en el norte, visitando a sus hijos. Antonio de Ribera, prudente y callado, solo me había narrado los asuntos estrictamente cotidianos, esquivando con diligencia a la que ocupaba el lecho de mi tío en las frías noches quiteñas, la buena amiga que bordaba con denuedo y escribía interminables cartas de afecto y que esperaba al capitán Pizarro en sus largas ausencias.

María de Ulloa mantuvo su lealtad hacia Gonzalo hasta el final. Puelles me narró el valor y la honesta disposición de aquella dama hacia mi tío. Fue ella la que desenvainó la espada de Gonzalo, besando el hierro e instándole a pelear por el puesto que debía ocupar en la historia del Perú, recordándole que un Pizarro no perdona una ofensa, atizando con diligencia el orgullo. La impoluta dama Ulloa, cuya virtud ya mancillada permanecía oculta a todos, siguió disfrazada de honorable castidad hasta que no se pudo esconder. Entendí que la mesura distraída que ocupó el alma de Gonzalo tras la vuelta del País de la Canela y el abandono pacífico se habían esfumado dando paso a un nuevo sentido del deber. Era ahora cuando el poder de la sangre Pizarro se rebelaba en su alma. Y poco podía hacer yo por remediarlo.

Entretanto, y como me temía, los procuradores de todas las ciudades principales pidieron el nombramiento de Gonzalo como gobernador de Perú. Los cabildos secundaron la propuesta, pero él no se pronunciaba. Los vecinos y principales acudían a mis casas para lisonjearle y hacerle súplicas. Escuché con paciencia y bien parapetada tras la ventana todo el sartal de argumentos expuestos, hasta hubo algún osado que se atrevió a decir que la única misión que traía el virrey era ejecutar a mi tío Gonzalo como recurso para terminar de convencerle. Vi a mi tío dejarse querer, envanecerse sin remedio ante aquella gloria que le procuraban, ante aquella pretendida fama que, sin duda, quedaría de él. Gloria y fama, honra y memoria es lo que nutría los deseos de todos los hombres de mi familia. Una trampa calamitosa. Un veneno que se apodera de uno.

Sus propios capitanes reforzaron la idea de que era el pueblo quien decidía su cargo y no era prudente negarse, arguyendo que la voz del pueblo era la voz de Dios. Nadie mentó en ningún momento ni la voz ni el poder del rey. Yo sabía que en Charcas se había negado hasta tres y cuatro veces a aceptar el comisionado de procurador, y también ahora mantuvo una parca distancia del nuevo ofrecimiento. También sabía que era una astuta maniobra para medir la disposición de los hombres, pero había que apuntalar aquello con la palabra escrita. Yo misma le sugerí que lo hiciera para dejar constancia de la lealtad de aquellos que ahora le suplicaban ser su valedor y asumir cargos. Con cuidado y prudencia, le pedí que recogiera por escrito todas aquellas súplicas y el compromiso de quien la pedía.

—Cada uno que quiera que seas procurador o capitán o justicia o lo que quiera que sea que les pase por la cabeza, cualquier cargo ante su majestad, que lo deje por escrito, solo eso podrá protegerte —le advertí.

Algo me había curtido en leyes durante la lucha por recuperar las encomiendas, y la oratoria de Vázquez de Cepeda y sus interminables discursos ante mi tío me sirvieron casi para adquirir el rango de leguleya. Entendí que la súplica a la que todos acudían era una forma de hacer valer ante el rey su desacuerdo, era un derecho a emplear contra las leyes lesivas del bien común. El encono y la rabia se apoderó de todos ante la negativa del virrey a admitir esa súplica porque aquel era un derecho de los vecinos al que no se podía oponer. También aprendí de Cepeda que, en las Indias, existe un acuerdo tácito entre rey y súbditos: la ley se cumple, pero no se obedece.

Me confié a la palabra escrita. Los documentos podrían demostrar que fueron los hombres los que le llevaron hasta allí. Así lo hizo mi tío. Pronto se personaron con firmas estampadas en las que declaraban su firme compromiso y la lealtad a su persona, solo que ahora lo que pedían era que encabezara el poder: no admitirían otra cosa que no fuera tenerle por gobernador. Miré a mi tío con recelo, aquello era peligroso.

—Agradezco la confianza, pero no haré tal cosa. Solo hay para mí un legítimo gobernador de este reino, mi difunto hermano Francisco. No traicionaré su memoria, ni la ley como otros ya han hecho, usurpando un cargo que por orden de su majestad solo a él le pertenece.

La respuesta me dejó fría, porque sabía bien cuál sería la reacción de los hombres encabezada por el oidor Vázquez de Cepeda: volvió al testamento de mi padre, y a las manidas capitulaciones, que como ya narré otorgaban el poder a mi padre para decidir quién habría de sucederle en el gobierno, una merced firmada y concedida por el monarca.

—La presencia del virrey atenta contra lo capitulado por su majestad con el marqués, vos sois su heredero hasta que vuestro sobrino alcance la mayoría de edad y a vos encomendamos que nos libréis de esta desazón que todos los moradores del Perú cargamos, señoría —aseguró solemnemente el recién llegado oidor, que ya se incluía entre los moradores de esa tierra.

No duró mucho la negativa, y la fama del último Pizarro y su conveniencia como nuevo caudillo se convirtió en el único asunto a tratar para los encomenderos. La principal defensora de aquella idea, que yo temía como a la furia de los dioses, fue María de Escobar, que a los pocos indecisos les espetó una arenga sobre la importancia de que Gonzalo fuera quien gobernara Perú para proteger sus intereses:

—Porque lo ha ganado con sus hermanos a su costa y riesgo y conoce a los demás conquistadores y sabe los trabajos y méritos de cada uno para gratificarlos, lo cual no pueden hacer los gobernadores bisoños venidos de España —repetía sin descanso.

También Inés abogó en aquella campaña. Mi tío Gonzalo conocía aquella tierra como la palma de su mano, había hollado incansable durante años valles y quebradas. Recorrió montañas viejas, atravesó ríos salvajes, exploró a machetazos la selva y era un superviviente de la traición y del malhadado sino de aquella expedición maldita. No temía ya a la muerte ni a la angustia violenta que aquel mundo feroz ofrecía a los que se atrevían a adentrarse en él. Era de todos sabido que peleó con buen tino contra los indios belicosos cuando hubo de hacerlo, era el mejor guerrero que quedaba en el Perú. El mapa del Tahuantinsuyu estaba tatuado en su cuerpo a través de inabarcables cicatrices que dibujaban su piel, traspasándola hasta llegar al alma. De todas sus virtudes, rescatadas ahora y pregonadas por las lenguas, se destacaba la bonhomía, pero sobre todo era su apellido Pizarro, su condición de único miembro del clan que permanecía allí y su autoridad y carisma, lo que le supuso que todos vieran en él al héroe que había de gobernar y de interceder ante el monarca.

Después de decidir enviar al virrey a España todo se precipitó. Fue una calurosa mañana de noviembre cuando los oidores de la Audiencia de Lima le tomaron juramento proclamándole gobernador y capitán general del Perú. La única condición que puso mi tío es que fuera temporal, asumiría el cargo hasta que su majestad el rey Carlos fuera servido de proveer al respecto otra cosa, y así se recogió nuevamente por escrito. Secundaron su nombramiento los tres obispos.

Una prolija embajada llegó de Cuzco, precedida por cien orejones y una gran cantidad de presentes; a su frente, Paullu, que convenientemente se ponía al servicio del nuevo gobernador. Allí le vi, vestido con sus ropajes españoles y una encendida disposición, halagando a mi tío. Después se celebró una solemne misa en la catedral, para mayor gloria del nuevo gobernador del Perú, en la que el obispo Loayza y el inquietante fray

Tomás de San Martín ponderaron la elección que hizo Dios designando al último hermano de la honorable e invencible saga de los Pizarro gobernador y protector de la tierra. Eso se dijo.

Entendí que una propone, pero son los dioses los que disponen; no compartí aquella decisión de mi tío, y una vez más temí por todos nosotros, por lo que aquello podía acarrearnos. Me pareció imprudente y temerario que aceptase. También lo consideré una afrenta a la palabra que me dio cuando le pedí que no aceptara el poder. Por eso le rehuía de día: en la casa, en los pasillos, en los zaguanes, en las caballerizas, evitaba encontrarme a solas con él, y le proferí un silencio pesado e hiriente.

Él pasaba horas trabajando en su despacho, escuchando al oidor Vázquez de Cepeda, que apuntalaba con mil disposiciones legales el nuevo gobierno de mi tío. Una de aquellas madrugadas insomnes en las que, cuando todos dormían, recorría la casa esperando que amaneciese, atisbé la luz de la vela en su recámara. Aquellos largos paseos me hacían más llevadera la insoportable quietud plagada de terrores que escondía entonces la oscuridad para mí. Caminaba sin destino durante buena parte de la noche, recorría cocinas, corrales, pasillos, caballerizas, visitaba la alcoba de mi hermano y volvía a deshacer lo andado. Solo sabía que antes de despuntar el alba debía acudir al patio para despedir al lucero de la mañana. Allí lo encontré. Caminaba errante por el corredor del patio con varios legajos en la mano, absorto y meditativo. Al verme sonrió y se acercó de modo animoso, y cuando intentó cogerme la mano le rechacé, enérgica.

—¿Este es el trato que merezco de ti? ¿Qué es lo que te atormenta, Francisca?

No le contesté.

—Necesitaré todo tu apoyo en este camino, no te quiero silenciosa ni distante, ahora más que nunca necesito que me acompañes por el bien de esta tierra, por la memoria de tu padre.

Alcé la mirada solo un instante y contemplé su rostro. Me pareció más hermoso que nunca, sus ojos fatigados y su boca perfecta, pero no me doblegué, mi orgullo no me lo permitía, ni tampoco el daño sufrido. Quería castigarle, me dolía todo lo que habíamos penado y necesitaba descargar ese dolor en él.

Me cerró el paso y con ambas manos me cogió la cara, obligándome a mirarle. Me habló sereno y con el aplomo que todos admiraban en él:

—Si no me dices qué te ofende no podré enmendarlo…, háblame, por Dios y por la Virgen Santa, ¡háblame!

Sentí sus ojos y su dolor sobre mí, el corazón se me desbocó. No os mentiré, en un instante la ira se transformó en dulce compasión, en perdón y en mil razones que decidían sin mi consentimiento amarle por encima del castigo o rencor.

—De qué sirve lo que yo pueda hablar, si faltas a lo dicho convirtiendo en viento tu palabra —acerté a decir.

—No, Francisca. No falta ni yerra quien honra a los suyos. No puedo eludir mi responsabilidad. Y eso pasa por gobernar el Perú. Debo cuidar esta tierra. Nuestra tierra.

Puedo comprender las razones de Gonzalo, aunque me costó mucho aceptarlas. Ya había enraizado su alma en aquel mundo y ya había germinado en su interior la idea de lo que en justicia le pertenecía. Buscó seguir la senda de mi padre. ¿Qué podía hacer yo?

El nuevo Pizarro gobernador procedió, después de reunirse con sus capitanes, a designar los cargos de cada uno: Puelles partiría a Quito, e Hinojosa sería el nuevo almirante de la ingente flota y navegaría a Panamá. Allí vi el rostro inquietante del joven Diego de Centeno, con el gesto propio de los linajes trasnochados, altanero a pesar de todo y con una mirada hosca. Francisco de Carbajal, recién llegado de Arequipa, sería la mano derecha de Gonzalo, y en el campo de batalla su maestre. El Demonio, tal y como prometió, abandonó la idea de regresar a España para ponerse al lado de Gonzalo. Su llegada a Lima fue esplendorosa y el rostro de Gonzalo se volvió confiado al tener cerca de sí al que era su padre en el Perú. El viejo zorro me descubrió en un rincón del patio, donde me esforzaba en pasar desapercibida.

—¿Pero sois vos? ¿Qué sortilegio es este? La mocosa de trenzas largas que dejé en Lima es ahora una hermosa mujer. Robaréis muchos corazones, señora. Elegid bien a quién le entregáis el vuestro, porque si es mal caballero, ¡lo desollaré vivo y haré tambores con su pellejo! —vociferó entusiasmado.

—¡Solo a vos pertenece mi corazón y lo sabéis, viejo Demonio! —le grité zalamera desde el otro lado del patio. Su carcajada resonó en la galería, delatando ante el resto mi presencia.

El caballero Lorenzo de Aldana miró con temor a Carbajal y después posó sus ojos en mí. Entonces reparé en él; había olvidado por completo a mi esforzado pretendiente tras los recientes acontecimientos. No eché de menos su ausencia en mis casas durante aquellos meses en los que el virrey le hizo preso por considerarle un leal a los Pizarro. Me miró con complacencia, sonriendo y presumiendo del nuevo cargo que mi tío le había otorgado, capitán general de la tropa, moviendo el penacho de plumas como un pavo real y exhibiendo la jactancia que ya le conocía. Le sonreí y busqué otro lugar en el que poder escuchar en paz.

Reunidos todos, capitanes y cabildo, resolvieron el mejor modo para apaciguar la revuelta de los cimarrones que cada día dejaba más muertos en los caminos reales y en las haciendas que rodeaban Los Reyes. Fue Aldana el que propuso enviar una partida de ciento setenta jinetes al mando de Juan de Barbarán para sofocar el levantamiento. Era el palenque de Huaura un enclave protegido por la fuerza de aquellos hombres de piel de ébano. Gigantes y orgullosos, en pos de la ilusión de la libertad habían creado allí su rancherío, que fortificaron con caña y piedra, y lo defendían con fiereza y tesón.

Tal y como Gonzalo me explicó, al principio eran solo unos pocos, pero pronto el grupo fue nutriéndose de más manos y armas que huían de las haciendas que circundaban Lima. Los alentó la guerra silenciosa que pobló el Perú con la llegada del virrey, el desconcierto les hizo hacerse fuertes y buscar su propio provecho. Desde Vilca Huaura controlaban los caminos. Mientras los hombres peleaban, sus mujeres trenzaban sin descanso cestas que cambiaban por pescado y sal con los indios costeños para poder comer. Así me lo contó Ymarán, que hizo durante largo tiempo trueque con los fornidos *yanaruna*, es decir, las gentes negras, como los indios bautizaron a los africanos.

El de más linaje fue nombrado rey, convenció al resto de que le siguieran en su cometido, que ciertamente no era muy original y que se repetiría sin descanso en aquella tierra: hostigar la Ciudad de los Reyes, hasta invadirla para después controlar todo el Perú. Sin distinción, al final, blancos y negros, indios y cortesanos, todos los hombres acababan deseando lo mismo, dominar la tierra. La Pachamama era generosa con aquellos que la cuidaban, se dejaba querer, ofreciendo la promesa de ser poseída, sabedora de que ella era la única dueña de sí. A esa seducción sucumbieron unos y otros; sin embargo, nadie obtendría nunca el dominio de aquella tierra. Así lo creí entonces y así lo creo hoy.

En su afán de libertad, el monarca cimarrón determinó llevarse por delante la vida de muchos. Aunque todos le daban un nombre y todos la anhelaban, la libertad es una ilusión con la que nos engordan los oídos y el orgullo, pero que no existe, nadie es libre. Es solo viento.

—Ni siquiera Dios, al que obligaron las plumas de los hombres a hacer el mundo en siete días y siguen apremiándole a cada momento a repartir milagros y castigos, nadie, ni siquiera el rey, que obedece a los nobles y le debe a su pueblo la corona y el poder a Dios —aseguraba Catalina desde que tengo sesera.

Todos somos prisioneros de otros, y todos acabamos doblegándonos. Las amarras están ahí, dolorosas, prietas y crueles, aunque sean invisibles.

Las trifulcas de Huaura hicieron que, desde el hospital, Francisco de Molina, el clérigo, pidiera ayuda a Inés por sus sabias manos recomponiendo huesos y a Catalina por su habilidad en el uso de yerbas que curaban la ponzoña y devolvían vigor a un soldado con la misma precisión que a veces tumbaba a un caballo. La botica del bachiller Alonso Alemán estaba añeja y corrompida, por ello Catalina hubo de ilustrar largamente al boticario, que también confiaba en sus dotes para proporcionar emplastos curativos.

Me entregué con ellas al cuidado de indios malheridos y españoles quejumbrosos en el primer hospital de Lima que acogía en aquel tiempo por igual a naturales y a españoles. Fue en los tiempos de mi padre cuando el cabildo entregó dos solares para ese hospital que pronto resultaron insuficientes. Aquel espacio, que más parecía un cobertizo por destartalado que un lugar para albergar pobres y enfermos, no dejaba de menguar por días. Se quedaba chico cada año a consecuencia de las guerras constantes e inacabables en aquel Perú. Ahora eran las revueltas del Palenque las que dejaban heridos y muertos en los caminos, principalmente yanaconas e indios auxiliares, pero esa monstruosa habilidad de multiplicar tullidos, descalabrados y enfermos no cesó en la tierra perulera por años.

El tiempo que pasé allí me curtió en la idea de adelantarme a las estrecheces que sin duda seguirían llegando a aquel lugar que se sustentaba con la merced hecha por su majestad de otorgar la escobilla de las fundiciones y que me parecía insuficiente. Por mucha maña que se dieran barriendo los restos de oro que caían al suelo y por mucho afán que pusieran en los relaves para separar el polvo de plata de la tierra, no alcanzaban a juntar más que pequeñas miserias. Determiné resolverlas con previsión aportando sustanciosas limosnas, y cuando hube de abandonar el Perú dejé un legado de cuatrocientos pesos de oro destinados a aliviar un poco las privaciones del hospital de naturales, que apenas podía sostenerse.

Pasar tiempo en un hospital es el mejor modo de ahuyentar el dolor propio, de alimentar la compasión y el respeto hacia el afligido. Entre aquellos camastros se despierta la bondad y sigo manteniendo que alienta mejor la clemencia que cualquier sermón de misa. La muerte de los maridos en la batalla era el dolor, el hambre y la desesperación de las mujeres que acudían allí buscando cobijo y alimento. La desposesión de indios de las encomiendas dejaba a los naturales perdidos y hambrientos. Cuando la bulla cesaba y no había revueltas y batallas, eran las enfermedades las que atizaban a los pueblos naturales dejando un poso de muerte, allí se les acompañaba en el buen morir. Recorrer el hospital era un doloroso paseo por los rostros de niños ensimismados que, con los ojos y la barriga abultados por el hambre, buscaban a sus madres muertas. Era encontrar a las sabias ancianas cañaris yaciendo en camastros con los huesos asomando por las coyunturas y que no proferían ni un solo quejido, silenciosas y obedientes, dejándose cuidar pese a que no confiaban en los remedios castellanos.

Asistí a amputaciones de miembros asediados por la podredumbre, aprendí a curar llagas cuajadas de gusanos y moscas que pujaban por libar de aquel supurante líquido blanquecino. Religiosos, mujeres, cirujanos y médicos recorríamos los jergones ofreciendo aliento a los moribundos y aplacando dolores a base de hierbas y oraciones. El oficio de curar es duro y la mayor parte de las veces ingrato, requiere mucha entereza y paciencia, que no siempre obtiene recompensa, porque allí caían como chinches. La muerte se despachaba a gusto, dejando una prole huérfana que pululaba errante por los pasillos del hospital.

—Hay que recoger en lugar seguro a las huérfanas, Inés. Aquí no están más protegidas que en las calles o en los caminos.

—Los frailes no quieren acogerlas, solo a los niños varones. Alguien debería tomarse la molestia de fundar un convento para ellas, porque si no estas desdichadas irán directas a servir en la cama y en la casa de algún soldado.

—Pues hagámoslo, Inés.

Aquel fue el primer pensamiento. La idea de verlas a merced del hambre y los abusos nos quitaba el sueño. No tuve tiempo de realizarlo como era mi deseo, no me dejaron, pero contaba con el tesón mi tía, que a duras penas y con no poco esfuerzo convertiría en realidad aquello. Alguien había de hacerlo. Todavía tendrían que pasar muchos años, y no debo adelantarme.

Estaba dándole chicha a cucharadas a una yunga cuando un revuelo de hombres armados entró en el hospital y supimos que el sofocamiento de los cimarrones había terminado. Portaban en brazos un cuerpo retorcido, con los miembros doblados de dolor y la pesada armadura hecha añicos; Juan de Barbarán llegó asaeteado como un san Sebastián, solo alcanzó a pedir confesión, aunque murió sin pronunciar otra palabra que mi nombre. Besó mi mano y se quedó con la mirada yerta en el techo pajizo del hospital. Así lo halló el piadoso clérigo Francisco de Molina, que dio fe de la muerte sin poder procurarle los santos óleos. La muerte de Barbarán nos dejó a todos un poco huérfanos, y yo entendí que perdía con aquel hombre un valedor fundamental para el bien de mi hermano y mío.

Las semanas siguientes al luto, Inés entró en un frenético quehacer en el que, sin rechistar, la acompañamos, salar carne, aviar despensas, preparar caldos de ave, cosechar verduras y hacer un ingente acopio de víveres. Lo vi. Supe lo que escondía ese incansable trajín: temía la guerra. Ya conocía a mi tía, demasiado curtida en esa tierra. Aunque vivíamos tiempos de calma, no quiso confiarse. La paz era un tiempo extraño y fugaz en el Perú. Un espacio indefinido que solo poblaba los escasos meses entre una guerra y otra. Había que esperar su fin, sin duda llegaría.

* * *

293

Gonzalo, como gobernador, se instaló en el palacio de mi padre, así pude volver a recorrer aquel lugar tan cambiado, y por supuesto volví a acceder a los archivos y a las probanzas de sangre. Nada hallé del sangrador que atendió a mi hermano; tampoco el cirujano Francisco Sánchez, asentado ahora en Lima tras la marcha del protomédico Sepúlveda, sabía nada de él. No conocía a aquel hombre ni recordaba que hubiera un sangrador de esas características tan precisas en el Perú, y sé bien que al cirujano Sánchez no se le escapaba nadie que realizara su oficio. Diría que hasta los espiaba, era muy celoso y no fiaba de ninguno, quizá en ello pesó que todavía tenía presente la afrenta de que el cabildo a él le prohibiera ejercer como sangrador por haber extraviado su licencia. Nunca me gustó aquel hombre, con su cara mustia y sus modales violentos. Era áspero, muy cruel con los criados y con los indios. Seguía manteniendo una rehala de perros carniceros, pese a la prohibición del rey, y con ellos asustaba a los naturales. Nunca entendí que ejerciese un oficio que requería paciencia y entrega al prójimo, algo que, ciertamente, él no conocía.

En aquellos días, Gonzalo cumplió su promesa: el capitán Hinojosa ahorcó a los marinos del barco del cuñado del virrey. Fue fácil encontrar al infame y mugriento, lo reconoció por las escaras y pústulas que las quemaduras le dejaron en el rostro, pero al no poder identificar a su cómplice, Hinojosa determinó ahorcarlos a todos. Pagaron justos por la afrenta de esos dos bellacos, lo que fue un pecado innecesario, y que además supuso un descalabro a la hora de gobernar el barco ahora sin brazos para ordenar jarcias y velas.

Mi promesa tardó poco en cumplirse también. El primer leal a Gonzalo que se levantó en armas contra su autoridad fue Centeno, el joven, afable y caballeroso Diego de Centeno. Francisco de Carbajal maldijo tres veces al rufián, escupió otras tres veces al suelo y salió con más de una veintena de hombres en su busca. Acudió el viejo Demonio a la provincia de Charcas, donde Centeno se acantonó con armas y hombres, asesinó al teniente de gobernador de mi tío y donde el cabildo le rio la gracia dejándose engatusar y uniéndose a medias a su delirante causa. No fue a más el levantamiento; los hombres que le acompañaban desertaron tras tres escaramuzas, dejándole solo, el joven Diego de Centeno desapareció tras aquello y todos le dimos por muerto.

Quiso Gonzalo emular los tiempos pasados, agasajando a capitanes y vecinos, como de antiguo hiciera mi padre, y convocó un almuerzo en el palacio. Me vestí con seda y tafetán, usé el collar de aljófares, tinté mis labios con el carmín de cochinilla y me solté el cabello. Esa fue la primera vez desde lo ocurrido que me dejaría ver, ahora en compañía de mi tío, el gobernador. También Gonzalito, mi hermano, estaba llamado a ocupar un puesto destacado en aquella mesa, y como heredero directo del poder de mi padre y futuro gobernador sentó a la derecha de mi tío. Se dieron discursos sentidos donde poblaban la lealtad y el respeto, se lanzaron vítores y un sinfín de zalamerías hacia Gonzalo, que las aceptó complacido, aunque en su alma, seguía pendiente de los acontecimientos.

No éramos tan necios como para olvidar que, pese a la embargante alegría y la inusual paz que nos rodeaba, lo que volvíamos a vivir eran tiempos de espera. Espera del mandado del rey, espera sobre la revocación de las Leyes Nuevas, espera de confirmación del gobierno de mi tío. Con ese fin, habían partido hacía semanas el doctor Tejada y Francisco Maldonado a España para presentar a su majestad estas cuitas. Nada sabíamos de su viaje, y hubo de ser en ese convite cuando la espera cesó abruptamente, al menos en parte. Un jinete acudió a Lima informando de la huida del virrey, a quien el lechón que hacía de custodio dejó en libertad en Tumbes, suplicando su perdón. Estaba reuniendo Blasco Núñez hombres y armas en Quito, esperaba también la llegada de refuerzos de Castilla, y ya había pedido ayuda a otras ciudades de las Indias para acudir contra Gonzalo y los oidores.

El convite quedó suspendido, así como la alegría cuando horas después al acudir al navío, que aún permanecía en El Callao, los hombres descubrieron que Vaca de Castro había huido con él. Las artes del ínclito Vaca de Castro no cesarían ni después de descubierto. Logró el licenciado sobornar a sus guardianes y poner rumbo a Panamá para después pasar a Nombre de Dios y en el mar del Norte arrumbar hacia España. No tuvo valor de entrar por Sevilla, permaneció semanas en la Azores, hasta que pudo llegar a Lisboa burlando así los controles del Consejo de Indias. De nada sirvió. Cuando alcanzó a poner un pie en Castilla, fue hecho preso, esta vez por orden directa de su majestad.

Gonzalo hubo de disponer hombres y armas y acudir a pacificar aquel desconcierto. Embarcó en El Callao, con un navío llegado de

Arequipa, dejando Lima bajo el gobierno de quien pretendía mi mano y al que mi tío se confiaba en exceso, el capitán Lorenzo de Aldana. Con solo ochenta soldados de guardia quedamos en la Ciudad de los Reyes las mujeres, los niños y los ancianos, el resto, todos los hombres en edad de armas, partieron al norte, donde se enfrentarían a las fuerzas del virrey, aunque Gonzalo intentaría evitar esa batalla. Se dedicó a despistar al virrey con añagazas de guerra de las que Francisco de Carbajal y él eran maestros estrategas y durante las cuales un gran número de hombres del ejército realista se pasó a sus filas.

La ausencia de Francisco de Ampuero, que partió al igual que los oidores con la hueste de Gonzalo, hizo que mi madre disfrutara de la anhelada libertad de la que había sido privada, viniendo a menudo a mis casas y paseando libremente por las calles de la ciudad de Lima. Acudía con ella al río en aquellas tardes interminables, era hermoso verla, seguida de su increíble corte de sirvientas, y mostrando un destello del esplendor que fue el Incario. No escondió en ningún momento el enojo que le procuró saber que el pequeño Francisquito, el hijo de Cuxirimai, estaba en casa de Inés. Se lo confesó a mi tía, que aplacó como pudo el desdén de mi madre. No quería causar disgusto a Quispe, pero no creía que el niño hubiese de cargar con ese desaire.

El ir y venir de espías poblaba cada día la ciudad, solo me confié a las informaciones de los indios de Huaylas y a las que Ymarán conseguía por su alianza con los chasquis que unían Quito y Cuzco. Así supe cuándo se produjo el encuentro que precedía la ya inevitable batalla. Fue el 18 de enero, a los pies helados de la cordillera. Podría decir que escuché los tambores, podría asegurar que hasta mí llegaron el olor de la pólvora y el sudor de los caballos.

Y ciertamente fue así, lo hacían de noche, en sueños, robándome la calma. Cuando supe que la batalla era inminente, algo cambió en mí; por primera vez y solo en aquel momento, me rendí voluntariamente a la plegaria cristiana, hice acopio de todos los rezos conocidos y repetidos desde mi niñez por costumbre, no por fe, y de los que en secreto rehuía. Alcé la mirada al cielo, para implorar al Dios cristiano la ayuda necesaria que mantuviese con vida a Gonzalo. Mientras me santiguaba y entonaba el padrenuestro, caí en la cuenta: sería de más certeza invocar a la Virgen María, a la que siempre intuí más cómplice y generosa con mis ruegos y de la que sabía bien que a menudo se hacía presente en las contiendas. Con ella hice mis tratos, le pedí protección y le prometí una corona de oro si volvía sano y salvo mi tío. También me encomendé al apóstol Santiago, algo desacostumbrado estando a leguas del campo de batalla, pero qué más me daba, estaba perdida en aquella fe y determiné que el corazón guerrero de Santiago comprendería bien las necesidades en el combate. La intensidad de mis rezos debió ser eficaz. Solo siete hombres del ejército de mi tío perecieron en aquella batalla. Hice entonces un pacto con la Virgen que hasta hoy perdura; sin embargo, me costó años reconciliarme con Dios padre, que olvidó tender su mano protectora y omnipotente cuando realmente lo necesité.

Capítulo 7

El tormento y el gozo

La noche en que la muerte volvió a visitar mi casa la sentí: fue la primera vez que se anunció tenuemente con el olor seco y enmohecido de las flores marchitas. Luego vendrían más. Rodeó mi alcoba un pesado aroma a lirios añejos y deshojados, a rosas muertas, a nardos mustios, así se hizo notar, y yo acudí a su llamada caminando como una sonámbula en aquella hora incierta, buscando el rastro que habría dejado.

Era la Pascua del año 1546; esos días de esforzado ayuno y penitencia mantenían a los hombres apartados de los naipes y los dados, de la música alegre de la vihuela y también del vino y de la carne. Los días transcurrían a base de rezos y la comida se reducía a las austeras mazamorras de maíz. Había que honrar el sacrificio de la muerte de Cristo en la cruz, compartir su dolor y entregar el alma a la contrición. Eran tiempos de duelo y agonía, en los que el espíritu debía elevarse a base de privaciones para descargo de la conciencia, era el mandato divino: torturar y sufrir el desasosiego, aunque admito que en los ánimos de las gentes que allí habitábamos no cabían ya ni paz ni quietud y por tanto la penitencia no turbaba en demasía a nuestras almas ya acostumbradas.

Catalina andaba revuelta, siempre que barruntaba algo se ocupaba en zurcir sin piedad cuanto encontraba a su paso, calzas, jubones, sayos y toallas. Mi aya creyó, desde que la conozco, que dedicarse con diligencia a lo que mejor sabía hacer en el mundo terrenal contentaría al Altísimo manteniéndola a salvo de reproches divinos. Habíamos asistido a la procesión de Jueves Santo, toda Lima olía a cirio y a incienso. La vimos partir de la iglesia de la Merced, allí encontré a mi maestro fray Cristóbal con los ojos llorosos de emoción y las manos entrelazadas rezando al único Cristo en la cruz que teníamos en Lima. La comitiva iba presidida por los miembros del cabildo: Antonio al frente, detrás el obispo Loayza con su mitra blanca y fray Tomás de San Martín portando el evangelio. Mi madre, cubierta con mantilla y vestida de negro, estaba especialmente hermosa, no se me escapó la serena disposición que la ausencia de Francisco de Ampuero le otorgaba; mientras el esposo permanecía en Quito tras la batalla, mi madre mantenía lejos el miedo.

Allí, en la puerta de su casa, rodeada de criados, yanaconas y su ingente séquito de indias, mi madre, con la mirada ausente, no ocultaba el soberano aburrimiento que le procuraba aquello. La multitud apiñada, el silencio solemne y el olor mareante de los pebeteros que sin descanso arrojaban el humo de incienso se mezclaba con el pesado aroma de las flores, provocando vahídos que eran interpretados como arrobos de fe. A mi madre, Quispe, aquello la aturdía y años después descubrí que a mí también. Sé que detestaba esas manifestaciones de fervor y piedad, siempre las vio como una gran farsa de los blancos. Cayo hablaba con una india yunga que acudió después a saludar a mi madre postrándose ante ella como de antiguo se hacía ante las ñustas. Su rostro me resultó familiar y tardé en recordar que era una de las mujeres que atendían a la sacerdotisa en la huaca. La mujer le entregó una pequeña bolsa de cuero que mi madre guardó en la manga de su vestido, despachándola con prisas.

La tía Inés nos apremió a acudir a la oración, mi hermano y Francisquito seguían fascinados contemplando las imágenes de la Virgen de la Soledad y de Santa María que entraban ya por la puerta principal de la iglesia. La celebración del santo oficio me sobrecogió, el obispo Loayza habló con voz solemne del cordero sagrado y su sangre, con la que había de rociar las puertas de las casas para evitar la entrada del ángel exterminador que mataría al primogénito según el Antiguo Testamento. El sagrario vacío y abierto y la ausencia de flores en la iglesia anticipaban el luto. A la hora santa, salimos del templo para regresar a casa de Inés. Mi madre atrajo entonces hacia su pecho a Gonzalo, al que abrazó y le obsequió con una pequeña botija de miel de caña y bizcochuelos que no podría probar hasta el domingo, día de resurrección del Señor, profiriendo un profundo desprecio a Francisco, al que ni siquiera miró. Era el hijo de su rival y no lo perdonaría.

* * *

Cuando de madrugada abrí los ojos, desperté rodeada de aquella fragancia oscura y con las palabras de Loayza resonando en mi cabeza. Me dispuse a buscar el rastro que aquel perfume seco me ofrecía. Estaba decidida a atrapar lo que fuera que me desafiaba a seguirle, aunque lo hice golpeada por la inquietud y el miedo que crecía a cada paso que daba. La casa estaba en calma. Solo el chisporroteo de los cirios repartidos por todas partes interrumpía la enmudecida madrugada. En las cocinas, vacías, reinaba la siniestra paz de la noche, los criados dormían, también mi hermano y Francisquito descansaban. No había luz en las alcobas de Antonio e Inés. Me asomé al zaguán, donde vi que los centinelas permanecían despiertos a duras penas, haciendo su guardia a las puertas de la casa. Cuando recorría la galería del patio me sobresaltó el piafar de Poderoso. Acudí a la caballeriza y vi al potro de pie, intentando soltarse, luchando contra la cuerda que le sujetaba al poste; intenté tranquilizarlo mientras buscaba al causante de esa desazón. Sentí que había una sombra rondando, escudriñé en la penumbra la presencia invisible en la cuadra. ¿Sería quizá el espíritu de mi padre el que rondaba la casa? Estaba segura de que algo o alguien estaba allí, esperando el momento de escoltar al alma que abandonaría la vida, esa fue la certeza.

Al amanecer acudí, como todas las mañanas, a despertar a mi hermano, pero no se movió. Le reproché su pereza. Cuando el dios Inti iluminó la alcoba, comprobé que mi hermano no estaba allí, solo su cuerpo permanecía acurrucado, pero su alma no estaba con nosotros. Su cabello lacio brillaba como siempre, pero su piel cobriza ofrecía ahora la misma palidez brillante de la nieve joven de las cumbres andinas. Las mejillas hundidas, los pómulos altos y una nariz afilada ocuparon su rostro. Tenía los ojos entreabiertos y de la boca escapaba un hilo de vómito. Agarré sus manos frías, las coloqué reposando sobre su pecho joven ahora inerte como el de un anciano. Busqué con impaciencia debajo de la almohada, hurgué el jergón, inspeccioné en los cajones, hasta levanté las sabanas y sacudí el dosel, debía haber algún rastro de las hierbas malditas que habrían provocado aquel sortilegio que privó de movilidad a mi hermano. No había nada.

Cuando Inés y Catalina entraron en la alcoba yo ya me había convencido de que aquello no era real. Me repetía en voz baja que era una muerte aparente de esas que ya conocía y que habían asustado a muchos.

Me obcequé en la idea de que en días le volvería la vida a mi hermano, puesto que ya les había ocurrido a otros. Pedrarias, el gobernador de Panamá, murió y volvió a la vida, de eso hacía mucho tiempo, pero mi padre me narró desde niña el asunto, ya que pudo ver el féretro donde cada año el gobernador se encerraba y ordenaba una misa *corpore insepulto* para que nadie olvidara aquel hecho. Si Pedrarias se salvó fue gracias a que, durante el velatorio, uno de sus criados abrazó al ataúd desconsolado y escuchó los quejidos de su señor, cuya alma estaba despierta. El lujoso cajón de roble fue abierto con urgencia ante el pasmo de los presentes y del propio finado, que a punto estuvo de ser sepultado vivo. Desde entonces, su ilustre excelencia se hacía acompañar del féretro en que fue amortajado, ahora bien provisto de manilla y aldaba en el interior. Yo daría tiempo a mi hermano a despertar, y a ese fin resolví que no permitiría su entierro.

—Ha muerto el mismo día que nuestro señor Jesucristo, eso es una señal del cielo —gimió Inés, que así disipaba cualquier duda acerca de la presencia del demonio en la dolencia de mi hermano.

Se fundieron en uno los dos duelos, el de Jesucristo y el de mi hermano. Eso sirvió para que se retrasara el sepelio, que decidí impedir hasta estar segura de que mi hermano no resucitaba. Yo misma lavé su cuerpo con ayuda de Nuna y Shaya. En esas llegó mi madre, Quispe, que abrazó a mi hermano e inspeccionó cada trozo de su anatomía buscando lo mismo que yo había buscado al alba. Ordenó a Cayo y a sus indias que le embadurnasen con el bálsamo de Tolú, que se usaba de antiguo para preparar los cuerpos de las momias. Ella misma colocó pedacitos de oro en los puños, en el pecho y en la boca de mi hermano, sellando después sus labios con un beso. Con mucho cuidado cubrió de lirios la cama, trenzados y dispuestos alrededor de la silueta inerte de Gonzalo; la flor sagrada del amancay protegería su viaje. Estaba agotada de llorar y no lograba calmarse, arrancaba a cada poco en sollozos tímidos que terminaban en aullidos dolientes. Solo el brebaje de guanaba y paico que Nuna y Catalina prepararon consiguió que durmiese unas horas. Vestí a mi hermano con el jubón negro de terciopelo brillante, le calcé las espuelas que mandé hacer al herrero y que quería obsequiarle. Y vigilé su sueño, segura de que volvería a despertar. Las doce hachas de cera blanca que le iluminaban creaban a ratos la ilusión de que su expresión cambiaba, y a ello me abracé.

301

Seguía ausente esperando el milagro de la resurrección cuando el ejército de vecinos estremecidos por la noticia acudió a mis casas. Inés preparó caldo, las indias de Huaylas lo repartieron entre las señoras y señores que profundamente afligidos desfilaron ante el ataúd abierto de Gonzalo. Lorenzo de Aldana, ahora teniente de gobernador en ausencia de mi tío, vestido de negro de pies a cabeza, se postró ante mí, y con respetuoso silencio besó mi mano. Leonor de Soto permaneció por horas ante el cuerpo del que fuera su amigo, gimiendo en un llanto callado. En la sala contigua, María de Escobar encabezó las letanías y rosarios que poblaron la casa durante varias noches. Y Catalina lloró por días en su alcoba, sin que nadie la viera. Lo sé porque sus párpados se volvieron grandes y pesados, y bajo los ojos, los cercos negros delataban las lágrimas no contenidas.

Al cabo de una semana yo seguía negándome a enterrar a Gonzalo, pese a que no había dado muestras de volver, y mi madre secundaba mi decisión. Catalina meneaba la cabeza cada vez que me miraba, desaprobando lo que hacía. Inés, después de suplicarme que lo dejase ir y encontrarse con mi negativa, pidió ayuda a fray Cristóbal de Molina, presintiendo que yo había perdido el juicio, como la reina Juana tras morir el hermoso Felipe, que siguió dando tumbos por Castilla con el ataúd a cuestas y el cortejo fúnebre hasta que la encerraron en Tordesillas. Eso temía mi tía y así se lo comunicó al fraile.

—Hija mía, estáis cometiendo un grave pecado al no permitir el descanso eterno de tu hermano.

—Padre, solo espero el momento de la resurrección de la carne, como hacen los cristianos. O acaso no es eso lo que predica el Evangelio y lo que Cristo, el Dios encarnado, alcanzó.

—La resurrección de los muertos llegará al fin de los días, hija, no antes.

—Puedo mantenerle cerca de mí hasta entonces, y cuidar y honrar su cuerpo como hacían mis antepasados.

—¿Quién os ha metido eso en la cabeza? —profirió temeroso y mirando con recelo a mi madre al otro lado de la galería—. De hacer eso estaréis condenando su alma. No importa el cuerpo, Francisca, creedme, es el alma de vuestro hermano lo que debéis poner bajo la salvación de Dios.

—¿Cómo sé, padre, que el alma de mi hermano mestizo alcanzará la gloria de Dios?

—Entiendo vuestro aturdimiento, pero no debéis dudar, Gonzalo lleva aguas, podrá gozar de la vida eterna junto a Dios nuestro Señor cuando sea enterrado en la iglesia, en suelo santo.

Decidí creer a fray Cristóbal y ordené que Gonzalo descansara con mi padre; él le abrazaría velando su sueño eterno, nadie mejor para proteger su cuerpo y su alma. No hubo tañido de difuntos porque las campanas de la catedral fueron fundidas por el virrey para hacer la artillería, y mi hermano se fue rodeado de silencio. Cuando fue depositado en el costado del evangelio de la capilla mayor, me di cuenta de que la esperanza vana de su vuelta a la vida me había mantenido a salvo. Amparada en aquella quimera pude mantenerme a distancia los primeros días, ¿o fueron horas? El mundo de los engaños es una portentosa jaula en la que solo podemos ampararnos un tiempo. Me pareció un periodo breve pese a las miradas alarmadas que mi obstinación despertaba en los demás. Aquel indefinido espacio sirvió para adormecer mi espíritu, luego el dolor me vino de golpe. Se rompió dentro de mí el dique que contenía la amargura y todo se volvió negro. Me sentía por dentro en ruinas, cubierta de polvo y ceniza, yerma y arrasada como el campo tras la batalla. Ya no había nada que salvar, solo había que dejar morir. Pero no podía olvidar.

Mi hermano dejó este mundo sin hacer ruido, de puntillas, tal y como había vivido sus breves días, pese a la gloria y el poder que debía detentar y que le correspondían. Se fue, dejándome más sola, dejándome más triste y más vacía. Convirtiéndome con su muerte en la única heredera de mi padre, la única mujer Pizarro que alcanzaría toda su fortuna y sus títulos.

Mientras yo me afanaba en apartarme del mundo, me olvidé de mi otro hermano. No reparé en su soledad ni en la expresión dolorida de Francisco, que tras la muerte de Gonzalito andaba solitario por la casa, callado y desatendido. Aquello me convenció de tomar la decisión de enviarlo a Cuzco con su madre. Cumplía así la palabra dada al caballero Juan de Betanzos, desobedeciendo la orden de mi tío Gonzalo, que seguía en Quito. Pero no me importó. Buscaba aplacar los terrores de aquel niño que no olvidada el funesto fin que le esperaba portando aquel nombre y aquel apellido, que olían a malditos.

De los días siguientes solo recuerdo que dejé de comer y me volví muda. Las mujeres, como siempre a lo largo de mi vida, crearon en torno a mí un cerco bendito de protección y cuidados. Los lazos que unen a las mujeres en la desgracia son desinteresados y puros. Solo nosotras entendemos la cómplice compañía frente al desgarro y el dolor.

Mis indias Nuna y Shaya aseguraban que el corazón de mi hermano se rompió de pena por el Aya Huaura, el viento maldito de los muertos del que hablaron los *camascas*. Yo seguía manteniendo que alguien estaba detrás de aquello, aunque a nadie más le inquietó su extraña muerte. Solo mi madre y yo nos preocupamos de buscar a un culpable y la sospecha me destrozaba. El ayuno de la penitencia pascual me llevó a descuidarme. No vigilé las mazamorras que comió ni tampoco los ojos que le observaban, desatendí a mi hermano, y la culpa me aguijoneaba el alma.

La ley del Ayni es imbatible, siempre dicta su curso. Todos los seres y todos los hechos del universo se alimentan de fuerzas contrarias, que se complementan y se refutan, solo así se logra la armonía, solo así el equilibrio recíproco se impone. Después de los tiempos aciagos llegaron los días más felices que jamás viví. Entenderéis lo que os narro cuando logre poner orden el relato que más me cuesta compartir, que se me pierde a momentos. La procesión desordenada de la memoria es así, caprichosa e ingobernable, se detiene en lo que no quiero recordar, en lo que desde hace más de cincuenta otoños me esfuerzo en olvidar, y ahora que la dicha y el regocijo deberían acompasar mi pluma, se me escapan los hechos más dulces de mi vida que también sucedieron y que no pretendo encubrir en el intento firme de que conozcáis todo. No seré yo quien se esconda. No seré yo quien se oculte cuando lo escrito aborda la violencia o crueldad del relato para volver a mostrarme después, como muchos cronistas y escribanos hacen. Lo que viví es lo que comparto, y lo que vi o en lo que participé quiero que sea visto con la claridad oportuna sin las sombras que muchos ponen a los hechos. Por eso os debo también los detalles de los sucesos más hermosos que iluminaron mi vida pese a que otros quisieron mancillarlos.

Gonzalo regresó con los capitanes principales más de cuatro meses después de la batalla de Iñaquito, cargando en sus espaldas con el sombrío designio que la muerte del virrey procuraba al Perú y a su gobierno.

Intentó evitar que aquello sucediese. Ordenó y cuidó entre algodones al señorial preso, dispuso antes de guerrear que nadie atacase al virrey, pero la venganza no conoce obediencia ni compromiso. Benito Suárez de Carbajal se sentía dichoso y no ocultó en Lima que de no haber cumplido su esclavo con la orden de cercenar la cabeza al virrey él mismo con sus propias manos hubiese acabado con el que dio infamante muerte a su hermano, el desafortunado factor Illán, que en paz descanse. Ahora, recaería sobre todos el castigo de la Corona por dar muerte a uno de los suyos. Con Gonzalo gobernando, los sibilinos próceres de la corte le acusarían del magnicidio, puesto que se hizo bajo su mandato.

Para aquel momento yo me había adelgazado tanto que más parecía una sombra. Los huesos del escote delataban el ayuno y los ojos se me agrandaron de tal forma que era lo único que se veía en mi rostro. Inés aseguraba que la extrema delgadez me embellecía. Buscaba de mil maneras, incluso con esas galanterías disparatadas, sacarme del oscuro lugar en el que me mantenía quieta mientras Catalina me lanzaba miradas en las que la preocupación se mezclaba con el miedo. Volví a vestir el negro, las fuerzas se me iban extinguiendo y hasta me costaba caminar. Me irritaban los rezos, las oraciones piadosas que prometían un descanso que yo no hallaría. No quería escucharlos. Perdí las formas y hasta cerré la puerta en las narices a los dos dominicos que Inés mando traer a fin de que le dieran consuelo a mi alma, orando por mi hermano. Habitaba en un mundo paralelo del que nada ni nadie podía sacarme.

Escuchaba escondida detrás de la puerta de la alcoba a Catalina y a Inés. Las horas del almuerzo eran un infierno, mi boca se negaba a recibir el alimento.

—Otra vez la escudilla llena. Virgen del Socorro, ¿ni siquiera el pan de yuca ha probado? Me estoy deslomando en las cocinas para procurarle el gusto, ¿qué mal es este?

—La pena la está consumiendo, Inés. Y temo por momentos que se la lleve como a mi pobre niño Gonzalo. El llanto si no sale devora el alma y la vida. Ni las tisanas le purgan la tristeza. No ha vertido ni una lágrima.

—Lo sé, y ya es demasiado el tiempo. Son más de cuatro semanas que cumplimos el treintanario de difuntos. Y yo no soporto este silencio que reina ahora en la casa.

—Gonzalo ya está aquí, habría que advertirle de esto antes de que la vea, Inés.

Gonzalo. Cuando escuché los arreos del caballo, no sé cómo, pero regresó la fuerza extraña que me invadía cuando presentía a mi tío. Ese viento frío, que me sacudía el pecho y me llegaba hasta el corazón, luchaba por abrirse paso en medio de la oscuridad que ahora era yo. Gonzalo.

Acudí a las caballerizas, trastabillándome a cada paso porque las fuerzas me faltaban, la debilidad se volvió espesa y me hacía flaquear. Cuando le vi desmontando del caballo, caí de rodillas, y solo entonces rompí a llorar; a los pies del único Pizarro que me quedaba acudió un llanto pesado y frío. Contemplé en sus ojos el horror que mi imagen miserable y vencida le procuraba. Se arrodilló y me abrazó, me llevó a su pecho, intentando apaciguar el manantial desbordado de lágrimas, y por fin acerté a decir:

—Sácame de aquí, Gonzalo. Te lo suplico.

Emprendimos el viaje un domingo después de acudir a misa. Partimos hacia Jauja, donde nací, y allí tomamos el Camino Real Inca. La comitiva ordenada y silenciosa avanzaba a pasos lentos por las escarpadas sendas que recorrían la cordillera. Solo el viento tibio del invierno nos acompañaba, a veces el vuelo majestuoso del cóndor parecía señalarnos el camino. Alcanzamos el Apurímac, furioso y bello, el río sagrado que habla, y lo contemplé absorta y en respetuoso silencio. A nuestro paso por Cuzco nos salió al encuentro un grupo de indios que portaban gran acopio de frutas frescas, carne en salazón y mate de coca: era el presente que Inca Paullu hacía a Gonzalo. Ese indio, taimado y astuto, sabía bien cómo agradar.

Recorríamos en cada jornada alrededor de ocho leguas que albergaban mil mundos y nos enfrentaban a la belleza prístina y espléndida de los Andes. Desde puentes colgantes trenzados con el ichu que desafiaban a los caballos en inmensas quebradas hasta lagunas azules y restallantes que albergaban otras huacas y los mismos dioses a los que oré. Mascábamos la bendita coca, el regalo de los dioses que, como bien aseguraba el capitán Juan de Acosta, daba vigor al débil, colmaba al hambriento y alejaba las tristezas del desdichado, al igual que una buena mujer, añadía.

Cuando Inti se ocultaba observábamos la mayor bóveda de astros del planeta, sobrecogidos por el brillo inmaculado que nos mareaba y que nunca he vuelto a contemplar. Descansábamos de noche en los tambos que jalonaban el camino, ahora bien dispuestos de pertrechos tras la ordenación de Vaca de Castro que mi tío Gonzalo se esforzó en mantener. Alrededor del fuego, mientras la noche caía suavemente, se contaban historias, cuentos del Viejo Mundo y cantares de gestas imposibles, amoríos cortesanos que el capitán Juan de Acosta narraba con picardía añadiéndoles detalles poco decentes. Era aquel hombre un eficaz orador y nos entretenía durante horas. No era apuesto, mas siempre escuché que poseía un vigor exaltado al que sucumbían las mujeres.

En eso entretenía su tiempo Acosta cuando no había batalla, en conquistar mujeres, y poseía una interminable lista de amantes repartidas entre Quito, Los Reyes y Cuzco. Entendí que su labia valía más que la apostura. Después descansábamos, arrullados por el sonido de los seres que habitaban las montañas; escuché en aquellas noches el aullido del viento y también el susurro inocente de los espíritus de la *capacocha*, las ánimas de los niños sepultados vivos en el vientre de los nevados, que esperaban a ser escuchadas como huacas.

A cada legua mi alma se acomodaba a un nuevo vigor, a una nueva fuerza, enseñándome que la mejor manera de afrontar el dolor es seguir viviendo y no detenerte. El único bálsamo que puede curar la pérdida, refutando a la muerte, es la vida.

Nunca antes había estado en La Plata, en la región de Charcas, como se llamó en los tiempos de mi abuelo Huayna Capac. Era aquella una tierra fronteriza y por tanto desalmada. Era la zona más rica de la tierra perulera, y por ello sus fecundas minas de plata se ocultaron a los españoles durante mucho tiempo. Con celo extremo se entregaba el tributo en plata, pero los yanaconas nunca confesaron de dónde venía.

Ahora se decía que Manco, antes de morir asesinado y buscando congraciarse con el emperador, dio permiso para mostrar las entrañas cuajadas de plata del cerro Rico, en Potosí, que solo distaba siete leguas de la ingente mina de Porco que el otro Inca, Paullu, entregara a mi padre en 1538. Las lenguas decían que solo así se explicaba que el indio Diego Huallpa descubriera de repente ese paraíso de riqueza fecunda, el mayor manantial de plata nunca visto, tras haber pastoreado llamas durante años en aquel lugar que conocía mejor que las líneas de sus manos. Fue una de las estrategias que Manco mantuvo tras el fracaso de la lucha armada: determinó ocultar las minas a los españoles como único modo de lograr que los barbudos abandonaran aquella tierra.

Los caballos se detuvieron y yo pude contemplar la soberbia ciudad de La Plata, que pese a estar tan alejada de todo y en un lugar hostil, exhibía orgullosa el brillo de la prosperidad, el bullicio de la abundancia. Todos los jinetes descabalgaron y solo entonces comprobamos la polvareda que arrastrábamos en el cuerpo y el desastrado aspecto que mostrábamos. Hacía frío, estábamos exhaustos, y las posaderas clamaban la necesidad de descanso. Nuna y Shaya preguntaron dónde dormiríamos para preparar el necesario baño, y no pude responder porque no lo sabía.

Los vecinos y el cabildo acudieron a recibir al gobernador, Gonzalo, postrándose con ceremonia ante él. También lo hicieron ante mí. Sospecho que buscaban hacerse perdonar el reciente desatino protagonizado por el joven capitán Diego de Centeno, que se levantó en armas contra Gonzalo, y que Carbajal logró reducir.

Se mostraron dignos y dolientes ante el triste sino que yo cargaba. Ya conocían la muerte de mi hermano, y todos sabían que ahora yo era la única heredera universal del marqués Pizarro. Una mestiza acaparaba en sus manos todas las riquezas, los honores y también los rencores y odios suscitados por mi padre, cargaría con las memorias de la estirpe Pizarro y no se me perdonaría, esa era también mi herencia. Me convertí en la primera mestiza que reunía fortuna y poder, riqueza y abolengo. Fue en sus ojos, unos amables y otros resentidos, donde descubrí cómo, de repente y por obra de la muerte, también me había convertido en una suculenta pieza del damero de la Conquista que desataría nuevas pasiones y nuevos odios.

Los indios de Chaquí, la encomienda de mi tío, nos prodigaron una generosa bienvenida mucho más sincera que la de los vecinos. Eran aimaras, orgullosos y esforzados. Sus mujeres y sus niños me resultaron bellos y amables; las madres portaban a las criaturas en sus aguayos primorosamente tejidos con lana de alpaca de tonos exaltados y alegres, que daban color al paisaje ocre y vasto de la puna andina.

Era costumbre entre ellos compartir lo recogido en la cosecha con amigos y familia, y de improviso extendieron los aguayos en la tierra a modo de mantel y nos ofrecieron papas, maíz, pescado de río y la cecina de guanaco, que llaman charqui. Comí sin control, devoré cada bocado como si fuese aquella la última cena. Reí y disfruté. Mientras Nuna y Shaya intercambiaban secretos y pócimas con las jóvenes aimaras, Acosta intentaba seducir a la hija del cacique. En aquel generoso banquete, descubrí a Gonzalo contemplándome. Varias veces se toparon nuestros ojos y atribuí aquello al regreso de mi apetito, lo que indicaba que mi espíritu estaba sanando. Cuando acudimos a las casas de mi tío me sorprendió el abandono que ofrecían.

—Aquí hace falta mucha mano, Gonzalo —clamé al ver el estado desnudo de las casas, que más parecían un rancherío destartalado.

—Solo sirve para dormir. ¿A qué más?

Gonzalo se había formado en el bullicio de la guerra. La vida desarraigada de la Conquista había acostumbrado a mi tío a las privaciones de la soldadesca, durmiendo en campamentos militares bajo toldos de lona o al raso, y no encontraba razón a buscar el placer de la belleza y el sosiego de un hogar. Es la mano de la mujer la que entiende enseguida la falta que hacen estas cosas. Con ayuda de Nuna y Shaya me dispuse a convertir en habitable aquel lugar, en el que faltaban comodidad y belleza a partes iguales.

Hermosear y hacer confortable a una casa se reveló entonces como una de las cosas que más me gusta, algo que todavía hoy y a pesar de los años conservo. Si no alcanzas a hacer desahogado y grato el lugar en que vives, ¿qué sentido tiene? Cubrí los suelos de alfombras de alpaca para poder caminar descalza y las paredes de tapices para alegrar los ojos. Mandé al herrero preparar cabeceros, doseles forjados y braseros, que dispuse en todas las cámaras y también en las galerías, donde quemábamos palo santo y hervíamos las aguas de olor. Colmé de flores el patio y encargué a Martín, un ebanista andaluz recién asentado en La Plata atraído por el trajín de las nuevas minas, camas grandes, sillas de cuero de llama y un bargueño en condiciones para mi tío. Reproduje como pude en un dibujo torpe los cajones y apliques de marfil y plata del que recordaba de mi padre, desaparecido tras las sucesivas ocupaciones del palacio. Era una sorpresa que mantuve en secreto, quería hacerle ese regalo, ciertamente siendo gobernador necesitaba un escritorio donde guardar los numerosos documentos y cartas que recibía.

Quise dotar de comodidad y no de esplendor a aquel lugar, pero las lenguas largas y calumniosas tardaron poco en apodar a mi tío el Magnífico por su inclinación a la vida fastuosa y palaciega. ¿Fastuosa? Todavía me pregunto qué los empujó a afirmar aquello, porque vivíamos como dos eremitas prendados de la humilde bendición del día a día, felices y apartados de todos.

El deseo es una sima enorme y salvaje que se abre cuando uno menos lo espera. Si es el amor quien lo invoca, acude pronto y entonces poco se puede hacer. Es un vértigo placentero, que te atrae y te empuja al vacío. Difícil de gobernar. Te priva de templanza. La piel se rebela ante la caricia no satisfecha, clamando el roce, y esclavizando al juicio que no responde. La razón se doblega al mandato imperioso de la carne y el alma. Y la voluntad sucumbe. Es así. Yo lo viví.

El rito que creamos Gonzalo y yo en aquellos días simulaba la vida de esposos. Al amanecer, él acudía a sus mandados, a gobernar con celo y respeto a la Corona desde aquel lugar rayano. Yo me ocupaba en mil tareas que perseguían apaciguar lo que mi espíritu ya sabía. Cuando él regresaba, dedicábamos el tiempo a compartir confidencias y a crear momentos solo nuestros. Desnudábamos nuestro pasado, sin límites ni engaños, nos confiábamos el uno al otro, lentamente, con la inocencia de dos infantes bajo el secreto de la confesión compartida. Desgranábamos lo que alimentaba nuestros sueños y también lo que daba vida a los desvelos. Lo hacíamos mientras cabalgábamos aquellas vastas planicies y subíamos a la ladera de las montañas. Me enseñó cada palmo de aquella tierra que amaba y donde había decidido retirarse algún día para vivir en paz. Subimos a las alturas de Porco, dominadas solo por el viento. Coronamos las tierras rojizas de la mina donde con él descubrí la veta gorda y espléndida de plata que cegaba los ojos. Comíamos quinua en cuencos de madera al calor de los hornos humeantes que sin descanso fundían el mineral. Recorríamos a caballo los cultivos enormes de Chaquí donde las papas y el maíz crecían sin esfuerzo, casi en completa libertad, dando muy descansadamente cientos de fanegas. Donde el látigo estaba prohibido y los indios eran alimentados y pagados por él. Me llevaba hasta las aguas revueltas y espumosas del río Pocpo, que bañaba la chacra de Cocurí, una hermosa alquería con la que el Cabildo de La Plata le hizo merced. A aquellas aguas les hice ofrendas, buscando el descanso de mi alma que ya estaba bajo la voluntad del deseo.

La respuesta del agua ya la conocía, solo faltaba el valor para enfrentar mi destino, y llegó un atardecer, tras cenar, y mientras Gonzalo me narraba la podredumbre moral de muchos, la incertidumbre tras la muerte del virrey, los duros esfuerzos vividos en la conquista de Charcas y otras historias de batallas y trifulcas que yo le pedía insistentemente que me compartiera, buscando acercarme a lo que le atormentaba. Pero Gonzalo zanjó la conversación:

—Es mejor que no quieras saber, Francisca. Te mantendrá el alma limpia no conocer los horrores de la guerra.

—Mi alma ya está entrenada en el estruendo de la guerra, Gonzalo, crecí con ella. A veces creo que la mía es un alma vieja que conoce demasiado.

Decidí entonces confesarle lo que sabía gracias a los dioses. Lo que Nuna y Shaya a media voz intuían, y que yo ya no podía negar.

—Hice el ayuno durante tres días para consultar el oráculo de la huaca del Rímac, y allí se definió el hombre que fecundaría mi vientre, se confirmó que la sangre sería la misma. Esa sangre es la sangre de los Pizarro.

Gonzalo permaneció en silencio, con un gesto serio, recolocando lo no dicho hasta aquel momento, eso que ahora estaba dispuesto a brotar de sus labios.

Entendí que solo debía darme permiso y dárselo a él. Y así lo hice cuando, después de contemplar el soberbio cielo de Charcas, me levanté y puse mi mano sobre su hombro, donde permaneció más tiempo del necesario para que Gonzalo asumiese mi consentimiento y acudiese a mi alcoba. Nuestro amor, que ya venía de muy lejos, comenzó aquella noche, despertando en ambos la certeza de que no podía ser de otro modo.

Lo que ocurrió después es solo nuestro. Sin embargo, sí relataré que fue aquel tiempo en el que me sentí más viva que nunca. Viajé por los caminos del placer de la mano de Gonzalo. Entrelazados los cuerpos toda la noche encontrábamos mil formas distintas de celebrar el amor, de procurarnos el uno al otro lo que nos debíamos. Sumidos en un abrazo que no cesaba. Agotados y felices. Nos medíamos el cuerpo y el alma, explorando con los labios cicatrices y gloriosos recuerdos. La fuerza de aquel amor era indómita y se crecía por momentos hasta arrastrarnos.

Cada vez que lo veía acercarse a mí, un febril candor se apoderaba de mi alma, despertaba el deseo, me sentía completa y dichosa, del mismo modo que su lejanía tendía sobre mí los peores presagios, desatando el dolor enfermizo de la ausencia y dejándome rota. Probé en mis carnes la bendición y el tormento que el amor despierta, los vaivenes del vértigo y la audacia. Sentía que fui hecha para él, y él hecho para mí, éramos dos partes de una misma alma. Gonzalo daba sentido a mi vida y a mi causa, a mi lucha y a la ferocidad imbatible de mi amor.

Pasaba horas observando sus manos, fuertes y grandes, entrenadas en la espada, con la habilidad de los dioses de dar amor y guerra en la misma medida. Me volvía insomne si no le tenía cerca, si no me arrullaba su aliento, si no me abrazaba, si no me rodeaba su olor que devoraba y me hacía estremecer. Su calor era mi vida. Proceloso y perfecto, así fue mi gran amor, ese que consumamos a espaldas de Dios, pero con el permiso sobrado de la luna y las montañas, de la tierra que vibraba cuando se enhebraban nuestros cuerpos.

Otros hablarían de pecado e incesto, no querrían ni sabrían ver más allá, mas compartir la misma sangre y la misma carne en el lecho es algo que venía de muy atrás en mi estirpe. La perpetuidad del Imperio inca se afianzaba en el matrimonio entre hermanos, pero era mi linaje Pizarro el que escondía más faltas de ese tipo. Mi abuelo Gonzalo el Largo casó con su sobrina, siendo excomulgados por el obispo de Plasencia, algo que ellos enmendarían después y con buen tino. Lograr una dispensa del papa solo requería engordar los bolsillos oportunos. ¿Cuántos reyes y reinas casaron portando lazos de sangre en Castilla? No sería algo nuevo, podríamos con ello y ambos lo sabíamos. Yo no necesité más, tenía la certeza de que aquel era mi camino. De que él sería mi esposo ante los ojos de todos los dioses. Y a esa ilusión me entregué.

En los días sucesivos y para evitar los ojos indiscretos de los sirvientes, ordené trasladar mi alcoba y dispuse mis cosas en la habitación contigua a la de mi amante. Durante todo ese tiempo Gonzalo dormía en mi cama y al alba, antes de que despertaran los criados, regresaba a su alcoba. Debíamos mantener oculto aquello y eso redobló la pasión recién descubierta. Gonzalo, a pesar de su experiencia, no había vivido el amor. Habían sido lances cortos y vagos los que ocuparon sus días. Antes de mí, Gonzalo anduvo errante por los senderos del afecto, nadie ocupó su espíritu procurándole una ternura desconocida, un ardor cómplice y sereno. Eso fue lo que me confesó.

Sufría solo imaginando que algo pudiese dañarme. Le atormentaba que el dolor osase rozarme. Entre las sábanas, en aquellas largas conversaciones que nos prodigábamos, a espaldas de todos, y sintiendo la reciedumbre de aquel sentimiento, nunca me habló de María de Ulloa. Nunca en otros términos que los estrictamente amistosos. Sí me aseguró que se sentía en deuda con ella, por el honesto y digno amor que la dama le ofreció, por su bondad, su cordura y la honra que a él le entregó. No pude valorar a María de ningún modo, tampoco recelar de ella; en aquel momento solo agradecí lo que hizo por Gonzalo, ya en mi interior sentía la certeza de que fue ella quien lo preparó para mí.

En aquel torbellino perfecto, hicimos nuestros los días y las noches. Solo nos dejábamos ver ante los habitantes de La Plata en la iglesia acudiendo a misa y en las interminables recepciones que como gobernador debía atender. Confieso que la decisión de Gonzalo de asumir el gobierno no la entendí hasta entonces, cuando compartí con él la pesada tarea que había decidido cargar sobre sus hombros y que decidí apoyar con la misma vehemencia que mi amante.

A diario, las peticiones y las quejas llegaban de todas las partes de aquel inmenso Perú. Era ardua la tarea del gobernar, más aún si en él prevalecía la idea de obedecer con celo a la Corona. Gonzalo era lo suficientemente astuto como para temer el poder del rey, lo bastante noble como para no atender a otra misión que no fuera estar al servicio de su majestad, y a veces un tanto ingenuo al confiar en la justicia del soberano y en el favor que el monarca debía prodigar a quienes le sirvieron con tanta entrega en la misión al Nuevo Mundo. Nunca albergó otra idea, no hubo en su ánimo ninguna intención contraria, pese a todo lo que las plumas verterían después. Yo estuve presente en aquellos momentos y sé bien lo que se debatía en su interior.

El mismo aplomo que nunca le faltó en su obediencia a los hermanos mayores del clan estaba ahora dispuesto a servir a todos los habitantes de la tierra perulera, españoles e indios. En aquel tiempo contemplé su ánimo más fuerte y decidido que nunca, también su ilusión en aquella empresa que le daba la oportunidad de suceder y restaurar el honor de los Pizarro: una vez más la honra y la fama poblaban el discurso y el deseo. La defensa de la memoria mancaba otras aspiraciones y postergaba otros planes más sencillos y, confieso, más deseados por mí. Estaba decidida a casar con él. A parir sus hijos, a vivir cada día de mi vida a su lado. Pero habríamos de esperar. Un poco más.

Cuando estábamos a salvo de oídos y miradas, le recordaba en tono de chanza la grandeza de su cargo.

—Vuestra soy, decidme, ¿en qué puede servir esta pobre mestiza al insigne gobernador del Perú?

—Mi mestiza, sabed que mi gobierno está a merced de lo que su majestad decida.

—Aun así, señoría, sois ahora el hombre más poderoso del Perú.

—Hasta que el rey mande qué hacer, pero hasta entonces, sí, serviré a esta tierra.

—¿Y si el rey no acepta vuestro gobierno?

—Aceptará, he puesto en paz a esta tierra, he devuelto el equilibrio que perdió durante las guerras, soy leal vasallo y legítimo heredero de mi hermano. Nada me place más que cumplir con la disposición que tu padre dejó en su testamento —susurró con la mirada remota y puesta en algún lugar, muy lejos de mí.

—Quedarme aquí contigo, mestiza, hasta que la muerte venga a buscarnos, esa era la respuesta que esperaba, pero ya veo dónde están sus tribulaciones, excelencia.

Ambas cosas eran ciertas: que hubiese preferido que su cabeza acudiese a mí y también que la diligencia en su gobierno estaba procurando lo que desde hacía años no se vivía en Perú: paz y provecho. Hasta sus peores enemigos alabaron el gobierno riguroso de Gonzalo, también el infame y maldito La Gasca reconoció al buen gobernador que fue.

Acordé pasar tiempo con él cuando atendía despachos. La codicia y el celo de los hombres los llevaba a pedir usos ya prohibidos por la Corona a los que Gonzalo se negó. Eso despertaría las primeras suspicacias.

—No voy a autorizar que traigáis indios de la costa para el trabajo de la mina.

—¿Para esto os nombramos gobernador, señoría? Si no atendéis nuestros pedidos ni nos libráis de padecimientos, no es ninguno el bien que nos procuráis —aseguró airado uno de los miembros del cabildo.

Pese al estricto secreto que manteníamos, sospecho que Shaya sabía lo que estaba sucediendo cada noche en mi alcoba. Esa india era lista, y poco se le escapaba, muy dada, como yo, a reparar en lo que nadie presta atención. Me deshice del luto. También de cotillas y jubones. Solo los empleaba fuera de la casa. De puertas adentro vestía al modo indio. Nuna se las ingenió para intercambiar con las mujeres aimaras telas restallantes de colores a cambio de bolsitas de hierbas que trajo de la costa y que allí no crecían y se empeñó en ponerme hermosa.

—Ya te estás vistiendo de reina, pues. Ya déjanos, doña, que te pongamos el aderezo.

Y yo me dejaba hacer, recibiendo los tintes de cochinilla en los labios, los aceites de *kantú* en el cuerpo y los rubores del rostro, en los que, ciertamente, a veces se excedían.

El viejo Francisco de Carbajal nos sorprendió con su presencia una fría y desapacible tarde. Llegó al anochecer y a punto estuvo de desbaratar nuestra clandestina historia. Fue el mismo día que regalé el bargueño a Gonzalo. Cuando los sirvientes lo acomodaron en el despacho, los mandó salir con prisa, fundiéndonos en uno de aquellos abrazos interminables. Por eso, Gonzalo recibió al Demonio a medio vestir y con restos del persistente carmín repartidos por la barba. Carbajal no hizo alusión al lamentable espectáculo, dio la callada por respuesta. Se limitó a pedir que Nuna sirviera el vino.

—El bellaco ha desaparecido, los hombres que le acompañaban huyeron en desbandada, aunque sospecho que muchos están aquí, en Los Charcas, escondidos como ratas en sus casas.

—Ese Centeno hace buena honra a su bisabuelo Hernando de Centeno, el ladrón de Castilla. Pero le faltan redaños para ser un enemigo temible. Habrá muerto, padre, pocos escapan con vida de vos.

—Fue un leal que se convirtió en traidor. No le castigasteis. Como tampoco castigasteis a Benito Suárez de Carbajal, que es quien provocó este sindiós matando al virrey. A los bellacos del cabildo no les habéis impuesto mano dura. Eso no aminorará el castigo de su majestad, que mucho está tardando. Antes de que el miedo mude el ánimo de los hombres debéis poner fin a los desmanes, Gonzalo, u os llevarán por delante.

—Para eso os tengo a vos, padre, pero debo conteneros, porque es demasiada la sangre, y no quiero eso en mi gobierno.

—La rudeza del castigo es la mejor enseñanza que les podéis dar a los revoltosos y a los traidores, dejadme a mí, por la santísima Virgen de la Guía. Yo me encargaré de volverlos obedientes.

El viejo Demonio aludió a la Virgen porque esa era la única devoción de mi tío. Más allá del apóstol Santiago en la guerra, Gonzalo solo se confiaba a la Virgen de la Guía, y solo con ella confesaba. Lo descubrí en aquellos días. Todo venía de su Trujillo natal y de cómo esa imagen le cautivó antes de partir rumbo a las Indias. Allí adquirió la costumbre de compartirle confidencias a la que, desde su humilde capilla, custodiaba el lugar donde se cruzan los caminos de Castilla y Sevilla. Era aquella Virgen la centinela implacable que amparaba a los viajeros y a los guerreros que habían de cruzar los mares, ofreciendo su protección de madre ante el escabroso camino plagado de peligros que habrían de enfrentar.

Conocía el fervor de mi padre hacia la Santa Madre, pero no así el de Gonzalo. Cuando en su alcoba descubrí el reclinatorio y la imagen comprendí que hasta en eso seguía el ejemplo de su hermano. Después, con su cuerpo desnudo rodeándome, contemplé que era la Virgen el único testigo de nuestras caricias al toparme con la medalla que en cordón de cuero colgaba de su cuello. Le acompañaba oculta a todos y cerca de su pecho siempre. Me conmovió ver la diminuta medalla a la que tanto entregaba Gonzalo, confiándole sus cuitas y su vida. Que el cielo me perdone, pero me sentí celosa. Envidié lo que habría visto y escuchado la Virgen en todos esos años, todo lo que desconocía yo del hombre al que amaba. Y después, cuando en medio de la noche hube de secarle el sudor frío que le envolvía, cuando el mundo de los sueños le hacía transitar de nuevo por esteros y manglares, por el sucio aire de Cuzco sitiado por feroces indios, por la sangre que brotaba de la cabeza de su hermano Juan Pizarro, también sentí celos porque los temblores que le sacudían el cuerpo solo se detenían al postrarse ante aquella piadosa mujer, que con infinita dulzura le observaba, sosteniendo en su mano izquierda al niño y en la derecha la bola del mundo que agrandaron él y sus hermanos.

Uno de aquellos días, llegó hasta nosotros una nueva disposición real de su cesárea majestad en las Indias donde prohibía la tenencia de encomiendas a las mujeres por ser incapaces. El rey decidió que éramos inhábiles para defender a los indios y también inútiles para procurarles la gracia divina del Señor a través de la doctrina. No servíamos al rey, como muchos se ocuparon de trasladar a su majestad, arguyendo que, quitándonos las encomiendas y entregándolas a los hombres, el monarca ganaría el favor y la lealtad de varones que con armas y caballos sí podían servir a la Corona. Eran constantes los vaivenes del rey respecto a las mujeres y su herencia, y al final aquello sembraba un reguero de dolor y fraude, en el que las mujeres sufríamos la peor parte.

—Si les quitan las encomiendas, ¿de qué vivirán? —pregunté.

—De sus esposos, doña Francisca, aunque como ya sabéis, la ley se obedece, pero no se cumple —aseguró Carbajal.

Así era. Viudas y huérfanas seguirían al frente de las encomiendas heredadas de sus padres y esposos, gracias a la disimulación, a la vista gorda que contemplaba la obediencia, pero no el cumplimiento. Aunque como ya narré aquello escondía un siniestro propósito. La otra cara de la moneda no era mejor. Había una ley no escrita que desde antiguo permitía a los hombres decidir los matrimonios. Entre mis antepasados incas entregar a sus hijas y mujeres para sellar uniones políticas y acuerdos de paz fue algo habitual. Mi abuela fue entregada a Huayna Capac. Mi madre a mi padre, y después a Ampuero. También lo era entre los españoles. No era nada nuevo, pero en el Nuevo Mundo, aquello se disparó ante la suculenta perspectiva de muchos hombres de lograr hacerse de ese modo con las mejores encomiendas si se encontraban en cabeza de mujer.

Las herederas, mujeres y niñas, incas, mestizas y blancas, nos convertíamos así en parte del botín, en el fondo de aquellas concesiones prevalecía eso. Fue en aquel momento cuando entendí que, si nos permitían tener encomiendas a las mujeres, era para poder acordar matrimonios con los hombres a los que hubiese que compensar, como veladamente ya me anunció María de Escobar. Se negociaban los matrimonios hasta para perdonarse penas de juicio. Se mercadeaba con el sagrado sacramento. Advertí con maña y después con poca persuasión a mi tío sobre lo que aquello supondría:

—Se harán desposorios apresurados carentes de afecto, las mujeres para no perder su sustento casarán, pero también las huérfanas que no estén dispuestas a hacerlo sufrirán vejaciones.

—Mi señora, los matrimonios se acuerdan para la conveniencia. El afecto no es relevante, si viene, vendrá después. Siempre ha sido así, desde que tengo sesera. Hay que casar a las doncellas. Es lo que conviene —repuso Carbajal, que presumía de ser un gran casamentero.

—¿También convienen las violaciones que se realizarán para forzar el vínculo? —le espeté golpeando la mesa.

—Ese es un pecado abominable —aseguró Gonzalo, que tenía muy presente lo que yo sufrí en el barco.

—Pues no lo permitas, Gonzalo, y vigila a las herederas o se multiplicarán los forzamientos.

Ya había ocurrido, y después de dejar el Perú supe que seguía ocurriendo. Las mujeres, a las que los consejeros reales nos acusaban de inconstantes y poco calladas, éramos peligrosas, un estorbo si no pasábamos por el aro y nos negábamos a matrimoniar. La mejor y más rápida manera de sellar una obligada boda era forzar a la novia. Llamaban sin pudor ni vergüenza consumación del matrimonio a lo que era una perversa y sucia violación que muchas veces el propio tutor de la joven huérfana pactaba. Tras la consumación, la Iglesia aprobaba el matrimonio. Una infamante aberración de la que había que zafarse. Así lo sufrió Ana, la hija de María Calderón, la huérfana hija del capitán Villegas el astrónomo.

Estaba revisando las flores del jardín cuando los capitanes Acosta y Carbajal anunciaron con excesivo brío la llegada de un jinete portando cartas para Gonzalo. Poca novedad era esa, pensé, porque cada día llegaban chasquis y cabalgaduras trayendo el pesado correo de los cuatro extremos del Incario que el gobernador debía contestar.

Cuando descabalgó, fue Carbajal quien lo llevó en volandas hasta la presencia de mi tío, y a Gonzalo se le dibujó una expresión de orgullo y le abrazó con un cariño desmedido. Era un joven indio, esbelto y de facciones delicadas, que exhibía el cuerpo fornido de guerrero y la belleza arrebatada del pueblo cañar. Respondía ahora al nombre de Antonino, pero se trataba de Amaru, el niño cañari que obró el milagro de despertar el ánima de Gonzalo en Quito tras su regreso de la Canela. El gesto circunspecto de Gonzalo al consultar los correos me llevó a pensar en que pronto partiríamos a Lima. No pregunté y me dispuse a organizar el equipaje con Nuna y Shaya, triste por tener que abandonar aquel lugar, os aseguro que donde más feliz he sido. Antes de embalar con cuidado el delicado bargueño que viajaría con nosotros, y para el que asigné un carro tirado por dos fogosos mulos, organicé con mimo todas las cartas en los cajones para que nada se extraviara en el viaje. Una de ellas se escapó y acerté a leer:

Muy ilustre señor, de hoy en pocos días nacerá el príncipe, hijo de su señoría. A la señora María de Ulloa, que está muy buena, se le debe mucho, que en estas partes no se ha desembarcado señora de tanto merecimiento, por su bondad y su honra. Besa las muy ilustres manos de su señoría, Pedro de Puelles.

La sangre se me encendió, la ira me recorrió el cuerpo, y después los celos me trastornaron al saber que María de Ulloa iba a parir al hijo de mi amante.

Capítulo 8

El inquisidor

Fue una niña y murió solo unas pocas horas después de venir al mundo. Y hasta donde supe, María de Ulloa estuvo también a punto de dar su ánima a Dios tras alumbrar a la criatura.

En el largo viaje de vuelta no dejé de pensar en aquello. Hice las cuentas, era sencillo saber que fue concebida, con toda certeza, tras la batalla de Iñaquito, en el tiempo que Gonzalo estuvo en el norte tras desbaratar a las fuerzas del virrey. Allí, distrajo su pena o festejó su triunfo, no sabría decir cuál de ambas cosas, compartiendo lecho con la dama. Yacer con una mujer es lo único que apaga el instinto de matar que desata la guerra. Me consolé. Cuando alcancé a ver las primeras casas de Los Reyes, ya había decidido que pasase lo que pasase no podía dejar de amar a Gonzalo.

Inés y Catalina me esperaban en el zaguán de la casa, y la mirada nauseabunda que Inés me dedicó me hizo temer que sabía lo que había ocurrido. Estaba pálida y demacrada. En aquel momento yo creía que el pecado de fornicio podía verse en simples minucias que todavía no conocía, lo imaginaba agazapado en los ojos, o quizá manifestándose a través del olor a hombre que emanaría de mi piel. Cuando esperaba un severo sermón, Inés no alcanzó a pronunciar palabra porque hubo de agarrar la bacinilla, donde arrojó varias veces.

—El apestoso paico no corta los vómitos —se quejó.

—Nada lo hará en doce semanas, ya te he dicho que estás preñada, Inés.

Al escucharlo me apresuré a dar un abrazo a mi tía. Era una maravillosa nueva aquella, tan esperada como esquiva. El vigor de Antonio

320

logró lo que ya parecía imposible, que Inés volviese a ser madre. Cuando me acerqué a ella, la arcada me recorrió el cuerpo. Hube de retirarme y arrebatarle la bacinilla a mi tía al comenzar a arrojar yo también. Catalina me miró estupefacta. Y cuando estuvimos solas, me susurró:

—¿Y cuál es tu mal? Te habrás cuidado de los hombres, espero.

No estaba fecundado mi vientre, aunque hubiese preferido que así fuese. No usé ni paños ni vinagre en aquellos días de Charcas. En el fondo, no me preocupaba la preñez. No. En el fondo y si os soy honesta, deseaba con toda mi alma que sucediese.

Gonzalo no pronunció palabra sobre el estado de María de Ulloa, ni sobre la muerte de su hija, por meses. Me mordí la lengua, y no hice alusión tampoco. Pero por dentro me desgarraban mil pensamientos. ¿Se desposaría con ella? Era la única forma decente y noble de recomponer la honra de la dama. Aunque aquello me destrozara, era lo que había de hacerse. Imaginaba un negro sino para María de Ulloa de no ser así. Señalada por el dedo de la vergüenza, no la recibirían en ninguna casa decente, y portaría el estigma de mujer impura.

Lorenzo de Aldana volvió a frecuentar mi casa, con regalos y galanterías. Sin embargo, pronto le salieron competidores, mis pretendientes acudieron como lobos a por la gigantesca pieza de caza que era yo. Me había convertido en la mujer más rica del Perú y aquel era el acicate que despertaba el interés de los hombres. Hubiese preferido narraros que mi belleza mestiza y mi espíritu delicado robaban corazones. Los alardes de vanidad son algo que nunca me he permitido, aunque admito que en aquel momento de esplendor y juventud estaba lozana y hermosa. El amor de Gonzalo me procuraba una mirada brillante, me embellecía el alma y el cuerpo. Así lo comprobé en el espejo que mandé comprar a Antonio y que ahora ocupaba un lugar predilecto en mi alcoba.

La coquetería de una mujer enamorada no tiene fin. Pasaba horas engalanándome para mi amante. Nuna y Shaya preparaban los vestidos, disponían los perfumes de *kantú*, me embadurnaban el cuerpo de aceites y cepillaban mi cabello hasta hacerlo brillar como al azabache pulido. Pero sé bien que no fue eso lo que atrajo a los caballeros. No soy tan ingenua. Lo que se escondía detrás de aquellos cortejos tenía que ver con la riqueza y la posición que yo podía procurarles. Recordaré en estas líneas que los hubo descarados como el capitán Diego de Gumiel, que me asaltaba como un jaguar en la iglesia cuando acudía a visitar la tumba de mi padre y mi hermano, y al que no le importaban las miradas desaprobatorias de fray Cristóbal de Molina, que, como yo, caló pronto sus intenciones. Se tomaba licencias no concedidas por mí. Impetuoso y altanero, el viudo deseaba hacerse con mi favor y mis haciendas a cualquier precio. Fue triste el final de este caballero; al no obtener ciertas prebendas de Gonzalo, decidió pregonar lo ilegítimo de su gobierno sembrando discordias, en las que argumentaba que el único heredero era mi hermano y que mi tío había usurpado su poder. La merced que a uno se hace es el desaire de otro, la confianza que en uno se deposita se transforma en el descontento del que, olvidado, se llena de razones para alimentar el agravio. Francisco de Carbajal se encargó del asunto a su manera, despachando a Gumiel a la otra vida, en la que no tendría ya más quejas, y como el Demonio aseguraba, tampoco sufriría el castigo de su alma pedigüeña y codiciosa.

No debo olvidar tampoco al caballero Sancho Martínez, licenciado en leyes, de buen porte, barba redonda, exquisitas maneras y leído, muy leído, lo que me atrajo al principio. Podría ser un eficaz conversador, pensé. Quizá en demasía. Al principio me entretenía escuchar sus largas consideraciones, luego descubrí que su pasión por los libros de caballerías y su inquietante deseo de emular las gestas románticas le perdieron. Era un enamoradizo irredento, al que engatusaba más la idea del amor que el amor en sí. Me trataba a menudo como si yo necesitase ser salvada de mil peligros, y me convencí de que el licenciado acabaría siendo víctima de sus idealistas y caballerescas pretensiones, como finalmente sucedió, muriendo descalabrado intentando trepar al balcón de una dama en Cuzco.

Ahora, en Los Reyes, Gonzalo y yo debíamos ser más cautos, porque eran muchos los ojos. Esconder el amor es harto difícil y mengua el espíritu. Me esforzaba en no delatarme, pero quién podía asegurarme que no se viera lo que sentía. Yo misma adiviné en los ojos de otros el candor y el arrebato que el ser amado despiertan. Cuando paseábamos por Lima, mis manos desobedientes buscaban rozarle. En la iglesia, al arrullo de la homilía, entre una y otra palabra de Dios, Gonzalo y yo nos buscábamos, prodigándonos miradas cómplices. Ante los otros, Gonzalo disfrazó sus constantes atenciones enarbolando la muerte de mi hermano y la necesidad de cuidarme por haber estado a punto de perecer en Charcas presa de la tristeza. Manteníamos a raya así las murmuraciones que todavía no habían llegado, pero que lo harían.

Comencé a visitar con mil excusas el palacio acompañada de mis indias. Aparecía allí con viandas, frutas y con el pescado macerado con limones del huerto y camote, al modo en que Inés aprendió de mi madre y que ahora mi tía no toleraba tener cerca, ni siquiera mentar. Lo que hallaba cuando acudía era siniestramente parecido a lo que recordaba de los tiempos de mi padre. No era fácil la tarea, había que contentar a muchos, redimir a otros y velar por el buen gobierno. Las quejas y las envidias comenzaron a florecer muy pronto en aquellas tierras, todos querían más y todos se sentían agraviados y despechados si no recibían lo que en su juicio interno y personal creían que les correspondía.

Conozco bien la trastienda de los ruegos a los que siguen la perfidia y la crítica. Nadie parecía estar satisfecho. Aquel fue el lastre que mi padre tuvo que cargar. El mismo que ahora perseguía a Gonzalo. Entre la prolija sucesión de quejas y demandas, había tiempo para departir las inconveniencias con sus dos manos derechas, Francisco de Carbajal y Diego Vázquez de Cepeda. La poderosa armada con el capitán Hinojosa seguía en Panamá a la espera de las noticias de la Corona y controlando quién pasaba y quién no al Perú. Los optimistas esperaban que su majestad entendiese lo ocurrido con el virrey y proclamase gobernador a Gonzalo; los desconfiados, como Carbajal, dudaban de que la noticia de la muerte del virrey no hubiese alcanzado ya la otra orilla, y esperaban la llegada de un inmenso ejército liderado por el duque de Alba para aniquilar a todos por aquel desacato. Escuchaba con la mirada estudiadamente distraída cuanto hablaban. Solo después, lejos de ellos, Gonzalo me compartía sus inquietudes:

—Su majestad sigue sin pronunciarse. Nada llega de Castilla.

—Quizá Maldonado y Tejeda no han podido arribar a puerto, quién sabe. Es un viaje largo y arduo, Gonzalo, el océano no da nunca certezas y solo él decide quién alcanza la otra orilla, como decía padre. Debes enviar otra embajada.

—Eres sabia, mestiza. Es lo que ha de hacerse.

No andaba lejos en mis adivinaciones de lo ocurrido. Los heraldos pasaron muchas penalidades. Viajaron casi a la par con las embajadas del virrey Blasco y con el huido Vaca de Castro. El oidor Tejada murió en alta mar, y su cuerpo compartió con Esmeralda el lecho negro del fondo del océano. Maldonado sí alcanzó puerto en Sevilla. Pero nada de eso sabíamos entonces.

Durante aquellos días volví a moverme con libertad por Los Reyes. Fue el año de la peste, cuando se extendió por Lima alcanzando a un gran número de indios y españoles, lo que me llevó a acudir de nuevo al hospital. Vi la podredumbre y el dolor nuevamente, quedaban los indios postrados, presos de una terrible calentura que no lográbamos bajar ni con emplastos ni con sangrías. Las mujeres deliraban, veían sombras, y el latido de su corazón iba enlenteciéndose, hasta sumirlas en un profundo sueño del que no despertaban, dejando a los hijos con los ojos perdidos, sin alcanzar a entender por qué sus madres no regresaban.

En aquel tiempo se normalizaron también las rutas por mar, volvíamos a estar comunicados con el Viejo Mundo. Los navíos que llegaban de Panamá, por orden de Hinojosa, traían buenos acopios de libros, tinta, lienzos y muebles. Por fin llegaron las nuevas campanas para coronar las espadañas y terminar con la mudez de las iglesias que había impuesto el virrey.

Aproveché para acudir a casa de mi madre, que volvía a estar encerrada con Ampuero de regreso en la ciudad; a él le veía a menudo acompañando a Gonzalo con el resto de los hombres. Parecía muy interesado en llevar al día la encomienda de Huaylas, como me aseguró el curaca Vilcarrima. Sospecho que temía que las Leyes Nuevas, ahora en suspenso hasta las noticias del rey, me despojasen de ella, y también se esforzó mucho en cobrar los arriendos y pagos de mis deudos, de los que sisaba cuanto quería y que yo permití por darle contento y ahorrarle riñas a mi madre. Quispe, en la galería de su casa, nos recibió a María de Escobar y a mí, tranquila, con un rostro extrañamente sereno, poco habitual en ella cuando Ampuero andaba cerca, y más repuesta de la muerte de mi hermano.

—No murió de maleficio, Francisca. —Apretándome la mano volvió a hablar de la muerte de mi hermano Gonzalo; solo mi madre y yo compartíamos hasta aquel entonces que fue muerto por hechizo, pero no me aclaró nada más.

Cayo llegaba en aquel momento del río, donde hacía mandados de mi madre, que atribuí a las indias de la huaca. Mi madre seguía practicando su creencia y su religión a espaldas de todos, no era algo nuevo, y sé que aquello alimentaba su alma, y le permitía estar en paz.

Instalada en casa de Inés, me corroía el deseo cada noche, y buscaba impaciente el modo de volver a los brazos de Gonzalo. Resolví instalarme en el palacio: a fin de cuentas, aquella era la casa de mi padre, nadie podría levantarme los pies del suelo por volver a mi casa. Inés, demasiado ocupada intentando vencer la languidez que la preñez le procuraba, no opuso ninguna queja. Solo Catalina me miró con ojos desaprobatorios e, inexplicablemente, me llevó ante el padre Diego Martín, a confesar.

Acudimos a la iglesia de la Merced. Catalina, muy dispuesta, me condujo hasta el extremo de una de las capillas, donde pegado al muro observé anonadada el extraño artefacto, que más parecía unas toscas parihuelas techadas de las que se usaban para transportar a las aves de corral que un lugar de confesión. Descubrí que a un lado le habían adosado un viejo reclinatorio.

—La distancia evita la ocasión. Así, con las manos quietas, no habrá más pecados que añadir a los que ya se confiesan —me explicó Catalina.

Los primeros confesonarios llegaron a Lima, procedentes de Sevilla, en el tiempo que yo viajé a Charcas. Allí ya se usaban de antiguo para evitar tentaciones. Por aquel entonces, el papa Pablo III andaba revuelto en un concilio interminable, con el que pretendía frenar los desmanes que sus ministros arrastraban desde el tiempo de Cristo y que habían despertado el polvorín de los luteranos. Ahora antes de comulgar había que confesar, y evitar que el secreto que envolvía al sacramento de la penitencia favoreciese los tocamientos pecaminosos, que a menudo ciertos clérigos prodigaban a las mujeres. Si aquel confesonario me pareció lúgubre y angustioso, los que vi años después en Castilla me resultaron aterradores. Se cerraron del todo tras el concilio, y se blindaron con paredes cubiertas de rejas y celosía que impedían ver quién había al otro lado. Más que alentar la amorosa confidencia a Dios, prodigaban un miedo atroz, que llevaba al penitente a imaginarse en las puertas del infierno.

Me arrodillé en el cubículo de madera, amparada por la penumbra y esperando la presencia del padre Martín. Solo quería contentar a Catalina, y acabar con aquello cuanto antes.

—No tengo, padre, pecados graves que confesar. Quizá el Dios cristiano quede conforme al saber que, a pesar del dolor vivido, ahora estoy en paz.

—Al Señor le honra que sus siervos alcancen sosiego. ¿Qué os ha provocado esto, señora?

—Conocer el abrazo infinito del amor puro en la tierra. Un hombre ha despertado en mí los más elevados sentimientos, acercándome a la gloria de Dios. —Disfracé la verdad, pero solo un poco. Al fin y al cabo, mi amor por Gonzalo me hizo acercarme a la Virgen y también, a qué negarlo, me hacía tocar el cielo. Se hizo un silencio incómodo y por fin el padre Martín continuó:

—¿Quién es el caballero que os está elevando a la gloria del Altísimo, señora?

—Con todo el respeto, padre, no creo que a Dios le importe ese detalle. En cualquier caso, si todo lo ve, ya estará el Todopoderoso al tanto.

—Yo os absuelvo de todo pecado, que siempre lo hay, señora. Y como penitencia, solo impondré que os guieis con rectitud y prudencia. Que moderéis vuestro ascenso a la gloria y que acudáis cada semana a confesión.

Me pareció muy alejada de las confesiones que había hecho antes, y no solo por la tartana penitencial en que hube de hacerlo. Ya estaba acostumbrada a medir mis palabras en aquel acto, a contar lo menos gravoso o preocupante, pero no a que la penitencia no incluyese rosarios, dádivas de todo tipo, limosnas prominentes y hachas de cera. Había algo intrigante en aquel hombre, y seguía sin saber de qué demonios lo conocía Catalina, que me respondía siempre con evasivas al preguntarle.

Con mi aya conforme a medias, busqué el tiempo menos concurrido del día, y a la hora de la siesta Ymarán y los indios de Huaylas atravesaron la plaza de armas llevando mis baúles al palacio de mi padre. Lo primero que hice fue inspeccionar cada estancia. Recuperé el viejo escritorio de nogal, que Blasco Núñez de Vela arrinconó y que coloqué de nuevo en su sitio. Es el mismo en el que ahora escribo estas líneas; está viejo y ruinoso, pero me resisto a deshacerme de él, compañero infatigable de tantos secretos y tantas vidas.

Me juré recuperar lo que fue aquel lugar cuando mi padre vivía. Los primeros días allí volví a cuidar el huerto con esmero, como él mismo hacía, y darle vida al patio y a las galerías ahora desnudas. Gonzalo, con buen tino, ya había hecho desaparecer los tapices y enseres de los anteriores ocupantes. Del mismo modo, se ocupó de las caballerizas, y para ello hizo traer de Quito a algunas de sus mejores yeguas. Antonino, el indio cañari, bajó a los animales hasta Los Reyes, portando con él la carta de Puelles en la que se anunciaba el terrible parto de María de Ulloa y la muerte de la criatura. Este indio, Antonino, sería quien gobernara las caballerizas, os admito que conocía y cuidaba a los caballos con la misma pasión que mi tío. Los curaba, los mimaba y se diría que hablaba con ellos, porque entendía antes que nadie los males de los corceles. Sabía por adivinación cuándo una yegua estaba preñada y cuándo un potro había de destetarse, hasta predecía los cólicos con artes de brujo. Respiré complacida cuando contemplé que espuelas, pretales y demás aparejos volvieron a poblar las paredes.

Mientras los capitanes se reunían en el salón principal que hiciera de cabildo en los primeros años, Catalina y yo trabajábamos en el patio. Sembramos rosas, azucenas y la fragante flor del *amancae*, que teñía una vez al año de verde y amarillo el entorno. Catalina se empeñó también en plantar hierbas aromáticas, que serían de gran ayuda después. Rodeamos el patio con huacatay buscando que dotara al aire de su perfume inconfundible, y en el huerto, en un extremo, Catalina instaló los arriates con brotes de datura y paico para preparar sus emplastos y curas. Nuna y Shaya rieron con picardía cuando mi aya dedicó un bancal entero solo para el cultivo de huanarpo, el afrodisíaco de los incas. Ella aseguró que lo empleaba para aliviar sofocos, y lo cierto es que a muchos les vino bien, porque cada mañana descubríamos que las hojas habían sido arrancadas en la noche.

Mi aya hizo buenas migas con el indio Antonino, entre ambos preparaban cataplasmas que cicatrizaban úlceras y sanaban las llagas de los potros. Su amistad surgió el día de la paridera. El viejo Demonio andaba probando uno de sus artefactos de guerra, y la explosión del arcabuz asustó a Sultana, la yegua berberisca que vino preñada de Quito. El pánico la llevó a detener el parto y recoger al potro que ya asomaba cabeza y manos y que se escurrió repentinamente desapareciendo por el mismo lugar que venía. Antonino desesperado acudió a Catalina, que logró a base de hierba de San Juan calmar a la yegua y a base de *siuca* recomponer el alumbramiento. Mi aya se las ingeniaba para estar en los dos sitios a la vez, procurando el descanso de Inés, que no permanecía quieta a pesar de su estado, y vigilando ciertamente en lo que yo me ocupaba.

Cuando faenábamos en el patio, se presentaba allí Lorenzo de Aldana con excusas vanas, y siempre con algún regalo.

—Ya está aquí el caballerito, niña —me avisaba Catalina—. A ver qué trae hoy.

—Qué diantres querrá ahora —murmuré mientras me acercaba a Aldana. Al reclinatorio y la silla de montar ya se habían unido una réplica del libro de horas de la Reina Católica, forrado en fino terciopelo rosa y con hermosas miniaturas, y también me regaló un espejo de mano tallado en marfil, pero no esperaba aquel dispendio de su parte.

—Señora, dedicáis mucho tiempo al trabajo campesino, olvidando otras virtudes más propias de una doncella como vos. Sé que adoráis la música —dijo al tiempo que ordenaba a dos sirvientes que soltaran el cajón envuelto: era un clavicordio.

Agradecí el presente, el único que había en la ciudad era el de la iglesia y para poder tocarlo a gusto debía ablandar a fray Cristóbal con regalos para su capilla. No sé de dónde lo sacó, debía de tener buenos contactos en Panamá. Aldana esperaba algo más que un simple agradecimiento, lo vi en sus ojos. Ordené a Nuna que sirviera vino, y cuando ya se había aposentado sosteniendo el sombrero sobre sus piernas, apareció Gonzalo:

—Aldana.

—Gobernador.

—¿Qué es esto?

—Un regalo del caballero Aldana, tío —aseguré con entusiasmo.

Gonzalo observó el instrumento y contempló al capitán con gesto adusto.

—¿Tenéis tiempo para regalos con todo lo que hay por delante, señor?

—Ya me marchaba, excelencia.

Mientras salía lanzó una mirada torva que nos alcanzaba a ambos, a Gonzalo y a mí. El caballero Aldana estaba empezando a desesperarse. No entendía que yo no aceptase su requerimiento, ni que mostrase ningún candor más allá de la tibia cortesía. Es propio del espíritu orgulloso del hombre no encajar las negativas. Él me agasajaba por un motivo, acaparar mi posición y mis riquezas. Esa era la promesa que se escondía detrás de toda la retahíla de presentes. Disfrazar de desazón aquello me pareció falso, no había dolor en él, solo orgullo. Aunque un orgullo herido es más peligroso que un corazón roto.

Aquella noche, cuando los criados se retiraron, Gonzalo y yo volvimos a yacer juntos, y de nuevo el remolino de abrazos y besos cubrió la cama. Había mil cosas que a ambos nos preocupaban, pero todas se desvanecían cuando estábamos juntos. Nunca lo dudé.

—Aldana te está cortejando con gran dedicación.

—Los regalos son prestados, el caballero sabe que, si logra desposarse conmigo, pasarán a sus manos, como todo lo que poseo. ¿No te ha pedido ya el permiso?

—A mí no, aunque me consta que lo ha hablado con Ribera. No podrá ser. Tengo reservada para él otra misión. Encabezará la embajada a su majestad.

—No lo veo conveniente, Gonzalo. Aldana no es persona de fiar.

—Es buen deudo, me debe muchos favores, y posee la mesura y la diplomacia que exige este comisionado.

Diplomacia toda, no era otra cosa lo que sabía hacer: decir a cada cual lo que quería escuchar. No pronuncié palabra, recelaba de Aldana y de su dudosa honradez. Para Aldana, la lealtad nunca debía ser un obstáculo. En su pobre espíritu, la lealtad siempre debía ponerse obedientemente al servicio de sus intereses. Consideraba que nadie es leal por siempre, ni siquiera a Dios.

—Así te dejará tranquila una buena temporada. Y los únicos regalos que recibirás serán los míos.

En el patio, y protegidos por la sombra de la higuera de mi padre, pasábamos la tarde hasta la puesta de sol. Yo le enseñaba palabras del *runasimi*, la lengua de los quechuas. Otras veces le leía en voz alta mientras él tallaba figuritas de madera con la navaja. Desde que soy niña recuerdo a mi tío aprovechando las ramas caídas de los naranjos de mi padre para transformarlas en caballos, guerreros o jaguares. Cada rama poseía un alma escondida que solo sus manos sabían rescatar. Otras veces de aquellos trozos de madera surgían indios cañaris tocando la quena, *collas* pensativos observando el mar, indias yanaconas portando en su cabeza cestos repletos de palta y otras frutas, o sirviendo la chicha. Tallaba momentos fugaces y cotidianos, transformándolos en eternidades, y después nos los regalaba. En aquellos días, me sentí muy honrada, porque palpé de modo certero el respeto que Gonzalo sentía por mí, y el modo en que me hacía partícipe de cuanto le inquietaba, permitiendo que asistiese a sus reuniones con los hombres, consultándome a menudo, a mí, una mestiza demasiado joven y demasiado mujer.

Sospecho que aquello levantó ampollas entre los hombres y también murmuraciones. Una cosa era la deferencia que como tío debía tener hacia su sobrina huérfana, y otra muy distinta que yo asistiese a consejos de guerra, disposiciones de gobierno y demás encuentros en los que los capitanes poseían la veteranía sobrada. Eran muchos de ellos guerreros adiestrados en las más famosas batallas de la vieja Europa, héroes de guerra, sabios en añagazas bélicas, y su alma indómita redoblaba su valor ahora cubierto del espíritu baquiano imprescindible para aquel que quisiera vencer en las Indias. Ningún caballero venido de Castilla, ni siquiera el heroico duque de Alba, podría vencer a aquellos que ahora habían curtido su piel con la dureza de la experiencia, amasada a base de años, tesón, campañas y sufrimiento. Poseían el conocimiento de aquella tierra enmarañada y hostil. Eso los convertía en invencibles.

A mitad de una primavera especialmente ventosa y fría, llegó a Lima un jinete exhausto. La guardia le dejó entrar hasta uno de los patios, donde su caballo se derrumbó por la cruel cabalgada. Venía de Tumbes, más de doscientas leguas sin descanso para cumplir la orden dada por el capitán Hinojosa de llegar a Los Reyes antes de seis días. Mientras Antonino intentaba reanimar al animal, que moriría de agotamiento, el joven, un bisoño recién incorporado a las filas de la armada, explicaba de modo atropellado la razón de su viaje.

Portaba una carta de Hinojosa. En ella, el capitán advertía a Gonzalo que había llegado a Nombre de Dios una nave. No una flota, no un ejército, nada de tambores ni de cientos de hombres armados, solo una modesta nao con el nuevo presidente de la Audiencia designado por su majestad. No resultaba alarmante el mensaje para tanto apuro, pensamos, y la prisa la atribuimos al celo que Hinojosa ponía siempre en cumplir sus mandados y también al deseo del bisoño en contentar al gobernador y al almirante. De manera atropellada y casi sin poder mantenerse en pie con los miembros entumecidos, aquel jovencito explicó que el nuevo presidente era un cura. Hinojosa, en la carta, aseguraba que poco había que temerle, apostillando que era *un clérigo deforme, menos amenazante que las dantas del altiplano. Cubierto de la misma mansedumbre que las ovejas de Extremadura. No busca bulla, ni guerra. Pero nada dice tampoco de la provisión de su majestad sobre su cargo de gobernador.* Hinojosa hablaba solo de oídas, puesto que no se había encontrado con el cura, que aún no había arribado a Panamá. Desde Nombre de Dios, aquel villorrio de paso, infernal y plagado de mosquitos, era el capitán Hernán Mejía quien le informaba sobre el extraño clérigo. De todo lo que narró el joven, despertó inquietud un detalle: decían que el nuevo presidente era miembro del Consejo Superior de la Inquisición. Solo aquello hizo temblar a los presentes, especialmente a Catalina. El Santo Tribunal no había llegado todavía a las Indias, pero el eco de sus torturas y las disposiciones crueles de sus miembros eran una poderosa marea que alcanzaba a lamer la otra orilla del mundo.

El gobernador convocó a sus capitanes, y se apresuró a organizar la embajada al rey, que había de partir cuanto antes rumbo a España. El misterioso y manso personaje que llegaba a ocupar el cargo de presidente de la Audiencia de Lima era Pedro de La Gasca. Por el oidor Vázquez de Cepeda, que resultó compartir lazos de parentesco con el religioso, supimos algún detalle más del inquietante cura, poco, la verdad. Nos confirmó que era deforme, sí, casi enano, también, con brazos y cuerpo pequeños y piernas demasiado largas, de extrañas hechuras y con el rostro además de muy feo, cuajado de marcas de viruela. Pertenecía a una familia numerosa de hidalgos de un pueblo de Ávila. Una prima de Cepeda casó muy joven con el doctor Diego de La Gasca, hermano del clérigo, y esta pobre descripción era lo que recordaba de los desposorios.

La embajada partió rumbo a España. En las convenientes provisiones que la delicada misión exigía, se proveyó de bastimentos y pecunia a los enviados, bastimento y pecunia que Gonzalo entregó de su hacienda, y no como muchos maledicentes aseguraron del dinero real. Las cajas reales, como siempre guardadas en el palacio de mi padre y cerradas bajo tres llaves, siguieron así, cerradas. Aperó a aquellos acaudalados hombres con el mismo mimo que proveía de caballos y lanzas a los más míseros soldados de su hueste. Los elegidos, además de Aldana, fueron el arzobispo de Lima, Loayza, y el provincial dominico fray Tomás de San Martín, del que yo recelaba casi tanto como de Aldana, pero Gonzalo así lo estableció.

Vi cómo marchaban. Lorenzo de Aldana acudió a despedirse de mí; un beso breve en mi mano, desprovisto de ceremonia, y sin las ostentosas reverencias a las que me tenía acostumbrada. Gonzalo, jovial y caballeroso, le endilgó un discurso de galantería y compadreo, en el que le pidió que por la amistad y la patria que los unía, lograra del rey el cargo y, por encima de todas las cosas, averiguara diligentemente y con discreción cuáles eran los poderes que La Gasca traía. Era una breve parada la que harían en Panamá, y esperábamos disipar dudas. A instancias del viejo Demonio, Gonzalo dispuso que con la mejor diplomacia pidiesen a Pedro de La Gasca que no pasase al Perú hasta que su majestad, informado por los heraldos, enviase nuevos mandados de lo que había de hacerse. La mirada opaca de Aldana no me gustó, ni la frialdad con que me trató, y decidí entonces ganar a base de lisonjas la vanidad del caballero.

—Por la amistad y fidelidad que nos profesamos, cumplid con celo, Aldana, esta embajada. Informad a mi tío de cada paso, os lo ruego. Nadie mejor que vos, para tan alta misión, caballero —mentí, pues sabía que alentar el orgullo era más eficaz que apelar a la lealtad cuando se trataba de él.

—Haré cuanto esté en mi mano, señora, por serviros a vos y también al rey. —Ciertamente no era esa la respuesta que esperaba.

La polvareda de los caballos desapareció rumbo a El Callao. Permanecimos un rato con la mirada puesta en el horizonte y regresamos al palacio, cada uno con un pensamiento. A Gonzalo le inquietaba el silencio del rey. Era mucho el tiempo transcurrido como para que su majestad no hubiese reconocido su cargo, así como agradecido todo lo hecho hasta ahora. Lo que a mí me perturbaba era aquella carta que leí en Charcas y que guardaba en silencio. De manera tácita, creo que ambos decidimos esperar. Él a la respuesta regia y yo a su decisión, que todavía no había tomado, sobre su desposorio con María de Ulloa.

Admito que fueron tiempos de paz y de bonanza, nada hacía presagiar lo que nos esperaba. Los indios estaban tranquilos, las haciendas se trabajaban, Gonzalo dispuso con celo cumplir los dictados de la Corona, lo cual, como ya narré, no era fácil. Se granjeó enemistades por prohibir el uso de los naturales para transporte de cargas, y también cuando siguió denegando las peticiones de trasladar indios para el trabajo en las nuevas minas de Potosí. Logró un tiempo en el que reinó el orden público, administró las rentas, veló por el dinero del rey y peleó por lograr el bienestar de todos los que allí habitábamos.

En aquellos meses descubrí que me gustaba guisar viandas, aderezar platos y servírselos a mi amante, únicamente lo hacía cuando estábamos a solas; sospecho que la herencia de Inés, que siempre preparó la comida de los hombres, había arraigado en mí. Hay algo mágico en procurar alimento a los que amas, mantengo que es la forma más sincera y primigenia de cuidar, lo descubrí en aquellos días, en los escasos tiempos en que podíamos estar solos, ya que los capitanes ahora entraban y salían constantemente del austero palacio. Especialmente el viejo Demonio. Carbajal tenía la vereda hecha de la taberna al palacio. Pasaba horas en compañía de Antón el tabernero, dedicado a observar y hacerse temer, olisquear a los revoltosos y hacer sus particulares catas de caldos. Cuando el sol caía, acudía al palacio.

—Ya metió las barbas en el cáliz. Y hoy las trae bien cargadas —aseguraba Catalina al verle entrar zigzagueante procedente de la taberna, con el vino desatándole la lengua.

Sí, las traía bien cargadas, lo comprobé cuando le escuché decirle a Gonzalo que se proclamara rey y abandonase al Austria que tan mal le pagaba sus servicios. Aquel desatino lo achaqué a su estado ebrio. Catalina era una de las pocas que se atrevía a replicar al Demonio, y al escucharle, le largó sin contemplaciones:

—Andaos con ojo, Carbajal, que hablar mucho suele ser dañoso, como siempre aseguráis vos.

—No me faltan razones, señora, en mantener lo que digo. No cesarán de llegar enviados que no saben ni entienden de esta tierra.

—¡Cerrad el pico, señor mío, que bien sabéis que a los blasfemos les manda Dios herida en el morro, no perdáis los pocos dientes que os quedan! —profirió Catalina, intentando que rebajase el volumen con que anunciaba aquel descalabro que si llegara a oídos malintencionados podría costarle muy caro.

A la mañana siguiente, con los ánimos más serenos, comprobé que la propuesta de Carbajal no era producto de la embriaguez ni de la enajenación, sino que hasta el juicioso y arrogante oidor Vázquez de Cepeda apoyaba aquel desatino. Se abrazaron a mil disposiciones. Acusaron al rey de tiranía, adujeron que los reyes descienden de Caín, mientras que el pueblo plebeyo tiene su origen en el irreprochable Abel. Después Carbajal apeló a Adán y a quien correspondiese, cuestionando hasta qué punto Carlos V era legítimo rey del Perú, cuando ni siquiera se mojó las reales canillas atravesando el mareante océano para acudir a las Indias. No intervine, ya que Gonzalo despachó con una rotunda negativa los ofrecimientos, instándolos a cumplir buen gobierno y a olvidar aquel disparate. Sin embargo, el germen de aquella propuesta no cayó en saco roto, y siguieron alimentándola, a espaldas de mi tío.

En noviembre, se descubrió que el hermano del virrey, Vela Núñez, encarcelado en Lima, tramó con su carcelero una conjura y una huida. Lo descubrió convenientemente Cepeda, gracias a Juan de la Torre, el mismo hombre que planeó la conjura y que después, al cambiar de opinión, delató la huida. Acusador y cómplice podían ser uno, así obraban los ánimos que mudaban con la rapidez que el sol salía y se ponía. No he vuelto a hablar del amante de Esmeralda, porque apenas lo vi, ni supe de él hasta ese momento: permanecía preso y bien custodiado por la vigilante mirada del oidor Vázquez de Cepeda. Lo tuvo como prisionero personal, y le sobraron argumentos ante Gonzalo para condenarlo a muerte.

Acudí entonces a mi amante, para pedirle que detuviera aquello. No tenía la menor simpatía por aquel infame hombre, pero no quería más muertos sobre el gobierno de mi tío. Cuando llegué ya estaba la cabeza expuesta en la picota y terminada la solemne ceremonia de decapitación, fastuosa y realenga, como correspondía a un cautivo de aquella categoría. Eso fue lo que argumentó el oidor, aunque en aquel espectáculo se adivinaba la saña. Siempre sospeché que Cepeda escondía entre damascos y sedas, bien amparada en exquisiteces y amplia retórica, una crueldad más promiscua y violenta que la de Carbajal. Más letal e inesperada.

Cuando la Inquisición anda cerca, y esto lo he comprobado a lo largo de los años, y todavía hoy lo veo, se desatan las creencias sobrenaturales, y también la presencia vacía y lejana del demonio adquiere consistencia y pesadez en las mentes. Solo la Inquisición logra despertar al maligno, que acude con premura para darles explicación a los comportamientos desconocidos, a las prácticas paganas y también se convierte en el fuego arrojadizo de la venganza, en una poderosa arma que a base de calumnias permite saldar viejas afrentas. Así fue y así será, eso desata la Santa Inquisición, y creo que al saberse la presencia en las Indias de un miembro del oscuro tribunal alimentó con más inquina lo que hubimos de aplacar con no poco esfuerzo.

Fue de madrugada, aún no había alcanzado Inti a asomar tras las montañas, cuando el griterío nos despertó a todos los habitantes de Los Reyes. Era una bulla quejumbrosa y lastimera, un runrún cantadito donde se filtraba la desdicha que chocaba con la voz autoritaria del alguacil mayor y sus hombres. Desperté a Gonzalo, que, con la lentitud del sueño no resuelto, cogió torpemente sus ropas para acudir a su alcoba. Me vestí con prisa, y en tres zancadas me planté en la galería donde encontré a Nuna y a Shaya con los ojos legañosos, pero también intrigadas ante los gritos. En el zaguán ya se hallaba la extraña procesión a la que se había unido Antonio de Ribera.

Encadenado traían a Simón, con grillos en las manos y el caminar lento y grave. Simón era el esclavo negro del cirujano Francisco Sánchez, al que todos conocíamos muy bien. El negro Simón, que cantaba a la luna, era flaco pero fuerte, de piel brillante y perfecta, y su rostro siempre cansado ofrecía la vivacidad de unos ojos amables y una sonrisa de alabastro. Con su habla gorda y un ceceo inconfundible, lo veíamos de día y de noche acarreando hierbas para la mula del cirujano y buscando cereal para el caballo, que solo montaba Lazcano, un desacostumbrado mayordomo de lengua afilada que disfrutaba de la mejor cabalgadura de su amo y que no sabía firmar. Simón acudía a menudo al palacio a pedir consejo a Antonino, el caballerizo de Gonzalo, sobre cómo curar a las bestias. Era Simón dado al vino, vivía amancebado en la casa con una india yunga, y todos sabíamos que su amo, Francisco Sánchez, le daba mala vida, como también se la daba a los indios. La crueldad del sangrador era su seña principal, y a pesar de su oficio, tenía la mano larga para ordenar y prodigar castigo a sus esclavos. De hecho, solo unos meses antes, Juan, su otro esclavo, hubo también de huir y refugiarse en el convento de los dominicos, para evitar una tunda de azotes.

Observé que detrás de los guardias iba el airado Francisco Sánchez con Lazcano dándole la razón, como siempre. El sangrador, que no quería mirar a su esclavo, se tapaba los ojos como si Simón fuera el demonio y con violentos ademanes pedía justicia.

—Un negro suyo le ha querido matar con hechizos —escuché decir a Ribera cuando se acercó a Gonzalo.

—Avisad a Cepeda, esto es un asunto de la Audiencia, nada tengo que ver yo.

—Le traen al calabozo de palacio, Gonzalo, hasta que inicie pesquisas el oidor. El cirujano no quiere que esté suelto por el daño que puede causarle.

Dejaron al pobre Simón en la cárcel de palacio. Se inició un duro y largo proceso que parecía no terminar nunca, donde a cada nuevo interrogatorio le seguían nuevas pistas y nuevos nombres. El oidor Diego Vázquez de Cepeda acudía cada mañana con sus escribanos a recabar más información, y por horas el número de detenidos iba aumentando ante la satisfecha mirada del sangrador Francisco Sánchez, que, afrentado, estaba dispuesto a no dejar a nadie con cabeza. Yo me escabullía por los pasillos y pegaba la oreja a cuanto se hablaba en la sala previa del calabozo, donde los escribanos anotaban incansables cada palabra y también cada silencio, interpretado como ocultación. Mis indias me daban buena cuenta de lo que se decía en las calles, sobre todo cuando el dedo de la justicia señaló a Poma y a Paico, dos curanderos indios, como supuestos causantes del sortilegio que buscaba matar al cruel sangrador, y que hasta donde vimos no le había hecho ningún mal.

Fue acusado Simón de robar lana de la almohada y el jergón del cirujano, así como de agarrar puñados de tierra pisada por este para el maleficio; esa fue la primera hebra de la que se tiró para buscar culpables. Yo sabía bien que en los ritos de los curanderos y de los chamanes indios se empleaba tanto el cabello como objetos cercanos impregnados de la esencia del alma que se quería hechizar. Podían ser encantamientos para atraer el amor y la bonanza, para apaciguar los celos o las riñas, salvar cosechas, y también para evitar males o enfados de la naturaleza. El otro tipo de magia, la negra y violenta que desataba cualquier odio, era la que yo temía, y vi incapaz a Simón de conjurar algo así. Sabía que a menudo eran los huecos de la cama, jergón y almohada el lugar elegido para depositar las hierbas mezcladas, también las sillas de montar de los hombres. Todo se precipitó cuando Simón, que era dado al vino, tuvo una pelea con los indios de Huarochiri. La mujer del cacique, doña Catalina, salió a defender a los indios, y recibió de Simón, además del apelativo de perra, un sartal de amenazas de secarle el vientre a golpe de hechicerías. Ahí es cuando la sospecha alcanzó al curandero, Poma.

Cepeda se tomó su tiempo, estaba dispuesto a ser implacable y a cortar de raíz cualquier rastro de brujería en Los Reyes. Le dio tormento, usó la garrucha, y el negro Simón se defendió atacando y señalando a los curanderos indios y al otro esclavo, Juan. Cuando el suplicio se hizo insoportable incluso para su cuerpo acostumbrado a las penalidades, Simón admitió que había puesto harina hechizada en la puerta de la casa y también lana en las cabalgaduras de Lazcano y Sánchez, su amo. Se comprobó y así era, dos pedazos de lana asomaban bajo las sillas. Se buscó en la cámara, debajo de unos colchones donde dormía el amo, Francisco Sánchez, y allí estaba cuidadosamente oculta entre dos cañas.

Aquello sirvió para constatar la hechicería ante los ojos de la justicia, que era como decir ante los ojos de Cepeda. Se dio carta blanca para apresar a los mencionados, el primero fue Poma, después fue Paico, un pobre infeliz que veía el futuro en las arañas, y que nada había tenido que ver.

Recorrió la ciudad de Lima como una sacudida el caso. Todos temían la magia, la negra y violenta de los desalmados, yo también la temía, es la que siempre presentí como causante de la muerte de mi hermano. No creía en el demonio, y conocía muchas de esas prácticas; a ojos de la Iglesia hasta las ceremonias de luna que compartía con mis indias Nuna y Shaya podían señalarse como aquelarres si la situación convenía. Por eso le quité hierro al asunto.

—No es el demonio ni son brujerías, Gonzalo, son las formas en que se protegen y se buscan favores de los dioses ante el daño de otros.

—No. Hay un intento de muerte, Francisca, eso solo puede venir del demonio.

—Entonces, el demonio lleva campando por estas tierras y la vieja Europa desde hace siglos, sin control y con armas más feroces que las hierbas. No ha muerto nadie.

Cuando Cepeda marchaba, acudía con mis indias a dar agua y alimento a Simón, quería escuchar de su boca, sin presiones, lo ocurrido. Me contó que solo pidió a Poma que hiciese algo para que su amo le quisiese bien, al no obrar efecto, pidió un hechizo mayor, que se realizó con fuego y quemando sebo de carnero, invocando al ídolo de Pachacamac, la zorra. Me estremecí, aquella magia era negra, poderosa e implacable. Tal y como aseguraba Gonzalo, buscaba una muerte. Había que pedir un contrahechizo que salvara al sangrador, que de otro modo moriría en tres meses. Cepeda, a través de tormento, logró que Poma le diera el contrahechizo, y de paso, confesara qué más indios hechiceros usaban maleficios buscando la muerte.

Fue dos días después cuando la vi, la traían presa los guardias: era la india yunga de la huaca, la que atendía a la sacerdotisa. Acudí con premura al calabozo, donde Cepeda ya había iniciado el interrogatorio. Descubrí su nombre, Yangue. Antes de hablar juró por el sol, ya que no estaba bautizada. A la pregunta de si había usado hechicerías y maleficios por petición de alguien, respondió:

—Sí. La ñusta Quispe me pidió ayuda para aplacar a su esposo, que le daba mala vida. Invoqué en el fuego a la sombra que acudió, pedí el olvido y entregué las hierbas a su criada, Cayo.

338

Capítulo 9

Un reino mestizo

El mismo día que se ejecutó la sentencia a muerte de Simón, debía continuar el interrogatorio de la india Yangue que vertió el nombre de mi madre y Cayo en aquel juicio. Debíamos borrar el rastro, limpiar su memoria y protegerlas. Y hubo de hacerse a toda prisa.

Mientras Simón era transportado en una carreta por Luis Gómez, el alguacil, los pregoneros vocearon su delito recorriendo la plaza de armas, ante la mirada de todos y con la presencia destacada de fray Cristóbal de Molina y del propio Ampuero. En la picota fue supliciado con tenazas ardientes que retorcieron todo su cuerpo, abriendo llagas de quemazón en su espléndida piel negra que ahora, cubierta por la pátina de dolor, brillaba más resplandeciente. Solo cuando el ultimo hálito parecía resistirse a abandonar su pecho, le dieron garrote. La música de tambores de los *yanaruna* cesó. Los canticos desgarrados de las opulentas madres negras se apagaron ahogados por el miedo y el dolor.

Muerto Simón, los guardias y Cepeda acudieron entonces a las casas de Ampuero; buscaban la prueba que delatara el maleficio y también apresar a Cayo. Nada hallaron allí, ni una cosa ni a la otra. Para aquel entonces, las acusaciones se habían disparado y otra india, Yaro, declaró haber ayudado a Yangue a petición de mi madre, buscando el mismo fin, la muerte de Ampuero. Cepeda estaba resuelto a interrogar a mi madre, a la que, sin duda, imaginaba culpable. Yo no podía sacarme de la cabeza al nuevo presidente de la Audiencia, que, como miembro de la Inquisición, sería implacable si descubriese aquello. Me armé de valor y decidí acudir al oidor.

—Mi cargo exige que imparta recta justicia, doña Francisca.

—Ya carece de justicia, señoría, detener a tres chamanes, ejecutar a Simón y no detener al sangrador que propinó mal al acusado.

—Simón es un esclavo, señora. Debe obediencia a su amo, no faltarle y menos procurar su muerte.

—Y mi madre, ¿es también una esclava? —pregunté.

—Vuestra madre ha infringido la ley.

—No hay nada que lo atestigüe. Ni siquiera el hechizado muestra ningún mal.

—Ha violado los votos sagrados del matrimonio si lo dicho es cierto, atentando con maleficios hacia la vida de su esposo, que a ojos de Dios es su carne.

—También es un voto sagrado la fidelidad, caballero. Violar el sexto mandamiento, cometiendo adulterio, es un acto que ofende a Dios, que es mucho peor. Y creedme, a diferencia del delito de mi madre, del que carece de pruebas, yo si tengo pruebas de vuestro pecado. —No me atreví a pronunciar el nombre de Esmeralda, porque todavía me dolía su muerte.

Cepeda desistió de interrogar a mi madre, nunca sabré si por mi amenaza o por el temor de faltar a Gonzalo. Dictó sentencia y cerró el proceso. Poma sufrió el mismo terrible fin que Simón. La india Yangue murió quemada viva en una hoguera a las afueras de Lima. Yaro, sin embargo, fue absuelta. Logramos mantener a salvo a Quispe y a Cayo, que desde ese momento vivió en La Sapallanga, el obraje de Inés. A pesar de su gravidez, mi tía orquestó con María de Escobar el plan para esconder a la doncella de mi madre. Con ayuda de Ymarán y sus indios escoltaron a Cayo, que permaneció oculta en las casas de Inés mientras se organizaba la partida de indios que la llevaría a Jauja.

Con Ampuero ausente contemplando la ejecución de Simón, Nuna y Shaya acudieron a casa de mi madre y, allí, con la excusa de limpiar, buscaron el *concaybio*, los sacos de hierbas que debían secar a Ampuero por dentro. En mi alcoba los quemamos y después tiré las cenizas al Rímac, purificando y limpiando el mal que albergaban. Catalina fue después a llevar una docena de huevos a Quispe, advirtiéndole de que no abriese la boca. Nadie de los que participamos en aquello, ninguno, pidió un contrahechizo para salvar a Francisco de Ampuero, cuyo vientre no se secó, al contrario, vivió largos años, con gran salud, sembrando discordia y dolor en nuestras vidas, como bien sabéis. Y yo acudí a confesar con el padre Diego Martín, buscando aliviar la culpa que cada vez me pesaba más, aunque no entré en detalles; hay secretos que es mejor no compartir con nadie y menos con un ministro de Dios.

El verano nos sorprendió sin avisar, y el paisaje se volvió pajizo, amarillo y a ratos irrespirable. La profunda aridez y el bochorno solo daban tregua y contentaban a las moscas, que campaban a sus anchas castigando las despensas, ante la impotencia de Catalina, que ya no sabía qué hacer para alejarlas. En los campos, los indios faenaban con denuedo, preparando acequias y limpiando el cascajal que el río dejaba en las calles con sus crecidas en primavera. Era una mañana brillante, cuando le sorprendí, esperando en uno de los bancos de madera de la galería, a ser recibido por Gonzalo. Profundamente sofocado, se abanicaba con las cartas que traía. Chorreaban botas y calzas el lodo del río desbordado, que debió cubrir su caballo hasta los ijares, ya que el pedregal mancaba a los corceles, patinando un día sí y otro también. Al verme se puso en pie.

—Vos de-de-debéis ser doña Francisca, la hija del marqués. A sus-sus-sus pies, señora, Pe-Pe-Pedro Hernández Paniagua de Loaysa.

Era el enviado de La Gasca, y traía dos cartas, una de su majestad, otra del cura, y la expresión bobalicona de los proclives a ser comprados con prebendas fáciles. No portaba armas, su indumentaria era rica y contrastaba con aquella cara simplona que alentaba de escaso ingenio para hacer fortuna. Eligió bien La Gasca al emisario, no porque fuera de Plasencia, paisano extremeño de los Pizarro, sino porque era dócil y no despertaría suspicacias.

La recepción fue corta, el sudoroso y apocado Paniagua repitió hasta el hartazgo que La Gasca no venía a guerrear, defendió la bonanza de su señor, y pidió autorización para que al clérigo le permitiesen entrar en el Perú. Y Gonzalo, a su vez, le pidió con exquisitos modales que esperase fuera, y que por su bien no tratase con nadie de las cosas del presidente La Gasca, mientras él con Cepeda y Carbajal leyeron ambas cartas. La del clérigo, con pesada y cuidada caligrafía repleta de prominentes oes, explicaba con un sartal de zalamerías, tan apocadas y simples como el escaso espíritu del mensajero, que la carta de Carlos V no la envió antes por

341

no haber encontrado a un caballero digno de portar semejante misiva. Con esa ridícula excusa pretendía disculpar el retraso de un año en la entrega. Sobre la carta de su majestad, diré que había sido escrita desde Venelo o Venlo, cerca de la frontera alemana, donde el rey se hallaba luchando metido en cosas de luteranos. Encontró su alteza, entre asedios y espadas, un poco de tiempo para agradecer a Gonzalo el orden y bonanza impuestos en los reinos del Perú, disculparse por el envío de persona tan áspera como el virrey Blasco Núñez de Vela y conocer con detalle por Francisco de Maldonado la difícil situación que hubo de enfrentar.

Las campañas militares inacabables contra infieles y apóstatas no se pagaban solas, y quizá le animó a la reflexión saber cuán rica y provechosa era esa tierra perulera para aplacar las hambrientas fauces de los banqueros alemanes. Qué acertado sería, por tanto, remediar a sus vasallos al otro lado del mar. Pedía el monarca a Gonzalo algo insólito, que acogiese como a un hermano, dándole afecto y respeto, al clérigo, facilitándole la labor por él encomendada. Por su parte, La Gasca, en su misiva sospechosamente similar a la de su majestad, se atribuía la misión de venir a pacificar el Perú, ¿pacificar? Nunca estuvo más calmo el Perú. Y a revocar las ordenanzas. Y a ofrecer el perdón del rey. Y añadía que, tras ver el documento entregado por Aldana y firmado por setenta y un cargos principales de aquel reino pidiéndole que regresara a España y pidiera el gobierno de Gonzalo, no entendía aquella desconfianza, puesto que él solo venía a hacer amorosamente el bien y a presidir la Audiencia.

Una vez leídas las cartas, Gonzalo pidió opinión a Carbajal y a Cepeda. Por ser el de más edad, tomó la palabra Carbajal:

—Son buenas nuevas, Gonzalo, aceptémoslas, si el clérigo viene a revocar las leyes, y sobre todo a perdonar lo hecho. —Se acarició el cuello—. Nos libra del collar de cáñamo por la muerte del virrey. En ninguna de esas letras dice que se os haya de quitar el gobierno, sino que gobernéis lo que convenga con el parecer y consejo de los regimientos de las ciudades, que ya os avalaron como recoge el manifiesto de los setenta y un vecinos. Nos hacen señores de la tierra, pues la hemos de gobernar nosotros. Que venga el presidente a ocupar su cargo en la Audiencia. Y vos a seguir gobernando.

—Son palabras, señor Carbajal, solo eso, y el poderoso, como ya se ha visto, muda pronto su parecer. Nada dicen las letras de confirmar el gobierno de Gonzalo. No hay que confiar en este La Gasca que me consta bien que no ha llegado aquí por manso ni por llano, sino por sagaz y astuto, y algo esconde. Si le dejáis entrar al Perú será la perdición, mi señor.

Como agua y aceite eran aquellos dos, no iba a ser cosa distinta lo que pensaran. Mientras el lerdo de Paniagua se despedía de mí procurándome una reverencia y un beso salivoso en la mano, ellos continuaban deliberando. Observé a Paniagua alejándose, bajo la luz limpia de enero, buscando dónde posar a salvo de moscas y bochorno, hasta que le fuera dada una respuesta. Atravesó la plaza, y me pareció que, a pesar de la quietud que reinaba, eran mil los ojos que espiaban el lugar donde Paniagua tomaría asiento. Ordené a Ymarán que vigilara la casa en la que se alojaría y también sus movimientos. Después esperé a que salieran del despacho. Ya a solas con Gonzalo, le di mi parecer sin que él lo pidiera:

—Fueron los habitantes, principales, cabildo, capitanes los que te atosigaron y persiguieron por largo tiempo, señalándote y buscándote para colocarte aquí, por tanto es a ellos a quienes debes preguntar sobre cómo proceder. A ellos apela esa carta. Y que se recoja por escrito.

Convocados en el cabildo, todos los principales, terratenientes, letrados, caciques de indios y también los capitanes esperaban a que Gonzalo presidiese la junta. Cuando entramos, acudió al estrado, y antes de ocupar su sitio, justo en el momento en que Cepeda ya estaba a su lado, presto a ocupar la silla junto a Gonzalo, mi amante dijo:

—Doña Francisca. Aquí a mi diestra.

Se hizo un silencio tan áspero que, mientras avanzaba yo entre todos, podía escuchar lo que sus mentes pensaban de mí y con cuidado callaban. Allí se leyeron ambas cartas, la de su majestad y la del clérigo, y allí todos con libertad expusieron lo que creyeron mejor. De la ristra desmesurada de pareceres que se vertieron, los hubo aventurados que sugirieron desfondar el navío que trajese a aquel infame clérigo, otros directamente propusieron darle muerte a puñaladas o cercenarle el cuello, como ya se hizo con el virrey. Solo Carbajal mantuvo la postura de permitir a La Gasca entrar al Perú, lo que provocó la burla de todos. Con grandes alharacas y vítores a Gonzalo, resolvieron que el inquisidor, como algunos le llamaron, permaneciese en Panamá hasta que su majestad reconociese el gobierno de Gonzalo, al que llamaron padre y guía de la patria.

Mientras Antón servía vino a todos, y se festejaba, observé la carta del rey, y reparé en un detalle, la fecha. Había sido escrita en febrero de 1546, ciertamente, era imposible que el rey estuviera al tanto de la muerte del virrey Blasco Núñez estando en Alemania. Ni el bergantín más ligero, ni el mejor almirante, ni los vientos más propicios conseguirían que una noticia llegara de Quito a Sevilla en tan solo treinta jornadas. ¿Qué perdón podía ofrecer La Gasca en nombre del rey si cuando él partió de España su majestad nada sabía del magnicidio?

—Cepeda tiene razón, no dejes que el clérigo entre al Perú —le dije a Gonzalo.

—Por una vez coinciden la decisión de la mayoría con la sabia prudencia de mi mestiza. —Me sonrió.

Con la respuesta para La Gasca de impedir su ingreso en la tierra perulera, se dispuso la partida del simplón Paniagua. Ymarán no vio nada inquietante, tan solo algunas visitas al anochecer, lo que le pareció concordante con la formal etiqueta que los españoles usaban. Aun así, quise saber cómo se encontraba el emisario, y acudí a las casas de Nicolás Rivera el Viejo, donde tomó asiento en aquellos días. Al verme, volvió a deshacerse en exquisitas muestras de respeto con su hablar gordo y pesado. Su cabalgadura hubo de ser sacrificada a consecuencia del mamporro que sufrió a su llegada, por lo que me apresuré a entregarle un caballo y también le obsequié con frutas españolas del huerto para el largo viaje.

—Me acabáis de sa-sa-sa-salvar la vida, doña Francisca, me-me-me aseguraré de que el caballo os se-se-se-sea devuelto en cuanto embarque en Trujillo.

—Marchad en paz, y no tengáis prisa en hacerlo, Paniagua. Prefiero que me sigáis debiendo un favor —le dije con la mejor sonrisa que pude disimular mientras le retiraba la mano que nuevamente me había llenado de babas repugnantes.

Comenzó entonces una actividad frenética por parte de Gonzalo de efectuar su gobierno con más eficacia, buscando encontrar a base de tesón y virtud lo que contentase al emperador para que le confiase su cargo. Pruebas y hechos que avalasen su buen hacer. Ahora, le pareció que, con las detestables leyes derogadas, el clima de bonanza y paz que ya vivíamos hasta entonces se fortalecería, desapareciendo la incertidumbre, y así me lo narraba cada noche. Se holgó al ver como nuevamente, tras aquella junta, vecinos y principales seguían confiando en él para guiar los designios de la tierra perulera. A esas alturas, os aseguro que la leyenda ya superaba al hombre. Las lenguas, siempre exageradas, le comparaban con los héroes antiguos y corrían murmuraciones sobre su inmortalidad, que achacaron a su condición de invencible en la batalla, y a la proeza divina de vencer a la muerte regresando de la ingobernable maraña de la selva.

—Es mucho lo que te deben, Gonzalo.

No en vano, la ley más gravosa para todos, prohibiendo la heredad de encomiendas, fue derogada gracias al buen hacer de Gonzalo como procurador. También la que prohibía tener encomiendas a quienes hubiesen participado en las guerras civiles. Apeló sabiamente Gonzalo y con pasión a su majestad, esgrimiendo lo que la ley recogía, repitiéndome una y otra vez que la merced que el príncipe hace no la puede revocar por ninguna vía después de hecha.

En aquellas noches de confidencias hablaba sin parar del futuro, pintándolo de esperanza y entrega. Nos imaginaba juntos y en paz, habitando aquel Nuevo Mundo que él descubrió y que, como a menudo me decía, yo encerraba en mi sangre. Me describía la vida que llevaríamos en esa tierra que él gobernaría con rectitud como lo hizo mi padre. Cuidaría con rigor que los indios no fuesen abusados. Dispondría doctrineros en cada hacienda que les enseñasen la palabra de Dios.

—De más provecho sería que les enseñen las letras —sugerí aun sabiendo que era cristianizar por encima de todo lo que contentaría a su sacra majestad y a Roma.

Emplearía nuevos sistemas para sacar el *collque*, la valiosa plata, de las entrañas de Potosí, tenía mil ideas para aquello, y dejaría el nombre de nuestro linaje cubierto de honra y fama. Esperaba ser bien recibido en la corte, y aseguraba que cuando el curso de los acontecimientos se enderezase y todo volviese a la normalidad, las grandes valijas de oro, plata y riquezas ablandarían a los cortesanos descreídos e intrigantes. Yo le escuchaba embelesada y cargada de emoción cuando ensayaba nuevos discursos y nuevas bondades que exponer en sus cartas al rey. Se encargó personalmente de supervisar las fundiciones. Cuando la hostilidad detenía el giro marítimo, el quinto del rey no llegaba a Sevilla, y Gonzalo quería tener asegurada su entrega en cuanto el monarca validase su cargo. A cambio, solo pedía una merced, la confirmación de su cargo de gobernador por parte de su majestad.

Casi siempre, en esta vida tan corta para algunos, perseguir lo correcto implica renunciar a lo que verdaderamente deseas. Los sacrificios más difíciles son aquellos que no podemos anticipar, que no vemos venir, que caen sobre nosotros. Muchas veces somos destrozados por aquello que nos despierta la pasión más vehemente. Gonzalo, en su afán de dejar honra y fama, en su desmedido sentido de justicia, caería en la trampa, y temí que fuera aniquilado por aquello a lo que con tanto fervor se encomendó.

—La ñusta Quispe no recibe, señora, pero ya sé todo lo que pasó, Cayo me contó antes de marchar. No hubo maleficio, doña, el niño Gonzalo murió del *sonko* —aseguró Nuna tras regresar de las casas de mi madre.

Quispe seguía encerrada. Por eso yo mandaba a mis indias, pero el desalmado de Ampuero, después de lo ocurrido, recelaba de ellas y no las dejaba entrar. Se volvió más furibundo, sorprendía a todos con su vozarrón despótico cuando entraba en la casa, hasta los niños comenzaron a temer al padre. Mi madre ahora estaba enclaustrada en sus habitaciones, se le prohibió acceder a las cocinas y tener acceso a sus aposentos. Ingenuamente me tranquilicé creyendo que la presencia de Gonzalo en Lima evitaría los abusos a Quispe, pero no fue así.

Por Nuna supe que mi madre acudió a Yangue para averiguar quién estaba detrás de la enfermedad de mi hermano. Cuando se hacía la magia del fuego quemando el sebo, la sombra confesaba el nombre de quien había podido hechizar al enfermo. Nada se dijo de mi hermano, pero sí apareció Ampuero, en sombra entre las llamas y con viento. Decidió mi madre entonces usar hechizos para calmarlo, para cambiarle el talante y volverle manso. Al ver que nada sucedía, recurrió al *concaybio*, las hierbas malditas que atraían al Supay, el señor de los muertos, y siguió los consejos de las mujeres, que unieron sus fuerzas para secarle las tripas y el cuerpo por dentro.

—Si la huaca habla, todo sucederá, doña. Acuérdese de lo que le dijo, pues. El *apu* es su hombre. Será su esposo.

—¿De qué esposo hablas, Nuna? —Fingí para no delatarme y deseando que se refiriese a Aldana.

—El *apu* Gonzalo, pues. No tema. Se unirán. Y si no la quiere bien, ahorita lo deja. No siga como la ñusta Quispe, doña.

—Y tú, Nuna, ¿no piensas casarte? —Me apresuré a cambiar de viento, porque esa india sabía más que todos los bachilleres de Salamanca.

—Ya hice el *servinacuy*, doña, pero me marché; el esposo que tuve se daba a la chicha y se la pasaba mascando el huanarpo, buscando otras hembras entonces. Ya volveré a casar.

Me pareció muy sabio el matrimonio a prueba que los indios usaban: por un tiempo convivían, se conocían y si no encajaban o reñían, cada uno regresaba a su *ayllu*, donde su familia los acogía. Si había hijos marchaban con la madre y santas pascuas. Una manera admirable de evitar agravios y maldades si los esposos no se entendían, y que, a mi parecer, evitaría muchos suplicios a los europeos, metidos en matrimonios eternos y sagrados, donde falta el afecto y sobra la miseria. La honra de los indios era pura y no desvirtuada por intereses mundanos disfrazados de sacralidad. El virgo no tenía mayor importancia para ellos, se vivía con libertad el placer y el darse gusto. La fogosa disposición de su sangre caliente no se escondía, al contrario, se celebraba como un paso más de la vida. El amor y el placer honran a los dioses. Solo las acllas, las vírgenes del Sol, habían de conservar su virtud.

Me dejé llevar por esas tribulaciones, y acudí al despacho de Gonzalo, dispuesta a abordarle, y averiguar qué haría con María de Ulloa. Ya me había mordido la lengua demasiado tiempo. Entré como una exhalación, dándome fuerzas para no perder la firmeza de hacerlo cuando estuviese frente a él. Solo la idea de un desposorio con la dama Ulloa me desbarató en aquel momento. Ansiaba y temía a partes iguales su respuesta. Le sorprendí en el bargueño, con la pluma y la tinta presta a estampar la rúbrica. Me miró sonriente. La decisión estaba tomada. María de Ulloa casaría con un Pizarro, pero no Gonzalo, se trataba de Pizarro de la Rúa, un hidalgo trujillano. Compartía con mi tío nombre, origen, y una calidad incuestionable como guerrero, pero no era él. Y que los dioses me perdonen, que aquella noticia me ensanchó el alma, me dio paz, y me confirmó lo que Nuna predijo, lo que la huaca del Rímac advirtió. No tuve nada que ver con aquella decisión, no le empujé a que la tomara. A pesar de los celos y de la inquietud, nunca quise el mal de María, tampoco lo quería Gonzalo.

—La dejaste al menos decidir entre casar o entrar al convento.

—María no es mujer de convento, lo que sí hice fue asegurarme de casarla con hombre de bien.

Fue poco después cuando regresaron las pesadillas. Gonzalo había perdido peso. En su frenético quehacer, en su celo de cumplir bien en sus dictados y servir a su majestad, había perdido el apetito. Durante el día, hacía viaje de ida y vuelta visitando los villorrios cercanos para comprobar que todo avanzaba rectamente, siempre acorde a su criterio de diligencia, en ocasiones desmedido. Se le veía excitado y también asomaban los cercos cenicientos que opacaban su mirada por la falta de noticias. La embajada ya debía estar en Sevilla. La armada de Hinojosa seguía cerrando el paso al Perú, y controlando quién llegaba y qué traía. Muchos chismes, muchos rumores, pero la carta de su majestad seguía sin llegar.

De noche en mis brazos era, según me dijo, el único lugar donde alcanzaba sosiego, pero los sueños son ingobernables, y uno no decide ni logra evitar las pesadillas que escondidas asoman sin que puedan controlarse. Me despertó el súbito temblor que le sacudía, estaba empapado en sudor. Supe que era el mismo sueño. Otra vez. Aquel que tuvo en su última noche antes de abandonar las entrañas de la selva. Era a un dragón gigantesco con garras de gárgola y dientes de bronce al que había de enfrentarse. El inmenso animal le arrancaba el corazón y lo devoraba ante su mirada. Le turbó tanto, que consultó al astrólogo, Jerónimo de Villegas, cuál podía ser su significado, y este le aseguró que lo que simbolizaba era claro: la cosa que él más quería en el mundo sería muerta. No alcanzamos a vislumbrarlo entonces, ni él ni yo, pero ahora sé que esa cosa que él más amaba y que no permitiría morir, porque al hacerlo le mataba a él, era la lealtad. Lo que alimenta el honor de un hombre.

Solo dos días después acudió a Lima el capitán Bartolomé de Villalobos, al que yo no conocía. Era el lugarteniente que Gonzalo envió a Tumbes. Alertó el capitán de la presencia de cuatro navíos frente a la costa que no arribaban a puerto. Llevaban varios días, demasiados a su juicio, fondeadas las naos sin buscar el alivio de tierra. Entendió Villalobos que eran siniestras las intenciones que traían y decidió avisar a Gonzalo de aquello. Se dispusieron los mejores jinetes para alertar a las ciudades costeras de que estuviesen prevenidas, temiendo que vinieran a dar guerra. Y fue entonces cuando se supo quién estaba detrás.

—Señoría, el caballerito Aldana y sus heraldos no se han movido de Panamá. No sé con qué artes el infame Aldana le sorbió el seso al leal Hinojosa. Entregaron la armada al clérigo y negaron al gobernador —aseguró Francisco de Carbajal mientras Gonzalo permanecía imperturbable.

—¿Y el obispo Loayza y fray Tomás?

—Imagino que las dos viejas dominicas estarán escondidas bajo las faldas del cura, sacándole lustre al clerical culo del presidente.

—Habéis organizado en Trujillo la defensa, será la siguiente villa a la que acudan. Mi pariente Diego de Mora no podrá defenderla solo, ¿está bien pertrechado?

—En Trujillo no hay teniente de gobernador, señor mío, su pariente, el capitán Diego de Mora, partió hace semanas con su esposa en un navío, que sospecho le puso Aldana. Ambos comparten la misma afición de apuñalar por la espalda. Eso sí, su pariente no olvidó cargar el barco con abundante oro, plata y muebles, llevándose con él a cuarenta soldados bien armados y a varios vecinos principales.

El padre de mi prima Florencia fue el primero en negar a mi tío; no me extrañó viniendo de aquel infame y codicioso hombre. La embajada a su majestad estaba en manos de La Gasca. De Aldana nada diré, ya está todo dicho. Y me reservé el momento que llegaría, como todo llega, de escupirle a la cara su vileza y su inquina.

Gonzalo mudó el rictus. El golpe de la traición, que le había dejado ausente del mundo cuando Francisco de Orellana le abandonó en la Canela, regresó. Sí es cierto que volvió a recorrerle el cuerpo aquella fuerza, pero esta vez no le mantuvo ausente. Despertó en él un deseo imbatible y violento de reclamar lo que en justicia le pertenecía, para lo que se había preparado durante años, para lo que le eligió Dios, lo que su hermano dispuso y

349

corroboraron los hombres y mujeres allí asentados. Era a lo que se había encomendado. No habló de los traidores, mantuvo el silencio. Pero yo veía en su mirada y olía en su aliento lo que estaba despertando dentro de él.

—Señores, fuimos designados por Dios y su majestad para esta alta empresa, conquistar la tierra y mantenerla a salvo. Cuanto más esfuerzo y trabajo, cuanta más sea la vileza que hayamos de enfrentar, más honra y fama dejaremos de nosotros. Defenderemos lo que es de justicia, sin faltar a su majestad.

No creía Gonzalo en la cacareada nobleza de cuna, para él la hidalguía nacía del arraigo a los más profundos y sólidos principios de la moralidad, de la justicia y de la lealtad. Él era la prueba de que la pobreza no amainaba ni el orgullo ni el abolengo de dignidad que descansan en el ánimo de un corazón justo y esforzado. Él mismo se miraba y se medía en el arrojo de mi padre, y en lo poco que su bastardía le impidió seguir rectamente los principios que su alma le dictaba. Era entonces y es ahora la honra el bien más buscado, una vida buena solo se obtiene luchando en pos de la honra y la fama, del impecable legado que dejarás de tu paso por este valle de lágrimas que es la tierra.

Ahora, sabido el desafecto, mi amante no culpó a La Gasca, sino a la flaca fidelidad de los que se le entregaron y ahora le negaban. Le rompió el alma que Hinojosa hiciese aquello. Lamentó la traición no del camarada de guerra, sino del hermano y amigo. No acertaba a entender qué pudo provocarla en un hombre recto como él. Se encerró a hablar con la Virgen de la Guía, buscando dar calma a su turbulenta vida, que se avecinaba mucho más tortuosa ahora. Debía evitar más que nunca la guerra, esa que dominaba con la misma destreza que ahora aborrecía.

Primero un codicioso licenciado en leyes que sucumbió al oro, después un portentoso aristócrata cuya sangre linajuda solo servía para azularle el rostro de soberbia, y ahora un clérigo.

—Decide su majestad cambiar al león fiero por una oveja. Tema su señoría más a la oveja y alerte sus defensas. Líbrame, Señor, de las aguas mansas que de las bravas me libro yo con esta. —Colocó su mano en la empuñadura de su espada—. Seguirán viniendo más si no le ponéis fin.

Así, con el genio que le caracterizaba, el Demonio dio con la clave. Así es. Es el río tranquilo el que esconde remolinos y huecos que engullen al más ducho nadador sin aviso. Es en aguas calmas donde las agujas y las rocas se ocultan, asestando el golpe mortal a los navíos que naufragan sin entender cómo.

Voy avanzando de a poco en mi relación, porque no quiero ni puedo dejar atrás nada de lo que ahora merecéis saber y debo contar. Parece que el pensamiento invoca a los difuntos en este mundo de los vivos, o quizá sea al revés. Tal vez sea yo quien, de tanto rebuscar en mi memoria, los traigo aquí.

Acudí esta mañana a la iglesia de San Sebastián a encender hachas de cera por todos mis difuntos, que ya son muchos, y a poner flores a la Virgen. Encontré allí a uno de los sacristanes, el sevillano Sancho de Utrera, clérigo que cada tres semanas se ocupa de tañer las campanas a maitines y con el que a veces converso. Es primo de Pedro de Puelles, que en gloria esté. Me pide a menudo que le narre de su primo, de sus heroicas batallas en el Perú y de su ignominioso final, porque aquí ahora no se le puede mentar. Es por eso por lo que tengo más fresco el cruel modo en que Puelles fue asesinado por sus hombres, alzados por el que fuera su amigo y deudo, Rodrigo de Salazar, el infame Corcovado. Engordaba así su leyenda maldita después de vender al Mozo, aunque esta vez, Salazar cumplía órdenes del piadoso clérigo La Gasca.

A Puelles le cortaron la cabeza, y a Rodrigo de Salazar le entregaron como merced por ello la gobernación de Zumaco. Ese era el perdón de su majestad y de Dios que traía La Gasca, procurar a base de prebendas la traición. La falta de lealtad también hay que azuzarla para que asome, por supuesto, es ese pecado de traición el que mejor hay que recompensar, ahora lo sé, pero que lo hiciese un siervo de Dios me parecía repugnante. Pero no quiero adelantarme, con el fin de que conozcáis todos los hechos, y midáis por vosotros mismos la gravedad de lo sucedido.

En las reuniones, se tomaban mil medidas para evitar la guerra por orden de Gonzalo. Carbajal se propuso entonces controlar con mano dura las traiciones, sembrando un reguero de ejecuciones, castigos y sangre. Dirigido por la brutalidad del viejo Demonio, se ejecutó al traidor, al que podía ser traidor, a quien supusiese sospechoso y al que su instinto considerase que podría recelar de Gonzalo y su gobierno. En aquel baile de muerte se acrecentó el miedo y el descontento de los vecinos. Así era Carbajal, al que siempre respeté por su lealtad y su celo hacia nosotros, pero al que también temí por la crueldad de sus actos.

—Pasadores de mierda, tejedores infames, ¿hasta cuándo vas a seguir esperando la carta del Austria, hijo?

—Hasta que llegue, padre. Su majestad no faltará a la ley.

—¿La ley? Tengo que recordarte que el rey también prometió esta tierra a los que vinieron y se la quitó a golpe de ley.

—Pero las ha derogado. Ahora hará lo mismo con mi gobierno. Solo hay que dar tiempo al tiempo.

—¿¿¿Tiempo??? ¡Maldita sea, Gonzalo! Tiempo es lo que nos falta. Es una cuestión de tiempo que el Austria vuelva a aplicarlas. No parará hasta quitarse de en medio a todos estos hombrecillos de medio pelo, para él no somos sino escoria.

A ninguno le faltaba razón, pero en ese momento yo no lo sabía. Han tenido que pasar más de media centuria y más de mil muertes para que haya alcanzado el fondo de estas pasiones turbulentas que aniquilaron tantas cosas. Es cierto que Carlos V sufrió fuertes congojas cuando supo lo que había provocado en el Perú la aplicación de las leyes y la obstinación del virrey. Es cierto que se sintió engañado por los que le convencieron de estar cumpliendo un servicio a Dios, al bien y conservación de los indios. También es cierto que quería nombrar gobernador a Gonzalo. Pero todo se truncó.

La ciudad de Lima permaneció cubierta de humo negro y polvo sucio por días. El rastro que venía del Callao hizo que acudiéramos al puerto a ver el quejumbroso espectáculo. El crujido de la madera devorada por las llamas simulaba un lamento largo de animal marino, un aullido de lobo moribundo, de horror. Fue Cepeda quien decidió quemar las cinco naves que nos quedaban con todos sus bateles a fin de evitar deserciones. Como ya hiciera Hernán Cortés, quiso ganar su sitio en la historia y cubrirse de oropeles e ínfulas de héroe. Aprovechó que Carbajal y Gonzalo se hallaban a dos leguas de Lima para dar la orden. Al regresar el viejo Demonio lamentó aquella pérdida al igual que Gonzalo.

—¡En qué diablos estabais pensando, Cepeda! —gritó Gonzalo.

—Esos buques eran ángeles custodios, eran el alma de la batalla.

—No habrá guerra, padre. No sin nuevo mandato del rey.

—Sí, la habrá. Despierte, señoría, tarde o temprano la habrá. Haga lo que haga, darán guerra. ¿No ve lo que están haciendo? Decida, por Dios, coronarse, nadie mejor que vos para reinar esta tierra. Ya dio sus razones al rey, ya mostró su buen gobierno, y esto es lo que recibe. Aunque se demuestre que es su señoría más inocente que un niño de teta, seguirán llegando a levantarle los pies. —Golpeó con los puños la mesa, estaba Carbajal harto de la tibieza del rey y de la sangría que todos sus enviados provocaban en la tierra.

—¿Otra vez vais a volver con eso, padre? No puede ni debe ser rey quien es fiel vasallo —bramó, enfurecido, Gonzalo.

—Es legítimo, señor, puede hacerse. Creedme, puede escindirse de la Corona. Ante los ojos de la ley, si el rey es un tirano, se pediría permiso al papa, que otorgaría la coronación. El Santo Padre tiene potestad divina para coronar reyes. Solo habría de renunciar a los lazos de vasallaje con Castilla y convertir el reino de Perú en feudatario del papa —afirmó Cepeda.

—El papa, ¿ese manigoldo despreocupado y corrupto? Es viento lo que parte de Roma, ¿qué más necesita que ser Pizarro? ¿Qué más que haber derramado su sangre por esta tierra que él y sus hermanos alcanzaron? La única legitimación que falta es la de los indios, el Inca algo tendría que decir, puesto que en esta tierra ellos estaban antes y eran sus señores naturales. Crea una nueva corte, mestiza. Un nuevo pueblo mestizo, de españoles e indios. Legitima tu reino desposándote con una princesa de sangre real inca. —Al pronunciar aquellas palabras, Carbajal clavó los ojos en mí y me señaló.

Capítulo 10

En el nombre de Dios

Al igual que el amor, el odio teje sus propias pasiones. Son despiadadas y obsesivas, quitan el sueño y envilecen los sentidos. Esa terrible pasión era la que Gonzalo desataba en Pedro de La Gasca.

El nuevo pacificador era deforme, vestía una sotana raída y maloliente, colgaba de su pecho una enorme cruz de madera, vieja y austera, a la que le habían saltado astillas, decrépita y cansada por la repetida golpeada contra el pecho acompasándose a los pasos que La Gasca dio en su caminar por el mundo. Era aquella cruz un símbolo marchito y yermo, pese al pretendido fervor con que su dueño la lucía, pese al golpeteo con que la cruz advertía a su pecho del pecado. Me atrevería a decir que aquella cruz era la gran olvidada. Nadie es capaz de tejer una urdimbre tan oscura si tiene presente a Dios.

Como bien anunciaban sus ojos, negros y vacíos, el pecado de La Gasca era el odio. Primero a él mismo, después y sin piedad, acabaría extendiéndolo a otros, dando rienda a aquella crueldad taimada que antes profesó a su persona. Se esforzaba en disfrazar ante el resto aquella mirada muerta, susurrando con amor las palabras, destilando la misericordia, acudiendo a los ademanes del clero, dibujando en el aire la señal de la cruz, prodigando perdón, y atendiendo con cuidado a dos cosas, su silencio y la escucha. Solo así mantenía ocultas sus intenciones. Solo así desbarataba al otro, adelantándose a su pecado, a su deseo y a sus flaquezas, para darle con precisión lo que quería y así turbar su lealtad.

Nunca había destacado en ninguna habilidad, su cuerpo chepudo y arrugado condenaba cualquier proeza física. De extraña y grimosa hechura, no podía manejar la espada por la escasa talla de sus brazos de enano, ni destacar con la lanza a caballo, donde lo que sobraban eran las piernas. Carecía de toda virtud militar, esas que a Gonzalo le sobraban, aunque en su alma siempre cultivó el espíritu de la batalla, que sabía inalcanzable para él y que le atormentaba. Por eso se dedicó al estudio, a pasar largas horas entre legajos, libros y Sagradas Escrituras. Por eso consagró a ojos de todos su vida a Dios, porque ya había decidido que él, desprovisto de la gracia divina que otorgaba el carisma que hacía brillar a los líderes, ganaría las guerras en los despachos, que él, pobre soldado tullido, batallaría con fiereza invisible y letal desde los salones de la corte.

Atacó fieramente al movimiento comunero sin rozar una espada. Puso en jaque al temido pirata Barbarroja cuando amenazó el Levante español sin comandar una nao y sin disparar una sola bombarda. Dejó que los hechos hablaran de él, que sus proezas le precedieran, mostrando ante guerreros y cortesanos una humildad lastimera y quejumbrosa. Era un ser inofensivo y digno de compasión, pero eficaz. Serían otros los que hablarían de él, allanándole el camino hasta llegar al monarca. Mientras, él esperaba su turno con paciencia de santo.

Sabía el poder de las lenguas, su capacidad precisa de armar y desarmar a otros en función del viento que reinase, conocía bien que la calumnia y el halago se alimentan de lo mismo, viento vacuo, indefinido y variable. En su primer peldaño a la corte, como miembro del Consejo Superior de la Inquisición, reconoció enseguida las luchas intestinas entre los consejeros, los egos inflados, y supo sacarles partido apoyando a Francisco de los Cobos, mano derecha del emperador. Así logró llegar al príncipe Felipe, al que se ganó con su servilismo y piedad, alardeando de la prudencia y la austeridad que al príncipe seducían. El heredero fue quien decidió enviarle a aquel Perú revuelto, pese a lo descabellado que les pareció a todos, especialmente al emperador.

Lo primero era no alertar, no despertar ni espadas ni picas, y ciertamente así lo hizo, su venida ante los que allí estábamos no celaba engaño ni riesgo. Sabía que eran tres las cosas que inducen al alma mortal y mezquina de los hombres tanto al pecado como a la obediencia: la desmedida indulgencia, las concesiones políticas y el celo del oro.

Solo tuvo que escuchar pacientemente lo que los hombres de Gonzalo pedían, atisbando en ello sus pasiones y sus flaquezas: un perdón general por el asesinato del virrey, la revocación y eliminación de las Leyes

Nuevas y la validación de Gonzalo como gobernador. Cuando La Gasca partió de Sanlúcar de Barrameda, ya había decidido que mi amante era un rebelde. El clérigo pacificador que acudía a los confines del mundo con la misión de mediar con blandura entre dos partes encontradas sencillamente no iba a hacerlo, porque para él solo había una parte: la Corona.

La realidad es que nadie conocía cuáles eran los poderes que traía La Gasca. Como el propio clérigo buscaba, convenientemente y bien cubierto de su piel de cordero. Gonzalo seguía obstinado en su idea de esperar la respuesta del rey, seguía abrazado a la idea de que el monarca validaría su cargo y entendería las razones de la muerte del virrey. Y, sobre todo, estaba decidido a no presentar batalla.

—Sin la autorización del rey, cualquier movimiento que haga será llamado rebelión. Sin el permiso real cualquier gesto será tildado de traición. Por eso he sido cuidadoso en seguir todos los pasos que la ley y su majestad dictan —me aseguró mientras me acariciaba el cabello.

—Fueron los miembros de su propia Audiencia Real y los obispos de la Iglesia quienes te nombraron.

—No. Ha de estar por escrito y firmado por el monarca. Por eso no voy a enfrentarme al clérigo. Eso sería darle argumentos contra mí, mestiza. Es lo que está buscando. La Gasca quiere la guerra.

—No es guerrero, es un sacerdote, ni siquiera tiene un ejército.

—Ahora sí. El mío. Al menos mi flota. Por eso está desbaratando a mis hombres, porque él no sabe luchar ni dirigir a las tropas. Caldeará los ánimos para provocar el ataque. Solo entonces podrá llamar rebelión a esto. Solo confío en el rey, que sabe que tiene un compromiso con los Pizarro.

Y sí, el rey lo sabía, otra cosa es que hubiese decidido olvidarlo, o que alguien en su nombre estuviese buscando emponzoñar aquello. Se equivocaba en una cosa Gonzalo. Posponer la guerra no significaría nada, Pedro de La Gasca ya había decidido que aquello era una rebelión, y él, un tirano rebelde.

* * *

Mientras tanto, en la Ciudad de los Reyes, se habían disparado los chismes. Se rumoreaban muchas cosas, las lenguas se aprestaban a sacar conclusiones infundadas, y el mayor miedo de todos a ratos cobraba fuerza. No había que ser un lince para temer la respuesta de su majestad cuando alcanzara los salones del Consejo Real la noticia de la muerte del virrey. Aunque fuera una venganza del licenciado Carbajal, aunque mi amante nada tuviera que ver con ello, era la cabeza del representante regio la que había sido cercenada. Aunque Gonzalo vistiese el luto, y ordenase con profundo pesar los funerales, obligando a todos a reverenciar al que fue un iracundo tirano y el desencadenante de todo. Su sacra majestad, el Austria católico emperador del mundo, no iba a permitir un desacato, y dependería en buena medida del modo en que aquel lance fuese expuesto, sí, pero la realidad es que, ante todos, el rey debía mostrar su fuerza y castigar a quien cometiera tal acto de desobediencia. Todavía resonaban en la memoria de todos las picas y espadas de la guerra de las comunidades, cuando el pueblo de Castilla protestó con armas frente a las imposiciones del fisco y los apetitos de la camarilla flamenca del monarca, y donde todos los instigadores fueron ejecutados. Nadie debía cuestionar su todopoderosa autoridad que como él mismo emperador aseguraba era la mismísima voluntad de Dios. Por eso nadie en el Perú confiaba en el perdón de La Gasca.

En aquel río revuelto cargado de murmuraciones, la barahúnda que poblaba calles, recorría tabernas y alcanzaba las haciendas precipitó lo que con celo evitábamos que sucediera. Gonzalo acudió a mi alcoba mientras terminaba de vestirme, e hizo salir a Nuna y a Shaya.

—Las lenguas hablan de nosotros, me acusan de manipularte para casar contigo. Sabes que no es cierto, ¿verdad? Sabes que te amo, Francisca. Aunque no pueda gritarlo, mi pecho lo afirma a cada instante.

Claro que lo sabía. También conocía las malditas habladurías. Mis indias me confirmaron todo lo que se decía. Como siempre, sabíamos por los indios lo que circulaba a media voz, porque nadie se cuidaba de hablar delante de los indios, como no se cuidaban de hacerlo delante de los muebles o las paredes de adobe de sus casas, dando por hecho que no los entendían. Pronto corrió como la pólvora en los mentideros aquella delirante idea. Se apresuraron las lenguas a hacer circular todo tipo de engaños. Aseguraban que Gonzalo me tenía confinada en el palacio y me obligaba a yacer con él, forzándome para poder desposarse conmigo. También se decía que yo tenía embrujado a Gonzalo, dominando su voluntad a base de hechizos indios que mi madre me enseñaba y otra sarta de mentiras. Imaginé que fue la propuesta de coronarse de Cepeda y Carbajal la que disparó aquellas habladurías. Lo que no sospechábamos es que aquellos rumores pudieran llegar tan lejos.

Fue una desapacible mañana de julio, parecía que el cielo iba a descargar una prodigiosa tormenta, las nubes dibujaban a ratos cruces, a ratos flores, todas de un gris luctuoso. Lo encontré mirando por la ventana que daba al huerto, tenía en la mano una carta.

—Todo lo que hizo tu padre por este lugar es portentoso, y ahora tú, digna heredera, has devuelto su esencia a este sitio, mestiza. No sé cuánto tiempo podré defenderlo.

Permanecí en silencio porque no entendía aquel tono de derrota.

—En la corte temen que me despose contigo. ¿Cómo no evité esto? ¿Cómo no me adelanté?

Leí la carta: con una pésima e intrincada caligrafía alertaba de que el príncipe Felipe había ordenado que se estorbase cualquier despacho de Roma a Perú, temía el príncipe la dispensa del papa para que Gonzalo se desposase conmigo. Una de las puertas se cerró bruscamente por el viento de la tormenta que ya había despertado.

—¿Quién te ha entregado esta carta? —pregunté, inquieta.

—Da igual cómo ha llegado hasta aquí. Su alteza, el príncipe, lo da por cierto hasta el extremo de bloquear las embajadas. Nunca recibiré la carta del emperador confirmando mi cargo. Creen que busco casar contigo para coronarme rey. Ahora soy un rebelde. Un traidor a la Corona.

Por un momento, temí que el aire no me llegara al pecho. Mentiría si negase que quiso desposarse conmigo, ambos lo deseábamos, pero no de ese modo ni con ese fin. La idea delirante de Carbajal y Cepeda alimentó a las lenguas, todo se sabía en aquella tierra.

—Marchémonos, Gonzalo, abandona esta quimera, retirémonos a Las Charcas, o viajemos al sur.

Su mirada destilaba la mayor ternura que jamás he contemplado en unos ojos. Sujetó mis manos.

—En ti redimo mis pecados, aunque amarte sea el mayor para otros. Eres sabia y fuerte, eres la primogénita de esta nueva estirpe. Te debo respeto y devoción. Pero ahora no puedo abandonar, Francisca. Ya es tarde.

No iba a silenciar a su instinto, y tampoco iba a renunciar a su sentido del deber. Él conocía mejor que yo lo que escondía aquello. Daba al traste con todo lo ganado hasta ahora, y condenaba la esperanza, convirtiéndola en un negro sino.

—¿Qué harás entonces? —Pronuncié aquella pregunta con el corazón en la garganta.

—Lo que hay que hacer. Resistir. Desmentiré con hechos todo esto. Tendré que negarte ante todos, mestiza. Nadie debe conocerlo, ni Inés, ni Antonio, nadie. Solo así podré protegerte. Y volveré a escribir a su majestad.

Carbajal entró en la galería, con el inconfundible taconeo de las botas, ese que martilleaba el suelo y nos anunciaba la tormenta cuando el viejo Demonio perdía los papeles. No pude escuchar las nuevas que traía, porque a su lado asomaba fray Cristóbal de Molina, simulando esperar su turno, que no respetaría, como era habitual en él y como yo ya sabía.

—Señora, si vos no habláis con vuestras indias lo haré yo y no será bueno. Yo ya no puedo seguir soportando esto. Que Dios me dé fuerza. —Implorante, se santiguó.

Nuna y Shaya, tras mis recientes tratos con la Virgen, se acostumbraron a verme de rodillas frente a ella y decidieron incorporarla a la retahíla de diosas andinas, venerándola del mismo modo que a Mama Quilla y a Mama Cocha. No escuché sino vagamente sus consideraciones acerca de Nuestra Señora del Socorro, a la que no solo veían más dispuesta a hablarles que la cruz muda, sino que también aseguraban que era gran aficionada a la chicha, a los panes rituales de maíz y al *mullu*. No presté atención a aquello hasta que fray Cristóbal me llevó a la capilla. El espectáculo era desalentador y, sobre todo, apestoso. Bajo la imagen, los candiles de sebo iluminaban los restos ya descompuestos de carne, maíz cocido, pan masticado, y ofrecían los tres jarros de chicha vacíos.

—Algunos de los hombres de vuestro tío dan buena cuenta de la chicha, no diré quiénes, aunque sé bien los que son. Los pobres arramplan con el pan, pero santísimo sea Cristo, que no puedo consentir esto, doña Francisca. Las moscas cagan el manto de la Virgen, lo que ya es sacrilegio, amén del olor, que es insoportable. Ayer mismo sorprendí al perro de Antón comiéndose parte de la carne. Quién puede imaginar que Nuestra Señora necesite alimento o bebida, si ella como madre de Dios está bien dispuesta de todo.

Reparé en que no había ni rastro de la plata, el oro y el *mullu* que mis indias ofrendarían a la Virgen, porque así lo establecía el ritual.

—¿Y el oro y la plata?

—Nuestra Señora del Socorro lo cogió para poder seguir haciendo frente al cuidado de sus fieles —dijo mientras se colocaba el reluciente hábito nuevo, esquivando mis ojos mirando al suelo.

Amanecimos un día con un edicto del presidente La Gasca colgado a las puertas de la iglesia y un remolino de gentes alrededor, murmurando y preguntándose si aquello era verdad. Una vez más, no acertábamos a comprender cuán largas, delgadas y silenciosas eran las manos de aquel clérigo deforme que alcanzaban a llegar hasta allí. El rey perdonaba todo lo anterior y en su infinita misericordia y bondad estaba dispuesto a admitir a sus vasallos en su regazo. Sucedió también en otras ciudades, como una mancha gigante de aceite se iba extendiendo el extraño perdón y la revocación de La Gasca por todos y cada uno de los rincones del Perú. Reparé en que edictos y proclamas siempre aparecían en templos e iglesias, no en cabildos. Evidentemente, el sacerdote hizo uso de su influencia entre los miembros del clero. Por eso me resultó sospechoso encontrar merodeando al padre Martín al lado de la iglesia al tiempo de aparecer el extraño edicto.

Como un portentoso y diabólico juego de bolos, una a una iban cayendo las ciudades del norte, rendidas a La Gasca. Muchos vecinos principales desaparecieron como por hechicería de Lima. Todos los edictos compartían la misma caligrafía; sin embargo, en aquel momento, no le di mayor importancia, reparando solo en la majestuosa firma que los cerraba, la firma y el sello del rey.

La lealtad es frágil, se extingue cuando desaparece la necesidad sobre la que se sustentaba. Los ideales y la rectitud moral no sirven de nada cuando te engordan los bolsillos. Todo el mundo tiene un precio y así lo aprendí en aquellos días. Gonzalo servía al bien común, pero a los que se entregó solo buscaban un bien más preciso y pobre, el propio. Los rumores hablaban del avance de la armada al mando de Aldana hacia Lima. Pero como siempre, las habladurías son engañosas y esconden mil intenciones; otras veces se decía que La Gasca estaba ya con un pie en Tumbes para castigar a los rebeldes. Ahora éramos rebeldes.

La resistencia de la que hablaba Gonzalo exigiría las armas, y la certeza se mostró clara y perfecta cuando uno de los soldados del capitán Antonio Robles acudió a Lima pidiendo ayuda. Diego de Centeno volvió de su incierta muerte un año y sesenta días después, con más de cincuenta hombres con los que había ocupado Cuzco y asesinado a Robles.

—El bellaco ha regresado de la muerte, mi señor. Estuvo escondido en Arequipa, en una cueva, alimentado por los indios. Cuando cogió fuerzas se dedicó a formar un ejército de desastrados que braman como mulos su lealtad al rey, que en lengua romance es bramar su desobediencia a vos —resumió Carbajal después de recibir al soldado.

Cuando el invierno asomó al valle del Rímac, la Ciudad de los Reyes se envolvió en un frenético y desaforado ritmo que buscaba aperar, con gran dificultad, a un formidable ejército que hiciera frente al malnacido Diego de Centeno. No era sencillo. Las deserciones eran cada vez más agresivas. La peste de tifus había matado a muchos, los indios renuentes y fatigados no ocultaban su rechazo al trabajo que exigía la interminable guerra de los blancos, faltaban hombres y armas. Gonzalo gastó de su hacienda más de sesenta mil pesos para socorrer a las compañías. Su maestro orfebre, Diego de Silva, se afanaba en el cobre fabricando arneses para el muslo, coseletes, barbotes y otras defensas. Solo se negó a hacer espaldares para los petos, «porque los seguidores de vuestra señoría no hemos de huir jamás», aseguraba altanero. Gonzalo dejó las mejores yeguas todavía preñadas y a uno de los sementales en las caballerizas, a cargo de Antonino, y compró mulas y caballos para entregarlos a los hombres. Fueron iguales las pagas que dio a los hidalgos y a los soldados rasos y dotó de caballos a todos los mosqueteros.

Por mi parte, determiné que mis indios de Huaylas se unieran a la cruzada, y ordené al cacique Vilcarrima que facilitara a Gonzalo insumos, alimento y plata. Partió de mí, del mismo modo que movilicé mis bienes de otras encomiendas para ayudar a mi amante, y que los escribanos, con sus mentes estrechas, decidieron narrar como usurpación de mi tutor.

—¿Cuantos hombres tenemos, Carbajal?

—Alrededor de mil entre caballería, arcabuceros y picas. Podríamos alcanzar los mil quinientos porque hay algunos rezagados a los que se podría convencer, hijo mío, si me dejas.

—No quiero llevar a nadie contra su voluntad, padre. Sabes como yo que ningún soldado forzado hace buena guerra.

—Por alguna razón estos pasadores de mierda al huir dejan las armas. Hay un gran número de arcabuces. Nos encomendaremos a las trece avemarías. La Virgen proveerá, como siempre hace.

No entendí aquello, las lenguas narraban la opulenta fuerza que Diego de Centeno había logrado reunir, y me pareció un descalabro; sin embargo, ellos dos rompieron en una estruendosa carcajada ante mi mirada atónita.

Quizá, pensé en aquel momento, podría contar con los avezados capitanes del sur, con los que le unía una excelente amistad; antiguos compañeros de armas, esos baquianos acudirían a socorrer a Gonzalo como tantas veces hizo él con ellos.

—Las deserciones tal vez se deban a que pocos conocen la fecha de los poderes del presidente, Gonzalo. Escribe a Pedro de Valdivia. Escribe a Aguirre, a los grandes capitanes de mi padre que ahora están en el sur. Déjales claro que no puede La Gasca ofrecer perdón del monarca a un delito, la muerte de virrey, que ni siquiera su majestad conocía.

Así se hizo, partieron los mensajeros al sur y yo acudí a la iglesia a rezar para que todos los heraldos alcanzaran rectamente su destino. Me hice acompañar de Nuna y Shaya, una vez ante la Virgen, les entregué un rosario, que miraron extrañadas, y que enseguida decidieron colgarse al cuello como una alhaja. Les enseñé a poner hachas de cera y a dejar las ofrendas fuera, pero solo me obedecieron a medias, los portentosos jarros de chicha siguieron colocándose ante la Santa Madre.

En aquellos turbulentos días, Cepeda organizó un juicio extraño y delirante en el que decidió condenar a muerte a los desleales. Aldana, Hinojosa, Mejías, Diego de Mora fueron declarados traidores al gobernador. Fue un teatrillo que a nadie convenció, ya que su ejecución debería esperar a que fuesen apresados. El oidor aseguraba que así se cuidarían otros de recurrir a la traición y que evitaría la dilación del ajusticiamiento en caso de apresarlos. También declaró traidores al obispo y al provincial dominico, lo que puso el grito en el cielo de muchos vecinos beatos. No olvidó Cepeda condenar a La Gasca por haber recibido con malas artes la armada, lo que atemorizó aún más a todos por lo que podría acarrear la osadía de condenar a un miembro del Santo Oficio.

Carbajal se mofó de Cepeda, asegurándole que no necesitaba el papel de un leguleyo para dar muerte a los traidores, y lo cierto es que el único que firmó aquella condena fue Cepeda. Sin embargo, atosigar los ánimos creyentes de los vecinos hizo despertar un terrible sentimiento de maldición divina que alentó el terror a la ira de Dios, que para el caso era la ira del rey.

Cada vez se adelgazaba más la línea que separaba a los leales de los traidores, cada vez era más difícil contener el dique de la maledicencia, por eso, fue en aquellos días, en que las ocultaciones de nuestra intimidad, de nuestro apacible amor, pasaron a convertirse en la dura condena ante el resto. Rodeados de mil inquietudes y de otros tantos rumores, Gonzalo, fiel a su palabra, me negó. Ambos acordamos que ante todos sus capitanes rechazara la idea de casarse; aseguró a los hombres que, si no estuvo en su ánimo desposarse antes, a qué iba a hacerlo estando la tierra así. Para que dejaran de señalarme, hizo correr el rumor de que le placía cerrar mi casamiento con uno de sus hombres. Ante nuestro pasmo, el licenciado Carbajal fue el primero que acudió a pedir permiso para cortejarme, a lo que mi amante dio rienda sin cerrar en firme un acuerdo, a fin de desanimar a las lenguas y protegernos, a fin de resistir.

Nunca imaginé que el licenciado tuviera ningún interés en mí, como así se demostró, y si lo tuvo fue en el poder y las riquezas que iban parejas a mi mano, aunque admito que le duró poco el galanteo, convirtiéndose en uno de los pasadores infames que acudió a refugiarse a las faldas del cura cuando el miedo le pudo, traicionando a mi amante.

Desde la puerta de palacio observaba cada mañana a las compañías. Dejé de escuchar a los pájaros y al viento peinando las ramas. En aquel tiempo me despertaba con el sonsonete de espuelas, corazas, arreos y picas.

Los bisoños en un extremo bruñían las armaduras, los herreros acomodaban petos y ajustaban celadas. En el aire flotaba la certeza de la campaña, la cercanía de la sangre. Mientras los capitanes entrenaban, estudiaban maniobras y perfeccionaban tácticas, Gonzalo dirigía cada movimiento de la caballería, allí lo vi, la danza de la guerra nadie la dominaba como él.

Francisco de Carbajal daba instrucción a los arcabuceros, que se afanaban en aquella tarea extenuante, y del todo complicada. Un juego malabar que siempre me pareció imposible: había que fijar la mecha en el serpentín, apoyando la culata en el suelo, atinar a introducir la pólvora por la boca del arma, después el taco, comprimiendo enérgicamente con la baqueta todo, pólvora, taco y pelota. Carbajal los miraba de reojo mientras limpiaba las armas, supervisando las cargas de pólvora y custodiando cada horquilla, cada morral, cada mecha y cada pelota, como si fuera la honra de su hija Juana.

Juan de Acosta controlaría como capitán a los arcabuceros, siempre bajo la estricta orden del maese de campo, Carbajal. Martín de Almendras, al frente de piqueros, organizaba el férreo orden de la infantería. Cepeda fue nombrado capitán de caballería, cambiando la toga por la espada. Ochenta hombres a caballo custodiaban el estandarte. Las mujeres acudieron portando las banderas que cada capitán quiso llevar; en ellas aparecían las iniciales G. P. compartiendo espacio con la corona del rey. Uno de ellos mostró como insignia un corazón con el nombre de Pizarro, un gesto que me conmovió y que me llevó a los tiempos de mi padre.

Todo cuanto sucedió aquellos días fue recogido caprichosamente por las crónicas. Y aunque intento narrar lo esencial, hay muchos detalles que no puedo dejar de tratar. Lo hago sin faltar a la verdad, que está desgajada y con muchos velos impuestos por los intereses de ese poder oscuro que desvirtúa los hechos a su conveniencia. Cada una de estas apretadas líneas es un viaje al pasado, ese que no hay que condenar. No es el pasado pérdida, tampoco ha de ser olvido; me afano en recordarlo y conocerlo, el pasado es la sabiduría que nos advierte y nos enseña, es la fuente de la experiencia de otros, que alienta a no repetir las mismas faltas.

Decían los indios que la mejor forma de conocer los hechos futuros de un necio es remitirte a sus vicios y hechos pasados. Por eso, cuando Gonzalo aquella mañana de finales de julio, con la certeza de que La Gasca había dejado Panamá, se sentó en el escritorio con Cepeda y Carbajal para dictar la tercera carta a su majestad, decidí acompañarle. Cuando terminó la relación donde volvió a insistir en su firme compromiso al emperador y cuando estuvimos solos, le advertí.

—¿Cómo viajará esta carta?

—Será Íñigo López de Anuncibay quien la entregue a su alteza.

—De las tres copias dispuestas, una que la porte el caballero, la otra entrégamela a mí.

—¿Y la tercera?

—Llévala contigo.

Aquella noche nos entregamos al amor con la tierna disposición de los amantes fugaces, esos que temen el último abrazo y ahuyentan la prisa a base de besos lentos. Suspendimos el tiempo anclados el uno al otro. Desafiando a las horas, las agrandamos entre suspiros. Transformamos la inquietud y la impaciencia recorriéndonos despacio con el alma encendida. Las caricias despertaron al placer temeroso, dando rienda a la fuerza indómita de sabernos vivos y juntos. Sentí sus manos en mi cintura, sus labios recorriendo mi espalda, su olor de guerrero rodeando mi cuerpo. Agotados y sudorosos, el sueño nos acunó, y antes de que Inti asomara en el cielo, le sorprendí observándome, en silencio y con los ojos brillantes.

—Eres bella y recia, mestiza, todas las sangres reposan en ti. La imperial del último gran Inca y la fiereza de los huaylas conviven con la heroica savia de los hidalgos de la Reconquista y la nobleza llana de los labradores extremeños. Nunca lo olvides, mi mestiza. Defiéndelas con vehemencia, y sirve solo a la causa que merezca tu respeto, a la causa que merezca ser servida.

—Mi causa está junto a ti. Es la tuya…

—No. Tú habrás de encontrar tu causa. Desafía a quien te intente opacar. No dejes que te desprecien, porque lo harán. Recuerda siempre la gloria que reside en ti, la mezcla de dos mundos, perfectos y espléndidos, que andaban separados, pero destinados a encontrarse. Defiende lo que une a las sangres por encima de lo que las separa, escucha a tu alma. Rescata las memorias. Mantente a distancia de ellos, de los poderosos que intentarán doblegarte. Solo Dios sabe lo que nos espera, pero pase lo que pase, yo siempre estaré en ti, y tú en mí.

En aquel momento no le di peso a lo que dijo. No supe que se estaba despidiendo. Solo quería besar su cuello, hundir mis dedos en su barba espesa y aspirar su olor, retenerlo, custodiarlo, para que no escapara de mí. Después con los años entendí. Aquellas palabras dieron sentido a muchas cosas, que intuía y no comprendía. Es la fuerza de la sangre la que empuja a realizar los más grandes hechos, ni siquiera alcanzamos a imaginar de lo que somos capaces. Solo ese compromiso y su fuerza permiten soportar los mayores sacrificios.

En los días siguientes, Gonzalo permaneció fiel a su palabra. Resistir y negar. Cada día estaba más cerca su partida. Envió una avanzadilla con Juan de Acosta y trescientos hombres que partió por la serranía hacia el ombligo del mundo. Mientras Gonzalo y el resto de los capitanes terminaban de pertrecharse, la vergonzosa huida de hombres se multiplicó. Ante las deserciones, Gonzalo decidió viajar a Charcas para lograr más fuerzas, pasando antes por Arequipa. Al menos eso fue lo que me contó.

Entendí que lo mejor era que no nos vieran juntos y para acallar los chismes regresé a casa de Inés. Solo que esta vez lo hice a la hora más concurrida del día, después de la misa, para que todos los vecinos de Lima lo contemplaran vivamente. Como bien sabía, la calumnia también era un arma y podía destrozarte con la misma crueldad que la espada, solo había que tocar la honra, solo había que cuestionar la virtud en el caso de la mujer. No me importaba en absoluto, debo decirlo. Pero no iba a consentir que Gonzalo enfrentase aquello.

Llegó el día en que las compañías estuvieron dispuestas. El mayor fuerte de la tropa de Gonzalo eran los arcabuces, tenían cientos; la mayor debilidad, la falta de hombres. Mis indios se aprestaron a cargar armas, lonas y pertrechos. Ymarán se estiraba el jubón y se acomodaba a su nueva condición de escudero de mi amante, con él pasaría los inciertos y terribles días que les esperaban y también las interminables noches.

Antes de partir, Gonzalo nombró a Antonio de Ribera su teniente gobernador. El gobierno de Lima quedaba en manos del caballero Ribera, en nombre de Gonzalo. Después se realizó el solemne juramento de lealtad de todos hacia Gonzalo, el gobernador, que solo quebraría la muerte. Vecinos, capitanes, alcaldes, soldados juraron fidelidad a mi amante. Yo lo vi, comprometieron su fe y su palabra, en todas las leyes, la de hidalgos y la cristiana. Aseguraron enardecidos que todos le seguirían a él, y que por él abrazarían cien muertes. Lo juraron y firmaron en un cartulario largo. Yo lo vi.

Al toque de la trompeta, los regimientos formaron la hilera que saldría al camino de los llanos, en dirección a Arequipa. Acudió Gonzalo a casa de Inés para despedirse de mí. Lo hicimos a salvo de miradas indiscretas.

—Demorará más el viaje que la guerra. No son muchos, la batalla será breve —mintió para serenarme, ya que de todos era sabido que la tropa de Centeno doblaba a la suya—. Antes de que te des cuenta volveré a tus brazos, mestiza —me susurró al oído con esa sonrisa que iluminaba al mundo y lo desbarataba todo.

La mañana siguiente, Catalina acudió a mi alcoba. Con urgencia, Antonio me esperaba para ir al cabildo. Miré por la ventana preguntándome cómo iba a sobrellevar la vida en Lima sin Gonzalo. Me abrasaba su ausencia. Los días serían lentos y vacíos. En aquel momento, no temí por su vida, porque ya conocía bien su destreza en la guerra. Él era el caballero invicto. Y creo que siempre supe, en mi interior, que Gonzalo no moriría en batalla, como así fue. Pero su lejanía me marchitaba por dentro. Con la mirada distraída, atrapada en mis pensamientos, aquella mañana me sorprendió el aleteo incansable del colibrí, protector de los guerreros y mensajero de los dioses, que detuvo su vuelo hechizante descansando en una de las ramas del ceibo que daba sombra al patio. Al acercarme a observarlo, la vi. Estaba dispuesta en el alféizar bajo la ruda, bien a salvo de los ojos curiosos; reconocí la misma doblez, el mismo gramaje, los cordeles trenzados de igual verde intenso que ataban la misiva. Sin fecha, ni sello, ni firma, con la misma tinta roja:

El rey está obligado no solamente a amar, honrar y guardar a su pueblo, también a velarlo de engaño. Así como el capellán es medianero entre Dios y el rey, lo es el chanciller entre el rey y los hombres. Todas las cosas que el rey ha de librar por cartas han de ser hechas con su sabiduría, y él las debe ver antes de que las sellen. Debe guardar que no sean dadas contra su derecho, por manera que el rey no reciba por ellas daño ni vergüenza, ni los haga a sus vasallos.

Escondí la carta en el hueco de la cama. Me pregunté qué querría decirme Gonzalo. Qué era lo que escondía aquel clérigo. Me vestí y bajé al zaguán. Allí me estaban esperando Inés y Antonio.

—Debemos apurarnos, Francisca. El alcalde nos espera.

Le seguí con mis indias. Con un gesto adusto, esperaba el nuevo alcalde de Lima, Martín Pizarro, primo de Gonzalo y por quien nunca sentí simpatía. A su lado Juan de Cáceres, el contador, ordenaba la larga ristra de documentos que debíamos firmar.

—Ahora yo seré vuestro tutor, señora.

—Mi tutor es mi tío Gonzalo Pizarro, Antonio, bien lo sabéis.

—Ahora no, doña Francisca.

Leí los legajos, recogían punto por punto las condiciones que asumía mi nuevo curador, sus poderes, y sus obligaciones. Cuando encontré en ellos la firma de Gonzalo, el corazón se me encabritó y una pesada agonía me recorrió de arriba abajo, dejando desbocada mi alma. Aquello solo podía significar una cosa: Gonzalo había perdido la esperanza de salir indemne de aquello. Me apremió el alcalde Martín a que firmase, sin más explicación y sin más palabra por parte de ninguno de los allí presentes. No podía negarme.

Mientras regresábamos a las casas de Inés, con el alma cabizbaja, contemplé un extraño revuelo en las calles que se convertía en silencio a mi paso. Miradas toscas y turbias, que buscaban evitarme a toda costa. Murmullos y desaire rodearon el camino, corto, pero lo bastante demorado para que atisbase esa rareza que flotaba en el aire que ya se había vuelto irrespirable.

En la puerta de la casa los criados sujetaban un caballo. Era una bestia singular y apocada. No era de los que criaba Gonzalo, ni de lejos se les aproximaba. Las patas más cortas, el paso torpe y cansado, los cascos deshechos y la mirada lánguida de un mulo viejo. A su lado, un hombre cano y bajo, con la cara marcada de cicatrices, masticaba una brizna de hierba. Apestaba a vino y a estiércol. Con mirada malhumorada esperaba a Antonio, que le entregó una bolsa de cuero llena de oro. Junto a aquel individuo, en el suelo, espada, pica, coraza, mosquete, cruz y alforja descansaban en un incongruente hatillo de cuero.

—¿Está todo, Ribera? No quisiera tener que contarlo aquí. Dentro os espera el caballero para que le paguéis el penco, que no sé si aguantará la cabalgada.

Atravesé el zaguán, y allí estaba él. Con las ropas impolutas, su acostumbrado sombrero empenachado, los puños de encaje y un velo de orgullo indisimulado en los ojos.

—Doña Francisca.

Le escupí en la cara.

—No os atreváis a pronunciar mi nombre, Aldana. Salid de esta casa.

—No os imaginaba así de hostil —replicó mientras se secaba con un pañuelo de seda el rostro.

—Doña Francisca, controlad los nervios —me ordenó Ribera.

—Dejadlo, Ribera. —Vi que a Aldana le complacía sobremanera verme así, hasta creo que le halagó provocar al fin en mí un sentimiento que no fuera la insípida cortesía—. Señora mía, me marcharé en cuanto vuestro tutor Ribera me pague el caballo y aperemos al soldado que en vuestro nombre servirá al presidente La Gasca contra el ejército del rebelde Gonzalo Pizarro.

Así supe que Antonio había pagado un caballo y un soldado para que en mi nombre engordase la tropa del cura. Mil pensamientos me recorrieron sin poder soportar lo que estaba ocurriendo ante mis ojos: habían alzado la bandera por La Gasca. El denso silencio de los miembros del cabildo ocultaba la más vasta de las traiciones. Los que debían proteger Lima, los que juraron lealtad, los que iniciaron esta quimera, entregaron el bastión de Los Reyes al deforme clérigo. La ira me recorrió. Me volví loca, descargué todos los improperios y blasfemias sobre Ribera.

—Este es el pago que hacéis, Antonio, a vuestro gobernador y amigo, rendir la ciudad conspirando con el cabildo. Negociar con traidores. Nunca imaginé esto de vos, caballero.

Presa del berrinche, comencé a tirar todo cuanto encontraba a mi paso, hasta que Inés acudió a detener el huracán de rabia que yo era, y me obligó a entrar en mi alcoba llamándome al silencio.

—No pelees en batallas baldías, Francisca, y guarda bien tus fuerzas, que las necesitarás.

—Tu esposo es un infame traidor, que no merece mi respeto.

—Mi esposo te está protegiendo por orden de Gonzalo. —Y se llevó la mano al vientre.

No dijo nada más. Yo tampoco. Ambas permanecimos en silencio observando el torrente de aguas saladas y pardas que inundó el suelo anunciando el parto.

Capítulo 11
Trece avemarías

Gonzalo tardó más de dos meses en alcanzar las inmediaciones de Arequipa. Un penoso viaje, atravesando la desolación de los llanos y el temible desierto costero de lomas de arena, donde solo la flor del *amancae* les brindaba en aquel invierno una brizna de esperanza. Se detuvo en varias ocasiones para esperar noticias de Lima. Necesitaba estar seguro de que Ribera había obedecido sus órdenes. Antes de proseguir aquel tortuoso camino no elegido, Gonzalo quería tener la certeza, a través de los espías, de que tanto Ribera como el cabildo se habían entregado a La Gasca.

Buscaba poner a prueba el cacareado perdón real del clérigo, obteniendo un indulto para los habitantes de Lima, y para mí. Lo hizo a mis espaldas, en secreto, nada consultó conmigo, durante años me he preguntado el porqué. Entregó la tutoría a Antonio para librarme de cualquier sospecha ante el clérigo y ordenó que en mi nombre se le enviaran armas por esa misma razón. Decidió elegir a Aldana como proveedor de caballo y soldado, porque sabía que la jactancia del traidor disiparía cualquier recelo. Aldana, en su afán de atribuirse méritos ante su nuevo amo, daría por cierta la sumisión de la hija del marqués a la causa de La Gasca. Nada consultó conmigo, me consuelo pensando que no lo hizo porque sabía que yo no podría negarle, como pidió a sus leales que hicieran, para ponerlos a salvo. El infame Aldana no se atrevió a entrar en la ciudad hasta que no supo que Gonzalo estaba lejos de ella. El desastrado caballo y el mercenario hicieron en aquellos días el camino a Jauja, donde La Gasca se había aposentado con sus tropas. No acudió a Los Reyes el cura, y desde allí, con artes de hechicero lograba disponer de la voluntad de todos, desbaratando a los hombres de Gonzalo, y haciendo circular cartas que sibilinamente alcanzaban ya hasta las tierras de Chile.

La hueste de Gonzalo seguía avanzando y mermando a cada legua. Por días, el número de hombres menguaba. Aprovechaban el amparo de la oscuridad, en las escasas horas que Carbajal bajaba la guardia, para abandonar las filas. Se llevaban con ellos los aperos que Gonzalo les procuró, pero dejaban las armas para descargo de su conciencia. Todos los arcabuces permanecieron intactos, imagino que por miedo a la ira del Demonio de los Andes, que los cuidaba y guardaba con el mismo rigor que a su anciano mulo. Cuando se hallaban a unas leguas del volcán Misti, Juan de Acosta se unió a ellos portando la nueva de que Centeno había abandonado el Cuzco, y se apostaba con un ejército de más de mil doscientos hombres para cortarles el paso en el llano de Huarina, a los pies de las aguas sagradas del lago Titicaca. El horror se dibujó en las caras al comprobar que a Juan de Acosta solo le acompañaban unos escasos cien hombres; el resto, más de doscientos bien armados y con cabalgaduras, huyeron.

Mantuvo Gonzalo el espíritu recio que le caracterizaba y quitó yerro al asunto, obviando nuevamente aquella desafección y ensalzando la pureza de los que seguían mostrándose fieles.

—Os digo, señores, que solo quiero leales a mi lado, y os aseguro que, con diez buenos amigos, podría conquistar Perú de nuevo una y mil veces.

Así alentaba a la tropa, así premiaba el arraigo y la entrega de los que le seguían, aunque yo sabía que, en su alma, la deslealtad le corroía las entrañas, le aturdía el espíritu y le destrozaba poco a poco. Gonzalo no entendía aquel pecado humano, porque nunca encontró dentro de sí aquella falta. Le desazonaba lo que no lograba comprender. Su alto sentido del honor le impedía compartir aquello. Le hería profundamente que los que le llevaron hasta allí ahora le negaran, ya que aquella era la mayor afrenta al honor. Para él, esas huidas eran la mayor muestra de deslealtad a uno mismo. Él se había encomendado a aquella causa y sería fiel hasta las últimas consecuencias. Había decidido resistir, y si era necesario, pelear hasta morir o vencer. Para mi orgullo. Para mi desgracia.

Cuando comenzó el ascenso a la serranía, Gonzalo arengó y mantuvo la moral de la tropa, que avanzaba exhausta empleando los apretados y angustiosos senderos de los incas, caminos quebradizos y secretos que serpenteaban rodeando la sima insondable que dibuja la cordillera y que él conocía mejor que nadie. El granizo y el viento helado los castigó, soportaron la crudeza de las montañas que soberbias los retaban a abandonar aquel camino de infierno, donde la luz era violeta, y el hielo, señor único de la tierra, ofrecía un paisaje rutilante y cegador, alejado del mundo cristiano. Los caballos patinaban, hubo que sacrificar a muchos con las patas mancadas. Al resto los aseguraron con cuerdas a pesar del riesgo que suponía para ellos mismos.

A cada paso el abismo se abría ante ellos mostrando la crudeza de un destino que prometía desgracia. Carbajal comprobaba a cada poco el estado de la pólvora, temiendo que la fina llovizna desastrara el arsenal, rezaba entonces a gritos las trece avemarías, despertando la carcajada del resto. Pese a la crudeza, esos hombres eran baquianos, se movían con aplomo en aquel mundo inclemente que mostraba su despiadada belleza, donde la oscuridad se cernía de repente y sin aviso, donde el vuelo del cóndor les hablaba de un calor que a ellos no les llegaba.

Cuando estaban próximos a Huarina, determinaron hacer creer al enemigo que acudían por otro lado con el ardid de enviar a un pequeño destacamento que desconcertara a los contrarios, pero sospechosamente Centeno lo supo, cortando para ello el puente del desaguadero.

—Maldita sea, ya sabéis, mi señor, dónde se han colocado el zascandil de Paullu y su siempre oportuna disposición —rugió Carbajal. El ambiguo inca cristiano había puesto su corte de espías indios al servicio de Centeno.

Con dificultad alcanzaron el llano, para espantar la fatiga masticaron la coca, y se dispusieron a dar bulla a Centeno confundiéndole, planeando las añagazas de guerra que Gonzalo y Carbajal manejaban con la misma soltura que el glorioso marqués de Pescara.

Para aquel momento, Gonzalo ya había intentado negociar con Diego de Centeno un acuerdo pacífico para evitar la guerra, pero solo sirvió para delatar la traición del emisario, un tal Voso, que ejerció de espía doble, huyendo por la noche para allegarse a Jauja e informar a La Gasca de cuanto ocurría.

Fue el 20 de octubre cuando los escuadrones se dispusieron en el llano de Huarina. Diego de Centeno, transportado en litera, se personó con el obispo de Cuzco, fray Juan Solano, a caballo. A pesar de su juventud, se veían los cercos grises de tísico que rodeaban sus ojos. Acudió con calentura; su salud, tras el año escondido en la cueva, se había resentido. Un Centeno renqueante y débil exhibió su impecable tropa de más de mil doscientos hombres. Seiscientos eran los pasos que los separaban de los apenas quinientos leales de Gonzalo. La diferencia de hombres era tal, en número y en armas, que algunos capitanes de Centeno urgieron a sus yanaconas a preparar el almuerzo con rapidez y a doblar las raciones, convencidos de que la batalla no sería tal, solo una breve escaramuza para despertarles el apetito, y seguros de que habrían de dar de comer a los rendidos.

Carbajal escogió un llano muy limpio para su hueste, no quería estorbos que minasen ni el alcance ni la vista. Con un silencio de fraile tan esforzado como inusual en él, organizó a sus hombres. Solo necesitaba que el enemigo se acercase, y no hubo de esperar demasiado, ya que Diego de Centeno, para ganar honra y fama, hervía de impaciencia por ser el primero en atacar. Así lo hizo.

A una seña de Carbajal, Juan de Acosta partió con treinta arcabuceros, para provocarles. La única orden que tenía era retraerse al comenzar la escaramuza. El resto de la fuerza de Gonzalo permaneció queda, sin moverse, para el pasmo de los contrarios. Cuando los de Centeno ya se encontraban a cien pasos. Carbajal arengó con fuerza:

—¡¡¡¡Rezad!!!!

La batahola infernal pobló el llano. Las aves enmudecieron. Las pelotas rociaron al contrario, las balas y la pólvora cubrieron el aire y los cuerpos. El primer rezo, grande, cruel, terrible, derribó con fuerza a capitanes y a los alféreces de la primera fila, hiriendo a Jerónimo de Villegas, el astrónomo.

—¡¡¡Rezad!!!

El segundo rezo acabó con las once hileras de guerreros escogidos y dispuestos en el orden preciso hasta alcanzar las banderas. Entonces, el maese de campo contrario dio orden a la caballería de atacar. Gonzalo esperó su llegada, sin moverse.

—¡¡¡¡Rezad!!!!

Ese tiempo que un cristiano emplea en recitar trece veces la santa plegaria a la Virgen es el mismo que, después de un tiro, requiere la carga de pólvora, taco, pelota y mecha de un arcabuz para volver a disparar. Trece avemarías es el tiempo incierto en que el arcabucero desarmado puede perecer ante la espada, la pica o la caballería, que cuentan con esa demora para atacar. Las trece avemarías se redujeron a una gracias al genio militar de Carbajal. El Demonio armó a cada uno de sus hombres con cuatro arcabuces, perfectamente cargados, prestos a lanzar la bala mortal, lo que deshizo al envidiable ejército de Centeno sin tiempo de reaccionar.

Cuando las caballerías se encontraron, derribaron a Gonzalo de su caballo rodeándole entre tres capitanes para matarlo a estocadas. Nada lograron por la poderosa fuerza de la armadura. Se zafó usando un hacha de mano, con la que hizo cuartos a los caballos y capitanes enemigos. La terrible trifulca hirió a Cepeda con un gigantesco corte en la cara que a poco le arranca la nariz. Uno de los capitanes, Garcilaso, socorrió a Gonzalo entregándole un caballo, lo que volvió a desestabilizar las fuerzas.

Gonzalo, preso de la ira, luchó con fiereza; se desató entonces la crueldad de su alma, esa que llevaba tanto tiempo dormida, asestó sin piedad ni clemencia la fuerza de su espada contra los traidores, con la sangre cubriéndole la cara y el cuerpo, hasta que el escuadrón de infantería se cerró en torno a él, y allí nuevamente, a la orden de Carbajal, los piqueros arremetieron contra los caballos enemigos y la fuerza de los arcabuces acabó condenando al escuadrón de caballería, provocando la huida de Centeno. Después de enterrar a los muertos, Gonzalo envió tres capitanes a por provisiones; estos alcanzaron Cuzco, Charcas y Arequipa, y con ellos la noticia de la victoria.

El inesperado triunfo de Gonzalo recorrió todo el Perú, sacudiendo los cuatro *suyus* en pocos días. Volvieron las lenguas a alabar al guerrero eternamente invicto. Las gentes, confundidas, extremaron sus afectos y su ira. Los leales se jactaron, los indecisos regresaron con amor exaltado a Gonzalo y los envidiosos condenaron con odio negro su rebeldía. Todos sin distinción admiraron su condición de invencible. Se ponderó el carácter mágico del joven Pizarro, elegido de Dios, hasta se fabuló con su inmortalidad una vez más. Y yo escuchaba en silencio cuanto se decía.

En Lima, los días eran iguales, la ausencia de Gonzalo quebraba mi sueño, y me esforzaba, los dioses lo saben, por mantenerme ocupada. En aquel tiempo preparábamos las aguas del niño de Inés. Antonio de Ribera el Mozo era una criatura de carácter impetuoso y chillón como su madre, y con la cara redonda y sonrosada de fruta madura, como su padre. Mi tía, milagrosamente, se repuso en tiempo breve, a pesar de la dificultad del parto, que fue largo y doloroso. Inés, a su edad, mantuvo una insólita fuerza durante todo el alumbramiento, ordenándonos a cada una lo que habíamos de hacer. Las parteras indias, avisadas por Nuna, se convocaron alrededor de las piernas de Inés esperando a que se levantara, mientras Catalina, colocando trapos, toallas y barreños de agua caliente, insistía en que continuase tumbada en la cama. Pero Inés al final decidió parir como las indias, en cuclillas, y dejarnos a todas con las ganas de ayudar, ya que en cuanto asomó la cabeza la criatura, se apresuró a sacarla ella misma a tirones. El bautismo sería austero, solo nosotros acudiríamos, no queríamos despertar habladurías ni chismes y mucho menos llamar la atención de La Gasca.

Propuse que oficiara la ceremonia el padre Diego Martín, y me encontré con el ceño fruncido de Catalina y su rotunda negativa, que volvió a desatar mi desconfianza. Aquel extraño clérigo era diáfano, yo sentía que estaba siempre cerca de mí, rodeándome, aunque no pudiera verlo. Le atribuí el don divino de la ubicuidad, quizá por ser siervo de Dios, o quizá por otras razones más oscuras. Aunque pocas veces lo hallaba en la iglesia, siempre alcanzaba a encontrarlo allí donde surgía algún rumor o algún revuelo, como cuando lo vi en las puertas de la taberna de Antón hablando con dos mercaderes de la intachable misericordia y bonanza del despreciable La Gasca. El padre Martín también se negó a oficiar el bautismo del niño, pero me invitó a acompañarlo a hacer confesión.

—Estáis ya en edad de casar, señora, quizá el caballero que tanto os acerca a Dios debiera desposaros.

Me mordí la lengua para no soltar ningún improperio, estaba claro que había oído las habladurías, y que en modo velado estaba acusando a Gonzalo.

—No pienso casar, padre. No está en mi ánimo hacerlo, y nunca lo estuvo. —Noté cómo el sudor me recorría la frente.

—Se avecinan tiempos oscuros, doña Francisca, sería de provecho para vos dejar el Perú y viajar a España.

—Esta es mi tierra, padre, aunque revuelta, es a la que pertenezco. Nada hay en España para mí. El desasosiego en este mundo parte de un solo ser, que me cuesta creer que sea un hombre de Dios —aseguré con encono, sin entender el porqué me proponía lo mismo que en su momento hizo el virrey y arrepintiéndome de lo dicho, por si llegaba a oídos de La Gasca.

—La soberbia es un pecado, doña Francisca. Orad, hija mía, para que el designio de Dios sea benévolo a vuestras esperanzas. Mostraos silenciosa y recogeos. Sed discreta, no hay otra virtud más señalada en una mujer en Lima.

Abandoné confundida el confesonario, como siempre que aquel capellán me confesaba. Seguiría acudiendo hasta desenmascararle. Sabía mucho más de lo que aparentaba, y admito que aquel día lo que más me desconcertó fue esa frase final que tantas veces le escuché decir a mi padre.

Ese año, el verano llegó antes, se anunció con el canto de las chicharras y el sonido de las ranas quejumbrosas que lamentaban el despiadado beso de Inti posando sus rayos en la Pachamama y dejándola como a un mapa viejo, a punto de descomponerse en polvo y cubierta de grietas sedientas. El aroma de los higos y los duraznos subía desde el huerto al patio, despertándonos la gula y azuzando la pereza. El pequeño Antonio, ya bautizado, rompía la armonía silenciosa cada poco exigiendo su alimento. Yo apenas salía de casa, cada vez que lo hacía me topaba con miradas turbias, unas veces acusatorias, otras compasivas, que mezclaban el desprecio con una vaga misericordia.

Algunos de los principales vecinos a los que vi tantas veces acosar a Gonzalo ahora me esquivaban. Solo acudía al palacio para comprobar el estado de las yeguas de Gonzalo, ya habían parido algunas y Antonino se ocupaba con rigor de los potrillos y el semental. Llevé allí a Poderoso; tras la muerte de mi hermano, no volví a montarlo. Es extraño el modo en que la muerte impone una pátina de respeto y dolor que termina condenando las costumbres. Cuando mi hermano vivía me irritaba no poder disponer del caballo, después me resultaba desleal montarlo.

Diciembre nos alcanzó, y supimos que María de Escobar iba a desposarse de nuevo. Mi madrina volvió a sucumbir al matrimonio, esta vez, el caballero pertenecía a la más rancia nobleza andaluza, Pedro de Porto-carrero fue el elegido. Después supe que aquel arreglo partió de Gonzalo y comprobé que a María no solo no le disgustó, sino que andaba como una jovencita atolondrada, admirada con su futuro esposo. En aquel momento, María era una de las mujeres más ricas de los Andes; lejos quedaba la larga lucha por recuperar haciendas y encomiendas, aunque ciertamente no sabíamos qué sucedería.

—Si el cura infame las ha revocado, abolidas quedan. Y si, Dios no lo quiera, las leyes vuelven a aplicarse, a punta de espada mi esposo defenderá lo mío. —Hizo una pausa y añadió ante la turbada mirada del novio—: Lo nuestro.

Parece que el recién estrenado sentimiento le quitó años, y le devolvió las ganas de maquinar, poniéndose a buscar marido para Leonor de Soto, que seguía ensimismada y distante, casi etérea, viviendo de puntillas a una prudente distancia de la realidad, cada vez más tímida y melancólica. Tras la muerte de mi hermano se exacerbó su sempiterna tendencia a la soledad y al silencio, negándose a abandonar esa eterna niñez en la que se veía cómoda y a salvo de exigencias que no comprendía.

El enviado seguía en Jauja, y la victoria de Gonzalo, pese a todo, no le hizo desistir en su empeño de continuar aperando a un ejército. El triunfo en el llano de Huarina solo sirvió para acrecentar en su santo, pacífico y cristiano ánimo la urgencia de la guerra. Ahora más que nunca, La Gasca convirtió en obsesión su odio a Gonzalo. Disimuló su inquietud ante el giro de las circunstancias, y convenció a los capitanes de que Dios le dio la victoria al rebelde porque la mayor sería dada a ellos. Aunque no pisaba Los Reyes, se encargó de que sus deudos lo hicieran. Cada día se exprimía más a los vecinos, solicitando oro, plata o insumos que sirvieran al interés cristiano y pacificador del presidente de la Audiencia, que no era otro que la batalla.

En aquellos días le conocí, a Miguel. Me lo topé varias veces en la iglesia, acompañando al pernicioso Aldana. En la plaza vi sus ojos posarse con descaro en mí, una mujer sabe estas cosas. Encontraba tiempo, después de desplumar a los vecinos por orden de La Gasca, para acudir a la santa misa a buscarme. Una mañana, cuando regresaba a las casas de Inés, observé que iba acompañado de Alonso de Alvarado, el capitán que sirvió a mi padre durante años, el intachable compañero de armas y chanzas de Gonzalo, al que su viaje a la corte, después de derrotar a Almagro el Mozo, le proporcionó el hábito de Santiago, el título de mariscal y el nada despreciable matrimonio con una dama de la casa de los condestables de Castilla, Ana de Velasco y Avendaño. La linajuda prebenda obliga, y Alonso de Alvarado vino ya de España posicionado firmemente contra mi amante. Los observé. Departían con Ampuero y Antonio de Ribera. Supe que hablaban de mí.

—Doña Francisca, permitid que os presente a mi cuñado, el caballero Miguel de Velasco y Avendaño —dijo el mariscal Alvarado dando paso a aquel joven, que no me había quitado ojo en la iglesia por días y que se inclinó con tal ímpetu y cercanía que su penacho acarició mi mejilla.

Después, y como era de esperar, solicitó permiso a Ribera para cortejarme. Acepté el galanteo. Me pareció conveniente, para acallar a las lenguas mordaces de Los Reyes, que seguían señalándome, y oportuno para conocer detalles del clérigo, ya que Avendaño presumía sin remedio de servirle y dormir en su misma cámara con los amigos y deudos.

Cada tarde aparecía en mi casa, bien provisto de flores y algunas chucherías que, por ser de su gusto, entendía que habían de serlo del mío. Pasábamos las horas en el patio, cumpliendo con rigor la etiqueta del cortejo, con Catalina presente dotando de virtud a los encuentros. Me acompañaba a la iglesia, donde las miradas furibundas de Aldana me dieron más motivos para continuar mi amistad con el caballero.

Avendaño vino en la nao acompañando a La Gasca. Era alto, joven e impetuoso. Su espíritu ya estaba preso del embrujo que las Indias despiertan al otro lado del océano, donde se habla poco de esteros y manglares, de ponzoña e indios belicosos, dándose más rigor a sus bondades de tierra prometida. Avendaño prefería mantener intacta la ingenuidad que le impulsaría a encontrar montañas de oro, guerreras feroces, gigantes patagones en el sur y hasta las siete ciudades de Cíbola. Se detenía especialmente en el mítico País de la Canela, buscando que yo le narrara más datos, mas yo no podía ni quería hablar de aquella barbarie, de aquel descalabro que mantuvo a Gonzalo apartado de mí por tanto tiempo. Ante él me mostraba sumisa y silenciosa, y ambas cualidades le seducían, como seducen a todos los hombres. Ponderaba el joven mi espíritu callado y quedo, propio de las indias, y de ese modo yo fui tejiendo la urdimbre que me permitió sonsacar al deudo de La Gasca.

—El presidente La Gasca ¿es tan noble y sabio como se dice? —pregunté.

—Es recto y tremendamente humilde, tanto que rechazó el cargo de virrey que le ofreció su majestad, solo quiso ser presidente de la Audiencia. —Se hizo el silencio—. No me atrevo a hablar de él en vuestra presencia, ya que temo que os soliviante, por vuestro tío.

—Hablad sin cuidado, mi señor. —Acudí a acariciar las aguas de la fuente, ocultando mi rostro para que nada delatase mi desprecio—. Sé bien lo difícil que es gobernar esta tierra, así lo vi con mi difunto padre, algo que La Gasca hace con sabia disposición.

—Admito que poseer todos los poderes del emperador le facilita enormemente las cosas.

El emperador no cedía su poder. Consideré en aquel momento que debía estar errado Avendaño. Pero enseguida me aclaró el caballero:

—Es lo único que pidió, ni oro ni ejército. Solo el poder infinito de su alteza en las Indias. Posee potestad para desterrar del Perú a quien quiera. Ah, y las cartas. ¿Se puede otorgar más poder que ese? Cartas en blanco con la firma del emperador, para que las use para cuanto necesite y para lo que guste.

Mi mente acudió a las prominentes oes, a la caligrafía rebuscada de proclamas, edictos y cartas. No necesitó ni montante, ni ballestas, ni picas, poseía un arma mayor. A punta de carta, con la inapelable firma de su majestad, fue carcomiendo la voluntad primero del pueblo, temeroso, después de los capitanes. El Dios único, que tan presente está en el ánimo de los cristianos, poco tiene que hacer frente al oro, verdadero señor absoluto en cuyo nombre todo es y será posible.

Para ganarse a los leales de Gonzalo, primero confirmó y blindó sus encomiendas, y engordó con un sartal de promesas sus oídos, repartiendo la tierra perulera antes de ganarla, ofreciéndoles hasta las propiedades de Gonzalo, sin haberlo vencido. El propio Avendaño me narró que esperaba con avidez la encomienda de Charcas, que sería suya en cuanto se pacificase el país, tal y como La Gasca le había prometido. Excitada la ambición de los hombres, amparándose en la voluntad de su majestad, para dar por cierto que así sería, La Gasca persiguió a los baquianos, para hacerse con ellos. Se percató de que la veteranía y los padecimientos del pasado eran un grado de superioridad. La juventud de Gonzalo y su genio militar eran un valor destacado que de nada servía sin otras lanzas ni otras espadas. Su laureado espíritu invicto bebía de sus hombres, de la lealtad de su tropa y de la experiencia de los baquianos, los primeros que se curtieron en aquella tierra y en la guerra, acostumbrados al hambre y a las privaciones desde que entraron a ganar el Imperio inca para su majestad. El resto, como Avendaño, eran bisoños, recién llegados, frágiles como las hojas del huarango cuando arrecia la tormenta andina, no conocían las entrañas de aquella tierra tan difícil de dominar. La Gasca sabía que solo eso podría desbaratar a Gonzalo, dejarle solo y deslegitimar su gobierno. Resuelto el conflicto de las leyes, aseguradas sus posesiones, perdonado el asesinato del virrey, ¿para qué necesitaban aquellos hombres a Gonzalo? Con paciencia infinita La Gasca los convenció de que la lucha era un sinsentido y Gonzalo un estorbo. El gobernador que ellos mismos nombraron pasó a ser un tirano, un rebelde, un asesino pendenciero y un maldito usurpador.

Gonzalo, cuando alcanzó la ciudad imperial, rechazó la celebración que le hicieron, no quiso entrar formando parte del desfile de tropa, y acudió a la iglesia de la Virgen de las Mercedes a rezar, rodeado de los frailes mercedarios que sujetaron su firmeza y nunca le negaron. Permaneció en Cuzco seis meses. Durante aquellos días, reunió bajo su tutela a mi hermano Francisquito, para recelo de Cuxirimai, y mandó traer a su hija, Inés, habida con Inquill, la ñusta que fue su compañera en los primeros años de la Conquista. Sospecho que fue en aquellos días, de juegos y confidencias, donde se fraguó el amor de aquellos dos, que casarían poco tiempo después.

A Lima llegaban confusas todo tipo de noticias que yo recopilaba con celo y esperanza. La victoria de las trece avemarías dio un giro inesperado a todo lo ocurrido. Y amparándose en ella, Gonzalo confió nuevamente en encauzar los acontecimientos, albergando la esperanza de no derramar más sangre en aquella tierra tan castigada. Los hombres volvieron a engrosar sus filas, regresaron las aclamaciones.

Mi amante era un hombre noble, Gonzalo era ajeno a las cautelas y a las maldades, sencillamente no cabían en su pecho. Perdonó y acogió a los que regresaron, a pesar de las advertencias de Carbajal. Las misivas que recibió de La Gasca en aquel tiempo fueron ásperas, menos mesuradas y hasta provocadoras. Aunque insistía en el perdón, también le hablaba sin pudor de alzamiento y rebeldía, le acusó de pobre desagradecido, aludiendo a su escaso linaje; de no ser por la concesión del emperador a mi padre, él no sería nadie. Llegó a acusarle de pedir al papa que lo coronara, algo que las lenguas calumniosas le garantizaron y que tan conveniente le pareció al cura dejar por escrito asegurándose que así figurara ante su majestad.

—¿Qué pretende con esta sarta de mentiras?

—Que rechaces sus ofrecimientos, Gonzalo. El almita pecadorcita de ese cura infame os está provocando para la batalla. Quiere guerra. Ya tiene la tropa. Solo le queda justificar ante el rey que rindió a los rebeldes del Perú.

—¿Cuándo, padre? ¿Cuándo nos convertimos en rebeldes alzados contra su majestad?

—Para él siempre lo fuimos. Pero todavía no está definido. Recuerda, Gonzalo, la victoria es la que determina los hechos, solo el triunfo pone el nombre del mismo modo que el Altísimo bautiza: una revolución vencida será llamada motín, un motín triunfante será por siempre una revolución.

—Más batallas, padre.

—Todavía no lo has comprendido, hijo. Ahora no eres tú quien elige la batalla, es la batalla quien nos escoge a nosotros.

Resistir. Gonzalo, intentando evitar la batalla con La Gasca y ganar tiempo, le pidió que no llegase al enfrentamiento armado hasta que su majestad respondiese. De nada sirvió, lo supe una mañana de finales de diciembre; cuatro días después de la Natividad del Señor, Avendaño acudió sofocado a mis casas.

—Vengo a despedirme, mi señora. Partimos toda la tropa hacia el Cuzco. La batalla será inminente.

Rompí a llorar. Intenté detener las lágrimas, pero acudieron sin permiso. Las aparté como pude con las manos, de nada sirvió, desobedientes, seguían brotando en un llanto callado. Quizá mi alma ya sabía lo que mi juicio todavía no se atrevía a admitir. Lloré ante la mirada conmovida de Avendaño, que lo achacó a su partida.

—Señora mía, no temáis, regresaré pronto a vuestro lado, que es el que siempre he de ocupar. Por eso, y aunque os parezca precipitado —se hincó de rodillas frente a mí sujetándome la mano—, ya he hablado derechamente con vuestro tutor para pedir vuestra mano y desposarme con vos.

No pronuncié palabra, y él, acostumbrado a escucharse solo a sí mismo, consideró la callada una complaciente afirmación. Partió a saltos gritando mil galanterías y jurando que al terminar la batalla se haría la boda. Catalina se santiguó. Nuna lo observó contrariada, sin entender aquel entusiasmo, y me miró con compasión. Yo permanecí en silencio, pensando qué hacer, en ese incierto momento en el que ya no tenemos tiempo de elaborar una estrategia, de calcular las bajas o de apartarnos de todo.

Esta mañana, un frío angustioso y atroz se me metió en el cuerpo, traspasándome los huesos. A pesar de que mi esposo se ocupó en rodearme amorosamente con sus brazos y ordenó a los criados que atizaran el fuego y alcanzasen más braseros, la tiritona no amainó por horas. Estoy enferma, lo sé, también sé que mi salud de hierro, vigorosa siempre, me anuncia sin falta que este mal será la causa de mi partida de este mundo. He tenido sueños raros, quizá las fiebres han invocado esos rostros, esos cuerpos, esos nombres que me acompañan día y noche, pero solo se dejan ver cuando el sueño me alcanza apartándome de lo real. En el sueño vi a Inés faenando en el huerto, me sonrió con una expresión dulce. Me descubrí paseando a la orilla del Rímac, acunada por el canto sagrado del pájaro Inti. Escuché con nitidez el chivateo de las flechas de Manco cuando nos cercó en Lima. El intenso olor del *amancae* me guio a través de una niebla densa hasta la mirada de Quispe, mi madre, que más bella que nunca, sin canas ni arrugas, esbelta y serena, portaba de la mano a mi hermano Gonzalo. Todos están muertos, y a todos los sentí más vivos que nunca. Hablé en aquel sueño el *runasimi*, eso asegura mi esposo, que sintió miedo. Le tranquilicé, es solo un viaje a medias, me asomo a ratos a lo que hay más allá, y sé que ellos, todos, me esperan con paciencia. Creo que llegaron hasta mí esta noche para darme la fuerza que me falla, cuando debo narrar lo que más me cuesta volver a recordar. Lo que me duele todavía, un dolor que los años no han curado. Basta rememorar aquel tiempo, asomarme a aquel terrible otoño para desarmarme. Pero debo hacerlo.

Dos días después de que partieran las tropas, al alba, fui a la iglesia con mi juventud a cuestas, arrastrando los pies y la esperanza. Me postré ante la imagen del Señor, ante la cruz. Esa fue la primera y única vez en mi vida que le recé, que no busqué el amparo de la Virgen, apelando a Dios Padre, a la fuerza inconmensurable del creador de la tierra y de los cielos. Después quise confesar. No encontré al padre Martín, lo busqué en la taberna, en el río, en los alrededores del cabildo, hasta acudí a mi mentor fray Cristóbal de Molina, que en su capilla seguía entregado al cuidado de la Virgen del Socorro. No sabía de quién le hablaba, el único Diego Martín que conocía era un soldado venido a Lima en los barcos del virrey. Pero ningún clérigo recordaba con ese nombre.

Decidí ir entonces al palacio, entré en las caballerizas, allí seguía Antonino, ocupado con los nuevos potros. Un extraño sentimiento me recorrió el cuerpo, le ordené que, tras caer la noche, a salvo de miradas, marchara al norte con todas las yeguas y los potros. Se llevó con él a Poderoso, al que acaricié el hocico antes, aspirando su olor que me llevaba a mi hermano y a Gonzalo. Antonino, confundido, me preguntó qué hacer con los animales.

—Déjalos en libertad en las vastas montañas del reino Cañar, sube con ellos al norte, a Quito, de allí vinieron. Tú sabrás mejor que nadie cómo cuidar de ellos.

Diego de Centeno decidió ser él mismo quien se personara para darme la noticia. Acudió achacoso, intentando ocultar su mal bajo una capa de damasco carmesí y unas calzas chupadas que acentuaban aún más su extrema delgadez. Me narró lo que se dijo, lo que las crónicas y escribanos contaron. La historia la cuentan los vencedores. Escuché sus palabras vacías, la misma cantinela engordada. La batalla gloriosa. El triunfo de

La Gasca. La tropa de los leales a su majestad derribando con precisión a la hueste del traidor Pizarro. El rebelde Gonzalo vencido en la terrible guerra de Jaquijauana entre el valle y la áspera montaña.

Sus ojos desmentían lo dicho, y a solas, Centeno me confesó su admiración por Gonzalo: «No hay ni habrá hombre de más honor, ni mejor guerrero en estas Indias, señora». En su conciencia ya pesaba lo hecho hasta ahora. No dije nada, no necesitaba escuchar aquella sarta de falacias viniendo de uno de los que vendió a Gonzalo, ya sabía muy bien lo que ocurrió.

Lo supe dos semanas antes, cuando Ymarán, exhausto y herido, entró en el zaguán llevando en la mano la medalla de la Virgen de la Guía, que me colgué al cuello entonces y hasta hoy sigue conmigo. No hubo batalla, solo una disposición de escuadrones y una bandada de tiros que delató ante Gonzalo y Carbajal quién dirigía el ejército al otro lado. El capitán Pedro de Valdivia acudió a la llamada de Gonzalo, pero para unirse a La Gasca. Esperaba que el cura le confirmase así su gobernación en Chile. Esa era la nobleza del linaje de Valdivia.

Gonzalo se quedó solo, la desbandada de hombres fue vergonzante, hasta Cepeda trató de huir y pasarse a las filas de La Gasca en el último momento, mas Carbajal lo impidió.

La imagen que me narró Ymarán era la de un campo de batalla yermo y silencioso. Escondido en la loma, Ymarán lo presenció, y recordaba el perfil de Gonzalo cubierto con su capa de terciopelo amarillo, custodiado por Carbajal y Acosta, tres almas solitarias y valientes, que se recortaban en el horizonte frente a la ingente tropa de dos mil enemigos que antes fueron hermanos.

—¿Qué haremos, señores? —preguntó Gonzalo a Acosta y al Demonio.

—Arremetamos y muramos como romanos, señoría.

Gonzalo sonrió.

—Mejor muramos como cristianos, Juan.

No hubo golpe de espada, ni encuentro de lanza, ni tiro de arcabuz. No luchó, solo desenvainó su espada para entregarla.

Cuando se vio cara a cara con La Gasca, hubo de escuchar nuevamente afrentas a su honor y a su fama.

—Pude arrasar la tierra, pude destrozaros y no lo hice. ¿De qué me vais a acusar, señoría?

—Sois un rebelde.

—Un rebelde… Quizá hayáis olvidado que mis hermanos y yo ganamos esta tierra para su majestad, y gobernándola como su alteza manda, no pensé que erraba. No contestáis a mi pregunta sobre si su alteza os envió revocar o mantener mi título de gobernador, señoría. ¿No mostráis ningún documento ahora, señor La Gasca?

La Gasca, a pesar del esfuerzo, no logró esconder la ira en sus palabras. El resto de los presentes ocultó la cara, la vergüenza ya había alcanzado a todos.

—¿Qué merced esperáis del rey? Ya os la hizo. Su alteza os hizo a vuestros hermanos y a vos ricos, levantándoos del polvo de la tierra en que como desastrados pordioseros andabais, y este es el trato que le proferís. Alzando la tierra contra su majestad, usurpando la gobernación y asesinando a un virrey.

—Tal vez los que ahora os acompañan, y a los que tanto habéis prometido, os aclaren: no alcé la tierra, el rey autorizó a mi hermano a designar sucesor, y ese era yo. No usurpé el poder, fueron las ciudades, la Real Audiencia, los obispos de su majestad quienes me nombraron gobernador. La Audiencia ordenó la expulsión del virrey, y este fue muerto por sus agravios, que forzaron a los parientes a vengar a sus muertos. Os lo repito, La Gasca, ¿dónde están las embajadas que yo, leal vasallo, envié a su majestad?

—Quitadme de delante a este infame traidor. Lleváoslo. ¡Quitadlo de mi vista! —gritó La Gasca, que por vez primera mostró ante todos la furia que poblaba su espíritu y que cuidadosamente ocultaba al resto.

Centeno le custodió aquella noche en el toldo. Al día siguiente, al alba, Gonzalo escuchó con serena disposición la sentencia que le condenaba a morir decapitado.

Lesa majestad es el nombre que recibe el más alto delito que un súbdito puede cometer contra su rey. Lesa majestad, el mayor agravio al soberano en el que se dan la mano la deslealtad, el perjuicio y el daño al rey y a su familia. Aún hoy me pregunto qué nombre recibe el perjuicio y el daño que un monarca profiere a un vasallo y a toda su familia.

Abrazó su destino y permaneció leal a su causa con la gallarda disposición que siempre le acompañó hasta el momento final. En la plaza de Cuzco, donde el silencio denso, pesado, hiriente trataba de esconder la vergüenza y el deshonor de los presentes, Gonzalo acudió hasta el cadalso, y se arrodilló, para recibir el corte letal del verdugo.

Los indios lloraron largamente. Paullu permaneció encerrado en su palacio sin acudir a la ceremonia de la muerte que él mismo auspició. Los pájaros callaron y la ciudad imperial enmudeció también, rindiendo respeto al último Pizarro del Perú, que descansaría para siempre en sus entrañas. El cuerpo de mi amante fue enterrado de limosna en la iglesia de la Merced, junto al sepulcro de Diego de Almagro el Mozo y su padre. Todas las casas de Gonzalo fueron derribadas por los cimientos y sembradas de sal sus tierras, para que nadie olvidara su condición de traidor. Para el escarnio público que debía acompañar a su apellido y a su figura. Pero aquello solo sirvió para que se revolviesen las conciencias, haciendo a todos recordar el desdoro infamante que los acompañaría siempre por vender de ese modo a un hombre de honor.

Carbajal fue ahorcado, al igual que Juan de Acosta, y sus cuerpos, descuartizados y arrastrados. Centeno me entregó la capa, no le amortajaron con ella, era lo único que quedaba de Gonzalo, eso me aseguró. Abracé la prenda, aspiré su olor. Nada mencionó de la carta al rey que hice a Gonzalo llevar con él. Eso me bastó para saber quién la hizo desaparecer.

Buscó mi mano, a fin de consolarme.

—Doña Francisca, podéis compartir vuestra pena conmigo.

—No tengo nada que decir, caballero.

—Es el dolor de los hechos quien os silencia.

—No lo habéis entendido. No tengo nada que decir porque no estaba escuchándoos.

Visiblemente contrariado por mi imperturbable reacción, Centeno me confesó:

—Abandonaréis Perú de inmediato, señora. Ningún Pizarro puede permanecer en esta tierra. Por orden de La Gasca, que es orden de su majestad, se decreta vuestro destierro. No ha de poblar la tierra la familia del rebelde.

TERCERA PARTE

«El hombre muere tantas veces como
pierde a cada uno de los suyos».
Sentencias, Publilio Siro

Capítulo 1

El destierro

El barco zarpó del puerto del Callao una templada mañana de marzo. Recuerdo mi pulso tembloroso y mi cansancio. También el olor fragante del viento, que me peinaba la tristeza. Los meses previos a mi partida fueron duros, solicité permiso a la Audiencia para retrasar el viaje. A regañadientes, unos frailes grises y enervados, el séquito de La Gasca, cubiertos hasta las cejas por el polvo de los viejos legajos que examinaban sin descanso, consintieron, aunque solo se me concedió un poco más de tiempo. Tiempo escaso, en el que hube de deshacerme de gran parte de mis bienes, y acostumbrar a mi alma a lo que era inevitable. Tenía prisa la Corona por sacarnos de nuestra tierra perulera. Por borrar el rastro de los Pizarro de aquel mundo que mi padre les entregó.

En la urgencia impuesta, Ribera autorizó la venta de los solares de Quito que Gonzalo entregara a los frailes de la Merced, fue el propio obispo quien corrió a comprarlos a un precio miserable, pactando con Ribera cuatrocientos pesos por ellos a mis espaldas. Aquello me atizó los nervios. Revoqué la venta, le devolví los pesos al reverendo, asegurándome de que no tuviera derecho a ellos ni a cosa alguna ni parte. Los solares volvieron a la Orden de la Merced, no iba a permitir que la obra de Gonzalo fuera desbaratada, no. Ellos, los frailes mercedarios, fueron nuestro sustento durante los años de la tragedia. Aunque todavía no lo sabía, el Ayni, la mutua ayuda, volvía a dirigir mis decisiones, y como se evidenció más tarde, esa firmeza tuvo un valor preciso para despejar la bruma que ocultaba los hechos que precipitaron mi azarosa vida.

Hice testamento y dejé bien atadas mis cosas, dispuse dinero para vestir y proteger a los indios de Huaylas; disfracé de limosna cristiana ante

La Gasca y los españoles lo que era una ancestral costumbre de los Andes, dotar a los tuyos de abrigo. Dejé una buena remesa al hospital y busqué el modo de pertrechar y enfilar las obras de la capilla de mi padre y mi hermano, que seguía sin hacerse, alentando a fray Cristóbal con una generosa dote para ello. Ordené que se pagaran las deudas de Gonzalo al veedor Salcedo, que le fio, aportando doce mil pesos para el apero de la tropa. También dispuse una dote de más de cuatro mil ducados para Inés Inquill, la hija de Gonzalo, a fin de favorecer su casamiento en el destierro. Si yo perecía, cosa habitual en aquel viaje incierto, dejaría un tercio de mi herencia a mi hermano Francisco, y el resto iría a mi madre, Quispe.

Hacer testamento es extraño, es una despedida, una última voluntad, forzosa y fría, cuando tu espíritu no siente ni entiende ese adiós. En aquel momento no me preocupaba la muerte, hasta la imaginaba una suerte de destino que me llevaría de nuevo a su lado. Era mi partida del único mundo amado y conocido, donde quedaban todos los míos, lo que me rompía por dentro. Hice a la inversa el mismo viaje que todos ellos, y sentí en mí las mismas congojas y las mismas certezas que acompañaron antes a mi padre, a Gonzalo, a Inés, a todos. Sabía bien que nunca volvería a pisar el Perú. Por eso, en aquel testamento recogí mi amor velado y oculto. Lo dejé en aquellas líneas que los escribanos plasmaron con cuidada caligrafía, para que quien leyera supiera desentrañar lo que guardaría mi alma si la muerte me llevaba. Mi voluntad era y sería esa, entregada ya para siempre por amar como amé a Gonzalo. Limpié su nombre ligándolo a mi amor en aquel documento.

Hasta la fecha de mi partida no salí de la casa de Inés, porque me aterraba enfrentarme a lo que presidía la plaza de armas, en la picota. La cabeza cercenada de Gonzalo y la del viejo Demonio fueron traídas expresamente en una jaula de hierro hasta allí, era este el último siniestro propósito de La Gasca. Hasta dónde llegaría la saña del siervo de Dios, nunca lo averiguaré, sé que no tendrá fin el odio desmedido que aquel clérigo albergaba hacia Gonzalo. Los Reyes, la capital fundada por mi padre, el bastión de los gloriosos tiempos de los Pizarro, debía acentuar la afrenta y el deshonor, ahora en Los Reyes solo se recordarían la vergüenza y la traición de un Pizarro, ensalzando la gloria victoriosa del rey. No me permití ver aquello. Quise preservar en mí la última vez que vi su rostro, que acaricié sus manos, que besé su cuerpo perfecto de guerrero.

Guardé con empeño en mi memoria el candor de sus ojos en aquella despedida, que no sabía que lo era.

Qué puedo contaros de aquellos días. Me refugié en un silencio dócil. Me tragué las penas. El orgullo, que es un pecado, me ayudó a sostenerme, y comencé a caminar como los tullidos; me faltaba una mitad, que no estaba y no dejaba de dolerme, pero a base de coraje, seguí adelante. Ampuero se empeñó en ser quien nos acompañara en el incierto viaje por mar, encargándose de nuestra protección. Una excusa absurda. No necesitábamos su presencia, que solo entorpecería nuestro bien, como ya imaginaba antes de dejar Lima, y por la que buscaba embolsarse una suculenta cantidad de dinero, como reclamó después. Él también hizo testamento, nada dejó a Quispe, mi madre, en él, y se empeñó en traer a España a mi hermanastra, la pequeña Isabel, para según él apartarla de la concupiscente y malhadada influencia de su madre, de mi madre. No me permitió despedirme de Quispe, pero Isabel trajo consigo la manta de vicuña que me acompaña hasta hoy. Su regalo.

Se hizo pronto Ampuero con el favor de La Gasca, al que mostró su plena obediencia, criticando la osadía de Gonzalo. Se zafó así del castigo que le correspondía por su participación en la batalla de Iñaquito. Nuevamente, Ampuero supo jugar sus cartas, manteniéndose a flote entre dos aguas; buscaba una compensación, una de las tantas generosas que el clérigo hizo a los que negaron a Gonzalo, ahora más ricos aún. Después de la ejecución de mi amante, se entregaron indios, encomiendas y recompensas a los que traicionaron a Gonzalo, un despilfarro descabellado que no se vivió ni en los tiempos de mi padre. También, La Gasca obligó a casar a las viudas de los ejecutados por rebeldía para premiar con sus encomiendas a los leales. Por lo que supe, solo Avendaño quedó sin su ansiada encomienda de Charcas; se apresuró a airear su compromiso conmigo presumiendo sin remedio del desposorio, lo que sirvió para que el sagaz La Gasca anulara la concesión, considerando que ya iba bien holgado de prebendas al adquirir por matrimonio mi señorío y mis posesiones.

Cuando acudió a las casas de Inés a fijar la fecha de la boda, fue el propio Ribera quien le despachó con la negativa, argumentando que nunca se confirmó tal compromiso, como así fue. El linajudo y soñador Avendaño marchó con una mano delante y otra detrás a las hostiles tierras de los mapuches, al sur de Chile, acompañando a Valdivia y a sus hombres, buscando derechos de conquista y en pos de su quimera de lograr alcanzar el lejano estrecho y encontrar a los gigantes patagones.

Los días previos a mi partida un bullir de gentes se acercaron a la casa de Inés a fin de despedirnos, y de todos los que hasta allí recalaron, ni por asomo imaginé que ella lo hiciera. Viajó desde Quito a ese fin María de Ulloa, ahora esposa de un Pizarro, compartió conmigo sus desvelos y no hicieron falta preguntas para que ambas entendiéramos hasta qué punto la vida nos unió en los mismos lutos como antes en iguales afectos. La vida nos dio y nos quitó. Por ella supe los detalles de ese amor condenado que os narro, y también ella me compartió que los caballos de Gonzalo andaban libres coronando las lomas del antiguo reino Cañar, y solo atendían al llamado de Antonino, que de un silbido lograba que se reunieran acudiendo a su mano.

Apurando al máximo las horas, solo un día antes de nuestra partida, alcanzó Los Reyes la comitiva de Cuzco. Fue entonces cuando la vi por primera y última vez después de todos esos años. Cuxirimai bajó de la litera, con la misma altivez majestuosa que recordaba. No había perdido ni un ápice de su exultante belleza; a pesar de las embestidas del tiempo y de todo lo que nos tocó vivir, ella seguía tal y como la recordaba el día que se instaló en nuestra casa borrando cruelmente cualquier rastro de nuestra madre. Una corte de diez indios cuzqueños liderados por Juanico el paje rodeaba a mi hermano Francisquito. Los yanaconas se movían velozmente, adivinando y adelantándose a cualquier necesidad del niño, y lo escoltaban con celo. Viajarían con nosotros por orden de ella. Sumida en su temible mudez, fue Betanzos quien se dirigió a mí.

—No comparto esta decisión, doña Francisca. Pero nada he podido hacer para evitarla. Es una orden del rey.

—Es un destierro, Betanzos. Su majestad nos quiere cerca. Parece que los últimos Pizarro somos más temibles y peligrosos que las tropas de Albión. Quién iba a imaginar que unos niños pudieran turbar la paz del emperador del mundo. —Lo dije con ironía, ocultando el poso amargo de aquel sinsentido.

Entonces acudí a Cuxirimai, siendo esa la única vez que hablé de mujer a mujer con ella, olvidando los desprecios y el hiriente modo en que nos apartó. Entendí que ya no tenían cabida, todo había terminado, ya no había rencores ni odios. Sabía bien que el dolor la estaba traspasando, y acudí a lo único que imaginé podría darle calma.

—Os doy mi palabra de que cuidaré a Francisco.

Con mirada ceñuda y grave contempló a su hijo.

—No es tan fuerte como tú, nunca lo fue. Me lo arrebatan por ser un Pizarro, aunque no le tratarán como a ti, lo humillarán, solo verán en él a un bastardo que no es indio ni tampoco español. No lo permitas, Francisca.

La única abuela que conocí no quiso esperar a mi partida, decidió marcharse antes. El curaca de Huaylas, Vilcarrima, se postró a mis pies, como siempre lo hacía, y con el duelo en los ojos, me anunció que Contarhuacho había muerto. Hacía más de tres lunas que mi abuela se había retirado a la espesura del bosque de árboles de *quishuar*, sola, sin sus sirvientes, para consagrarse a la huaca y ser guiada por el cóndor a la senda que habría de conducirla al Hanan Pacha. El cuerpo fue hallado varios días después, y se dispusieron entonces los ritos: Contarhuacho primero fue lavada y perfumada, después cubierta con bálsamo de Tolú y vestida con su mejor *acsu*. Se cargaron las viandas y ofrendas, se dispuso la chicha, y las mantas de *cumbi* que a ella fascinaban, para protegerla del frío en el largo camino al reino de los dioses. Para evitar profanaciones, reposaba a salvo de todos, en un lugar secreto que solo él y sus hombres conocían, una gruta escondida, a los pies de la cordillera negra, desde donde se aseguró Vilcarrima que mi abuela divisara las lomas y oteara los cultivos de maíz de la vasta tierra de Huaylas. Al quinto día, su ánima salió a través de los ojos, buscando el *yawarmayu*, ese caudaloso río de sangre que separa los mundos.

Traía con él una bolsa de lana de alpaca, de ella con cuidado extraje una a una las caras talladas en madera, los rostros de orejones, sacerdotes y guerreros que mostraban su expresión vigilante y amenazadora para quien las contemplara. Me las entregó porque era el último deseo de mi abuela, serían mi protección. Aquellos ídolos imponentes velarían por mí ahora que ella no podría hacerlo, cuidando mis días y mis noches, acariciando mi vida por siempre. Mientras las cargaba para envolverlas vi que, tras él, esperaban cinco mujeres jóvenes, exquisitamente vestidas, portando enseres y hatillos de lana. Eran las doncellas de Contarhuacho.

393

—Ellas servían a la cacica y desean partir contigo, señora.

—No pueden. Donde yo voy no podrán vivir en paz, ni siquiera sé si yo lo lograré.

—Es el Ayni, señora, Contarhuacho partió, ahora ellas deben seguiros más allá del mar o acompañar a vuestra abuela en su largo y trabajoso viaje al más allá.

Entendí que el viaje de mi abuela, abandonando esta vida, era tan cruel, largo y difícil como el que yo iniciaba ahora. Sabía que eran muchas las penalidades que, según las leyes sagradas andinas, el ánima del difunto había de sufrir en su ascenso al mundo de los dioses, donde antes habría mucho trabajo, mucha sed, frío, hambre, caminos hirvientes, sendas de plomo, ríos de sangre y siempre el miedo atroz a perderse. Para aquellas sirvientas, que debían perecer y ser enterradas con su cacica, no era tan diferente el viaje que iniciaba yo. Acudíamos también a otro mundo, desconocido, y serían muchos los peligros y padecimientos que aún nos aguardaban.

Las mulas espantaban con un cabeceo suave a las moscas mientras aguardaban las cargas de la última parte del equipaje: gallinas, carneros, carne seca, sacos de harina, toneles de agua y fruta del huerto. Los muebles y bártulos fueron transportados en la primera tanda. Allí dispuse el escritorio de nogal de mi padre y el bargueño de Gonzalo. Después fue el turno de los baúles con mantas, vestidos, sábanas. Con cuidado ordené a Antón Martín, mi nuevo criado, que transportara el cofre de ébano forrado de cuero donde guardé lo más preciado que viajaría conmigo: las cartas de Gonzalo, la tela pintada de mi padre, las joyas, y el collar de aljófares que Gonzalo me regaló, todo envuelto en su capa amarilla. Las indias acomodaron su exiguo equipaje. Nuna se despidió de Shaya, que con su avanzada preñez estaba más hermosa que nunca. A sus ojos se asomaba la serenidad que da la gravidez y también la belleza del amor puro.

Shaya se unió a Ymarán tras la muerte de Gonzalo. Vivirían en la caleta hasta que pudieran regresar al norte, a Huanchaco. Ordené a Antonio de Ribera que les comprara todo el pescado de un año, ese que yo debía consumir, pero que mi destierro impedía, y una parte de la salazón viajaría con nosotros. Dispuse que lo pagara al precio que Ymarán estableciese. Eso les dio un pequeño respiro, a él y a todos los pescadores de Huanchaco que permanecían en la caleta limeña.

En El Callao se congregó la multitud. María de Escobar, acompañada de su esposo, me propinó uno de esos besos sonoros y restallantes y me recomendó que casara cuanto antes al llegar a Castilla. Leonor de Soto acudió con su prometido, el español García Carrillo, con el que partiría a Cuzco en cuanto se hiciese la boda. Mostraba poco entusiasmo en su condición de novia, y sus enormes ojos negros seguían con la mirada perdida y el espíritu agazapado en algún lugar lejano. Inés y yo nos fundimos en un abrazo largo, cargado de la complicidad que solo ella y yo comprendíamos. Me pellizcó las mejillas para darme color.

—Ese sayal tan bonito no merece una cara tan triste. —Su tono cambió—: Cuídate de los hombres en el barco, que se vuelven perros en celo con la promiscuidad de las olas. Sevilla te va a cautivar, lo sé, pero cuida la bolsa en sus calles, que están cuajadas de ladrones. Acude sin falta a la Virgen de la Antigua, a darle gracias por dejarte cruzar el océano. —Se santiguó y miró al mar—. Después sube a la vieja Trujillo, allí la hermana de tu padre cuidará de vosotros. Es beata y aburrida, poco comparte conmigo más allá del nombre. La vieja Inés Rodríguez tiene cara de entierro y viste como una viuda, pero es leal.

Catalina apareció cargada como una de aquellas mulas que esperaban en el puerto. No había soltado prenda durante todo aquel tiempo, en el que se mostró muy apenada y entregada al extraño baile de quehaceres con el que solía despachar la tristeza. No le pedí que viniera, era mi exilio. Cuando asomó acarreando los enseres de toda una vida a cuestas, entendí que su decisión era firme.

—No voy a dejarte sola, niña, necesitarás a esta vieja en Castilla.

El 15 de marzo del año 1551, nuestro barco zarpó, y contemplé desde la cubierta la vasta aridez de las montañas andinas, recortando el perfil grandioso de mi tierra perulera, cubiertas con la densa garúa, que ya nunca volvería a ver. Regresó con nitidez la última vez que hube de enfrentar aquello, tras la muerte de mi padre. Reconocí el desasosiego y el miedo. Me aferré a la medalla de la Virgen de la Guía que colgaba de mi cuello, apretándola en mi mano. «Te llevo conmigo», susurré.

La nao comenzó a avanzar muy despacio, con la lentitud de quien no quiere partir, como si hubiese entendido que arrancarme del Perú era un desatino. Me despedí en silencio de los pájaros, de la bruma, de los árboles de *quishuar*, de las flores de *kantú*, de todas las huacas, de las diosas y de mi gente querida. Me esforcé en grabar para siempre aquella imagen que, en los momentos de tristeza, me reconfortaría. Dejar la tierra que conoces y tener la certidumbre de que nunca regresarás es una labor difícil, más si cabe cuando no nace de ti.

El barco, una pequeña nao, que cubría la singladura de Lima a Panamá, mantenía una prudente distancia de la costa. La navegación de cabotaje, haciendo paradas en varios puertos para cargar leña y agua, apaciguó a ratos el miedo a la mar inmensa que todos compartíamos por igual y que con escaso tino intentábamos disimular. Éramos un total de veintitrés pasajeros, con mis doncellas indias y los yanaconas de Francisquito.

Creedme esto, el valor más aguerrido, los bríos y arrestos desaparecen en cuanto las tablas de una nao empiezan a menearse con el vaivén del océano, a veces calmo, a veces salvaje. Doy fe de ello. Hasta algunos de los grumetes dedicaban los escasos tiempos de asueto en aquel revoltijo de cabos, velas, escandallos, pesas y anclas a rezar con fervor suplicando que el mar no nos engullese, que los temibles monstruos no asomasen por la popa y que el viento nos ayudase a alcanzar tierra. La mayoría no sabía nadar, lo consideraban un cometido absurdo, si caías al océano lo mejor es que todo acabase rápido, aseguraban. Me fascinaba observarlos cuando volaban entre las jarcias, asiéndose al palo mayor donde permanecían horas en la cofa, reptando a la mesana después y desplegando las inmensas velas que se bamboleaban con fuerza al recibir el beso del viento, hinchándose entonces convertidas en alas de algodón. A aquellos hombres no les turbaba la altura, subían y bajaban sin miedo a pesar de la inclinación tortuosa que, sin previo aviso, el barco ofrecía y que a mí me descomponía el cuerpo.

Disponíamos de un pequeño espacio en un extremo de la cubierta, bajo el castillete de popa, que el maestre nos asignó. Llamar camarote a aquello era sin duda un alarde de generosa imaginación, pero reconozco que en la reducida nao era un gran lujo que pagamos a precio de oro. La ausencia de espacio era la seña de identidad de aquel cascarón inmundo donde vivíamos hacinados de la mañana a la noche. Moverse por la cubierta era un calvario. La intimidad se esfumó, soplada por los mismos vientos que hinchaban las velas. Llamaban beque a la letrina, que no era sino unos maderos alargados y con un agujero que asomaba sobre el mar, y al que por deferencia colocaban un cubículo cuando acudíamos las mujeres. Mis indias se esforzaban en aislar con telas y mantas el espacio buscando estar a salvo de los ojos lascivos de la tripulación, que no dejaban de espiarnos, pero de poco sirvió. Catalina sacaba con cuidado gallinas y gallipavos para que les diera el sol todas las mañanas, antes del cambio de turno de la tripulación. En la atestada cubierta les servía el maíz, y las achuchaba animándolas a poner huevos, aunque las pobres aves estaban atolondradas y zigzagueantes, como los mercaderes borrachos cuando salían de la taberna. Mi aya vigilaba de manera obsesiva los sacos de harina, el agua, la carne seca y sus plantas, aseguraba que en los barcos y al descuido, las manos se vuelven largas. El herbolario viajó con ella, llevaba semillas de datura, *kantú* y huanarpo, que confiaba plantar en España, y buen acopio de raíces de maguey, hojas de espingo y corteza de quino, las hierbas poderosas de los incas que servirían para aplacar el desaliento en la travesía, ya que todavía le alcanzaba la memoria para repetirme una y otra vez que cruzar el mar tenebroso, el insalvable mar del Norte, sería espantoso.

La estancia en un barco siempre había sido en mi entonces corta vida presagio de catástrofe, por eso peleaba cada jornada por acomodarme a aquello. El crujido de maderas, el rechinar del viento, el golpeteo constante de los pies descalzos de los marineros no me dejaban dormir. Pasaba las noches en vela, y el día deambulando por la cubierta, escudriñando aquel reino inmenso e intimidante de viento, espuma y salitre. Observaba las aguas, preguntándome si Esmeralda o las hijas de Inés podrían contemplarme a mí desde el fondo como me aseguraban los marineros. También las vigilaba, buscando respuestas, pero nada decían.

Al amanecer alcanzamos la isla de Guañape; las doncellas de Huaylas me narraron que allí había una huaca milagrosa y sin previa consulta lanzaron a su paso chicha y carne seca, lo que descompuso los nervios de Catalina, obcecada con los víveres. A escasas dos leguas se asomó el puerto de Trujillo, bullicioso y más grande de lo que recordaba. Las huaylas, demacradas, se lanzaron a la tierra, besándola, mientras nosotras comprábamos botijas de vino, que Catalina auguró serían de gran ayuda para el resto de la singladura, luego entendí el porqué.

Ampuero decidió, sin preguntarnos, que posaríamos en casa de mi tía Ana Pizarro y el capitán Diego de Mora. El mismo capataz negro que daba tormento a las indias pescadoras de Huanchaco nos esperaba con el carromato que había de llevarnos al palacete de Mora. Alcanzamos la casa señorial en la que celebramos la Natividad del Señor aquel año terrible. Nos recibieron la dama Ana Pizarro y su hija, la pequeña Ana, que estaba muy crecida, y ofrecía una belleza serena que años después cautivó a Antonio de Ribera el Mozo. Inés me contó en sus cartas que se desposaron, aunque la joven murió pronto de fiebres. No estaba Florencia, ni tampoco el joven Diego. La casa había cambiado, se notaba la reciente afluencia de riquezas en los candelabros y la vajilla de plata, en el pomposo atuendo del capitán Mora, y sobre todo en las viandas, ahora abundantes en carnes de ternero asadas y maceradas con vino, bandejas repletas de adobos de cerdo blanco, y ni un solo rastro de anchovetas y jureles.

Alrededor de la mesa, tras bendecir los alimentos, Diego de Mora y Francisco de Ampuero debatieron acaloradamente y con el vino subido sobre los repartos concedidos. Me mordí la lengua y aguanté cuanto pude. No había duelo que respetar, Gonzalo era ahora un rebelde y un traidor, y nadie se cuidaría de llamarlo así en mi presencia; yo debía callar, ahora los Pizarro éramos apestados. En aquella mesa no se cuidaron de insultarme, hablando de mí con desprecio en mi presencia, como si yo fuese un animal.

—El licenciado La Gasca lo entendió, no pueden estar los indios de Chimo en manos de esta mujer, que es mestiza y además bastarda.

Ampuero daba cuenta del vino sin pronunciar palabra, solo asentía con la cabeza dando su aprobación a aquel sartal de infamias que salían como un torrente negro de la boca de Mora.

—El marqués nunca se desposó con esa india, vos sí, y ahora dicen las lenguas que os da mala vida, señor. Reclamad los indios de Huaylas, Ampuero. Sois más dueño de ellos que ella —aseguró el capitán Mora mirándome de reojo mientras comía.

398

Así supe que La Gasca premió a Diego de Mora por su temprana deserción de Gonzalo despojándome de mis indios de Chimo, que le entregó. Lo que lamenté, por la negra suerte que les esperaba. Por su parte, Ampuero ya estaba maquinando el modo de arrebatarme la tierra de Huaylas. Me levanté de la mesa. Agradecí a Ana Pizarro las atenciones, y me marché con Catalina, mi hermano y los indios, a los que Mora no permitió entrar en la casa, y que Ampuero consintió que permaneciesen en la calle como perros.

Aquella noche dormimos en la casa de mi padre, la que fuera mi cárcel en los tiempos del Mozo. Cuando la oscuridad cubrió la ciudad de Trujillo, martilleó la aldaba de la puerta que daba al patio. Apenas pude reconocerla. Había crecido tanto, aunque admito que su sonrisa cálida y su mirada dulce permanecían intactas.

—Sé lo que ha ocurrido, prima. Os pido disculpas en nombre de toda mi familia.

Acudió acompañada de su prometido, el caballero Juan de Sandoval. De escasa estatura, y entrado en carnes, poseía la misma mirada pura y limpia de mi prima Florencia. Auguré grandes años de felicidad a aquella unión. Florencia me mostró el brazalete de las indias de Huanchaco.

—No tardé en averiguar sus pesares, Francisca. Pero no pude escribiros. Mi padre espiaba cada movimiento. Lograremos que el cabildo tase el precio del pescado, y todos los abusos sufridos, me ocuparé personalmente de resarcirlos. Os lo juro.

Así lo hizo. Florencia consolidó una renta para los indios balseros, quienes prestaban ahora ayuda a la entrada de navíos en la crecida rada, y se hizo patrona de limosna y renta para los indios pobres de Huanchaco. A su muerte les legó a perpetuidad los solares de la huerta, en vida peleó con uñas y dientes por acabar con los abusos del cabildo y gracias a sus cartas supe, mucho tiempo después, detalles de la enorme prole de niños que Shaya e Ymarán tuvieron y con la que daban bullicio a su solitaria vida. Nunca fue madre, no la bendijo la diosa con la fecunda vida del vientre, además Florencia enviudó pronto. Resignada a no hallar otro hombre tan generoso y paciente, decidió mi prima no volver a casar. En sus cartas me relató el extraño mal que la aquejaba, un aire maligno le paralizó el cuerpo. Una enfermedad que sospecho partió del alma y que no la dejaba moverse, condenándola a vivir postrada en unas andas. En ellas era transportada cada día a obrajes, huertas y lomas ganaderas, infatigable a pesar de estar cuajada de dolores, para vigilar que todo se hiciese tal y como ella disponía. Fueron Ymarán y Shaya, y su prolija descendencia, su sustento moral entonces. La memoria de Florencia y la de Huanchaco, y sus pescadores, es también mi memoria.

El barco tardó en zarpar de Trujillo, hubimos de esperar por horas que subieran a bordo un grupo de marineros que habían desembarcado con mercaderías en el viaje de bajada a Lima y a los que les costó dejar la mancebía. Llegaron en escandalosa procesión, bien provistos de vino y naipes y con la alegría de los bolsillos llenos de regreso a Panamá. Traían vihuelas y panderos, y una algarabía que no cesaba ni cuando el barco se bamboleaba con enojo en los tramos en los que el Pacífico decidió convertir su nombre en una broma desagradable. Cuando mi padre y Balboa se adentraron en sus aguas recibió el nombre de mar del Sur. Sería Magallanes, el navegante portugués, quien lo bautizó después como Pacífico, por la calma que ofrecía tras el paso del estrecho, y yo lamento contradecirle, pero para mí el gran lago español dejó de ser lago y pacífico, convirtiéndose en una corriente endiablada de fuerza inclemente. Se enrabietó en el último tramo del viaje, haciendo saltar a la nao sin control, dejándonos a merced del mal de las mareas. Todas acabamos demacradas y con la tripa en la garganta por días. Nos dolía el vientre de tanto arrojar, y el mar nos dejó el rostro con una macilenta palidez que a ratos se volvía amarilla y a ratos verde. El apestoso rastro de vómitos resecos por el sol cubrió la cubierta, mezclándose con el olor a agua podrida que emanaba de la sentina. Todo me daba vueltas, no podía fijar los ojos en punto alguno, si los cerraba la arcada me obligaba a arrojar. Ampuero inexplicablemente presumió de tripa firme, era inmune a aquel mal, pero ni siquiera Francisquito se libró.

Recuerdo bien cómo cielo y mar se volvieron una sola cosa, no sabíamos en qué tiempo vivíamos. El cuerpo flotaba, y luego se volvía tan pesado que no podíamos levantarnos. La garganta nos ardía. Sentíamos esa apretura en la cabeza y esa flojera en las tripas que parecía anunciar una muerte cercana. Al menos, como decía Nuna, morir nos daría alivio. El malestar fue tan grande, que de fondo las romanzas y chaconas de los nuevos viajeros resultaban insoportables. Los marineros, a carcajadas, observaban el lamentable espectáculo que ofrecíamos. Al tercer día, Isabel, mi hermanastra, harta de aquel mal, primero se descalzó lanzando al mar sus botines, después, en su afán de deshacerse de lo que la oprimía, tiró por la borda cotilla y toca, la detuve cuando estaba a punto de deshacerse del sayal, cubierto de vómitos.

—Esta es la forma en que acuna el Pacífico, señora —me aseguró el maese Martín, barbero del barco, sin ocultar su risa cuando acudí a pedir ayuda, porque me sentía morir.

Tuvo a bien el maese suministrarnos un extraño brebaje, el elixir contra el mal de mar, pregonaba orgulloso. El clandestino remedio, con el que los mareantes apaciguaban aquella maldita desazón que revolvía el cuerpo, resultó ser vino mezclado con anís y unas hierbas que nos sumió primero en una risa incontenible y después en un sueño profundo realmente eficaz, ya que para cuando alcanzamos el puerto de la ciudad de Panamá, gracias al remedio del maese Martín estábamos más recompuestas. De improviso, el turbado Pacífico se volvió tibio y amable y las aguas calmas rivalizaron en color con el cielo despejado. Mudó el océano su aspecto amenazante para convertirse en la plácida mar del Sur que tantas veces me describió mi padre. Mansa, turquesa y brillante, dejaba ver un fondo que, como todos sabían, albergaba las perlas más ricas y enormes del mundo conocido.

Los indios faenaban en sus balsas y se lanzaban al mar con destreza acrobática, con piedras atadas a los costados y una taleguilla al cuello. Desaparecían en la perfecta lámina celeste, y volvían a asomar portando las enormes ostras en cuyas entrañas crecían las cuentas nacaradas. Decían los antiguos que las perlas nacían de un bostezo de la ostra, así el rocío fecundo del mar se introducía en ellas preñándolas. Su lustre y resplandor dependía de la claridad de las aguas donde nacían y del color del cielo cuando eran descubiertas. En un día como aquel, obtendrían perlas relucientes y de un blanco inmaculado, pensé. Antes de que los españoles llegaran, para los naturales aquellas bolitas carecían de importancia, solo las usaban para ornar los remos de sus barcas. Adoraban los ostrales por ser un manjar de reyes, comían la almeja, pero no sentían ningún interés por la lágrima de nácar. Catalina me narró que la mayor y más hermosa perla jamás vista nunca en la tierra salió de aquellas aguas, y que se decía que la esposa del gobernador, Pedrarias Dávila, la linajuda y valiente Isabel de Bobadilla, consiguió vendérsela a la reina Isabel de Portugal. La llamaban «la perla rica», porque nunca nadie antes vio cosa igual, aunque según Catalina estaba maldita, y por eso la bella reina murió tan joven y con tantos padecimientos.

Nunca había estado allí. Mi padre, antes de iniciar la exploración del Incario, vivió algún tiempo en esa villa de la que fue alcalde, y que desde su fundación guardaba con celo el privilegio de ser la llave entre el nuevo mar y la vieja Europa. Había escuchado cientos de historias de la ciudad de Nuestra Señora de la Asunción de Panamá; rodeada de ciénagas y selva, acogió a todos los habitantes de la desaparecida Santa María de la Antigua y de Acla, ya que ambos lugares estaban enfermos y allí los primeros españoles morían a destajo. El colmo tuvo que adoptar formas bíblicas, y tras una terrible plaga de langosta que arrasó los cultivos, fue cuando se decidieron a trasladarse a la otra orilla del mundo, a la mar del Sur.

Nuestra nao pudo alcanzar el fondeadero gracias a la marea alta y en el muelle pagué al maestro Martín por su remedio, mientras le pedía que me diese otro brebaje para aplacar el movimiento incesante que ahora ofrecía la tierra firme bajo mis pies. Volvió a romper en estruendosa carcajada.

—Tened paciencia, señora, el ímpetu marino tarda un tiempo en apaciguarse.

Disimulé como pude la falta de equilibrio que amenazaba con hacerme caer al agua mientras avanzaba por las estrechas callejuelas de madera del muelle. Todo allí era exuberancia y verde cegador. Una naturaleza densa se asomaba impetuosa buscando conquistar la playa y la ciudad. Las mujeres, indias cueva de piel brillante y mirada de miel, eran hermosas y sonreían a nuestro paso. El calor sofocante y pegajoso anegaba los ojos con sudor provocando una picazón insoportable. Los porteadores nos explicaron que ningún metal resistía a aquella invisible humedad, cubriendo con una pátina rojiza tanto armaduras como las bombardas de la exigua muralla. El zumbido de los mosquitos rondando los cuerpos a cada poco se acompasaba al rumor de las olas lentas que amorosamente peinaban la arena, y pronto el canto de las aves se mezcló con un tenue aullido, que recordaba al llanto de un infante. No fue hasta varias horas después que conocí su procedencia; al alzar la vista me topé con ellos, eran monos, pequeños y de rostro blanco, y habitaban las copas de los árboles. Estas criaturas invadían las casas sin ningún miramiento y arramplaban con lo primero que veían, dando no pocos sustos; también eran aficionados a los penachos de los morriones, que arrancaban en un suspiro.

Alcanzamos la plaza de armas, espaciosa y plagada de una bulliciosa vida dispar: mercaderes, esclavos negros, indios cueva, soldados, aventureros, frailes que iban o venían del Viejo Mundo. Una algarabía constante que ni el sol implacable ni el calor angustioso lograban detener. Las calles eran un lodazal, donde en obligada convivencia y coronados por la implacable humedad ovejas, caballos y cerdos generaban un aire irrespirable. Los tenderos voceaban mercaderías recién llegadas de España. Compré dos sombreros, uno para Catalina y otro para mí, tela de grana y cuatro pares de botines a Isabel, que avanzaba renqueante usando los míos, después de regalar al mar gran parte de su ropa.

Los miembros del cabildo acudieron a recibirnos, más para asegurar que se cumplía nuestro destierro que para rendir cortesía, y entonces, en la traidora comitiva, le vi. Al toparme con su insípida cara decidí de inmediato dónde tomaríamos posada. Recordé el favor que todavía me debía. Estaba inquieto. Empapado en un río de sudor que le caía hasta la nariz, aguantaba estoicamente los encajes de los puños y un portentoso cuello de lechuguilla ennegrecido y desastrado por la humedad. Le acompañaba un fraile de mirada amable y rictus riguroso, era un mercedario, y parecía dirigir por la senda de Dios la ya atormentada alma de Paniagua. El placentino mantenía la misma expresión bobalicona y apocada que vi en el palacio de mi padre, aunque un pozo negro se asomaba ahora a su mirada. Y de nuevo el ademán consabido de dejarme la mano llena de sudor y saliva.

—Señor Paniagua, volvemos a encontrarnos —alcancé a decir.

—Os-os-os esperaba, señora, retrasé mi viaje a Mojo para poder agasajaros aquí, antes de-de-de que partáis a Nombre de Dios.

Sus flamantes encomiendas de cocales en Mojo, en el alto Perú, esperaban a Pedro Hernández de Paniagua. Viviría holgadamente, tanto él como toda su descendencia, gracias al mercadeo de las hojas benditas de coca que los dioses pusieron en la tierra para aliviar los pesares. Esa fue la dádiva de La Gasca, aunque toda la coca del mundo no alcanzaría a disipar el pesar de Paniagua tal y cómo su semblante mostraba.

Antón, mi criado, partió para disponer el traslado de equipaje y víveres que debían atravesar el delgado camino que separaba un mar del otro, pagando a precio de oro la recua de mulas, tan difíciles de encontrar. Cinco semanas permanecimos en la villa, alojados en las casas de Paniagua. Eran oscuras, de paredes de adobe y piedra, con ventanas breves y techos de paja. Un hogar de paso. Un patio destartalado separaba la cocina de las estrechas alcobas, albergando por igual caballos y personas. Pronto entendimos que tan importante como los lechos de madera eran las telas claras que los cubrían, única arma para disuadir a los voraces mosquitos que acudían por miles en cuanto el sol se ocultaba. Lo descubrimos cuando Isabel amaneció con la cara y el cuerpo desfigurados por obra de aquellos insidiosos y minúsculos bichos. Mi hermana se negó a usar la tela, y Catalina hubo de aplicarle emplastos de hierbas y barro verde para aliviarle la picazón.

—Es igual de terca que su padre —musitaba mi aya mientras preparaba las cocciones de hierbas, que tan bien nos sirvieron entonces.

Solícito y excesivamente reverente, Paniagua se ofreció a pagar por triplicado y con oro el precio del caballo que tiempo atrás le cedí. Me negué. Insistió en obsequiarme con todo tipo de atenciones, y preocupado por mi bienestar, pasaba horas preguntándome qué haría yo en España. No podía responder, ni yo misma lo sabía entonces. Fue el único en todo ese tiempo que me dio el pésame por la muerte de Gonzalo. El fraile mercedario también lo hizo.

Cuando la caravana de baúles, arcones, petates y bestias ya estaba dispuesta, emprendimos el viaje a Nombre de Dios. En la despedida, mientras me afanaba en cargar el pequeño cofre donde guardaba mis más preciadas posesiones, Paniagua cogió mi mano; me preparé para el ritual salivoso, pero no, acudió a mi oído, buscando la confidencia, mientras el fraile observaba cerca dando su bendición a lo que estaba por ocurrir.

—Quise alertarle, señora, quise advertir a Gonzalo, pero no pude, no me atreví a hacerlo. Ahora la conciencia me corroe. La culpa me castiga.

—Hablad, Paniagua.

Contemplé el río de sudor que le cubría el rostro; azorado y temeroso, Paniagua permaneció mudo, sobando nerviosamente su medalla de la

Virgen, dudando sobre la conveniencia de confesar lo que le corroía las entrañas y que volvió a despertar su hablar gordo.

—Es La-La-La Gasca, señora, el licen-cenciado La Gasca, me aseguró que traía orden del Consejo Real de nombrar a Gonzalo Pizarro gobernador del Perú. Pero no se lo dije. Solo había una condición para otorgarle el cargo…

En ese momento apareció Ampuero, y Paniagua se apartó con brusquedad, cerrando la boca y dejándome en ascuas. No dijo nada más. Apreté con fuerza la mano de Paniagua antes de que se soltara sin terminar su confesión. El silencio temeroso de aquel hombre me llevó a tenderle un puente.

—Escribidme, señor mío, serán gratas las cartas de los viejos amigos, cuando esté tan lejos de mi mundo.

Pero nunca lo hizo. Debí imaginarlo en aquel momento. Cómo iba a comprometer su honra y sus encomiendas escribiendo a la mestiza hija de Pizarro. Paniagua volvió a refugiarse en el silencio, un silencio desalmado que duró demasiado tiempo.

Inmersa en mil cavilaciones, me juré buscar el modo de averiguar qué había de cierto en lo que aquel hombre acababa de confesarme; de ser así, era inconcebible que La Gasca hubiese desobedecido una orden del Consejo de Su Majestad. Proseguí mi viaje dándole mil vueltas a aquello, mientras nuestra larga comitiva iniciaba el camino que nos acercaría al mar de los Caribes, la antesala del Atlántico. Avanzábamos despacio, a través del estrecho Camino Real que se abría paso entre la densa y fatigante naturaleza. Aquel fue el primero de los caminos que se construyeron para unir los dos océanos. La recua de mulas seguía con dificultad la castigada senda de piedras; era una vía de cuatro pies de ancho, áspera y complicada, que exigía arreglos cada poco, por eso se buscó pronto la manera de hacer navegable el río Chagres y anegar el tramo de tierra que lo separaba de la ciudad de Panamá, para evitar aquel trecho de más de quince leguas, largo y extenuante, en el que a menudo se perdían por igual vidas y riquezas por el ataque de asaltantes y donde ahora eran los cimarrones los que expoliaban las caravanas repletas de oro, plata y piedras preciosas que debían alcanzar Sevilla. Los negros alzados mataban a los viajeros y reclutaban a los esclavos para su causa, lo que obligó a la Corona a poner escoltas en aquel sendero incierto y lo que dio no pocos dolores de cabeza al rey. Parece que la idea de derribar el monte fragoso que separaba el Chagres de la ciudad de Panamá se desestimó para no modificar la obra de Dios todopoderoso, que por alguna razón habría colocado allí esa ingente mole impenetrable de tierra entre los dos mares. Aunque, a mi entender, más que evitar ofender al Altísimo, lo que se buscó fue no facilitar a los ingleses y a los enemigos del Imperio el paso al Pacífico.

Os admito que en aquel momento agradecí que la ruta fluvial del Chagres no alcanzara a realizarse, porque deseaba mantenerme por más tiempo sobre la tierra firme, aunque esa tierra se convirtiera en tinieblas a ratos, cuando sin aviso el sol desaparecía, engullido por la enmarañada techumbre tejida por los árboles. Absorta en las palabras de Paniagua, escuchaba a lo lejos lo que los porteadores narraban a Catalina y a Nuna: los hombres se jactaban de saber todo lo que escondía aquel trozo de jungla, donde había flores que se alimentaban de carne, inundando después el ambiente con el aroma del muerto, y en algunos tramos las lianas gigantescas contenían a la selva furiosa, que por momentos mostraba sus fauces de púas enormes y emponzoñadas. Un reino esmeralda de espinos altos, líquenes de terciopelo espeso y hojas tan grandes que podían envolver y ahogar a un caballo. Decían que el canto de los guacamayos y los búhos negros servían para disimular el ataque de las serpientes gigantes y los caimanes que agazapados esperaban a su presa. Nuna se indignó cuando escuchó que las aguas limpias y cristalinas de aquellos pantanos eran mentirosas y estaban malditas.

—No debéis beberlas, en ellas vive una criatura invisible que come las entrañas, descomponiéndolas por dentro hasta arrojar las tripas en forma de moco y sangre —aseguró el porteador.

—El agua es sagrada, nunca mentirosa. Maldito está el que bebe, pues, que está trayendo dentro de su alma miseria y codicia y por eso le castiga el agua, no más —le espetó Nuna, y yo asentí.

Cuando divisamos Nombre de Dios, pude comprobar por mí misma lo que se decía de aquella ruinosa villa, descrita con pesares por todos los que antes en ella estuvieron. Nada divino albergaba aquel lugar a pesar del desacertado nombre, pues no era sino un asfixiante y cenagoso poblado de paso donde la opulencia de los tesoros que desde allí embarcaban rumbo a España no logró hacerle perder ese miserable aspecto destartalado e insalubre. Infestada de mosquitos, hirviente de día y de noche, era el primer puerto de la flota española, y su situación en aquella laberíntica ciénaga impedía fortificar la villa, expuesta a ataques y saqueos. Le auguré poco futuro y el detestable pirata Drake se ensañó con ella años después.

Desde su muelle observé el imponente galeón, que a prudente distancia y mecido plácidamente por las aguas límpidas del Caribe esperaba nuestra llegada. Nuestra siguiente parada, antes de afrontar la gran travesía, era la isla de Cuba. Así nos lo explicó Hernando Díaz, que sería quien se ocupara de todos los detalles del viaje hasta llegar a San Cristóbal de La Habana. Este joven, servicial y tremendamente diligente, se encargó de vigilar la estiba del barco; gracias a él supe que una mala distribución de las cargas podía suponer que la nave zozobrara en alta mar, naufragando, lo que me apretó el corazón. Natural de Huelva, Díaz había sido por años marinero de la flota de Indias, y después de hacer cientos de veces el viaje de ida y vuelta, acabó sucumbiendo a la belleza de una india taína de La Española. Hernando Díaz, por amor, se instaló en Nombre de Dios, y ahora hacía servicios a los viajeros que iban y venían de España.

Contemplé aquel galeón de trescientas toneladas, que me pareció un prodigio de lujo comparado con la nao que nos trajo a Panamá. La pericia de Hernando Díaz y los pesos de oro lograron un camarote para mí en el entrepuente, donde tuve un lecho de estrado y una mesa, para poder comer y escribir. El único requisito era que, si sufríamos un ataque de los piratas ingleses, debía desalojarlo inmediatamente, para dejar libre el espacio destinado a la artillería.

El galeón era más pesado, más lento y también más seguro y calmo, lo que favoreció cierta quietud sobre las aguas. Una vez a bordo, dispuse mis bártulos y dejé espacio a Nuna, a Catalina y las huaylas. Aquel tramo de singladura fue breve y placentero, el mar nos mecía con suavidad y mostraba una belleza refulgente y turquesa; a veces las balsas de los indios taínos acompañaban al galeón, la brisa del mar nos enroscó tanto el cabello que tomamos la costumbre de trenzarlo y recogerlo en moños cubiertos con tocas de lienzo que Catalina nos prestó, anudadas hasta tres veces para que el viento no las robase. Divisamos el puerto de Carenas el

26 de junio de 1551, y entendí entonces las palabras del almirante Colón al describir aquel lugar como la más hermosa cosa que los ojos hayan visto.

En las Carenas hice mis cuentas. Habían pasado cuatro meses desde que abandonara el Perú, y a pesar de la insidiosa presencia de Ampuero, mi espíritu iba acomodándose a un nuevo vigor, en el que me sentía a ratos turbada por los recuerdos y a ratos en paz por esa dulce sensación que otorgan los viajes, la plácida ilusión de que todo queda en suspenso, a distancia, sin poder dañarte, mientras avanzas para alcanzar tu destino. Francisquito, sin embargo, empezó a echar de menos lo conocido. Añoraba a Cuxirimai, soñaba a menudo con Cuzco, con los parientes y amigos que allí quedaron, y me hablaba de Gómez, el niño mestizo con el que compartió juegos y clases bajo la mirada de Gonzalo, y ciertamente la curiosidad no le bastaba para domeñar a la melancolía, que le ponía a ratos el gesto triste.

Cuando desembarcamos en la isla de Cuba, me di cuenta de que la llave del cofre no estaba. Desde que partimos del Callao, había ido junto a la medalla de la Virgen de la Guía, atada al cordón de cuero. Me palpé el escote, busqué en los pliegues de la cotilla, y no había rastro; acudí a Hernando Díaz, no me movería de allí hasta que un cerrajero hiciese una copia. Nadie lo entendió. Lo que albergaba aquel cofre era mi pasado y mi futuro, más valioso que las remesas de plata labrada que cruzaban los mares. El cerrajero nos recibió, contempló detenidamente el cofre y, con un vistazo leve, desentrañó la forma de la llave, haciendo una copia exacta en la forja, que me entregó para que yo misma comprobase su eficacia.

—Gracias, señoría, decidme, ¿cuál es el precio? —Respiré aliviada.

—Serán cuatro tomines, señora, aunque podríais haberlo abierto vos misma con el punzón de vuestro broche y un poco de paciencia. Permitidme un consejo, si tanto valor tiene lo que guardáis en ese cofre, de más acierto sería que os hicieseis con una de estas.

Me mostró una caja de caudales de hierro macizo, un cofre sólido, pequeño y cubierto de madera labrada con hermosas escenas de caza. Al abrirlo, en la tapa, apartó una lámina de acero, que escondía el portentoso engranaje: pasadores, pestillos, resortes ofrecían una filigrana tan enrevesada y hermosa como la talla exterior de madera.

—Una sola llave bloquea dieciocho pasadores, señora.

—¿Cuánto pedís por ella?

—No está en venta; cuando alcancéis España, acudid a Medina del Campo, a las ferias, allí las encontrareis, traídas de Núremberg.

No alcancé a imaginar en aquel momento el carácter profético de las palabras del cerrajero, y ciertamente seguí su consejo y adquirí una después. Acompañada por Hernando Díaz, regresé al vetusto galeón, donde la tripulación volvía a disponer las cargas de agua y leña, y donde a nuestros víveres se unieron una vaca viva y una nueva remesa de gallinas, más agua, refrescos de frutas y toneles de vino que Catalina se empeñó en comprar para afrontar la larga e inquietante travesía atlántica. Hernando Díaz me llevó hasta el capitán del galeón, que también era el piloto. Quería conocerme. Ojos despiertos, gran apostura, espaldas anchas, sonrisa sincera y la piel aceitunada de quien ha crecido acunado por la mar. El caballero Álvaro de Molina llevaba tatuado su espíritu de navegante en el alma.

—Señora. —Se cuadró con gentileza—. Es un privilegio llevaros a España en mi nave. Admiro profundamente la gesta de vuestro padre.

—Por su memoria, aseguradme entonces que llegaremos a la otra orilla del mundo, señor mío. —No disimulé el miedo atroz que me producía esta parte del viaje, debido a los terribles cuentos de Catalina, que recordaba el suyo como un calvario.

—Os lo prometo, a cambio de que vos me habléis del marqués y de vuestra tierra rica del Perú. Viajáis acompañadas por el caballero Francisco de Ampuero, ¿no es cierto?

—Así es —asentí resignada.

—Procurad que mis hombres os vean siempre con él, y no os mováis a solas por el barco, ni vos ni vuestras doncellas indias. Los hombres de mar no solo son supersticiosos y consideran de mal agüero a las mujeres a bordo, también los apetitos de la carne se desatan en alta mar, y sois muy hermosa. —Volvió a sonreír.

Ya conocía el deseo desatado de los hombres de mar. Me despedí de Hernando Díaz, que regresó a los brazos de su bella taína. Era un sábado soleado y fragante de julio. Me preparé para rezar con Catalina en el camarote. La esforzada tripulación levó las anclas y el antiquísimo ritual de los nautas comenzó; todos se movían con precisión en una danza desaforada y obediente al grito de los oficiales. Cada uno conocía bien su papel para hacer que esa mole mugrienta de madera alcanzase su derrotero. El golpeteo de las velas conjuró al viento, que acudió presto, apartándome para siempre del Nuevo Mundo. De mi mundo.

Capítulo 2

La Mota

A menudo me acusáis de ser poco pudorosa, sé que achacáis esto a mi sangre india. Os reconozco que entre mis antepasados los melindres vacíos no se daban. A estas alturas de mi vida, muchas de las encorsetadas y rígidas costumbres castellanas, como la de cortar hasta la respiración con ropajes pesados que buscan ocultar mucho más que los cuerpos, no me preocupan demasiado, lo admito. En mis casas visto al modo indio, mucho más relajado, y hace años que dejé de darles cuerda a esas ridiculeces. Sin embargo, al pensar en esto ahora, mientras escribo, no dejo de creer que fue aquel viaje el que disipó el pudor en mí. No hay nada como pasar tres meses en un barco, a merced de los vientos y del voluble carácter del océano, para darle la importancia justa a la intimidad y a ciertas costumbres tan arraigadas en tierra como inútiles en alta mar. Así lo aprendí del capitán De Molina y de sus hombres.

Los días eran exactamente iguales, el paisaje infinito que nos rodeaba era el mismo, agua y cielo, viento y olas, y un horizonte escurridizo al que nunca alcanzábamos a llegar. El mar se volvió oscuro, y ya no volvió a palidecer. Siento que en mi relato no pueda hablaros de los temibles monstruos de brazos gigantes, ni de las aguas de fuego que anuncian el fin de la tierra, o de las sirenas engañosas, esas terribles criaturas en las que pesa más su condición de mujer que de pez para llevar a los hombres a la perdición. Tampoco podré narraros el miedo atroz que los cañones enemigos desatan en alta mar, o la difícil situación de las calmas chichas. El temido mar de los Sargazos no nos detuvo con sus dedos delgados de algas malditas, no, la travesía atlántica que yo hice tuvo sus inconveniencias, sí, pero fueron las previsibles.

El agua se descompuso, y gracias a la previsión de Catalina, nos aficionamos al vino, donde mojábamos los bizcochos, esa galleta de mar cocida dos veces para resistir contra viento y marea los imponderables de un viaje siempre incierto.

Cuando la comida empezó a escasear, comenzaron las disputas entre el despensero y Catalina, al que mi aya acusaba de sisar de nuestras provisiones. Nos acostumbramos al aseo seco en alta mar, ciertamente no podíamos lavar la ropa, ni tampoco nuestros cuerpos, y aminorábamos la mugre con friegas de paños que poco hacían. Entendí entonces el dicho de que los barcos de su majestad se olían antes de verse. Al final nos acostumbramos a aquella peste que todos, mujeres y hombres, por igual, desprendíamos, ni la notábamos, y cuando los días de sol el tufo importuno asomaba, simplemente lo achacábamos a la sentina, en un alarde vanidoso.

Lo mejor de aquellos días fue que el mal de las mareas vino a ensañarse con Ampuero. Con las tripas deshechas, apenas salía de su camarote, el mejor del galeón, lo que aproveché para pasar tiempo con el capitán Álvaro de Molina, siguiendo su consejo de no dejarme ver sola. También mi hermana Isabel aprovechó la ausencia de su padre para fraguar una extraña amistad con uno de los pasajeros, Pascual Jiménez de Águilas. Él era un antiguo pescador, rudo, curtido y de dudosos modales, que había hecho fortuna en La Habana vendiendo ropajes de segunda mano primero y después otras mercaderías poco honorables. Los oscuros negocios que no le convenía divulgar le cuajaron los bolsillos de oro, y regresaba ahora a España, a disfrutar de una vida apacible y a fundar un linaje portentoso, como todos los que hicieron fortuna en las Indias. Al atardecer, cuando el sol comenzaba a descender, en la cubierta y con el capitán presente, me unía al rito de leer en voz alta pasajes de mis libros a la marinería, dándole un descanso al capellán del barco, el padre Amador, y a las Sagradas Escrituras, que era lo único que les leía. Era aquel el tiempo de los dados y los naipes, que, a pesar de estar prohibidos, Álvaro de Molina permitía.

—Es inútil privar del único asueto a mis hombres. Eso sí, no se apuesta ni con dinero ni con comida, solo les dejo hacerlo con raspas de pescado y huesos para evitar bulla.

Él se había formado en Sevilla, superando los duros exámenes que la Casa de Contratación exigía para cualificar a pilotos, cosmógrafos y capitanes. Álvaro de Molina olía a brea y a libertad, a vientos salados y a mil aventuras surcando aquel mar temible que él conocía como la palma de su mano. Narraba con entusiasmo todas las vivencias acumuladas desde que comenzó a singlar por el océano como paje de su padre, un respetado navegante sevillano. Me confesó que nunca se topó con las sirenas, a pesar de haberlas buscado muchas veces, pero sí le tembló el pulso en varias ocasiones organizando la defensa del galeón ante el ataque de los perniciosos ingleses. Con él aprendí que las estrellas, de noche, susurran la derrota del barco, convirtiéndose en faros infalibles. Usaba artefactos imposibles, como el astrolabio, cuyo funcionamiento nunca acerté a entender, pero que le ayudaban a no perderse en el inmenso piélago. Me habló de los mapas y de las cartas de navegación, el secreto mejor guardado del imperio y que debía proteger con la vida. De Molina era uno de los pocos pilotos autorizados que conocían el misterioso y codiciado Padrón Real donde se dibujaron los perfiles del mundo agrandado por españoles y portugueses.

—Pronto volveré a navegar el Pacífico. ¿Puedo preguntaros por qué marcháis de las Indias?

—No es una decisión mía y es una larga historia, de la que prefiero no hablar.

—Puedo imaginar de dónde partió la orden. He trasladado a muchos prisioneros de las guerras del Perú en el último año, y todos aseguraban ser inocentes y hablaban de vuestro tío Gonzalo con orgullo. —El corazón me dio un vuelco al volver a oír su nombre y se me apretó el alma—. Llevé en este barco al oidor Vázquez de Cepeda, que se quejaba sin descanso del terrible error que La Gasca cometía con él.

—Cepeda tenía lazos de parentesco con La Gasca. Eso le ahorró la muerte.

—En ese momento sí. Pero murió después, en la cárcel de Tordesillas. Se dice que, para evitar la vergüenza pública de su condena, fue su propia familia quien ordenó su asesinato en prisión. Las lenguas aseguran que murió envenenado, con la cena que una prima suya le llevó a la cárcel la noche antes de su ejecución.

Así supe del fin de Cepeda. La cuñada de La Gasca, prima del oidor y esposa del reputado Diego La Gasca, debió encargarse del asunto,

413

imagino, ahorrándole al cura el mal trago, en un acto cargado de piedad que buscaba ahorrarse el escarnio de ver ejecutado en público a un miembro de su familia. Así eran los clanes honrosos y respetados de Castilla. Así de despiadadas son las exigencias de la honra, así de cruel lo que ordena el linaje entre las grandes familias. Antes de arribar a la vieja Europa ya podía intuir lo que me esperaba. Cargaríamos con la deshonra y el deshonor que atribuyeron a mi tío Gonzalo, pero no iba a doblegarme ni a esconderme. Fuimos señalados como la familia del rebelde. Ni en mil vidas osaría llamar rebelde al que peleó por defender los derechos de otros, y ciertamente, tampoco sería capaz de hacer lo que la familia del oidor Cepeda hizo.

Por fin, una apacible mañana de septiembre alcanzamos Sanlúcar. El agua volvió a clarear y el rumor de las oraciones cubrió la cubierta. Todos se arrodillaron y dieron gracias al Dios cristiano, con el capellán Amador vigilando y disuadiendo a collejas al que no lo hiciera. Catalina ordenó a Antón, mi criado, que bajase a tierra en el batel y que no osase regresar sin jabón para lavar la ropa y pescado fresco. Añoraba mi aya la pesca de las caletas gaditanas y también el tacto suave y fragante de la ropa limpia. Desde la zona de fondeadero y descarga, pude observar con detención la villa, con sus casitas custodiando la margen del río y a lo lejos unas torres extrañas coronando la ciudad, y por un momento a mi cabeza acudió el templo de Sacsayhuaman y su belleza soberbia en el Cuzco.

—¡Nada de templo! —gritó Catalina meneando de un lado a otro la cabeza—. Eso es el castillo del duque de Medina Sidonia, Francisca. Pregúntales a estos —dijo señalando a los marineros con los restos de jabón en la mano—, que seguro lo conocen bien, no el castillo, al duque, digo, que es el dueño de las mancebías de la villa.

—Al duque no tengo el gusto, mi señora, pero esta noche, en brazos de la apretada Fermina, agradeceré la buena labor de su excelencia, como agradezco a los alisios que me hayan empopado tan rápido de vuelta a sus muslos —dijo Felipe, el más veterano de los marineros, mientras todos reían la gracia sin confesar que ellos harían lo propio en cuanto pisaran tierra.

* * *

Nunca antes había visto un castillo. Esas construcciones daban nombre a la vieja Castilla. Una extraña excitación se apoderó de mí, y ya no me soltó por días. Poco imaginaba que el destino me tenía preparada como morada una fortaleza similar. Aquella noche cenamos el pescado de Sanlúcar aderezado con hierbas en la cubierta. Catalina invitó al despensero a la cena, buscando una tregua y vía libre para usar el fogón del barco. Yo convidé a Álvaro de Molina y a sus oficiales. Ampuero, como de costumbre, acudió sin que ninguno le convocáramos. Y asistimos entonces a un inenarrable momento. Mi hermana Isabel se hallaba en un extremo de la cubierta, agachada y dispuesta a orinar sobre unas redes de pesca, ante la atenta mirada de Pascual, que aseguraba que la orina de una virgen sobre las redes aumentaría su riqueza pesquera en los próximos años. Ampuero detuvo a su hija ante el grimoso espectáculo. Isabel se plantó en jarras enfrentándose a su padre.

—Voy a casarme con él, padre. Ni vos ni nadie podrá detenerme.

—No vas a hacer tal cosa. Entra ahora mismo en el camarote, no saldrás de allí hasta que alcancemos Sevilla. Y vos, ¿os parece digno obligar a una doncella a esto, poniendo en entredicho su honra?

—Su honra no, señor, solo le pedí sus meados —aseguró el tosco Pascual al tiempo que lanzaba la red al agua para recogerla después plagada de sardinas.

Así comenzaron los quebraderos de cabeza de Ampuero, que esperaba cazar una mejor pieza para su hija en Valladolid. Pascual nada pudo hacer entonces, pero el de Águilas no se dio por vencido. Todos enmudecimos después de ver la estampa, todos menos Catalina, que con la boca llena de pescado y señalando el banco de sardinas logrado en una sola red, aseguró:

—Al menos sabemos que sigue siendo virgen.

Arrumbamos la desembocadura del Guadalquivir. La barrera de arena de Sanlúcar tenía fama de ser un cementerio de barcos donde encallaban los pesados galeones, y aunque la pericia del piloto y capitán De Molina era admirable, el sinuoso recorrido del río obligó a un grupo de galeras a escoltarnos en nuestra subida para salvar los tramos difíciles. Se decía que el lecho del Guadalquivir estaba cuajado de cascos de navíos hundidos.

Entonces se asomó, Sevilla. No hay ciudad más bella. Despierta y alegre como pocas, Sevilla es la madre efusiva y gozosa que no oculta su alborozo, pregonando su alegría a través del incesante repique de campanas de la catedral con que recibe, agradecida, a los hijos devueltos por la mar. Bulliciosa y fragante, te abraza con su luz límpida y su aroma de jazmín. Torres almohades, un puente de barcas, colores restallantes, algarabía y contento. Nada malo podía sucederte allí, pensé. Al menos una vez en vuestras vidas debéis viajar a Sevilla, creedme. Cuántos campanarios, cuánta altura en aquellos edificios, cuántos palacios prodigiosos cuajados de ornamento y belleza; para alguien como yo, aquello era apabullante, y me dejó sin aliento y sin palabras por días. Sevilla fue la primera ciudad del Viejo Mundo que yo conocí. Vetusta y corajuda, almacenaba la historia de los hombres desde antes de la Reconquista, desde el inicio de la vida. La espléndida puerta y puerto de Indias, la capital del mundo conocido, me atrapó tal y como mi tía Inés auguraba. En el corazón del puerto, la Torre del Oro custodiaba la entrada de los navíos. Cuando alcanzamos el muelle, a las campanas se sumó el ruido atronador de las salvas que anunciaban la llegada de la flota, convocando a un gentío que yo nunca antes había visto y que se apiñaba observando expectante nuestra llegada.

—Los salarios y trabajos se duplican con el arribo de la flota. De ahí esta alegría, mi señora —me aseguró el capitán Álvaro de Molina mientras dirigía la descarga del barco.

Las doncellas de Huaylas dispusieron los quitasoles de plumas. Los hombres comenzaron a descargar el equipaje. La hilera de diez carromatos tirados por mulos esperaba paciente para transportar todos nuestros bártulos. Sentí sobre mí las miradas curiosas y también el asombro que nuestra presencia despertaba, lo palpé a través del silencio que cubrió el bullicioso muelle a nuestro paso. Alcancé a ver entre el gentío, al final del inmenso arenal, a unos caballeros vestidos con tanta sobriedad como recato, esperando solemnes nuestra llegada. De luto perenne, intuí que serían los oficiales de la Casa de Contratación, que debían hacer pesquisas sobre las cargas y tasar con cuidado para que ni un mísero grano de oro quedara sin declarar en la aduana. La cara de descomposición de Ampuero, arreglando el sayal de Isabel ante aquellos, debió darme la pista de que se trataba de algo más importante.

* * *

—Su alteza real, el príncipe Felipe, os da la bienvenida a estos reinos, señora. A vos y a vuestro hermano, Francisco.

Me entregaron una carta, donde el portentoso sello del rey, que tan bien conocía, lacraba el pergamino. El gentío abandonó el silencio dando paso un murmullo que recorrió el puerto: «¡Es la hija de Pizarro, la infanta de los incas!».

En la carta, con gran zalamería y pomposo realengo, el príncipe Felipe se alegraba de mi llegada y me prometía mercedes para compensar los esforzados trabajos de mi padre. Mercedes, pensé, mercedes ahora, ¿qué sustanciosa prebenda podía ofrecerme aquel príncipe tras sacarme de mi mundo?, ¿a qué necesitaba yo mercedes? Mi padre y Gonzalo, los esforzados vasallos a los que habría que colmar de ellas, ahora estaban muertos, con el beneplácito del rey. Por un momento temí que las dichosas mercedes fueran el desposarme con algún cortesano de su confianza. En las mentes de los hombres ordenar un casamiento siempre es visto como una prodigiosa dádiva a la mujer, aunque solo les complace a ellos, sirviendo a sus intereses. Aquel príncipe sabía bien de mis riquezas, yo era un buen botín a entregar a alguno de sus encopetados cortesanos, manteniéndome así bien atada en corto. Si os soy sincera, no confiaba en aquel príncipe, que hasta donde sabía entonces fue quien envió al desalmado clérigo, quien interceptó embajadas en Roma temiendo mi desposorio con Gonzalo, quien propició la muerte de mi amante, y en mi sesera todo apuntaba a que fue él quien ordenó mi destierro.

Permanecí pensativa con la carta en la mano, dando vueltas a todas estas tribulaciones, mientras se hacía un silencio incómodo y los cortesanos seguían esperando mi respuesta. Cierto es que no conocía qué diantres era el protocolo ni lo que tenía qué hacer en una situación así. Ampuero, como un pavo real, aprovechó la confusión, y se acercó a los enviados del príncipe, sacando sus modales ridículos, para ganarse su atención, y proclamándose cabeza de familia, eso aseguró. Los colmó de reverencias, poniendo a Isabel en primer término, y hablando solo sin parar:

—Señores míos, qué gentileza la del príncipe, prodigándonos esta bienvenida. Esta es mi hija, Isabel, nieta también del Inca y por supuesto infanta de aquellos reinos. Antes de partir a Trujillo, el terruño de los Pizarro, quizá su alteza pueda dotarnos de posada para descansar del fatigoso viaje.

Era despreciable verle rascar cuanto pudiese de aquellos que tan cerca estaban del príncipe. Permanecimos tres noches en Sevilla, posando en una suntuosa casa que, por orden de los cortesanos, nos cedió una familia de rancia nobleza cuyo larguísimo apellido no consigo recordar, cerca de los Reales Alcázares. No sé cuánto tiempo dormí aquella noche, ciertamente demasiado, porque con la cara hinchada de sueño, Catalina me despertó con prisas pasado el mediodía siguiente.

—Vístete, hay que agradecer a la Virgen que hayamos cruzado el océano.

Acudimos a la capilla de la Virgen de la Antigua cumpliendo con la promesa hecha a Inés. Rodeada de velas y con un intenso olor a incienso, me arrodillé y di las gracias a la Virgen, en el mismo lugar donde el valeroso navegante Elcano se postró antes de que yo naciese, después de lograr la gesta épica de abrazar la cintura del mundo. Os parecerá excesivo, quizá hasta os burléis de mí, pero en aquel momento sentía haber compartido una parte de esa hazaña, en aquel viaje que duró más de medio año y que a mí me parecieron tres. Después de agradecer, aproveché para pedir. Supliqué a Nuestra Señora que me diese fuerza en esta nueva tierra a la que con insólita rapidez comencé a sentir como mía. Catalina me agarró del brazo, y entonces me percaté de que Nuna y las doncellas de Huaylas esperaban también a que saliera de mi arrobo.

—¿Dónde estás, Francisca? Que te veo muy devota de repente.

No era devoción, no, aquello era aturdimiento. Me sobrecogí contemplando la opulencia de aquella catedral. Traspuesta me quedé al ver las imágenes y comprobar que estaba allí la plana mayor de la corte celestial. Vírgenes perfectas y preciosas, santos cuyos nombres no conocía y que Catalina, con paciencia de fraile, recitó para mí. Ellas, pacientes y esbeltas, presumían del pan de oro de sus exquisitas vestiduras. Ellos, dolientes y retorcidos por el martirio, ofrecían un semblante que asustaba. En Lima no teníamos más que al Cristo en la cruz y dos toscas Vírgenes que eran las que procesionaban en Semana Santa. Sentí ridículo que llamásemos catedral a nuestra pequeña iglesia ahora que ante mí brillaba ese prodigio de templo. Entendí el desaforado fervor cristiano de los españoles, era normal si crecían y rezaban rodeados de esa cautivadora belleza. Resolví mareada en aquel banco de madera que ayudaría a mi catedral de Lima a alcanzar la misma apabullante presencia que lucía la de Sevilla con lo que estuviese en mi mano, y a día de hoy sigo cumpliendo mi palabra.

Catalina me apremió a dejar la catedral y adentrarnos en las tumultuosas calles que rodeaban el templo cristiano. Sucumbí a la mezcolanza, a los aromas, a la variedad de rostros, cobrizos, claros, aceitunados, oscuros. Se daban cita allí todas las pieles y, ocultamente, todas las creencias. Los puestos rivalizaban ofreciendo los más extraños productos. Todo lo que hay en el mundo, todo, se concentraba allí, dispuesto al alcance de la mano y de una buena bolsa de oro: especias de Oriente, telas y brocados de Flandes, perlas panameñas, mantas castellanas, chapines italianos. Francisco compró jubones, calzas y ropajes. Yo me hice con vajillas de plata para mi incierto nuevo hogar y hermosas joyas toledanas. Donde el tendero Segura, adquirí buen acopio de paños y sedas exquisitas. También contraté las hechuras de ricos sayales donde el sastre Antonio de Olmos, que vestía a reinas, o eso aseguraba él. Lo hice ante la mirada desaprobatoria de Ampuero, que veía desaparecer las monedas de plata de su bolsa.

Ya os he narrado que mis tratos con la Virgen siempre son provechosos, y estoy convencida de que fue la mano de la Santa Madre la que propició que, cuando regresábamos al puerto, se cruzara en mi camino el taller del maestro Balduque, volviendo a vivir entonces la mareante trasposición que la belleza confiere cuando se muestra pura y auténtica. Aquel hombre poseía las mismas manos de Dios para cincelar cuerpos y caras, para tallar retablos y esculturas. Pese a su carácter seco y distante, logré que se comprometiera a mi encargo: la Virgen con Niño que ornaría la capilla de mi padre y el retablo de la catedral de Lima. Nunca la pude ver en mi catedral, pero sé que son muchos los que le rezan y ofrendan, hasta Inés me confesó años después que tiene merecida fama de milagrera. Con el encargo hecho, acudimos a pagar los fletes a Álvaro de Molina, y me despedí de él con la certeza de que ya había alcanzado a mi primer aliado en España.

—Señora, cualquier cosa que necesitéis, contad conmigo. Gustoso me ofrezco a ser el puente que os mantenga asida a la otra orilla del mundo.

—Tendréis noticias mías, don Álvaro. —Ya intuía el buen servicio que aquel capitán me haría años después, y el primero de ellos fue llevar hasta Lima a la Virgen de Balduque.

* * *

Dos días después, en tres cómodos carruajes, partimos de Sevilla. La larga comitiva se dispuso a salir de la Reales Atarazanas, donde se iniciaba el camino de Almadén, el mejor pertrechado entonces de cuantos unían Sevilla con el resto del reino. Se usaba para transportar desde las fecundas minas almadenenses el azogue que partiría en los barcos rumbo a Perú. Los polvos bermellones de *ychma*, que los españoles llaman cinabrio, como ya os narré, proveían de un líquido mágico que obraba la alquimia de separar la plata de la roca, volviéndola pura. Cuanto más azogue partía de Sevilla, más plata llegaba de Perú. De ahí el excelente estado de aquel camino.

Mi hermana Isabel seguía suspirando por Pascual, y jurando que huiría en su busca a la villa de Águilas para desposarse con él, aunque ninguno de los presentes, y ella menos, sabíamos dónde diablos se hallaba aquella ciudad. Mi hermano Francisquito presumía sin remedio de los jubones y tafetanes comprados a los tenderos de Sevilla; él y su paje, Juanillo, parecían castellanos de rancio linaje con aquellas vestimentas, algo que él buscó premeditadamente.

El paisaje, de repente, se volvió amarillo, pajizo y seco. Atravesamos campos aderezados con cultivos que de improviso se mostraron desiertos, después cuajados de olivos, donde por fin contemplé el ansiado árbol que daba las aceitunas y que todavía no crecía en Perú. Yo buscaba las encinas, de las que tanto escuché hablar, y que no tardaron en aparecer, bajas, adustas y orgullosas. El desvío a la altura de Azuaga nos llevaría a la villa de Medellín para continuar nuestro camino a Trujillo. El corazón se me encabritó por el anhelo de alcanzar la cuna de los Pizarro. Esperaba hallar allí los recuerdos de mi padre y recomponer los paisajes que acompañaron la infancia de Gonzalo. Pero todo se truncó. Dos jinetes nos alcanzaron con órdenes de llevarnos hasta la fortaleza de La Mota en la insigne y rica villa de Medina del Campo. Hernando, el otro hermano de mi padre, ahora convertido en cabeza de familia por ser el único superviviente, exigía nuestra presencia allí. Contaba con volver a verlo, pero, ciertamente, no contaba con esa orden. Arrumbamos hacia Medina y así se desbarataron los planes de instalarnos en Trujillo.

Estaba dormida cuando los caballos se detuvieron, y con los ojos todavía acostumbrándose al despertar, contemplé aturdida la inmensa mole de ladrillo y piedra. Atravesamos el puente fijo y esperamos a que el puente levadizo de madera descendiese para permitirnos acceder a la liza del castillo. El foso que protegía la fortaleza estaba seco, aunque ciertamente era lo bastante profundo para temerlo y, como después supe, bajo él se escondía un caudal de aguas subterráneas que con igual pericia impedía excavar túneles al enemigo para invadirlo como resistir largamente dentro en caso de asedio. Catalina señaló sobre el arco de la puerta:

—Ese es el escudo de los Católicos. Bien hecha está la fortaleza. Se nota la mano de la reina y de su padre para impedir que nadie entre o salga de ella. Dios nos asista, no quiero imaginar lo largos que serán los días que nos esperan.

Los guardias, solícitos, nos custodiaron hasta la torre del homenaje, aunque la cortesía se esfumó cuando contemplaron nuestra carga, que ya sabían tendrían que transportar. Los quince carromatos permanecieron en la liza con las mulas exhaustas, mientras nosotros hubimos de adentrarnos por esos terribles pasadizos estrechos hasta alcanzar una puerta separada de la torre, donde la altura de más de veinte varas me hizo palidecer. A una orden, los guardias hicieron descender la rampa que habríamos de atravesar. Tardé meses en acostumbrarme a aquello; al principio me aterraba cruzar esa inestable pasarela, después la necesidad superó al miedo, era ese el único modo de abandonar la torre. Ese y el permiso del alcaide.

Hernando nos recibió con la joven Inés Inquill, la hija de Gonzalo, que había hecho el viaje de destierro solo unos meses antes que nosotros y que me abrazó con lágrimas en los ojos: su hermano mayor había fallecido hacía solo seis semanas. Mientras intentaba consolar a Inquill observé a Hernando. Parecía sereno, rodeado de cuatro mayordomos y con el alcaide de La Mota, el desabrido Vaca, presente. No os negaré que la primera vez que le vi me recorrió un escalofrío de pies a cabeza. Como podéis imaginar, apenas recordaba a Hernando. Aquel hombre era un recuerdo brumoso y lejano. Era mi tío, el único varón legítimo nacido en el apacible y sagrado seno del matrimonio entre Gonzalo Pizarro el Largo o el Romano, como era conocido mi abuelo, y la sufrida y breve Isabel de Vargas, que no era mi abuela. La tensión que me apretó el alma tuvo que ver con lo que reconocí y sentí como mío en aquel caballero: volvía a encontrar la imagen de mi padre frente a mí, eran de la misma estatura, aunque Hernando más fornido. Los años de prisión le habían engordado. De labios carnosos, nariz gruesa y una expresión sobria, me turbó hallar en él gestos y ademanes que inexplicablemente también me hablaban de Gonzalo, al caminar, en el enérgico movimiento de sus manos, en la mirada capaz de traspasarme. No eran las suyas facciones aristocráticas como las de Gonzalo, pero en conjunto, admito que Hernando destilaba apostura y elegancia. Su sola presencia emanaba una fuerza descomunal que provocaba la inmediata obediencia. En eso me andaba cavilando cuando descubrí el parco atisbo de sonrisa que se dibujó en su rostro al contemplarme.

—Sospecho por vuestra cara que no contabais conmigo. La última vez que os vi erais muy niña, Francisca. Esperaba vuestro olvido, como otros tantos que sufro en este infamante lugar.

—Señor mío, ¡cómo iba a olvidaros! —mentí. Era cierto que apenas le recordaba. Dejó Lima años atrás para viajar a España y explicar la dudosa y rápida ejecución de Almagro el Viejo que él ordenó sin contemplaciones y sin consultas. Se presentó ante las cortes castellanas con los mejores modales y remesas de plata para ablandar al rey, pero contrariamente a su previsión, al pisar Madrid fue hecho preso. Nunca pasé tiempo con él de niña. Era huraño y altanero. Trataba con tanto desdén a los españoles como atendía con inusual y cortés cercanía a los indios. Poco tiempo compartimos con él a pesar de que no se despegaba de mi padre, quien tenía su consejo y su juicio en la más alta consideración. Demasiado mayor, demasiado oscuro y demasiado atareado en maquinaciones, el Hernando que vagamente acudió a mi memoria solo se ocupaba de las cosas de gobierno, y nunca se preocupó por mi hermano o por mí. Sin embargo, reconocí en sus palabras lo que ahora ambos compartíamos, un espíritu castigado, eso nos convertía en afines, eso y su desprecio indisimulado hacia Ampuero.

—Pensé que sería más recomendable teneros aquí como mis invitados, al igual que a Inés Inquill —aseguró ante la mirada complaciente del alcaide de la fortaleza y el torcido gesto de Ampuero.

Y yo no entendí aquellas palabras, ¿cómo diantres iba a tener invitados un hombre preso? Hasta donde yo sabía, quien cumple condena puede recibir visitas breves, pero no invitados. Solo cuando se nos trasladó a los aposentos de mi tío Hernando en la torre del homenaje del adusto castillo, entendí que la prisión de Hernando gozaba de más comodidades de las que yo imaginaba. Aun así, se me antojó tortuoso tener que vivir allí. Hernando se adelantó a mi desaliento.

—El que cumple condena soy yo, mi señora. Vos y vuestras doncellas podréis entrar y salir a vuestro antojo.

Catalina sonrió al saberlo y miró complacida a Hernando, y ambos se trataron con una extraña cercanía que solo alcancé a entender después.

Me dispuse a acomodarme en aquel gigantesco castillo del que, irónicamente, solo una parte exigua serían mis dependencias, ciertamente nuestra vida se reducía a la torre en la que Hernando cumplía prisión y ahora nosotros también. El extenso equipaje hubo de ser acomodado abajo, cerca de las caballerizas, solo lo necesario estaría en nuestra estancia. Coloqué como pude mi cofre cerca del lecho, y comprobé que las cartas seguían en su sitio; até con los cordeles verdes de las primeras la carta del príncipe, y las cubrí con la capa amarilla de Gonzalo, pensando en el dolor que le provocaría saber de la muerte de su hijo.

Mis indias contemplaron el lugar con una mezcla de admiración y temor. A la tercera noche me aseguraron que había espíritus rondando los pasillos de aquella torre. No me extrañó. Aquel lugar hablaba de luchas. Sus lienzos cubiertos de heridas de guerra dejaban ver el portentoso mapa de troneras, saeteras de defensa y un pasado artillero. Un castillo así albergaría muchas almas atormentadas, lo que ciertamente no esperaba es que fueran espíritus de niños. Cada tarde, cuando nos tumbábamos en las camas para pasar las interminables horas de sol abrasador que quemaba los campos y nos impedían salir a la liza, nos parecía escuchar risas y ruidos. Si me asomaba a la escalera, eran voces agudas y tiernas las que llegaban hasta nuestra alcoba, haciéndome retroceder espantada. Por la noche, el murmullo constante y los golpes de pisadas diminutas se confundían a ratos con cantos, no parecían muy sufrientes las almas errantes que poblaban aquel lugar. Nuna y las huaylas, después de darle muchas vueltas, dictaminaron que al ser infantes su muerte debió ser por sacrificio, para calmar la ira de los dioses por alguna afrenta, y que quizá se hallaban emparedadas sus momias en los gruesos pilares de la fortaleza. Se dedicaron a palpar los muros buscando algún saliente que delatara el enterramiento, pero nada hallaron. Catalina no se pronunció, a pesar de que ella era quien más creía que los ecos de los muertos descontentos alcanzan a los vivos, pero lo cierto es que tampoco se atrevía a recorrer sola los largos y estrechos pasillos de escaleras que comunicaban por dentro la torre.

Hernando se mostraba extrañamente solícito conmigo, y tremendamente irritado con Francisquito, mi hermano, que pasaba las horas eligiendo su vestuario, engalanándose y pidiendo salir del castillo, siempre en compañía de la pequeña Inquill, que se convirtió en su confidente. Descubrí que en aquella prisión mi tío disponía de amplia servidumbre, también de esclavos negros, como el joven Antonio, servicial y zalamero, que no le quitaba ojo a Juana, una de mis doncellas de Huaylas. Ellos vivían en las dependencias de la parte baja. Nosotros arriba, en la cuarta altura de la torre, desde la que se dominaban todas las escaleras que comunicaban el torreón y en la que se encontraba la temible puerta con la sinuosa pasarela.

En aquellos días, y gracias a Hernando, me deslumbré con los tapices de Flandes que ornaban las paredes de su reducida celda y los cuadros traídos de Florencia. Guadamecíes cordobeses hechos con oro como nunca había visto cubrían los escasos muebles. Almohadas de Holanda labradas de seda vestían las camas. Un prodigio de buen gusto con el que mi tío se afanaba en hacer cómoda su eterna y escasa jaula de oro. Fue Hernando quien hizo prender en mí una pasión desconocida que ya nunca me ha abandonado: el amor a la pintura y a la escultura, a los retablos, a la belleza que otorgan las manos de los artistas.

También me sedujo su afición por la música, que yo compartía, y que bien se ocupó en señalar en esos primeros tiempos tocando todos los días un pequeño realejo traído de Flandes. No menos me atrapó la sensibilidad que mostraba hacia la lectura. Con Hernando descubrí a Alciato y el poder de los emblemas, y accedí a obras que no conocía, como las *Partidas* del rey Alfonso X, un monarca cuya sabiduría había formulado un código de leyes que tanto tiempo después aún pervivía. Esas obras poblaban con orgullo la pequeña biblioteca de Hernando, donde yo tenía sobrado permiso para curiosear y consultar cuantos libros quisiera. Así pasaba las horas en la mañana, inspeccionando con cuidado cada día a un nuevo autor y dejándome después guiar por las propuestas de

Hernando. No os voy a negar que aquel tiempo compartido me ablandó, me hizo acercarme a él y verle con otros ojos. Descubrí que, a pesar de todo, eran más las cosas que nos unían que las que nos separaban. Con ese incipiente afecto y esa recién estrenada amistad, quise poner a prueba su lealtad hacia mí, medir lo que dictaba mi voluntad con la fuerza de su orgullo.

—Después de lo vivido, tío, creo que sobran tutores y otras personas que hurguen en mis bienes y en mis asuntos.

—Entiendo cómo os sentís, nunca he dejado mis asuntos en manos de otros.

—No, tío, no sospecháis cómo me siento, porque vos sois hombre. He aguantado hasta llegar aquí todo tipo de bajezas, hurtos y desprecios, creo que ya es hora de que yo disponga de mi hacienda. Para evitar más pérdidas. —Para poner mi riqueza al servicio de mi causa, pensé, pero aquello no lo dije.

—Contáis con mi apoyo y mi beneplácito, Francisca, para disponer de cuanto necesitéis gastar. Solo habéis de pedírmelo y se os dará —aseguró acariciándose la barba redonda y cana.

—No lo habéis comprendido, lo que necesito es la venia del emperador para que sea yo quien disponga de lo mío.

Conseguí que Hernando me ayudara, y en aquel momento creo que ambos entendimos mejor al otro. La corte de procuradores y solicitadores que trabajaban sin descanso para él se puso a mi servicio, y se apeló al Consejo de Indias y a su majestad. Mentí atribuyéndome una mayoría de edad, que sobradamente poseía en mi espíritu, pero no en años, y en breve tiempo obtuve del emperador el poder requerido para gobernar mis bienes y hacienda, un poder que después ratificó el príncipe Felipe, por ser mayor de dieciocho años y menor de veinticinco. La realidad es que contaba con solo diecisiete otoños de vida, pero como siempre digo, una mujer tiene la edad que representa.

En aquel tiempo, por petición suya, pasaba horas con él y sus hombres de confianza. Cuando sus deudos, criados, juristas y procuradores, que movían los hilos en la corte y también en las Indias, acudían a la torre, Hernando me hacía llamar, y debía subir aquellos vertiginosos y oscuros peldaños hasta su alcoba. Mi tío, que había consentido ayudarme para administrar mis bienes, quiso instruirme en los entresijos que me aguardaban, asegurándose de que lo haría bien. Un nombre poblaba todas las conversaciones: el fiscal Villalobos. Era aquel desalmado quien a punta de odios inacabables seguía logrando prolongar el cautiverio de Hernando. Supe que llevaba miles de ducados invertidos en su defensa y más de nueve años preso. Había logrado esquivar el exilio al norte de África, que fue permutado por la prisión en Medina. Hernando aseguraba que el delito de muerte cometido ya estaba saldado con el asesinato de mi padre y la cruel e injusta muerte de su honorable hermano Gonzalo.

Yo le contemplaba con cuidado. Hernando atesoraba ojos de centinela y una endiablada premura en las decisiones. Conocí de cerca sus frustraciones y sus velados anhelos. También su épico mal humor, su meticuloso proceder y su obstinada fijación con la justicia. No pasaba una, no perdonaba nada. La primera muestra de su espíritu implacable la viví con aquel pobre esclavo, el negro Juan, que Hernando compró a un tal Rodrigo Rejón por ochenta y dos ducados, poco tiempo después de llegar nosotros al castillo. Recuerdo perfectamente esa mañana en que Catalina y yo bajamos a las caballerizas para recoger mantas, y allí encontramos la bulla desatada entre los mozos que increpaban al pobre infeliz. Juan, asustado, se defendía con torpeza de las acusaciones. El terrible vicio de Juan, su indeseable pecado, era mearse noche sí, noche también, en el camastro que ocupaba en la caballeriza. Me acerqué y comprobé que sábanas y colchón estaban calados. Intenté tranquilizarlo, pero en ese momento, enviado por mi tío, acudió uno de los criados, que lo sacó de allí a empujones alegando que sería devuelto, ya que ese era un defecto que su amo no iba a pagar.

—No voy a consentir que me tomen el pelo, ¿no veis que eso es enfermedad?

—Razón de más, tío, Catalina con su herbolario puede detener ese mal.

—No será necesario, demandaré ante la Chancillería de Valladolid el caso, tendrán que devolverme el dinero y llevarse a ese haragán defectuoso.

Comprendí entonces su carácter implacable. Su espíritu despiadado. Mi tío, ahora desprovisto de espada y daga, sin hueste que dirigir y confinado en aquel castillo, había hecho de las demandas y los inacabables pleitos su defensa, su ataque, y su vida. Era tan escasa su capacidad para perdonar como enorme su exigencia desmedida hacia los demás. Se exasperaba con Ampuero, al que trataba con desdén y al que sometió a un implacable escrutinio sobre las cuentas del viaje. Su proverbial arrogancia se traslucía a cada poco, era un hidalgo legítimo, era un conquistador del Incario, era quien engordó a base de sangre y acero las arcas reales. Pero a pesar del iracundo pronto y los altaneros modales, de la ambición, admito que Hernando era también un ser sensible y exquisito.

Una de aquellas mañanas en que frecuentaba sus despachos, encontré los lienzos que empleaba en sus interminables cartas al Consejo de Indias y a su majestad. Muy cerca y bien a salvo de miradas indiscretas estaban las otras, las que dirigía a su corte de juristas con instrucciones claras y mano de hierro dirigiendo su defensa. Al lado de la tinta rojiza, descubrí los cordeles verdes con que Hernando ataba las cartas privadas y secretas. Corrí a mi alcoba, abrí mi cofre, y allí estaban las misivas, con la misma tinta y la misma cuerda de verde intenso. El mismo pergamino de gran gramaje y calidad, con su señorial tono amarillento que ya conocía.

—Señor mío, ¿podéis explicarme esto? —Le mostré las cartas y los cordeles.

—Veo que ya habéis descubierto las *Partidas* de Alfonso X que os alcanzaron en Lima.

—¿Las cartas eran vuestras?

—Nunca he dejado de proteger a los míos, mi señora.

—Pero ¿sabíais lo que estaba ocurriendo?

—Sabía bien que Blasco Núñez de Vela daría al traste con todo. Lo que más me preocupó fue lo que vino después. Poco antes de partir el clérigo y gracias a mis espías averigüé lo que las lenguas en la corte decían, se hablaba a media voz de unas cédulas en blanco con la firma del emperador. No sabía si era cierto, pero decidí alertaros. Como imagináis no podía firmar las cartas, debía hacerse con sumo cuidado. Confié en vuestro instinto, en que sabríais interpretar lo que portaban esas misivas para que os fueran de ayuda en caso de estar en peligro, porque, creedme, habéis estado en peligro, vos y vuestros hermanos.

—¡De más provecho hubiese sido que alertarais a Gonzalo! —grité enfurecida.

—No os confundáis, sobrina. Él supo, al igual que vos, lo que se decía. Mi hermano y yo mantuvimos correspondencia en aquel tiempo.

—¿Cómo? Los correos en Panamá estaban cortados por La Gasca.

—Hay otras formas de alcanzar la tierra perulera, Francisca. Senderos clandestinos, que solo los baquianos conocemos. De ellos y de mis leales me serví hasta que me estrecharon la prisión, forzándome a estar incomunicado cuando decidieron los consejeros que mi hermano Gonzalo era un rebelde. —Entonces mandó llamar a mi aya.

Catalina acudió y miró con gesto contrariado las cartas dispuestas encima de la mesa. Esa fue la primera vez en mi vida que la vi perder el temple, y por momentos parecía que iba a derrumbarse.

—Hay muchas cosas que no te he contado, niña, y que quizá ya es hora de que conozcas.

—Catalina, ¿tú sabías esto?

—Yo fui quien puso esas cartas en la ventana de tu alcoba, Francisca, con el fin de protegerte. Aunque no fui yo quien las portó hasta allí.

—¿Quién lo hizo?

—El padre Diego Martín. Mi más leal servidor. Se jugó la vida para servir a Gonzalo y protegeros a vos y a vuestro difunto hermano. Lo hizo por mi señora, Catalina, su madre —añadió Hernando.

No creo que alcancéis a calcular la impresión que todo aquello me causó. De repente me encontré enfrentando algo que ni por asomo sospeché. El inquietante padre Diego Martín, al que consideré un enemigo, era el hijo de Catalina, ese hijo dejado en la Península, ese hijo del que nunca hablaba. Intenté ordenar los hechos y las palabras como pude. Con paciencia y a golpe de memoria poco a poco hallé un sentido, por eso no le encontré en Lima tras partir las huestes de Gonzalo, por eso fray Cristóbal, mi mentor, no sabía de quién le hablaba. Cuando supe todo esto que os narro, Diego Martín se encontraba preso por orden de La Gasca en Madrid, desde donde siguió defendiendo la inocencia de Gonzalo y condenando su muerte injusta. Se salvó de la horca por ser clérigo. Aquel hombre fue quien vigiló y movió los hilos para favorecer el contacto de Gonzalo y Hernando durante ese turbulento tiempo, en que mis dos tíos intercambiaron información gracias a la pericia del hijo de Catalina, y que yo desconocía. Siempre intuí que ocultaba algo, pero nunca, nunca, imaginé que fuera un espía de Hernando y ni por asomo que fuera el hijo de mi aya. Después, a solas con Catalina, conocí los retazos de su historia, de aquel hijo oculto que nunca mencionaba. Diego Martín, presbítero, pasó a las Indias disfrazado de soldado en el barco que llevó hasta allí al virrey Blasco Núñez de Vela, ocultando su identidad para servir a los Pizarro. Se convirtió en mi confesor a ese fin. Y fue el brazo ejecutor de Hernando en la sombra.

—No es mucho más lo que he de contar, Francisca. Fue después de enviudar. Su padre fue el clérigo Juan Martín, de Santa Cruz de la Sierra. No hubo afecto ni galantería entre él y yo. Me tomó a la fuerza. Benditos confesonarios que evitarán esos desmanes de la carne. Entenderás ahora mi silencio. No iba a cargar a Inés con eso, un pasado así es mejor guardarlo. Mi hijo lo ha perdido todo, pero al menos conserva la vida.

Capítulo 3

Los espíritus

Da igual la edad, no importan las primaveras que pueblan nuestra alma, porque una siempre siente el impulso de liberarse de los secretos que guarda. Por eso estos escritos, por eso las confesiones, por eso este empeño mío en verter y compartiros, para que sepáis a ciencia cierta todo lo que ocurrió y viví. He guardado muchos secretos. Demasiados. Yo soy vuestra memoria ahora, algún día cuando yo parta, vosotros seréis la mía. Hay muchas cosas que vuestro padre no os ha referido, sencillamente porque él no las conoció tampoco. Hay muchas cosas que solo ahora puedo compartiros, porque antes yo tampoco supe.

Como os narraba, Catalina escondía mucho más de lo que yo entonces imaginaba, hay tantas vidas en una sola vida. Y también mi aya guardó con celo muchos de mis secretos, incluso aquellos que nunca le confesé y que ella sabía. Claro que sabía, aunque callase. La cómplice compañía entre mujeres da más cobijo y alimento al espíritu que el cuerpo de Cristo, creedme. Sobre todo tú, Francisca, ahora eres muy joven, pero pronto lo entenderás.

Los primeros meses en aquella prisión fueron extraños. Ampuero e Isabel marcharon a Valladolid, lo que rebajó la inclemente tensión en la torre. Mi hermano Francisquito se aburría y tramaba con Inquill mil formas de escapar; hablaba de hacerlo deslizándose por la ventana que comunicaba nuestra estancia con la alcoba de Hernando en la quinta altura del torreón. Los guardias le contaron que así intentó huir otro preso ilustre que allí penó, César Borgia, el hijo de un papa. Nunca creí ese cuento, había que estar muy falto de sesera para hacer algo así o tener muchas ganas de entregar al ánima al infierno, ya que el descalabro estaba asegurado.

Las criadas de Hernando rivalizaban con mis indias, intentando ganarse mi favor. Una de ellas, a la que llamaban Mari Prieta y que era tan rolliza como deslenguada y poco prudente, durante un almuerzo, al servirme el vino me llamó Isabel. Hube de hacerme a los sabores de la Península, tan rudos y apartados de los que yo conocía. Añoraba el pescado limeño, y también los camotes y la papa, que aquí no se comían y siguen sin comerse. Los platos eran fuertes, ollas variadas e intensas de mil legumbres, potajes de carnero aderezados con pera y membrillo, caldos espesos de hígado de cabrito, y un sinfín de carnes aromadas profusamente con especias. Los olores de esta tierra son secos y duros, al igual que el paisaje cuajado de robles de agallas milenarias y castaños señoriales.

Alrededor del castillo, todo eran vastas planicies plagadas de cultivos de cereal donde tímidamente asomaba el panizo, el maíz de mi tierra al que no se le daba gran uso y que yo buscaba insistente con mis ojos en un intento de encontrar algo mío. Las viñas cuajadas de uvas, las robustas cabañas ganaderas que cruzaban los caminos de la mesta, los fríos inclementes de la noche, el calor seco y despiadado de día, todo era recio en Castilla, todo curtía el espíritu. En mis escuetas excursiones a las terrazas de la torre, descubrí un broche de oro y un prendedor de cabello olvidados en una de las almenas que coronaban la fortaleza. No le di mayor importancia salvo la de servir a mis intereses. Por eso los guardé, dispuesta a convertirlos en mi salvoconducto, ya que, a pesar de las palabras de mi tío, los guardias no nos dejaban salir del castillo.

—Dejadme a mí, tío. Estas cosas se resuelven mejor entre mujeres —le aseguré a Hernando. Me tocó menguar la guerra fría que Hernando y el alcaide mantenían y que pronto descubrí. Para ganarme al alcaide, sabía bien que debía acudir a su esposa. Solo así lograría ablandarle y reducir los inconvenientes a la hora de entrar y salir de la fortaleza. A ella acudí con el broche, el prendedor y una buena remesa de raso, terciopelo y damasco comprados en Sevilla.

—Es buen paño, nunca he estado en Sevilla, sois muy considerada, doña Francisca. Habéis de conocer las ferias de Medina, donde se hallan las mejores y más variadas piezas de lanas castellanas.

—A ese fin, quisiera poder salir de La Mota. Pero la guardia no facilita mi deseo, y mi empeño se resiente al ver esa pasarela cerrada.

—Hablaré con mi esposo. Vos no sois la que está presa.

Cuando le entregué el broche y el prendedor, su gesto mudó.

—No son mías las joyas, señora.

—Las hallé en lo alto de la torre.

—Ya os digo que no son mías, este castillo ha albergado a muchos cautivos, doña Francisca. —No dijo nada más, aunque entendí por su mirada que callaba por prudencia, y no por falta de ganas de hablar.

Los fantasmas del pasado siempre regresan, a veces los fantasmas adquieren carne, piel y huesos, mostrándose entonces inocentes y cercanos. Los temores que desataron en nosotros, en ese momento se esfuman. Otras veces los fantasmas esconden un grave dolor. Una vieja afrenta. Los amores condenados se convierten en fantasmas, que nos persiguen de muchas formas, como conoceréis.

El invierno nos alcanzó en aquella fortaleza, y el frío se volvió insoportable. Nuna y las doncellas de Huaylas castañeaban los dientes por la tiritona ante la burla de Mari Prieta y el resto de la servidumbre. Hernando seguía ablandándome, buscaba complacerme en todo, y a ese fin encargó más braseros para caldear la alcoba que no llegaban nunca, lo que inició otro de sus pleitos, esta vez contra el platero. Imagino que aquellas gélidas noches propiciaron que mi memoria alcanzara la puna andina y también Charcas. En esos días volví a soñar con Gonzalo. Mientras todos dormían, al alba yo le veía nítidamente frente a mí; aunque nunca alcanzaba a tocarlo, sí me envolvía su olor. Se acercaba a mi lecho, sonriente, y me hablaba. No movía los labios, pero hasta mi corazón llegaba su voz, recordándome las palabras del último amanecer que compartimos. Debía encomendarme a mi causa. Como mestiza y como Pizarro. Tardé poco en entender que mi causa ya estaba definida, y ella sola se iba acomodando en mi espíritu, con paciencia y determinación. Tardé también poco en admitir el sacrificio y el compromiso imbatible que exigiría. Pero aquello no me amedrentó, sabía que había llegado hasta allí para cumplir mi cometido. Su terrible ausencia, su muerte injusta me hacían fuerte para enfrentar cualquier cosa. Lo que nos aguarda el destino tarda poco en manifestarse. En mi caso fue pronto cuando se definió.

Mi tío Hernando pidió permiso para hablar a solas conmigo, despachando a mis indias y a Catalina.

—No es sencillo esto para mí, señora.

—¿Qué os perturba, tío?, ¿es Francisquito?

—No es de él de quien quiero hablaros, sino de vos. Quiero asegurarme de que entendéis vuestro peso y el mío. Quiero saber si estáis preparada.

—Sed más claro, señor.

—Solo vos y yo podemos recuperar la memoria de los Pizarro. Os necesito a mi lado, y necesito que conozcáis el alcance de esta empresa, que juntos hemos de afrontar.

—Creedme, estoy preparada para cualquier empresa, tío. —Ciertamente, que me tratase como a una niña me irritó—. No dudéis de mi entereza, ni de mi voluntad. Es esa voluntad la que me sostuvo cuando fui desterrada de mi mundo. No soy una ignorante. No creo que deba narraros el purgatorio que ha sido mi vida hasta ahora. He vivido las calamidades y el sufrimiento de los míos, de mis dos pueblos. También he visto la furia por aniquilar a los Pizarro del Perú. Yo estaba allí cuando asesinaron a mi padre, no vos. Yo como Pizarro hube de esconderme. Zafarme de los hombres, defenderme de los abusos. Soportar el desprecio, callar para salir ilesa. Fui yo quien tuvo que tragarse el dolor, tras la ejecución de mi amado tío Gonzalo.

Hernando me contempló con sorpresa. Escrutando en mi rostro lo que aquellas palabras podían ocultar. Su mirada se posó en la medalla de la Virgen de la Guía, que asomó sin permiso a mi cuello de encaje. Entonces comenzó a pasearse nervioso por la sala.

—La sangre, los padecimientos, el dolor, solo nosotros los sufrimos, y para nosotros quedan, mi señora. He entendido que no hay nada más necio que esperar que el rey recuerde. Más de diez años cautivo ofrecen un prodigioso tiempo para pensar y ver con claridad los hechos. También para anticiparme a lo que nos espera.

—¿Qué es lo que proponéis?

—Luchar. De esa gloriosa memoria, nada quedará, señora mía, si no peleamos por ella. Los esforzados trabajos de mis hermanos solo obtendrán el respeto uniendo nuestras haciendas y fundando el glorioso linaje que merecen, para dejar honra y prosperidad. Esa misión a vos y a mí corresponde. Es el camino que Dios Nuestro Señor nos ordena.

* * *

Permanecí en silencio, pensé en mi prodigiosa dote, en cómo antes o después buscarían otros el modo de casarme. Volví a recordar la carta del príncipe, que tal vez ya perseguía prometerme con algún cortesano de su confianza, también las palabras de María de Escobar cuando dejé Lima. Por un instante, vinieron a mí todos los desposorios que ya conocía: el desgraciado y tormentoso de mi madre, Quispe; el de María de Ulloa, que amó tanto como yo a Gonzalo; el de la triste Leonor de Soto. Era una cuestión de tiempo que la siguiente fuera yo. Asumí entonces que nadie compartiría mi causa como él. Solo Hernando sería un aliado verdadero para ennoblecer la memoria y mantener intacto el legado Pizarro inca. Otro esposo me sometería, debería acatar sus órdenes como mujer y aguantar quién sabe qué trato. Hernando no haría eso. Su astucia y su genio me permitirían lograr lo que yo buscaba. No era una orden de Dios, quise decirle, era un acuerdo entre dos seres castigados, un pacto imprescindible, una necesaria solución para defendernos.

Acudieron a mi cabeza las palabras del viejo Demonio de los Andes: los matrimonios se acuerdan para el bien de las familias, el afecto viene después. Asumí que ese era el camino, como vosotros deberéis asumir el vuestro, con sentido del deber y del honor. Hernando, nervioso ante mi callada, comenzó a dar grandes zancadas por la estancia. Había dejado sus cartas sobre la mesa, y yo quise medir su disposición.

—Decidme sin rodeos, ¿debo entender que me estáis proponiendo cortejarme y matrimoniar? ¿O me estáis ordenando el desposorio?

El orgulloso y altanero Hernando, que estaba acostumbrado a mandar, pero no a obedecer, se halló perdido en aquel lance. El linajudo alférez, el hidalgo capitán, solo sabía imponer, no estaba hecho para convencer o negociar. El conquistador de imperios sencillamente desconocía la delicadeza y la astucia necesarias para ganarse el corazón de una mujer.

—No sé qué es un cortejo, ni sé qué agasajos galantes exige una dama como vos. También, aunque no lo creáis, os conozco lo bastante como para no tratar de imponeros algo. Solo sé lo que soy, lo que he vivido y lo que quiero, y quiero desposarme con vos. Porque así ha de hacerse, señora. Os ofrezco lealtad inquebrantable, y todo lo que pidáis me esforzaré en procurároslo. Pero no me pidáis, por piedad, que haga algo que no comprendo.

* * *

Nos casamos en aquella señorial cárcel. La dispensa papal tardó unos meses en llegar de Roma, pero no halló ningún impedimento. A la Corona no le importaba esta vez mi matrimonio con un Pizarro, a buen recaudo y encerrado en prisión. Antes del enlace, expuse a Hernando mis condiciones y él me expuso las suyas. En la sombra yo dirigiría mis asuntos, y él no se inmiscuiría. Debía hacerse así, una mujer virtuosa y honesta en Castilla ha de vivir bajo la tutela, mandato y protección del esposo. Las relajadas normas del Nuevo Mundo no se daban en la vieja Europa. Hernando comprendió, a pesar de su severo talante, que no podría sofocar mis instintos ni mi manera de proceder. Así me lo aseguró. Acordamos unir nuestras fuerzas y también nuestras haciendas, fundando un mayorazgo que tardó años en concretarse, pero que permitiría evitar el mayor mal al que nos enfrentábamos: la desposesión de todo lo que teníamos. Porque con la división de los bienes se destruye la memoria de las personas y familias más nobles, y sabíamos que eran muchos los que ya estaban esquilmando lo que era nuestro.

No se hicieron preguntas incómodas, ninguno habló de su pasado más allá de lo que exigía nuestro acuerdo. No tuve un desposorio al uso, ni como hubiera cabido esperar de una doncella joven. No vestí lujosas galas. No engalané mi cabello ni mi rostro. No hubo alharaca ni fiesta. La boda fue sobria, se ofició en el oratorio del castillo, que era tres veces más pequeño que la capilla de fray Cristóbal en Lima. Acudieron el alcaide y su esposa, rodeados de la guardia y el capellán de Hernando, ellos ocuparon el escaso espacio. Mis indias ni siquiera pudieron entrar, y Catalina, Inquill y Francisquito tampoco. Tras la velación, salimos hacia la torre, donde el ágape nupcial fue una austera comida más propia de un refectorio franciscano. Fue en ese momento en que los espíritus que por semanas nos atormentaron a mí y a mis indias aparecieron de la mano de Mari Prieta.

—Estos son Diego y Francisca, señora, mis hijos—profirió Hernando con solemnidad.

Los dos niños, confundidos, hicieron una leve reverencia, y yo les correspondí con un abrazo. El impacto que causó aquello en mí fue menor del que cabía esperar, pese al recelo con que Hernando los había mantenido bien ocultos hasta entonces. Nunca entendí aquel silencio respecto a sus dos vidas, ya que, a fin de cuentas, todos los hombres de mi familia tenían hijos naturales, a los que cuidé siempre. Aquellos niños no eran legítimos, eran bastardos, como mi padre, como Gonzalo, como Juan, pero eran Pizarro, por eso había de protegerlos más de las maledicencias. Por su desarrollo era claro que habrían nacido al poco de ingresar Hernando en aquella prisión. Admito que lo único que me inquietó fue averiguar quién era su madre. Saber dónde se hallaba la mujer que había parido a los hijos del que ya era mi esposo.

Mi noche de bodas fue un desabrido trámite, un triste lance donde no hubo preguntas, y sí muchas certezas flotando en el lecho. Os ahorraré los detalles, que no vienen al caso, y que evitarán que me acuséis de indecorosa. Solo diré que Hernando nada dijo de mi ausente virgo, comprendiendo que ambos cargábamos con un pasado. Nunca habló de Gonzalo, nunca aludió a lo que creo que siempre supo. Hay silencios que esconden y encierran mucho más que las palabras. Ambos entendimos nuestro cometido, y ambos lo aceptamos. Los dos cumplimos con nuestros deberes de esposos, sin darnos gusto, solo para llamar a los hijos, como la Iglesia y los curas en nombre de Dios ordenan. Solo en la intimidad de nuestra alcoba, me atreví a abordar aquello que me preocupaba. No iba a permitir que la madre de aquellos niños permaneciera en la sombra alejada de su sangre. Quería saber cuál fue su destino, si acabó desposada con algún deudo. Me confesó con parquedad que la antigua sirvienta profesaba ahora en un convento muy cercano al castillo, donde él mismo ordenó su encierro. Entendí por sus ojos que él también cargaba con el remordimiento y el dolor del amor condenado. No quería hablar de aquello. Eran sus asuntos, afirmó tajante. Le contradije, si esos niños iban a vivir con nosotros, el asunto también era mío.

—El monasterio de las beatas fajardas, señora, ahí encontraréis lo que buscáis —me soltó la lenguarona Mari Prieta, a la que le faltó tiempo para soplarme el paradero de la amante de Hernando confirmando lo dada que era a escuchar detrás de las puertas.

A espaldas de mi esposo y con la excusa de acudir a confesarme, logré permiso para abandonar la fortaleza. Con infinita paciencia acudí al monasterio durante semanas acompañada de Catalina y Nuna y cargada de dádivas con las que agasajar a aquellas monjas. Sobre Nuna y sobre mí se posaban las miradas curiosas que despertaban murmullos, dejando tras nuestros pasos un sinfín de corrillos chismosos. Me aprendí aquel camino de memoria; cierto es que el monasterio estaba cercano al castillo, a la derecha del río Zapardiel, aguas abajo del puente. Era una antigua casa solariega reconvertida en lugar de culto y contemplación a instancias de una dama de la Reina Católica. Como supe después, la devota Inés Fajardo y su honorable madre Constanza fueron las que, a ese santo fin, entregaron su casona al monjío. Se hallaba frente al convento dominico de San Andrés, y lindero con la iglesia de San Miguel, que en obras encontré cuando llegué a Medina y en obras continuaba cuando abandoné la villa diez años después. En mi primera visita, porté una prominente fuente de dulce de membrillo, que Mari Prieta aseguró era muy del gusto de la priora. Pero cuando en el torno me anuncié, se hizo el silencio, se giró el artilugio, se recogió con prisa el presente y se me despachó con pocos modales.

Seguí acudiendo todos los jueves, sospecho que debió ganar peso la priora a base del abundante dulce con el que intenté ganármela, pero era tozuda y se negaba a atender mi ruego.

—Poco honor hace la priora al convento, que es de la Visitación, negándonos la misma —dictaminó Catalina.

Cambié los dulces por rosarios de plata labrada, después por manteles de altar, bordados de tafetán para la iglesia, hasta pensé encargar una imagen de Nuestra Señora de la Visitación. No fue hasta que puse el prendedor y el broche hallados en la torre sobre la bandeja de aquel sórdido artefacto de madera, que logré una palabra amable. Fue una novicia la que respondió y la que nos abrió la pesada puerta de madera que custodiaba la entrada al locutorio.

—No quiero las joyas. Podéis llevároslas. Es a mis hijos a quienes pertenecen. Como no quiero nada de él, pese a lo que las lenguas malvadas digan.

Allí estaba Isabel de Mercado. Extremadamente bella, como ya me anunciara Mari Prieta, y vestida de blanco como eterna novia de Cristo. Ni la toca vieja, ni el manto negro de áspero paño en hilachas lograban deslucir su piel perfecta de alabastro, que envidié, ni opacar sus ojos

437

enormes del color de la canela. Las humildes y dolorosas telas del hábito mortificaban su piel en señal de penitencia. Perseguían las ruinosas bayetas ocultar su cuerpo, borrar su origen, desvanecer su pasado, eliminando la vanidad y convirtiendo a esa mujer en una más. No lo lograban entonces ni lo lograrían nunca: su belleza resplandecía a pesar de ello. Imaginé por un momento el deslumbrante y arrebatador aspecto que tendría esa mujer vestida con sedas y terciopelos.

—No es de recibo que la esposa acuda a ver a la amante, decidme, señora, ¿qué buscáis aquí? —profirió con un torrente de voz tan hermoso como su rostro y que destilaba orgullo. Y a mí, su forma de abordar el asunto, sin melindres ni rodeos, me gustó, era honesta.

—Conocer la verdad de los hechos, por boca de vos. Y tender un puente entre ambas, ya que el destino nos ha unido para siempre.

—No hay una verdad, hay muchas. Y a nadie le interesa la mía, solo fui una sirvienta que vivió amancebada con uno de los hombres más poderosos de las Indias. Ahora soy una sierva de Dios. Este es mi lugar, nada hay para mí detrás de esos muros. No me interesa el mundo despiadado y cruel que vos habitáis. —Me miró con curiosidad de arriba a abajo—. Sospecho que Hernando no sabe que estáis aquí.

—Esto es entre vos y yo, señora. Es más fácil entenderse entre mujeres y más cuando hay niños, ni por asomo quiero que receléis de mí por haberme desposado con él.

—¿Cómo iba a hacerlo? No conocéis mi suerte. Mi destino estaba escrito tras quedar huérfana. Desde que parí a mi primer vástago, supe que no debía esperar casamiento. Mi honra ya estaba perdida. Poco conocéis a vuestro esposo, y su obstinado sentido del deber y del linaje. —Permaneció pensativa, acariciando el escapulario blanco, antes de añadir—: Sé que me amó, pero no lo bastante como para descuidar su hacienda o comprometer su hidalguía. En los años que viví con él, solo salí tres veces de la fortaleza, la última de aquellas salidas fue para confesarme, porque la gravedad de mi falta me atormentaba. Comprendí cuando parí a mi última hija que pronto sería desplazada, y así ocurrió cuando se anunció vuestra llegada de las Indias. El único dolor que arrastro es no criar a mis hijos. El único. Y de él, nada quiero. Solo le pedí que me enviara a un convento para purgar mis pecados y huir de las habladurías. Son muchas las lenguas despiadadas que me señalan y que ya carcomen hasta los cimientos de esta villa. Él me concedió ese último ruego.

Solo se equivocaba en una cosa, Hernando seguía amándola, y esa era la razón por la que accedió a su ingreso en el convento, mantener intacto el cuerpo amado y a salvo de otros hombres. Lo vi claramente después, en aquel entonces todavía me quedaba mucho por conocer.

Continué con mis visitas clandestinas a Isabel por largo tiempo, todavía hoy sigo acudiendo a su presencia cuando la debilidad del cuerpo, que traba mis fuerzas, me lo permite. Es asombrosa la generosidad que los años muestran con ella, es cierta la alquimia que obra la vida en un convento volviendo perenne la belleza, manteniéndola intacta. Yo ahora, apenas reconozco mi rostro cuando me contemplo en el espejo, a veces me pregunto quién es esa vieja, esa mujer que está al otro lado que en nada se parece a la que vive en mí. Por eso me sorprende la hermosura de Isabel. Mientras merendamos roscos de vino que las hermanas elaboran en el obrador, la observo y la envidio. No sé qué pacto hacen estas monjas, si es con Dios o con la Virgen, pero la certeza está ahí, no envejecen.

A base de paciencia, confesiones no pedidas, franqueza y tiempo, Isabel y yo hemos tejido una urdimbre de confianza y respeto que nos ha unido hasta hoy. Si el primer hilo fue Hernando y la intimidad que ambas compartimos con él, después fueron los lugares comunes que a las dos nos tocó transitar, lo que nos ha unido con más fuerza. Isabel también fue huérfana, también fue criada por una tía en ausencia de una madre. Una tía que, a diferencia de mi tía Inés, veló poco por su único bien, la honra, entregándola a Hernando con la esperanza de alcanzar la prodigiosa riqueza de los Pizarro de la que se hablaba en Medina y en toda España. Yo me sentía responsable de Isabel, y en cierto modo, a ella le ocurría lo mismo. Una suerte de hermandad nació entre nosotras. Me presté a ser el lazo invisible que la mantuviera ligada a sus hijos, y ella fue la ayuda inestimable que me amparó en los momentos difíciles en los que Hernando y yo enfrentamos terribles diferencias, cuando mi esposo perdió las riendas de aquella inacabable y despiadada lucha contra la Corona, cuando los rencores que albergaba hacia sí mismo acabaron extendiéndose e hiriendo a todo y a todos. Cuando se desdijo de su promesa.

* * *

El otoño llegó a Medina. Los campos se volvieron ocres y los árboles, desnudos, desafiaban con señorial reciedumbre al frío invierno castellano. Mi humor cambió, me volví iracunda y todo me irritaba, las comidas copiosas de sabores rudos se me atragantaban. Añoraba la palta y los chuños. Para mi bien, descubrí el manjar inesperado que son las castañas asadas, aunque me aficioné tanto que sufrí dos cólicos. A base de hierbas Catalina logró amainar la revoltura de mi tripa. El paisaje desde lo alto de la torre, infinito e idéntico, me aburría. Recuerdo bien que solo subir de noche con Nuna y las doncellas de Huaylas me daba cierta paz, allí acudíamos para contemplar la bóveda del cielo, y honrar a Quilla, pero inexplicablemente, no acertábamos a verla en los días en que su crecida debía mostrarse. Nuna, contrariada, me dijo con gran sigilo:

—Mama Quilla en el Perú no es mentirosa, aquí, señora, la luna engaña, ¡que está achicándose cuando debía engordarse, pues!

Aquello a Nuna le pareció un terrible mal presagio que nos mantuvo consternadas y muy ocupadas intentando descifrar cuándo diantres habíamos de ofrendarla. En una tablilla, Nuna dibujaba cada día el perfil de la luna, que anticipaba su forma, contando entonces las jornadas que restaban para llenarse, y comprobando que obstinadamente su ciclo era contrario, ya que el día señalado desaparecía del firmamento ante nuestro pasmo, esquivándonos como un amante escurridizo ante una cita no deseada. No fue hasta mucho tiempo después que el capitán Álvaro de Molina nos narró que la tierra era como una naranja, y que en la parte de arriba lo que vemos en el cielo es distinto y contrario a lo que aparece en la parte de abajo. No nos convenció mucho el argumento, cierto es, pero al menos nos permitió averiguar cuándo Quilla se mostraría llena y esplendorosa.

Pasado el Día de los Fieles Difuntos, la noticia de mi desposorio ya había alcanzado a todos. Llegaron al castillo innumerables presentes de deudos de Hernando y no tardamos en recibir la visita de Ampuero. Vino solo, mi hermana Isabel permanecía custodiada por sus hijas y un capellán tras haber intentado huir con Pascual de Águilas. Lograron darles caza cerca de Valladolid, Pascual juró que volvería e Isabel escupió a su padre su intención de quitarse la vida si no la dejaban desposarse. Estaba encerrada en Santo Domingo de la Calzada, la villa de Ampuero. No regresaría con él a Perú, nos dijo. Su virtud estaba más segura en aquel polvoriento villorrio, añadió, despreciando nuevamente la influencia como madre de Quispe.

—Os doy la enhorabuena por vuestro matrimonio. No quería partir al Perú sin hacerlo, y tampoco sin aclarar estos asuntos tan necesarios —afirmó con la voz engolada mientras depositaba en la mesa una copia del testamento que otorgué en Lima, antes de mi partida.

—Solo vos sois capaz de acudir a bendecir la dicha de un desposorio portando un testamento —espetó Hernando sin ocultar el desprecio enfermizo que Ampuero le procuraba.

—Como podéis apreciar, Hernando, vuestra esposa declaró como heredera universal a su madre, Inés Huaylas. Vengo a solicitar una carta de dote en la que se especifiquen uno por uno todos los bienes que Francisca ha aportado a este matrimonio. Si algo le ocurriera a vuestra mujer, Dios no lo quiera, y no hubiera descendencia, esos bienes pertenecen a mi señora.

Hernando le observó en silencio. No dejó entrever la ira que sin duda le estaba haciendo hervir la sangre. Solo yo me percaté de sus sienes inflamadas y sus puños apretados. Sin apartar los ojos de Ampuero, me llamó a su lado.

—Observad a doña Francisca. ¿Acaso veis en mi esposa algún signo de enfermedad? ¿Atisbáis algún mal en ella que pudiera anticipar el funesto final que anheláis, como el infame perro que sois? Yo diría que está más hermosa que nunca y mejor rodeada de lo que estuvo antes.

—No me faltéis, Hernando, solo cumplo con una disposición que doña Francisca hizo y velo por los intereses de mi esposa, los que por naturaleza le corresponden.

—Hace falta, señor mío, mucha desvergüenza para meter a mi madre en esto. A esa esposa a la que tratáis peor que a las bestias. —No pude contenerme porque la sangre me comenzó a hervir a mí también.

—Que el Altísimo os dé vigor y salud, doña Francisca, pero lo mío ha de arreglarse y ha de hacerse ya.

—¿Lo vuestro? ¿Acaso no habéis sisado bastante ya de la hacienda de mi esposa? ¿Acaso no le habéis sacado hasta las tripas aprovechando la confianza que mi hermano Gonzalo os depositó? Maldigo el día en que os llevé conmigo a la tierra perulera.

—Esos bienes a mi esposa pertenecen en caso de fallecer doña Francisca, no a vos. Y todos sabemos que Dios puede llamarnos a su gloriosa

441

presencia en cualquier momento. No ocurra como con su difunto hermano, Gonzalito, que dio el alma a Cristo siendo un infante.

En ese momento, me desplomé sobre el suelo. El corazón se me encabritó en un prodigioso taconeo que me traspasó el pecho, perdí el color y caí. Los gritos de los hombres me iban pareciendo lejanos hasta extinguirse. No sé el tiempo que anduve fuera de entendimiento y juicio. Debió de ser largo el rato, pues cuando volví en mí misma, gracias al efecto de unas apestosas hierbas que Catalina me puso en la nariz, estaba tumbada en mi lecho y rodeada de todos.

Hernando, con un semblante grave y preocupado, me contemplaba. Nuna, con una sonrisa indisimulada, sostenía mi mano. Habían llamado al médico de la fortaleza, que me examinó largamente y en silencio, en un ritual que más parecía de hechicero que de galeno. Primero, ordenó descorrer las cortinas, contemplando con detenimiento cada uno de mis ojos. Catalina meneaba la cabeza de un lado a otro, desacreditando a aquel hombre, que pidió una bacinilla y me exigió que orinase en ella. Después de contemplar y agitar por largo rato mis orines, volvió a mis ojos, hundidos, según musitó. Y me palpó todo el cuerpo.

—Doña Francisca, no es ningún mal gravoso el que os acecha, sino el natural de una recién casada, mantened reposo, ya que estáis preñada.

Hernando se volvió a Ampuero. Agarrándolo por la capilla de seda lo levantó y lo sacó de la alcoba, mientras gritaba a los guardias.

—¡Llevaos esta escoria! No os quiero cerca de mi esposa y mi futuro hijo. Fuera, que no vuelva a veros, miserable.

Entonces se acercó al lecho con orgullo, me besó en la frente con extremo cuidado, como si yo fuera a romperme, y ordenó a todos que salieran para dejarme descansar.

Solo Nuna permaneció a mi lado. Cuando estuvimos a solas, me susurró.

—La huaca lo dijo, pues. Ya estás preñadita de un Pizarro, doña.

Capítulo 4

Los hijos

Os confieso que la gravidez no me impidió manejar con mano dura mis asuntos, a pesar de las inconveniencias y el peligro que mi esposo veía en ello. Mi papel en aquella empresa no iba a ser solo el de la gestante y sufriente paridora de descendientes, le aseguré a Hernando. Y él me dejó hacer. Asistí al ordenamiento de nuevos procuradores y mayordomos que viajaron a Perú para defender lo mío, para proteger lo nuestro. Ordené al principal, Martín Alonso, que vigilase con sumo cuidado que los indios que bajo mi cabeza estaban no recibiesen vejaciones, ni fatigas, ni les hicieran malos tratos; eran mi sangre, una de mis dos almas, y como tal les brindé el mismo cuidado. Hernando ya había logrado que los bienes de Juan, mi otro tío, volvieran a nuestras manos. También peleó por los bienes de Francisquito, obteniendo el cargo de curador para mi hermanastro, en lo que puso gran celo y empeño. A pesar de las dificultades para lograr que nos llegara el dinero, nada más recibirlo Francisquito lo gastaba a manos llenas, lo que comenzó a irritarme a mí también. Recuerdo bien que fue en aquellos días cuando hube de enfrentar todo tipo de acusaciones y ataques, asumir un sinfín de juicios, tanto por parte de la Corona, como de los que ingenuamente creí amigos y de los eternos enemigos, por ser la hija de Pizarro. Como heredera de mi padre muerto, lo era de sus deudas y también de sus pecados.

Las nuevas que llegaban de mi tierra perulera hablaban de la sombra de una guerra que se gestó a pesar de la ejecución de Gonzalo. Os diré, contestando a vuestra pregunta, que el Perú convulso siguió estando así, preso de conspiraciones, muerte y conflicto, a pesar de que los Pizarro habíamos sido ya extirpados de la tierra, arrancados de allí como la mala hierba y culpados de toda desgracia. Siempre supe que los males de Perú venían desde el inicio de los tiempos, era mucha la sangre derramada en la Pachamama, mucho el odio y el rencor que ensució el aire por más de un siglo: primero mis ancestros incas, que impusieron sus castas imperiales, dominando al resto de los pueblos, sometiéndolos a su poder y haciendo esclavos a los que no aceptaban ese orden. Basta procurarse un oído paciente para hallar en los relatos de los ancianos cañaris, en los cantos de los guerreros huancas y chachapoyas, en los gritos feroces de los chancas, o en el lamento de las mujeres de Huaylas, las faltas cometidas, para entender sin velos impuestos lo que ocurrió en aquellos turbulentos tiempos. Después la llegada de los españoles hizo correr ríos de sangre en inacabables guerras civiles. Admito que la revoltura, la sed de poder y la crueldad no cesaron nunca y admito que esas vilezas fueron compartidas tanto por unos como por otros, por mis dos sangres. Ahora era Francisco Hernández Girón quien se había levantado en armas contra las medidas de La Gasca y también se decía que quería coronarse rey, pero las lenguas, como ya os he advertido, engordan los hechos y atizan las intenciones.

No os he vuelto a hablar de La Gasca, porque me esfuerzo desde hace años en mantenerlo convenientemente alejado de mi memoria para evitar que el rencor se me enquiste, como asegura Nuna, y me convierta la sangre en un torrente espeso y amargo, agriándome el rostro, y corrompiéndome el alma. El cuerpo, según ella, se arruga y retuerce si no limpiamos el odio. Busco misericordia en el perdón que he de procurarle, pero no lo logro. El pacificador La Gasca fue prolijamente loado por una misión sin terminar, puesto que aquella tierra volvía a estar en guerra. Mientras yo compartía prisión con mi esposo, él ya ocupaba entonces su silla episcopal en Palencia. La Gasca, tras ordenar nuestro destierro, se dio prisa en solicitar su regreso a España. El austero clérigo convertido en obispo se aficionó a la vida suntuaria y a las riquezas desmedidas. Colocó a su parentela en cargos importantes de gobierno, se rodeó de oropeles y blasones, y mandó tallar en la iglesia de la Magdalena, de la que fue patrono y que acogería su cuerpo cuando la muerte le alcanzase, un escudo descomunal con sus armas, para advertencia de todos y presunción propia. Fue incómodo el final del cura en el Perú. Agobiado, sin poder hacer frente a todas las promesas de tierra y riquezas que hizo a los que negaron a Gonzalo, no veía el momento de regresar a España, para sacudirse de encima a los que llamó despreciables pedigüeños, olvidando pronto lo bien que le habían servido para obtener esa mitra de la que ostentosamente presumía ahora, agitando con orgullo las ínfulas de oro y seda manchadas para siempre con la sangre de Gonzalo. En los círculos cortesanos se decía que Perú era tierra de traidores, el lugar donde nadie querría morir en nombre del rey. Y yo, después de lo vivido, mantengo que quizá fuera cierto, y que quizá pesara en ello la ligereza con la que la presunción de un delito se convertía en prolija imputación argumentada por parte de oidores, consejeros y toda la camarilla de enviados de su majestad.

En el tiempo de gravidez, la esposa del alcaide me instaba a bordar para entretener la espera, sin saber hasta qué punto yo detestaba la labor. Acudía la buena mujer a diario a la torre cargada con pastelillos con los que aliviar mis inexistentes antojos, puesto que la preñez solo me procuraba apetito de castañas. Los pasteles servían para saciar su propia gula a gusto y libre de pecado al estar bien amparada en la piedad hacia una madre primeriza. La buena mujer se escandalizaba al verme, rodeada de legajos, documentos, tinta y pluma. La dejaba dar cuenta de la merienda mientras yo me afanaba en otros comisionados más útiles y necesarios: frenar las oscuras pretensiones de Ampuero. Por supuesto nunca otorgué aquella carta de dote que él buscaba, ese inventario de bienes que aporté al matrimonio. A pesar del hijo en camino, sabía que la insaciable codicia de Ampuero no se detendría, y así fue. Llegó a solicitarlo por vía judicial al poderoso Consejo de Indias, que emitió una provisión real exigiéndonos a Hernando y a mí el documento. Se amparaba en los derechos de mi madre, Quispe, cuya tosca rúbrica aparecía en la petición, aunque pronto descubrí el ardid que escondía. Gracias a los nuevos mayordomos que enviamos a Perú, supe que Ampuero, desprovisto de los generosos caudales de mi hacienda que manejó a su antojo cuando yo me hallaba en Los Reyes, se estaba dedicando a hacer ventas, censos y retroventas con las casas de mi madre frente al convento de la Merced. Negociaba con las chacras de maíz linderas a Lima y también con los viñedos próximos a la iglesia de Santa Ana, aunque todo aquello eran propiedades de mi madre, Quispe. Catalina fue quien me sirvió en bandeja la idea, aunque me costó entenderlo.

—No eches en saco roto lo que la adversidad enseña, niña. Vigila los anhelos de quien quiere dañarte, porque en ellos se esconde la flaqueza que hay que atacar.

—Como no te expliques mejor, seguiré en ascuas, Catalina.

—La carta de dote que pide el caballerito recoge tus riquezas antes de matrimoniar con Hernando, ¿no? ¿No ves que cree el ladrón que todos son de su condición? La dote que Quispe recibió de tu padre es lo que ella aportó a su matrimonio con Ampuero. ¿No ves que son los mismos bienes que ese majadero está usando a su antojo, negociando con ellos, malvendiendo, y gastándolos a su conveniencia, niña?

Con la ayuda de mi hermanastro Martín Ampuero, que, gracias a la santísima Virgen, salió a su madre y no a su padre, y del capitán De Molina, que viajó hasta Los Reyes, aleccioné a mi tía Inés y a mi madre sobre lo que estaba ocurriendo. Así conseguimos que se presentara Quispe ante la Audiencia de Lima, denunciando los hechos, alegando que fue forzada a firmar aquellas escrituras que nunca comprendió, ya que, como su ilustre estirpe inca, como su pueblo Huaylas, ella desconocía las letras. Pidió a los jueces la liberación de sus bienes, que solo a ella pertenecían, y que se anulasen todas las ventas hechas por Ampuero. Inesperadamente mi madre lo consiguió, los oidores le dieron la razón y volvió a sus manos lo que era suyo. Y el azote de Ampuero nos dejó tranquilos un tiempo, demasiado breve.

Debo confesar que todos mis embarazos fueron plácidos, desprovistos de la languidez y el malestar que a otras mujeres procuraba ese estado. Solo uno de ellos sí mermó mis fuerzas, arrebatándome el color y el ánimo, haciéndome arrojar sin descanso, provocando desmayos y sangrados intempestivos. Siempre he creído que ese temple y vigor que me robó la criatura mientras estuvo acurrucada en mi vientre multiplicó sus fuerzas cuando hubo de alcanzar el mundo. Cosa que agradezco al cielo todavía hoy. Los hijos duelen, ya conoceréis ese dolor. Asumí con entereza la terrible angustia que implica parir y de la que poco se habla. Despaché a las parteras que Hernando ordenó traer. Solo Catalina y mis indias me asistieron cuando, en cuclillas, dejé salir a los hijos que aseguraban el linaje Pizarro Inca, perpetuando la memoria de los dos mundos.

Con mi primera preñez, todo era nuevo. Por semanas, mi cuerpo cambiaba, creciendo mi vientre con la misma premura que la inquietud de Hernando respecto al sexo de la criatura. La mata de apio silvestre que el galeno colocó sobre mi cabeza para averiguarlo anunció a un niño, lo que holgó a Hernando, que veía colmadas sus aspiraciones, teniendo al heredero y primogénito varón. Pero no, lo que asomó entre mis piernas bañadas de sangre era una hembra. Aquello decepcionó a mi esposo, pero no a mí. Exhausta y loca de alegría la abracé con una ternura que nunca antes conocí. Solo los hijos despiertan eso. La turbulenta vida que había llevado hasta entonces alcanzó en ese pequeño cuerpo una razón poderosa, una fuerza más grande que todos los propósitos. Recordé a mi padre, y solo entonces entendí que los hijos dan calma y sentido a las vidas desarraigadas.

—Se llamará Isabel, como mi madre. Y se bautizará al alba —aseguró Hernando, con la niña en brazos.

Las aguas del dios cristiano la alcanzaron y escuché su portentoso llanto entonces. Dormí con ella en mi lecho, me negué a usar nodrizas, amamantándola yo misma. Me acostumbré a su olor limpio, a su piel virgen, a las manos que me buscaban. Cuatro semanas después mi hija Isabel murió. Yo me sumí en una marea extraña, de la que no quiero hablar, y aunque todos pretendieron consolarme, acudiendo a las manidas aguas santas que llevarían el alma mestiza de mi hija al reino de Dios, yo, con la mirada torva, me encerré en mí, y me pregunté qué era lo que había hecho mal. Antes de que se la llevaran, le marqué una cruz en el pecho con el bálsamo de Tolú, después portaron su pequeñísimo cuerpo amortajado para darle sepultura en el convento de San Andrés, muy cerca de las beatas fajardas, donde otra Isabel, sospecho que la que le dio nombre, rezó con sus hermanas el treintanario de difuntos por ella.

Volví a quedar encinta. La premura de Hernando respecto a nuestras obligaciones de esposos se aceleró tras la repentina marcha de mi pequeña Isabel. Volvieron los encuentros del lecho, cargados de tanta prisa como desprovistos de ardor. Fue esta la única vez que sufrí los inconvenientes de la gravidez. En mi segunda preñez, los malestares del vientre sí me impidieron cumplir con mis obligaciones. Pasaba las semanas agotada de no hacer nada, con la bacinilla a cuestas y el cuerpo estremecido por los vómitos. Esta vez prescindimos de la mata de apio silvestre y de las extrañas predicciones del galeno. Y esta vez fue un niño. Era moreno e impetuoso, con enormes ojos negros de indio y la sonrisa torcida de mi padre. A ratos taciturno y calmo, a ratos chillón y exigente, heredó el mismo carácter que Hernando y una extraña afinidad conmigo, que hace que nos entendamos sin hablar. Francisco recibió con las aguas cristianas el nombre de mi padre y toda la ternura que despertó en mí esa forma de amor nueva, arrancada de golpe tras morir Isabel. Los cuidados que procuré a Francisco despertaron el recelo en Hernando. No toleraba que ocupara mi tiempo en el niño descuidando la defensa de nuestra fortuna. Condenó mi decisión de amamantarlo, arguyendo lo impropio de ese gesto que solo a las nodrizas correspondía. Rabiaba si el niño me reclamaba, si me buscaba. Pretendía Hernando sin ofrecer afecto que el hijo alabara al padre, no a la madre.

Las semanas pasaban y la sentencia se demoraba, no sabíamos cuándo podríamos abandonar aquella prisión que con la llegada del niño se volvió más estrecha. El fiscal Villalobos seguía presentando causas en su contra. Parecía que ya nadie recordara la acusación por la muerte de Almagro, ahora todo se centraba en deudas y un febril deseo de arrebatarle posesiones y minas, lo único que le quedaba; el poder ya se lo habían arrebatado hacía años. El rey Carlos, que tan considerado fue con Hernando en los primeros tiempos de encierro, ahora no contestaba a sus cartas ni atendía a sus pedidos. Los chismes regios alcanzaban la fortaleza de La Mota, tan cerca de Valladolid, y en las jornadas de naipes que Hernando organizaba con los principales de Medina se colaban los dimes y diretes que yo escuchaba pacientemente.

La esposa del alcaide disculpaba al emperador, asegurando que no era el mismo desde la muerte de Isabel, su bella esposa, que no levantaba cabeza, consumiéndose en penas, misas, y largas horas de penitencia, intentando hacerse perdonar el pecado atroz que hizo que Dios le arrebatara a su gran amor. Aunque, ciertamente, otras lenguas menos ingenuas aseguraban que distrajo en aquel tiempo su pena con una dama extranjera, con la que concibió un hijo bastardo. A mí no me extrañaron ni los líos de faldas ni el silencio del emperador, ya había conocido el carácter ausente de su majestad, y también cómo esa ausencia favorecía las calamitosas decisiones del cuerpo de consejeros, que en la sombra disponían de los destinos y la honra de otros. Mientras el fiscal Villalobos seguía atizando y creando nuevos motivos para dilatar la sentencia, en aquel interminable sartal de acusaciones me tocó a mí cargar con una tan grave como falsa, el hurto que de las cajas reales hizo mi padre durante el conflicto con Manco, cantidad que fue devuelta en su momento, como se comprobó, y que me llevó a querellarme con la Corona por los gastos que la defensa de Lima acarreó a mi padre. Todos podíamos jugar al mismo juego. Y no sería la única vez que hube de sacar las uñas.

Entre batalla y batalla de aquella despiadada lucha legal, yo me ocupaba de que los niños Diego y Francisca, los hijos de Isabel, pasaran tiempo con mi pequeño Francisco, para que se acostumbraran a estar juntos y crecieran como hermanos en un esfuerzo por apartarlos de lo que yo viví con Cuxirimai y que afortunadamente años después daría sus frutos.

En aquel tiempo, en nuestra alcoba, las noches se nos iban en vela, yo atendiendo el voraz apetito de mi pequeño y Hernando organizando legajos y escrituras para armar con precisión su defensa y la mía. Sacó tiempo para adiestrarse en los deberes de esposo galante, regalándome un gran número de joyas, demasiado ostentosas a mi gusto, que agradecí, aunque me pareció de poco tino puesto que no tenía donde lucirlas. Se esforzó en procurar todos los lujos al niño, sonajeros de plata, faldones de seda y una enorme cuna cuajada de encajes y con dosel de grana, que hubo que trasladar a las caballerizas, porque no cabía en nuestra alcoba, y el niño extrañaba aquel lecho.

Habían transcurrido varias semanas de mi alumbramiento cuando llegó al castillo la noticia del enlace del príncipe Felipe con María, la reina breve de Inglaterra. La novia era prima del rey Carlos, mucho mayor que el príncipe, y se dice que quedó tan prendada que perdió el juicio por su apuesto prometido. Para el desposorio, el príncipe Felipe hubo de viajar a Inglaterra, y hacerlo doblemente pertrechado con una impropia y fuerte custodia militar para evitar un atentado, y una generosa cantidad de ducados a repartir para desacreditar a las lenguas inglesas.

—Dicen los protestantes que el príncipe va a Inglaterra a robarles. Con que traiga su alteza de vuelta solo una parte de todo lo que esos ladrones ingleses, franceses y holandeses han saqueado a las flotas de Indias y a nuestras provincias en el Nuevo Mundo, me quedaría conforme —se sinceró el alcaide Vaca mientras departía despachos con Hernando, en una de las escasas treguas en que ambos mantenían una relación aparentemente cordial.

Pocos meses después, la reina María de Inglaterra sufrió delirios a consecuencia del ardor desmedido que el príncipe Felipe le provocaba, hasta el punto de preñarse en un tiempo demasiado breve exhibiendo una prominente redondez en la cintura. Lo que ni los estudiosos médicos de la corte inglesa ni los galenos españoles de su alteza alcanzaban a entender, Catalina lo resolvió derechamente con la precisión siempre juiciosa que la caracterizaba:

—El bulto del vientre será un exceso de dulces u otro mal. No hay preñez posible en ese cuerpo achacoso. El embarazo está en sus imaginaciones.

A diferencia de la desdichada reina católica María, mis preñeces no eran imaginarias, sino reales y presurosas, y al finalizar el verano de 1554 supe que volvía a estar encinta. Decidimos que se llamaría Gonzalo, de ser varón, o Inés si era hembra.

Como ya narré, mis embarazos, salvo el de Francisco, fueron livianos, lo que me permitió acudir ese año a las espléndidas ferias de Medina, que se celebraron en octubre. La villa triplicaba el número de vecinos en aquellos días. Acompañada de Nuna, Catalina, Francisquito e Inquill, acudimos a la plaza, donde me hice con una de aquellas cajas metálicas traídas de Núremberg que todavía hoy conservo; la hice forrar en terciopelo azul y en ella guardo la carta de Gonzalo, la tela de mi padre, y ahora estos escritos con la certeza de que, salvo yo, nadie podrá burlar los pasadores que la cierran. Paseamos entre los puestos, rodeados del bullicio de las gentes. Bajo la custodia de la colegiata de San Antolín, escuchamos la hermosa misa cantada que se oficiaba desde el balcón en los días de feria para que los mercaderes no tuvieran que abandonar los puestos. Muy de cerca contemplé el palacio real donde testó y murió la Reina Católica, a la que fervorosamente admiraba mi tía Inés y Catalina detestaba. A cada paso los murmullos nos acompañaban, tres mestizos y una india eran un reclamo demasiado exótico que no pasaba desapercibido ni siquiera entre aquel gentío, y una vez más Francisquito gastó todos los reales en menos de lo que se reza un padrenuestro. Cuando me disponía a llamarle la atención, Inquill, la hija de Gonzalo, me detuvo.

—Nadie lo sabe, Francisca, y confío en que puedas mantener la discreción. Tu hermano no está malgastando el dinero, lo emplea en nuestro ajuar. Queremos desposarnos y marchar a vivir a Trujillo.

—Contad con mi silencio, Inquill. Y también con mi felicidad, que es mucha al conocer esta nueva. —Había amor en sus ojos, y la certidumbre de que para ambos sería su libertad. También era lo bastante lista como para adelantarse al único escollo.

—Nos será de gran ayuda que tú intercedas ante Hernando.

—Sabes que no será fácil, pero haré todo lo que esté en mi mano.

Pasamos la Natividad del Señor en sobrio recogimiento y sin faltar al oratorio del castillo donde el capellán de Hernando organizó las misas señaladas. En la víspera de Reyes volvió a repetirse el mal del bajo vientre que ya me acechara en la misa del gallo. Una fuerte sacudida bajó desde las tripas desgarrándome por dentro. Estaba de parto, pero no podía ser, las cuentas que Catalina y yo llevábamos con precisión de tesorero no eran esas, faltaban al menos siete semanas. Para cuando Hernando logró que trajesen al capellán, ante el estado lamentable que yo presentaba, todo había terminado. Aguas presurosas le dieron. Entre inclementes dolores, parí a mi hijo Gonzalo. Tuvo a bien Dios apartarlo de mi lado, era la tercera vez que asistía a la muerte de un Gonzalo amado en extremo, arrancado de mi lado antes de tiempo. Fue en ese momento en que volvió a mi mente el presagio de mi difunto hermano, cuando comencé a creer que los nombres también portan maldiciones. Nunca olvidaré los lutos de Castilla cuando la reina Juana, a la que acusaban de loca, y a la que convenientemente, primero su padre el Católico y después su hijo el emperador, mantenían encerrada en una prisión en Tordesillas, a escasas leguas de la mía, dio el alma al Dios. No lo olvidaré porque mi pena se ensanchó y se mezcló con la de un reino en aquel momento, solo fueron ocho las semanas que separaron una muerte de la otra.

* * *

451

A base de hierbas cocidas de Catalina y emplastos de Nuna, fui recuperándome del desgarro del cuerpo, pero no del alma. Me refugié en las mujeres, como siempre he hecho en mi vida. Hernando sintió aquella muerte, a qué negarlo, y me intentó consolar a su modo, colmándome de regalos, y despachando la pena lejos a golpe de silencio. A los hombres, estos asuntos no les duelen del mismo modo, recordad y sabed que en los afectos un hijo es de la madre. Cuando las fuerzas me alcanzaron, acudí a ver a Isabel al convento. Creo que fue en aquel tiempo y por recomendación de ella cuando más he rezado en toda mi vida, agarrada a la medalla de la Virgen de la Guía. Isabel aseguraba que la Virgen me daría la paz que tanto ansiaba mi alma y cuidaría a mis hijos difuntos. Hablaba con la certeza que da lo ya vivido, solo entonces me confesó que también eran dos los hijos muertos que guardaba en su alma. Me obsesioné con mi hijo Francisco, sometiéndole a una tiránica atención, apenas le dejaba jugar, me asustaba verle gatear, me asaltaban de noche oscuras pesadillas en las que dragones y jaguares me lo arrebataban, despedazando su diminuto cuerpo ante mi impotencia.

La urgencia de Hernando volvió al lecho, había que asegurar un linaje y en mi siguiente preñez, a pesar de que nada turbaba mi cuerpo, todo se enrareció en mi espíritu. Me volví temerosa, pedí a Nuna que ofrendáramos a la luna, mandé encender hachas de cera a la Santísima Virgen de la Asunción, solicité encantamientos para asegurar la salud y el vigor de la criatura, y hasta ordené que me mojaran el vientre con agua bendita. Y así alcancé a parir a mi cuarto hijo. Hernando, en su empeño de ensalzar la memoria de los Pizarro, decidió que debía llamarse Juan; me opuse a grito destemplado, recordando el extraño sortilegio de los nombres malditos, pero nada pude hacer, mi esposo dictaminó que estaba perdiendo el juicio al hacer semejantes adivinaciones y le dio las aguas.

Fue solo una semana después de que los espías de Hernando en la corte acudieran al castillo para asegurarnos lo que ya era una realidad, el emperador Carlos, desdentado y consumido por la gota, abdicaría a favor de su hijo para encerrarse, hasta que Dios le llevase a su seno, en un monasterio jerónimo en Yuste, cercano a Trujillo. El príncipe Felipe sería coronado rey, y así fue, a mediados de aquel frío enero de 1556. Mi pequeño Juan iba creciendo sano, y yo poco a poco fui volviendo a la normalidad. No así Hernando, que dobló sus esfuerzos, se quitó horas de sueño y también contrató a nuevos abogados y procuradores. Su obsesión era conocer al detalle los pasos del nuevo monarca y sus intenciones. Temí por su salud, y así se lo advertí.

—La llegada del nuevo rey supone una oportunidad para obtener la libertad, que no debo descuidar.

—El nuevo rey antes fue el príncipe que envió al Perú a La Gasca, quien procuró la muerte de tu hermano Gonzalo, no lo olvides, Hernando.

—Confío en que su majestad no desee iniciar su reinado albergando rencores. Es de más honor mostrarse magnánimo y justo.

—Hay algo que no te he compartido. En Panamá, el caballero Paniagua me confesó que La Gasca llevaba instrucciones del Consejo Real de nombrar a Gonzalo gobernador —me atreví a abordar el asunto que hasta ahora no había querido tocar.

—Eso es viento. Delirios de un rufián que buscaba engordarte los oídos.

Seguí acunando a mi hijo Francisco, en silencio, dando tiempo a que Hernando recapacitara, entonces volví a abordarlo.

—De ser cierto, Hernando, esa es una causa a iniciar mucho más necesaria si hablamos de honor y justicia.

—¿Desde cuándo un terreno baldío es una causa honorable? No soy, mi señora, de sembrar en tierra yerma.

—Como esposa te debo respeto, aunque ciertamente no puedo respetar a un hombre que se deja hasta el hígado peleando por la fortuna y no exige justicia por la muerte de sus dos hermanos.

—No sabes lo que dices.

—Sé que Gonzalo era el gobernador legítimo designado por mi padre y acabó muerto, y ahora mi esposo no va a hacer nada por llegar al final de ese asunto, por vengar a su sangre.

—¡No! —gritó enfurecido golpeando la mesa. El pequeño Francisco rompió a llorar despertando a Juan, que se revolvió asustado—. Mentar a Gonzalo sería condenarnos, Francisca. ¿Acaso no lo ves? Todos los bienes de mi hermano fueron requisados, ¿por qué crees que no he invertido ni un maravedí en lograr recuperarlos? Eso provocaría la ira del rey, trece años encerrado son bastantes para saber cuándo hay que medir cada palabra.

De este modo comprendí que no podría contar con Hernando para llegar al fondo de aquello. Hay cosas que no se eligen. Están ahí, grabadas en el alma, y eso era lo que yo cargaba. ¿Si me pareció una deslealtad por parte de Hernando? Quizá sí, pero no se lo dejé ver. Mi conciencia no estaba limpia, nunca falté a mi esposo, pero nunca mi alma le amó, ni tampoco nació en mí ningún afecto como Carbajal aseguraba que ocurría en los desposorios convenidos. Gonzalo seguía ocupando el lugar que a él le correspondía. Por eso asumí que debería ser yo quien enfrentase aquello, como asumí que sería yo también quien restableciera la memoria de mi padre.

Recuerdo esos años duros en los que el asedio interminable de pleitos y acusaciones se multiplicó. Cada día había una causa nueva a la que hacer frente. Me sentí rodeada, mirara donde mirara surgía una incriminación, un ataque, una mentira, un deshonroso cuestionamiento de la memoria de mi padre que manchaba su honor y que buscaban vengar a través de mí. Durante el juicio contra Vaca de Castro, entendí que las faltas y pecados de unos son perdonados con ligereza mientras otros siguen siendo señalados. Vi con claridad que el asesinato de mi padre supuso para la Corona y para su enviado la posibilidad de apropiarse de sus posesiones, de lograr pingües beneficios. Hernando fue quien me comunicó el fin del pleito.

—Vaca de Castro ha sido absuelto, sus bienes restituidos y será en breve colocado en su anterior puesto del Consejo Real.

—Los robos ilícitos, los caudales burlados, los daños ¿quedan en nada? ¿Ya se ha olvidado lo que ese hombre hizo?

—Es uno de los suyos, Francisca. Después del correctivo se ocuparán de limpiar su maltrecha honra. Me consta que ya se le han devuelto todos los salarios adeudados por prisión de su cargo de oidor en Valladolid. El generoso rey le concede veinte mil pesos de renta en Perú, y hasta licencia para pasar esclavos al virreinato.

Aquello me hirvió la sangre, esa era la justicia que recibían unos en desmedro de otros. Recordé mis sospechas de niña: la tardanza de Vaca de Castro en llegar a Perú permitió el asesinato de mi padre. Decidí que solo atacando podría defenderme, y fue en aquel verano cuando acudí al Consejo de Indias y a la Real Chancillería de Granada para presentar una querella criminal contra todos los que se hallaron vinculados al terrible crimen que cercenó la vida de mi padre. Los que empuñaron las armas y los que atizaron en la sombra con palabras cargadas de odio los espíritus. Los que pergeñaron la conspiración, los que mintieron, los que huyeron, los que no lo defendieron, todos, debían pagar por la muerte de mi padre. De nada sirvió.

Mis hijos crecían, con un padre ausente que seguía litigando. Que se volvió torpe de corazón porque la fiebre de la venganza le impedía dedicar su espíritu a otra cosa. Se decidió en aquellos días que el pequeño Diego Pizarro Mercado debía iniciar sus estudios de bachiller en Salamanca, lo que sumió a su hermana Francisca en un extraño comportamiento, manteniéndose alejada de todos y estallando en ataques de llanto que a veces se transformaban en ira. Catalina y yo intentábamos consolarla, hasta preparábamos tisanas de adormidera para aplacar sus tristezas, pero se mostraba huidiza y desconfiada hacia nosotras y entregada a una obediencia ciega por Hernando, que apenas le dedicaba tiempo.

El compromiso entre Inés Inquill y Francisquito siguió su curso a espaldas del resto. Es asombroso que aún quedase en la torre, y pese a las tremendas estrecheces que compartíamos, espacio para ocultar secretos. Pero así era. Fue en esa primavera fragante, cuando mi india Juana de Huaylas y Antonio, el esclavo negro de Hernando, solicitaron permiso para unirse, cuando aproveché para exponer a mi esposo el deseo de matrimoniar de Inquill y Francisco. Si dio la venia a Antonio, no encontré razón para no dársela a ellos.

—Es lo mejor, para ambos.

—Son primos, Francisca.

—¿Desde cuándo ha sido ese un impedimento entre los Pizarro? —Lo dije sin mencionar la vergonzosa excomunión que sus padres sufrieron por ese motivo o la admirable simpleza con la que él me desposó. Comprendió entonces que debía morderse la lengua y acudió a lo que más le inquietaba siempre, el oro.

—¿Qué dote va a aportar Inés?

—La que yo le otorgué antes de salir de Lima, y la que le corresponde por orden de La Gasca, que es lo único de los bienes de su padre que le dejaron.

—Sea como dices. Tienen mi consentimiento.

Se casaron a finales de abril, y yo misma me encargué de escribir a Cuzco para que Betanzos y Cuxirimai conocieran la dichosa unión de

Francisco. Los nuevos esposos tardaron meses en organizar el equipaje que habrían de transportar a Trujillo, el ajuar que pacientemente habían logrado reunir burlando el control de Hernando. Allí vivirían en la casa de los Pizarro, en La Zarza, hasta que adquiriesen la suya propia. Querían tener hijos cuanto antes. Me di cuenta de que Francisco vivía envuelto en una alegría apacible que nunca antes le conocí, imposible de adivinar desde que se alejara de los brazos de su madre. Inquill le daba calma, cuidándole con una dulzura intensa y callada. Me descubrí espiándolos a menudo sin querer. Ambos se daban lo que faltaba en aquella torre, calor y ternura. Me admiré del sentimiento que compartían, protegiéndose mutuamente con la fiereza que despierta el afecto, revestidos de una fuerza invisible para enfrentar los desmanes de una vida condenada de antemano. Sorprendía a mi hermano Francisco contemplándola con sus enormes ojos de caramelo, rebosando un amor sólido, y a todas luces puro. Envidié a Inquill, porque yo no sentía sobre mí esa mirada desde que Gonzalo, su padre, me fuera arrebatado. Eran ya nueve los años vividos con la falta de su abrazo, sin su olor rodeándome, sin su mano acariciando mi cadera al dormir. Mientras Inquill y yo paseábamos por la liza del castillo con los niños, mi hermano pasaba horas reunido con Hernando. Mi esposo, tras el matrimonio, cambió su actitud hacia mi hermanastro, al que siempre vio como un débil y malcriado niño grande. A menudo se quejaba amargamente del escaso tino de mi padre al haberle consentido a la madre la crianza, quien le hizo blando e inservible. Ahora Hernando le llamaba a su lado, le obligaba a asistir a sus despachos con los criados, buscando asegurarse su voluntad. Luego, Francisco se unía a nosotras trayendo consigo un aspecto meditabundo y sombrío.

Los primeros meses de invierno, a la fortaleza llegó la noticia de que el tifus se estaba extendiendo por toda Castilla, y me ocupé de mantener a mis dos hijos alejados de todos los que entraban en la torre. Todo fue muy rápido. Francisco empezó a padecer fuertes dolores por el cuerpo que después le alcanzaron la cabeza. Se quejaba del palpitar de las sienes y le dolían hasta los ojos. Desde niño siempre curaron sus males los chamanes y *amaucas* al servicio de Cuxirimai, por eso desconfiaba del galeno de la fortaleza y solo permitía que su esposa Inquill, ayudada de Nuna y las huaylas, le asistiese. El herbolario de Catalina, que ahora era escaso y a duras penas resistía en los reducidos arriates de la liza, sirvió para tratar las primeras molestias. Pronto llegaron las fiebres, y demasiado pronto mi hermano Francisco perdió el vigor para salir del lecho. A su lado, Inquill permanecía día y noche, velando su estado, besándole con ternura los párpados cuando la fiebre le adormecía, y abrazándole con fuerza cuando los delirios le metían el miedo en el cuerpo. Solo se separó de él por orden de Hernando, que nos despachó a todos acompañado de los escribanos que acudieron a recibir las últimas voluntades de Francisco. Ambas permanecimos fuera, y en ese momento consolé como pude a Inquill.

—Son muchos los que salvan el tifus, rezaremos y también ofrendaremos.

—Que no me lo arrebaten, a él no, Francisca. No tengo a nadie, mi padre fue ejecutado, mi hermano muerto cuando llegamos a este lugar. Solo me queda él.

La abracé y compartí su dolor como ella nunca alcanzará a saber. Las lágrimas me caían calientes y pesadas bañándome el rostro cuando una lluvia fina se dejó sentir en los cristales de la ventana, y yo supe que era el llanto de los dioses despidiendo a un hijo del sol. Perdí al único hermano que me quedaba. Solo yo permanecía en el mundo, solo mi sangre mantenía con vida el linaje mestizo de mi padre.

Dos semanas después se abrió el testamento de Francisco. Hernando, como cabeza de familia, escuchó la última voluntad de mi hermano, una voluntad que ahora sé bien que él ya conocía. Francisco dejaba sus rentas de Yucay y los cocales de Avisca a su esposa Inquill. Ordenaba a esta enviar un tercio de sus bienes a la tierra perulera, que serían entregados a su madre, la ñusta Cuxirimai. Solo había una condición para que Inés gozara de todos los bienes de Francisco, que no volviera a casar. Entendí que el celo de enamorado llevó a Francisco a formular esa última voluntad, tan egoísta y condenatoria, hacia una mujer demasiado joven y bella. Y me volqué en cuidar a Inquill, que ahora vivía día y noche rodeada de los yanaconas de Francisco, abrazada por la música lastimera de la quena. Los cuzqueños cumplían el rito andino de despedir y acompañar el alma de su señor siguiendo los dictados de Cuxirimai, que, desde el otro lado del mundo, velaba así a su hijo muerto.

Capítulo 5

De fiero granito

Apenas diez días después de la muerte de mi hermano Francisco, me despertó el quejido de las poleas que descendían el puente levadizo, el ruido de los cascos y un corcoveo de caballos nerviosos tronando en la liza del castillo. Admito que no fue aquello lo que me aceleró el corazón, sino escuchar de nuevo la voz de Antonio de Ribera. Había llegado a Sevilla tres días atrás. Con las posaderas deshechas por la larga cabalgada, Antonio no descansó hasta llegar a La Mota. Parecía más viejo, más torpe, más cansado. Bajé en dos saltos a recibirle y le encontré secándose el sudor de la frente, estirando las piernas, y preguntando inquieto por Hernando.

Portaba un gran número de bultos. Mi tía Inés le cargó prolijamente con lo que sabía que íbamos a necesitar: ropas blancas y mantas para los niños, semillas y granos para Catalina y para mí, algunos libros olvidados, sayas y una basquiña de terciopelo en la que advertí cómo los partos ensanchan el talle, y que acabó en la alcoba de Francisca, la hija de Hernando.

También trajo con él detalles sobre todo lo que se cocía en la corte que era ahora la Ciudad de los Reyes; allí se sentían vigilados por el virrey Cañete, señalados por su pasado pizarrista, hasta se habló de expulsarlos del Perú por mal inclinados. Me confesó Antonio que la nueva universidad ya estaba dispuesta, lo que me llenó de dicha, recordando el empeño infructuoso de mi padre por lograrlo, primero en Jauja y después en Lima. Mi padre destinó entusiasmo y solares para su construcción, pero su muerte violenta le impidió ver cumplido aquel fin. Parece que el dominico fray Tomás de San Martín obtuvo a base de insistencia el permiso del rey para lograr, en aquella remota tierra, que los hijos de vecinos y naturales pudieran hacer estudios como los salmantinos.

Ahora entenderéis el celo con que guardo mis plumas de escribir, mis compañeras infatigables en este cometido que me he impuesto, entenderéis también por qué no se las dejo tocar a nadie. Las plumas se hacen a la mano del dueño, y al igual que el caballo, la espada o el esposo, no se han de prestar nunca. Fue Ribera quien las trajo. Fue en aquel viaje. Vilcarrima el curaca de Huaylas había descubierto que una pareja de cóndores hizo nido en la gruta donde reposaba el cuerpo de mi abuela. Recogió las plumas caídas entregándoselas a Antonio, con la esperanza de que yo pudiera emplearlas en el arte de escribir todo lo que él me narró en los tiempos que pasamos juntos en Lima, cuando me relataba la historia de los Huaylas y yo escuchaba en silencio, desentrañando a cada palabra la memoria de todos.

Antonio, como procurador de Perú, acudía a la corte tras el fin del levantamiento de Girón, que ya había sufrido en el cadalso la misma muerte que Gonzalo. Viajaría a Flandes y antes resolvería unos asuntos con Hernando; no pensaba demorarse mucho en regresar a Lima, y nos contó que ya había encargado para su vuelta el tesoro exigido por mi tía Inés, que no le dejaría entrar en la casa si no lo llevaba con él.

—Cien estacas de olivo, no sé cómo haré para que sobrevivan a la travesía. Las vigilaré día y noche —confesó azorado ante semejante encargo.

—Agua, Antonio, deberás hacer provisión de agua dulce. Que vayan húmedas esas hijuelas de olivo si quieres que suden aceite. Pero no me las ahogues, por la Virgen Santísima, o llegarán a la otra orilla como los almácigos que me traes, que no sirven ni para hacer lumbre —le espetó Catalina, sin ocultar su enfado por la torpeza de Antonio.

A pesar del esmero del caballero, solo tres estacas alcanzaron con vida el puerto del Callao. Tres fueron suficientes. La mano divina de Inés para estos menesteres hizo el resto, siempre supe que solo ella podría lograr la ansiada crecida del olivo en tierra perulera. Ahora en las mesas de Perú no faltan las aceitunas verdes, negras y brillantes que se sirven al comienzo de los almuerzos, para avivar la gula. Tampoco faltan los cólicos por los excesos de olivas, según supe por mi tía. Ni el jugoso aceite. Esa fue la última vez que vi a Antonio, que murió dos décadas después. A Inés nunca la volví a ver, por eso cuando pasea por mi memoria o se asoma a mis sueños mantiene intactos el vigor y la fuerza.

* * *

459

La viudez consumía lentamente a la joven Inquill, que seguía atrapada en la pena. Decidí llevarla a Trujillo, sacarla de la torre plagada de recuerdos y del trajín insufrible orquestado ahora por mi esposo. Obstinado en averiguar qué se traía entre manos el nuevo monarca, Hernando reunía cada tarde a espías, paniaguados, procuradores y deudos, invitaba a músicos y cantores, departía entre vino y naipes hasta altas horas de la madrugada. No se levantaba hasta muy pasado el mediodía, y se ocupaba entonces en una febril actividad por lograr recuperar su libertad. Regresaron en aquel tiempo las desavenencias con el alcaide, que volvió a cobrarle los salarios de los guardias, y volvió a despertar en Hernando el temor a que el desalmado envenenara su comida. Una vez más las criadas hubieron de tornarse centinelas, vigilando con cuidado las cocinas, y yo tuve que volver a apaciguar aquella insidiosa guerra fría de orgullos, mediando con la esposa de Vaca, el alcaide.

Partimos al amanecer; en dos carros se cargaron todos los enseres, ropas, vajillas, muebles, comprados con cuidado y paciencia durante años para servir a una dichosa vida de esposos, ahora, truncada por la muerte. Tres criados de Hernando nos custodiarían a caballo. Los yanaconas de Francisco decidieron acompañar a Inés Inquill en su viaje. Llevé a mis hijos conmigo, pocas veces me separé de ellos en todos esos años, y también a Catalina, que se convirtió en la abuela que por sangre no tuvieron. Dejé en la torre a las doncellas de Huaylas con Nuna al frente. Juana para aquel entonces ya estaba preñada de Antonio, el sirviente negro de Hernando, y no me pareció adecuado que hiciese aquel viaje.

Era el inicio del verano. Un reluciente y esperanzador mes de junio se asomaba a los campos salpicados por la flor de la jara, cuando yo contemplé por vez primera la tierra de los Pizarro. Ya desde la distancia se hacía notar, recortando el horizonte con sus torres, almenas y casonas. Custodiada por una bravía hueste de encinas y matorrales, la Trujillo extremeña descansa sobre un trono de granito como las reinas antiguas. Palpé sus sillares, olí flores nuevas y a cada paso una especie de encantamiento hacía aparecer ante mis ojos una frase de mi padre oída de muy lejos, o un recuerdo de Gonzalo compartido frente a la lumbre: las siete puertas de la ciudad, el olor a jazmín que trepaba por las piedras sagradas abriéndose paso en aquella ingente ciudadela, los muros desnudos de la alcazaba mora que mantenían intacto su espíritu desafiante, la Virgen de la

460

Asunción que propició la victoria de los cristianos, y la pequeña Virgen de la Guía, esperando el regreso de sus hijos indianos, todo estaba allí. Me sorprendí en sus callejuelas con un enorme galeón de piedra flotando sobre un profundo y brillante mar verde de tunas. Era el Alcázar custodio de los Altamiranos. Salvo Inquill, todos se burlaron de mi ocurrencia, pero os aseguro que tantos años después sigo viendo el perfil de una nave. Me gusta pasear al atardecer la primera fila de la muralla, asomándome entre las almenas, y cuando lo hago, todavía ahora mis ojos vislumbran sin dificultad la majestuosa proa de un barco desafiando al viento.

La curiosidad sirvió para que Inquill se sacudiera la pena mientras recorríamos la villa cazando con ojos hambrientos retazos de nuestro pasado, reconociendo nuestra historia que era también la de aquella ciudad, donde el aire huele a cantueso y a pan recién hecho, la carne se cura colgando en ganchos tras la matanza, jamones y tocinos exhiben orgullosos la pureza de sangre de los cristianos viejos, las cabras pastan en los berrocales y las yeguas corretean libres en la dehesa real. Allí, ambas desnudamos lentamente la niñez de su padre y del mío.

Ordené a los criados que detuvieran el coche en la plaza de la villa, extramuros. Era jueves, día de mercado, y el bullicio contagioso de mercaderes y de gentes me despertó el apetito. Mis hijos Francisco y Juan, cansados de la estrechez del coche, corrieron por la vereda de tierra entre los puestos persiguiendo a un pobre gato gris al que compadecí. Observamos juntas en un extremo el trajín de los alarifes y canteros trabajando sin descanso en la que antes fue ermita y que ahora, cuajada de mechinales y andamios, dejaba ver la torre con chapitel que delataba su nueva condición de iglesia parroquial. Muchos años después sería la hermosa iglesia de San Martín, pero entonces fue el lugar donde por primera vez vi al maestro Sancho de Cabrera, que luego poblaría mis esperanzas y mis desvelos. Justo en el otro extremo, contemplé al lado de las carnicerías, linderas con la cárcel y el concejo, las casas destartaladas de nuestro abuelo Gonzalo Pizarro el Largo. Recordé entonces las palabras de mi padre.

—Algún día fundaremos y viviremos aquí —aseguré ante la mirada aburrida de mis hijos, que estaban agotados.

* * *

En la puerta de la casa nos esperaba la prosaica y beata Inés Rodríguez de Aguilar. La hermana linajuda, legítima y mayor de los Pizarro. Como me anunciara en Lima mi tía Inés, la mujer mantenía una expresión de perpetuo disgusto. Estaba extremadamente delgada, tanto que parecía que se iba a desvanecer, vestida de negro, con un áspero sayal más propio de reverenda, y una severa toca almidonada de color marfil impropia para una mujer soltera. Las manos entrecruzadas bajo el pecho, los ojos aguileños y despiertos, cargados de intención y dispuestos a desaprobar todo cuanto pasaba en el mundo, todo cuanto ofendía a Dios, que era mucho. Se veía que era una mujer sufriente, de esas que encuentran gusto en las privaciones y en la penitencia, porque solo viven para el momento en que el Señor les permita partir de este valle de lágrimas. A pesar de su beatitud, era lista, yo sabía que manejó durante años y en la sombra los capitales de los Pizarro que llegaban a España, y también era envidiosa, procurándose horribles castigos cuando ese pecado la azotaba a base de ayunos y oraciones.

Había logrado ser nombrada albacea testamentaria de su padre, Gonzalo Pizarro el Largo, ese abuelo nuestro cuyo ardor dio vida a todos los Pizarro. Inés, soltera y agriada, administraba la escasa fortuna menguante de su padre y de su madre y ejecutaba con precisión salomónica los dictados píos de mi padre y de mi tío Juan, siempre bajo la autoridad de Hernando. La mujer organizaba su piadoso y obligado tiempo mortal entre dos lugares, el sofocante verano en la casona de La Zarza y solo cuando los días se acortaban y la luz barnizaba de color naranja las piedras de Trujillo, volviendo rojos los castaños y engordando los membrillos, Inés Rodríguez de Aguilar se trasladaba a la noble y leal villa, a las que fueron las casas de su padre el Largo y su sufrida madre, Isabel de Vargas, para enfrentar el invierno.

—Os esperaba ayer —dijo con el ceño fruncido.

Nuestra llegada la desconcertó en extremo, obligando a su ordenado espíritu a cambiar la costumbre, algo que ella detestaba y que no ocultó. Cuando entramos en las casas descubrí que esa mujer adoraba las paredes frías y desnudas, solo cubiertas con crucifijos, los muros apagados y ásperos, hasta el frío que el caserón le procuraba, le hacían sentir más cerca de Dios. Siempre sospeché que la excomunión de sus padres la cargó con el pesado fardo de hacerse perdonar, aunque, como ya dije, castigarse le procuraba contento. Era leal, como me anunció mi tía, pero muy quisquillosa y desconfiada. Nos lanzó a Inés y a mí una mirada inquieta que se agravó al observar a los yanaconas. La pobre mujer había escuchado tantas chanzas del Nuevo Mundo que temía que nuestra sangre india pudiera provocar hechizamientos y cosas del demonio, y nada más atravesar el umbral de su casa nos roció a todos con agua bendita.

—¿Estos lacayos están bautizados? —dijo señalando a los yanaconas y dispuesta a empaparlos otra vez.

—De no estarlo, yo diría que ya lo habéis hechos vos, señora —contesté mientras me secaba con un pañuelo el sayal de tafetán echado a perder.

—Hay que alejar a los demonios que se cuelan en las fisuras de una fe joven y nueva, corrompiéndola. Eso atrae al mal, desata poderes oscuros. Y no quiero que en esta santa casa se nos señale de herejes.

—Estad tranquila, doña Inés, que llevan aguas y no tienen más poderes que la curandera de la Herguijuela a la que encomendáis los sabañones de vuestros pies —le aseguró Catalina.

Al principio desconfié de que aquella mujer y aquel caserón convertido en beaterio fueran una solución para que Inquill se recuperase. Pronto entendí que la reverenda Inés, como la llamábamos a sus espaldas, solo cumplía con lo establecido en toda Castilla, donde los sólidos principios cristianos se ponían a prueba. La fe no bastaba con tenerla, no, la fe había que demostrarla, para que no se cuestionara la honra cristiana. Solo el recogimiento apagaba los innumerables chismes y las acusaciones que podían desbaratar una casa con señalarla. Ya nos habíamos acostumbrado a trenzar nuestro cabello indio, largo y negro, en moños discretos para no tentar a las lenguas, pero nuestra anfitriona quería que cubriésemos con tocas la cabeza, yo como casada e Inquill como viuda. Pretendía que fuéramos a misa a maitines al convento de las jerónimas frente a la iglesia de Santa María, que rezáramos el rosario cada noche, al caer el sol, y exigía confesión diaria; tuve que zafarme como pude de esas angustiosas muestras de fe que caían sobre mí, aplastándome como losas de granito. Lo hice a base de mentiras piadosas en las que no encontré el pecado que ella hubiese señalado tozudamente.

Cuando se corrió la voz de nuestra presencia en Trujillo, los principales de la ciudad, los miembros del concejo y muchos de los familiares de Hernando acudieron a la casa, tentados más por la curiosidad que por la obligada cortesía. No ando errada si os aseguro que éramos sin duda lo más exótico y extraño que había pisado la villa por años. Allí todos vestían de oscuro, de modo recatado y sobrio, en tonos pardos y negros, como lo hacía mi padre. Recibí las reverencias de Pedro Suárez de Toledo y de su hijo, el cicatero Rodrigo de Orellana; parecieron muestras de afecto sinceras, quién iba a imaginar de ellos lo que ocurrió. También el profundo respeto hacia mi difunto padre de Rodrigo de Sanabria, un caballero que poseía grandes poderes en el concejo. Ambos se esmeraron en tratarme con las mejores consideraciones. En Trujillo y para todos, yo era la marquesa, nadie me había vuelto a llamar así desde que Esmeralda lo hiciera. Recuerdo las palabras de Gonzalo, que a menudo se burlaba de aquel marquesado que el rey Carlos otorgó a mi padre.

—Hermano, sois un excelentísimo y peregrino marqués, sin más. Un ilustre marqués a secas, único en la nobleza castellana. La buena voluntad de su majestad concediéndolo supla lo poco que ese título vale.

No le faltaba razón. Tan cargado iba de buenas intenciones el marquesado como vacío de estado, que por no tener no tenía ni título. Murió mi padre sin verlo. Aún estábamos esperando del rey los veinte mil vasallos concedidos cuando le dieron muerte. Yo sentía sobre mí la mirada burlona de Gonzalo, espiándome, cuando en aquellos días llegué a escucharme marquesa de tantos señoríos.

Para unos yo era la marquesa de los Atavillos, para otros de Las Charcas, hasta me hicieron marquesa de Huaylas, lo decían sin pensar, guiados por el atrevido desconocimiento acerca de las tierras que nombraban. No sabéis el tono que da un título, y las absurdas camaraderías que favorece entre las familias de la alta aristocracia poseerlo. Ser marquesa te abre las puertas de las casas más rancias. Eso lo descubrí en este lado del mundo. Al igual que Gonzalo, nunca le di más importancia, de él aprendí que la nobleza no la da la cuna, sino la rectitud moral y los hechos, pero sé que a mi padre aquel título le honró. Mi padre conocía de memoria las armas y los blasones, los emblemas de las casas más linajudas y de los hechos gloriosos, ganados en batalla, que se recogían en aquellos escudos que para mí sinceramente eran todos iguales.

* * *

A comienzos de octubre, cuando cayeron de los árboles los erizos y con ellos las primeras castañas, me di a la voracidad ya conocida por esos frutos, descubriendo entonces que volvía a estar preñada. Catalina me despachó la revoltura de la barriga con una yema de huevo mezclada con vinagre. Aquel día fui a dormir más temprano de lo acostumbrado, pidiendo permiso a la reverenda, que seguía envuelta en su interminable rosario. De madrugada, la luz de la palmatoria y la cara fúnebre de Inés Rodríguez de Aguilar a un palmo de la mía me hicieron saltar aterrorizada del lecho, despertando a los niños. En el zaguán esperaban dos criados de Hernando con el gesto descompuesto y el sudor chorreándoles la frente.

—Por el cielo, hablad. ¿Ocurre algo?

—Debemos llevaros a La Mota, señora. Es vuestro esposo. Está más cerca de Dios que de los vivos.

El viaje fue un infierno, en el traqueteo incansable del coche pasaron ante mí todos los presagios negros que una viudez me acarrearía. Los niños dormidos, Catalina, velando su sueño, y yo acariciándome una y otra vez el vientre, donde crecía una criatura que a todas luces nacería huérfana.

Entré en la alcoba y apenas le reconocí. Estaba mucho más delgado, los excesos le habían estragado el cuerpo provocando aquel mal que el galeno no atinaba a descubrir, y que yo tuve claro: mi marido acabó condenado, agotado y consumido por esa guerra sin cuartel contra la Corona que no le daba tregua, esa batalla eterna de pleitos contra todos por recuperar la hacienda y lograr la libertad.

Abatido en la cama, vi a un hombre indefenso pero orgulloso. Apestaba la alcoba a los sudores retenidos en un cuerpo que a nadie dejaba ver ni tocar. Con ayuda de Catalina, le aseamos, cambiándole las sábanas y vistiéndole con una camisa de lino limpia. Se veía bien de entendimiento, su juicio no estaba afectado, aunque la fiebre le asaltaba a cada poco, y las sangrías le condenaban a estar postrado. Llevaba así semanas, pero no avisó para no darme susto. Encontré a un esposo tierno a pesar de los dolores, pero a un hidalgo destrozado por lo que adivinaba de sí, hallando en el semblante lastimero de los otros el despojo que era ahora.

—Llama, Francisca, a los escribanos. —Me sujetó la mano con desesperación—. Quiero dejarlo todo bien dispuesto, para que no os falte nada ni a ti ni a los niños. Llévame a Trujillo, no me dejes aquí, entiérrame con mi padre. Quiero irme sin fasto ni ruido. Como buen cristiano. Un entierro recogido, solo para los míos.

Me encomendó la tarea de educar y casar llegado el momento a sus hijos mayores. Entonces le susurré que una nueva criatura crecía en mi vientre, y apretó mi mano, llevándome cerca para confesarme lo mucho que le escocía en el alma el daño hecho a los indios, por ello me pidió perdón y también a Dios. El capellán llegó portando los óleos, y yo salí a buscar a los escribanos.

La agonía duró semanas, en las que no me separé de mi esposo, aplicándole paños fríos, acercándole el agua con vino que como un pajarillo bebía, cubriendo con emplastos los cortes de las sangrías, y escuchando de madrugada, en los momentos en que la fiebre le asaltaba, el nombre de Isabel.

Pero mi esposo no murió, quiso el cielo dejarlo con nosotros por veinte años más. Lo que nunca sabré es si para Hernando su milagrosa recuperación fue una bendición o un castigo.

Cuando ya lo dábamos todo por perdido ocurrió el episodio de Antonio, el sirviente negro de Hernando, que para siempre quedará vinculado al milagro. No os he dicho que en aquel tiempo de lutos que cubrió la fortaleza, Juana mi doncella de Huaylas se puso de parto. El sonsonete de la torre era un revoltijo insólito, arriba en la alcoba de Hernando las mujeres siseaban sin descanso las oraciones mientras abajo Juana de Huaylas entre alaridos paría una niña. Nada más ver la luz, su padre, el negro Antonio, cogió en brazos a la criatura y subió de tres zancadas las escaleras, aporreando la puerta de la alcoba; Hernando, ausente, ni se movió. Con los ojos cerrados, desde hacía días, ni sostenía mi mano ni pedía agua con vino a sorbos.

—Mi señor, no podéis dejar este mundo sin ver esto, mi india Juana parió un hermoso membrillo.

Al oírlo, me levanté, era cierto, la niña era un prodigio de belleza, con una piel brillante, mezcla de cobre y ébano y también amelonada, de labios carnosos y ojos rasgados.

Hernando, de improviso y por obra de Dios sabe qué encantamiento, comenzó a reír y pidió que le acercaran a la recién nacida, dictaminando

466

que bien parecía una aceituna. Ante la mirada perpleja de todos, que nunca alcanzamos a entender aquel extraño milagro.

La muerte me devolvió al esposo, me lo trajo más fortalecido y determinado, y meses después comenzaron nuestras primeras tormentas. Fue cuando descubrí el testamento que entre agonías dictó a los escribanos en aquel mes de octubre, donde sin velos recogía su clara disposición de que al morir él, yo no volviera a casar; no era una orden, pero sí dispuso una conveniente razón para desalentarme: de hacerlo la tutoría de mis hijos pasaría a otros. Las mujeres parimos y damos vida a los hijos, pero en la estirpe Pizarro, los descendientes pertenecen al linaje y a él se deben. Ya conocía bien esa cantinela. Desde muy niña, lo vi y también lo viví. Aunque no lo esperaba de él, no hacia mí. La exigencia del linaje es así, y solo los hombres tienen la última palabra. A las mujeres nos corresponde acatar y con infinita paciencia, sin levantar suspicacias, buscar en la sombra nuestro bien. Es la nuestra una guerra silenciosa, pero yo no estaba hecha para vivir en el fingimiento.

El puente levadizo de la fortaleza se abrió una fría mañana de marzo para recibir a otro ilustre preso. Se trataba de don Luis Colón, tercer almirante de Castilla, hijo de Diego Colón y María de Toledo, de modales exquisitos y espíritu farandulero; muy dado a los fastos, al juego y especialmente a las mujeres, fue hecho preso por bigamia. Un conveniente y conciso pecado por el que se podría arrestar a más de la mitad de los españoles asentados en las Indias, y que permitiría reducir de paso otras inconveniencias, como las generosas capitulaciones consentidas a su abuelo. El inmenso poder concedido a Colón antes de acometer el incierto viaje a las Indias era todavía un lamentable dolor de cabeza y un enorme problema que heredaba el rey Felipe de su abuelo, el católico e irreprochable Fernando. Don Luis Colón, a pesar de la mano firme de su madre, era díscolo y revoltoso. Heredó el rencor que persiguió a su abuelo y a su padre. Nos acostumbramos a su presencia en la torre, donde acudía a visitar a Hernando para quejarse amargamente de la infame mentira de que se le acusaba, y también para beber vino, jugar a los naipes, y contemplar de reojo a mis indias con las manos prestas a palpar en un descuido sus cuerpos.

Todo seguía aparentemente bien, mi preñez no me causaba malestar y el único quebradero de cabeza comenzó el día que recibimos aquella misiva. La carta que llegó de Trujillo despertó las diferencias que nos llevarían al enfrentamiento abierto a mi esposo y a mí. Las dudas que ya venían de atrás adquirieron forma precisa cuando le encontré en la alcoba, una tarde, con aquella carta en las manos, y una mirada de satisfacción.

—Debes reclamar a Inés Inquill la herencia de tu hermano Francisquito. Te otorgaré un poder para ello, y Diego Moreno partirá con él al amanecer a Trujillo.

Me dio a leer la carta. Con una letra tan enjuta como su cuerpo, la reverenda Inés anunciaba con indisimulado disgusto el desposorio inminente. Aclaraba la mujer que, a pesar de su vigilante mirada, de su esfuerzo en evitarlo y su disposición a que Inquill profesara como monja en el convento de San Miguel, donde gracias a la formidable dote de la joven ya había arreglado su ingreso sin demasiadas fatigas, el galanteo entre el caballero Francisco de Hinojosa y la joven Inés Pizarro Inquill había desembocado en promesa de matrimonio. Pedía la reverenda a Hernando que se negara a aquel disparate, como cabeza de familia, y ordenara su entrada en el cenobio dominico. Pero no, mi esposo no lo haría, servía bien a los deseos de Hernando aquel desposorio. Y yo no supe si alegrarme por Inquill o compadecerla.

—Pensé que el amor cegó a Francisquito disponiendo algo tan cruel, ahora sé que no había amor, sino celo desmedido de aunar riquezas por parte de mi esposo.

—Este es el agradecimiento que recibo de ti, después de echar hasta el hígado por velar por tu hacienda y tus intereses.

—No necesitamos esas rentas. Son de más provecho para Inquill, a la que le quitaron todo.

—¿Cómo se te ocurre? Esos bienes pertenecen a los Pizarro.

—¿Y no es Inquill una Pizarro?

No me contestó. Buscó con prisas entre sus papeles uno firmado por el nieto de Colón.

—A don Luis Colón y Toledo he tenido que darle hoy mismo en préstamo la vajilla de plata, por no tener reales con que sostenerse. Dime,

¿acaso quieres acabar como él o como el linaje de Cortés? Yo diría que no, y por eso, Francisca, confío en no tener que recordarte nunca más cuáles son tus obligaciones en esta empresa. Firma el documento.

—No olvides tú tampoco el acuerdo que hicimos en esta empresa.

—Firma el documento.

Lo hice, firmé aquel documento, no estoy orgullosa de haberlo hecho, como no lo estoy de otras muchas cosas que a lo largo de mi vida hube de hacer y que espero que el cielo me perdone. Sí os admito que, poco a poco, iba entendiendo que aquella ya no era enteramente mi causa. Que Hernando la había desdibujado y yo lo había permitido. No está bien que una esposa juzgue al marido, pero no faltaré a mi promesa de ser honesta con vosotros porque sé bien que habréis de enfrentar mil tribulaciones y también defenderos.

Ayudé a Inés con la dote, a espaldas de mi esposo, y decidí que, si la herencia de Francisquito volvía a mí, Cuxirimai obtendría también una parte de ella. Hernando no pudo oponerse, pero sí envió a su mayordomo Martín Alonso a Cuzco, para negociar la cantidad con Betanzos y asegurarse de que no sobrepasaba lo establecido a su deseo. Fue pronto cuando entendí que mi esposo nunca quiso regresar a las Indias, mucho menos establecerse allí. No amaba aquella tierra, no como mi padre y como Gonzalo. No. Hernando buscó siempre el modo de regresar a la madre patria y encumbrar su linaje. Por eso, su propósito no sería nunca mi propósito.

Un luminoso viernes de julio, parí a Inés. Mi hija nació de pie y con los ojos abiertos. Por eso no me costó reconocer la mirada de su abuela Quispe, que también es mi mirada. Hermosa y rolliza, era un trozo de mí, mi bella Inés. Mucho más india que española, mucho más tempestuosa y determinada, cargada de tanta bondad que hasta me permitió parirla sin descalientos. La crie en aquella torre hasta que la vi fuerte y a salvo de los brazos de una muerte prematura. Solo entonces, abrí mi caja de caudales, y saqué la tela pintada. Con cuidado, memoricé cada trazo de aquel dibujo torpe, donde Pedro de Candía plasmó la ciudad de Tumbes, la primera vez que fue contemplada por ojos blancos.

Reconquisté mi poder, dado por Carlos V, y partí con mis hijos a Trujillo, dispuesta a hacerlos míos por encima de todas las cosas y dispuesta a limpiar la memoria de mi padre y borrar la deshonra cometida por tantos años. La memoria de mi padre no era la de los antiguos Pizarro, no, anquilosada en vetustos ordenamientos de pureza de sangre, en osos rampantes en un pino marchito, en el mantenimiento de feudos imposibles, en la gloria hidalga de una Castilla y una España envejecidas y agonizantes. La memoria de mi padre era la del nacimiento de un Nuevo Mundo, que crecía sofocando los últimos estertores del Viejo, creando una nueva realidad y una nueva estirpe; su memoria bebía de las sangres nuevas, de tierras mezcladas y de la unión indeleble y ya eterna de dos civilizaciones, de dos imperios, eso que Hernando nunca entendió ni contempló. Eso que vivía en mí. Lo que palpitaba en mi pecho haciéndolo respirar eran las dos almas, las dos sangres, yo era el legado humano de esa memoria, al igual que mis hijos.

Con ellos y mis indias, me instalé en la insigne y realenga Trujillo. Pasaba más tiempo allí que en La Mota. Para aplacar a las lenguas acudía a visitar a mi esposo cada tres semanas coincidiendo con el día de domingo. La pequeña Francisca no quiso acompañarnos, permaneció junto a su padre Hernando, a cargo de Mari Prieta.

En aquellos tiempos, hablé con alarifes, dibujé un plano desmañado con el que buscaba hacerme entender, departí con maestros canteros, sonsaqué el nombre de los mejores entalladores, de los más delicados ebanistas, me aseguré de que los mejores herreros y forjadores se plegaran a mi deseo. Ofrecí grandes salarios a todos los que estuvieran dispuestos a comprometerse con aquel proyecto de forma derecha y rigurosa; yo trabajaría como la primera, pero necesitaba leales en aquel viaje. El trajín de mi trabajo de hombres escandalizaba a la reverenda Inés, que desaprobaba mi actitud, también mi disposición de los bienes de mi padre, en aquel periplo de lograr su última voluntad. No estaba dispuesta la reverenda ni a ceder su poder ni a que las casas de mi abuelo, su padre, fueran desbaratadas en aquel derroche de ostentación pecaminosa que, como aseguró, solo podía venir del demonio. Sencillamente, no la escuché. Y seguí adelante.

—Os he entendido, y aquí os lo muestro: de fiero granito, cuatro alturas, remates en la cornisa, las esquinas ornadas con el escudo de los Pizarro.

—No. Solo una esquina, balconada, con las armas blasonadas que el emperador Carlos concedió a mi padre, en gran tamaño. El resto, los pinos y los osos, las armas de Hernando, salpicarán las fachadas.

—No conozco el blasón de vuestro padre, señora —aseguró Jerónimo González.

—Lo conoceréis en cuanto me lo envíen de la corte, esta es una parte. —Le mostré la tela pintada por Pedro de Candía—. Ahora es menester comenzar el andamiaje y la construcción del edificio.

—Lo primero serán los cimientos, asegurar su resistencia, señora marquesa. Habrá que fortalecer y apuntalar bien las carnicerías municipales. —Sancho de Cabrera hizo una pausa que auguraba problemas—. Lo cierto es que habrá que sustituir las maderas por cantería, reforzar los arcos con bancales que aguanten el peso del palacio, casi volver a construirlas. Y ahí no os puedo ayudar, ya que para eso necesitáis el permiso del concejo.

—Mi esposo lo solicitará. No será un problema. No quiero, maestro Cabrera, que se dé un paso sin mi aprobación; ya os digo que será un trabajo arduo, pero los jornales serán generosos.

Así fuimos dibujando el trazo del palacio que por siempre portaría la memoria de mi padre y de mi madre, para advertencia de todos, para homenaje a la mestiza sangre que ambos fundaron. Me convencí de que solo de ese modo podría tejer eternidades, no acumulando oro, sino haciendo nacer la belleza, sirviendo a la gloria, esa que fue mancillada por otros. Un palacio espléndido, de fiero granito, en el que puse todo de mí, que casi me costó la salud y la familia, y que después se me antojó demasiado grande, demasiado intimidante y demasiado oscuro, cuando sola me enfrenté a sus largos pasillos y sus inmensas galerías, en las que a veces se asoman los muertos de mi conciencia. Decís que es acogedor, pero no lo es. Solo mis estancias lo son, eso lo admito. Habláis de la belleza que emana, y es bello, sí, pero hay días que siento en él una belleza triste, creedme, que no porta el arrullo de un hogar verdadero. Quizá sea yo, que ahora llevo el invierno a cuestas, y la nostalgia en la piel.

Hernando, ante mi marcha, buscó contentarme y a través de su mayordomo, Diego Camargo, hizo una acertada compra: la casa lindera del escribano Hernando Vargas, a condición de mantener la autorización que este caballero ya obtuviese años antes de construir sobre las carnicerías. La sagaz visión de Hernando logró ablandar los inconvenientes. Tras pagar sobrado oro por aquellas casas, Camargo presentó el permiso al concejo y se engordó con nuevas promesas para mejorar las destartaladas carnicerías. No hubo sino holgura y dicha por parte de los miembros del concejo. A qué iban a quejarse de que arreglásemos las carnicerías y las hermoseásemos como hicimos, poniendo hasta remates de mármol. Los regidores Pedro Suárez de Toledo a la cabeza y el intrigante Rodrigo de Sanabria apoyaron con firmeza la propuesta, más bien apoyaron que el dinero de los Pizarro arreglase las carnicerías municipales, y si hubo alguno indeciso entre los regidores, ellos mismos se lo ganaron asegurando que mejor acuerdo no era posible.

Los tiempos que no pasaba en las obras, lo hacía recorriendo Trujillo. Acompañada de mis hijos salíamos en procesión con mis indias y Catalina. Inquill se unía después a nosotras. Al principio, nuestra presencia despertaba miradas de pasmo y curiosidad. En los ojos pacatos y cristianos de los hidalgos de Trujillo éramos la comidilla, y eso que prescindí de los quitasoles de plumas, de los sayales vistosos, de los mantos tintados con los rojos andinos, pero pronto descubrí que eran nuestra piel y nuestros ojos lo que les desconcertaba. Al final, como siempre, con tiempo y paciencia, todos nos acostumbramos, ellos a nosotras y nosotras a ellos, al fin y al cabo, hidalgos y religiosos, mayorazgos y segundones, escuderos y armeros, hasta el último mozo de aquel lugar, debían mucho a mi padre. En nuestras exploraciones arrumbábamos unos días hasta el arrabal de San Miguel, donde llevé a mis hijos, para que supieran el lugar en que nació su abuelo, el marqués Pizarro. Allí estaba la casa donde parió en la más absoluta clandestinidad Francisca González, mi abuela, de la que sabía muy poco, porque a mi padre se le acongojaba el alma al recordarla, y estableció un cerco de silencio en torno a ella. Sé que fue una mujer honrada, trabajadora y sencilla, pero eso lo supe por mi tía Inés, que solo tenía palabras de alabanza hacia su suegra. Otras veces acudíamos al Campillo, donde había grandes llanos y arboledas, para que Francisco y Juan emularan mil batallas y la pequeña Inés se atreviera a gatear. Allí, una tarde de abril, con las cigüeñas crotorando como ranas gigantes, convencí a Catalina para comprar unas casas, y en la hora que lo hice. Todavía hoy me arrepiento, aunque sé que está más cerca la resolución de este terrible entuerto, porque no dejaré esta vida hasta lograr lo que es de justicia con Catalina.

Algunas tardes visitaba con Nuna las aguas del Magasca, el riachuelo cercano a la villa, que se sacrificaba yendo a morir al Tajo, para darle más caudal y fuerza. El Tajo es impetuoso, su rugido me estremece y me habla todavía hoy, él me anticipó grandes hechos que ocurrieron después.

Casi me había acostumbrado con placidez a aquella vida, rodeada de mujeres, donde los únicos varones eran mis hijos. Ya ni me pesaba el desacuerdo con Hernando ni la malhumorada reverenda, con sus órdenes que no cumplía y sus inacabables rezos, de los que nos zafábamos hábilmente. A ese fin, tomamos la costumbre de darle la razón a todo. Le asegurábamos que acudíamos a la misa del convento jerónimo, mas la realidad es que a la altura de la puerta de Santiago tomábamos la calle de Cambrones y destinábamos la hora de la eucaristía y del rosario a aposentarnos en el taller de los maestros de la seda, un prodigio de obraje, donde nos eternizábamos palpando las telas, escuchando la música de la rueca, compartiendo secretos y tinturas, oliendo el aroma de hilos finísimos moviéndose incansables en el telar, bebiendo aguamiel y encargando piezas para sayales y basquiñas. Empezaba a acomodarme a la calma que otorga la fuerza de un propósito en ciernes, construir aquel palacio, rodeada de la infancia de Gonzalo, de los que fueron amigos de mi padre, cuando fui requerida en La Mota.

El rey Felipe había trasladado la corte a Madrid y encontró tiempo y ganas el monarca para atender los pedidos de Hernando, o quizá las maquinaciones de los espías de mi esposo surtieran efecto. Nunca lo sabré. Sin sentencia todavía, Hernando había obtenido la libertad y yo debía acompañarle en su salida de La Mota.

473

Capítulo 6
El duelo

El aire olía a mimosas y a la flor recién abierta del endrino cuando el día de San Pascual del año 1561 partimos de La Mota. Desde la liza, contemplé el despertar de Inti barnizando de un blanco impoluto el castillo. Allí quedaban confinados los últimos dieciocho años de vida de mi esposo. Imaginé que también allí permanecerían los desvelos, las luchas y la vergüenza, pero me equivoqué. Con prisas me despedí de aquella villa donde parí cinco hijos, y dejé enterrados a dos. Donde siempre permanecerá un poco de mí.

Los preparativos del viaje fueron extenuantes. Hernando en aquellos años había acumulado un sinfín de trastos, muebles, cuadros, tapices flamencos, ropas de cama, el realejo y los bargueños. Hasta había comprado dos perros de caza, vaya una a saber por qué. Antes de partir, decidió regalárselos al alcaide, Vaca, quien con gesto complacido acogió solo a uno de ellos, el único de la pareja que inesperadamente, al verle, se abalanzó sobre él en un gesto demasiado familiar. No necesité mucho más para saber que conejos, liebres y cochinos fueron presa de ese lebrel, en las muchas cacerías a las que el viejo zorro de Vaca asistía, y que mi esposo ni sospechaba. El otro viajó con nosotros y recibió de Hernando el nombre de Judas, por su condición de traidor en la caza. El escuálido podenco volaba como una flecha cuando avistaba un cochino, pero para esconderse. Solo sacaba un ardiente coraje cuando olía a Sancha, la mastina del molinero, a la que preñó no pocas veces. Se crio en nuestra casa. Mis hijos crecieron con él, y ahora su nieto, Judas III, crece conmigo, custodiándome con más tino de lo que jamás hizo su abuelo, que se ocultaba entre las piernas ante la menor amenaza.

Aunque estaba decidida a partir de Medina en paz, y sin disgustos, Hernando, en su afán de disponer de todos, ordenó que Antonio, Juana de Huaylas y la pequeña viajasen con nosotros a Trujillo.

—Son mis esclavos, y vendrán conmigo.

—Juana de Huaylas es libre, al igual que todas mis doncellas. No tienes ningún derecho sobre ella ni sobre la niña. Más vale que le concedas la libertad a Antonio, que gracias a él despertaste de la muerte. No enojes a Dios y honra con piedad cristiana el milagro que te trajo con los vivos.

Hernando sabía que Antonio no abandonaría a su esposa, y no era mi marido de darse a batallas yermas, además, cuando la muerte te roza siempre aviva la clemencia y el perdón. También da luz a los sentimientos escondidos, esos que nos negamos y que afloran con premura si se adivina el final. Me despedí de Antonio y Juana, besé la frente amelonada de la pequeña Juanilla, les di una bolsa de oro, y también mi permiso sobrado a Juana, para que no temiera un arrebato del más allá de mi abuela por dejar de estar a mi lado.

Salimos de la fortaleza y las gentes se arremolinaban a nuestro paso para contemplar cómo el eterno preso Hernando Pizarro, que tantos chismes como leyendas provocó en la villa, dejaba su cautiverio. Más de veinte carruajes formaban la comitiva con la que marchamos de la insigne Medina. Dispuse con cuidado el orden de la caravana. En el primero, más vistoso y llamativo, viajábamos nosotros con la pequeña Francisca. En el último, bien cubierta, a salvo de miradas y lenguas afiladas, viajaba Isabel de Mercado. Fue esa la primera vez en diez años que pudo contemplar de lejos a su hija Francisca. No íbamos a consentir que Isabel permaneciese en aquel convento. No ando errada si os aseguro que esa fue la última vez en que Hernando y yo estuvimos plenamente de acuerdo en algo. También fue la primera vez que abordé aquel asunto sin melindres, al fin y al cabo, el secreto y el sigilo ya eran una sinrazón, convertidos en evidencia, tras la agonía de Hernando. A qué iba a ofenderle con unos celos que no existían, que no sentí nunca. Cuando yo llegué a Medina, Hernando ya había iniciado los acuerdos para exclaustrar a Isabel, con el beneplácito de la priora, que a mí me ninguneaba y a él obedecía firmemente.

—Tras la misa me ordenaron preparar mis bártulos para partir, ¿a dónde tengo que ir, Francisca?

—A Trujillo. Lo haremos con recato. Nadie lo sabrá. Así estarás cerca de tus hijos, Isabel.

—En todos estos años, ni una sola vez han buscado mis hijos mi presencia. No será distinto ahora.

—Sí lo harán, yo me ocuparé.

—Quiero seguir viviendo en cristiana hermandad. No quiero dejar la vida en el convento.

Se arregló aquello con paciencia y dote, más de veinte mil maravedís al año dispuso Hernando a ese fin, facilitando el ingreso de Isabel en el convento de Santa Clara de Trujillo. Tuvo que cambiar de ciudad y también de orden, dejó de ser dominica para ser franciscana o concepcionista, nunca lo he tenido claro dada mi ignorancia y mi poco interés en estos asuntos del clero. Solo me preocupa de los conventos su piedad socorriendo a niñas y mujeres y solo conozco en detalle a una orden, la de la Merced, que tantas veces abogó por Gonzalo, por mi padre y por mí.

El convento estaba muy cerca de la plaza de la villa. No le costó acostumbrarse. Era mucho más grande que el de Medina, con un claustro hermoso, donde la luz se colaba por todas partes y el aire olía a buganvillas, a cera y masa de almendras horneada. En el patio que comunicaba con la iglesia de San Clemente, en los restos de la Huerta Blanca y al lado del pozo, hallamos el que Isabel llama nuestro mentidero, porque allí, rodeadas de geranios y rosas, del zumbido de las abejas y del trajín del monjío, hemos compartido durante más de tres décadas todas nuestras cosas, las buenas y las malas. Junto a ese pozo supo Isabel la temprana muerte de su hijo al que consumieron las fiebres en Salamanca y también allí recibió de mí la noticia del desposorio de su hija Francisca, que hizo buena boda emparentando con el linaje de los Orellana. Ese lugar donde lloramos, reímos, y nos sanamos la una a la otra no ha cambiado nada en todos estos años, como no lo ha hecho ella. También allí cacé la mirada de deseo que el nuevo y apuesto clérigo de San Clemente le prodigaba, mucho más devoto de los ojos de Isabel que de las Sagradas Escrituras. Junto a ese pozo seguimos pasando las tardes de primavera, atiborrándonos de dulces y recordando a los que no están, que ya son muchos.

* * *

Después del largo cautiverio, Hernando dispuso nuestro traslado temporal a la casona de La Zarza. En aquello me dio gusto mi esposo, porque yo anhelaba la vida en el campo, donde podría entrar y salir a mi antojo, donde mis hijos y la pequeña Francisca crecerían con desahogo y libres, eso que yo no tuve en mi niñez. Ya me imaginaba abrazando árboles, rodeada de olivares y viñas, escuchando a los pájaros, sembrando la huerta y leyendo los mensajes del agua. Pasada la Herguijuela, donde la tierra se pliega superponiéndose en mil alturas, nacen las viejas montañas arrugadas que anuncian la serranía y que me hicieron sentir cerca del espinazo de piedra azul y terciopelo verde que vertebra mi tierra andina. Ahí estaban las portentosas Villuercas, las montañas viejas que custodian el santuario de la Virgen Negra. Un prodigio de verde y ocre, de roble y madroño, rodeaba el camino, y yo andaba en esas cuando los caballos se detuvieron y el alma se me cayó a los pies al ver el estado de las casas en las que íbamos a vivir.

Las que poblaban mi juicio eran las que Gonzalo recordaba, y así me habló de ellas una y otra vez. Yo me quedé con ese vago recuerdo que mi memoria embelleció oportunamente, desde luego que lo hizo, ya que en nada se asemejaba a lo que encontré. No creáis que la casa de La Zarza siempre fue así, como ahora vosotros la habéis conocido, no. Hizo falta mucha voluntad y mucho trabajo para hermosearla. La reverenda Inés había dejado que aquel lugar rivalizara con las celdas de un cenobio templario. Ni la torre del homenaje, ni las caballerizas, ni las amplias alcobas de la segunda altura donde ahora descansáis con soberbias vistas a la ladera de la sierra existían entonces.

—¡¿Pero qué habéis hecho con las casas de padre?! —gritó Hernando.

—Las privaciones elevan el alma a Dios, hermano —aseguró la reverenda bien asida a la única arma que comprendía, su rosario.

—Entonces, doña Inés, con tres semanas malviviendo aquí habremos ganado largamente el cielo —contestó Catalina mientras se preparaba con Nuna a adecentar las alcobas de los niños.

Aquello era un caserón desalmado, un galpón desnudo, con la huerta abandonada, los limoneros desastrados y sin flores, ni una sola flor. Recuerdo que las parras que rodeaban la entrada, crecidas y salvajes, eran una maraña donde las avispas campaban a sus anchas. Una colonia de gatos bravíos habitaba, sin la menor intención de dejar de hacerlo, las cocinas y las alcobas, lo que afortunadamente mantuvo a raya a las ratas, y al fondo, el estanque nos traía en las noches oscuras el lamento triste de la pequeña María de Aguilar, la hermana de los Pizarro que allí murió ahogada de niña, y que se les aparecía a mis indias y a Judas cada dos por tres, aunque yo nunca la vi.

Lo primero que hice fue cercar el estanque, porque no quería más muertos. Lo segundo, consolarme pensando que sería breve tiempo el que estaríamos allí. Qué errada estaba, cómo iba a imaginar el tremendo desaguisado que se orquestó después. Al final hubimos de hacer frente a dos obras, inmensas, la del palacio en memoria de mi padre y la de aquella casona, y el trajín de Trujillo a La Zarza por parte de peones, oficiales, canteros y alarifes hizo que en la villa nos sacaran cantares, despertando la mezquina envidia de muchos.

En los primeros tiempos viviendo en La Zarza, recuerdo bien cómo las sirvientas nuevas cuchicheaban sin parar sobre mí. No era nuevo. Sabía por Nuna que en los corrillos chismosos eran muchos los que se preguntaban si Hernando habría heredado la pasión insaciable que su padre, el hidalgo Gonzalo Pizarro el Largo, sintió por las criadas, a las que preñaba día sí y día también, en un prodigio de fértil y copiosa hombría. Mi abuelo solo hubo tres hijos legítimos en su matrimonio, el resto, nueve vástagos, fueron concebidos en vientres lacayos, de molineras, sirvientas y amas de llaves, e irónicamente fueron esos bastardos los que dieron recia estirpe a los Pizarro. Yo callaba y hacía oídos sordos, sin descubrir a nadie que ya había sucumbido Hernando al ardor por una sirvienta, aunque esta no despertó solo apetitos lujuriosos en mi esposo, sino que fue el báculo en el que Hernando descansaba su arrogancia, donde deshacía la crueldad, obteniendo de ella esa calma que no lograba en ningún otro lugar y que admito yo no supe darle. Sé que Hernando me fue fiel, al igual que yo a él. Al menos en cuanto a la carne, no pecó, no cometió adulterio. También sé que su corazón, endurecido por los años, solo tenía una dueña. Algo que yo no podía reprocharle.

Sí le reprochaba, en cambio, su escasa atención a los hijos. Hernando no sabía ser padre, carecía de la virtud esencial para ello, porque mi esposo no sabía compartir. Era protector, pero siempre a su peculiar manera. Suplía con alhajas la falta de afecto. Llevado por su imprudente severidad, trató a nuestros hijos con una soberbia exigencia, más propia de un capitán tirano que de un progenitor. Criticaba sus acciones, los tachaba de débiles y despreciaba a Francisco. A pesar de los esfuerzos, mis hijos nunca lograron colmar las inalcanzables expectativas de un padre distante al que pronto descubrí que temían. Por agradarle y lograr su aprobación, se desató la rivalidad entre Francisco y Juan. Al principio era un juego, se retaban en los entrenamientos de armas por impresionarle, luego me preocupó, cuando la inquina y los celos los separaron. Inés, mi pequeña, se mantuvo tan alejada de aquella guerra silenciosa como de la atención por parte de su padre. Las exigencias del linaje son despiadadas con las mujeres. La primogenitura excluye convenientemente a las hembras en la herencia del mayorazgo. Pero yo me juré encargarme como fuera de dejar bien pertrechada a mi hija.

Como os decía, los niños crecían con un padre ausente, obstinado en dirigir el destino de la fortuna familiar. Juan poseía un carácter abierto y despreocupado. Mi hijo el menor no era rencoroso ni de mezquinos cálculos, sabía que no le correspondía heredar el mayorazgo, reservado al primogénito, y decidió darse a otros comisionados. Si le hubierais conocido, era apuesto, gran jinete y sospecho que habría sido gran guerrero. Tan mal inclinado a los estudios como esforzado maestro del galanteo, Juan era animoso, desenvuelto, de porte aristocrático y poseía el carisma que a golpe de sonrisa desarmaba la virtud de las damas, condenando su honra. Francisco, en cambio, siempre fue callado y taciturno. Sensible a las artes y culto como su padre. Responsable de sus deberes, y obstinado en el linaje, en el honor y en la fama, mantenía desacuerdos con Hernando precisamente por poseer ambos el mismo carácter, exigente y a ratos despiadado. Mi hijo Francisco acabó perdiéndose a sí mismo, en aquel empeño imposible de agradar a Hernando, tan impreciso e imposible como caminar sobre las arenas engañosas de los esteros.

Me ocupé de dirigir mis asuntos, de entregarme a mis obligaciones y de educar a mis hijos, ya que las ausencias de Hernando continuaron por años, viajando a Uclés, a Leganés, a Valverde, siempre flotando como un fantasma errante alrededor de la corte. Aquello le aguijoneaba el orgullo. Su destierro perpetuo de las Indias no le causó pesar. Diría que ninguno. Más descaliento le dio el pago de cuatro mil ducados por todas las faltas cometidas, que me pareció poca cantidad, y que después descubrí a qué se debía cuando tres años más tarde la Corona confiscó todos nuestros bienes. El pillaje no solo se pertrecha en tiempos de guerra, la rapiña también se hace sin levantar espadas y sin que el polvo y la sangre cubran el acto. Lo aprendí entonces, en nombre del poder y en tiempo de paz, el pillaje es llamado embargo y se ampara en disposiciones reales que consejeros y escribanos plasman elegantemente en remilgados documentos. Todas las tierras de Hernando pasaron a manos de otros, convenientemente repartidas por el virrey Nieva entre sus deudos para contentarlos, aunque secretamente era la Corona quien buscaba hacerse con ellas. Comenzó de nuevo la batalla legal que ya conocía. Juicios, testigos, probanzas. Al final, logramos recuperar solo una pequeña parte, y en su empeño formidable, Hernando consiguió la autorización del rey Felipe para fundar mayorazgo, que había de heredar Francisco, nuestro primogénito, con sus rentas y obligaciones.

En aquel tiempo viajaba a diario a Trujillo para supervisar las obras del palacio. Lo hacía en un sencillo carro de mulas, sin llamar la atención. Siempre he preferido despertar desinterés a despertar envidia, no así mi esposo, que poseía una inusual habilidad para atraerse antipatías y ganarse enemigos. Tantas veces hice el camino que aquellas viejas mulas aprendieron a llegar con los ojos cerrados al palacio.

—No necesito ni azuzarlas, señora. Podría sestear desde la puerta de La Zarza hasta el mismísimo zaguán del palacio. Estas bestias son astutas —me aseguró tiempo después Guillén, el sacristán que cada año, en el mismo carro y llevado por las mismas mulas, transportaba el día del Corpus y el Jueves Santo los tapices flamencos de Hernando, para ornar balcones y ventanas del palacio de mi padre, al que ya por entonces llamaban la casa del escudo sin saber los descalientos que el dichoso escudo despertó.

Aquella mañana tuve que detener a las mulas a la altura de San Martín, donde Sancho de Cabrera, el maestro de obra, custodiado por sus hermanos, y Jerónimo González me esperaban detrás de la iglesia, con un aire de pésame. Me irrité, sus salarios me costaban una fortuna, y encontrarlos mano sobre mano no me hizo ninguna gracia.

—Así no se aprovecha el tiempo, maestro Cabrera, ya hace horas que el sol salió, y os veo despachando la jornada sin dar palo.

—No podemos trabajar. El concejo ha ordenado derribar todo el entibado, han reducido a polvo los refuerzos de las carnicerías, señora.

—Eso no puede ser.

—Comprobadlo vos misma.

Me asomé y allí estaba el alarife del concejo dirigiendo la molicie, que los peones ya llevaban muy avanzada. Les hubiese sacado los ojos en aquel mismo momento. El alarife me aseguró que él solo cumplía órdenes. Con la sangre hirviéndome, acudí al concejo.

—Es una decisión del concejo reforzar las carnicerías que están resintiéndose, marquesa. —Sin mirarme siquiera, Pedro Suárez de Toledo, sentado en su escritorio y con la pluma presta, resumió de ese modo absurdo y arrogante aquel estropicio.

—Ya se reforzaron, señor mío, lo hicimos mi esposo y yo, y están destruyendo la obra.

—Vuestro esposo está comprometiendo el bien de un edificio del concejo, que es un edificio de toda la ciudad. El peso de ese palacio perjudica a las carnicerías.

—¿Acaso no habláis con los maestros y los oficiales de obras, señor? Lo que habéis ordenado: derribar los cimientos, adelgazar los muros, retirar los bancales, trasladar los arcos, es lo que pondrá en peligro no solo a las carnicerías, también mis casas.

—Ya os he dicho que es un asunto del concejo, no hay más que hablar, señora. Quizá debierais buscar otro lugar para construir ese descomunal y ostentoso palacio de reyes que ahora quieren los Pizarro.

No le contesté. Me pareció de una insolencia miserable. Sospeché que la inquina iba dirigida a mi esposo, pero la desvergüenza y el daño me alcanzaba a mí, aquel no era solo un palacio, era la manera de honrar a mis sangres. A través de Diego de Camargo, el mayordomo de obras, se presentó la demanda al concejo; Hernando no iba a permitir aquella afrenta ni aquel desprecio ni yo tampoco. Los oficiales, los alarifes, y hasta los maestros de obras nos dieron la razón, era una temeridad lo que el concejo había hecho, pero tanto Pedro Suárez de Toledo como el intrigante Rodrigo de Sanabria desoyeron lo que los sabios dictaminaban y siguieron empeñados en que el mayor de los males de la ciudad era nuestro palacio.

Acusaron después al balcón esquinado (donde Jerónimo González debía tallar las armas y el escudo de mi padre) de ser lo que provocaba el daño a las carnicerías. Al final pasó lo que temí y con todas mis fuerzas traté de evitar. Hendiduras muy feas invadieron las carnicerías, y las grietas alcanzaron el muro del palacio, provocando el derrumbe de una de las partes. Un estruendo que enmudeció a todos, y una nube de polvo que alcanzó hasta las casas de Juan de Orellana cubriendo de negro el cielo y de gris el aire. Todavía hoy agradezco a la Virgen de la Guía que no se cobrara ninguna vida de las muchas que pudo sepultar.

Diego Camargo, Sancho de Cabrera y los oficiales dieron la voz de alarma para que los vecinos abandonaran las casas colindantes a tiempo, evitando una terrible desgracia. Pero el poso de odio siguió su curso, alcanzando entonces a las familias, creando los rencores que ya conocía. Nos miraban con desprecio, nos acusaban de creernos reyezuelos. Rodrigo de Sanabria y Pedro Suárez de Toledo hablaban de Hernando sin respeto ni pudor ante todo el que quisiera envenenarse con su resentimiento. Cuando acudíamos a misa, se mofaban de nuestras ínfulas, aseguraban que, de no impedirlo ellos, construiríamos un puente de plata de nuestro palacio a la iglesia de San Martín para acudir al culto como emperadores. Llamaban a mis indias la corte de infieles e hicieron correr el chisme de que su presencia desataría la ira de Dios sobre Trujillo. El cicatero hijo de Suárez, Rodrigo de Orellana, increpaba a mis hijos Juan y Francisco allá donde los viera. Hernando mantenía ocultos los odios revueltos que sé bien que le escocían, se le tensaba el cuello y se le encendía la mano, pero nunca acudió a la espada, dispuesto a que fuera la justicia quien pusiera en su sitio a esos dos miserables. Quizá todo este feo asunto se hubiese resuelto engordando los bolsillos oportunos, quizá eso buscaran los airados regidores, una generosa prebenda que señalara su poder. No sería la primera vez ni la última que el oro calmaba las afrentas y callaba las bocas.

Fue una noche de principios de primavera, estábamos frente a la lumbre. Mi hija Inés, Juan y Francisca descansaban en sus alcobas. Catalina dejó la labor, porque ya llevaba semanas sufriendo el corcoveo del pecho que se la llevó por delante. Pasó años con esas tiriteras sin frío que le oprimían el corazón a golpes secos, privándola de respiración. Subía con ella a la alcoba, cuando Judas, asustado, comenzó a aullar como un león marino. Mi hijo Francisco entró en el zaguán, con el odio saliendo a borbotones de sus ojos y dejando un rastro de sangre en la cantería.

—No hay herida, la sangre no es suya —resopló Catalina después de buscar lo que ambas temíamos, la huella de la espada en el cuerpo de mi hijo.

—Claro que no es mía. Ese malnacido se llevó la peor parte.

—¿Qué has hecho, Francisco?

—Os defendí a padre y a ti, vengué nuestra honra, madre, el infame Rodrigo de Orellana nos acusó de traidores al rey. Dijo que padre tiene empeño en construir el palacio allí para estar cerca de la cárcel, de donde nunca debió salir.

—No debiste hacerlo, Francisco, por la Santísima Virgen, dime que no le diste muerte.

—No, madre, no. Apenas le alcancé el muslo y el brazo, lo que le obligó a soltar el puñal. Empezó a sangrar como un puerco y le cargaron los suyos. Mientras daban la voz al alguacil pude huir a caballo.

Gracias al cielo las manchas bermejas era más graves y escandalosas de lo que el breve duelo fue, aunque fueron suficientes para mancillar la reputación de mi hijo, alimentando a las lenguas.

De esto no se habla, en las familias se tapan las vergüenzas, os aseguro que solo estos escritos os darán a conocer lo que pasó. De una puñalada defendió mi hijo el agravio, qué otra cosa cabe esperar de un hijo y nieto de guerreros. Maldigo los duelos, que no resuelven nada y conjuran a la muerte.

Hernando no lo supo hasta mucho después, cuando acudió de Uclés y los alguaciles alcanzaron nuestra casa de La Zarza. Las faltas que no soportamos en nosotros mismos son las que más condenamos en los demás. El juicio fue breve, se absolvió a Francisco, pero ya había condenado su destino. Siempre he sabido que aquel fue el principio del fin, decidió apartar a Francisco del mayorazgo por otras muchas razones, pero bien le sirvió de argumento apoyarse en esa reyerta para tildar a mi hijo de mal inclinado, al menos ante mí.

Un frío infernal se instaló entre padre e hijo. No intercambiaban palabra, y sí miradas hirientes. Solo compartían los escasos almuerzos en que lograba, con no poco esfuerzo, que todos nos sentáramos juntos a la enorme mesa de roble. El orgullo de Francisco afrentado no entendía aquel desprecio de su padre. El desdén de Hernando hacia el hijo no daba tregua. Cuanto más se alejaba de Hernando, parecía que más se acercaba a mí Francisco. Un día me preguntó.

—Dicen que padre preñó a una monja de Santa Clara.

—¡Cómo te atreves a hablar así de tu padre!

—No soy yo, todos en Trujillo lo dicen. ¿Es una monja la madre de Francisca?

Parece que lo que yo consideraba un secreto era sabido de todos. Las hermanas de Santa Clara, entre rezo y rezo, le daban también a la lengua. Le expliqué lo ocurrido, deshaciendo el entuerto de creer que su padre había profanado el cuerpo virgen de una sierva de Dios.

—No entiendo cómo casaste con él, madre.

—Tu padre es difícil, pero es hombre recto y de gran valía. Mi matrimonio me une a él en la sangre. También en las hazañas y en los sucesos, para conservar la memoria de mi padre, que es también la tuya y que también habrás de defender.

Tras meses de tensiones y desprecios, mi hijo Francisco se fue de la casa; marchó a vivir a Trujillo, y dio la espalda a aquel padre que no comprendía, y también a mí, a la que consideró a ratos cómplice y a ratos víctima.

La marcha de Francisco me hizo ver el sacrificio al que el comportamiento áspero e inclemente de Hernando me condenaba, no era el primer sacrificio que hube de asumir desde que nos desposamos, no, pero sí el que más daño me hizo. No hubo en él salvo indiferencia ante un hecho tan gravoso como la marcha del hijo. No hablaba de él, no se avenía a razones, ni siquiera se interesó por saber su paradero, que yo averigüé después. Ahora sé que las grietas que vencieron al palacio eran las mismas que irremediablemente iban a fraguarse entre Hernando y yo. Para aquel momento ya dormíamos en alcobas separadas, en aquellas portentosas camas de madera torneada, cubiertas de oro, carmesí y azul que él hizo traer de Italia y donde talló sus armas. Los asuntos cotidianos hacían estallar las tormentas que ambos guardábamos, al más mínimo escollo saltaba la chispa que nos llevaba a retarnos, a medir nuestras fuerzas. Las peleas eran silenciosas, eso sí, cubiertas de la frialdad y el recato con que intentábamos apuntalar el respeto de esposos ante el resto, pero desataban huracanes que dejaban la casa temblando.

—Tratar de imponerte solo traerá más celo de su parte. Los reproches no servirán de nada. Busca el bien de tus hijos, muéstrate dócil, aunque después seas tú quien decida.

—¿Qué encantamiento es necesario para aplacar un espíritu como el de ese hombre? Dime tú que lo conoces.

—No es hechicería ni hay encantamiento, Francisca, es paciencia y buen tino. A veces solo basta con una palabra de afecto, o una mano tierna a tiempo para ganar a un hombre y atraerlo a tu causa. En el ánimo de tu esposo pesa la desconfianza, para Hernando estás con él o estás en su contra, y esto último es lo que despierta venganzas memorables. No seas un enemigo más, sé el aliado astuto que juega provechosamente sus cartas —me aconsejó Isabel, que recibía en el convento visitas de Hernando y estaba al tanto de aquella guerra que nos consumía.

Determiné dedicarme a mis obligaciones y me mantuve alejada de Hernando, que ahora alimentó aún más su obsesión por desgranar y espiar cuanto ocurría en la corte. Solo me preocupaba de sus maquinaciones e intrigas lo que se decía de mi tierra perulera. Por eso estaba al tanto de la revuelta de Vilcabamba. El temido despertar de la llanura sagrada se produjo en aquellas fechas. Al cabo de tantos años, el último reino inca se desangraba poco a poco por la guerra. Los hijos de Manco y sus propios odios precipitaron esa caída.

Admito que los detalles más siniestros y menos conocidos de aquel fin, los supe por Betanzos. Tras fallecer Curiximai, Betanzos me escribió, roto de dolor. Angelina se fue marchitando, dejándose morir, y él nada pudo hacer; ahora, acompañado de la pequeña María, me compartió los entresijos de la situación que se vivía entre los hijos de Manco. Fueron sus cartas las que me dieron la clave de aquellos hechos a los que él asistió, como mediador y lengua, gracias a la *panaca* de Cuxirimai y al respeto que por la viuda de mi padre sentían los hijos de Manco. Intentó Betanzos guiar las conversaciones, suavizar las exigencias intercediendo ante los últimos soberanos de la llanura sagrada. Gracias a él supe de la repentina muerte del sucesor de Manco, Sayri Tupac, que se ganó el desprecio de los ministros y orejones por negociar la paz para su pueblo con los blancos; fue aquella una muerte sospechosa que, como el mismo Betanzos me aseguró, no fue obra de los españoles. También conocí la maniobra de su hermano Titu Cusi, jugando a las apariencias y aceptando las aguas de Cristo para lograr que Vilcabamba pudiera persistir.

Por un tiempo se frenó el reguero de cadáveres que cuajaron los caminos y las entradas de las haciendas. Las emboscadas de Titu y sus guerreros sembraron de muertos las sendas. La venganza del Inca se anunciaba con la zampoña, pasaban entonces como un viento negro, arrasando la vida y dejando tras de sí los cuerpos de mujeres, niños y hombres, asaeteados con flechas emponzoñadas, la cabeza abierta a hachazos y los miembros esparcidos para que nadie olvidase la presencia de la vieja Vilcabamba. Cuando Titu Cusi firmó su promesa de paralizar los ataques, de no acoger a las hordas de naturales que acudían renegados y sin destino a refugiarse a Vilcabamba, y de abrir las puertas a los curas y misioneros, no sospechaba que estaba firmando su sentencia de muerte. No quiso escuchar el rugido del río Acobamba, ahora frontera de agua entre la tierra de los barbudos y la de los últimos incas, advirtiéndole del fatal sino.

Una noche entre fuertes fiebres el Inca pereció, se acusó de esa muerte a los agustinos que lideraban la misión del evangelio en Vilcabamba, a los que torturaron y ejecutaron. Así fue como Tupac Amaru, el hijo bastardo de Manco que nunca fue *auqui*, que jamás estuvo entre los herederos, y que en silencio se hizo con el poder militar, logró obtener la *mascapaicha*, negándose a negociar ni a tener ningún trato con los viracochas, lo que hizo despertar de nuevo a la muerte.

En los tiempos que no me hallaba rodeada de maquetas y planos que iban perfilando el palacio o atendiendo las exigencias de mis hijos, leía con avidez las crónicas procelosas y convenientemente publicadas después de la muerte de sus escribientes, en las que se hablaba de mi padre, de Gonzalo, de mi abuelo Huayna Capac y de los hijos del sol, donde hallé tantas imprecisiones como intereses bien dirigidos y alentados por otros. Me apretaba las entrañas cada vez que leía las palabras «tirano», «usurpador» y «rebelde al rey» cosidas a trazos calumniosos junto al nombre de

Gonzalo. Me escocía el alma ver aquello. Pero Hernando no quería oír hablar del asunto, lo había dejado bien claro, mentar a Gonzalo era desatar el espíritu furibundo de mi esposo. Recordar a Paniagua provocaba en Hernando una burla, anclado en la certeza de que aquel pobre diablo deliraba cuando me hizo esa confesión.

Cuidé de mi hacienda, por supuesto que lo hice. Guardé y vigilé el ahorro, algo que aprendí de Catalina, que poco a poco estaba juntando un buen acopio de oro. Con el dinero de la venta de mis casas y huertas en Lima decidí comprar tierras en Extremadura, me dediqué en negocios de cultivos y crianza de ganado: carneros borros, ovejas, caballos, y más de mil cerdos pastaban en mis dehesas. Cuando llegaba el tiempo de la montanera, recorría a caballo la tierra y a menudo al observar el paso vacilante y relajado de los cochinos buscando la bellota, pensaba en cómo a Gómara, el cronista de Cortés, le hubiese complacido saberme porquera, como él llamaba despectivamente a mi padre, faltando a la verdad y cumpliendo con sus fabulaciones. No me di caprichos durante aquel tiempo, ninguno, solo me dediqué a ennoblecer la memoria de los míos, y admito que, a ratos, solo a ratos, Hernando me ayudó.

Mandé llamar a los mejores artesanos. Mientras se resolvía el juicio contra el concejo, las obras del palacio se detuvieron, pero aquello no me amedrentó, al contrario, me apresuré a organizar la faena de imagineros, ensambladores y herreros. Dispuse que se esculpieran las figuras que rematarían la cornisa de las dos fachadas, allí encontraréis a los cañaris con su quena, los guerreros huaylas, las doncellas aimaras portando sus frutas y escanciando la chicha, y a los pescadores de Huanchaco observando el mar a poniente. Esas estatuillas que tantas veces Gonzalo hizo nacer a golpe de navaja de las ramas caídas del naranjo de mi padre conviven con las que Hernando ordenó esculpir de músicos que simbolizan las virtudes que ambos leímos en el libro de emblemas de Alciato. Cuando los entalladores que habían de labrar los remates de vigas y ménsulas de mis habitaciones llegaron a La Zarza para conocer al detalle lo que había ordenado, casi se caen del susto.

—Pero, mi señora, son monstruos.

—Son mis antepasados, cuidad vuestras palabras.

Contemplaron atónitos y santiguándose las enormes caras de madera que me regaló Contarhuacho, mi abuela, los rostros de orejones, sacerdotes y guerreros que velarían mis días y mis noches, custodiando mis dependencias. Desde fuera escuché al aprendiz engordando sus cuentos:

—Esos son los indios que con dagas de obsidiana arrancan el corazón a los vencidos para comérselo.

—Bárbaros del demonio, son caníbales, con los huesos de los muertos hacen flautas, así me lo narró el cura de Salvatierra, que estuvo en las Indias.

—No, señores, esos son los mayas del reino de Nueva España, aunque quizá estos llegado el momento podrían arrancar un corazón con los dientes.

Lo dije sin pensar, en el fondo me gustaba el temor que despertaba en algunos mi condición de india. Siempre estuve dispuesta a aclarar entuertos y a narrar cómo era mi otro pueblo, pero hallé a pocos que quisieran saberlo, preferían seguir anclados a esas fábulas que tenían más que ver con sus imaginaciones y la prolija farsa de los cronistas.

El mismo año que terminaron las obras de la iglesia parroquial de San Martín y se bendijo el templo de Trujillo, en Lima mi tía Inés fundó el convento de la Concepción, al que donó toda su hacienda, incluyendo la espléndida huerta que por sí sola daba ya más dinero limpio que muchas de las minas de Charcas y en la que cerca de mil olivos cuajaban la tierra ofreciendo sombra y desahogo. Allí se retiró para olvidar que Dios Padre la castigaba a permanecer en el mundo de los vivos, con salud de hierro y vigor en el alma, sobreviviendo una vez más al hijo y al esposo.

Tras la muerte de Ribera, su hijo malgastó gran parte de los bienes de mi tía. El joven Antonio de Ribera enviudó pronto de mi prima Ana Pizarro, casó entonces con la hija de Diego Gavilán, María de Chaves, una joven recia y carente de remilgos que se ganó a Inés de inmediato. Ambas hacían buenas migas y juntas acometieron aquella cruzada fundacional cuando Ribera el Mozo murió en Huamanga, convertido en un eccehomo, con la cara y el cuerpo llenos de abultamientos por el mal de la verruga peruana. Antes de que la pena la consumiera, Inés se plantó de negro frente al arzobispo, Jerónimo de Loayza, y sin rodeos ni etiquetas, con la rotunda disposición que la acompañó siempre, exigió el permiso para fundar un convento en el que ella misma se iba a encerrar. El arzobispo, tembloroso, firmó el pliego de inmediato. De este modo, Inés lograba un lugar seguro donde acoger a la colosal tropa de huérfanas, hijas de conquistadores empobrecidos y viudas que en Lima se consumían, sufriendo necesidades y enfrentando graves riesgos. Disfrazó de contemplación cristiana y consagración a Dios la exigente necesidad de dar remedio a esas mujeres. Saberlo despertó en Catalina una concienzuda nostalgia y un claro anhelo.

—Las casas que compré en el Campillo quiero que se dediquen a recoger a los huérfanos, que son muchos los pobrecitos que veo en las calles, con barrigas hinchadas de hambre y velas de mocos por el romadizo. De no ser guardados acabarán esas criaturas a merced del garrotillo y el tifus.

—¿Quieres fundar un convento como Inés?

—No creo que yo lo consiga, no tengo los redaños de tu tía. Me conformo con una casa y un colegio, donde les enseñen las letras y los recojan, hasta que puedan ganarse el jornal con un oficio y donde ayuden a casar bien a las huérfanas. Eso es lo que quiero.

—¿Y qué quieres que haga yo?

—Si mi hijo no estuviera preso, sería el capellán para gobernar, enseñar y amparar a esos niños. A ti te encomiendo mi voluntad, Francisca.

—Hay tiempo, Catalina.

—No, no lo hay, las desbocadas del pecho cada vez son más fuertes, niña, estoy vieja y no llego al Corpus. Ofrosina, la curandera, me lo leyó en la mano, por eso quiero ir a los escribanos, y dejarlo todo bien dispuesto.

La fatídica predicción de Ofrosina, esa vieja alcahueta que por unos reales decía cualquier disparate, no se cumplió. Mi aya llegó al Corpus, y a los Santos y a la Natividad del Señor, sirviendo con denuedo a esconder las trastadas de mi hijo Juan, que seguía levantando la falda a molineras, campesinas y doncellas linajudas, y a ser la guardiana cómplice de la mocedad de mi hija, Inés. A pesar del taconeo del pecho y de los vahídos que a veces le procuraba, se desvivía con ellos supliendo la falta de un padre.

Inés estaba cada vez más hermosa, heredó de mí la pasión por los libros y la música, también la determinación de un carácter fuerte. Afortunadamente, se mostró más inclinada que yo a las tareas propias de las mujeres, aprendió a coser con Catalina, y también los secretos que encierran las hierbas que curan y los condumios en la cocina y se expresaba con la misma llaneza desprovista de melindres de mi aya. El único antojo que sufrí durante mis preñeces hizo que el gusto de mis hijos por las castañas fuera obsesivo, Inés devoraba aquellos frutos y aprendió a prepararlos de mil formas. Las semanas precedentes al culto de Todos los Fieles Difuntos, cuando el otoño caía sobre los campos, mudando su aspecto y coloreando los árboles, mi hija se trasladaba a Montánchez, recorriendo con paciencia y tenacidad sus laberínticos bosques de castaños. La espesura milenaria guardaba en su regazo húmedo los erizos preñados que Inés perseguía con la fiereza de los antiguos exploradores. Allí se instalaba en la casona de los Mesía de Prado, deudos y amigos de mi difunto padre, haciendo buen acopio de castañas, que luego maceraba con Catalina cociéndolas con agua, azúcar y vino, encerrándolas después en frascos de barro llenos de miel, obteniendo la golosina que devorábamos durante las fiestas de la Natividad del Señor.

Francisca, la hija de Hernando, a su vez, estaba inmersa en los preparativos de su desposorio con el joven Fernando de Orellana. Valiente, fornido y apuesto, de pelo claro y sonrisa franca, era un joven hidalgo de noble corazón y educadas maneras. La boda fue acordada por Hernando, que se congraciaba así con su primo Juan Pizarro Orellana, padre del novio, al que Hernando debía muchos favores y que fue un conveniente aliado oculto de mi esposo durante los años de prisión. La joven Francisca no objetó en ningún momento el casamiento, al contrario, veneraba a Hernando y acogía sin rechistar todos sus mandatos. Unirse al linaje de los Orellana la llenó de un orgullo hidalgo que me resultó disparatado, de repente se volvió más devota que la reverenda, dejándose ver en los oficios religiosos y acudiendo a confesión todos los días. Cuando no estaba en la iglesia pasaba las horas engalanándose, rociándose de un perfume de gardenias mareante o encargando basquiñas y sayales demasiado ostentosos a los maestros de la seda. Desarrolló por aquel entonces una extraña obsesión por cubrir las manos. A ese fin se hizo cortar más de seis pares de guantes forrados de marta que empapaba en el mismo aceite de gardenias, tal y como lo hacía la propia Catalina de Médici o eso aseguraba ella, aunque en este caso el resultado sospecho que no era el mismo. Con los apestosos guantes cubría sus manos hasta el codo, dejando un cargante rastro en los largos paseos en los que se colgaba orgullosa del brazo de su prometido para dejarse ver en la plaza de la villa. También sacaba tiempo para maquillar lo que no le convenía, usándome a mí como parapeto para ocultar a su verdadera madre, a la que pese mi insistencia se negaba a visitar, algo que cada vez más me costaba disculpar ante Isabel sin herirla.

El primer hijo de la pareja llegó al año del casamiento. Hernando rehusó asistir al bautizo aludiendo a asuntos urgentes, aunque el único asunto era su incapacidad para moverse con dignidad a causa de unos reumas que le dejaban en cama por días. Bebía yerbas que Catalina le suministraba secretamente para soportar el sufrimiento de los huesos, pero jamás se quejó, nunca le escuché un lamento, y no fue hasta después de morirse cuando descubrí los arañazos bajo la madera de la cama con los que aliviaba el dolor. La ausencia de Hernando propició que la madrina del bautizo fuera yo, cuando alcancé la iglesia de San Martín con mis indias vi a mi hijo Francisco apostado en la puerta de poniente del templo. Él sería el padrino.

—Solo acepté ser padrino de bautismo de la criatura al saber que padre no vendría.

—Sabes el infierno que estoy pasando por tu culpa.

—No, madre, no es mi culpa.

—¿Dónde has estado?

—Me alojo en las casas de Francisca y Fernando.

Le abracé y le pedí que regresara, a sabiendas de que no lo haría. Hasta estaba decidida a insistir llevándole a empujones si era necesario, pero el clérigo nos llamó a grito destemplado, puesto que todo estaba dispuesto para cristianar al niño Juan Hernando Orellana Pizarro. Todo menos los padrinos. La ceremonia fue larga y aburrida, pero muy del gusto de la madre, que vistió el acto de la solemnidad propia de los herederos al trono de Castilla. Después de darle aguas, el párroco, con caligrafía de párvulo y delante de mí, rellenó el libro de bautismo de la parroquia, donde contemplé que aparecía mi nombre como abuela de la criatura. Con formidable determinación Francisca se había propuesto borrar su procedencia, eliminar ante todos a su verdadera madre y perder sus escasos cabales pertrechando semejante delirio. Yo no pude aguantar más. Agarré a Francisca del brazo, me la llevé hasta la sacristía y delante de la colección de sagrarios exploté.

—Ese niño ya tiene una abuela, y no soy yo.

—Sois la esposa de mi padre, por tanto, la abuela de mi hijo.

—¿Acaso ser madre no te ha abierto los ojos? Sé bien que la recuerdas, no eras tan niña cuando la apartaron de ti. No cuentes conmigo, Francisca, para procurar este daño innecesario. Hasta cuándo vas a seguir humillando a la que te dio la vida.

—Ella no ha querido saber nada de mí. Nos abandonó. Por qué iba a querer saber yo de ella.

—Porque es tu madre. Y ahora mismo vamos a resolver esto.

Ordené a la nodriza que marchase y me llevé a Francisca con el pequeño al convento; sabía que no eran horas, pero iba dispuesta a tirar el portón de madera si era necesario. La hermana Angustias, con su voz temblorosa, contestó en el torno; la buena mujer al escuchar el llanto del niño temió lo peor.

—Dejadlo en el torno con cuidado, no descalabréis a la criatura. ¿Lleva aguas?

—Lleva aguas, madre, pero no lo traemos para acogida, avisad a la hermana Isabel.

En seguida apareció Isabel. La cara se le iluminó al contemplar al niño y al ver por fin a su hija. Francisca lo depositó en sus brazos, y entonces me marché, para dejar que esas dos se dijeran todo lo no dicho en esos largos años.

Hoy he salido a pasear por las calles cercanas a mi casa, he tenido que hacerlo transportada en la silla de madera, porque las fuerzas me fallan. Cuando la encargué a los carpinteros me aseguré de que no fuera muy pesada, para no soliviantar a los brazos que habrían de cargarla, y admito que yo también me he vuelto más liviana con los años. Los criados avanzan despacio para que yo descorra a tiempo las cortinas de damasco negro mientras mi esposo a mi lado se detiene y me narra las novedades del barrio. Es incesante el trajín que se traen en las casas que se dice serán el nuevo convento de las carmelitas descalzas, una orden que ha dado mucho que hablar en la corte por los arrobos de su fundadora, que para unos destilan olor a santidad, mientras que otros ven en ellos la mano del demonio.

El caso es que Teresa de Cepeda y Ahumada murió sin ver fundado el convento en la corte que tanto anhelaba; a ella no la conocí, aunque sí a sus hermanos, que en el Perú dieron no poca bulla, luchando en el bando del iracundo virrey en Añaquito. Veo el esforzado trabajo de peones y alarifes y me lleva a los interminables años que dediqué al palacio, a las duras cuitas, y a las esperanzas depositadas, a los inconvenientes que aparecen de improviso, a la pertinaz exigencia, entiendo que las carmelitas vivirán ahora esos desvelos, como yo los viví; fueron muchos, lo admito, y uno de los peores me acechó cuando hube de encargar los bustos que habían de ornar la esquina principal con los que busqué honrar la memoria de Quispe, mi madre.

Todo ocurrió tras la llegada del escultor de Sevilla. Quise contratar al genio Balduque para aquella empresa, pero tuve que conformarme con su discípulo, ya que el maestro llevaba en el celestial regazo de Dios más de dos lustros y yo nada sabía de su muerte. Había que tallar los rostros de mi madre y de mi padre, según mi decisión, pero mi esposo determinó que también deberían ir allí su busto y el mío para rodear y custodiar el balcón de esquina sobre el que reposarían las armas de mi padre, cuya autorización seguía sin llegar de los despachos reales. El asunto es que a instancias del entallador yo debía bocetar el rostro de Quispe. El de mi padre y Hernando no me dieron ningún aprieto, eran tan parecidos, que se hicieron similares pruebas; lo único que no casaba y vigilé bien que el discípulo corrigiera usando el trépano era la ausente y perdida mirada que ahora Hernando mostraba. A esas alturas mi esposo ya había perdido el pelo y los dientes y ganado dos nubes que cubrían sus pupilas ciegas. Me convertí en sus ojos, en sus manos, a ratos en su fiereza de cara al mundo, decidiendo muchas cosas por él, aunque su sesera estaba intacta y también su autoridad. Eran los sentidos los que se le escondían, eran las fuerzas de los miembros las que comenzaban a dar guerra, avanzando de a poco la callada sedición del cuerpo frente al juicio, que es la vejez.

Yo no conseguía recordar el rostro de Quispe, mi memoria lo había borrado, me pasé semanas persiguiendo a Nuna y asediando a Catalina para que me ayudaran a recordar cómo era su boca, qué ovalo tenía su rostro, cuál era la forma de su nariz. El discípulo de Balduque tenía prisa en llevarse mis indicaciones, y un extraño sortilegio me impedía volver a ver, aunque fuera con los ojos del alma, el rostro de mi madre. Era una mañana tibia y despejada de primeros de abril, yo me hallaba presa de estas cavilaciones, caminando sin rumbo por los alrededores de la casona, cuando Nuna me detuvo y lívida me advirtió señalándome con la mano el estanque.

—Algo te está queriendo decir, doña.

Las aguas, de improviso, comenzaron a erizarse como cuando la fina llovizna las acaricia pese a que Inti brillaba con fuerza. Me acerqué dispuesta a ver de una santísima vez a la niña María de Aguilar; al fin y al cabo, yo era la única que todavía no la había visto, por alguna razón su espíritu me rehuía, no se me aparecía ni en las noches que paseé a solas junto al estanque cuando Quilla se engordaba ni cuando acudía a las despensas donde Judas la hallaba a menudo. Al asomarme al muro que cercaba la charca, la lámina de agua se oscureció y me devolvió a Quispe, perfecta y preciosa, con el pelo negro recogido, su mirada intensa y un esbozo de sonrisa. Mi madre alargó su mano hacia mí, estiré entonces cuanto pude mi brazo para alcanzarla, quería rozar sus dedos, palpar su piel, pero cuando lo hice, las aguas borraron su rostro, devolviéndome el mío. Escuché entonces el chirrido de los goznes oxidados que abrían las puertas de las caballerizas. Los criados saludaban a un recién llegado. Cuando alcancé la puerta principal con la piel y el ánimo todavía aturdidos, el capitán Álvaro de Molina bajó del caballo, y yo reconocí su porte a distancia, su bronceada piel y el verde de las mareas que asomaba en sus ojos cuando el sol le daba de frente.

—Señora, ha sido larga la travesía, pero al fin estoy aquí. Lamento portar tan tristes noticias. —Lo dijo con dolor, sacando de la alforja un viejo *quepi*, uno de aquellos bolsos de cuero de llama, donde llevaba a las diosas de Huaylas y varias cartas.

—Mi madre ha muerto. —Brotaron sin permiso aquellas palabras.

—Fue en abril. Su esposo la sepultó en la iglesia de la Merced de Lima. Siento vuestra pérdida, señora. No dejaron que fuera enterrada con esto al considerarlo una ofensa a Dios y vuestra tía Inés me pidió que os lo entregara.

Ni siquiera después de morir dejó de maltratarla. Guardé las figuras en mi caja fuerte de hierro, en la que ya se almacenaban demasiadas cuentas pendientes. Desde aquel día nunca me abandona el rostro de mi madre. Quispe Sisa, hija de Huayna Capac, observa por y para siempre cuanto sucede en este Viejo Mundo que tanto le debe, vertiendo su preciosa y hechizante mirada desde el balcón del palacio Pizarro de la villa de Trujillo. No encargué misas ni responsos, solo las huaylas, con Nuna a la cabeza, me acompañaron en la despedida, donde oramos a la Virgen de la Guía, ofrendamos a la Pachamama y expusimos a Quilla cada una de las figuras a espaldas del resto, en los cobertizos de la huerta de Catalina, que se convirtieron en nuestro refugio.

Capítulo 7

Las últimas voluntades

Cuando yo conocí a vuestro tío Pedro, mis días ya iban dirigiéndose silenciosamente y con firme determinación a cumplir con mi cometido. Ahora sé que las cosas y los hechos te alcanzan cuando deben hacerlo, ni antes ni después. La primera vez que lo vi fue en el atrio de Guadalupe, durante mi peregrinación al santuario. Un viaje que hice a caballo, con mi hijo Juan, atravesando las fragosas montañas desde donde se despeñan los ríos habladores de la Villuerca. Lo hice para darle a Catalina el gusto de la promesa que ella no pudo cumplir.

Recuerdo bien que había en la puebla un enorme trajín de peregrinos, que se mezclaban con el séquito de su majestad. El rey Felipe estuvo por días en la villa de Guadalupe, acordando asuntos de guerras contra infieles con su sobrino, el jovencísimo monarca de Portugal, don Sebastián, y como se vio después, acariciando la idea de hacerse también con ese reino.

Mientras me colocaba el velo para entrar a la iglesia, le vi descabalgar a un lado de la plazuela; iba acompañado de dos criados, era alto de cuerpo, enjuto y fuerte. Me atrapó su belleza varonil, su pelo negro y brillante y los ojos de un azul calmo como los cielos de la primavera extremeña. Era imposible no reparar en él, rezumaba la elegancia nativa de la hidalguía, ese porte aristocrático y esa apabullante seguridad de quien ha nacido en cuna de oro. Iba bien armado, con la espada toledana al cincho, y lucía una capa de terciopelo grana. Me dio el tiempo para contar las perlas sobre las puntas de oro de la corona de su blasón. Eran nueve. Exhibía la bravura de la juventud y adiviné en él una atrayente simpatía. La voz de mi hijo Juan interrumpió aquel momento, en el que me sentí atraída extrañamente por aquel desconocido.

496

—Madre, debemos entrar.

Cuando volví a mirar él ya no estaba allí. Dentro de la iglesia, los incensarios se agitaban con largos vaivenes, desprendiendo la bruma olorosa y convenientemente cegadora que siempre acompaña a la santidad. Alcanzamos el camarín de la Virgen, oramos ante la menudísima madre, hermosa y morena; comprobé que su piel era más oscura que la mía y no despertaba recelos en nadie, aquello me gustó. Yo ya sabía que Nuestra Señora de Guadalupe anduvo metida en variopintos milagros, unos extraños como resucitar vacas y otros más esperables socorriendo a los ejércitos cristianos, lo que desató la devoción de los fieles como siempre por orden de un monarca victorioso, ya muerto hace años. También sabía que la Virgen era indulgente y protectora con los indios, sospecho que porque ella fue la primera Santa Madre en verlos sin escandalizarse en estas tierras de España. A mi juicio es fácil de entender. Se me ocurre que los tratos con los indios arrancaron cuando en su presencia se bautizaron Pedro y Cristóbal, los nativos antillanos que el almirante Colón trajo en su carabela al Viejo Continente, y desde entonces no han cesado. A mi entender, la madre de Dios reconoció en aquellas pieles cobrizas su propia piel oscura, y determiné que lo mismo haría conmigo y con mis hijos, de ahí que enseguida me congraciara con aquella Virgen.

Entregamos las limosnas de Catalina y Juan hizo la promesa de regalar dos coronas de esmeraldas, una a la Virgen y otra al Niño. Entendí que algo buscaba hacerse perdonar mi hijo, a mi cabeza acudió algún asunto de faldas, pero no supe hasta mucho tiempo después, demasiado, que era un asunto de sangre. Después marchamos a La Zarza, sin volver a ver a aquel misterioso caballero. Era la Natividad de 1576, la primera que viví siendo completamente huérfana.

Habían pasado ocho meses de la muerte de Catalina. Mi aya peleó con fuerza para escabullirse de los brazos de la dama negra durante años, eso lo sé, aunque también vi como en los últimos meses perdía poco a poco su fiereza, su interés por el mundo, su prodigiosa habilidad para resolver entuertos. Cuando le faltó el ánimo para acudir al huerto y a su herbolario dispuesto en el cobertizo detrás del estanque me inquieté, aquello sí me resultó un fatídico presagio, y sospecho que su obstinación con morirse antes del Corpus, tal y como Ofrosina, la curandera de la

Herguijuela, le aseguró que sucedería, fue lo que determinó su empeño en dejarse ir de este mundo en el mes de abril.

El palacio estaba casi terminado, solo faltaba tallar correctamente el escudo de armas de mi padre. Llegaron las pruebas que envió el Consejo Real, y comprobé con estupor que faltaban la mitad de las armas concedidas, muchas de las gracias y divisas otorgadas a mi padre por el ya difunto rey Carlos habían sido sibilinamente eliminadas; aquello me enfureció, era una mofa y un insulto. Hernando, sin embargo, apenas dio importancia al asunto, ocupado como estaba, recomponiéndose de los celos que le comían por dentro al saber el diligente aprecio del clérigo de San Clemente hacia Isabel, algo que conoció por su hija Francisca, quien ahora acudía a menudo a visitar a su madre.

La memorable venganza que habría de esperarse, tratándose de Hernando, no se produjo. Solo dejó de enviar regalos al convento y decidió distraerse de aquello recurriendo a su única pasión: acumular oro con tesón para invertirlo sabiamente. Compró a perpetuidad para él y sus herederos el cargo de alférez mayor de Trujillo, así como la alcaidía de su fortaleza: una suculenta parcela de poder político que permitiría frenar desmanes como el sufrido con los regidores y el palacio. También encontró tiempo para maquinar el casamiento de mi hija Inés con un caballero tan mustio como conveniente a sus ojos, y pasaba las horas obcecado en construir un señorial sepulcro para los Pizarro en el monasterio de San Francisco hasta que la iglesia colegial que en memoria de mi padre habría de fundarse pudiese acoger a nuestros muertos. Dispuso una gran cantidad de caudales y órdenes escritas para ello, aunque, ciertamente, todas aquellas voluntades habría de realizarlas yo.

Para aquel entonces, mi aya apenas salía de la casa por miedo a que aquellos soponcios la dejaran tiesa en medio de ninguna parte y se extraviara su alma sin alcanzar el cielo. Me llamaba a su alcoba, y me explicaba con rigor de maestro de escuela primero donde había escondido su dinero, repartido en un hueco del colchón, en varios jarrones de porcelana y hasta en bolsas de olor detrás de las bacinillas, y después cómo debía emplear cada uno de aquellos reales cuando faltase ella.

—Por el cielo, Catalina, no irás a morirte ahora, que me haces mucha falta.

—No llego al Corpus.

—Ya estás otra vez con lo mismo, hace tres años que no llegabas y mírate.

—Aquella fue la de gracia, esta vez no me salva ni la Santísima Trinidad. Así que escúchame bien. No quiero irme al otro barrio sin soltar lo que sé, porque para descargo de mi conciencia necesito morirme con la tranquilidad de que podrás defenderte sola ahora que tu tía Inés tampoco está cerca.

—No hables así, Catalina, las dos sabemos que no te vas a ir a ninguna parte.

—Escúchame bien. Sé que mi hijo Diego ha muerto, quiero que lo poco que tengo vaya a ti y a remediar a las huérfanas, ocúpate de ellas, ya sé que no da la renta para fundar el colegio, pero al menos que las casen y las recojan. Ah, y ocúpate de que me entierren allí en la iglesia de doctrina.

—¿Quién te ha dicho todo eso?

—Lo sé por Hernando. No riñas con él, es riguroso y recto, pero es un buen hombre y te protege, de otro modo yo no le hubiera servido nunca, niña. Hernando quiso sacarte de Perú antes de que La Gasca ordenara tu destierro, yo fui quien le dijo a mi hijo que no querías marchar. Al final fueron el clérigo y el rey quienes decidieron. Él sabe bien las maldades que se esconden en el ánimo de los deudos.

—Las mismas que él pertrecha hacia los suyos renegando de su primogénito y enfrentando a sus hijos. Es la primera vez que me hablas así de Hernando.

—Digamos que también será la última. Hay muchas cosas que no te he dicho para no envenenarte la sangre. En el Perú paré muchos golpes que buscaban dañarte. Recibí amenazas y también quisieron comprarme con sobornos para doblegar tu voluntad. Ahora no viene a cuento, pero me quedo más a gusto si además de confesárselo al cura, te lo digo a ti. Dios todo lo ve y san Pedro tiene buena memoria, así me ahorro el susto de que me saque alguna falta olvidada, me deje a las puertas del cielo y acabe como la niña María de Aguilar dando la tabarra a los vivos.

—¿Quién intentó sobornarte?

—Fueron muchos, niña, ya están todos muertos. El impecable veedor Salcedo fue uno de ellos, intentó comprarme para lograr eliminar la deuda que tenía adquirida contigo.

—Por los santos, Catalina, ¿cómo demonios no me has dicho esto antes?

—Chsss, déjame que acabe. Recela de todos, todavía no sé cómo sigues viva, con la sarta de miserables que han buscado tu muerte. Ya has honrado a tu padre, niña. No dejes en tierra de nadie lo que te atormenta. Lo que aún tienes que hacer.

Permanecí en silencio, sin saber qué decir.

—Que mirase a otro lado no significa que no viese. Ya no es tiempo de ocultaciones ni de fingimientos, busca remedio a la muerte de Gonzalo. Haz lo que tengas que hacer. Remueve Roma con Santiago, si es preciso. Pero hazlo.

La criada entró con el caldo de hierbas que Catalina tomaba a media noche para sosegar el pecho, y yo salí dándole vueltas a todo lo que soltó por esa boca y me acosté.

Todavía faltaban días para el Corpus, acabábamos de celebrar el domingo de Pentecostés. Me consolé pensando que aún había tiempo. Antes de la amanecida desperté sobresaltada por el mismo sueño que desde niña me desvela, solo que esa vez era distinto. Con prolija realidad volví a la plaza de armas de Lima la noche del magnicidio, al miedo y las prisas con que nos llevaban a mi hermano y a mí. La mano de Inés tapaba insistentemente con la manta la cabeza de mi hermano. Reparé en que no había nadie a mi lado, era yo sola quien jadeante perseguía alcanzar el convento de la Merced, ella no estaba allí, la busqué; solo cuando eché la vista a lo que dejaba atrás pude contemplar a Catalina, quieta, sola, cada vez más lejos de mí, hasta desaparecer. Abrí los ojos empapada en mi propio espanto y corrí por el pasillo a oscuras hasta la alcoba de mi aya. Antes de alcanzar la puerta, el olor a nardos secos acudió para dar certeza a lo que ya sabía. Me arrodillé junto al lecho.

Estaba en paz. Acaricié su cabello largo y blanco, aspiré su olor a ungüentos, a plantas salvajes, a tierra y a mirto, único aroma que en mi alma siempre ha sido y será el del hogar, le cerré los ojos y avisé a Nuna. Ambas la vestimos y le coloqué su rosario y los sacos de hierbas entre las manos. La enterré en La Zarza, y por primera vez en mi vida sentí el vacío pesado, doloroso e insoportable de su ausencia, la que nunca había conocido hasta entonces, puesto que, desde que tengo sesera, nunca, jamás, Catalina se alejó de mí.

El tiempo que todo lo cura, dicen, siguió su avance implacable, sin detenerse ante mi dolor. El mundo solo cambió para mí tras perder a Catalina, convirtiéndose en un lugar más frío y más cruel. El segundo hijo de Francisca y Fernando Orellana recibió las aguas de Cristo, y así volví a saber de mi hijo Francisco. Había regresado a Trujillo para acudir a la ceremonia. Solo le vi escaso tiempo en la iglesia de La Zarza, a donde vino para besarme las manos y llorar a Catalina.

—Vuelve a la casa, Francisco, tu padre no se opondrá, no se lo permitiré y a mí me haces mucha falta.

—Ya es tarde, madre, parto a Madrid al amanecer. Voy a instalarme allí.

—A Madrid, ¿qué demonios vas a hacer en Madrid?

—Por lo pronto, no tolerar más desprecios de su esposo. Ya es un hecho que va a entregar el mayorazgo a Juan. Los escribanos están advertidos de ello. En cuanto llegue la venia de su alteza se hará, en esta maldita villa todo se sabe, y ya son muchos los que me señalan. Solo espero que perdure, y no se funda mi hermano en putas, vino y naipes la fortuna de los Pizarro.

—No hables así de tu hermano.

—Está bien, madre. No hablaré de lo evidente, si lo preferís. —Lo dijo con el sosiego envenenado de quien ya se ha acostumbrado a adormecer los odios, pero no a aniquilarlos. Ese rencor bien aposentado en su ánimo también me alcanzó a mí. Fue la última vez que vi a mi hijo Francisco, tal y como prometió; recibí noticias suyas, pero escasas, no tenía adónde escribirle, solo averiguaba de él a través de Orellana, el esposo de Francisca, que apenas me compartía nada, temeroso de la reacción de Francisco.

Al cabo de tres meses, llegó la carta de su majestad Felipe II autorizándonos a Hernando y a mí a fundar nuestro mayorazgo. En ese momento la distancia que vivíamos mi esposo y yo se cubría con una fría e impecable cortesía, pero ya era del todo insalvable. Una larga lista de documentos y disposiciones nos obligaba a ambos a buscar consenso. Fue entonces cuando por vez primera pude leer todos los testamentos que mi esposo había reunido tenazmente en los inacabables años de muerte que arrastrábamos y que Hernando atesoraba en silencio esperando con proverbial paciencia el momento de usarlos. Allí estaban las últimas voluntades de mi tío Juan Pizarro, que negaba a toda mujer en su herencia, el testamento de mi padre, donde se me incluía como heredera universal solo si mi hermano Gonzalo moría, el de Pizarro el Largo, mi abuelo, que le confiaba toda su herencia a Hernando y donde el nombre de mi padre no aparecía en parte alguna, apartado sin miramientos por un padre que nunca le amó. Me rebelé ante su resolución, aunque poco pude hacer por cambiar los hechos; en las decisiones comunes su potestad de esposo me obligaba a la obediencia, él lo sabía y ya había recogido con los escribanos su firme determinación de apartar a Francisco del mayorazgo. Una vez más Hernando faltaba a la palabra que me dio cuando acordamos nuestro desposorio, sofocando mi poder en aquel asunto que consideraba que solo a él incumbía.

—Sabes que con esta decisión pierdes a un hijo.

—Los sacrificios son necesarios por el bien de la memoria. Bien lo sabes.

—También faltas a tu palabra. Entiendo que ser desleal a lo único que alimenta la honra es otro de los terribles sacrificios que te impones.

No dije nada más. Para mí, Hernando se había convertido en un fantasma despiadado al que solo quería evitar, un ser distante, ajeno a mí, aunque reconozco que cuando me convertí en el único testigo de su final me pudo la compasión. Él persistió en lo único que le preocupaba, la hacienda: se incluyeron en el mayorazgo las deudas del rey, para aquel entonces su alteza nos debía más de veinte millones de maravedís, que Hernando añadió a los bienes con los réditos acumulados desde el día en que la Corona se sirvió de nuestro dinero. En aquel asunto que él hizo suyo solo me permití una cosa: alentando la vanidad de mi esposo, propuse que los que sucediesen en el mayorazgo, además de llevar el apellido Pizarro en primer lugar y las armas a la derecha, llevasen el nombre de Hernando. No me costó convencerle, la fuerza del orgullo y el envanecimiento es tal que accedió con gusto a mi petición, de ese modo busqué la supervivencia de los herederos, esquivando a los nombres malditos que procuraban la muerte.

Cuando Juan supo que por implacable decisión de su padre se convertía en el destinado a encabezar la estirpe de los Pizarro, se rebeló. Mi hijo no tenía vocación para ello ni quería usurpar un puesto que sentía que no era suyo.

—Esperaba hacer carrera de armas, yo no sirvo para esto, solo valgo para guerrear en las campañas de Europa.

—¿Qué absurda idea es esa? El arrojo guárdalo para defender tu estirpe desde aquí. Es nuestra decisión que sucedas en el mayorazgo —rugió Hernando.

—Y es, padre, una decisión disparatada, puesto que le corresponde a Francisco, mi hermano. Él se ha preparado por años, a mí dejadme echar hijos varones al mundo que prolonguen el apellido, eso es lo mío, no este sartal de obligaciones.

—Fundar un linaje es otra de tus obligaciones. Entregarás tu vida a conservar la memoria y el honor de tu sangre.

—Podría renunciar a ello.

—De hacerlo, me ocuparé de que ni un solo capitán te admita en sus tropas, de que seas un eterno bisoño que malvive en la retaguardia, sacando lustre a las armas y limpiando mierda.

—¿Lo que dicen estas letras es que solo los nacidos de legítimo matrimonio podrán suceder en el mayorazgo? —Comenzó a reír a carcajadas—. Nada me parece más necio que el mayorazgo de los Pizarro exija hijos dentro del matrimonio.

—¡Así lo dispone la ley de Dios y la de los hijosdalgos!

Tuve que frenarme. Tuve que morderme la lengua para no confesar a mi hijo que yo también atisbaba la tremenda ironía que encerraba aquello. Ni un solo bastardo accedería a la fortuna ni a las mercedes creadas a golpe de sangre y sacrificio por un bastardo, mi padre, y aumentadas por otros dos, Juan y Gonzalo. Tampoco aquellos que osasen cometer cualquier delito o pecado que se castigase con la confiscación de los bienes. Las fugaces haciendas, los caudales, las fortunas materiales debían servir a un solo propósito: crear eternidades intachables, y la eternidad no casa con el pecado nefando, la sodomía entre hombres, ni con la ligereza débil que siempre acompaña a las mujeres por nuestra naturaleza defectuosa, no. Tampoco los que cayesen en el más grave de los delitos, como el de lesa majestad, servían para tejer la gloria; por eso serían convenientemente excluidos de ese derecho, aniquilados si era preciso y rechazados siempre.

—Aunque siento decepcionaros a ambos, no serán los míos hijos de legítimo matrimonio. No está en mi ánimo casarme. —Lo dijo en calma, provocando ampollas en Hernando, que comenzó a dudar de la conveniencia de su decisión. Lo dijo rotundo, con la seguridad de quien ya conoce el provenir, y yo no supe verlo.

A comienzos de un verano inusualmente fresco, hicimos el traslado a Trujillo, donde nos instalamos por fin en el palacio. Hernando no vio el ornato de aquel lugar, las paredes cubiertas de esgrafiados, las ménsulas con las caras de guerreros y orejones, la escalera de cantería, las altas columnas del patio; tampoco contempló el balcón señorial de esquina ni los osos rampantes de su escudo asomándose a las fachadas. Fue subido en parihuelas hasta su alcoba, en silencio sepulcral, y de allí no se movió. Las primeras lluvias de septiembre azuzaron el celo de los ciervos, el cortejo arrancó entonces con el bramido salvaje de los machos, que desata la lucha por la vida.

Cuando esas mismas aguas hicieron salir de la tierra al ejército implacable de hormigas con alas que anuncian la sementera y el otoño, Hernando dejó este mundo. Difícilmente podía reconocer en aquel cuerpo estragado y lampiño, en aquella boca desdentada y hundida, en aquellos brazos sin fuerza y en aquella mirada vacía, al portentoso conquistador del Incario que fue, al señor de la guerra que luchó en Nápoles y Navarra. Esa ha sido la única vez que mis ojos contemplaron la decrepitud del cuerpo, ya que ninguno de los hombres de guerra que me rodearon desde niña, los aguerridos capitanes con los que crecí jamás perdieron ante mí su vigor. Su fuerza y sus cuerpos fornidos de guerrero, entrenados en la lanza y en la espada, siguieron inasequibles a la decadencia de los años, a todos los alcanzó la muerte violenta, dejando en mi memoria la impronta del arrojo nunca vencido. Hernando fue consumiéndose, menguando hasta alcanzar el tamaño de un párvulo, perdiendo en aquel inclemente viaje de anciano todas las virtudes y todos los sentidos.

Agradezco al cielo la piadosa ceguera de los últimos años que le sirvió para esquivar el lastimoso aspecto que mostraba su cuerpo. Los últimos días me buscó con insistencia, y solo rompía el huraño voto de silencio que le acompañó al final para dirigirse a mí. A veces salía del letargo senil, y se aventuraba en eternas divagaciones sobre el purgatorio, adonde creía firmemente que iría a parar su espíritu. Buscaba aminorar su estancia en aquel horroroso limbo a base de obras pías y misas. En los últimos días peroraba sin descanso sobre la buena muerte que procura la salvación del alma, recitando de memoria retazos del *Aparejo para bien morir*, el siniestro libro de Erasmo que me hizo leerle cada tarde. Nuna ocupó el lugar reservado a Catalina a la hora de contemplar con callada discreción los destrozos de la vejez, para asear juntas el cuerpo de mi esposo. Debíamos moverlo a cada poco, cambiarle de posición para evitar las llagas y pústulas que el lecho le procuraba, darle papillas de miga y leche, mudarle las sábanas, disponer con precisión de cirujano las almohadas que le mantenían erguido, y hasta ayudarle a sostener la pluma cuando firmó sus últimas voluntades frente a los escribanos, donde con voluntad de hierro, y a pesar de su estado, buscó una vez más gobernar después de muerto el destino de todos, también el mío.

Nos esforzamos en decidir quién nos sucederá, quién guardará en sus manos nuestra memoria y nuestra fortuna, largas disquisiciones, daños innecesarios, afrentas y actos de escasa honorabilidad justifican esa obstinación: hijos eliminados de testamentos, herederos borrados de las sagas, mujeres negadas y deshonradas, probanzas compradas. Jugamos a ser dioses en esas disposiciones, cuando en realidad no somos nosotros quienes decidimos, ni siquiera Dios lo hace, es la muerte quien elige.

El siniestro aroma de las flores mustias rodeó la alcoba, escruté entonces el entorno. Hernando cabeceó hacia un lado y hacia otro, como un pájaro asustado, buscando a la presencia que ambos notamos y que acudía para llevarlo, y yo sujeté con fuerza su mano. Musitó unas palabras que no acerté a comprender, pronunció el nombre de mi padre y también el de Gonzalo. Susurró en mi oído.

—Perdóname, Francisca. Que Dios me perdone el daño que te he hecho y el que he hecho a los Pizarro.

Nada más. Y yo le besé en la frente, dándole permiso para marchar en paz, pese a todo lo que dejaba atrás, pese a que el rencor que albergaba hacia sí mismo desde los años de la Conquista acabó extendiéndose a

505

los que le rodeábamos lamiendo nuestras vidas como la ola silenciosa que busca engullirlo todo haciéndolo desaparecer para extirpar la vergüenza.

Me convertí en la viuda del comendador Hernando Pizarro, una mujer acabada para todos. La vida que me esperaba era oscura. Ante mí se abría un camino de lutos y soledades, de rezos perpetuos, escondida en sayales negros y encerrada en la oportuna jaula de oro de aquel palacio, sin levantar escándalos y sin otro cometido que esperar la muerte, haciendo cumplir las últimas voluntades de otros. Solo os diré que mi vida estaba condenada y a merced de las lenguas, todo cuanto hiciese sería criticado. A las viudas nadie las convida, a las viudas se las mira con recelo, hasta con miedo a veces y con lástima siempre. Si salía sería acusada de deshonesta, de no hacerlo se me tildaría de necia por no ocuparme de mi hacienda.

Hernando no se llevó nada a la tumba, como nadie lo hace, pero aseguró con celo las trazas de la cripta monumental donde descansarían sus maltrechos huesos con los de su padre en la antigua iglesia del monasterio de San Francisco, a la que hizo suculentas donaciones. Allí, por orden suya, se depositó el documento de fundación del mayorazgo, que dejaba a un Juan descontento al frente. Fue guardado en un arca bajo dos llaves, una la conservaría yo y la otra el padre guardián del monasterio. Dejó bien dispuesto en su testamento que yo no volviera a casar; sabía bien que esa disposición alentaría a las lenguas a vigilarme con más cuidado. Lástima que yo no estuviera dispuesta a seguir fingiendo ser la esposa dócil que él siempre deseó, y que nunca fui.

En los rigores del luto, me dispuse a ordenar la iglesia colegial y el hospital para pobres que ambos decidimos fundar, y que todavía hoy siguen sin ver la luz por los embargos de la Corona. Llegaron entonces los ochenta mil maravedís que la justicia ordenó al concejo pagarme por el derrumbe del palacio. Hernando no alcanzó a conocer esta última victoria que a él le hubiera holgado. Solo os diré que ese dinero nunca alcanzará a reparar el daño que aquello hizo a mi familia, destrozando a mis hijos.

* * *

Escribí incontables cartas al Consejo Real, pidiendo la rectificación de las armas de mi padre. Mis procuradores en la corte achacaban el retraso a Ledesma, uno de los procaces y mudables secretarios de Felipe II, que se negaba a conceder la rectificación, enterrando bajo montañas de legajos y mentiras los servicios que mi padre hizo a la Corona. Del estado del marquesado ni me ocupé. Es asombroso cómo mandan las apariencias, pesan siempre más que la verdad, para todos yo era la marquesa, como ya narré, y eso generaba en el resto un respeto, pese a ser mestiza. Nadie se tomó la molestia de comprobar si aquel marquesado tenía estado ni cuál era su señorío. Estos títulos, que buscan perpetuar una rancia nobleza que no existe, te abren las puertas más insospechadas, generan luchas encarnizadas, y alimentan odios fratricidas entre la misma sangre por su posesión, como bien conocéis y deseo que nunca olvidéis. Esos títulos que su alteza concede para engordar el orgullo callan muchas bocas, pero siempre tienen un precio, sucio y maldito, que arrebata poderes y procura la más atroz de las miserias. Creedme.

Tras la muerte de Hernando, condenada al encierro del luto, los días se volvieron iguales, pasaba las mañanas sentada en mi viejo escritorio de nogal, leía los correos y peleaba por levantar el embargo en la Casa de Contratación de Sevilla de los pesos de plata llegados del Perú. Allí permanecían todas las deudas que Hernando exigió a la justicia que le fueran devueltas y que el fisco y la Corona seguían reteniendo. Cuidaba mi hacienda, vendí un gran número de puercos y carneros borros, bien lustrosos los unos y gordos de lana los otros, arrendé mis tierras para pastos y me reservé los agostaderos para mis ovejas. Siguiendo el ejemplo de mi tía Inés, di salida a los frutos de las huertas, lo que me dio caudales generosos. La tierra, como bien aprendí de Inés, hay que cultivarla con mimo, paciencia y mucha ternura, solo así no se agota, y se abre generosa, dándonos lo mejor de sí. Mi tía Inés llevaba a gala aquel cuidado, que aprendió con las indias de Huaylas. Me esforzaba en explicárselo a los aparceros, pero no acababan de entenderlo, solo los ancianos compartían conmigo aquello.

Dispuse dedicar una parte de mis tierras al descansado y generoso cultivo del maíz; no lo hice por ganancias, sino por abastecerme a mí y eliminar añoranzas, ya que aquí los aparceros solo lo empleaban para alimentar a las aves de corral. El maíz era despreciado hasta para hacer el cuerpo de Cristo, siendo el trigo el único cereal permitido a ese santo fin. Comulgar con maíz era un pecado mortal y a mí me parecía un pecado mayor no usar el maíz para elaborar pan, tortas, sopas y alimento en tiempos de escasez, porque las guerras de Europa daban hambre a Castilla. Mucha.

Solo abandonaba mi escritorio para presidir las misas y los inacabables rezos por el alma de mi esposo, ante la mirada desaprobatoria de la reverenda Inés, a la que le parecían pocas las mandas, y ante la crítica implacable de las lenguas si me excedía acudiendo a la iglesia, que me acusaban de andariega, y si no lo hacía, me tildaban de poco respetuosa con la memoria de Hernando. Mi hijo Juan apenas dormía en la casa, pasaba semanas fuera, enredado en monterías y otros asuntos que yo desconocía, pero que le estaban consumiendo porque cada vez estaba más delgado, macilento, con la mirada perdida y ausente de quien barrunta algún descalabro. Mi única compañía eran Nuna, mis indias y mi hija Inés.

—Madre, debo confesaros algo de suma importancia.

—Habla, Inés.

Traía en las manos una carta que depositó sobre la mesa. Admito que dejé de prestar atención a sus palabras en cuanto vi el sello del Consejo Real, allí estaba la esperada enmienda de las armas de mi padre, que el cretino secretario Ledesma se negaba a rectificar.

—¡¡¡Gracias al cielo!!! Hija mía, con esto ya hemos ganado una batalla más. Hay que ordenar a Jerónimo que remate la talla del escudo, llama a los criados que traigan los bueyes para alzar las piezas que faltan.

—Madre, es que no me escucháis, ¡os he dicho que marcho a vivir a Montánchez!

—Estamos de luto, hija. Las castañas este año que las recojan los criados.

—Voy a casarme. Este será mi esposo.

Un joven de pelo largo, encrespado y negro, con la cabeza gacha entró en mi alcoba. Temeroso de mi reacción, sin duda, seguía mirando con dedicación las alfombras, hasta que Inés le empujó, y el mozo levantó la cabeza.

—Pero, don Diego Mesía de Prado...

—Antes de que digáis nada, mi señora, quiero dejar claro que nos dimos palabra de matrimonio hace más de dos años, pero hemos cumplido escrupulosamente y con virtud el cortejo —aseguró con la voz entrecortada por el miedo ante mi cara de sorpresa. Para aplacar la tormenta de reproches que esperaba, el joven depositó sobre el escritorio de nogal uno de aquellos frascos de castañas con miel.

No necesité más para comprender que esas eran las culpables, las que habían provocado aquel enamoramiento, a mis espaldas.

—Yo me hubiese casado en secreto en ese mismo momento y ahorrarme todos los desvelos de este tiempo. Madre, he pasado las de Caín viendo como padre buscaba entregarme a otro. —Abrió el frasco de castañas y se metió dos en la boca, aquello me resultó siniestramente revelador.

—¿No estarás preñada?

—Claro que no, doña Francisca —se apresuró a aclarar el caballero Diego, sonrojándose y volviendo a agachar la cabeza.

—Ya quisiera yo estar preñada, pero mi prometido quería cumplir con la honra y no mancillar mi virtud.

Ya os dije que Inés era la más parecida a mí de mis hijos. Acepté el desposorio, nunca he sido de melindres ni falsas apariencias. El caballero Diego Mesía de Prado era recto de espíritu y bonachón, sabía que la elección de mi hija no erraba, y apoyé que fuese el corazón quien auspiciase aquella boda. Preparé la dote y solo tuve que calmar la impaciencia de Inés, que no estaba dispuesta a esperar al año de rigor que marcaba el luto para desposarse sin levantar cantares ni despertar a las lenguas. La boda fue en Santa María, que se engalanó con flores traídas de La Zarza y coronas de madroños, espigas y uvas que tejimos mis indias y yo. Mi hijo Juan la acompañó al altar, y el ardor de amantes hizo que Inés se preñara al poco tiempo. Lo supe enseguida, sin que ella siquiera se atreviese a admitirlo, lo vi cuando le alcancé un frasco de castañas con miel, y su cara palideció comenzando a arrojar sin tregua.

Cuando pude, acudí a visitar a Isabel al convento, llevándole parte de los tarros de castañas con miel que sobraron de la boda.

—Mi hija Francisca se niega a hablar de ello porque la puede el llanto. ¿Cómo fue su muerte? Sospecho que no se le enfrió la soberbia.

—Mantuvo su aspereza hasta el final, aunque ciertamente el silencio superó a la queja.

—Dime que no sufrió.

—No lo sé, Isabel, entiendo que tuvo miedo. Aunque esta vez no pronunció tu nombre.

—Mejor. He rezado mucho por él, porque aplacara el orgullo y se hiciese perdonar sus faltas, especialmente el agravio a su hijo.

—Mi hijo Francisco ni siquiera acudió al entierro. Imagino que no considera que haya nadie a quien consolar. Ahora tengo que disponer las obras pías, terminar la cripta, encargar su estatua orante, ordenar la iglesia colegial y presidir todos los rezos. También están las mandas de Catalina, como heredera debo cumplir su obra. La piadosa cofradía de la caridad con su farisea compasión ha rechazado el asunto sin contemplaciones al considerar escasa la renta, y si no me da permiso el obispo, no podré recoger a las huérfanas y fundar el hospital.

—Jesús bendito, puedes estar tranquila conmigo, Francisca —dijo colocándose la toca y señalando a la iglesia—, no voy a endosarte ningún sartal de últimas voluntades, solo quiero ser enterrada bajo el coro de la iglesia, haciendo lecho para recibir el cuerpo de mis hermanas.

Lo dijo con orgullo y yo me callé, no quise imaginar y mucho menos recordarle la terrible imagen de los cuerpos muertos de las monjas cuando son echados a la fosa común bajo el coro y cubiertos con cal viva.

—Ahora podría decirse que somos viudas las dos, Francisca —aseguró con burla.

—O que las dos cumplimos clausura. Yo también estoy condenada a vivir recluida, por lo menos lo que dure el luto.

—Apartarse del mundo solo trae satisfacciones. Yo tengo en Cristo a un esposo benévolo, menos exigente y poco inclinado a dar órdenes. Tú deberías hacer lo mismo.

—¿Hacerme monja?

—Volver a casarte.

* * *

Solo hubo una persona que se atrevió a desafiar las convenciones y las normas en aquel tiempo en que fui expulsada de la vida y las distracciones mundanas, condenada a cargar con el luto de la viudez. No se me invitaba a festejos, no podía asistir a juegos de cañas ni a fiestas de toros, no debía salir del palacio que a ratos se me caía encima con todas las memorias de los que ya no estaban. Estaba libre de la autoridad de Hernando, pero presa de las miradas alcahuetas que buscaban destrozar mi honra. Mi hija partió a Montánchez, la reverenda decidió purgar la pena en La Zarza, y solo quedaba yo, rodeada de mis indias y los sirvientes.

Recuerdo bien que fue un bullicioso jueves de mercado en el que andaba revisando los papeles de Hernando, libros de cuentas, legajos de poderes y las interminables misivas de procuradores y juristas. No había en su bargueño ni una sola carta personal, porque mi esposo rasgaba la correspondencia privada después de leerla, por eso me extrañó aquella nota en la que, en clave y rodeado de símbolos ininteligibles, encontré el dibujo de un halcón y una paloma; pensé que se trataría de alguna fantochada propia de los hombres cuando se aventuraban en las jornadas de caza, donde se engordaban las proezas, presumiendo sin remedio de habilidades poco claras, como en la guerra, y en las que muchos, para darse tono, seguían empleando aves cetreras. El ruido en el patio y los ladridos de Judas me alertaron de alguna algarabía entre los sirvientes, y aburrida como estaba decidí bajar.

—Sois la belleza que emana de las tierras extrañas, escondida al otro lado de la mar océana, vuestro rostro inquietante cumple el sueño del extraviado almirante, los ojos de canela dan honra a la vieja Europa, es vuestro cuerpo un junco que al cimbrearse obliga a la mano del viento a doblegarse. Encerráis la hermosura de los sabios de ébano, el placer y la dicha del ron, la música de tambores hechos con piel de enemigos lejanos, el cabello de azabache, la sonrisa de mil lunas, sois mi gloria y mi pena, sois mi eterna reina morena y mi única dueña, señora —se inclinó y besó la mano de Nuna quien, aunque no entendía aquel teatrillo, le miraba complacida.

—¿Qué es esto, caballero?

—Poesía, señora —profirió señalando a Nuna.

—Me refiero a quién sois, y por qué estáis en mis casas acosando a mis damas.

—Lisonjeándolas querréis decir, disculpad mi torpeza, me embaucó la mirada hechizante de este ser inaudito y bello, y olvidé mis modales. —En ese momento se cuadró e hizo una elegante y estudiada reverencia—. Soy el capitán de infantería de su alteza real Félix Arias Girón, mi señora.

—¿Capitán? ¿Vos? Si sois un mocoso que no alcanza los quince.

—Razón de más para que os admiréis de mi destreza en las armas, que solo rivaliza con mi manejo de la pluma.

No pude sino reír ante la osadía, el descaro y su insuperable labia.

—Mi señora, traigo esta carta para vos. Es una invitación, y yo de vos no la rechazaría, mi madre nunca, pardiez, nunca, acepta una negativa.

—Pero ¿quién es vuestra madre?

—La poderosa Juana de Castro y Ribadeneira, un portento de carácter y virtud inigualable, y un huracán despiadado si se la ofende. Quedad con Dios. —Besó la mano de Nuna, que hechizada le siguió con los ojos hasta el portón de madera.

Abrí la carta. Con exquisitas maneras me convocaban a una recepción en una villa cercana a Madrid, Torrejón de Velasco. No entendí a qué razón era invitada por una desconocida, pero admito que me cautivó el mensajero y también el mensaje; burlaría la penitencia del luto y asistiría a un encuentro lo más cerca de la corte de lo que jamás había estado.

Hicimos el viaje de mañana, temprano, antes de que los monaguillos y sacristanes de San Martín acudieran a repicar las campanas de la primera misa, y para evitar a las lenguas, llevé a Nuna conmigo. La villa no era mayor que Trujillo, alcanzamos el castillo, soberbio e imponente, y allí dos lacayos nos esperaban; vestían una librea cuajada con el blasón de sus amos, los condes de Puñonrostro, y nos alentaron con curiosas mandas respecto a la etiqueta y el modo de comportarnos, algo que como comprenderéis yo desconocía, al igual que Nuna. Agradecí la decisión tomada en el último momento de cargar con algunas de las joyas que pacientemente Hernando me regaló durante años y que, por las palabras de Sebastián Rodríguez, procurador de Hernando y ahora mío ante la corte, deduje que necesitaría.

—Doña Juana es una de las mujeres de más abolengo en la corte, os conviene estar a bien con ella, aunque desconozco qué puede haberla traído hasta vos.

* * *

Cuando entré en el salón de linajes, allí estaba Juana, resplandeciente, llena de joyas, envuelta en sedas y tafetanes, con esa proverbial redondez de las carnes que no se daba esfuerzo en disimular. Levantó una mano de la que colgaban los eslabones de oro macizo de una pulsera cuajada de perlas y rubíes, provocando el tintineo que siempre acompaña a Juana. La música del oro la anuncia siempre del mismo modo que el rastro de lavanda delata su marcha. Era de mi misma edad, apenas un año mayor. Brillaba más por su actitud que por el oro, se atisbaba su descaro sin que abriera la boca. Te rodeaba su audacia incluso antes de tenerla cerca. A su alrededor, cortinas de terciopelo, tapices primorosamente tejidos dando calor a la estancia, una mesa repleta de viandas y dos copas de vino.

—Bienvenida, señora, sentaos, y probad estos mazapanes, son de Toledo, solo esos moros saben hacer con gracia este dulce.

—Señora, agradezco vuestra invitación, pero…

—Pero os preguntáis a qué se debe, lo leo en vuestros ojos.

—Ciertamente, ilustrísima condesa.

—Por Dios, llamadme Juana. Me fascina vuestra tierra, las prodigiosas Indias. Conozco la historia de Nueva España, y nada me place más que conocer la de Nueva Castilla de la mano de vos, la hija de su conquistador. Deseo que seáis mi amiga.

—No sé qué conocéis del Perú, ni tampoco qué os han contado —respondí, aliviando el embate de que buscara sacar algo de lo que para todos en Castilla era la rebelión de Gonzalo o alguna tacha de los Pizarro.

—Sé que es una tierra rica, la más rica de las Indias y un portento de reino natural, de vasta sabiduría. Lástima que la Corona solo envíe gañanes a gobernarla. Primero Cañete, ese viejo trasnochado, luego el conde de Nieva, un putero de cuidado y un despilfarrador. El rey tuvo que elaborar una real cédula para enmendarle la plana, porque él solito iba a repoblar el Perú de bastardos. Venturica, servid más vino y traed los bollos de canela.

Asentí a todo cuanto decía, e inevitablemente ya la sentía cómplice.

—Me preocupa el albista que gobierna ahora, Álvarez Toledo, ese mequetrefe y toda su familia se vanagloria de haber acabado con el último rey de aquellas tierras, que andaba escondido en las oscuras selvas y al que imagino vuestro pariente.

—Tupac Amaru, el hijo de Manco Inca. Su padre y mi madre eran hermanos, pero yo no le conocí.

—Tu-pac. AAAA-maru, In-ca. Qué dulzura de palabras, ¿habláis esa lengua?

—Igual que hablo el castellano. Señora.

—En la corte no se dijo otra cosa por semanas, bien se preocuparon los albistas de engordar el hecho, como siempre. Mis hijos me informaron de lo mucho que holgó al rey pacificar aquel reino insurrecto, aunque con igual fiereza reprochó las ejecuciones del Inca y sus generales. ¿Lo podéis creer? Siempre he desconfiado de las políticas de su alteza, enarbola la bandera blanca de las palomas, pero deseando dar guerra como los halcones.

—¿Vuestros hijos son cortesanos?

—Y mi esposo, no nos queda otra desde que mi padre tuvo que agachar las orejas y hacerse perdonar el desacato de estar metido hasta los ojos en la revuelta comunera.

—Lo poco que conozco de aquel asunto es que todos los implicados murieron ejecutados. Imagino que no fue sencillo lograr el perdón del rey en semejante conflicto.

—Y no lo era, creedme, fue gracias a mi tío, Francisco de los Cobos, que le sorbió el seso al emperador, y blanqueó con tino la mácula de mi padre casándole con mi madre. Nada nuevo que no pase cada día en la corte.

Disimulé como pude mi inquietud, al descubrir que estaba emparentada con Francisco de los Cobos, el poderoso secretario de Carlos V, principal valedor de La Gasca ante el príncipe Felipe; determiné entonces cambiar de tema.

—De vuestros hijos solo conozco a don Félix, que con buen ingenio me advirtió de no rechazar vuestra invitación.

—Ese rufián ha salido a mí. Está haciendo sus estudios en Salamanca, más dedicado a engatusar mujeres que en aprender leyes o gramática. Le pedí que acudiera a Trujillo para invitaros. —Agarró un prominente bollo, relleno de crema de canela, y con la boca llena continuó—: Viajamos a Lisboa con la corte hace más de un año y nos detuvimos en la ciudad de Trujillo para asistir al culto de Jueves Santo. Os diré que me asombraron los hermosos tapices de vuestro palacio y también la finura del edificio. Quise saber quién estaba detrás, me informé sobre vos, y aquí estamos.

—Me alegro de que lo hicierais, llevo años sin salir de Trujillo.

—Habéis burlado el luto para venir; eso, señora, demuestra agallas.

—O un aburrimiento atroz. Exactamente, ¿cuántas cosas sabéis de mí, doña Juana?

—Todo lo que se puede indagar en la corte, que no es poco. —Hizo un silencio que anunciaba muchos secretos—. Os ahorraré los discursos falsos que no hacen honor a la realidad, sois más hermosa de lo que se dice y también más lista. Sé del largo encierro de vuestro esposo, de su muerte y os doy mis condolencias. —Inclinó la cabeza y agarró una copa de vino—. También sé del trágico final de vuestro padre y vuestro tío Gonzalo en las Indias. Deberíais probar esta delicia, es vino dulce de Oporto.

—¿Y nada más? —pregunté mientras tragaba aquel extraño vino, que también era amargo.

—Sé que vuestro padre engordó los bolsillos de mi tío Francisco de los Cobos, como hicieron muchos, para ablandar al emperador Carlos. Es el precio que todos pagan por lograr favores, así están los consejeros reales, hinchados como odres con el oro rebasando sus arcas.

—Nunca he estado en la corte, y no alcanzo a imaginar cómo es.

—Un nido de víboras, cuajado de envidiosos y timoratos que pocas veces muestran sus cartas, que revolotean alrededor del rey, lamiéndole el culo, y organizando por detrás una compleja red que sirva a sus intereses, haciendo de la afrenta un arte, y de la mentira una virtud. Y también el lugar más divertido y delicioso del mundo, si sabes burlar las intrigas y manejarte en las aguas aparentemente calmas, que son las más peligrosas.

—No será fácil acceder a su alteza el rey Felipe.

—Solo hay que saber a qué árbol arrimarse. Si no poseéis título o señorío, hay que andarse con tino y decidir con quién emparentar. La casa Mendoza y la casa de Alba controlan el favor del rey, lo hacen desde hace años. El rey, con su consabida prudencia, juega bien las cartas, su padre le enseñó bien, contentando a unos con lo que les quita a los otros, y cambiando las tornas a cada poco. Aunque ahora, ciertamente, todo está en un brete, tras la muerte de Escobedo, el secretario de don Juan de

Austria. —Hizo una pausa y bebió lentamente—. Algunos aseguran que su alteza está detrás del crimen. Yo no lo creo, pero todo este embrollo hace que ahora la casa de Mendoza haya caído en desgracia. Algo lamentable, que dará más poder a los halcones.

—Los halcones, claro —afirmé intentando disimular mi ignorancia, puesto que nada sabía de lo que esa astuta mujer me estaba hablando.

—Es cierto que no estáis al tanto de lo que se cuece en la corte. Halcones, castellanos, albistas, como prefiráis, son el bando de los Alba y todos sus paniaguados, con el malhumorado y soberbio duque, Fernando Álvarez de Toledo, a la cabeza. Y luego están las palomas o papistas, la casa de Mendoza, que tuvo su principal valedor en el fallecido príncipe de Éboli, y cuyo peso en la corte se tambalea tras el escandaloso asesinato de Escobedo.

Así conocí a las dos facciones de poder que regían la corte, gracias a aquella desconocida. Me di cuenta de hasta qué punto me había apartado de los chismes regios tras abandonar La Mota, no así Hernando, que siguió hasta el final el curso de los acontecimientos como bien mostraba aquella misiva donde el halcón y la paloma revoloteaban alrededor de un sartal de símbolos en clave. Me quedé admirada de la franqueza y la rotundidad con que aquella desconocida desgranaba cuanto sabía, me sentí honrada de saber que yo había despertado el interés de aquella linajuda e influyente señora, sin entender ciertamente por qué, pero no me importó. Admiré su sagacidad, así como todo lo que nos rodeaba, los platos rematados en oro, las jarras de plata, sus joyas. Y la naturalidad con la que disponía de todos aquellos lujos.

—Esos tapices también son flamencos.

—Sí. Demasiado flamencos a mi gusto, a Torrejón no llega el frío de Flandes y a mí me dan sofocos.

—Las alfombras me recuerdan a las de mi tierra.

—Son turcas. Las más caras que encontraréis. Menuda ironía. —Comenzó a reír escandalosamente, se sirvió más vino y lo bebió de un trago, después permaneció mirándome con la sonrisa dibujada en la boca, esperando quién sabe qué y añadió—: Quizá sea este vino que se sube y vuelve pastosa la cabeza o quizá sea la honestidad que os adivino en los ojos, pero voy a confesaros algo respecto a lo que estáis pensando: no os confundáis, Francisca, todos estos oropeles son pura apariencia. Ahora que somos amigas, puedo sincerarme. En realidad, estamos sin blanca, la hidalguía y la nobleza no dan para comer, al contrario, se ha llevado los reales el maldito pleito por conservar el condado de mi esposo. También la exigente vida cortesana. Y esto nos lleva al siguiente asunto que quiero tratar con vos. Vuestro hijo Francisco Pizarro Inca... —Clavó sus ojos azules en mí.

—¿Conocéis a mi hijo?

—Mi hija ha perdido la cabeza por él. Está obstinada en casar y de no hacerlo está dispuesta a comprometer su honra y a acabar con mis nervios. Tiene mi hija menos astucia que yo, pero lo que le falta de ingenio lo suple porfiando a base de cabezonería, es más terca que una mula. Por vuestra cara entiendo que nada sabéis de este cortejo.

—Francisco nada me ha advertido. Mi hijo lleva tiempo residiendo en Madrid.

—Sí. Lo sé. En Madrid es donde ha comenzado el galanteo, a mis espaldas, pero pocas cosas suceden en la Villa y Corte que a Juana de Castro se le escapen. Entiendo que vos sois quien debe autorizar el casamiento de vuestro hijo, ahora que vuestro esposo ha muerto. No deseo líos posteriores como los que sufrió mi difunta suegra, a la que acusaron de manceba para poder retirarle el condado a mi esposo.

—Así es —respondí asombrada de la franqueza con que me contó los agravios del pleito.

—Resolvamos este asunto entre mujeres, no os engaño, mi hija no dispone en este momento de una dote digna, lo que clama al cielo, con la enorme cantidad de oro que ha cuajado en mi familia por generaciones, pero podríamos llegar a un acuerdo.

—Antes de que continuéis quiero ser sincera con vos también: a pesar de ser el primogénito varón, mi hijo Francisco no recibirá el mayorazgo.

—Lo sé, razón de más para que valoréis lo que os propongo. Si ambas cerramos el casamiento, yo me encargaré de abrirle a vuestro hijo las puertas de la corte.

Capítulo 8

El apóstol

Tengo la mano pesada y el alma despierta, ya van notándose los esfuerzos de esta titánica tarea que me impuse hace meses, ya no recuerdo cuántos, y no consigo terminar, unas veces por los achaques de la vejez y otras por las punzadas de exigencia y compromiso que todavía me da la vida. A veces percibo una queja en mis plumas, están exhaustas como yo, y es cierto que las someto a inacabables horas de trabajo; ellas protestan dejando escapar la tinta y cubriendo de nubarrones negros todos estos pensamientos escritos, os pido disculpas por ello, no es bonito leer entre manchas, pero noto la mano torpe y adormilada, los dedos lentos e incapaces de domeñarlas cuando se rebelan. Dicen que hay dos cosas que entumecen brazo y mano con la misma terquedad: la espada después de matar y la pluma que narra con prisa. Muchas veces se lo escuché al viejo Demonio de los Andes. Y ahora lo sé, pese a su liviandad, la pluma pesa. También la pluma mata sin pudicia, desata dolor, condena la honra y oscurece las memorias. ¿Cuántos hechos he conocido que fueron después narrados con vileza para opacar la fama? La mano que escribe las más sublimes y bellas palabras es también capaz de los más atroces crímenes.

A pesar de mi cansancio no me siento vencida, no estoy derrotada aún; no me acompaña ya la bravura de la mocedad, lo admito, pero este invierno del fin de los días no está siendo abrupto, sino más bien lo siento como una ligera adormidera, que me devuelve lucidez y fuerza a ratos, y otros me deja a merced de mis sueños. No temo a la muerte, aunque a menudo me pregunto cómo será ese lugar al que vamos tras respirar el último aliento y que tantas tribulaciones despiertan en el ánimo de los hombres. Es una necedad temer lo que no se conoce, y hacerlo es pretender ser sabio sin serlo. Así me lo explicó mi capellán, el padre Guillermo, que me dio a leer el libro de un pensador griego que tanto tiempo atrás ya afirmaba que temer a la muerte es un disparate, asegurando que no había motivos para temerla, puesto que puede que sea un dormir eterno sin sueños. Admito que eso me entristece, aunque sé que es un descanso, puesto que conozco la fatiga que mis sueños me provocan, en ese mundo que se despierta en la noche es donde ahora vivo libre, donde corro, donde galopo a caballo, donde bailo y donde veo con claridad y palpo a los míos que ya no están.

Tras mi encuentro con Juana de Castro, decidí tantear a mi hijo, y usé para ello a Fernando de Orellana, el esposo de Francisca. Solo él sabía a ciencia cierta dónde se hallaba mi hijo Francisco, y solo él podía abrirme la puerta a lo que necesitaba saber, y cierto es que la apabullante indiscreción que exigía ese comisionado no me alcanzó para preguntárselo abiertamente. No me atreví. Lo tenté hablándole de las capitulaciones matrimoniales que habían de disponerse, puesto que Francisco estaba en edad casadera. Pero nada dijo, aunque la sonrisa inesperada que le asomó me llevó a pensar que estaba al tanto de algún galanteo. Lo cierto es que en aquel tiempo apenas sabía nada de mi hijo. Ni de sus inclinaciones en los afectos ni de su día a día. Solo sobornando con dulces a la criada de Orellana y Francisca, alcancé a enterarme de que los odios habían estallado entre mis dos hijos. Francisco se guardaba en público de criticar las decisiones de su hermano Juan, pero en privado y ante Orellana se despachaba a gusto poniendo en duda sus capacidades al frente del mayorazgo.

Un enorme agujero se estaba haciendo en una parte de los bienes, Orellana se había ofrecido a prestar dinero a Juan, yo era consciente de ello, y no le di mayor importancia. Según Juan aquellos gastos inesperados provenían de necesidades urgentes que había que subsanar en las tierras, por deudas contraídas con criados en los últimos meses, y por el retraso en el pago de algunos juros, aunque Francisco no compartía aquella idea, y como me narró la criada, se quejaba amargamente de lo que estaba sucediendo.

Los escasos tiempos en que veía a Juan, apenas me hablaba, se mostraba huidizo, como si no quisiera abordar lo que le robaba el sueño.

519

Perdió la alegría exultante de siempre, gastaba el tiempo recorriendo sin gana las tierras de los Pizarro en inacabables viajes a caballo. Accedió a ayudarme con las mandas de Catalina cuando solicitamos al obispo convertir el colegio en hospital para huérfanos pobres, con la salvedad expresa de ser un hospital que recogiese huérfanas; el obispo atendió nuestro ruego, y se concedió el cambio, pero a Juan le duró poco la alegría. Obstinado en solo él sabía qué, ni siquiera se daba el gusto de encandilar a las criadas y labriegas, tampoco el de seguirles el juego a las doncellas hidalgas que suspiraban sin recato al verle; ahora bien, dispuestas a perder su virtud en los brazos de Juan, alentadas por la bendición de sus padres, ya que la herencia de los Pizarro convirtió a mi hijo en una suculenta pieza que merecía la pena cazar.

Si antes era difícil conquistar el corazón de Juan, ahora parecía imposible. Se esforzaba en atender sus obligaciones, pero lo hacía sin gusto. Recibía a los aparceros, criados y campesinos, aunque distraído, con frialdad y tedio, sin los modales risueños que siempre fueron tan suyos. Hubo un terrible temporal de hielo que condenó todos los frutos de las haciendas, la hambruna y la miseria se asomaron a nuestros campos dispuestas a conquistarlos, y supe que mi hijo Juan nada hizo por remediar aquel desastre, acudiendo a mí, desesperados, los capataces y los labriegos. Solo le cambiaba la expresión cuando cada dos semanas aparecía aquella manceba, una criada campesina, de pelo rojo y largo, cuya visita anunciaba la marcha de Juan, lo que me dejaba de nuevo sola en aquel palacio, que me apretaba ahora a pesar de su amplitud y su belleza. Cuando la reverenda decidió regresar a Trujillo, me faltó tiempo para organizar mis bultos y partir a La Zarza con mis indias. Necesitaba la libertad del campo y escapar de todas las miradas. Sabía que mis nervios no soportarían el insidioso acecho de Inés Rodríguez de Aguilar que con proverbial y cristiana intolerancia condenaba cada una de mis acciones. La puerta falsa del palacio en el camino antiguo de Guadalupe, que solo usaban los sirvientes, me sirvió para zafarme de miradas alcahuetas, y marché.

Mi hija Inés con la pesada gravidez no se movía de Montánchez, y tuve entonces que repartir el tiempo entre La Zarza y aquella sinuosa y hermosa villa, donde posaba con mis doncellas de Huaylas en las casas de los Mesía de Prado. Allí una enorme corte de sirvientes dispuesta por su esposo se afanaba en cumplir con cada deseo de mi hija Inés, que los despachaba de mala gana y solo quería tenernos cerca a las huaylas y a mí. Como ya os narré, Inés en su preñez aborreció las castañas, mi hija les cogió gusto a los higos, devoraba las primeras brevas, largas y gustosas, que debíamos traerle a cada poco y que todavía eran escasas; también se le antojó el fruto de las tunas, que aquí se llaman chumbos, y que Nuna le preparaba mezclados con miel para amainar la acidez temprana. En aquellas tardes largas del final de primavera, decidimos mi hija y yo, sin contar con el padre, el nombre que llevaría la criatura. Inés, de ser niño, quería llamarle Gonzalo; escucharlo en sus labios me pellizcó las entrañas. Gonzalo. Acaricié la medalla de la Virgen de la Guía y le quité a mi hija esa idea de la cabeza, apostillando el agravio que supondría para su esposo que su primogénito no llevara su nombre. Diego me pareció más conveniente y también desprovisto de cualquier peligro.

—Si es niña no la llamaré Inés, madre. Ya hay demasiadas en esta familia. Estoy segura de que mi abuela la ñusta Huaylas y vuestra tía Inés Muñoz son un prodigio de fuerza, pero yo pienso en la reverenda y se me pasa la gana. Quizá debiera llamarla Francisca.

—Ni se te ocurra cargar con eso a la criatura. Es un nombre horrible, hija. A qué engañarnos. Siempre me pareció hermoso el nombre de Mencía.

—Es hermoso, sí —aseguró sin mucho entusiasmo mientras le resbalaba por el labio la miel de los chumbos—. Pero quizá demasiado delicado. Quiero un nombre que le dé fuerza. ¿Qué os parece Aldonza? Una prima de Diego se llama así y es de mi agrado.

Así es como antes de nacer siquiera, determinamos juntas, esquivando tanto el santoral como al padre de la criatura, el nombre del primero de mis nietos.

Cada tarde, las esposas de los caballeros principales de la villa de Montánchez acudían para hacer labor y acompañar a mi hija. Recuerdo que se bordaron más de cien varas de seda entre ropa de cuna, faldones y gorrillas para el nuevo infante. Nuna miraba aquel trasiego escandalizada, no entendía ese dispendio sin haber nacido la criatura, y le parecía una costumbre soberbia que podría enfadar a los dioses.

Por las tardes los hombres tomaban vino y departían en el patio de la casa. Sin ser vista por ellos, escuchaba sus cuitas, y allí me enteré de lo cerca que volvía a estar el estruendo de la guerra. Desde mi llegada a

España siempre agradecí estar alejada de batallas y huestes. Los mil enfrentamientos que asolaban el Imperio, afortunadamente, no se libraban a escasas leguas de mi casa como a menudo ocurría en el Perú. Ahora volvía a aparecer aquella amenaza. Unos daban por hecho el enfrentamiento con Portugal, ahora que el joven rey Sebastián había muerto en la batalla contra los moros. Bien escondida escuché que para muchos de sus súbditos Sebastián I estaba desaparecido, no muerto, y se amparaban en su regreso, tal y como hice yo durante años cuando esperé paciente la vuelta de Gonzalo del vientre de la selva. Otros aseguraban que su alteza Felipe II no llegaría a las armas contra el reino que lindaba con Extremadura. Al final, el rey Sebastián siguió perdido y aquella siniestra apuesta la ganarían los que dieron su apoyo a la guerra, como siempre.

Conocer a doña Juana de Castro me hizo preocuparme con más interés de los asuntos de la corte y entender que allí tenía que dirigirse mi mirada si quería conducir con mano firme mis intereses. Hasta entonces solo me había ocupado de saber lo que acontecía en mi tierra perulera, sin importarme en demasía las cuitas del rey Felipe, al que todavía imaginaba un enemigo, ni lo que sucedía en aquel espacio reducido y poderoso, tan ajeno a mí. Todo cambió en aquel entonces, porque ciertamente toda la corte estaba pasando delante de mis narices, viajando desde Madrid a Badajoz, donde el rey había decidido establecerse de manera permanente hasta resolver el asunto espinoso con el país vecino al que pretendía incorporar al Imperio. Buscaba su alteza unir ambas coronas, la de Portugal y la de España, en una sola cabeza, la suya. Eso se decía en los mentideros. Comencé a obsesionarme yo también con el monarca. Me dediqué a un implacable escrutinio, acosando a preguntas a los mayordomos y procuradores que peleaban por mis asuntos en el seno de aquellos salones que yo imaginaba abigarrados y oscuros, donde a media voz los secretarios buscaban acaparar el consejo y la decisión del rey.

En aquel tiempo descubrí que teníamos fama las viudas de ser las mayores pleiteantes y las más implacables, eso aseguraba Sebastián Rodríguez, cuando le expuse mi nueva solicitación.

—¿Qué otra cosa podríamos hacer, señor mío? Si no pedimos no se nos da, y con prodigioso silencio sí se nos quita —decía recordando las palabras de mi tía Inés y de María de Escobar, que tantas veces escuché desde niña.

—Enfrentar el tema de los naturales llevará tiempo y dinero, señora. Y más ahora —aseguró Sebastián Rodríguez, que contaba ambas cosas, tiempo y oro, con la misma miserable y ruin avaricia. De espíritu marrullero y modales exquisitos, a pesar de haber sido procurador de pobres por orden del Consejo de Indias, era este caballero el más ambicioso y tacaño hombre que jamás he conocido.

—Disponed el oro que sea necesario para acortar los tiempos. Apremiad a los jueces. No descargaré mi conciencia hasta saber que los chimo y los huaylas están en mi cabeza, solo así podré garantizar que no sean abusados ni vejados. Es de vital importancia, señor mío. Los huaylas son mi sangre, aunque a esos jueces no les importe.

Eran más de diez los años transcurridos desde que la Corona arrebató a Hernando todos los indios encomendados, aprovechando después para decidir si las encomiendas que mi padre me entregó debían seguir en mis manos. El pleito que inicié por arrebatar a Diego de Mora los indios de Chimo que La Gasca le entregó seguía sin resolverse, y me escocía el alma imaginar los abusos a los que el padre de mi prima Florencia los sometería. También se dirimía el futuro de mi pueblo, los Hanan Huaylas. Sobre ellos virreyes y funcionarios ya habían posado sus ojos y pretendían poner su mano. Nadie quiso entender que mi padre puso en mi cabeza a los huaylas, no por orden de Dios ni del rey, sino por ser lo que su cacica y señora, mi abuela Contarhuacho, convino con él. Pero en la Audiencia y en el Consejo de Indias no se daban ninguna prisa por determinar qué sería de ellos, ni se reconocía mi vínculo respecto a aquellos que eran mi sangre. Y ahora la posible guerra solo les daría al rey y a los jueces una excusa más para dilatarse.

La calle real de La Zarza se llenó de posadas y albergues que daban cobijo a las hordas de peregrinos que acudían al santuario de Guadalupe. También a los rezagados del séquito de cortesanos que viajaban a Badajoz y que hasta allí acudían con cuadrillas de lacayos que servían en las monterías y cacerías de osos y cochinos. Desde la segunda altura de mi casa contemplaba el trasiego del camino real: carros enjaezados portentosamente, caballos cubiertos de ballestas y lanzas, caballeros empingollados, soldados rasos, curas desarrapados, damas envueltas en sedas, prelados viajeros en busca de nuevos cargos y dignidades en el monasterio jerónimo, obispos cubiertos de mantos del color de la amatista, campesinos famélicos y mujeres descalzas llevando a niños enfermos de tercianas que buscaban el toque misericordioso de la Virgen Negra para salvar a sus hijos.

En La Zarza el mal aire consumía a muchos, aunque ni mis indias ni yo lo sufrimos, sospecho que gracias a la cantidad de corteza de quino que desde niñas tomamos en el Perú y a la pericia de Nuna, que todavía conservaba molidos algunos trozos desde la última visita del capitán Álvaro de Molina. La vida la hacía de espaldas a aquel trajín incesante, no me interesaba lo más mínimo. Me deshice de la cotilla, abandoné los sayales negros, guardé los velos y me enfundé los *acsus* indios largos y rectos, las fajas labradas, me solté el cabello y volví a ser india, una huaylas en la intimidad inmensa que me ofrecía el campo: bien amparada entre encinas, retamas y cantueso. Bien custodiada por esparragueras y zarzas.

El tiempo lo dedicaba al huerto. Pasaba las horas en el cobertizo de Catalina, en las traseras de la hacienda, con la única compañía de mis indias, entregada a la tarea de enseñarles a leer y a escribir, tarea ímproba, porque se burlaban de aquellos símbolos mudos que según Nuna hechizaban a los barbudos y enajenaban a los curas en el púlpito, y preferían usar la tinta para dibujar en los lienzos animales, estrellas y flores. Ordené a los aparceros que trajesen el maíz que no se vendía de las haciendas y en el huerto decidimos cultivar las papas. Así fue como comenzamos a preparar chicha y también a elaborar el chuño. Después de tantos años sigo sin comprender que aquí las papas no se coman; se dan al ganado o se dejan como ornamento exótico en los jardines pudientes de cortesanos y aristócratas, un tremendo disparate, ya que la belleza fragante de una rosa nada comparte con la humilde papa, cuya virtud consiste en saciar los estómagos y no en deleitar los ojos. Después de las noches frías en que las papas se helaban a la luz de Quilla, las sumergíamos en las aguas del arroyo Alcollarín; solo entonces mis indias las dejaban secarse al sol por varios días, obteniendo el chuño que cortaban y pisaban, haciendo que

524

pronto molineros, labriegas, caballerizos y gente común de los alrededores aprendieran a prepararlas y también a comerlas, lo que levantó ampollas en el clérigo de La Zarza.

—Todo lo que nace bajo la tierra es obra del demonio.

—Al contrario, padre, el demonio trae hambre y miseria, y la papa sacia a los que no tienen, calmando sus ansias y apetitos.

—Ningún fruto de Dios crece con tanta premura si no es por brujería, Satanás está detrás de esto. —Alarmado, se santiguó, estaba realmente atemorizado, agarró las Sagradas Escrituras y me las dio—. Buscad la papa, su nombre ni siquiera aparece en la Biblia, ¿os parece esa poca señal?

—Tampoco aparece la imprenta, padre, y gracias a ella tenéis esta biblia, ni otros muchos inventos, como el arcabuz.

—Vais a perder a mis parroquianos, marquesa, condenando su fe con ese fruto del infierno.

Como sé bien de la obstinación de los hombres de Dios, no me embarqué en discusiones yermas, simplemente le convidé un domingo a almorzar en mi casa tras terminar el oficio. Allí, bien regadas de vino, y dispuestas entre carnes de lechal, trituradas en forma de papilla con caldo de gallina y disfrazadas de bizcochuelos, se sirvió el fruto del demonio y el receloso cura se hartó de comer papas y de ensalzar su gusto.

Acudí a misa al domingo siguiente, junto al tremebundo confesonario, y contemplando la lápida de la niña María de Aguilar, que seguía sin dejarme verla, esperé paciente la salida del padre Martín de la sacristía. Quise saber de su posible crisis de fe, o de su terrible conflicto de alma, hasta pregunté por visiones del apocalipsis, algo que rotundo me negó.

—Ya sabéis por vos mismo que las papas no corrompen la fe ni alejan el alma de Dios, padre.

—¿No me habréis envenenado con ese fruto impuro?

—Digamos que fuisteis vos quien se sirvió de las mismas. Y quien repitió varias veces. No impidáis a los pobres disponer de este alimento que Dios puso en la tierra para darles remedio, más ahora si la guerra está cerca.

No solo no lo impidió, sino que él mismo acudía a mis casas para recoger las papas, que su ama de llaves aprendió a prepararle de varias formas, y que yo le daba sin hacer preguntas y a salvo de otras miradas clericales que hubieran condenado al párroco.

Una mañana de mediados de mayo nos sorprendieron los clarines que anunciaban a los monteros. Se batía una enorme cacería en los alrededores de la Villuerca. El estruendo de los perros y el silbido vibrante de las ballestas se escuchaban a veces desde el cobertizo, provocando el terror de las indias de Huaylas. Se azuzaba a los osos con perros que rodeaban enfurecidos las oseras. Las jaurías de mastines bien adiestrados interrumpían el despiadado cortejo de primavera. En ese tiempo voluptuoso y benigno, en el que la naturaleza propicia el abrazo, es cuando los osos machos buscan a las hembras en celo y las cabalgan con fiereza, matando a las crías de otro padre, si es preciso, para devolver el celo a la madre y perpetuar su propia descendencia.

Pasado el mediodía, Judas nos alertó de una intrusa presencia, como siempre lo hacía: metiéndose bajo el sayal de Nuna y aullando sin pudor su miedo. A lo lejos un hombre se acercaba renqueante. Estaba herido, acudía a duras penas sujetándose la pierna. Sin caballo ni armas, arrastraba los despojos de una señorial ballesta ahora destrozada y un andar trastabillante. No era la primera vez que en el peligroso lance llegaban monteros heridos a los pueblos de Cañamero o La Zarza, pero sí era la primera vez que uno se aventuraba a pedir ayuda en mis tierras.

—¡Auxilio, por Cristo! —nos gritó antes de desplomarse y perder el conocimiento.

Su pierna sangraba a borbotones por el zarpazo recibido burlando el absurdo torniquete que él mismo preparó con la manga de su camisa. Todavía hoy me pregunto cómo demonios logró alcanzar mis casas con aquel tremendo corte. Esas dichosas monterías se organizan desde antiguo por el placer de reyes y nobles, y se amparan en la necesidad de evitar el ataque de esas gigantes y feroces criaturas al ganado; una vana excusa, nunca mis ganados recibieron el ataque de los osos. Encuentran así los hombres un argumento absurdo para justificar la necesidad enfermiza de luchar, de medirse el valor. El embrujo que la cacería ejerce sobre los hombres ya lo viví de cerca con Hernando, con mi padre y también con Gonzalo.

Tanto la cara como el torso y los brazos de aquel joven estaban cubiertos de una mezcolanza parda, un ungüento de sangre seca y tierra sin presentar ninguna lesión; entendí que el oso también resultó herido y en aquel abrazo maldito chorreó sobre el intruso no solo su odio. Entre todas cargamos como pudimos con su cuerpo abandonado que pesaba como el de un muerto y le llevamos al cobertizo. Sobre la mesa tocinera, le abrimos las calzas y contemplamos más de lo cristianamente decente. Escuché los susurros de las huaylas alabando el cuerpo enjuto y bien dotado del herido, y yo misma perdí la cuenta del tiempo que seguí con los ojos puestos donde no debía mirar. Sentí el latigazo que aquello me provocó y del que traté de zafarme acudiendo a la premura de sanarle esa herida. Para aplacarme el sofoco y centrar el juicio, ordené a Nuna que trajese uno de los delantales con el que cubrí sus partes y me dispuse a curarle tal y como vi hacer cientos de veces en el hospital de Lima. No haría falta coserlo, el zarpazo era más escandaloso que profundo y estaba limpio. Con los ungüentos de Catalina detuvimos el desangramiento, unté el corte con crémor tártaro y aplacamos el dolor embadurnándole la pierna con basilicón. Mientras yo vendaba la herida y las huaylas le lavaban pecho y rostro con paños de agua tibia, a cucharadas Nuna le dio de beber chicha. Entonces volvió a abrir los ojos y, con la cara limpia, reconocí a aquel joven.

—¿Qué es ese jarabe que me habéis dado?

—Chicha de maíz, señor. —Sus ojos azules me recorrieron de arriba abajo, dejándome nuevamente a merced de la congoja que despierta el deseo y que ya ni recordaba. Era el mismo hombre que con detalle observé en Guadalupe; me sonrojé pensando en lo mucho que ahora había visto de él, durante la cura. Él no me quitaba ojo, sorprendido ante el cabello largo y negro que sobrepasaba mi cintura y que solo sujetaba una trenza deshecha. Recorrió lentamente cada pliegue de mis ropas indias, y sentí perfectamente en la piel, en el pecho, en el cuerpo, hasta en el espíritu, cómo me rodeaba su curiosidad.

—Habláis muy bien el castellano. —Y volvió a agarrarse la herida, conteniendo la queja—. Quiero ver a vuestro señor, avisadle, necesitaré una nueva cabalgadura. Esta hacienda es de los Pizarro, ¿no?

—Así es, pero los señores no están, caballero —aseguré ante la mirada atónita de mis indias, que no comprendían aquel engaño al que acudí para mantener mi intimidad. ¿Qué otra cosa podía hacer sin conocer las intenciones de aquel extraño?

—¿Cuál es vuestro nombre?

—Nuna, señor.

—Os agradezco lo que estáis haciendo por mí. Tened por cierto que se lo haré saber a vuestro señor para que os compense. Esa bestia ha estado a punto de matarme. ¿No es irónico, Nuna? Atacado por una osa voy a dar con mis huesos a la casa de los Pizarro, con sus osos rampantes. —Comenzó a reír estruendosamente—. Esta herida no impedirá que acuda a Badajoz antes de que las tropas la alcancen.

—Rezad, señor, para que no se inicie la guerra antes de una semana, si lo que esperáis es batallar.

—Eso es demasiado tiempo. He de estar en Badajoz el domingo, para disponer asuntos de la corte antes de que su majestad llegue.

—¿Y os da el tiempo para cazar con tantos y tan realengos asuntos urgentes?

—Estáis ante el mejor y más diestro montero de Castilla. Quién iba a imaginar este desenlace, Nuna. —Volvió a reír.

Mientras nos narraba lo ocurrido, yo sentía el extraño hechizamiento que ese hombre obraba en mí. Sus palabras brotaban sin descanso, pero a mí me costaba seguir el hilo, perdiéndome a cada poco en sus ojos y en sus manos; creo que primero abandonó el grupo de monteros siguiendo a los perros que le llevaron hasta la osera. Lo que allí encontró fueron dos crías. Solas. Mientras buscaba a la madre, el caballo se puso de manos, arrojándole al suelo, y salió disparado, los perros continuaron ladrando, y cuando quiso darse cuenta ya tenía a la osa encima, que con fiereza de madre defendió a sus crías de aquel bárbaro. Cosa que entendí perfectamente, puesto que yo habría hecho lo mismo. Tal y como nos contó, la atravesó con la lanza en el costado, y a golpes con la ballesta la aturdió, eso le dio tiempo para huir trepando a un árbol, del que no pudo bajar hasta varias horas más tarde, exhausto y sediento, cuando comprobó que la osa se había desangrado y él estaba a punto de hacerlo también, creedme.

—¿Eso son criadillas de la tierra? Estoy hambriento.

—Son papas, señor, un fruto de tierras muy lejanas…

—Sí, las conozco, pero nunca las había visto tan blancas. ¿Puedo probarlas?

Devoró los chuños crudos, y se diría que le gustaron, lo que me llevó a confiar en aquel desconocido, nada malo podía venir de alguien que no remilgaba con las papas.

—Os pagaré un caballo, solo tengo esto, el resto se lo daré a vuestro señor en dos días. —Me entregó una bolsa donde asomaban algunos vellones, la nueva moneda que Felipe II había comenzado a acuñar. Deduje que no era un soldado, se trataba de alguien muy cercano a la corte.

—Esa guerra, señor, ¿cuándo será?

—Muy pronto. Las galeras de Bazán y las tropas del duque ya están cerca.

—¿Y es una guerra justa?

—Su alteza no va a renunciar a lo que por derecho de sangre le pertenece.

—Nadie debe hacerlo. La lucha por lo nuestro es la única que merece la pena. Pero en esa lucha, todos los muertos importan, señor.

Me miró en silencio, sorprendido, porque ciertamente no esperaba semejantes ideas de una torpe e iletrada india. Le entregué un caballo, el más joven de los potros de Hernando, que solo yo montaba.

—Debo marchar. —No me besó la mano ni empleó ninguna de las reverencias a las que yo desde niña estaba acostumbrada. Solo inclinó la cabeza y después mantuvo sus ojos fijos en mí, con la misma vehemencia con la que yo le había observado antes. La magia se esfumó al son de las campanas de la pequeña iglesia de La Zarza, llamando a los fieles a la última misa del día.

—Tendréis que acudir a la iglesia, señora, no os robo más tiempo…, aunque, Nuna, no parece el vuestro un nombre cristiano.

—¿Y cuál es vuestro nombre, señor? —me atreví a preguntar cambiando de tema.

—El mío sí lo es. Me llamo Pedro, como el apóstol —aseguró riendo de nuevo. Después espoleó al caballo y salió al galope.

Aquella noche apenas dormí. El calor de finales de mayo no ayudó a calmar el ardor que me recorría la piel recordando el cuerpo desnudo de Pedro durante la cura. Pedro, como el apóstol, me estaba turbando en demasía y lanzándome a ideas pecaminosas impropias de tan bíblico nombre. Se contraía mi vientre, con suaves hormigueos, despertando las vaharadas del deseo, esas que ya no esperaba volver a sentir. Pedro era joven, mucho más joven que yo. Apuesto y bravío. Yo ya alcanzaba los cuarenta y seis otoños, aunque al compararme con las esposas de los Vargas, los Altamirano y los Hinojosa, las linajudas damas que acudieron a los rezos por Hernando, mi lozanía era notable, al menos así lo veía yo. Sus cabellos ya clareaban, los míos seguían como tizones, negros y brillantes. Mi cintura continuaba siendo estrecha, a pesar de los partos. Las primeras arrugas todavía eran leves líneas que enmarcaban mis ojos, dándoles más fuerza. Si miraba a las mujeres de mi edad, solo el rostro de Isabel opacaba los restos de mi lozanía; como ya os narré, a Isabel el tiempo no la alcanzaba.

El ardor del cuerpo no se apaga con los años, eso fue lo que entendí en aquellos días en que sorprendí a mi alma clamando por una caricia y en los que tuve que agotarme trabajando en el huerto, galopando por horas y bebiendo tisanas de tilo para lograr apagar aquel fuego encendido que me recorría entera cuando el apóstol asomaba a mis cavilaciones. Todos dirían que era el demonio quien desató aquello. Yo no creo en el demonio, pero sí creo en los cuerpos. Una de las amenazas más temidas de las viudas es que pueden dominar al hombre, porque son conocedoras del placer. Somos las viudas a ojos de galenos y clérigos mujeres peligrosas que han descubierto los secretos de yacer. Se nos tildaba en los tratados de insaciables, capaces de subyugar la voluntad del hombre, dispuestas a dar goce y a gozar; eso era una tentación para los caballeros jóvenes, que buscaban compartir lecho con quien supiera iniciarles en el placer. También en aquel tiempo de sofocos que no amainaban acerté a discernir lo que todavía hoy mantengo, que se puede amar a dos hombres.

De mañana, muy temprano, me encontraron los criados de Diego Mesía de Prado bien despejada y despierta. Llegaron a La Zarza para anunciarme que Inés se había puesto de parto la noche anterior. Mi hija había confundido los estremecimientos de alumbrar con un cólico de brevas. No quiso ni comadrona ni médico porque su tozudez decidió que no los necesitaba. El caso es que cuando creyó haberse orinado encima, comenzó a dudar y ordenó que la partera acudiese. Diego, preocupado, hizo traer a varias. Un remolino de parteras, criadas y dos galenos estuvieron esperando con impaciencia a que yo llegara a Montánchez, porque Inés no estaba dispuesta a parir sin su madre presente. Ciertamente, la criatura tampoco estaba dispuesta a aguantar la obcecación de Inés, y comenzaron los dolores para abrir las entrañas que debían dejarla salir. Pronto se dieron cuenta de que venía de nalgas, complicando el parto. Pero Inés era joven y fuerte, aquella era una carrera de resistencia. El alumbramiento fue largo y a ratos complicado, bien provisto de alaridos, alguna blasfemia en castellano y una buena sarta de improperios en el *runasimi*, lo único que desde niña mi hija dominó con soltura de la lengua andina. Pero por fin asomó la criatura, arrugada y azul, con portentosos pulmones y un carácter más cercano al de la madre que al de su padre. Cuando los criados llegaron, me anunciaron que Aldonza ya estaba entre nosotros, y mi hija se encontraba bien. Decidí entonces posponer mi viaje dos días, para cargar con regalos y, a qué negarlo, para volver a ver a aquel desconocido.

Pedro cumplió su palabra, y acudió a La Zarza, con una bolsa de oro para pagar el caballo, frutas escarchadas para nosotras, y la herida prácticamente curada «gracias a vuestro buen hacer», aseguró. También trajo un hermoso estuche de marfil y oro con inciensos de Oriente, clavo y otras especias olorosas para agasajar a la señora viuda de la casa, puesto que, como nos dijo, ya estaba al tanto de la muerte del comendador Hernando Pizarro. Volví a contemplar las nueve perlas que remataban la corona de su blasón sin saber a qué título pertenecían, nunca me preocuparon las divisas de las grandes casas. Estaba agotado, hizo en el día el viaje a Badajoz, donde bajo la tutela de un pariente que formaba parte del Consejo de Guerra de su alteza asistía a las partidas de los batallones y al avituallamiento de las tropas. O eso me pareció entender.

Pasamos la tarde comiendo galletas de chuño, bebiendo chicha y hablando sentados a la entrada del cobertizo. Nos preguntaba cosas del Perú, del virreinato lo sabía prácticamente todo, pero no del Incario ni de los tiempos del gobierno de mi padre. Pedro era culto y muy leído, y suponernos criadas indias de los Pizarro le hizo reflexionar sobre la esclavitud; nos enseñó que la costumbre de privar de libertad a los hombres venía de muy antiguo, los romanos, tan admirados ahora por sus proezas bélicas de conquista y dominación, eran expertos en convertir en esclavos a los pueblos que dominaban. Los moros infieles hicieron lo mismo cuando ocuparon la tierra que ahora es España, por eso Pedro me preguntaba por los esclavos incas, por los hombres y mujeres sometidos por los ministros y soldados de mi abuelo, quería conocer cómo eran sus guerras y sus castigos. Para el apóstol el modo en que uno defiende su libertad es el indicador de su sabiduría. Decía que los castigos dicen más del alma de un pueblo que sus proezas y yo intentaba explicarle:

—Los esclavos son enviados a la ceja de selva, al trabajo de los cocales, en condiciones extremas, como en las galeras de su alteza.

—No tenéis prisiones.

—El *zancay* era lo que aquí es la cárcel, un sótano enterrado y lleno de alimañas donde los revoltosos y los traidores al Inca son encerrados. —Recordé todo lo que Vilcarrima me había contado.

—Una tortura defendiéndose cuerpo a cuerpo con las bestias.

—Así se dictamina que sean los dioses los que deciden a quién se debe liberar.

—No somos tan distintos, también aquí Dios decide quién vence en las batallas.

—Más bien la Virgen, señor —dije rememorando la sarta de apariciones marianas que daban siempre la victoria a los cristianos.

Pedro insistía en que nosotras no éramos esclavas. Los reyes españoles nunca hicieron esclavos a los naturales, fue deseo expreso de la Reina Católica que los indios fueran súbditos de pleno derecho.

—Antes de que los españoles llegaran ya había esclavos en esa tierra, señor. Y me temo que, pese a las mandas de los monarcas, seguirá habiéndolos.

—No, no si se obedece a las leyes españolas.

—También hay que saber aplicar esas leyes, y conocer bien los reinos antes de aventurarse a imponer con aspereza en una tierra ya castigada.

Con el gesto serio nos preguntó:

—¿Es cierto que sacrificáis a vuestros hermanos y os los coméis?

—Comemos esto, señor —le aseguré desmenuzando una papa—, y carnes de animales, no de hermanos. Los sacrificios se hacen, sí, con niños, se elige a los más hermosos; durante años son preparados para la muerte ritual, con la que se aplaca la ira de los dioses. Ellos no sufren, señor, son drogados con hierbas y chicha, vestidos con los mejores *acsus* y mantas, venerados por su pueblo, y se los acompaña al vientre de la montaña, donde encerrados esperan el beso del frío que los lleva al Hanan Pacha.

Durante esos dos días Pedro regresó a mis casas al atardecer y repetimos el mismo ritual: hablábamos, reíamos y me preguntaba sin parar por asuntos de la tierra perulera.

Esos encuentros me sirvieron para descubrir que Pedro era descreído de muchas cosas, acerté a entender el tedio que su papel en el mundo, impuesto por su linaje, le procuraba. Pese a ser miembro de una de las familias más próximas a la Corona, hablaba de esta condición con pesadumbre.

—Siempre quise ir a las Indias, pero mis obligaciones son un cerco insalvable que ha condenado ese deseo. Me debo a la Corona. Debo prestar servicio en los Consejos Reales, asistir a ceremonias solemnes y cubrirle las espaldas al rey.

—Creedme si os digo que eso es más provechoso que partirse el lomo en un mundo extraño que ofrece mucho, aunque da menos de lo que promete desde esta orilla, señor.

—También la vida en la corte parece más atractiva desde la distancia. Pronto mi padre me cederá sus estados y señoríos, lo que me obliga a casar y a entregar mi lealtad y mi vida al rey —aseguró con un tono sombrío—. Y también a enfrentar inacabables y banales peroratas. Defenderme de la lucha sin armas que desatan las intrigas. Esquivar la ambición sucia de consejeros y secretarios. Y morderme la lengua cuando veo una injusticia.

—Y ¿qué buscáis en las Indias, mi señor?

—Lo que buscan todos.

—Oro y riquezas.

—Dios Santo, no. Libertad, recorrer esas vastas tierras y reinventarme, hacerme nadie en ellas para poder entonces elegir quién ser.

Al tercer día, Pedro se despidió asegurando que volvería antes de partir definitivamente a Badajoz. Cuando debía subir al caballo, se detuvo en seco. Tras girarse, cogió mi mano, permanecimos así más tiempo del que exigía la despedida, un tiempo precioso, eterno, en el que el calor me azoró el cuerpo y las punzadas del deseo volvieron a acariciarme las entrañas; sentí su júbilo, también él se debatía en mil pensamientos que asomaban en sus ojos, entonces se inclinó en una elegante reverencia y lentamente besó mi mano.

—Debió ser duro para vuestro esposo perder la vista y vivir tantos años privado de vuestra belleza, marquesa.

Capítulo 9

Lo que dijo la huaca

No supe entonces si Pedro cumplió su promesa de volver a La Zarza porque tuve que marchar a Montánchez para conocer a mi nieta. Antes viajamos a Trujillo, donde una ingente carga de regalos y golosinas estaban dispuestas para agasajar a la recién nacida y a sus padres: mandé traer los mejores vinos de la Herguijuela y de Cañamero, tortas de almendra, roscos de vino y bizcochos de crema que Isabel preparó con las monjas de Santa Clara, quesos jóvenes de mis ovejas, el sonajero y la concha de cristianar de plata y un tarro de castañas con vino y miel. Mientras los criados preparaban el coche, yo no dejaba de darle vueltas a lo ocurrido. Todo el viaje lo pasé preguntándome cómo diablos podía saber Pedro el apóstol que yo no era Nuna. Quién diantres estaba al tanto de sus visitas y quién podía haberle soplado que la sirvienta india que le curó era la viuda de Hernando Pizarro.

Primero sospeché del párroco de La Zarza, era el único que entraba a mis casas a por su cargamento de chuños, y conocía bien el carácter chismoso de los siervos de Dios, aunque ciertamente el cura no asomó por allí en esa semana. Dudé entonces de las criadas, también de la cocinera, que a veces incurría sin permiso en el territorio vedado del cobertizo buscando hierbas y condumios, y llegué a sospechar hasta de la esposa del molinero. Solo cuando los caballos se detuvieron en la puerta principal del palacio y descendimos del coche, la verdadera Nuna, harta de escuchar mis tribulaciones, señaló al balcón:

—No es tan difícil, doña. Mira dónde estás tú, pues.

Cómo pude ser tan ingenua. Ahora al recordarlo me da la risa floja cuando compruebo lo corta de luces que fui entonces. Allí estaba mi cara tallada en granito bajo el busto de Hernando, asomándose día y noche a la plaza de la villa, para propios y extraños, compartiendo espacio con el rostro adusto de mi padre y la armoniosa mirada de mi madre. Aunque yo no me reconocía en aquel gesto, y sigo sin reconocerme, ahora aún menos, ciertamente esa otra yo, con rostro de piedra y media sonrisa, fue la que dio a Pedro la pista definitiva sobre mi identidad.

Un silencio de convento cubría la casa de Diego Mesía de Prado cuando nosotras llegamos. Entendí que mi nieta dormía y no querían turbar su sueño, pero no, era mi hija Inés la que estaba descansando en su alcoba y había ordenado a Diego que nadie la molestara tras el terrible y larguísimo parto. Acudí a las habitaciones en que el ama de leche y las criadas custodiaban a la pequeña Aldonza, donde todavía las parteras curaban el diminuto ombligo atado con una cuerda de lana y bien untado de aceite de mirra y comino.

Aquella impetuosa criatura ya mostraba el arrojo de quien estrena la vida. La contemplé largo rato. Aún estaba arrugada y eso no mermaba su belleza, era morena como su madre, como yo, con los ojos negros, rasgados y enormes. Era lista, reconoció en mi piel el mismo tacto de su piel de cobre y me sonrió con sus ojos indios. Cuando la tuve en mis brazos, tan menuda, tan liviana, descubrí el amor poderoso y fiero que despiertan los nietos. Donde la sangre se redobla, donde te encuentras y encuentras a los tuyos. Un poderoso imán me unía a ella, y yo solo quería mimarla, consentirla, ayudarla a conocer las trampas del mundo y también descubrirle las cosas hermosas. Darle todo lo que no tuve yo, enseñarle la justicia, prevenirla de los peligros, verla crecer y ofrecerle la mano comprensiva y menos severa de una abuela. Porque eso somos los abuelos, el calor incondicional, el regazo que no juzga, el amor que consiente. Aldonza fue mi primera maestra, ella me enseñó a ser la abuela que malcría y que también es rigurosa. En esas andaba cuando el portentoso berrido me sacó del hechizamiento que aquella criatura obraba en mí. Era el tiempo de comer, la cara de disgusto del ama de leche me anunció que mi nieta no parecía tener ninguna gana por lo que su pecho ofrecía.

—No agarra la teta, doña Francisca. Y tiene las tripas vacías.

—Endúlzate el pezón con miel, pues —sugirió Nuna, que ya había abierto el frasco de castañas.

—No. Es su madre quien debe amamantarla.

Con la niña en brazos y sin consultarlo con Diego, acudí a la alcoba de mi hija Inés, que estaba en penumbra. Me acerqué al lecho, y con suavidad le dije que había parido a la niña más bonita de la tierra. Ni me contestó. Entonces la llamé floja, y le dije que su hija necesitaba comer. Sin esperar permiso, deposité a Aldonza junto a su cuello. Apoyada en la clavícula y guiada por puro instinto la niña alcanzó a encontrar el pezón oscuro de la madre y comenzó a mamar con la prisa que da el hambre, sin reprochar el silencio ni la indiferencia de Inés, que a mí sí me irritaron, así que acudí a lo que sin duda la pondría de un humor de perros, pero la haría levantarse: arrebatarle el cobertor.

Desde niña las historias de Catalina sobre los aparecidos que te quitaban las mantas pidiendo oraciones la aterraban, y era la única manera de lograr que Inés abandonara el lecho. Al hacerlo, contemplé que toda la sábana bajera, el jergón del lecho y el camisón brillaban con un rojo intenso y profundo que iba oscureciéndose, empapados en la sangre que había brotado de las entrañas de mi hija, escapándose de entre sus piernas, tras alumbrar, desde solo los dioses saben cuánto tiempo. El río de sangre que trajo la vida se volvió salvaje y al desbordarse trajo la muerte sin que nadie alcanzara a sospecharlo. Nadie lo detuvo. Una muerte silenciosa y dulce, un escaparse la vida de a poco, en un descansado sueño que alivió los dolores del devastador parto. Salí de la alcoba con un desgarro mudo sacudiéndome por dentro. Me tiritaba el alma, me dolía el pecho al respirar, hacerlo me costaba un mundo, porque el aire húmedo de sangre se adelgazó hasta extinguirse y yo dejé de ser yo.

Fui hasta el corredor y en silencio abracé a Diego, que no entendió hasta después su terrible sino. Le dejé sollozando como un niño arrodillado al lado de la cama, besando la mano ceniciento y fría de Inés. No la lloré. No pude. Me pareció que estaba hermosa. El pelo largo y suelto descansaba sobre su pecho, la sangre arropándola en un manto granate abrazaba su piel oscura y por un instante me devolvió la imagen morena de la Virgen de Guadalupe. Alcancé como pude el zaguán; allí las botellas de vino siguieron cerradas, y las moscas rodearon los quesos y los dulces. Cogí el sonajero y la concha y me llevé a Aldonza.

Mientras mis indias velaban el cuerpo muerto de Inés, yo solo podía pensar en mantener con vida a mi nieta. Los sirvientes ordeñaron cabras y vacas, pero la leche cocida se escapaba una y otra vez de sus labios tercos y apretados que se negaban a recibir alimento. El llanto se volvió constante. El hambre le hinchaba el vientre. Me aferré al calostro de su madre muerta que ya había tragado y que era el alimento más grande a la hora de asegurar su fuerza, pero bien sabía que no sería suficiente. Con la niña partí a La Zarza. Mandé traer de Guadalupe a tres de las robustas amas de cría que los jerónimos empleaban para amamantar a la caterva de niños bastardos que cada día aparecían abandonados en las puertas del monasterio. Sabía bien que los monjes pagaban generosos salarios a las nodrizas, asegurándose de que estuvieran bien alimentadas, y vigilando con precisión su salud. Así se resume el inquietante milagro de Guadalupe, ese del que todos hablaban: la supervivencia de los infantes. Solo eso podía explicar que aquellos niños que caían como chinches en otros conventos del reino en Guadalupe no solo burlaban a la muerte temprana, sino que alcanzaban la mocedad rollizos y hermosos. Gracias a esas tres mujeres mantuve a mi nieta con vida. Las alojé en La Zarza, les di todos los caprichos que pensaba darle a Aldonza en cuanto creciera, permití que trajeran a sus hijos con ellas, lo que convirtió los jardines y olivares en una algarabía de juegos y nos obligó a reforzar la vigilancia del estanque.

Las nuevas de la contienda con Portugal alcanzaron La Zarza al mismo tiempo que la reverenda llegó dispuesta a imponer su católica intransigencia a cualquier precio. Me apegué a Aldonza como los perros a sus amos, ella fue el centro de mi mundo para escapar del dolor. Yo no prestaba atención a nada que no fuera mi nieta y sus amas de leche, me obsesioné con ellas, llevaba cuenta de lo que comían y bebían, y las engordé a conciencia. Les di tisanas de quino para prevenir el mal aire, también de hinojo y anís para llamar a la leche. Preparé chicha para ellas, hice matanza de lechones y los tocinos tiernos delataron el espíritu converso de una de ellas, la silenciosa Luisa. Aquello puso en alerta a la reverenda, que con su habitual celo creyente redobló sus miedos y decidió despedir a la mujer.

—La leche sucia de esa infiel envenenará la sangre de Aldonza, debes sacarla de esta casa.

—La leche de esa mujer es lo que mantiene con vida a mi nieta. Si os veo faltarla os echaré a la calle a vos.

Aldonza poco a poco fue saliendo del peligro. En su cara de Quilla crecida y en los faldones de seda bordada que levemente se apretaron noté su engorde. Mi nieta ganó peso cuando terminó el estruendo de la batalla de Alcántara, que dio la Corona de Portugal a su alteza Felipe II. Mientras las tropas del duque de Alba celebraban la victoria con el vino corriendo por las tabernas cuajadas de soldados ebrios, y en la raya las calles se llenaban de portugueses resentidos que seguían esperando al desaparecido rey Sebastián, yo con una niña en brazos encabecé el cortejo fúnebre hasta el monasterio de San Francisco, donde se abrió la cripta de los Pizarro para enterrar en ella a mi hija Inés, junto a Hernando. Después del responso, regresé a La Zarza con mi nieta, dejando a Diego Mesía de Prado preso del letargo inconsolable que el dolor afilado y seco de la muerte del amante procura y que yo conozco bien. No podía encargarse de su hija, ni siquiera podía encargarse de sí mismo.

De las noticias que llegaban de Badajoz, solo retuvo mi cabeza las que hablaban de una pestilencia de gripe que a punto estuvo de costarle la vida a su alteza y que se llevó por delante a la reina Ana de Austria, cuyas entrañas preñadas quedaron sepultadas en la ciudad rayana. Aquello me llenó de espanto, duplicando los cuidados y la vigilancia de mi nieta; el resto de lo que se decía pasaba sin pena ni gloria ante mí, sin alcanzar mis oídos. La victoria sobre Portugal hermanó a los reinos íberos. El rey viudo se convirtió en soberano de prácticamente toda la tierra conocida. Felipe II dio réplica al *plus ultra* de su padre, adoptando como emblema lo que ahora se ofrecía como una insólita y, para muchos, inquietante realidad, *non sufficit orbis*, el mundo, antes inmenso y desconocido, ahora no era suficiente, el mundo era pequeño para el rey. Esa realidad hostigó el celo y el miedo de los otros reinos europeos. Inglaterra y Francia temieron que su lugar en ese menguado mundo fuera engullido por los aguerridos españoles a los que Dios protegía en sus campañas. Se desataron más guerras, más odios, y más mentiras. Pero yo todo esto lo supe después, en el momento en que ocurrían los hechos que os narro me hallaba fuera del mundo, ocupada en Aldonza, que, convenientemente, me separaba del dolor insoportable de haber perdido a mi única hija.

Mi hijo Juan llegó una madrugada fría a La Zarza, acompañado de aquella sierva de pelo rojo, destrozado por la muerte de Inés. A pesar de la bruma engañosa que rodeaba a mi hijo, nunca perdió de vista el amor por su hermana. Cuando acudió a La Zarza los rumores que rodeaban la misteriosa vida de mi hijo ya me habían alcanzado a mí. Las criadas chismosas contaban barbaridades, pero fue Inquill quien acudió a visitarme para hacerme saber aquel extraño asunto que todavía hoy me cuesta creer y que no pude enmendar. Las lenguas hablaban de vicios oscuros, vida disipada y una terrible afición al juego. No quiero que este asunto ensucie la memoria de mi hijo Juan. No es justo, y yo defenderé su honra, siempre. Y cuando yo falte seréis vosotros quienes habréis de hacerlo. Fueron dos días los que permaneció en la casa y volvió a marchar, envuelto en aquel silencio negro que anunciaba fatalidades.

Mi vida en ese indeterminado tiempo se redujo a los paños y al sonajero, a procurarle a Aldonza lo que fuera para que siguiera a mi lado. El párroco de La Zarza con la concha de plata dio aguas a mi nieta tras la insistencia de la reverenda Inés, que pagó holgadamente el sacramento para apartarla del infierno por haber mamado la leche impura de una conversa. Una mañana llegaron los mensajeros con la reclamación formal de Diego Mesía de Prado para administrar los bienes de mi nieta, Aldonza. Lo siguiente sería que se llevara a la niña, y yo no estaba dispuesta a consentirlo. Como ya os he dicho, no somos nosotros quienes decidimos nada, es ella, la muerte, la que juega con nuestros deseos, burlándose de nuestras ínfulas, correteando escondida en los rincones de la casa, y apareciendo para llevarse el alma que no debe vivir.

—Alferecía. Ya lo he visto más veces, señora. Ataca a los infantes cuando están mamando. Un hijo de su alteza imperial murió de lo mismo. —Luisa, la nodriza conversa, me anunció el temblor que hacía a mi nieta retorcerse en su regazo.

—¡Que los criados traigan al galeno! —grité mientras buscaba en el rostro de Nuna la confirmación de que ella conocía una cura para ese mal.

—Tiene difícil remedio, señora —volvió a insistir Luisa.

—Es la leche de esa judía la que ha envenenado a la criatura, te lo advertí, tú tienes la culpa, tú has condenado a una inocente. Que Dios te castigue con toda su ira —profirió la reverenda señalándome como una endemoniada ante todos.

Y la muerte lo hizo. Me castigó.

Los desmayos duraron un día, dando paso a aquellos terribles estremecimientos, violentos y salvajes como las embestidas del *sonko* que mataron a mi hermano; por eso, cuando arrancaron las convulsiones, yo ya sabía que me la quitaban también a ella. Se la llevaban como se llevaron a todos. Entonces entendí que compartía el sino maldito de mi tía Inés, sobrevivir a los míos y enterrarlos uno tras otro. Me dio miedo amar, porque comencé a sospechar que todo lo que yo amase sería muerto.

Aldonza murió y yo morí un poco con ella. Me instalé en el primer piso de La Zarza, y al principio no salía de mis habitaciones donde pasaba las horas mirando por el ventanal de mi alcoba el horizonte vacío, concentrada en la nada, fija en un lugar al que no alcanzaba a llegar ni a comprender. A ratos me rodeaba el olor de Gonzalo, y la callada queja de su muerte injusta. Otros era Pedro quien inexplicablemente se colaba en mis sueños, con su sonrisa joven y su aroma a esperanza. Pronto dejé de salir de la cama, y así es como me dejé vencer, porque, creedme, la mayor derrota es la que uno se inflige a sí mismo. Mandé llamar a los escribanos y dicté testamento, eso era lo único que me salía de dentro, me sentía enferma, quería que todo terminara. Esperé la hora final, pero no llegaba. Desgreñada, pálida y muda, así me encontró la muerte cuando se asomó al borde de mi cama, suplicando que abandonase la absurda idea de renunciar a la vida. Me pareció que eso me vino a decir, que no era ella sino yo la que se había empeñado en dejar este mundo, aunque quizá fuese Nuna quien lo gritó al verme día tras día hecha un ovillo, convertida en un desastroso guiñapo.

Las noches volvieron a ser un tormento, pasaba las horas de oscuridad deambulando como un espíritu errante por la alcoba, cargando con todos los muertos que me perseguían, añorando mi otra vida, la que debió ser, la que me arrebataron, esa vida en que mi padre no era asesinado, sino que el sueño de anciano le vencía en una apacible cama, esa vida en la que Gonzalo me desposaba y fundábamos un linaje mestizo en la tierra que me vio nacer. Atrapada en esas cavilaciones me vi reflejada en el espejo que descansaba sobre la palangana y lo que vi fue una mujer vacilante, desgreñada, con la cara hinchada por el llanto, los ojos rojos y flaca como un suspiro, pero como mi bendita Nuna se apresuró a recordarme, no derrotada.

Por alguna extraña razón la vanidad acudió a rescatarme. Recuerdo aquello. Me peiné, pasé horas haciéndolo, frente al espejo, reconociendo las hebras antes sedosas ahora ásperas como estropajo, y recuperando el vigor de la vida, poco a poco. Sintiendo como se calentaban mis venas al volver a circular por ellas la sangre. Entendí que una no puede dejar la vida sin haber hecho todo lo que vino a hacer, se me ocurre que fue así, aunque quizá fuese otra vez Nuna la que acudió a remover los recuerdos y volvió a pronunciar las lejanas palabras en quechua costeño de la sacerdotisa tantos años atrás.

—Lo que no decimos, doña, las cosas no hechas, nos están atrapando, parándonos en la huella triste que nos une al pasado, así mismito estás tú, doña. Ya te estás sacudiendo el *llakiy*, pues, que solo trae más pena y más desgracia. La niña y la madre ya están juntas, nada hay más monstruoso que separarlas, doña. Los *apus* Gonzalo y Francisco te miran desde el Hanan Pacha y esperan. Lávate pues el cuerpo y enjuaga bien el alma, que ahorita tienes mucho que hacer. Recuerda la huaca.

A base de guisos de carnero, dulce de membrillo y la paciencia de Nuna y las huaylas recuperé el cuerpo lentamente; el vigor y el arrojo no me lo devolvieron ni los guisos ni los caldos, sino los hechos precipitados que acudieron del pasado haciéndose escuchar con fuerza, despertando a lo que había de suceder y que aguardaba con entereza al cabo del dolor. Fue el rumor del Tajo quien lo anunció. Las aguas salvajes chocaron contra la orilla, golpeando las rocas con violencia, pero salvando una y otra vez a un pequeño lirio silvestre asido al tallo impredecible de la corriente. Entre portentosos abedules, sauces y olmos a los que rodeaba la enfurecida turba de agua, la flor se mantenía en su aparente fragilidad sobre las piedras exhibiendo la rareza de sus colores frente a la monótona e idéntica vegetación que salpicaba la ribera. Nuna lo señaló. Yo lo contemplé. Ahí es donde comprendí que luchando por alcanzarme estaba mi nuevo destino.

Un mensajero llegó al palacio al caer la tarde, portaba una caja de mazapanes toledanos y dos botellas de vino de Oporto, admito que antes de abrir el billete que acompañaba al presente ya sabía de quién se trataba.

Muy amada señora:

Parece que los lutos terminan uniéndonos. Os hago llegar mi pena y mi dolor ante vuestra horrorosa pérdida. También, a fin de que os consuele el cuerpo y os sane el alma, os envío a los mejores aliados: el vino y los dulces. Encomendaos a ellos con holgura, mi señora, son estos más eficaces reparando el espíritu que las misas de difunto. Necesito con urgencia un encuentro con vos, ciertos acontecimientos han desbaratado mi casa. Es menester que solventemos entre mujeres lo que ya conocéis.

Beso vuestras ilustres manos.

Juana de Castro y Ribadeneira

Como si fuese obra de un encantamiento, la pertinente Juana de Castro reapareció cuando estaba dispuesta a ser yo quien acudiera a ella. Estaba de acuerdo en que era urgente resolver el desposorio; si quería abrirle a Francisco las puertas de la corte era ella con quien debía emparentar. Con la intención de sellar el compromiso organicé mi partida hacia la villa de Torrejón de Velasco, no sin antes otorgar un poder llenero a Fernando de Orellana, para que en mi nombre iniciase la capitulación del matrimonio entre mi hijo y la joven con la dote que se incluía en las cláusulas del mayorazgo.

Cuando alcancé el castillo de Torrejón, Juana de Castro no estaba allí. Comprendí que quizá hallaría en su lugar a la joven que, si todo iba bien, se convertiría en mi nuera. También deseaba volver a ver al vástago de Juana, Félix Arias Girón, el irresistible charlatán, maestro de la pluma y la espada, que todavía no sabía hasta qué punto sería mi aliado en lo que estaba por venir. Los sirvientes me condujeron al salón de linajes, y el mismo lacayo estirado con su teatral librea que en mi primera visita se mostró riguroso con la etiqueta abrió ambas puertas con respetuoso silencio y ademanes pomposos. Otra mujer, anciana, aunque todavía despampanante, ocupaba el lugar donde tiempo atrás encontré a Juana de Castro.

—Sentaos, mi señora. Soy Francisca Sarmiento de Mendoza.

Y sin previo aviso el lacayo comenzó a perorar una sarta de proclamas:

—Viuda de Ribadeneira, mariscal de Castilla, corregidor de Segovia, hija de los condes de Ribadavia, señora de Uclés…

—Basta de títulos, por la Virgen. Venturica, ya estáis tardando en traer vino. —Las armas bordadas en la silla de andar en que reposaba la señora me resultaron familiares, aunque no conferí mucha importancia al hecho, ya que desde que tengo entendederas todas las divisas de los grandes linajes me han parecido iguales—. Mi hija Juana ha tenido que ausentarse, y me he permitido la licencia de ser yo quien os reciba.

—Entonces, entiendo que estáis al tanto de lo que tratamos vuestra hija y yo.

—Por supuesto que lo estoy, casar bien a mis nietos es un asunto que también me concierne. La sentencia le ha arrebatado el condado a mi yerno, que siempre tuvo poca sangre para defenderlo, pero mientras yo esté aquí, este castillo seguirá ocupado por mi hija y su familia. Y creedme: de aquí solo me sacarán con los pies por delante. —Lo dijo con firmeza, apurando una pequeña copa de vino de Oporto, y yo comprendí al momento de dónde venían los redaños de Juana—. Admito que eso no será mucho tiempo porque estoy vieja. —Y comenzó a reír—. Yo conocí a vuestro padre, en la corte, hace muchos muchos años, por pura vanidad no os diré cuántos. Aún recuerdo su espíritu serio y callado que no alcanzaba a esconder su anhelo de una vida trashumante. Apenas le traté, pero mi hermana María siempre me habló bien de él, de su sencillez y de su discreción. Sentía curiosidad por conoceros, y lo que he escuchado de vos se queda corto. Mi nieto no me engañaba.

—Vuestro nieto es dado a la exageración propia de los poetas, señora. Lo conocí en Trujillo.

—Lo sé. Sé bien que os conocisteis en Extremadura. Y pese a que mi hija Juana no tenga ningún ánimo en tratar este asunto, yo sí. Me gustaría, dadas las circunstancias, acordar un doble matrimonio con vos.

Permanecí en silencio, preguntándome qué extraña fijación tenían en esa familia con matrimoniar con los Pizarro. Enseguida entendí que eran los reales del mayorazgo de Juan lo que buscaba la buena mujer en aquel acuerdo.

—Juana en nuestras conversaciones nada habló de mi hijo Juan, ni de doble matrimonio, mi señora.

—Yo tampoco hablo de él. Mi nieta casará con vuestro hijo, Francisco, tal y como estaba acordado, y vos casaréis con mi nieto. —Hizo una pausa, buscando leerme en el semblante el pensamiento—. Ambas somos viudas, y ambas sabemos que volver a casar es lo más cuerdo que se puede hacer cuando falta el esposo. Más vos, que sois todavía joven. Mi nieto desea desposaros.

Mi cara debió ser un poema, imagino que por respeto a las canas que peinaba la venerable anciana me mordí la lengua y no solté la barbaridad que se me pasó por la cabeza. ¿Cómo pretendía que yo aceptara semejante disparate? A esas alturas de mi vida, si algo tenía claro es que nadie me iba a decir lo que tenía que hacer y mucho menos con quién desposarme, ese tiempo de obligaciones se enterró con Hernando. Le quité como pude hierro al asunto, hasta me dio la risa pensando en el novio. Por mucha labia y mucha desenvoltura, lo cierto es que el joven poeta no llegaba a los diecisiete inviernos.

—Vuestro nieto es un enamoradizo irredento, señora, le sorprendí cortejando a golpe de sonetos y octavas a Nuna, una de mis doncellas.

Una voz se alzó a mis espaldas; provenía de la puerta de atrás y llegaba acompañada del tintineo de las espuelas y las armas.

—Quizá habría que preguntarle a Nuna, vuestra doncella, lo que realmente sucedió, ¿no creéis, marquesa?

Se cuadró ante mí, tomo mi mano y la besó; enrojecí entera, como las conchas del *mullu*, y os juro que el aire no me alcanzó al pecho y que disimulé como pude la flojera de las rodillas. Pedro, el apóstol, se inclinó después ante la anciana, dándome la ocasión de comprobar que el emblema de armas que ya conocía era el mismo que ornaba la silla de andar de la venerable Francisca Sarmiento de Mendoza. El brillo travieso de sus ojos azules me confirmó las palabras de su abuela: ese hombre quería desposarme.

Acepté aquella singular propuesta, no como muchos dirían por los ardores de vieja que me provocaba el joven y apuesto Pedro Arias Portocarrero, que también pesaron en mí, a qué negarlo, y que no eran de vieja, sino de mujer crecida que ya conoce bien lo que quiere, pero no quiero abochornaros con estas intimidades. Lo hice porque me convenía en todos los sentidos, amén de sentir que Pedro me devolvía las ganas de vivir y pelear y su presencia me daba fuerza. Pedro olía a la luz joven del día, a las grandes esperanzas que pueblan siempre los amaneceres. La

dureza de la vida vuelve torpe al corazón, que huye de la bondad, condena la compasión y embalsama los afectos; es ahí donde comienza nuestro
fin, sin amor no se puede vivir. Yo lo descubrí en los brazos de Gonzalo
y volví a entenderlo cuando hallé a Pedro.

Es este un amor distinto, calmo y maduro, pero amor al fin y al cabo,
que me devolvió la vanidad, las esperas cuajadas de deseo y las caricias que
desatan mundos de placer. No valoré las burlas despiadadas que vertieron las lenguas, ni las cencerradas que buscaban herirme ni los ríos de
chismes que mi decisión provocó entre los pacatos linajes de Trujillo a
los que se unió la queja envenenada de la reverenda, que me negó la palabra, cosa que agradecí. Ya había aguantado bastante y ya era hora de
que yo hiciese lo que realmente me daba la gana. La firmeza de Pedro en
la decisión de desposarme me dio redaños para imponer el casamiento a
mi propio hijo sin preguntarle su opinión; gracias a la Virgen, mi hijo
Francisco no puso ninguna queja. Solo hube de solventar un escollo con
el que francamente no contaba.

—Queréis desposaros con mi primogénito, señora.

—Y vos que despose al mío con vuestra hija. No veo el inconvenien-
te en este acuerdo, Juana.

—Ya tenía otros planes para mi hijo y otro matrimonio apalabra-
do; como podéis imaginar, Pedro es el heredero del condado de Puñonrostro.

—Condado que por ahora os ha sido arrebatado. Necesitaréis caudales para sostener el juicio si queréis recuperarlo.

—Eso es cierto, Juana —aseguró el conde Juan Arias, al que hasta
ese momento no había escuchado hablar, convenientemente parapetado
tras el poderío de su esposa; sabía el conde que el terreno de los casamien-
tos era potestad de Juana, pero apremió a la urgencia de reales.

—A mi hijo Francisco le cederé el juro de Alcántara en su totalidad
para ampliar sus bienes. Y al emparentar haré míos vuestros desvelos y
confío en que vos hagáis vuestros los míos, Juana.

Un silencio pesado, diría que eterno, cubrió la estancia; miré a Pedro, que con gesto firme me devolvió la mirada intentando aplacar mi
ansiedad. El tintineo del oro se hizo escuchar cuando Juana alcanzó uno
de los roscos de vino de Santa Clara con los que cargué desde Trujillo
para ganarle la voluntad.

—Se hará el matrimonio, con una condición: que primero casen mi hija Francisca y vuestro hijo Francisco. Solo entonces organizaremos vuestro desposorio.

Me ocupé de cerrar con prisa la fecha, y se hizo el acuerdo en Trujillo, en el palacio; hasta allí se desplazaron los padres de la novia y mi prometido. Solo quince días después se haría la boda en Madrid. Gracias al cielo con mis propios ojos vi que mi hijo estaba engatusado por la joven y hermosa Francisca, heredera tanto del nombre de su abuela como de la determinación que ya me anunciara Juana. Como ya os he dicho otras veces, Francisca sabía ser delicada como una rosa, escondiendo sabiamente la fortaleza de un roble que solo sacaba cuando los tiempos tornaban y se volvían difíciles. Era mucho más avispada de lo que dejaba ver, poseía la virtud de la paciencia, y una entereza bien armada para reconducir las asperezas de Francisco cuando estas asomaban a su carácter herido. Entendí que era la compañera que mi hijo precisaba, y una aliada para traer concierto a nuestra maltrecha familia.

Se anunció el compromiso de mi hijo Francisco, sin que nadie supiese todavía en la noble, leal e insigne villa de los Pizarro que Pedro Arias Portocarrero, el apuesto y gallardo primogénito de los II condes de Puñonrostro, se convertiría en mi esposo antes de acabar el año. Solo confesé aquello a Isabel, que me abrazó y aplaudió que hubiese seguido por primera y única vez en mi vida su consejo.

El día en que mi hijo Francisco había de partir a Madrid para su desposorio, fue el día que el secreto de mi otro hijo se asomó a nuestras vidas teñido de sangre. La boda tuvo que hacerse por poderes. Y yo tuve que disfrazar de urgente compromiso la ausencia del novio a tan señalado momento, que no solo sellaba su destino, sino también el mío. Ni siquiera a Pedro le compartí la verdadera razón.

—¿Qué asunto puede evitar la presencia del novio en su propia boda? —insistía Pedro en sus cartas sin ocultar el profundo pesar que aquello produciría en Juana.

La amenaza de muerte rondando a un hermano, callaba yo con sumo cuidado.

* * *

Los criados ya habían dispuesto el equipaje, el carro que nos llevaría a Madrid esperaba con los caballos engalanados y Francisco no aparecía. El sol se ocultó pronto, era un otoño helado y desnudo, aunque admito que el frío no me alcanzaba, pero sí la inquietud. A lo lejos divisé una figura, bien amparada por la oscuridad temprana de noviembre: Francisco traía en brazos a Juan, malherido pero con el entendimiento despierto, ayudado por Fernando de Orellana, que sujetaba las armas. Con gran prisa entraron en el zaguán, y un nuevo rastro de sangre volvió a dejar empapada la cantería. De todas las magulladuras, solo alcancé a ver el cráneo deshecho, donde asomaba la sangre ya gorda y espesa por el frío. La herida dejaba ver los sesos, y aquello me bastó para volver a los tiempos de Cuzco, donde otro Juan Pizarro murió alcanzado por una boleadora que le abrió la cabeza. Temblé de terror.

—He caído del caballo, madre —alcanzó a decirme.

Mi hijo Francisco tensó el rostro en una mueca de ira, que dejaba ver que aquel no era el motivo. Solo cuando Juan perdió el entendimiento, con el galeno atendiendo esa horrible herida, despaché un correo a Madrid para retrasar la boda, sabiendo que habría de hacerse por poderes, porque Francisco no iba a moverse de allí. Así me lo confirmó.

—Le tendieron una emboscada en el camino de Guadalupe, a las afueras de la villa.

—¿Es por las deudas de juego? Inquill me avisó, que se pague a esos majaderos todo el oro que pidan.

—Es por dinero, sí, madre. Aunque no son solo naipes y dados. —Y calló—. Mis criados lo supieron en la taberna. Si Fernando y yo no hubiésemos llegado a tiempo, ahora estaríamos de entierro.

Al tiempo que en Madrid se celebraba su boda, el novio, turbado y nervioso, no se separó de la alcoba de su hermano, donde a enormes zancadas recorría de un lado a otro la galería buscando espantar la inquietud. Juan hizo llamar a los escribanos para dictar testamento, que acudieron presurosos al palacio y se encerraron a solas con él. Mientras, yo encendía velas y suplicaba a la Virgen de la Guía que no me arrebataran otro hijo. Nadie escuchó las últimas voluntades de Juan. Ni siquiera Francisco, al que vi desbaratarse por vez primera en todos estos años.

Olvidó los agravios imaginarios, las afrentas pretendidas, los desprecios hirientes y también el descrédito hacia su hermano. En la turbación que el mal de Juan le causaba, la furia fue disipándose, volviéndose viento, cediendo hasta desaparecer los rencores que solo iban dirigidos al padre despótico. Agradecí al cielo que, pese a la terrible obstinación de Hernando, a sus incesantes maquinaciones, el amor entre mis dos hijos hubiese permanecido intacto. Todo se repite. Todo vuelve, tal y como años atrás ocurriera con los cuatro hermanos Pizarro. La frialdad con que mi abuelo el Largo mantuvo a mi padre fuera de su mesa y de su vida, condenándole al más feroz de los rechazos, no mermaron los afectos imbatibles que despierta la sangre entre aquellos hermanos obligados a crecer separados y que se unieron para siempre en la Conquista.

Al cabo de cuatro días, los galenos contemplaron perplejos la mejoría de Juan. Iba lenta pero firme avanzando la vida, acorralando a la muerte. La herida fue cerrándose y las calenturas habían amainado milagrosamente, dijeron estupefactos acariciándose las barbas. Suspiré aliviada; sabía que era ese el tiempo crítico, cuatro noches y sus cuatro días, y también sabía que el oportuno milagro se debió a las manos de Nuna. Todos los días aplicaba emplastos a mi hijo y no se separaba de su lado; ella conocía las trepanaciones de cráneos que los curanderos practicaban desde el comienzo de los tiempos en el Callejón de Huaylas, y sabía cómo limpiar la escandalosa herida para evitar que se hinchase acumulando los líquidos infectos que según ella llamarían al dios de la muerte, Supay. Nuna velaba con artes de hechicera el descanso de Juan y ordenaba con precisión lo que mi hijo debía comer y beber. Solo su vigilante presencia y los augurios de los médicos permitieron partir a Madrid a mi hijo Francisco.

Una radiante mañana de comienzos de noviembre, llegó a Trujillo la despampanante hilera de carros que desde la corte traían a la que ya era mi nuera y pronto se convertiría en mi cuñada, Francisca, al lado de su esposo. También Juana de Castro y Juan Arias Portocarrero acompañaban a mi futuro marido hasta la insigne villa en que habría de celebrarse mi boda. Por primera vez no éramos mis indias y yo las que despertábamos murmullos en las calles, todos en la ciudad permanecieron pasmados, con la boca abierta y los ojos prestos ante los portentosos blasones de aquella comitiva y la señorial prestancia de los recién llegados.

Cuando volví a ver a Pedro se me infló el alma, y comencé el incansable trajín que me llevó más de tres semanas. Estaba decidida a hacer una boda ceremoniosa y bien regalada, más propia de la virginal doncella que ya no era que de la viuda señalada en que me había convertido, sí, pero que mi espíritu reclamaba. No era tiempo de ocultaciones ni de fingimientos, no iba a privarme del desposorio que nunca tuve. El amor joven y perfecto que Pedro despertaba en mí bien merecía aquello. Comenzó el desenfreno de gastos y el despilfarro que también hirió profundamente el recato de los vecinos de Trujillo, y que dio comidilla sobrada a las lenguas, en lugares tan dispares como tabernas, conventos y hasta en los plenos del concejo. Desde los mercaderes del portal del pan hasta los villanos y caballerizos, todos sacaron tiempo para entonar cantares, aunque los chismes que se ensañaron con mayor crueldad en mi persona partieron de las sobrias y linajudas casas principales, tan decentes de puertas afuera como despiadadas del umbral hacia dentro. Vestí el palacio de gala, y el escudo se repasó con lapislázuli, azurita y oro, avivando los colores de las armas de mi padre. Los balcones exhibieron reposteros y las ventanas se cuajaron de flores. Dispuse tapices en la galería de salones de la primera planta, donde celebraríamos el banquete, y donde tenía previsto disfrutar de un baile sin fin. Encargué que se tejieran arcos de narcisos y caléndulas trenzados con claveles, la exótica flor persa que engalanaba Granada desde el desposorio de Carlos V y que cuajaron la entrada a la iglesia de Santa María, dejando un aroma dulzón a primavera flotando en el templo.

El novio posó en la casa de Fernando Orellana y Francisca con mis futuros suegros hasta que se celebrase la boda. La astucia de Juana hizo que en sus visitas al palacio pronto alcanzase a saber del estado convaleciente de mi otro hijo, Juan, que, postrado en su lecho, permanecía bajo la tutela de Nuna y ajeno al trajín de fuera.

—No sé qué mal aqueja a Juan, ni es de mi incumbencia, pero tomad. —Me entregó un extraño anillo labrado en hueso y rematado en oro. Ante mi cara de sorpresa, Juana se revistió de una desconocida solemnidad más propia de galeno.

—Esto le protegerá contra sangrados intempestivos que podrían enturbiar la herida.

—¿Cómo pretendéis que un anillo haga algo así, Juana? Ya comprendo. Se trata de una reliquia, ¿a qué parte del santo pertenece el hueso? —pregunté descreída.

—No, por Dios —suspiró con repugnancia—, siempre me dieron grima los miembros amputados de los santos, esto es un amuleto. El rey Carlos nunca viajaba sin ellos, tenía muchísimos: los anillos de hueso para restañar sangre, las piedras azules para aliviar la gota, o el cargamento de rubíes y esmeraldas para las hemorroides. Regaló varios a mi tío, Francisco de los Cobos, y fue parte de la herencia de mis hermanos y mía cuando falleció. Si con su alteza imperial siempre funcionó, no hay razón para que no lo haga con Juan.

Yo seguía contemplando el extraño anillo, sin entender cómo el sacrosanto emperador entregaba su suerte a aquellos artefactos del todo inútiles y tan alejados del Dios cristiano cuyo poder en la tierra detentaba. Ante mi pasmo y mi poca convicción, Juana añadió:

—Mejor esto que los amuletos de las curanderas, esos que llevan sangre de unicornio y criadillas de toro descompuestas y apestosas. Al menos, esto no hiede —resolvió.

Juana fue mi consejera y también mi mejor aliada en el comisionado de organizar una boda excesiva de todo punto en tan poco tiempo, labor que disfrutó tanto como yo. Gracias a la buena mano de Juana en la corte, a quien conocer tantos secretos le otorgaba una indudable ventaja para obtener favores, tuvimos a un extraño repostero de origen alemán, que como ella aseguró era un virtuoso de la mezcolanza y el buen hacer cuando de viandas dulces se trataba. Solo eso logró que el afamado teutón se ganara el esquivo respeto de la golosa Juana. Mi suegra aborrecía el latín, la música le daba dolor de cabeza, la lectura le parecía un soberano tostón y no sentía ninguna atracción por la poesía, siendo para ella comer la más refinada de las artes mundanas. Alababa los sabores, le conmovía un dulce prodigioso, y le bastaba olerlo para reconocer la maestría de las manos que lo hicieron, elevándolas a la categoría de artista.

—Ordénale lo que sea, aunque te parezca un delirio. Si deseas un postre con frutos de las Indias, solo él puede hacerlo. Es experto en obrar el milagro de crear sabores imposibles y lejanos.

Mandé traer maíz, chuños y también papas crudas para elaborar platos de mi tierra, que se alternarían con las carnes retintas de Extremadura, lechones rellenos de pasas y ciruelas y cabrito asado, todo regado con los mejores vinos y abundante chicha que mis indias prepararon y que no fue bien recibida hasta que finalizó el vino. Se hicieron más de seiscientos pastelillos de maíz, cubiertos de canela y cacao, y le pedí al repostero que preparara las castañas con miel; él llamaba a aquella golosina con un nombre extraño, y así supe que el invento de mi hija y Catalina se servía en las cortes europeas desde hacía siglos.

En el taller de cambrones, los maestros de la seda tejieron el velo más bello que jamás han visto estos ojos. Ocho costureras trabajaron sin descanso durante dos semanas, incrustando un sinfín de perlas en el vestido de seda blanca bordada en oro que fue mi traje de novia. Imité el corte recto de los *acsus* indios de mi abuela y de mi madre, y solo me permití añadirle un breve vuelo a los pies y una interminable cola. La faja en seda labrada sustituyó a la cotilla, a la que con paciencia de fraile las costureras cosieron mis piedras. Esa fue la primera vez que lucí a la Huérfana, la gigantesca esmeralda que me regaló mi padre.

Nos casamos un 30 de noviembre, con el invierno asomándose a los campos. Inti acudió a barnizar la señorial villa de Trujillo, haciendo brillar los sillares de Santa María, tal y como Isabel me prometió que sucedería cuando acudí a verla con dos docenas de huevos para espantar a la lluvia y para lo que puso a rezar al ejército de monjas de Santa Clara durante dieciséis días.

El día del enlace un prodigioso ramo de rosas blancas alcanzó el palacio y más de veinte botellas de oporto, con un billete en el que doña Francisca Sarmiento de Mendoza se disculpaba porque su majadera vejez le impedía acudir a la boda.

Antes de enfilar a Santa María entré en la alcoba de Juan.

—Pedro no sabe la suerte que tiene al desposar a una mujer como vos.

—La suerte la tengo yo, Juan. Por eso he buscado estar resplandeciente. A muchos les va a dar descaliento verme así.

—No echéis cuenta a las lenguas, ni uno de los que os señalan tiene valor de hacer lo que quiere como estáis haciendo, y eso los come por dentro. —Me cogió la mano—. Perdonadme, madre, por este descalabro y el daño que os ha producido.

—Una madre lo perdona todo.

—Os dije que no valgo para esto. Lo mío no es dirigir el destino de la fortuna ni la memoria de una casa, no podía haberlo hecho peor.

—No debimos obligarte.

—Lo ocurrido no comprometerá la honra ni la hacienda de los Pizarro, lo he dejado todo dispuesto para que así sea, madre, solo os pido una cosa.

—Dime, Juan.

—Que acudáis a vuestro corazón cuando tengáis que juzgar lo que he hecho.

—No voy a preguntar nada. Resolveremos este asunto pagando todas las deudas.

—La mía es una deuda de sangre, madre. Esa no se paga si no es con sangre. Marchad, si no Pedro comenzará a inquietarse, sé bien que los hombres perdemos pronto la paciencia.

Bajé las escaleras con dificultad, era tan hermoso como incómodo aquel vestido. En la puerta principal, antes de subir al carruaje, contemplé el balcón. Los rostros de mis padres parecieron sonreírme, dándome su sobrada aprobación, y también miré el del Hernando, que ni se inmutó pese a que a lo lejos volví a escuchar la retahíla de frases que aludían a él y a la vergüenza que le haría explotar de ira si levantara la cabeza. Pensé en las palabras de mi hijo, que eran las únicas que me importaban, y en lo fácil que es señalar y juzgar cuando no se conoce, cuando el corazón está ciego.

Tuve que acudir caminando hasta la entrada del templo y sujetándome del brazo de mi hijo Francisco, para no dar de bruces en el suelo enredada en la serpiente gigante de perlas y oro con que rematé mi vestido. La plaza que rodea a la iglesia se achicó ante el tumulto de carruajes y caballos; más de doscientos invitados de los más viejos y respetados linajes de Segovia, Valladolid y Madrid acudieron a nuestro desposorio y se mezclaron con los cientos de curiosos que se dejaron caer para poder cortarme el traje con conocimiento después.

Las huaylas cargaron con la interminable cola de sirena, mientras yo, atolondrada como una jovencita, contemplaba el porte del novio esperándome impaciente junto al altar. Unté bien a los monaguillos para que las campanas repicaran sin descanso más tiempo de lo obligado, quería alcanzar a todas las casas de la villa, salirle al encuentro al escándalo. La misa no la ofició el obispo, me bastó la cómplice presencia del párroco de La Zarza, único hombre santo de la comarca que no señalaría mi condición de viuda casquivana ni de novia desflorada como me llamaron; fue una misa cantada y hermosa, en la que con las manos entrelazadas Pedro y yo nos juramos fidelidad y respeto de esposos, un juramento que hasta hoy perdura.

El convite fue delicioso, hice llevar parte de las viandas a Santa Clara y también al hospital de pobres, y se repartieron escudillas en el atrio de San Martín y de San Francisco, donde los mendigos se apostaban día y noche con la mano estirada. El baile comenzó a media tarde, la ostentosa capilla de músicos fue el obsequio de doña María de Mendoza y Sarmiento, viuda del secretario Los Cobos y tía abuela predilecta de mi esposo. Como supe después, Pedro era su sobrino preferido, al que anteponía con empeño en la jerarquía de sus afectos, colocándole al nivel de su hijo, y al que obsequió sin contemplaciones el puesto de nieto, que para ella quedó vacío tras su desaguisado en los tribunales con el verdadero, que le arrebató el título de condesa de Ribadavia.

Por orden de Juana, los criados paseaban por el patio y los salones, vestidos con librea y ofreciendo bandejas atestadas de dulces. En aquel trasiego constante hubieron estos de sortear no pocas veces los corrillos que su hijo Félix logró convocar a su alrededor. Una insólita hueste de doncellas rijosas le seguían como pajarillos, fingiendo ruborizarse ante las picardías deslenguadas de mi cuñado y temblando de morbo puro cuando en sus sonetos alcanzaba las mil batallas ganadas que solo existían en su imaginación y en las que no escatimó en detalles escabrosos dignos de la pluma de un poeta. Antes de que terminara el festín, me escabullí con Pedro a La Zarza, dejando a los convidados disfrutar de un resopón a base de jamones y frutas. Ya había dispuesto que tuvieran la gran tina de barro preparada, con agua perfumada de flores, jabones de tomillo y miel, y un dosel que mantuviese el calor; sería en aquellas aguas donde recibiría el abrazo de Pedro, en nuestra esperada noche de bodas. No hay tiempo para detalles, pero sí rescataré la dicha que envolvió aquel primer encuentro, donde hallé de nuevo el ardor de doncella y la temblina descontrolada que da el placer. Ajenos al mundo y enhebrados los cuerpos, podríamos haber permanecido así durante semanas, como era nuestro deseo, pero un grupo de jinetes alcanzaron al alba La Zarza la madrugada del quinto día. Descalza y con el camisón desmañado, único atuendo que llevé en todo ese tiempo de pasión y abrazos, bajé a recibirlos saltando los peldaños de tres en tres, en el instante en que reconocí el vozarrón roto de mi hijo Francisco ordenando a los criados que me despertasen.

—Ha muerto, madre, Juan ha muerto —dijo llorando amargamente y sintiendo sobre sus hombros el peso de esa muerte, culpándose de ella.

Mi hijo Juan perdió la vida, cuando yo había hallado la mayor de las dichas, me lo arrebataron de golpe justo cuando me convencí de que estaba a salvo. Nuna no entendía qué había atraído al Supay, puesto que ella no dejó de recelar en sus cuidados a mi hijo y vigiló día y noche la alcoba. Cuando estuvimos solas me entregó una carta que Juan le dio el mismo día de la boda, seguro de que Nuna no desvelaría el secreto, puesto que no sabía leer, y con la orden de que solo yo debía abrirla. Allí conocí el grave pecado de mi hijo. Ese del que no voy a hablar, que se irá conmigo al otro mundo. Y que me cuesta tanto entender; él, que pudo tener a cualquier mujer, condenó su destino en aquella decisión, pero el corazón es así. Exigía Juan que nadie buscara culpables y tampoco nadie hurgase en lo sucedido. Y me encomendó velar por la vida de su hijo bastardo. Así, de este modo despiadado, supe que de nuevo era abuela.

Le velamos dos días y dos noches, al cabo de los cuales se abrió el testamento. Dispuso que se pagaran todas las deudas, y yo me encargué de hacerlo. Dejó bien atado que todo pasase a Francisco, sin dar ninguna oportunidad al hijo que había ocultado y que sabía bien que no obtendría ese derecho no por ser un hijo natural, sino por ser el hijo del pecado más gravoso y vergonzante. Zanjó así cualquier intento de extorsión que pudieran ejecutar los mismos que le habían estado sangrando todo ese tiempo, y cuyo nombre no aparecerá en estos escritos, con un solo fin, salvaguardar la vida y la honra de mi primer nieto. A mí me pidió que me encargara de administrar la renta de cien mil maravedís anuales que dejó a su hijo, Hernando. Irónicamente, el pequeño fue bautizado con el nombre de mi primer esposo en un intento desesperado por parte de sus depravados tutores de acceder a la suculenta herencia de los Pizarro.

Todo se hizo con cuidado, para borrar el rastro de lo ocurrido. Se organizó el funeral en San Francisco, volví a vestir el negro, sobrecogida, y Pedro estuvo a mi lado día y noche, lo que estoy segura de que impidió que perdiera el juicio. El amor de Pedro me sostuvo, con firmeza y dulzura, me mantuvo en pie ante aquel terrible rencor que se adueñó de mí por no haber sabido evitarlo y por no poder vengarlo. Se depositó el cuerpo de Juan en el sepulcro de los Pizarro, coronado por los llantos de las plañideras, el crujido de los tafetanes negros y el desprecio envenenado bien dirigido a mí y a mi joven esposo. Mientras se cerraba la cripta, yo busqué con la mirada en la entrada del convento, y allí a una prudente distancia estaba ella, la sirvienta de pelo rojo. Días después y sin que nadie, ni siquiera Pedro, lo supiese, ella me llevó hasta el lugar escondido, donde criado por otros y a salvo, crece mi nieto.

Ahora, tanto tiempo después, con la calma que otorgan los años, sé que la muerte acudió a ordenar los hechos que Hernando se empeñó en trastocar, castigando nuestra soberbia. Francisco obtuvo finalmente el mayorazgo. Se convirtió mi hijo en el único superviviente de una estirpe creada con esfuerzo y sacrificio por dos seres castigados que no se amaban. La misma descendencia que me dio la dicha, el linaje que como ya me advirtiera la huaca sellaría dos reinos y sería breve, me fue arrebatado obligándome a transitar el brutal y despiadado dolor de perder a mis hijos. Me convertí en la depositaria de la memoria de todos. En la guardiana de la honra. Siempre pesará en mi ánimo la cruel disposición de mi primer esposo, que tanto dolor acarreó a nuestras vidas. Dispondré al morir que me entierren en el sepulcro de los Pizarro, lo haré porque quiero velar el descanso de mis hijos y mi nieta, no porque tenga ningún deseo de compartir el lecho eterno con Hernando.

Comenzó el desenfrenado trajín de los criados para preparar mis baúles, el viaje era largo. A mi paso por el Tajo de camino a Madrid ordené a los jinetes que detuviesen los carruajes. El joven lirio silvestre seguía allí, asido a la orilla; lancé a las aguas el amuleto de Juana que nada hizo por mi hijo, con la certeza de que todo lo que viniera de su alteza o de la Corona solo traería dolor, muerte y vergüenza a mi vida.

Capítulo 10

Las glosas

El griterío de los maestros de obra se mezcla con el bullicio de las gentes que salen del Corral del Príncipe después de tres horas de comedia, con el estómago al revés por el licor y las pasiones encendidas que desata el teatro. Este batiburrillo incongruente de gritos, órdenes, galanteos y carros me devuelve a la vida. Son diecisiete los años que llevo despertándome con el sonido de los aguadores, los gritos de los buhoneros, las quejas de los alarifes y el bramido de los bueyes que cargan los bloques de piedra. Esa es la voz de esta ciudad que nunca duerme y que me acogió como una enorme matrona, abriendo sus brazos sin preguntas ni reproches. La Villa y Corte es bulliciosa y caótica, llena de desocupados que gastan los reales en vicios oportunos, de poetas y artistas que buscan el favor de un protector, de mancebas descaradas que calientan por igual las camas de nobles y villanos y donde el infatigable arrojo de los tercios de su alteza da no poca bulla cuando acuden entre campaña y campaña dejándose ver, tirados como lagartos al sol de las gradas. Pendencieros y orgullosos, es raro el día que no desatan su furia ensañándose con cualquiera.

Admito que todo este gentío me da vigor; ya me he acostumbrado a los lodazales pestilentes que te destrozan zapatos y sayales, a las hordas de huérfanos pidiendo y sisando en las calles, a los mendigos y vagabundos apostados en los atrios de las iglesias por cientos, y a los mentideros en los que se cuece todo lo que da vida al reino y donde un oído despierto y paciente te da muchas pistas. Elegí la villa de Madrid para vivir, lo hice yo, por vez primera sin imposiciones de otros, porque ya había entendido que nada había en Trujillo para mí y que dirigir mis asuntos exigía estar en la corte.

Esta casa es espaciosa y al tiempo acogedora. Un hogar cuajado de luz en pleno barrio de los comediantes, a los que me aficioné sin remedio de la mano de Félix, mi cuñado, y donde en compañía de Pedro tomé el gusto de frecuentar este ambiente de musas, maquillaje excesivo, bufones deslenguados y alhajas de cartón, donde al aire se recitan elegías y sonetos y se viven duelos por amor, los únicos que merecen la pena. En este barrio los cuernos son aireados sin pudicia y las plumas están siempre prestas a recortar las pretendidas ínfulas de muchos.

—Has ido a dar con una familia de artistas. Aquí donde nos ves y aunque le pese a nuestra madre somos hombres de letras y armas —aseguraba Pedro levantando la jarra de vino con los ojos chispeantes y la sonrisa burlona.

—Yo lo soy, Francisca, él solo lo pretende, y con escaso tino —replicaba Félix, que no toleraba que su hermano le hiciese sombra desmedrando el ingenio de sus composiciones.

Las dos casas que conocéis, y que algún día serán vuestras, las compré aquel año que se cerró cubierto de lutos descarnados, dando paso a la naciente nueva vida. Me costó hermosearlas, porque no quise traer ni un solo trasto que recordara mi vida con Hernando y lo poco que vino, tras morir la reverenda, descansa a buen recaudo en el desván, acumulando polvo hasta que el fuego lo devore, como es mi deseo. Solo conservo mi caja de caudales forrada en terciopelo, el bargueño de Gonzalo y el viejo escritorio de nogal de mi padre, donde escribo estas letras.

Lo primero que encargué fue mi cama, grande y dorada, con un inmenso cielo de damasco carmesí, gigantes goteras de terciopelo y flecos de seda, testigo mudo de mis noches con Pedro, un apacible regazo de olas de seda donde dimos rienda a la pasión desconocida. De esta cama no salíamos por días, los criados dejaban el alimento a la puerta de nuestra alcoba para no interrumpir el sagrado rito de explorarnos el alma y el cuerpo, es en ella donde viví el noviazgo que no tuve, donde Pedro y yo nos contamos todo, los desvelos y los sueños. En este lecho supe, sin siquiera sospecharlo, que había emparentado con el corajudo Pedrarias Dávila, aquel que pobló mis cavilaciones al morir mi hermano Gonzalo, y cuya proeza de encerrarse cada año en su ataúd para celebrar que la muerte le devolvió al mundo tantas veces escuché a mi padre. Ahora este Pedrarias y su descendencia eran los contrincantes de mi nueva familia en aquel terrible pleito que ponía en guerra a la misma sangre.

—Pedrarias era hermano de mi bisabuelo. Es formidable la historia del ataúd, me la narraron desde que soy infante; te confieso, Francisca, que las Indias me hechizaron desde niño por él. He crecido escuchando las historias del Darién, de Castilla del Oro, de la mar del Sur y deseando recorrer esas tierras. No llegué a conocerlo, pero su leyenda puebla la historia de mi familia. He leído sus relaciones, hasta he heredado su enfermiza obsesión por las aceitunas. —Rompió a reír en esa estruendosa carcajada mientras me metía una oliva en la boca—. Conozco al dedillo sus luces y sus sombras, su gobierno y sus fallas de carácter, ese implacable espíritu que el padre De las Casas llamó *furor Domini*, la ira de Dios.

—No fíes de los cronistas, que inventan más que aciertan, y ya que estamos, tampoco de los dominicos, Pedro.

—Después su hijo y su nieto emprendieron el pleito contra mi abuelo. Y en aquella lucha sin cuartel elevaron al tribunal eclesiástico pruebas dudosas que dejaban a mi abuela a la altura de una ramera pendenciera y sin escrúpulos. Pagaron probanzas, compraron testigos, y todo lo vivido es suficiente para que deteste ese título que no quiero, Francisca. —A medida que hablaba, reconocí en él un alma vieja tan castigada como la mía.

—No puedes renunciar a lo que te toca vivir, Apóstol, y debes ser leal a tu sangre.

—¿A pesar de que esas sangres vivan en guerra? Lo haré por mi padre, no porque crea en esta batalla.

—Compartes con Pedrarias sangre y santoral, confío en que no desates la ira del Creador.

—No hay ira, sino holgura en Dios al darme por esposa a semejante mujer, ya no deseo conocer las Indias, ¿para qué? Si las tengo aquí en mis manos.

Esta bendita cama me devolvió la lozanía y el ímpetu para estrenar nuevas caricias y formas de amar. Al cabo de tantos años privada de amor, me descubrí estremecida por la forma en que mi esposo requería mi cuerpo, por sus manos diestras que atesoraban mil caricias. Esas manos son un terrible vicio que me condena el dormir. Desde hace años, si no las siento en mi cuerpo, el sueño no acude. Pedro entraba en mí de a poco, despacio hasta hacernos uno, en esa danza recién descubierta y al mismo tiempo largamente conocida. El deseo de solazarnos no ha menguado en todos estos años, enhebrados el uno al otro, culebreándonos con la certeza de que no habrá partida. Aquí saboreé cada palmo de su piel, acaricié su espalda y me sentí volar en sus brazos a un lugar donde nada puede turbar mi dicha, sin la llaga persistente de una inminente pérdida. Esta cama de la que ahora, como en aquellos primeros tiempos, apenas salgo sé bien que será la balsa que me transporte al otro mundo.

Pero os estaba hablando de la Villa y Corte, sé que aprenderéis a amar estos barrios, del mismo modo que yo lo hice hace años. Nuna y las huaylas no comparten mi gusto por esta villa, al principio se sentían mareosas por la insolencia de los olores:

—Si aquí vive el Inca blanco y este es el corazón del reino, doña, está sucio y apestando.

Es cierto que una mezcla negra puebla el aire, un amasijo espeso que no es sino mierda de caballos, mulos y perros huérfanos habitantes perennes de plazuelas y calles. Esa marea se mezcla con las aguas sucias arrojadas desde las casas y cuando asoma el estío se suman los sazonadores que persiguen aromar las carnes descompuestas en los puestos de los tenderos sin lograrlo. Pero una se acostumbra y al final, ciertamente, ni lo nota. Las manzanas que ocupan ambas casas fueron cuidadosamente elegidas por mí, determiné que la que habitamos Pedro y yo estuviera cerca del corral de comedias del Príncipe y la otra, que reservé para mi único hijo vivo y su esposa, estuviera cerca del convento de la Merced, en un intento desesperado de buscar para mi hijo la protección de aquellos frailes que siempre velaron a los Pizarro. En mis primeros paseos en Madrid, siempre recalaba en aquel lugar, un extraño encantamiento hacía que mis pasos siguiesen la vereda imaginaria que desemboca en la portentosa iglesia de la Merced, descubriéndome que la sangre siempre regresa al lugar al que pertenece y la mía debía mucho a aquellos frailes. Allí asistí a misa la primera semana de mi estancia en la villa de Madrid. Ese templo me hacía sentir en paz, pese a que Pedro y Juana no entendían mi extraña querencia teniendo la iglesia de San Sebastián lindando con mi casa.

Una mañana fría y soleada de comienzos de diciembre y gracias a mi asechanza al edificio de los mercedarios, sé que atraje a la fortuna. Una visita que fue fundamental para mí, ciertamente, sin ella mi vida continuaría llena de huecos sin resolver, de dudas endemoniadas que no me hubiesen permitido escribir lo que ahora conoceréis. La criada lo anunció:

—Es un viejo y apestoso fraile, señora, está en el patio. Asegura que es urgente ver a la marquesa, le he dicho que no podéis recibir. Si me dais una limosna le despacho ya mismo.

Nuna me miró sorprendida y con curiosa determinación se asomó al ventanal para contemplar al recién llegado, la seguí. El anciano entró en el zaguán, cargando con un hatillo de tela raída, y Judas III se abalanzó sobre él en un singular saludo del todo amigable. Contemplé su hábito blanco, lleno de barro y manchas, con el cuello de la capilla y los puños desastrados; la barba montaraz le alcanzaba la cintura, dándole un aspecto bíblico y temible. El corazón se me aceleró cuando en sus manos vi el rastro de la guerra, y eso me bastó para saber que era uno de ellos, de los hombres santos que blandían la espada con la misma destreza que entregaban el cuerpo de Cristo y repartían consuelo. Su barba era del mismo color blanco del hábito que hacía resplandecer a los frailes de la Merced desde que tengo memoria.

—Erais una niña aferrada a la mano de vuestro padre cuando os vi por vez primera en Los Reyes. La segunda vez que os tuve frente a mí era vuestra tía Inés quien os llevaba de la mano, la noche terrible en que hubimos de esconderos para salvaros de la muerte. Ahora quiero ser yo —se inclinó besándome la mano— quien de la mano os proteja, señora, lo que me quede en este valle de lágrimas.

—No logro recordaros, padre, pese a que no logro olvidar esa noche.

—Han pasado más de tres décadas de injusticias y desdoros. Cuando el padre Guillermo me dijo que la hija del marqués Pizarro estaba en la villa no podía creerlo, después os vi en misa y supe que debía llegar hasta vos. —Apartó la tela raída y me dio unos legajos, encuadernados en tosca vitela de llama—. Os lo entrego cumpliendo la misión que Juan Coronel me encomendó antes de morir en Toledo.

Ahí estaba. *De Bello Justo*, el tratado que se escribió para validar el gobierno de Gonzalo en el Perú, y que defendía punto por punto cada una de las acciones que se hicieron condenando la tiranía de un rey que no miraba por el bien de sus vasallos. Conocía aquel tratado, pero nunca antes lo tuve en mis manos. Su autor, Juan Coronel, fue uno de los clérigos de Quito desterrados de Perú, al igual que yo, por orden de La Gasca. En todo este tiempo nada supe de él hasta ese preciso instante; sospecho que el furibundo carácter de Hernando ahuyentó cualquier intento del clérigo por llegar hasta mí.

—Sabed, señora, que a pesar del celo que puso La Gasca, el tratado se distribuyó por otros reinos, llegó a Nueva España y a Guatemala, alcanzando otros lugares, despertando en el ánimo de muchos la justa guerra.

No pronuncié palabra, ¿qué sentido tenía ahora recordar aquello?

—Es mucho lo que se os debe, marquesa. Gracias a vos, conservamos nuestro convento en Quito, allí se sigue diciendo cada sábado la misa por el alma de vuestro padre y por el Gran Gonzalo y así seguirá haciéndose hasta el fin de los tiempos. Fue un gran gobernador y hubiese sido un buen rey.

—Nunca fue esa su intención, padre, y cuidaos de que nadie os oiga decir algo así. Solo ensuciaría más la memoria de Gonzalo. Bien sabéis que gobernó en nombre de su majestad.

Fray Alejo despertó muchas cosas en mí, y también alentó otras. No he logrado recordar su presencia la noche de la muerte de mi padre. Sin embargo, poco a poco pude recomponer su historia, gracias a su imbatible paciencia y a su memoria, que vivía anclada a aquellos turbulentos años. Era un joven novicio guerrero e impetuoso cuando arribó al Perú, pocas semanas antes de que Rada y los hombres del Mozo asesinaran a mi padre. Después de custodiar las puertas del convento de la Merced en Lima para protegernos a mi hermano y a mí, fray Alejo huyó de la capital y fue uno de los mercedarios que se instaló en Quito. Allí recibió a Gonzalo tras la vuelta de la Canela. Cuando el virrey desató la ira de los vecinos, fray Alejo formó parte de la hueste mercedaria que custodió y defendió a Gonzalo, liderados por fray Pedro Muñoz, el Arcabucero, uno de los primeros frailes que pasaron a Indias con mi padre. Eran aquellos mercedarios a los que Gonzalo me pidió que me encomendara en Lima tras su marcha. Los mismos que predicaban en la casa de Dios alabanzas a Gonzalo, defendiendo su justo gobierno. Su presencia, ahora ante mí, removió y abrió las heridas que había estado escondiendo todos esos años, pero que no habían curado y que comenzaron a sangrar de inmediato.

De su boca supe que La Gasca buscó eliminar a la Orden de la Merced del Perú, escribiendo en su relación al rey y al Consejo de Indias un sartal de acusaciones para las que se sirvió de la complicidad de un tal Alonso de Castellanos, que se prestó a dejar por escrito todo tipo de faltas. Solo os diré que el ladino cura consiguió desbaratar a los Pizarro, pero con la Merced no pudo.

—Fray Pedro Muñoz, el Arcabucero, cargó en sus carnes con el odio de La Gasca. Fue en Trujillo, cuando tras conocer la traición de Aldana intentó devolver la villa al gran Gonzalo.

Mientras el pobre fraile bebía un caldo de gallina aproveché para atajar el asunto que me reconcomía desde mi destierro de las Indias.

—¿Vos estuvisteis en aquel tiempo en Trujillo? ¿Llegasteis a conocer a Paniagua, el enviado de La Gasca?

—Lo vi, escaso tiempo, antes de que fray Pedro y Diego de Mora le acompañaran a embarcar. Nada hablé con él, pero fray Pedro sí, recuerdo que aseguró que iba tan disciplinado de lo que a todos nos oía que «era maravilla y aun espanto de ver hombres tan sin vergüenza como nosotros». —Comenzó a reír—. Ahí no le faltaba razón. El cagalindes de Paniagua obtuvo generosa prebenda, La Gasca le entregó las encomiendas de los cocales de Mojo.

—Lo sé. Antes de partir me alojé en sus casas en Panamá, estaba acompañado de un mercedario.

—El padre Bautista, fue su sustento espiritual y su capellán hasta el final.

—¿Paniagua ha muerto?

—Hace años, señora. En la batalla de Pucará se puso en las filas del rey para luchar contra Hernández Girón, al que también llamaron rebelde.

Me quedé en silencio, confiando en que aquel hombre más guerrero que santo añadiese una solución a esa terrible noticia que me desbarataba todo.

—El virrey Toledo se ha propuesto borrar definitivamente el escaso rastro de los Pizarro del Perú, como antes se propuso eliminar cualquier resquicio inca, ejecutando al hijo de Manco. Sé bien que está en España, es uno de los pocos virreyes que ha vuelto con vida del Perú —volvió a reír con escándalo—, aunque está viejo y achacoso. No cuenta ya con el favor de su alteza. —Apuró el último sorbo de caldo y se pasó la manga por la barba para limpiar los restos—. He venido también a alertaros: uno de los jueces del Consejo de Indias es el sobrino de La Gasca, protegeos, mi señora. Intentará quitaros todo, difamará sobre vos.

Lo que Sebastián Rodríguez, mi procurador en la corte y cuyas diligencias me costaban un riñón, no había sabido advertirme lo supe gracias a fray Alejo. Entendí entonces las dilaciones, los escollos, la falta de respuestas que acompañaban cada una de mis peticiones al Consejo de Indias, especialmente las relativas al destino de los huaylas.

Me acostumbré a la presencia del fraile en mis casas, como un pariente tan lejano como querido. Nos encontrábamos varias veces a la semana, y siempre acudía acompañado del padre Guillermo, que se convirtió en mi capellán, en mi consejero y también mi confidente. Se apostaban cada día en el patio; ellos bebían vino y hablaban de la difícil situación de los cautivos, que por miles ya estaban pereciendo en las siniestras cárceles de los moros, consumiéndose de hambre y pestilencia, asediados por chinches y ratas y obligados al pecado nefando de yacer con otros hombres. La falta de limosnas para hacer frente a la redención los obligaba a intercambiar cautivos, y eran varios los mercedarios que en Orán esperaban ser liberados sufriendo un purgatorio de enfermedades y vejaciones. Como redentores de cautivos, con ellos busqué el modo de redimir mi pasado que seguía manteniéndome prisionera: debía llegar al padre Bautista, que seguía en las Indias, y que era de momento mi única garantía para conocer lo que Paniagua quiso decirme aquel día ya tan lejano y brumoso en que me confesó que La Gasca llevaba orden de nombrar gobernador a Gonzalo. Sin tener certeza, por el momento, de que aquella confesión fuera cierta o un simple delirio de Paniagua, como Hernando se empeñó en asegurar tantos años.

Pedro hizo averiguaciones en la corte y me trajo la noticia que confirmaba las palabras de fray Alejo acerca del virrey Toledo y del sobrino de La Gasca.

—Una parte de la encomienda de Huaylas fue entregada por el virrey Toledo a un tal Ampuero, hace muchos años, Francisca, eso me aseguró Cosme, el nuevo secretario. Ampuero ¿es el esposo de vuestra difunta madre?

Una vez más la demora en los correos de Indias nos confundió, tardaban con suerte un año en alcanzar esta orilla las cartas, por eso aquel día no supimos la verdad. Le teníamos por vivo, pero no, Francisco de Ampuero había muerto hacía un año, y había sido enterrado en la capilla del convento de la Merced en Lima, junto a mi madre. A quien el virrey entregó una parte de los indios fue a otro Ampuero, mi hermano Martín, y el resto de mi pueblo esperaba la resolución de la Corona. Reavivé el pleito por los huaylas, visto desde hacía tantos años y que seguía sin sentencia en una conveniente y bien orquestada dilación que buscaba mantenerme lejos de mis indios. Pedro fue mi sostén y mi aliento para no acabar engullida por esa engorrosa burocracia ni perder la fe. Mi esposo asistió a cada movimiento y con él vislumbré hasta qué punto se me ninguneaba. Más de tres peticiones elevé al Consejo de Indias, exigiendo que se atendiese mi ruego, todas fueron ignoradas.

La mano e influencia de Pedro lograron que el presidente del Consejo escribiera urgiendo al rey a tomar una decisión. No se dio ninguna prisa su majestad, ninguna, para aquel entonces la mitad de los jueces que conocían el pleito habían muerto. Solo quedaba el impertinente sobrino de La Gasca, y su alteza lo mantuvo en el caso, proponiendo nombrar nuevos jueces y desoyendo la urgencia del presidente. Despedí entonces a Sebastián Rodríguez, que nada había conseguido salvo llenarse los bolsillos a mi costa. De más provecho fueron las pesquisas de Pedro y mi suegra Juana, que tirando de favores y de cortesanos hilos me permitieron conocer los argumentos que Ampuero, durante todos estos años, había elevado al Consejo de Indias para arrebatarme a los huaylas. Un sartal de mentiras con las que buscó atribuirse las mercedes que no le correspondían y adjudicarse derechos por ser el esposo de mi madre. Entre muchas lindezas fabuladas, el pernicioso Ampuero, ni corto ni perezoso, aseguraba que mi padre le desposeyó de los huaylas para entregármelos a mí, y señalaba la poca legalidad de aquello llamándome bastarda. Sacaba, el majadero, rédito del matrimonio al que accedió obligado y a cambio de prebendas. Acudía al derecho divino haciendo prodigioso hincapié en el sagrado vínculo con que él desposó a mi madre. Se hizo con el mérito de Contarhuacho, aquellos terribles días del cerco de Manco, cuando como ya os narré mi abuela con miles de guerreros socorrió a mi padre y a los españoles movida por una sola razón, la presencia de su sangre en la ciudad asediada. Ampuero le dio la vuelta a la hazaña procurando salir bien loado de gloria, sin dejar de ensalzar su ferviente servicio al rey contra el tirano y rebelde Gonzalo Pizarro.

—Lo único cierto en ese rosario de infamias es el servicio que mi abuela hizo a la Corona, aunque los motivos, Pedro, no fueron esos.

—No es a mí a quien tienes que convencer, Francisca, es a la corte de jueces, la mayoría eclesiásticos, que favorecerán antes a tu hermanastro Martín que a ti, por ser hijo habido dentro de matrimonio.

—Mi padre nos legitimó a mi hermano Gonzalo y a mí por real cédula de su majestad, el rey.

—A ojos del rey, pero no a ojos de Dios. Se agarrarán a eso, créeme, como hicieron con mi abuela, declarando nulo su matrimonio para arrebatar a mi padre el condado.

Han sido más de quince años de lucha. Ahora ya sé que nunca me devolverán a los indios de Huaylas, nunca, por eso, antes de dejarlos en manos de los funcionarios, he decidido apoyar a mi hermanastro Martín para que él los obtenga en su totalidad. A ese fin, y por mediación del capitán Álvaro de Molina y de mi esposo, Martín ha presentado una solicitud formal al rey, enarbolando los mismos infamantes argumentos que su padre y pidiendo un hábito de alguna de las órdenes militares. Yo no me opondré, y vosotros tampoco habéis de hacerlo, de ese modo pretendo asegurarme el bienestar de los huaylas; de todos los males he elegido el menor como Inés me enseñó, sé que Martín los cuidará y no los abusará, aunque me temo que le será dado antes el hábito de Alcántara, Santiago o vaya usted a saber qué otro prodigioso sambenito para engordarle oportunamente el orgullo y callarle la boca que la encomienda de esas almas, y que me moriré sin verlo.

Los primeros tiempos en Madrid sirvieron para que me acostumbrara a ponerles cara a muchos de los consejeros y secretarios que ahora ocupaban el favor del prudentísimo rey Felipe y cuyos alcurniosos apellidos mi esposo me recitaba. También conocí más detalles de su alteza y de lo que rodeaba al rey gracias a mi eficaz cuñado, que se movía como pez en el agua tanto en el mentidero militar de las Gradas como en el de la calle León, frecuentado por los cómicos y los poetas. Su majestad seguía en Lisboa, ajustando a sus regias sienes la controvertida corona lusa, que a ratos le daba dolor de cabeza. Por lo que pude entender en aquellos conciliábulos en los que, al calor de las velas, y acunados por la vihuela y el clavicordio, Pedro, Félix y yo nos bebíamos la noche, el rumiar cortesano y los modos de gobierno apenas habían cambiado desde los tiempos del emperador. Lo cierto es que solo había cambiado el tamaño de sus reinos, cada vez mayores, y los nombres de esos mudables consejeros, secretarios y escribanos.

—Por lo que sé, ahora pasa como entonces —dijo Pedro mientras pedía al tabernero que rellenara su platillo de olivas—. Nuestro tío, Los Cobos, se pasaba la vida leyendo y anotando, sin parar. Cartas, pliegos, solicitudes, memoriales, todos los asuntos de los reinos pasaban por él antes de llegar a su alteza imperial.

—Lo importante no es la relación, sino lo que albergan los márgenes.

—¿Qué queréis decir, Félix?

—Que yo hago lo mismo. Cuando compongo un soneto, si las musas se traban, siempre anoto en los márgenes lo que he de hacer, la palabra más adecuada, la rima más precisa, la estrofa que hay que condenar. Es la herencia de mi tío. —Bebió un largo trago—. Lo mismo que él hacía con los asuntos de gobierno.

—Eso se haría con los despachos de gobierno y no con las cartas que iban dirigidas a su alteza el emperador, imagino.

—No, Francisca, su alteza hubiese necesitado entonces tres vidas solo para leer las cartas. Los Cobos abría toda la correspondencia del emperador. Recibía instrucciones para contestarla o para distribuirla, no sin antes tomar nota de todo. Los viernes presentaba el orden del día en las reuniones del Consejo de Castilla. Las recomendaciones que cada uno de los Consejos y sus secretarios hacían iban cuidadosamente anotadas al margen de cada documento. Eso, lo que poblaba los márgenes, era lo que leía el rey para tomar la resolución definitiva.

A pesar de la ausencia de su majestad, la ciudad vivía en un continuo frenesí, al que poco a poco yo me fui sumando. Pronto supe que la prometida y honorable doncella con la que ya había concertado matrimonio mi suegra para Pedro agradeció la noticia de nuestro desposorio, porque le permitió profesar como monja en las carmelitas, un deseo que la azoraba más que compartir lecho y caricias con un hombre.

—Mencía ha querido ser monja desde que tiene entendederas. Hasta viste con hábito, algo que descompone los nervios a su padre —me aseguró Pedro.

—Eso es porque no ha conocido tus apostólicas manos —le espeté.

Sin embargo, hubo otras jóvenes y señoriales damas que no se tomaron tan bien aquello. Lo de señalarme y despertar chismes no me abandonó ni en la Villa y Corte, donde al principio esperaba solaparme con la confusión de gentes que la habitaban, pasar inadvertida, disfrutar de la anónima vida que ofrecen sus calles. Me equivoqué; el mundo, tal y como mantenía su alteza, se había vuelto pequeño, y como me advirtiera Juana, la corte era un universo tan excluyente como minúsculo. En las primeras recepciones a las que asistimos, como recién casados, invitados por lo más granado de la corte, me miraban con desdén y cuchicheaban a mis espaldas. Una de aquellas noches, en los tocadores del palacio de los marqueses de Almenara, un ejército de doncellas se arremolinó a la entrada y con voces claras a fin de ser escuchadas, airearon lo que pretendían fuera un insulto.

—Es más vieja que él, ¿qué habrá visto don Pedro en esa mujer que podría ser su madre?

—El oro de las Indias, alguien tendrá que pagar la fiesta ahora que el condado está fuera de sus manos. El apuesto don Pedro no dispone de señorío.

—Lo peor no es eso, es que además de trasnochada es mestiza, ¿no habéis visto su piel?

Me coloqué el jubón de terciopelo verde con trenza de oro, me di color pellizcándome las mejillas, y antes de encararlas con aplomo, detuve a Juana, que de otro modo las hubiese abofeteado allí mismo.

—Señoras mías, si buscáis herirme acudid a otros agravios. Mestiza no es una ofensa, sino mi condición. De mis sangres mezcladas, la que oscurece mi piel y que tanto os escandaliza es de realengo imperial. Admitidme un consejo: en las mujeres, esta edad mía no da sino alegrías a los hombres.

Mi suegra me miró divertida y añadió:

—He sabido que se ha concertado vuestro desposorio, doña Leonor, con el duque de Medianilla.

—Así es, señora —aseguró la misma joven que solo un momento antes me había llamado vieja sin contemplaciones y a grito destemplado.

—Cuando yo casé, y de eso hace muchos años, vuestro prometido ya había batallado contra Solimán el Magnífico. Quedad con Dios, mi señora, os deseo una vida dichosa cuando os unáis a ese amojamado vejestorio.

La venerable Francisca Sarmiento de Mendoza cumplió su palabra de no salir del castillo de Torrejón de Velasco si no era con los pies por delante, y el día 5 de diciembre de 1581, la anciana abuela que propició mi desposorio murió en su alcoba, rodeada de rezos, lacayos y vino de Oporto, única medicina que toleró. En sus últimas voluntades dispuso que la enterrasen en depósito en la iglesia parroquial de la villa, hasta que Juana decidiese qué hacer con sus huesos. Para acudir al funeral viajamos todos desde Madrid. Presidiendo el cortejo, encontré a Juana, mi suegra, deshecha y demacrada, había perdido su redondez. Llevaba varios días sin dormir, atendiendo las disposiciones de su madre, que a pesar del acoso de los frailes dominicos que la visitaron a diario en estos últimos meses buscando como buitres negociar con la anciana la salvación de su alma a base de prebendas onerosas, dejó como albacea de su testamento a mi suegra, a fin de que esta supiera sacarle partido.

—El que parte y reparte se lleva la mejor parte, y tú la vas a necesitar cuando te pongan en la calle —le aseguró poco antes de despacharse al otro mundo.

Este otro augurio fatal de la finada también se cumplió a las pocas semanas, y mi hijo Francisco cedió a nuestros suegros la casa de la calle Relatores para vivir en ella hasta que les fuera restituido el condado, que solo mi suegro, el conde, esperaba recuperar de modo inminente, como si la largueza del pleito que ya duraba más de cuatro décadas para él hubiera sido un suspiro, ajeno a la realidad de los tiempos que manejaba la maltrecha justicia de estos reinos. Poco a poco entendí las palabras de Pedro: la sangre azul, lejos de alentar la nobleza en los gestos, atizaba luchas eternas y encarnizadas. Cuando conocí a la parentela de mi esposo, descubrí que los pleitos por heredar mayorazgos y arrebatar títulos eran el pan nuestro de cada día entre las grandes casas de Castilla. Confío en que vosotros no caigáis en esa terrible falla de carácter.

Una larga fila de caballeros se dispuso a presentar respeto por la muerte de la viuda del mariscal de Castilla y entre la enorme muchedumbre descubrí a María de Mendoza y Sarmiento. La viuda de Francisco de los Cobos acudió desconsolada, abrazándose a mi esposo. Cuatro criadas la ayudaban a moverse, y le admiré el valor. Tarea ardua la de conducir entre el gentío el tremendo verdugado con basquiña de terciopelo negro que vestía. Cubierta de joyas, el pelo cano, y despiadadamente hermosa, a pesar de la edad. Hacía falta muy poco para atisbar en aquellos ojos que María, a sus setenta y tres otoños bien llevados, era una mujer herida. Era el amor propio lo que le habían roto y sospecho que aquello fue lo que le atizó la soberbia.

—Era mi hermana más querida, la única con agallas y que siempre fue de frente. ¿Qué diantres me queda aquí sin Francisca?

—Tía, os quedan vuestros hijos y vuestros nietos.

—Ni mentarlos a mis nietos, a esos majaderos ni me los recuerdes. —Sacó un pañuelo de organdí bordado y comenzó a darse aire, como si el frío de diciembre la sofocase en extremo—. Esto parece África, hijo mío, en Valladolid el tiempo es riguroso y cristiano, como Dios manda, no entiendo cómo mi hermana ha podido vivir aquí y aguantar este calor. ¿Dónde está Félix? Tengo que hablar con tu hermano. —De repente, como si de una aparición mariana se tratase, reparó en mí, y con los ojos como platos se dedicó a escrutarme de arriba abajo—. Virgen Santísima, sois Francisca, Pedro, ¿cómo no me has presentado a tu esposa? —Me agarró con fuerza y me dio dos sonoros besos en las mejillas—. Por fin os conozco. Mi hermana me escribió para hablarme de vos, señora. —Y sin darme tiempo a contestar cogió a Pedro del brazo y dijo—: Para distraer mi pena, Pedro, quiero que me acompañéis a Valladolid; partiremos mañana, vuestra esposa, Félix y vos.

—Pero, María, hay asuntos que nos reclaman en Madrid.

—Qué vulgaridad de ciudad, ningún asunto en ese pestilente purgatorio de moros y fariseos puede ser más importante que consolar a vuestra tía. No se hable más.

570

Partimos al día siguiente. Un portentoso carruaje que demostraba el realengo de María y las finas artes de su esposo acumulando riqueza nos llevó a la que fuera la antigua corte. Pensé que a muchos de esos lujos contribuyó mi padre, otorgándole oro en los primeros tiempos de gobierno de las Indias. Alcanzamos la ciudad de Valladolid y el helador frío cristiano se dejó notar. Vaya si lo hizo. A nuestro paso, las aguas revueltas del Pisuerga se enroscaron con fuerza para advertirme; permanecí contemplando el tormentoso caudal, aguardando lo que habría de suceder y que no se hizo esperar. Al doblar la calle de los Estudios, me topé con el descomunal escudo de armas de La Gasca, la prueba de la soberbia desmedida e impropia de un hombre de Dios, en la iglesia de la Magdalena que él mandó construir para su descanso, invirtiendo fortunas manchadas de sangre, y encomendándose a la santa patrona del arrepentimiento. No creo que ese hombre haya alcanzado el perdón de Dios.

Entramos en el señorial e inmenso palacio que presidía la plaza con el mismo realengo con el que María se movía. Los guardias se cuadraron para saludar a su señora, que ni siquiera los miró. Atravesamos las enormes crujías, mientras la luz se colaba alcanzando cada rincón con aquellos enormes ventanales iluminando las pinturas que poblaban paredes. María, acostumbrada a aquel derroche de belleza, no hizo el más mínimo comentario ni una necesaria pausa. Nos llevó directos al salón principal; los frescos murales cubrían los techos y yo pocas veces he vuelto a ver algo tan bello como aquel lugar. Al fondo, un enorme cuadro vigilaba todo cuanto pasaba. Con expresión seria y entrado en carnes, el secretario imperial, Francisco de los Cobos, parecía seguirnos con su mirada conteniendo una mueca, bien dispuesto en la pared principal y custodiado por una pequeña cortinilla con dosel.

Las mismas criadas que sostuvieron a María ayudándola a moverse durante el entierro se afanaron en traer hasta diez bandejas de dulces, ni una gota de vino, solo hidromiel, cacao espumoso que delataba su condición cortesana, y leche. María no compartía la afición de mi suegra y la difunta Francisca por el oporto, aunque enseguida descubrí que fue ella quien les facilitó aquel brebaje portugués.

—Estos eran los *pasteis* favoritos de la emperatriz Isabel. —Me

571

mostró una masa de almendras cubierta de canela y otras especias que no alcancé a distinguir—. Yo fui camarera de la reina y leal confidente. Aquí donde me veis, querida, yo fui una de las mujeres más poderosas de Castilla…, ¿no te ha contado tu esposo quién soy yo?

—Por supuesto, tía, pero ahora no es el momento de recordar vuestra azarosa vida.

—Estaba en Toledo el día que vuestro padre fue recibido por la emperatriz Isabel. Era apuesto y bravucón, muy dado a tentar a las damas. —Comenzó a reír e hizo una pausa—. Quiero que sepáis que siempre alabé la corte de Moctezuma y mantengo que fueron sus vasallos los que acabaron con él, no vuestro padre.

—Tía, por el Altísimo, Francisca es hija del marqués Pizarro, nada comparte con Nueva España y Cortés.

—Siempre confundo aquellos reinos, entonces eran los incas los vuestros.

—Sí, señora, aunque Cortés era pariente de mi padre, así que no os apuréis.

—Vi a tantos caballeros buscar fortuna en aquel tiempo. Conozco tantas cosas. Yo, Francisca, me desposé con Francisco de los Cobos cuando tenía catorce años. Catorce años y sin rechistar.

No pude valorar la proeza, puesto que yo hice lo mismo o al menos así lo entendió mi alma, cuando con trece ya me sentí desposada con Gonzalo.

—Había que darle un linaje de alcurnia al secretario de su alteza, y fue este vientre quien se lo dio. —Sus dos manos palparon con saña el cinto de oro y diamantes con que estrechaba el sayal y que parecía defender el ya marchito lugar donde fundó vida—. Un linaje que ahora me niega y me reta, despojándome de lo que es mío.

—Tía, dejemos esto, salgamos a pasear al patio. —Pedro, buscando ayuda, acudió con la mirada a Félix, que, apoyado sobre una mano, comenzó a bostezar y se sirvió más hidromiel.

—¡No! Quiero que tu esposa conozca de lo que es capaz un hombre. Veinticinco años le entregué. Me costó acostumbrarme a su hablar gordo, a sus modales toscos, a sus manías con el orden, a su enfermiza obsesión por los papeles, a los que dedicaba todo su tiempo, y a su delirante idea de fundar en Simancas esa ridícula biblioteca de gobierno, pero lo hice. Y le fui fiel, apoyé su causa, le ayudé a medrar, y aguanté sus ausencias.

Cuando enfermó —agarró otro pastelillo y miró de reojo al cuadro— estuve a su lado día tras día. Fue entonces cuando me pidió que quemara lo que quedaba del archivo, algo que él tenía que haber hecho, pero las fuerzas se le escapaban. Con la mano entrelazada juré ante Dios hacerlo. Pero ¿sabéis qué, Francisca?, que durante años el dolor me pudo y no conseguía entrar en ese despacho, donde me rodeaban los recuerdos compartidos.

Entonces la criada más vieja acudió con un billete para Félix, que se levantó y adujo un asunto urgente, dejándonos al resto allí. La estampa era la siguiente, una María que amenazaba con explotar como un volcán furibundo, un Pedro consternado y yo pendiente de cada palabra de un discurso que ya imaginaba lleno de verdades tristes.

No sé el tiempo que pasó ni cómo pasó, pero María comenzó a hablarme de su difunto esposo en términos muy poco corteses. Lo cierto es que el orgullo lo tenía deshecho. La buena mujer era consciente del poder que manejó en la sombra en el pasado, pero tras morir el esposo, nadie la convidaba, nadie la requería, arrinconada como un mueble viejo en aquel palacio repleto de fortuna a una edad muy temprana.

—El rey Felipe en todos estos años solo se acordó de mí para pedirme los dichosos papeles de mi esposo, ¿lo podéis creer?, yo que le crie cuando era un mocoso, que fui como una hermana para su madre, la reina.

Lejos de agachar la cabeza, María levantó el mentón, resistiéndose a abandonar su autoridad perdida, ajena a las órdenes y buscando hacerse notar. La soberbia es un grave pecado, le decían sus confesores. Se refugió entonces en su hermano, Álvaro, obispo de Ávila, dedicándose a la oración como forma de purgar el dolor y llamar a la humildad, que difícilmente acudía a un espíritu como el suyo. La horrorosa penitencia la hizo enfermar, y cuando se sintió morir, lo único que le impidió hacerlo, tal y como me aseguró, fue cumplir con lo encomendado por su esposo, construir la capilla en Úbeda y prender fuego al dichoso archivo. Antes de hacerlo revisó una última vez los documentos añorando la letra de su marido, buscando el rastro de esa vida perdida.

—Y ¿qué encontré? Las cartas de esa ramera italiana. Esa puta, con la que me puso cuernos Dios sabe cuánto tiempo mientras yo me ocupaba de sus hijos, de su hacienda y de darle tono con mi apellido. ¡Maldito majadero! ¡Venid conmigo, Francisca!

Cuando me levanté para seguirla, la misma criada anciana se

apresuró a correr la cortinilla tapando el rostro de Los Cobos que con mirada plácida e imperturbable continuaba observándonos.

Una fuerza inusitada la alcanzó para mover ágilmente el ingobernable verdugado ondeando la basquiña hasta alcanzar unas pesadas puertas de madera labrada cubiertas de escenas del Génesis. Solo me dio el tiempo para contemplar a un Dios exhausto, afanándose con un compás en dibujar los trazos de una tierra que ya imaginó redonda mientras con la otra mano separaba la luz de las tinieblas. María, de un solo empujón, las abrió de par en par dejando ver el despacho. Más de diez estantes rozaban el techo sosteniendo libros y pliegos, la chimenea apagada albergaba una pira generosa que no llegó a ser alimentada, en el centro un bargueño descomunal de patas torneadas como pestiños presidía la estancia, y un sinfín de cajas viejas y lacradas estaban dispuestas alrededor con iniciales. La única custodia del lugar era un portapaz tan excesivo como el resto de los muebles, que dejaba asomarse a sus puertas de oro a la reina de Saba, al emperador Octaviano y a un mustio y contrariado rey Salomón. Encima del escritorio descansaba el revoltijo de cartas, que María agarró con ambas manos y me fue entregando.

—Esta es la prueba de los desmanes libidinosos de mi respetado esposo. Más de cincuenta cartas de esa ramera, Cornelia Malespina, cuajadas de aberraciones y porquerías propias de una furcia de arrabal.

Observé el generoso epistolario donde sin ningún recato la dama daba cuenta de los apetitos ya saciados en los brazos del orondo Los Cobos. Terminaban todas exigiendo un nuevo encuentro, con la despampanante firma de Cornelia rematada en remilgados palitos que simulaban flores y rodeada de manchas de perfume, aunque ciertamente en aquel momento desprendían un aroma rancio y enmohecido.

—Y ¿sabéis qué, Francisca?, que me da igual lo que diga el rey. Después de conocer esto, solo rendiré cuentas a Dios y a mi propia conciencia, limpia y alejada de traiciones. No voy a quemar estos malditos papeles, estas cartas sirven para recordarme que entregué mi vida a un hombre impuro y débil. Que no me amó, no me amó.

María se derrumbó, dando con sus realengas rodillas en el suelo y apenas sostenida por el robusto verdugado, que se irguió por delante. Pedro se apresuró a levantarla, ayudándola a salir de allí, y cuando alcanzamos el salón las criadas ya habían dispuesto una olla del tamaño de una tina, rebosante de tilo y leche para su señora. La conveniente cortina siguió ocultando el rostro del secretario real para amainar el oleaje de su despechada viuda, que cada día se sentía más sola y más furiosa.

Cuando por efecto del tilo, el sueño acudió para dominar el monumental palacio, al amparo del silencio y de la noche, me aposté en la puerta de la alcoba, vigilando que las criadas no asomasen. Pedro dormía plácidamente a merced del tilo que necesitó tras aquel bochornoso desaguisado. Me aventuré por la inmensa galería que separaba ambas alturas, iluminada por un candil de sebo, comprobé que los guardias custodiaban la puerta principal que daba a la plaza, arrimados a una lumbre breve. La noche era fría, un viento de invierno golpeteaba las ventanas intentando entrar, cuando yo accedí al despacho del poderoso Francisco de los Cobos.

Volvió a recorrerme el cuerpo aquel deseo de anticipación, aquella curiosidad imprudente que me llevara de niña en Lima a colarme en los archivos de gobierno, a espiar los legajos, a leer las probanzas de sangre, las señas de los recién llegados, su oficio, su pasado. Contemplé todos aquellos documentos, perfectamente organizados. Ahora estaban atadas a un lado las ardientes cartas de Cornelia, con la que el poderoso secretario tuvo más que palabras, y que turbaban a María. Imagino que las criadas entraron a ordenarlo tras el huracán vivido en la tarde. Al otro descansaban los legajos infinitos que recogían súplicas, mercedes, engaños, intrigas y epístolas personales de deudos y amigos. Cada una de aquellas enormes cajas lacradas correspondía a documentos de los Consejos del Reino, de Guerra, de Estado, de Hacienda, solo tuve que buscar una leyenda, las Indias. Eran esas, las de Indias, las únicas cajas con el lacre intacto, pues el resto ya habían sufrido las urgentes pesquisas de María.

Las abrí, sin ningún reparo ni cargo de conciencia. Escrupulosamente ordenadas por letras, acudí a la P. Allí hallé anotado en los márgenes lo que se trasmitió al rey y lo que los consejeros mandaban hacer al respecto. Leí las ordenanzas que Vaca de Castro debía aplicar en el Perú, también la orden de ocupar el cargo de gobernador del reino si mi padre era muerto a su llegada, y con la letra estirada de Los Cobos, leí con mis propios ojos la conveniente demora en su marcha, que todos los consejeros no solo apoyaban, sino que sutilmente imponían, y al lado reposaba parte de la declaración de Vaca de Castro donde afirmaba que rechazó el barco enviado por mi padre, para retrasar aún más su llegada a Lima y no levantar suspicacias.

Hurgué en un cajón revuelto. Imaginé que albergaría la correspondencia, de ahí su desastrado aspecto. Si tal y como Pedro me aseguró todas las cartas que se escribieron al rey pasaban primero por las manos de Los Cobos, busqué con urgencia las cartas de Gonzalo, que allí debían estar, y nada había. Solo encontré la relación que Francisco de Maldonado portó en la primera embajada, con una escueta nota en el margen en la que solo ponía «visto por el rey»; también estaba la copia de la que su alteza respondió desde Venlo, la misma misiva que leímos en Los Reyes cuando el apocado Paniagua alcanzó la ciudad por orden de La Gasca, pero ni una sola de las cartas que Gonzalo escribió por triplicado después a su alteza se hallaban allí.

Reconocí enseguida las oes inmensas, la caligrafía redonda y portentosa de La Gasca, la que empleó en todos los edictos y que ahora poblaba un enorme memorial sobre lo acaecido, donde encontré los insultos que el clérigo me dedicó acusándome de casquivana y de haber transitado muchas quebradas; allí el cura echaba por tierra el desvelo de su alteza, el príncipe, acerca de un posible desposorio entre Gonzalo y yo, desmintiendo esa posibilidad, burló al cura Gonzalo al negarme. Reparé en que ese era el único documento que no poseía anotaciones de Los Cobos en el margen.

En la parte derecha había un apartado para nombramientos y cartas de poder. La orden de su majestad de nombrar a Gonzalo gobernador estaba dispuesta junto a una anotación de otro secretario, en la que se añadía: *que quede la tierra en poder del emperador, aunque la gobierne el mismísimo diablo*. Paniagua no mentía, y tampoco deliraba como tantas veces aseguró Hernando. La Gasca atravesó el océano con esa orden, orden que no llevó a efecto, premeditadamente. Me pregunté cómo podía un desacato a un mandato del rey alzarle a la silla episcopal. El crujido de la puerta me alertó de que no estaba sola, una presencia se acercaba a mí, y ciertamente os digo que no tuve el valor de girarme; imaginé que de hacerlo me toparía con la silueta transparente y demacrada de Los Cobos venido del más allá para proteger todos aquellos secretos, y entonces escuché su voz.

—En los márgenes, cuñada, todo lo que ocurrió y lo que es importante está anotado en las glosas de los márgenes —susurró Félix con su aliento a vino y sudoroso por la larga cabalgada.

Capítulo 11

Dos mercedes

Cada una de esas glosas, condenadas a habitar los márgenes, recogía los hechos sin resolver de mi vida. Suponían una muerte y un dolor seco, arrastrado por más tiempo del soportable. Unas sospechas largamente acariciadas. Escribo para contar lo que no cuenta la historia, lo que arrastran las pasiones negras de quienes deciden nuestra dicha o nuestra condena. Es eso que permanece en los márgenes de las vidas apacibles de muchos lo que nadie debe ni quiere saber, lo que persigo sacar a la luz con la certeza de que os sirva.

Después de todo ese tiempo, me alcanzó la paciencia para esperar seis años más, y solo cuando la insigne viuda de Los Cobos, María de Mendoza y Sarmiento, dejó este mundo consumida por los celos y el despecho, me atreví a hacer lo que en mi cabeza me pareció que era de justicia. Confieso que he imitado en esta decisión a los cronistas, que solo publican sus escritos cuajados de falacias después de muertos o cuando ya han pasado los tiempos turbulentos y expirado los que podrían revolverse, cuando aquellos a los que acusan no pueden defenderse. Me alcanzó la paciencia para no comprometer a María; pese a las razones que albergaba su obstinación por mantener aquellos papeles, pese a su fijación, ciertamente, lo que guardaba en su casa eran secretos de Estado que nadie, yo tampoco, debía conocer, pero que bien me valieron.

A mi regreso a Madrid, decidí obrar del modo contrario al que me habían dictado mis principios hasta entonces. Dejé a un lado la comedida

577

austeridad. Me hice notar, quería deslumbrar a todos. Revestí cada una de mis salidas de un lujo y alharaca que simulaba concienzudamente el fasto de la corte inca en los mejores tiempos de Cuzco. Me hacía acompañar de un enorme séquito de sirvientes, siempre encabezado por Nuna y las huaylas. Lucía las ropas más extravagantes y las joyas más ostentosas, nunca repetía la misma, esmeraldas, rubíes, perlas…, buen uso di en aquel tiempo a todas las alhajas regaladas por Hernando y a las heredadas de mi padre. Ornaban mi cuello la esmeralda Huérfana los viernes, las granadillas de rubíes los sábados, y el collar de aljófares de Gonzalo con la enorme perla de mi padre, siempre. Usaba chapines altos, los sayales con cola y mangas en punta tan incómodos como eficaces para darme tono. Cotillas y basquiñas sobre insolentes verdugados brillaban por la calidad de la seda, mezclaba las telas de *cumbi* con los mejores tejidos que mandé traer de Flandes y Roma. Allá donde fuera, mi séquito me anunciaba. Acudía todos los días a la iglesia de San Sebastián, a la misa de mediodía, la más populosa. Quería dejarme ver. Escuchaba los murmullos a mi paso («¡Es la infanta inca!») y me reconfortaba con la expectación extrema que provocaba mi presencia. Quería que en los mentideros cortesanos solo se hablara de mí. Buscaba que en las losas de palacio se destacase que yo, la ñusta de las Indias, hija del marqués Pizarro, estaba en la corte.

Recibía visitas de las casas más importantes de Madrid, las invitaciones las hacía Pedro, mi esposo, y yo me encargaba de que nadie saliese de mi casa sin ir bien provisto del aturullamiento que produce el exceso de riqueza. Agasajaba a todos con recepciones que se alargaban hasta la medianoche, donde se representaban las danzas sagradas de los quitu, se bebía chicha negra de guiñapo, y también el dulce cacao espumoso, se comían guisos de maíz y picanterías que despertaban la sed, en las que cada uno de los presentes portaba un regalo al marchar, envuelto en *cumbi* y ornado con las plumas sagradas del cóndor. Me costó un riñón mantener ese fasto, a qué negarlo, hube de vender propiedades y juros, empeñar joyas, hasta apremié a mis mayordomos a cobrar rentas de arriendos y me holgué por la buena salida de los vinos que comencé a producir en La Zarza. Tuve que darle la razón a Catalina, es el vino un buen negocio, siempre. Todos esos recaudos pagaron la fiesta, y todavía hoy doy por bien empleado ese oro, aunque mermara la fortuna procelosamente acumulada por Hernando. Me obsesioné con deslumbrar y levantar cantares, con la misma obstinación con la que hasta entonces los había intentado apagar sin tino.

Félix fue mi cómplice y mi aliento en aquella cruzada. La noche en el despacho de Los Cobos, se forjó nuestro trato, sin necesidad de preguntas ambos entendimos. El urgente y clandestino asunto que le hizo marchar antes de que su tía explotara tenía que ver con el único galanteo que importará siempre a Félix, la bella Feliciana, cuyo ardor inconcluso le condenó a la vocación áspera de la soltería. Félix en la amanecida, entre legajos, me desgranó el tormento de los celos que aquella mujer le provocaba. La conoció en las aulas de Salamanca donde, en hábito de hombre, la esquiva Feliciana acudía a clases de Filosofía y Astros. La lectura de estos últimos la llevó a probar otros cuerpos, convencida de que vistiendo hábito de hombre era más fácil darse gozo como mujer, y la curiosa ocurrencia atizó en otros caballeros el deseo de poseerla, lo que enloqueció a mi cuñado.

—Os juro, Francisca, ante Dios y ante el mismísimo diablo, que no me desposaré con mujer capaz de despertar semejantes congojas.

El vino le hizo jurar y aún hoy lo cumple. Al igual que los curas, mi cuñado se mantiene célibe, pero no casto, bien apartado de promesas de desposorio, pero sin escatimar en los apetitos de la carne. Con la ayuda de su amigo, el joven poeta, compañero de correrías de escasa virtud, fui desgranando más secretos, esquivos y poderosos, también algunos de su alteza, dedicado a coleccionar reliquias de santos para protegerlo de las turbas protestantes. El rey mandaba traer desde cada rincón del mundo, que solo él dominaba, los despojos de aquellos hombres y mujeres de inmaculados principios, rindiéndoles la misma veneración que sus ministros católicos tildaron de pagana cuando el pueblo inca honraba a sus *mallquis*, las momias sagradas de los soberanos. Entendí poco tiempo después que quien gobierna los hechos narrados en estas letras es únicamente la codicia del poder, la podredumbre de los ambiciosos, y que su alteza se empeñaba en implorar a los brazos cercenados, a las cabezas de ojos blancos supliciados y a los cuerpos amputados la intervención santa para aplacar las voces de los muertos, que ya le atormentaban tanto como los ataques de gota. La vida no se detuvo, y los muertos clamaron tanto para él como para mí.

* * *

El ritual de las tardes en mi casa, en compañía de fray Alejo y del padre Guillermo, siguió imperturbable, allí le daban vueltas a la situación que atravesaba la Orden de la Merced. Querían fundar, necesitaban más vocaciones y también más limosnas. Se entregaban obladas para difuntos, lo que llenaba las despensas de panes y roscas, pero pocos daban oro, único pago que admitían los moros argelinos a cambio de los presos. La reforma de la Merced se ordenó tras el eterno concilio que impuso los confesonarios, exigida especialmente por su majestad, el rey Felipe, para aplacar los desmanes de tanto luterano dispuesto a señalar a la Iglesia y desbaratarla con nuevas fallas. Ciertamente, se decía también que el rey temió que todos los mercedarios catalanes que detentaban el priorato se volvieran protestantes o, lo que era lo mismo, infieles y enemigos de Dios. Al padre Guillermo le escuché que el delirio de los priores catalanes no tenía fin, acumulando como riqueza propia las limosnas que debían servir al auxilio de los cautivos y que ellos usaban para ornarse y gastar en vino y putas. Las expediciones de rescate quedaron paralizadas en la provincia aragonesa, y muchos frailes se dedicaron al bandolerismo («un vicio tan catalán», afirmaba el padre Guillermo). De ahí que todas las órdenes sospechosas sufrieran importantes cambios en un intento de volver al vetusto carisma del principio, a la inviolable sacralidad de sus primeros tiempos, del que parecían haberse alejado y relajado en la práctica.

Los escuchaba hablar del padre Zumel, máxima autoridad como provincial de Castilla, Portugal y las Islas de la Mar Océana; este hombre leído y sagaz fue quien hubo de encarar la labor de redactar con la palabra escrita la reforma de la orden. Fue entonces cuando su misión redentora se convirtió en el cuarto voto, el voto de sangre, esa misericordia que diferencia a los mercedarios del resto de órdenes mendicantes, sacrificando su vida, como Cristo en la cruz, para salvar a los cautivos, intercambiándose por ellos. No me equivocaba cuando a ellos confié la liberación de mi espíritu.

Las nuevas de Perú nos alcanzaron al ocaso de un día de primavera. Fray Alejo entró en compañía de otro fraile que lucía también el hábito blanco, a quien al avanzar se asomó el cinturón de cuero donde debía descansar la vaina de su espada, ahora oportunamente oculta por los pliegues del sayo. En su rostro serio no se dejaba ver el agotamiento de un viaje demasiado largo, mostraba en cambio el espíritu recio que curtía el ánimo de los mercedarios, la necesaria resistencia en que se adiestraban de novicios para soportar los más terribles suplicios a la hora de enfrentar su misión. Muy exaltado vi a fray Alejo, que sobaba sin descanso lo que parecía una carta.

—Hablad de una vez, padre, o se os atragantará lo que quiera que traigáis dentro.

—Fray Nicolás ha viajado desde el Perú con la respuesta del padre Bautista a nuestras súplicas, mi señora.

—Y ¿qué dice?

El monje guerrero comenzó a acariciarse la barba mientras buscaba el modo de explicar aquello.

—Paniagua contó todo lo ocurrido al padre Bautista en confesión, y ese sigilo sacramental es inviolable, doña Francisca.

Sus palabras me dolieron como una bofetada.

—¿Qué patraña es esa? No se puede disfrazar de bonanza lo que es una grave perversión. A Dios le indignará una ocultación así, fray Alejo, ese sigilo lo han inventado los hombres, no el Altísimo.

—Solo puedo deciros que el padre Bautista le negó la absolución, de ahí que quisiera confesaros en la ciudad de Panamá lo que sabía. Esa fue la condición que el padre puso a Paniagua.

—Pero el padre Bautista sabe bien que no me dijo nada, él mismo estaba delante cuando Paniagua cerró la boca. Y ahora no puede decirme qué diantres es lo que ocultaba porque sería excomulgado, es lo que vais a decirme, ¿no? Para este viaje no necesitábamos alforjas, fray Alejo. —Enfurecida como estaba ni siquiera leí la carta del padre Bautista.

—Marquesa, habéis olvidado preguntarme por qué he venido hasta aquí, mi señora —agregó el fraile que le acompañaba y que había permanecido en discreto silencio detrás.

—A traer desde Las Charcas esa carta que nada dice.

—No, señora, vine a redimir el alma cautiva de Paniagua, encarcelada en el pecado de su secreto.

Me mordí la lengua, y por miedo a que callara os juro que hasta dejé de respirar; solo acerté a buscar asiento mientras invocaba un silencio pesado a fin de que nada quebrara ese momento, hasta hubiese detenido el mundo para que ese fraile continuara hablando.

—Tres años después de vuestro destierro, cuando Paniagua hubo de aperarse para presentar batalla a Girón, comenzó a temer la ira del cielo por el secreto guardado, y no quiso acudir a la batalla sin la absolución. El padre Bautista volvió a negársela. Ciertamente, marquesa, hubiese sido más sencillo que Paniagua os escribiera a España, pero se arriesgaba a que la carta fuese interceptada. Yo estuve presente cuando el padre Bautista le instó a dejar por escrito lo que había callado por todo este tiempo, para hacéroslo saber como requisito para lograr la absolución. Paniagua pereció en la batalla de Pucará. Su cuerpo no pudo ser sepultado hasta mucho tiempo después porque tardaron semanas en hallarlo, muy a la vanguardia no debió luchar. Cuando le trajeron a Las Charcas lo que quedaba de Paniagua era un pestilente despojo, podrido por los vientos y el frío y al que los lobos zancudos habían devorado la cara. Fue entonces cuando su hijo acudió para pedir misas por el alma de su padre. Aprovechamos el padre Bautista y yo para negarle las misas, puesto que la penitencia no se había cumplido, ya que esos escritos no se nos habían entregado.

—Más de lo mismo, padre —repliqué sin esperanzas.

—Dejad que termine, marquesa. —Se levantó la capilla de su hábito blanco, dejándome ver una talega escondida que se confundía con el guardamanos, de ella sacó un pergamino envuelto al tiempo que hablaba—. Cuando recibimos en Charcas la carta de fray Alejo preguntando por este asunto, ya estábamos al tanto de que el hijo de Paniagua estaba pidiendo mercedes al rey para que le mantuvieran la encomienda concedida a su padre por los servicios a La Gasca. El padre Bautista le advirtió del grave pecado de obtener esa merced manchada, puesto que su padre la recibió por ocultaciones y sin estar absuelto a los ojos de Dios. Para no entorpecer el proceso y evitar desmanes eclesiásticos, ha consentido en entregarme el manuscrito de la confesión de Paniagua, que guardaba bajo dos llaves, como único modo de lograr la absolución de su padre y el descanso de su alma. Y con la condición del silencio, de ahí que lo traiga yo.

Me lo dio, atado en mil cintas. Con el lacre desgastado, polvoriento y a punto de deshacerse entre mis dedos, estaba la confesión de Paniagua, el favor que me debía desde tantos años atrás, el que no quise cobrarme cuando le entregué aquel caballo, un día señalado que ahora sé pudo cambiar esta historia, mi historia. Un instante preciso desvelado demasiado tiempo después. En aquellas letras tan torpes e infantiles como el propio

Paniagua, se encerraba el fatal final de Gonzalo, mi destierro, mi vida arrebatada. La palabra escrita volvía a encararme a esa espiral interminable de espanto que solo sirvió para alimentar el dolor, la violencia y la vergüenza de los hombres. La palabra escrita precedida del largo silencio, lo no dicho, lo oculto, lo que se escondió a todos, eso es lo que atizó a la muerte.

Charcas, 15 de agosto,
día de la Virgen Santísima del año de 1554

Por la gloria de Dios Padre, santísimo creador del mundo, yo, Pedro Hernández de Paniagua y Loaisa, arrepentido, solicito el perdón por el pecado de ocultación que en mala hora callé condenándome a las llamas del infierno. Para descargo de mi conciencia y en perpetua penitencia, a través de estas letras, confieso que el pacificador Pedro de La Gasca me hizo merced de este secreto en estas mismas palabras:

Viviréis con mucho recato y cuidado y aviso de penetrar la intención de los que están con Gonzalo Pizarro, y si vieres y sintieres que están todos con él a una, le diréis de mi parte que se sosiegue y quiete que llevo orden de su majestad para confirmar la gobernación que tiene del Perú porque es verdad que a mi partida de España me lo dijeron los del consejo de su majestad que si toda la tierra fuese a una con Gonzalo Pizarro que lo dejase por gobernador y las postreras palabras fueron decirme, quede la tierra por el emperador nuestro señor y gobiérnela el mismísimo diablo. Este secreto fío de vos, como lo fiaron a mí; y haced en todo, Paniagua, como tenéis la obligación de caballero hijodalgo y al servicio de vuestro rey.

Esas mismas fueron las palabras que me dijo el presidente y que mi memoria guarda con obstinación. Confieso que vinieron de noche, a mi posada, muchos caballeros cuyos nombres dejo en esta relación, que eran los que más ardorosos se mostraron ante Pizarro quienes después le negaron ante mí, apremiándome a que no olvidara sus nombres, para decírselos a La Gasca. Tras ser apaciguada la tierra y marchado el presidente a España, porque yo quedé en estos reinos con un buen repartimiento de indios quise purgar mi culpa acudiendo a los ministros de la Iglesia, a verter en ellos la desazón de ese silencio y de otras faltas cometidas por obediencia a Pedro de La Gasca y por honrarme en una impostora fama. Con ver la variedad de los que me hablaban estuve muchas veces por descubrir el secreto a Gonzalo Pizarro y que muchas veces me ha pesado después de no haberlo hecho.

Pedro Hernández de Paniagua y Loaisa

Debemos por la honestidad de nuestros actos ganar el cielo, Paniagua obtuvo la absolución después de muerto, gracias a aquella confesión. Y yo todavía hoy me pregunto cómo puede el Dios cristiano perdonar una falta así. No pude quitarme de la cabeza aquel día de enero tan lejano ya, me persiguió por semanas esa imagen, el extenuado Paniagua y sus ropas desastradas por el barro del cascajal cuando acudía a la posada, el silencio oportuno que cubría la plaza de armas de Lima dejándose caer con la misma pesadez que el calor, los mil ojos que percibí. Todos los traidores reseñados en aquellas letras eran hombres cercanos y amigos, todos habían alabado a Gonzalo, suplicado su ayuda y todos habían desfilado de noche ante los ojos de Ymarán, que confundió aquellos conciliábulos con la cortesía propia de los blancos y que yo no supe advertir. Si Paniagua hubiese confesado a Gonzalo la orden de nombrarle gobernador que traía La Gasca, mi amante hubiera recibido al cura y allí hubiese terminado todo. Una palabra suya hubiera bastado para cambiar el destino, y ese sentimiento me sacudió entera.

Dos días después despedí a fray Nicolás, que partió a caballo de mis casas arrumbando no a las Indias, sino a Salamanca, llevando la custodia de fray Juan Pizarro y fray Pedro de Oña, y cargando ahora en la talega de su hábito una carta de mi puño y letra para el padre Zumel, provincial de la orden. Expuse en ella mis razones, determiné que tanto dolor y tanta sangre debían servir a una causa noble, podía dar lugar a algo bueno. Cuando firmé aquella misiva, tres gotas de tinta negra se escaparon de mi pluma. Tres. Leí en aquel gesto ajeno la certeza de lo que hacía. Esas tres gotas eran las almas que distinguía con mi decisión. Catalina, Gonzalo y mi padre apoyaban aquel camino que buscaba honrarlos a los tres y que todavía sigue sin ser fácil. El provincial mercedario Zumel autorizó la fundación del convento de la Merced en Trujillo y aceptó mis condiciones. Con la venia de mi esposo, volví a trasmutar la obra pía de Catalina. La voluntad de mi aya anduvo de Herodes a Pilatos en todos esos años, del colegio que ella deseó y que no se pudo sostener, al hospital de huérfanos pobres por el que peleé, pero todos mis esfuerzos fueron rechazados, estrellándose contra un muro de obstinada negación que siempre partía del mismo lugar.

Los majaderos miembros del concejo despacharon y negaron fundar el hospital sosteniendo que ya había hospitales en Trujillo, como si el tifus, el hambre y otras pestes no se llevaran bastantes almas inocentes cada año sin atender. Como si las privaciones de los desamparados no fueran asunto de necesaria resolución. No sé cómo el obispo no me mandó al infierno, que Dios le conserve la paciencia a ese hombre encomiable que volvió a acceder a autorizar el cambio. Se solicitó permiso al nuncio de Roma. Así fue como las últimas voluntades de mi aya Catalina se trasmutaron por enésima vez, convertidas ahora en primera piedra sobre la que levantar el insigne monasterio mercedario. Hasta Trujillo se trasladaron los frailes para fundarlo y desde allí a caballo tuvo que regresar en el día mi hijo Francisco con las posaderas molidas por la cabalgada, para traerme el despropósito: de manera destemplada en el concejo negaron a los frailes la posibilidad de establecerse en las casas de Catalina en el Campillo, adecentadas ya para ello.

La negativa rotunda al convento mercedario esta vez partió de las almas piadosas de las monjas de San Antonio, las franciscanas descalzas de Trujillo. Los regidores acudieron a defender la amenazada honra de estas monjas desvalidas, que quedaban viviendo en notorio agravio, según ellas, por no haber más que una delgada pared separando su convento de las casas de Catalina donde morarían mis mercedarios. El regidor Bartolomé Hernández, a quien yo misma confié las llaves, se negó a dárselas a los frailes, y hasta tuvieron la desfachatez de poner guardias vigilando las casas de Catalina para que fray Juan y fray Diego no pudiesen entrar.

Viajé a Trujillo, con la sangre hirviéndome, bien custodiada por Félix, mi hijo Francisco y mi esposo Pedro. Los frailes no podían seguir en la calle como perros, labré y dispuse a mi cuenta otras casas también en el Campillo para darles morada a los mercedarios mientras buscaba el modo de ablandar a las monjas. No fue hasta que encaré al regidor Bartolomé Hernández y tras arrebatarle las llaves logré entrar en las casas y la iglesia, cuando descubrí el verdadero problema. Y creedme, no era la honra lo que preocupaba al monjío. Las bigotudas hermanas, terribles y envidiosas, habían tirado a patadas el portón, que después de tantos años se convirtió en despojo, devorado por un ejército de hormigas tan hambrientas como ellas. Desprovisto del vigor para el que fue concebido, el portón rindió sus armas, perdiendo la defensa de la propiedad de Catalina. A golpes y patadas las piadosas hermanas tiraron los restos, dejando diáfano el camino que separaba las casas de Catalina del minúsculo y triste huerto de aquellas monjas que más parecían varones. Las reverendas ocuparon, por la gracia de san Antonio, san Francisco y vaya usted a saber cuánto santo más, aquel recinto que no era suyo y del que se apropiaron, despachando a los frailes y desbaratando mis nervios. La demanda ya está puesta, y sé bien que echarlas costará lo suyo, amparadas como están en la benevolencia del concejo. A fray Bejarano le di claras instrucciones: o las reverendas compran las casas que han ocupado como vulgares ladronas o no dejaré que vivan tranquilas ni un solo día.

El Alcázar por dentro no es tan fiero ni tan intimidante como se muestra por fuera.

—Ha cambiado mucho —me sopló mi suegra Juana—. Su alteza, el rey, con su pasión de alarife, ha derribado muros, abierto ventanas y creado esa inmensa torre, en la que se recluye a menudo.

Había perdido la cuenta de los años que llevaba imaginando cómo era ese lugar, donde Hernando cumplió la primera parte de su encierro y del que hablaba con notable desazón, recordando ese breve tiempo como una afrenta imperdonable. Me había creado la certeza de que se trataba de un antro sórdido y oscuro, lleno de almas corruptas que campaban a sus anchas, donde se amontonaban reliquias apestosas y el negro impuesto por etiqueta impedía convenientemente ver con claridad lo que sucedía.

Pero no fue así. Cuando penetré en el sanctasanctórum imperial por primera vez me sorprendió la finura de sus estancias. Un lacayo me acompañó a una luminosa y exquisita galería donde hube de esperar a ser llamada. Poco quedaba de la antigua fortaleza mora, alma original con la que nació aquella mole. Los monarcas cristianos se dedicaron por años a adecentarla lo más católicamente posible sembrando capillas, quitando muros, reparando los techos mudéjares y añadiendo torres que defendían más que hermoseaban. Los temblores endiablados que sacudieron la tierra en tiempos del Trastámara rey Enrique hicieron añicos lo construido y todavía se dejaba ver el estropicio en una parte de la muralla. Dicen que el emperador Carlos se obcecó en ampliarlo, aunque fiel al carácter utilitario del mismo, apenas si se ocupó de los patios, dando ninguna importancia a la belleza, algo que su hijo enmendó con buen tino. No había, como yo esperaba, salones oscuros cubiertos de tinieblas, sino suelos embaldosados, zócalos brillantes de cerámicas añiles y galerías acristaladas por donde la luz jugaba sin pudor a crear una cercanía con Dios.

Aplaqué los nervios a base de sobar los puños de encaje blanco que remataban mis mangas, convencida de que el torreón sería el lugar en el que tendría lugar el encuentro, pero no, me condujeron a una puerta trasera, donde un carro tirado por cuatro caballos me esperaba. En el traqueteo incesante que alcanzó el coche sobre el puente de Segovia atisbé el río, estaba en calma; nos adentramos en el bosque real, lugar predilecto de cacerías, donde a nuestro paso huían despavoridos los venados hasta llegar a un esmerado jardín escondido en medio de la nada. Avancé entre arriates cuajados de mirto, extraños bancales con romero y matas de arrayán convertidas en castillos, naves y animales, con las ramas afeitadas a ese extraño fin. El lacayo dirigía con prisa mis pasos sin ocultar el desagrado que le provocaba mi indumentaria, a conciencia burlé la etiqueta vistiéndome de rojo cuando era el negro el único atuendo permitido, más ahora que la hija de su alteza acababa de fallecer. Un orondo fraile faenaba con cidras y limoneros y, a su lado, otro hombre de cuerpo torpe y empequeñecido sostenía una mata de hierbas. El lacayo me anunció, y ambos se giraron:

—Doña Francisca, quizá vos podáis ayudarnos en el difícil cometido de salvar este fruto de vuestra tierra.

Cuando me encontré frente a él, le noté apocado y macilento, quizá el peso de la corona le hubiera apagado el brillo del que todos hablaban. El Rey Prudente se movía con dificultad, se notaba que le dolían los huesos, era mucho menos apuesto de lo que se decía, y absolutamente menos alto de lo que yo imaginaba. No me confié, pese a no tener ni el vigor ni la planta de los guerreros a los que estaba acostumbrada, no debía subestimarle. En otro tiempo debió ser apuesto, pero nada quedaba de aquello. No pude evitar observar sus manos, ni una llaga, ni siquiera una cicatriz. El rey no había asistido jamás a una contienda, organizaba guerras, pero no era él quien se batía ni quien arriesgaba su vida en ellas, ya lo hacían otros por él. Era el primer monarca de su familia que no pisó el campo de batalla. Así lo exigió su madre, y así lo mantuvo él. Andaba presa de estas cavilaciones y tardé en comprobar que lo que portaba en sus manos y para lo que pedía mi consejo era una mustia mata de papas.

—Crecen solas en su mundo, aquí han de acostumbrarse, habéis de darle libertad y un buen lecho de tierra mimada, majestad.

—¿De verdad creéis que es por la tierra? No consigo que florezcan y ni los ungüentos del padre Gregorio les hacen bien. —Exhaló un suspiro afiebrado, como si el aire se le adelgazara.

—No perdáis el tiempo con ungüentos. De más tino sería escardarlas, arrancando las malas hierbas que crecen sin permiso y acaban condenándolas.

Sus ojos, húmedos y claros, se clavaron en mí, y así brotó una compasión que ciertamente ya no esperaba sentir. Me aferré entonces a las únicas armas que junto a mi firmeza porté en aquel duelo, y que estaban escondidas en las mangas de mi sayal, bien amparadas en los puños de encaje.

A una orden del rey los lacayos acarrearon una extraña silla de andar, un artefacto pesado donde se sentó dificultosamente, conteniendo una mueca de dolor. Cuando se recompuso, me invitó a recorrer los bancales, cuajados de plantas de olor y también de las que curan tristezas y alivian males. La fragante lavanda y el tomillo custodiaban la senda hasta las matas de belladona y adormidera cuyos usos letales yo conocía bien por Catalina. Destinó a la ribera las más apreciadas por él. Al lado de los saltos de agua, a los que ambos nos asomamos, crecían los guindos de Indias, rodeados de tomate, ají, camote y maíz y que como me explicó regaban con agua templada. Mientras contemplaba admirada el espectáculo de encontrar frutos de mi tierra, las aguas me hablaron, en un murmullo quedo pero lo bastante claro. Al buscar acomodo en una roca horadada, hube de asomarme al cauce y fue cuando lo supe.

Su alteza señaló un gran número de plantas que nunca antes contemplaron mis ojos, flores con cabeza de pájaro traídas de la tierra del Turco, un pequeño arbusto que él llamó clavero, y al fondo, con mucho interés, me señaló las matas de un canelero de Ceilán. Recorriendo ese jardín por un momento olvidé el motivo de mi visita, hasta admiré el deseo íntimo que brotaba de las raíces de aquel vergel, donde un rey jardinero hizo crecer y domesticar todas las flores y los frutos que cuajaban su reino, traídos de los lejanos rincones de todos los mundos que solo él dominaba.

—El condestable Velasco y vuestro cuñado don Félix han insistido mucho en que os reciba. Decid, señora.

—Majestad, ¿recordáis esto? —Reuní el valor mientras sacaba de mi manga la misiva mostrándosela.

Abrió el papel, desdoblándolo con desgana, como aquel al que ya le pesa consultar documentos.

—Es la nota que os escribí para daros la bienvenida a estos reinos, mucho tiempo ha pasado ya.

—Más de cuarenta años, alteza, tiempo sobrado en el que no os he pedido ni una sola de las mercedes que prometíais en esa misiva. Lo que tengo, lo he ganado justamente en los innumerables juicios a los que vos y vuestros consejeros me habéis obligado para defender lo mío. Ahora, sí quiero pediros una merced.

—Hablad, señora.

—Deseo que delante de mí leáis esta carta. —Saqué del otro puño la amarilla y desgastada carta de Gonzalo al emperador. Y se la entregué—. Y que contestéis a mi pregunta después de hacerlo.

—Esas son dos mercedes, señora.

—Poco trabajo es ese para el rey del mundo. Es de justicia que me las concedáis.

Cuando terminó de leerla, su cara contrariada me confirmó lo que ya sospechaba. Lentamente volvió a doblar el papel con esas manos impolutas más propias de doncella que ahora temblaban sin control.

—Gonzalo nunca quiso proclamarse rey. Jamás estuvo en su ánimo desnaturalizarse, alteza.

—Ciertamente, mi señora, en aquellos tiempos revueltos de los que no quiero hablar me preocupabais más vos.

—No. Lo que temíais era mi desposorio con él.

Su cara se transformó, sus ojos azules mostraron el brillo implacable del acero. Entonces sentí la frialdad de la que todos hablaban al referirse al monarca. Las defensas ahora alertadas ocuparon su gesto y abandonó los remilgos.

—Las dos rebeliones más encarnizadas que ha sufrido el reino del Perú partieron de vuestros tíos, Manco y Gonzalo. Es de acertada perspicacia temer lo que os rodea, doña Francisca. Ese matrimonio vuestro hubiera constituido un grave problema de Estado.

—No hubo tal matrimonio, y sí muchos muertos que pesan y claman por ser escuchados.

Estiró el brazo con dificultad penosa para devolverme la carta, dando por terminado el encuentro, y yo me negué a recogerla.

—Esa carta es vuestra, iba dirigida a vuestro padre y a vos. Sé que nunca alcanzó su destino y es de justicia que ahora lo haga. Ganaron otros para la Corona las tres guerras, la de las armas, la de los caudales y la de la honra, ahora sé que al igual que los amautas incas, tejerán los escribanos una historia oficial, pero hay otra que quedará en los adentros de los que sí estuvimos allí, lo vivimos y lo padecimos. De aquel tiempo, solo quedamos vos y yo. Desde hoy, majestad, sabed que ambos conocemos la verdad de los hechos, y esa verdad es la que ofende a Dios.

Cuando alcanzaba la entrada del jardín custodiada por la guardia, el rey me llamó.

—Doña Francisca. Esperad.

Me detuve extrañada. Al girarme, vi como trataba de incorporarse de la extraña silla.

—Os concederé esa segunda merced, contestando a la pregunta que no me habéis formulado. Mi padre nunca leyó esta carta.

—Lo sé, majestad.

—Pero yo sí la leí.

Epílogo

Madrid, 28 de mayo de 1598

Esta mañana estuvo aquí el escribano Juan de la Cotera, quien ha escuchado y escrito con paciencia de fraile todos estos últimos años mis cuitas y hoy ha plasmado con su terrible letra de egipcio mis últimas voluntades. A ti, Francisca, te dejo el cabestrillo de camafeos y esmeraldas con perlas y a tu hermana el collar grande de diamantes, rubíes y esmeraldas, ahora no recuerdo cuál de mis joyas os gustaba a cada una, me disculpo por ello y confío en que vuestro padre sepa daros gusto, así lo he dispuesto. Las esmeraldas labradas sin engastar servirán para hacer las dos coronas que mi difunto hijo Juan prometió a la Virgen Negra de Guadalupe. A ti, Juan Hernando, te dejo la responsabilidad de hacerte cargo del marquesado, tu padre no lo hará, y es a ti a quien te encomiendo buscar fortuna en esos vericuetos imposibles de los títulos, solo si te place y a condición de no despertar guerras eternas, sé bien lo que acarrean los títulos y por eso nunca les di importancia. Lo hago por mi padre, Juan Hernando, tu bisabuelo, a quien placería enormemente saberse de una santa vez marqués con señorío. He dictado mi tercer testamento, y esta vez sé bien que será el definitivo, Nuna también lo sabe, como bien me asegura mi india ya hice todo lo que tenía que hacer aquí, y me voy en paz, sabedlo.

Puedo sentirme bien regalada porque he superado los sesenta y tres otoños, ya conocéis mi costumbre de medir el tiempo en otoños; cuento mis días juntándolos en esa incierta estación que desnuda a los árboles y exhibe sus secretos sin banalidades ni alardes; lo hago porque nací al

591

final de un otoño en el que otros verán un inicio de invierno. No, yo vine al mundo en un otoño que en mi tierra se confunde con la primavera y a ello me abrazo. Ahora ya no temo a las noches, pero me he acostumbrado a celebrar las mañanas, eso hacemos los viejos, acomodarnos a las promesas que siempre trae la amanecida, esas que son garantes de que no nos llevó la hora oscura. Aunque la promesa sea escasa y se vaya agotando, se necesita esperanza para vivir, igual que se necesita amor, no lo olvidéis. Admito que no hago ya distinciones, y sé que eso os desconcierta: ofrendo comida a la Virgen y rezo con el rosario a Quilla, la luna, ya no diferencio mis tratos porque ahora sé bien que ambas son la misma madre. Me voy acercando al fin, y solo me escuece dejar de veros, lo confieso. Perderme vuestros días, dejar de velar vuestras noches, no estar para compartiros, para escucharos, para advertiros. A menudo me asalta la idea de qué habrá después, y sobre todo me inquieta que esta torpeza del cuerpo pueda dominar al alma, y que pueda perderme y no llegar a los míos. Ahora, desde hace tres días, sé que eso no ocurrirá.

Los ratos que la fiebre me invade traen ensoñaciones y recuerdos vívidos que me devuelven una preciosa certeza: he sido amada y lo soy ahora, me he estremecido con las manos ardientes de dos amantes entregados, Gonzalo y Pedro. Fue el amor de Gonzalo lo que me sostuvo cuando hube de compartir el lecho con Hernando, para salvar la memoria y rescatar la honra de mi padre, para dar vida a mi linaje, a mi sangre, cuya personificación sois vosotros, mis nietos.

Es angustiosa la falta de fuerzas. Ni siguiera pude firmar mis últimas voluntades, tuvo que hacerlo Félix, mi fidelísimo Félix, vuestro tío, cómplice en esta batalla final en la que comprendí todo lo que se escondía, con quien atisbé ese poder en la sombra cubierto de la niebla espesa que me recuerda a la garúa de mi tierra. Por fin logró ser capitán de infantería, y por fin defiende en las filas de su majestad la gloria de este Imperio. No permitáis que os narre las batallas que ha vivido, son mucho más entretenidas las que inventa. Acudid a él cuando debáis tratar asuntos que vuestro padre no se atrevería a escuchar, y en los que yo hubiera sido una diligente consejera, sin melindres ni rodeos. Él será quien os entregue estos escritos, pasados diez años de mi muerte, así lo he dispuesto por vuestra seguridad y también lo hago por Pedro. No es pudor, vigilo no herir a mi esposo, él conoce todo lo que dicen estas letras, pero nada sabe de mi amor por Gonzalo y así ha de continuar. Cuidad de vuestro tío Pedro, no quiero que le consuma la pena ni que se enrede en lutos quedando para vestir santos, alentadle a volver a casar, sé bien que no faltarán doncellas que quieran desposarle, y es mi deseo que vuelva a sentir el amor. Vuestro tío es joven y apuesto, demasiado para ser vuestro abuelo, y merece ser feliz. Sobre vuestro verdadero abuelo, sé que vuestro padre no os hablará de él, si en algún momento sentís necesidad de conocer más de Hernando, acudid a Trujillo, en el convento de Santa Clara, Isabel os será de ayuda, ella lo conoció incluso mejor que yo, y allí sigue, desafiando a la vejez y al tiempo y ganando siempre.

Las hierbas de Nuna me ayudan a mantenerme despierta, tarea nada fácil. A ese fin, me da a cada poco las tisanas hechas con la receta de Catalina, puesto que para espantar al sueño también tenía mi aya su propia fórmula de la que ahora me valgo para terminar estos escritos. Cuando yo falte es mi deseo que Nuna viva en La Zarza, sé que detesta la corte, cada día en esta villa es un suplicio para ella, y quiero darle ese gusto a la que ha sido una hermana para mí. Debéis respetar esta voluntad. Os confieso que es difícil conjurar a la lucidez porque los dedos de la muerte ya me despeinan la sesera y me acarician día y noche, invitándome a abandonarme, a dejarme a merced de la modorra plácida que es la antesala de este viaje que inicio. Juana no tolera mi partida, se esconde a menudo entre los sirvientes para ocultarme el rencor que puebla su alma por dejarla aquí demasiado pronto, como la he escuchado susurrarle a Pedro. La conocéis poco, pero vuestra abuela es firme como una roca, Juana suplirá con afecto y mano rigurosa mi ausencia, con ella no notaréis la falta de esta abuela medio india de vida azarosa y gustos peregrinos.

Sé que su majestad anda más allá que acá, encerrado en los mil delirios que le provocan las fiebres como a mí, lo sé por Félix y por el joven poeta. Nos iremos juntos su alteza y yo, ninguno alcanzará a contemplar el siguiente invierno en este mundo, lo vi en las aguas el día de nuestro encuentro.

La conversación con el rey sirvió para comprender muchos hechos, ahora sé con certeza que me sacaron de mi tierra porque me temían, para evitar que otros me usaran con fines políticos; para ellos era la mía la única alma que podía atizar el espíritu de los revoltosos y levantarse contra la Corona. Mi sangre imperial, la única que podría legitimar aquel levantamiento. Así lo entendieron en la corte, así lo mantuvo el príncipe y, tantos años después, vi en sus ojos cansados que continuaba creyéndolo. No os negaré que, tras aquel encuentro, los remordimientos me acompañaron un largo tiempo, sintiéndome una vez más causa del fatal desenlace de Gonzalo, mi amor le condenó. Hace tres días recibí la visita de Gómez Suárez de Figueroa, el amigo mestizo de mi hermano Francisco con el que asistía a clases y con el que pertrechó mil quimeras de infante en el Cuzco. Gómez me aseguró que sabía por su padre, el capitán Garcilaso de la Vega, que Gonzalo no iba a presentar batalla a Centeno. Cuando partió de Lima, Gonzalo se dirigía al sur en busca de nuevas tierras donde asentarse y comenzar de nuevo, para volver después a buscarme. Y yo sé que lo hará.

Como os decía, vuestro tío Félix firmó por mí esta mañana y será Félix quien os entregue esta relación que quiero que sea mi testamento moral, lo que os ayude a gobernar vuestro pasado, y a proteger vuestro futuro. Vuestra sangre es esta, india y blanca, y solo se ama lo que se conoce, de ahí que haya perseguido desmenuzar mi pasado y mi memoria para que alcancéis a entenderla. También para que os sirva si habéis de defenderos. No sucumbáis a las lenguas, no permitáis el insulto, no aceptéis la pobre e impostora versión de las crónicas, escritas a sueldo y de modo parcial siempre. Alabad vuestra sangre imperial y plebeya, es igualmente honrosa, huid de los halagos, no os dejéis embaucar por la fama o la gloria, esa solo reside en un espíritu recto y riguroso, el resto es un embuste. Comprometeos con la causa que merezca ser servida y no otra. En los tiempos venideros no se honrará a los Huaylas ni tampoco a los Pizarro, no habrá estatuas, iglesias, oropeles ni gloria para ellos, pero es esa gloria que todos niegan la que ha de residir en vosotros. Sois herederos del mundo mestizo que avanza imparable, que no admite frenos. El legado precioso del doloroso parto que fue ese encuentro, esa Conquista.

A veces, sin quererlo y sin sospecharlo, nos aliamos con el enemigo, esa alianza es lo que nutre sus armas para destruirnos. No confiéis en los halagos, tampoco en la lealtad impuesta. Fiad solo de esta memoria, vuestra mestiza memoria que es la memoria de todos.

Vuelve a invadirme el olor de las hojas de palta molidas y del maíz aventado. Me arrulla la mirada de Quilla, siento en mis pies la caricia fría de la puna andina, el calor de los hornos de Las Charcas va y viene, el tacto del *cumbi* me acuna y el murmullo del Rímac me adormece y noto en mis manos las suyas, ya está aquí, rondando mi cama. Él nunca falta a su palabra.

APÉNDICES

Nota histórica

Francisca Pizarro Yupanqui Huaylas falleció en Madrid, en su casa de la calle del Príncipe, el 30 de mayo de 1598, rodeada de su único hijo vivo, Francisco, su esposo Pedro, su cuñado Félix y su suegra Juana. Solo cuatro meses después el rey Felipe II pereció en El Escorial. Ese mes de mayo, al tiempo que Francisca agonizaba, el rey sufría fuertes ataques que hicieron a los médicos temer por su vida. Francisca fue sepultada en la iglesia del convento de la Santísima Trinidad de Madrid o Trinidad Calzada, convento del que, a día de hoy, solo queda la capilla del Ave María, junto a la plaza de Jacinto Benavente. Pidió en su testamento ser trasladada a la cripta de los Pizarro en Trujillo, algo que a fecha de hoy no se ha podido constatar si ocurrió.

Su nieto, Juan Hernando Pizarro Sarmiento, peleó hasta lograr validar el marquesado otorgado por Carlos V a su bisabuelo Francisco Pizarro, que recibió por fin la denominación de La Conquista y se efectuó en 1631, aunque esta concesión exigió un precio muy alto: la Corona solo le concedió el título a cambio de renunciar a todo derecho sobre las posesiones del Perú heredadas de su bisabuelo, de su abuela Francisca y de su abuelo Hernando.

Tras renunciar a todas las posesiones del Perú, el marquesado se vinculó al señorío de La Zarza, que pasó a llamarse entonces Conquista de la Sierra.

La descendencia mestiza de Francisca Pizarro Yupanqui se perdió en el año 1756, muriendo sin hijos Luisa Vicenta Pizarro, la última mujer Pizarro con sangre imperial inca y sangre Huaylas.

El título y todas las heredades pasaron a manos de la línea natural de Isabel Mercado y Hernando Pizarro, quienes actualmente ostentan marquesado y obra pía.

Nota de la autora

Este libro es una historia de amor, cálido, arrebatado y firme, que se fraguó hace más de diez años, cuando la Mestiza me cautivó, derramando su mirada de canela y su media sonrisa india desde lo alto de un balcón esquinado en la plaza de Trujillo. Asomada durante años, desafiando a todos y seduciendo al mismo tiempo. Parece cuando la observas que es una mujer dócil, que ha asumido su silencio y se ha acostumbrado a poblar los márgenes de los libros, a ocupar las frías glosas tangenciales de las bibliografías, a habitar la historia desde los rincones alejados de la gesta y la hazaña, espacios marginales a los que la condenaron por ser mujer, por ser mestiza, sabedora de su identidad prestada, la hija, la sobrina, la amante y la esposa. Siempre pensé que su imbatible personalidad fue la que la impulsó a mantener esa mueca que invita a seguir su rastro, sutil y hechicera; la de la primera mestiza no es una vida que se pueda opacar ni deslucir, engullida por la épica de los conquistadores o la pluma despiadada de los cronistas.

Seguir su camino no fue fácil, buscar sus huellas borradas oportunamente por el viento de la historia fue arduo, exigente y a ratos violento, tal y como lo fue su propia vida. Para probar mi lealtad en esta empresa, estoy segura de que la Mestiza me sometió a un implacable juego de luces y sombras, laberintos imposibles donde la documentación no cuadraba, donde las fechas bailaban y las imprecisiones poblaban el discurso que se trasmitió por años, y aunque parezca una locura, Francisca también me tendió la mano en innumerables ocasiones, abriéndome de par en par las puertas más imposibles en mi intento de acercarme a su historia, que es invariable e indiscutiblemente la historia del encuentro de dos mundos. Del parto doloroso que dio a la luz una nueva vida: el mundo mestizo.

Y es también la vida plagada de sinsabores, traiciones, engaños propiciados por un poder despiadado que se resiste a ser perdido, donde la gloria es impostora, la fama es embustera. Nada nuevo bajo el sol, todo se repite.

El amor fiero e imbatible por Francisca me llevó a rescatarla a través de esta novela que tienes entre las manos, es este relato prolijo y minucioso uno de los tres pilares del multiformato que he creado dedicado a ella; los otros, un documental y una serie de ficción de dos temporadas, están ya en camino.

Pequeños aportes históricos

Para acercarme a la Mestiza y descifrar las mil quimeras que atravesó a lo largo de su azarosa vida me he dedicado a una ardua tarea de documentación, investigación y lectura. En ese larguísimo periplo en el que me embarqué allá por el año 2009 he encontrado escollos varios, al no cuadrar fechas, nombres, descendientes y hechos en las narraciones por parte de los cronistas de Indias; también al cotejar las fuentes primigenias: cédulas reales, protocolos, sentencias, testamentos, hallé imprecisiones, así como en los diferentes ensayos publicados por investigadores e historiadores que indudablemente bebieron de estas fuentes a veces contradictorias.

Hubo otros momentos en los que me topé con la ausencia de documentación, como en el caso de las cartas manuscritas que sin duda Francisca Pizarro debió escribir, y que no se sabe dónde están. Tuve que acostumbrarme a buscar a la Mestiza en las escasas y tangenciales referencias con que aparece en las crónicas de la época, siempre como hija, sobrina o esposa de un Pizarro o en fríos protocolos y poderes. Es significativo que la parte final de su vida se vea envuelta en brumas poco claras. Respecto a su segundo matrimonio, se han cometido errores de confusión a la hora de identificar a su marido, y también se diluye su vida en Madrid, por no interesar al no estar ya bajo la sombra de un Pizarro, pese a ser ella la última Pizarro mujer que vivió en primera persona los sucesos.

Otras veces son los propios lugares que formaron parte de su historia los que desaparecieron y con ellos parte de la documentación, como me ocurrió en Medina del Campo, donde el convento de las dominicas fajardas o de Nuestra Señora de la Visitación, en el que profesó Isabel de Mercado, o el convento de San Andrés, donde recibieron sepultura los dos hijos de Francisca Pizarro, se hallan desaparecidos desde hace siglos. El primero sucumbió a los embates del tiempo y el segundo a los embates de las tropas napoleónicas: expertos Napoleón y sus hombres en complicarnos la vida a los que perseguimos estudiar el pasado. Solo cotejando un testamento bastante desconocido dictado en 1557 por un Hernando Pizarro enfermo que seguía preso en La Mota y rescatado por el eminente historiador y amigo Esteban Mira Caballos[1] pude hacer un cálculo para aproximarme estimativamente a las fechas de nacimiento de esos dos hijos que murieron y que fueron inhumados en el convento dominico de San Andrés en Medina del Campo, el que quemó la furia de Napoleón.

También este testamento aporta datos sobre su descendencia. Realmente, Francisca Pizarro tuvo cinco hijos y solo uno sobrevivió. Los nombres de los hijos son los que aparecen en la novela; Francisco, Juan e Inés alcanzaron la edad adulta, mientras que los que fallecieron tempranamente fueron Isabel y Gonzalo. Respecto al entierro del pequeño Gonzalo sí existe la fecha, que Esteban Mira Caballos aporta, el 15 de febrero de 1555, y esta fecha también aparece en un libro de Luis Fernández Martín con interesantísimos aportes a fuentes documentales.[2] Esa muerte del pequeño Gonzalo se produjo, tal y como se reseña en la novela, justo dos meses antes de que muriese Juana de Castilla, la mal llamada Loca, a escasas leguas de donde Francisca se encontraba, en Tordesillas.

La vida de los tres hijos que superaron la infancia aparece narrada en la novela tal y como sucedió; algunos de los giros siniestros de estas vidas, aunque puedan parecer producto de la imaginación más retorcida, son reales, como el episodio del apuñalamiento perpetrado por Francisco Pizarro Inca en una reyerta con Rodrigo de Orellana, hijo del sempiterno enemigo de Hernando, Pedro Suárez de Toledo, quien desde el concejo trujillano y apoyado por Rodrigo de Sanabria inició un litigio que buscaba impedir la construcción del palacio de la Conquista, y que consta en el Archivo Municipal de Trujillo, Extremadura, en el protocolo del escribano de Trujillo Miguel Sánchez de Oñate, de 5 de abril de 1572.[3]

Ciertamente, la construcción del ingente palacio de la Conquista no estuvo exenta de problemas, que culminaron con el derrumbe de parte del edificio.[4] Los descalientos de los que habla la Mestiza refiriéndose al descomunal escudo que remata la esquina del palacio beben de la súplica que hubo de hacer para que rectificasen las armas concedidas a su padre por Carlos V, de las que desaparecieron divisas e insignias, y se puede ver en el *Nobiliario de conquistadores de Indias*.[5] En relación a este escudo que preside el impresionante balcón esquinado del palacio y que aparece custodiado por los cuatro bustos de las dos parejas, creo que es una prueba contundente de que Francisca estuvo detrás de esa construcción, como lo prueba la presencia del rostro de su madre Quispe Sisa, quien ciertamente era una concubina, no la esposa de Francisco Pizarro, puesto que no se unió a ella en matrimonio eclesiástico.

También está documentada la boda de la hija de Francisca, Inés, con Diego Mesía de Prado. Inés murió al poco de alumbrar a su hija, que fue bautizada con el nombre de Aldonza, y que falleció también al poco tiempo.

Un episodio inquietante es el de la muerte de Juan, hijo de la Mestiza, una muerte abrupta, que se produjo al poco tiempo del segundo matrimonio de Francisca Pizarro. Juan obtuvo el mayorazgo de los Pizarro pese a corresponderle a su hermano Francisco; son muchos los investigadores que apuntan a una profunda desavenencia entre Hernando Pizarro y su primogénito, hasta el punto de apartarle del mayorazgo favoreciendo al segundón, desavenencia que debió de producirse después del año 1557, ya que en el testamento otorgado por Hernando Pizarro en La Mota el día 10 de octubre de 1557 Hernando, además de encargar a Francisca la tutela de sus dos hijos naturales habidos con Isabel de Mercado y de sugerir a la Mestiza no volver a casarse, habla de su hijo legítimo y primogénito Francisco Pizarro como el llamado a suceder en su mayorazgo.[1]

Uno de los grandes enigmas es la presencia de ese hijo de Juan, al que reconoce en su testamento, pero desde el primer momento está apartado del mayorazgo, un hecho inquietante dado que ese niño seguía con vida en 1598, puesto que Francisca Pizarro establece en su testamento que se le pague la renta de cien mil maravedís que ya le otorgará su padre antes de morir.[6] Debió ser un hijo oculto, o quizá hijo de pecado adulterino.

En cuanto a las situaciones que a la Mestiza le tocó vivir en el Perú, su huida y los terribles hechos que acontecieron tras el asesinato de su padre, están bien documentados tanto en cartas de la propia Inés Muñoz como en declaraciones de Catalina de la Cueva, y de otros testigos contemporáneos, que pueblan el Archivo de Indias y el Archivo General de la Nación.

La llegada de Vaca de Castro, como bien expone Varón Gabai en su libro *La ilusión del poder*,[7] hizo mayor mal que bien a la Mestiza y a su hermano, que fueron desposeídos de sus encomiendas. Es cierto, aunque bastante desconocido, el manejo de caudales en la sombra que Vaca de Castro realizó durante su estancia en el Perú; este hecho fue eficaz para la trama mostrando la frágil posición de Francisca y su hermano, y también la necesaria intervención de Gonzalo Pizarro en ese asunto. Tal y como se narra en la novela, fue el contador Juan de Cáceres quien interceptó las cartas de Vaca a su esposa, María de Quiñones, en las que el licenciado, además de mostrar desmedida vanidad, daba instrucciones muy precisas sobre cómo invertir los caudales burlando a la Hacienda Real. El gobernador recordaba las remesas de dinero y joyas que ya le había enviado a su mujer, le recomendaba discreción en ocultar lo enviado y hasta le aconsejaba utilizar personas de confianza para adquirir bienes rústicos o urbanos para no verse comprometido. Solo a través del portador de esa carta en concreto, Vaca de Castro enviaba 5500 castellanos de oro, esmeraldas y vajilla de plata y ordenaba a su esposa mantenerlo muy secreto. Se calcula que fueron 53 863 pesos de oro y 170 marcos de plata lo que Vaca logró enviar a la Península burlando a la aduana, sirviéndose de Peranzures y Francisco Becerra, aunque ciertamente también contó con la ayuda de los dominicos, como fray Tomás de San Martín, quien requisó dinero para Vaca y salió indemne del juicio.[8]

Por cierto, en esa misma carta Vaca de Castro habla también de otro personaje que tendrá relevancia en la novela, la esposa de Francisco de los Cobos, María de Mendoza y Sarmiento. Esta epístola condenatoria que inició el principio del fin de Vaca de Castro está transcrita por el historiador Roberto Levillier.[9]

El apresamiento que Francisca y su hermano sufrieron por parte del iracundo virrey Blasco Núñez de Vela y su traslado al navío del Callao donde ya estaba prisionero Vaca de Castro aparece reseñado en varias crónicas, como la del contador y cronista Agustín de Zárate,[10] quien narra la consternación que ese hecho provocó en toda Lima, y que el licenciado

Pedro Ortiz de Zárate, el más anciano de los oidores, suplicó al virrey «que sacara a doña Francisca de la mar, por ser ya doncella crecida, hermosa y rica, y que no era cosa decente tenerla entre los marineros y soldados». La respuesta del virrey al oidor y a los vecinos fue una sarta de lindezas, tan propias del exquisito Núñez de Vela, quien parece que amenazó con «tomar a doña Francisca y embarcarse con ella y levalla a Sevilla y ponella en la puteria» si no dejaban de incordiarle.[11] Algunas de las frases despectivas y tremendas que el virrey Blasco Núñez de Vela emplea para hablar de los vecinos de Lima y que aparecen en la novela están recogidas por el cronista Gutiérrez de Santa Clara.[12]

También el desprecio con que el licenciado La Gasca se refiere a la Mestiza está bien presente de su propia pluma en su relación al Consejo de Indias, donde el clérigo incurre en el error de no dar peso a la mujer en la trasmisión de linaje en la cultura incaica, buscando deliberadamente disipar el poder de la sangre imperial de Francisca Pizarro en un intento de aliviar las congojas e inquietudes sufridas por el príncipe Felipe en este asunto.[13]

Fueron tres los testamentos que la Mestiza escribió a lo largo de su vida, uno en Lima y dos en España. El segundo se escribió entre el 13 y el 15 de septiembre de 1580, justo después de la muerte de su hija Inés y de su nieta Aldonza. En ese testamento explica la Mestiza la razón por la que no se ha construido la iglesia colegial que ella y Hernando ordenaron hacer, y atribuye el hecho a que el rey había redimido los juros y censos que habían destinado para ello. El documento se encuentra en el Archivo Municipal de Trujillo y aparece en el libro de María Luisa López Rol.[14]

La frase conmovedora y en mi opinión absolutamente evidenciadora de lo que pasaba dentro del alma de la Mestiza está extraída de su primer testamento, dictado en Lima tras la ejecución de Gonzalo Pizarro. Así dejó recogido en aquel documento un amor velado y también condenado: *Por amar como amé e quise mucho al dicho mi tío Gonzalo Pizarro.*

Dramatis personae

El ejercicio imaginativo que como autora he hecho para tejer el alma de la Mestiza es el de unir los puntos de una vida que a veces se pierde, engullida por los hechos militares o políticos, diluida por las crónicas, dejándola a un lado, a pesar de que su presencia muda y para otros invisible es una de las pocas certezas de los hechos que acontecieron en aquel momento violento. Ella sí estuvo allí, y ella vivió desde dentro las intrigas, las traiciones y el día a día.

Como si de un gran quipu se tratase, la vida de la Mestiza discurre por hilos unas veces enmarañados, otras veces claros y expuestos, cuerdas que la mantienen asida a los dos mundos con fuerza y que son los seres que la rodearon para bien, tanto mujeres como hombres, aunque también hubo nudos que entramparon sus pasos. Siguiendo ese quipu vamos a acercarnos a todos los que formaron parte de su vida en un poco o nada convencional *dramatis personae*:

LAS MUJERES

Las mujeres son a lo largo de la novela el sustento emocional de la protagonista, aliadas y cómplices. Mujeres olvidadas y silenciadas, y a menudo no apreciados sus méritos, tal y como prueba la cédula de Carlos V emitida el 3 de agosto de 1546 donde se recoge que no pueden tener encomienda «porque no son hábiles ni capaces de tener indios encomendados y faltan en ellas las razones por que se permitieron las tales encomiendas, pues no defienden la tierra, ni pueden, ni quieren tener, ni usar de armas ni caballos para la defensión de ella y hay otras causas por donde en ellas no se pueden ni deben hacer las tales encomiendas».[15] Años más tarde, en 1573, era el virrey Toledo quien con su propia pluma pedía al rey «sacar los repartimentos de mujeres inútiles para todo».[16]

Aunque parezca increíble para ojos presentistas, las situaciones que se desgranan en la novela son ciertas, y algunas, como la manera de forzar el matrimonio mediante violaciones, que la Iglesia determinaba como consumación, se dieron a ambos lados del Atlántico. En el caso de la tierra perulera, se asoma documentalmente esa práctica, tal y como reseña la historiadora Liliana Pérez en el caso de Ana de Villegas, hija de María Calderón y de Jerónimo de Villegas, que al quedar huérfana pasó a estar bajo la tutoría de Juan de la Torre, quien hubo de enfrentarse a juicio por su participación en el bando de Gonzalo Pizarro. Para ganarse al juez Hernando de Santillán, pactó un matrimonio entre el sobrino del juez y la joven Ana de Villegas, encomendera, quien contaba con diez años de edad. El tutor indujo al novio a violar a la niña para agilizar y hacer inevitable el matrimonio.[17]

Convertidas en piezas para ejecutar estrategias políticas y económicas, han sido las mujeres moneda de cambio desde que el mundo es mundo, tanto en las civilizaciones precolombinas como en Europa, y no hace falta reseñar el escaso peso que tuvieron en Asia. Aunque las normas del Viejo Mundo se relajaron levemente en el Nuevo, y la mujer pudo disfrutar de cierta libertad, también aquellas colonizadoras tuvieron que lidiar con situaciones difíciles e injustas. Sometidas al varón y desprovistas de reconocimiento al valor incalculable que su presencia y su hacer tuvo en las Indias.

Inés Muñoz, tía de la Mestiza

El personaje más influyente y cercano a la Mestiza en esos años turbulentos de la niñez y adolescencia, hasta su destierro de las Indias, fue esta mujer. Un ejemplo extraordinario de fortaleza y determinación, llamada por algunos «gran matrona de Indias», seguir la pista de Inés Muñoz ha sido más sencillo gracias a la profesora Liliana Pérez Miguel, dedicada a investigar a Inés Muñoz y a la que agradezco su ayuda. De su mano pude acceder al cuadro de doña Inés Muñoz que otros amigos buscaron infructuosamente en Lima, y que Liliana me envió explicándome que el convento fundado por doña Inés en la actualidad es un centro comercial. Todo cambia con el correr de los años, y las monjas están reubicadas ahora a las afueras de Lima.

Es aquí donde se conservan dos cuadros, realizados por Mateo Pérez de Aleccio en torno a 1599, únicas pinturas que hasta la fecha existen de la gran matrona y que me permitieron contemplar a una Inés ya anciana, pero que muestra en los ojos los redaños que la caracterizaron a lo largo de su vida. El arduo proceso de investigación y estudio de la profesora Liliana se materializó en un magnífico libro: *«Mujeres ricas y libres»*. *Mujer y poder: Inés Muñoz y las encomenderas en el Perú (s. XVI)*, donde aborda todos los matices de Inés y de otras mujeres fascinantes que rigieron encomiendas en el Perú, desafiando convenciones e incluso a unas leyes que a menudo se cebaban con las mujeres cuestionando su capacidad para manejar tanto tierras como almas encomendadas.

Existen muchos recovecos en cuanto al papel colonizador de las mujeres en las Indias, y es cierto que la tarea que estas desempeñaron ha sido a menudo olvidada o no considerada. En el caso de Inés, tal y como se apunta en la novela, fue muy castigada a nivel personal y es de incalculable valor lo que esta mujer hizo por los hijos pequeños de Francisco Pizarro. En el viaje incierto y tremendo a las Indias, perdió a sus dos hijas pequeñas durante la travesía, Ángela y Bárbola. Después sería su esposo, hermano de madre de Francisco Pizarro, quien moriría asesinado a manos de los almagristas, y en ese terrible desconcierto de sangre y muerte, Inés actuó con una determinación más propia de hombres cuando decidió dar sepultura al marqués Pizarro y a su esposo y huyó para esconder a los niños.

En las cartas que Inés envió al rey se trasluce su carácter arrojado y hasta varonil; esas cartas sirvieron para crear la trama de las encomiendas que les arrebataron, y el modo en que hubieron de luchar tanto María de Escobar como ella por que los indios y las tierras les fueran devueltos. Las cartas están recogidas en el estudio de Liliana Pérez anteriormente mencionado[18] y también en el extenso trabajo de Varón Gabai, *La ilusión del poder*.

Sirva como aperitivo del carácter de doña Inés y de su tenaz empeño en velar por los hijos de Pizarro este extracto: «V. M. nunca se arta ni deja de azer semejantes mercedes y buenas obras especialmente en fabor de huerfanos y viudas y pobres como lo soy yo y estos hijos del Marques don Francisco Pizarro [...]».[19]

También es Inés Muñoz quien denuncia un intento de asesinato hacia los hijos del marqués Pizarro; pese a las declaraciones contradictorias respecto a este episodio, tanto Catalina de la Cueva como Inés Muñoz se muestran unánimes al confesar este hecho. A su vez, el episodio del navío que recoge la novela es también confesado por Inés Muñoz: «por lo cual se tomó por medio que los desterrasen a ellos [los niños] y a doña Inés de Ribera [...] y así los desterraron y los metieron en un navio de que era maestre uno llamado Bauptista, el cual habiéndolo[s] embarcado en su navio supo este testigo por cosa cierta que los había echado en tierra sabiendo quel dicho licenciado Vaca de Castro [...] había ya entrado en [el Perú]».[20]

La arrolladora personalidad de Inés fue sencilla de construir, ciertamente ese arrojo se trasluce en los documentos, aunque, insisto, al igual que otras mujeres, Inés no aparece lo suficientemente reseñada ni valorado su papel. Sus conocimientos de plantas, cultivos y siembras son una de sus señas de identidad de vital importancia en aquellas tierras y en aquel momento, no solo la gesta épica en sí de introducir el olivo, también hay otras muchas frutas (higos, melones, granadas, naranjas, pepinos o duraznos) desconocidas hasta entonces en el Perú que comenzaron a crecer gracias a su milagrosa mano a la hora de dotar de vida y fecundar la tierra, y así lo destaca Bernabé Cobo, el cronista, en su *Historia del Nuevo Mundo*. La importancia que estos primeros cultivos tendrían en las estructuras económicas del Virreinato y cuya relevancia pervive hasta hoy nos permite hacernos una idea de la labor inestimable y del legado de esta matrona de Indias. Mendiburu[21] habla del peso y la riqueza que sus huertas en Lima dieron a Inés y a su segundo esposo, Antonio de Ribera, huertas que pasaron a formar parte del convento de la Concepción fundado por una Inés doblemente viuda, que perdió a todos sus hijos, y en el que se encerró a esperar la muerte. Fue tan astuta como para reconocer enseguida la oportunidad que ofrecía la carencia, y todo el proceso de creación del primer obraje, La Sapallanga, está prolijamente documentado y estudiado por la profesora Liliana Pérez. Inés falleció en Lima en el año 1594.

Catalina de la Cueva, aya de la Mestiza

Este es otro de esos personajes femeninos fascinantes que, en mi opinión, debieron curtir el espíritu de la Mestiza. En concreto, Catalina jugó, al igual que Inés, un papel determinante en la vida de Francisca Pizarro. Ciertamente, esta mujer fue el sustento emocional de la Mestiza; leal compañera, cuidadora y protectora en los años terribles de las guerras civiles del Perú, Catalina compartió el destierro, no separándose de su pupila hasta que la muerte la llevó, en el mes de abril del año 1576. Para reconstruir su carácter y su historia he rastreado los datos en los que aparece citada en la documentación, datos variopintos y a menudo contradictorios y también inquietantes, lo que la convierte en un personaje tremendamente interesante. Para conocer su origen segoviano hay que acudir a que ella misma así lo afirmó tanto en declaraciones judiciales como en su testamento.[22] Es curioso el carácter misterioso que podemos atribuir a esta mujer, que aparece en varios momentos en la documentación en lugares del todo insospechados tratándose de una criada, e inesperados para una humilde aya.

Sobre su relación clandestina con Hernando Pizarro y su vinculación previa durante los años tumultuosos de la guerra de los encomenderos, me serví para apuntalar esta trama de varios apuntes recogidos en la documentación. De hecho, un testigo de la probanza santiaguista de Juan Orellana Pizarro afirma de Catalina que convivió en La Mota con Hernando, que estuvo antes en las Indias, y que era ella quien sabía los secretos de Hernando Pizarro.[23]

Ese carácter ambiguo y ese pasado oscuro he tratado de plasmarlos en la novela acudiendo a la extraña relación que Catalina mantiene con uno de los mayordomos de Hernando Pizarro. El hijo clandestino y desconocido que Catalina dejó atrás, pero que nunca desapareció, manteniendo una intensa actividad al servicio de Hernando Pizarro cuando este fue hecho preso. Me pareció un giro interesante que Francisca descubriese al tiempo que el lector la verdadera naturaleza de esa relación, y también la de su aya.

Para construir este vínculo y esta relación me basé en lo que aportan las fuentes. Ciñéndonos al estudio de las cartas recogidas en la obra de Pérez de Tudela Bueso, el padre Diego Martín pasó a las Indias con misiones específicas dadas por Hernando Pizarro, disfrazado de soldado, en la armada que acompañó al virrey Blasco Núñez de Vela y a los oidores de la nueva Audiencia. En esta correspondencia atisbamos el carácter de espía y criado de Hernando, también la relevancia que el clérigo Diego

Martín adquirió durante el conflicto de las Leyes Nuevas; sus visitas a Francisca Pizarro y a Catalina están reseñadas en la correspondencia, y es precisamente él quien alude a Catalina como su madre, en una carta enviada desde La Nasca a García de Salcedo.[24] Acerca de los orígenes del padre de Diego Martín, es Varón Gabai quien aporta algún que otro dato tras el rastreo de la ejecutoria de confiscación de los bienes del mismo. De este modo sabemos que su padre, Juan Martín, fue clérigo también, de Santa Cruz de la Sierra, localidad próxima a Trujillo, y sabemos que también su padre mantuvo vínculos con Hernando Pizarro, a quien deja una parte de su herencia, aunque declara heredero universal al clérigo Diego Martín, su hijo.[25]

Sobre el final de Diego Martín, si bien se libró de la muerte por su condición de clérigo, fue apresado y desterrado del Perú, condenado a la prohibición de impartir sacramentos y a la confiscación de sus bienes. Ciertamente, tal y como apuntan los documentos de la Chancillería de Granada, nunca dejó de defender la inocencia de Gonzalo Pizarro en aquel terrible conflicto que le costó la vida. El rastreo de este personaje me llevó a un documento del licenciado Ágreda, fiscal del Consejo de Indias, quien en 1552 había denunciado ante el vicario de la villa de Madrid a Diego Martín, clérigo vecino de Trujillo y estante en la villa, por haber pronunciado unas palabras en defensa del difunto Gonzalo Pizarro, provocando un conflicto de competencias.[26]

Volviendo a Catalina de la Cueva, ella sí declaró haber estado casada en Segovia, y concretamente afirmó ser viuda de Pedro de Madrigal.[27] La ausencia de datos acerca de ese hijo me llevó a crear en la novela que fue fruto de una relación no deseada o no consentida, y el hecho de que en su testamento de 1576 nada deje Catalina al clérigo Diego Martín se debería a que este ya había fallecido, puesto que no he hallado más datos posteriores de él.

Es ambiguo el carácter de Catalina en ciertos momentos como lo es su paso por la documentación. Ciertamente, recoge Varón Gabai que Catalina otorgó poderes en Medina del Campo para cobrar envíos demasiado cuantiosos para una criada[28] lo que nos lleva a pensar que fue mucho más que eso, hallándose no pocas veces en una encrucijada en la que debió velar por Francisca y cuya condición de aya la colocó en situaciones comprometidas de soborno y extorsión por parte de muchos para doblegar la voluntad de la Mestiza. En este sentido, sí está documentado que Catalina declaró cómo el veedor García de Salcedo quiso sobornarla para eliminar una deuda contraída con Francisca.[29] Otro momento en el que aparece Catalina vinculada a un asunto turbio es en la relación de Alonso Castellanos de 1548, relación que Pedro de La Gasca empleó para intentar convencer al rey y a los consejeros de la conveniencia de prohibir a la Orden de la Merced continuar en las Indias, acusando a estos frailes de levantiscos y peligrosos. Según la supuesta declaración de Castellanos, los mercedarios planearon asesinar a Lorenzo de Aldana tras traicionar este a Gonzalo Pizarro y también tenían previsto repartir más de cien mil pesos entre los hombres para ganarlos a favor de Gonzalo; según indica Castellanos, quien custodiaba el dinero era Catalina de la Cueva.[30]

La Catalina que he creado en la novela bebe de todos estos datos históricos que confluyen en una personalidad recia y también astuta, y el ejercicio imaginativo que he hecho ha sido el de atribuirle unos conocimientos prolijos en cuanto al uso de hierbas, que por otro lado me pareció plausible, dado que, en aquel momento, y en unas tierras desconocidas, el manejo de las plantas era vital para la supervivencia. Su condición de posible conversa me pareció que casaba bien con su origen segoviano, y su tendencia a la superstición es un rasgo compartido por la mayor parte de la sociedad del siglo xvi. El seguimiento del periplo vital de Catalina, salvo en estos giros clandestinos que asoman de vez en cuando en los documentos, es coincidente con el de Francisca, ambas estuvieron juntas hasta la muerte de Catalina. Su lealtad hacia la Mestiza es incuestionable. Ambas viajaron a España, ambas estuvieron en Sevilla y ambas acabaron compartiendo prisión con Hernando. Algunos detalles de esa vida compartida están claramente recogidos en legajos y otras fuentes; un documento interesante es el de los gastos del viaje a España cuidadosamente anotados por Francisco de Ampuero, de donde he sacado anécdotas y momentos cotidianos que aparecen insertados en la trama de la novela.[31]

Debió Catalina de ser una mujer fuerte, desenvuelta y también muy avispada; de estas características dan cuenta no solo las misiones que desempeñó bajo las órdenes de Hernando Pizarro, sino su papel de protectora de Francisca en innumerables ocasiones, un papel que después desempeñó con los hijos de la Mestiza. Al final de sus días, Catalina había acumulado un interesante caudal, dejó a Inés Pizarro un cofre de ataracea y dos anillos de esmeraldas y diamantes respectivamente, a Francisco, el hijo primogénito, un jarro de plata, y a Juan Pizarro le dejó a su esclava Isabel. En sus últimas voluntades dispuso lo que se convirtió en una auténtica quimera para Francisca y su descendencia. En la novela he buscado reflejar el eterno conflicto que supuso para nuestra Mestiza llevar a cabo esas disposiciones de Catalina, que finalmente se trasmutaron en la fundación del convento de la Orden de la Merced en Trujillo, ante la imposibilidad de sacar adelante el deseo de Catalina de crear primero un colegio para niños de la doctrina, después un hospital para huérfanos donde se recogiese a las huérfanas y se las dotase, y que recibió la negativa por parte de la Cofradía de la Caridad de Trujillo y también posteriormente por parte del concejo. Es asombroso que los problemas no cesaron ni siquiera cuando Francisca decidió convertir la obra pía de su aya en fundación de convento mercedario, teniendo que enfrentarse a la ocupación que de las casas de Catalina hicieron las monjas del convento de San Antonio. Todo este proceso está brillantemente expuesto en la obra *Tirso y los Pizarro*, de Luis Vázquez Fernández, donde documentalmente aparecen las actas de fundación del convento y también todos los pleitos y sinsabores que Francisca enfrentó para lograr el último deseo de su aya.

Catalina murió en abril de 1576 y fue enterrada en la iglesia de La Zarza, hoy Conquista de la Sierra, curiosamente donde también está enterrada la niña María Aguilar, hermana pequeña de los Pizarro que murió ahogada en la charca que detrás de la casona todavía hoy permanece, al igual que se conserva la lápida de la niña María y se puede contemplar en la iglesia. En las ordenanzas de fundación de la Merced, Francisca pone mucho cuidado en especificar el traslado del cuerpo de Catalina a la iglesia del convento de la Merced en Trujillo, algo que no he podido contrastar si se llevó a cabo.

María de Escobar

Para acercarme a María de Escobar, otra de las insignes e impetuosas primeras mujeres del Perú, me apoyé tanto en el rastreo de las crónicas y las cartas coetáneas como en el trabajo de la profesora Liliana Pérez de Miguel dedicado a las mujeres encomenderas.

En las crónicas aparece frecuentemente citada María como levantisca y rebelde por su apoyo incondicional a la causa de Gonzalo Pizarro y por su peso indiscutible en la guerra de los encomenderos, dando apoyo logístico tal y como demuestran las cartas de Francisco de Carbajal a Gonzalo Pizarro, donde le insta a que María se haga cargo del abastecimiento de tambos en la parte final del conflicto,[32] como en el hecho de que aparezca reseñada por parte del Inca Garcilaso como carcelera del virrey Blasco Núñez de Vela. También recogen las crónicas que fue en casa de María donde se alojaron el oidor Diego Vázquez de Cepeda y su esposa, Catalina de Argüelles. De hecho, este dato está refutado por el propio oidor, Vázquez de Cepeda, quien en el juicio de residencia al que le sometió Pedro de La Gasca en 1549 declaró que su esposa llegó a Lima antes que él por mar, y fue el mismo virrey quien ordenó que se alojase en las casas de María de Escobar; allí tras su llegada posaría Diego Vázquez de Cepeda, y de allí según sus propias palabras no salió hasta que acompañó a Gonzalo Pizarro a Quito.[33]

María pasó al Perú con su primer esposo, el capitán Martín de Estete. Este riojano debió mantener relación con Francisco de Ampuero, siendo paisanos, y quizá esa relación justifique el hecho de que María fuese la madrina de bautismo de los hijos habidos entre Ampuero y la ñusta Quispe Sisa Huaylas, madre de Francisca. Fuera de toda duda está su lealtad y su firme defensa de los Pizarro, especialmente de Gonzalo, y al igual que Inés, estuvo en el centro de los hechos, desempeñando un papel activo en todo el conflicto de las Leyes Nuevas, que después trajo consecuencias para ambas. No obtuvo el tratamiento de «doña», pero eso no mermó su influencia ni su poder político en la primera sociedad del Perú. Tal y como se reseña en la novela, María casó tres veces, primero con Martín de Estete, con quien pasó al Perú y con quien vivió en la Trujillo peruana. Tras la muerte de este, María se desposó con Francisco de Chávez, quien murió a manos de Juan de Rada y los almagristas el día del asesinato de Pizarro, siendo Chávez quien les abrió la puerta buscando parlamentar, lo que ha llevado a algunos investigadores a sospechar de la relación oculta del esposo de María de Escobar con «los de la capa» o «chilenos», como despectivamente eran conocidos los almagristas. Su tercera boda fue con un noble andaluz, Pedro de Portocarrero, una boda auspiciada por el propio Gonzalo Pizarro. María sufrió en sus carnes la política cambiante de la Corona respecto a la posesión de encomiendas. Así, su lucha por recuperar las encomiendas que Vaca de Castro le arrebató, lucha que compartió con Inés Muñoz, está bien documentada, y curiosamente, la misma lucha hubo de enfrentar después cuando La Gasca, por su defensa férrea de Gonzalo Pizarro, la desposeyó de sus encomiendas para entregárselas al obispo Loayza, lo que llevó a María a iniciar un pleito que duró de 1549 a 1553, aunque en este caso parece que María no recuperó sus encomiendas.[34]

Quizá el aspecto más conocido y popular de María de Escobar es el de ser tradicionalmente considerada la mujer que introdujo el trigo en Perú, un mérito que comparte con Inés Muñoz y con Beatriz la Morisca, esposa del veedor García de Salcedo. Salpica las crónicas este dato, aunque de diferente manera. Es evidente, dado el modo en que sus méritos eran ningunéados, que las mujeres se esforzaran mediante probanzas en sacarlos a la luz; así, nos encontramos a Inés Muñoz asegurando que fue la primera mujer española casada que entró a Perú, a Beatriz la Morisca reclamando ser la primera dama española que entró a Perú, y a María de Escobar guardando para sí la gesta de introducir el cereal que alimenta el cuerpo y el alma.

Leonor de Soto, mestiza

La lánguida y ausente Leonor fue otra de las mestizas de primera generación que compartió tiempo con Francisca Pizarro. Leonor era de alto linaje incaico, pues su madre fue la ñusta o princesa Tocto Chimpu; en una declaración recogida en el Archivo de Indias, la propia María de Escobar confirma que la ñusta Tocto Chimpu era hija de Huayna Cápac y de Chumbeyllalla, por tanto, Tocto Chimpu era hermana de padre de Atahualpa y también de la madre de Francisca.[35]

Esta princesa inca pasó a vivir con María de Escobar para que le enseñase cosas de la santa fe católica y la tuviese recogida como hija de Huayna Capac. Tras la ejecución de Atahualpa, Tupac Huallpa, nombrado por Pizarro sucesor del Inca, entregó a la ñusta a Hernando de Soto. Dicen que era muy hermosa, y que Soto la bautizó con el nombre de Leonor en recuerdo de su madre. Así fue como la ñusta Leonor se convirtió en amante del capitán Soto, y así fue como nació la pequeña Leonor de Soto. Al poco tiempo de la toma de Cuzco, Hernando de Soto abandonó el Perú, dejando allí a la princesa Leonor y a su hija. Nunca regresó a por ellas. En Castilla, Soto casó con Isabel de Bobadilla, hija de Pedrarias de Ávila o Pedrarias Dávila y de la Bobadilla, parientes, por cierto, del segundo esposo de Francisca.

Vaca de Castro casó a la madre de Leonor con un español, Bautista el Galán, «hijo de Bautista el armero del emperador don Carlos».[36] El nuevo esposo fue ahorcado por Alonso de Toro, teniente de Gonzalo Pizarro, la princesa Leonor quedó entonces viuda y al poco tiempo, el mismo año de la muerte de Gonzalito, hermano de Francisca, la madre de Leonor murió, era el año de 1546.

Parece que fue Francisco Pizarro quien le encargó a María de Escobar que se ocupase de la ñusta y de la niña, y eso favoreció que creciera cerca de Francisca Pizarro en Lima, aunque una vez concertado su matrimonio con el español García Carrillo, Leonor de Soto se instaló en el Cuzco. Fue madre de dos hijos, don Pedro de Soto y una hija. Leonor obtuvo una herencia por su condición de hija de ñusta, y en 1561 declaraba que los beneficios de una parte de las tierras entregadas a su padre rentaban unos dos mil pesos.

Esmeralda, o Juana de Oropesa

El personaje de Esmeralda es uno de los pocos ficticios de la novela, aunque está inspirada en un personaje real, la Jiménez, amante o manceba del almagrista Diego Méndez, que aparece reseñada en las crónicas del Inca Garcilaso y Cieza de León[37] acusada por cierto de ser quien provocó el delirante viaje a Cuzco tras la batalla de Chupas que favoreció la detención del Mozo. Su nombre de pila, Juana, se lo he tomado prestado a una de las primeras mujeres públicas de Cuzco, Juana Hernández, «la Hernández». Y su nombre adquirido en el Nuevo Mundo, como mujer que mercadea con su virtud, es un guiño a la fábula recogida en el *Diccionario universal de mitología de la fábula* en relación a la gigantesca esmeralda a la que adoraban los pueblos del valle de Manta. Esmeralda es un personaje lleno de matices y necesario para asomarnos a una parte de esa primera sociedad del Perú, donde, al igual que en España, las prostitutas cumplían una misión muy definida. Consideradas en la época como un mal necesario, las mancebías o casas públicas existieron con permiso de las autoridades tanto laicas como eclesiásticas. El carácter libidinoso del hombre, su sexualidad insaciable y desaforada obligaba a tomar medidas para preservar la honra del esposo y también la de las mujeres virtuosas, en un momento en el que las agresiones sexuales crecieron considerablemente. En el año 1526, se autoriza la primera casa de mujeres públicas en Puerto Rico: «Por la honestidad de la ciudad y mujeres casadas della, é por excusar otros daños e inconvenientes, hay necesidad que se haga en ella casa de mujeres públicas».[38] En 1501 en Carmona se redactó una normativa sobre mancebías y en 1527, en las Ordenanzas Municipales de la ciudad de Sevilla, ya había un capítulo dedicado a las prostitutas,[39] donde se especificaba en qué lugares podían ejercer su oficio y se establecía el modo en que debían vestirse para no confundirse con las mujeres honestas, prohibiéndoles el uso de vestidos largos y de velos. Los controles de lupanares y mancebías, así como de estas mujeres públicas, también se hicieron a fin de prevenir y evitar la trasmisión de enfermedades venéreas, como el mal francés.

Sobre las mancebías y el papel de las mujeres públicas en las Indias, hay que reseñar que no se limitaba solo al encuentro carnal; las españolas que se prostituían se convirtieron en confidentes, paisanas, amigas y amantes, proporcionando a los hombres la ilusión de una cercanía a la patria, compartiendo lengua, costumbres, tal y como señala el historiador Lockhart.[40]

Sobre la costumbre generalizada de hacerse nadie o reinventarse en las Indias, Esmeralda es un buen ejemplo, y para conocer las prolijas descripciones con las peculiaridades físicas de los que buscaban pasar y establecerse en las Indias que acompañaban a las probanzas de sangre y que para la Casa de Contratación y los Consejos Reales constituían en la época el equivalente a un DNI actual, es interesante el trabajo de Rocío Sánchez Rubio e Isabel Testón, «Fingiendo llamarse… para no ser conocido».[41]

Beatriz la Morisca, la madrina de la Mestiza

Este personaje de vida fascinante llegó al Perú en 1532, y lo hizo como esclava blanca, aunque ciertamente cumplía la función de concubina del veedor García de Salcedo. De origen morisco, alcanzó cierta relevancia durante los primeros años de la Conquista; así lo atestigua el modo en que se asoma a los documentos en hechos destacados, tales como la fundación de San Miguel de Piura, de Jauja, y fue la única mujer presente durante la fundación de la Ciudad de los Reyes el 18 de enero de 1535. Como ella misma reclamó después, aseguraba ser la primera dama española venida al Perú.[42]

Para entonces, Beatriz la Morisca ya había ganado su libertad[43] y también un puesto en el círculo íntimo de los Pizarro gracias a la posición de su amante el veedor Salcedo. Según Porras Barrenechea, Beatriz fue una de las tres madrinas de bautizo de la Mestiza, compartiendo ese honor con Francisca Pinelo y con Isabel Rodríguez. Las fuentes muestran que Beatriz obtuvo su carta de libertad al año de llegar al Perú. Pasó entonces a llamarse Beatriz de Salcedo, el veedor García de Salcedo contrajo matrimonio con ella, y esta mujer curtida en mil veredas se convirtió en la mano oculta que manejaba los asuntos comerciales de su esposo, quien por su cargo de funcionario real tenía prohibido dedicarse a mercaderías o negocios. En el protocolo notarial de Pedro de Castañeda (1537-1538) se asoma Beatriz de Salcedo participando en compañías comerciales para la venta de efectos entre residentes de diversas ciudades, tal y como se reseña en la *Revista del Archivo General de la Nación*.[44]

Influyente y astuta, manejó con firmeza la hacienda de su amante y alcanzó a ocupar un lugar prominente en la primera sociedad del Perú. Parece que lo de pasar por el altar no lo hizo hasta el final. Se dice que contrajo nupcias *in articulo mortis*, es decir, fue en su lecho de muerte cuando el veedor García de Salcedo casó con ella, para que de ese modo pudiera obtener derechos y encomiendas.

María de Ulloa

La amante de Gonzalo Pizarro es otro de los personajes reales que se asoman en la novela. Esta dama existió, vivió en Quito, y su presencia está atestiguada en la correspondencia entre Gonzalo Pizarro y Pedro de Puelles. Doncella castellana, pasó a Indias con su familia, que se estableció en Quito, allí mantuvo una relación intermitente y oculta con Gonzalo Pizarro, que terminó con la preñez de esta.[45] La criatura fue una niña, que vino al mundo en la amanecida del domingo 3 de octubre de 1546, y solo una hora después murió, tal y como detalla Pedro de Puelles en su carta. María estuvo a punto de perecer también tras el alumbramiento. Gozó de la amistad de Pedro de Puelles, uno de los hombres de máxima confianza de Gonzalo, hasta el punto de que este intentó obrar como casamentero y favorecer a María ensalzando su bondad, cordura y honra. De hecho, en esta carta Pedro de Puelles sugiere a Gonzalo llevar a la dama María de Ulloa a Lima.[46] Sin embargo, esto no se produjo, y Gonzalo no permitió su traslado a la capital, manteniendo una estricta distancia de la que fue su amante y confidente, y decidiendo el 18 de abril de 1547 ordenar su matrimonio con uno de sus hombres, Pizarro de la Rúa, hidalgo de su tierra, y buen soldado. Es interesante cómo Gonzalo en su carta justifica esta decisión insistiendo en que María estará contenta con el nuevo esposo,[47] eliminando así cualquier esperanza para la dama de casar con el joven Pizarro.

Florencia de Mora

Florencia es un personaje real y bastante desconocido, con una admirable entrega en la búsqueda del bienestar de los naturales. Florencia era hija del capitán Diego de Mora y de Ana Pizarro Valverde, pariente de los Pizarro tal y como se reseña en la novela y prima de nuestra Mestiza. Vivió en la Trujillo peruana con sus padres y hermanos, Diego y Ana; esta última fue la primera esposa del hijo habido entre Inés Muñoz y Antonio de Ribera, conocido como Antonio de Ribera el Mozo.

Sobre el episodio reseñado en la novela en que a su marcha del Perú la Mestiza es insultada por el padre de Florencia, el capitán Diego de Mora, esta escena está basada en las declaraciones de Diego de Mora, que tras obtener por orden de La Gasca la encomienda de Chimú, que a la Mestiza pertenecía, afirmó que doña Francisca no debía obtener esa encomienda, según sus propias palabras: «ansy como es mujer mestiza y no hija legítima...». Ciertamente, tanto Francisca como su hermano Gonzalo eran mestizos, sí, pero legitimados por el rey. Estas declaraciones se encuentran en el pleito sostenido por los indios de Chimo en el Archivo General de Indias.[48]

Florencia casó con el caballero Juan de Sandoval, y ambos crearon un obraje textil en Huamachuco. El matrimonio no tuvo descendencia, y antes de su muerte Juan manifestó su deseo de dejar el obraje a los naturales. Florencia fue quien se encargó de llevar a cabo esta disposición, fundó un patronato que garantizase y perpetuase la donación del obraje de Sinsicap, que contenía más de seis mil ovejas de Castilla, a los indios de Huamachuco y se ocupó de dejar bien dispuesto que nadie pudiera arrebatarles la donación hecha.[49] Entre grandes obras y donaciones realizadas por esta dama, destaca su vínculo con los pescadores de Huanchaco, y está documentado como les cedió un solar en la Huerta Grande de

Trujillo para que estos pudieran residir cuando venían a ver a sus familias. En torno al año 1593, una enfermedad le provocó una parálisis del lado izquierdo del cuerpo, privándole del habla hasta su muerte. En septiembre de 1596, Florencia dictó testamento y falleció en octubre postrada en su cama, dejando una renta consolidada para los indios balseros de Huanchaco, que prestaban ayuda a la entrada de los barcos en la rada, también se hizo patrona de limosna y renta para los indios pobres de Huanchaco. Para acercarse a esta fascinante mujer, de corazón entregado al bien de los naturales, es interesante el trabajo de Liliana Pérez.

Inés Rodríguez de Aguilar

Esta hermana, enjuta y devota, fue una de las hijas legítimas de Gonzalo Pizarro el Largo, padre de los conquistadores, y de una más que «larga» prole haciendo honor a su apodo, compuesta de once hijos habidos con diferentes mujeres. Con su esposa legítima, Isabel de Vargas, solo concibió tres: Hernando, Isabel e Inés. Adquiere peso y relevancia esta olvidada tía extremeña por ser ella quien estaba destinada en un primer momento a acoger a Francisca y a Francisco tras su destierro del Perú. Esa parece que fue la decisión inicial, y algunos investigadores apuntan a que en un primer momento la Mestiza y su hermano posaron en Trujillo antes de ser mandados llamar por Hernando a La Mota. De cara al desarrollo de la novela, me parecía más adecuado que este encuentro con el pasado de su padre y con esta tía se produjera después. La presencia de Inés Rodríguez aparece a menudo en los documentos, de modo discreto pero importante, como albacea testamentaria de su padre primero,[50] y después siendo quien se ocupó de recibir y custodiar los caudales que los Pizarro enviaban a su patria chica, Trujillo.[51] Fue una silenciosa y leal aliada de Hernando, y también de Juan, el Pizarro muerto en Cuzco durante el cerco de la ciudad por las tropas de Manco Inca. Así lo atestigua en su testamento, donde después de pedir cien misas por su tía Estefanía de Vargas y otras cincuenta por el alma de la pequeña María de Aguilar, menciona mandas a favor de sus otras dos medio hermanas, citando solo a Graciana, y a la legítima Inés Rodríguez de Aguilar, con fecha de 1536.[52]

El episodio de la excomunión de los padres de Inés Rodríguez de Aguilar y Hernando Pizarro está bien documentado, y lo citan varios investigadores, como Del Busto, Esteban Mira Caballos y Miguel Muñoz San Pedro, conde de Canilleros.[53]

Isabel de Mercado, un misterio embellecido

Este personaje, Isabel, es uno de los que más se han tergiversado, por ello en la novela he intentado ser lo más fiel posible a los datos contrastados para presentarla. De ella se habla poco, y la amante de Hernando quizá ni tan siquiera hubiese tenido sitio en esta historia de no ser por el giro sorprendente de perderse por completo la descendencia de Francisca Pizarro Yupanqui Huaylas y recaer todo en la estirpe fundada por la hija de Isabel de Mercado y Hernando Pizarro. Es cierto que vivió años amancebada con Hernando en La Mota, es cierto que tuvieron hijos, es cierto que cuando Francisca llega exiliada a España, Isabel es sacada de la torre e ingresada en el convento de las beatas fajardas de Medina del Campo, también que cuando Hernando obtiene la libertad en 1561, Isabel es trasladada junto al resto de la familia a Trujillo.

Para acercarme a Isabel de Mercado, cuyo paso por el convento de las dominicas fajardas o convento de Nuestra Señora de la Visitación está documentado pese a que el convento se halla también desaparecido desde hace siglos, hube de hurgar mucho, y conté con la ayuda del cronista de Medina del Campo Antonio Sánchez del Barrio; con él pude cotejar que los Mercado eran uno de los siete grandes linajes de Medina y con muchos personajes con noticias históricas de interés, aunque muchas de ellas legendarias. Por él conocí que hay bastantes referencias sobre este linaje en la historiografía local de Medina del Campo: su origen remoto, sus blasones, su capilla en la Colegiata, etc. Sin embargo, sobre Isabel de Mercado no hay mención precisa en las historias locales. Sí la hay, como Antonio me indicó, en un libro manuscrito de autor desconocido, sobre el que publicaron un estudio desde la Fundación Museo de las Ferias; se trata del libro: *Los linajes de Medina del Campo en un manuscrito del siglo XVII*.[54]

Ciertamente, desde la Fundación Museo de las Ferias gestionan interesantes fondos documentales propios, así como los fondos históricos del Archivo Municipal de Medina del Campo. En el manuscrito en cuestión, titulado *Genealogías y familias nobles y antiguas de Medina del Campo*, se ofrece información relevante sobre ciento cincuenta familias pertenecientes a los siete linajes de Medina, así como un inventario de documentos oficiales entre los años 1434 y 1655. Pues bien, en esa ingente información solo aparece reseñada una tal «Ysauel de Mercado» dentro de un árbol genealógico de los Núñez de Mercado, como hija del alcaide Diego Núñez de Mercado y Nicolasa de Porras. No hay más datos al respecto.

No creo que se trate de la misma Isabel de Mercado que nos ocupa, al menos no es muy plausible la teoría que algunos manejan de que se conocieran Hernando Pizarro e Isabel por ser ella hija del alcaide de La Mota cuando el mayorazgo Pizarro ingresó en prisión, ya que por un lado los alcaides de La Mota que ejercieron como tales durante el larguísimo encierro de Hernando Pizarro fueron los Vaca. Tal y como se extrae de las cartas de Hernando Pizarro durante los primeros años de su prisión, Juan Vaca, alcaide de La Mota, le dispensaba mal trato, haciéndole pagar de su bolsillo a los guardias que le custodiaban, negándosele la posibilidad de disfrutar del castillo como prisión, viviendo recluido en la torre, y del que Hernando en sus cartas advierte que temía le envenenase la comida.[55]

Por otro lado, existe una declaración de la propia Isabel de Mercado en la que se acoge a su rango de sirvienta de Hernando. Las fuentes indican que este testimonio de la propia Isabel fue hecho durante la visita al castillo de La Mota del doctor Hernán Pérez, consejero de Indias, ante Juan López de Iturrifiga, escribano de su majestad, en virtud de Real Cédula de 18 de Julio de 1548, recogida en el libro de Luis Vázquez Fernández, *Tirso y los Pizarro*,[56] en la que consta que al entrar el dicho consejero en el aposento donde estaba preso el dicho Hernando Pizarro, halló en él dos camas, y mandó que mirase si había en ellas alguna persona, y encontraron en ella a una mujer que dijo llamarse Isabel de Mercado. Parece que el consejero la sacó del aposento y le tomó declaración, a la cual Isabel de Mercado contestó que llevaba cinco años más o menos viviendo en dicha fortaleza, que de ella solo salió durante el primer año dos veces, en el segundo una vez a confesarse, y que ya nunca había vuelto a salir. A esta declaración se suma la de Hernando, que admitió que era una de sus criadas, y que Isabel había parido en la torre más de una vez sola, únicamente asistida por una partera y otra mujer criada del alcaide.

Contrastando este dato con la descripción que se hace de Isabel de Mercado en la obra de Fernando Orellana Pizarro en *Varones ilustres del Nuevo Mundo* y muy especialmente en la probanza efectuada por Juan

Orellana Pizarro, ambos nietos de la propia Isabel, para obtener el hábito de la Orden de Santiago, existen imprecisiones. Para acercarme a esta probanza, seguí la pista del conde de Canilleros, quien realiza una magnífica semblanza del personaje.[57]

Ya el propio Canilleros apunta que conviene matizar la probanza, puesto que bebe de un intento por parte de los descendientes de lograr la merced del hábito de Santiago; de acuerdo a los datos que Canilleros ha extraído de esa probanza, lo que se dice de Isabel es lo siguiente: Isabel de Mercado era tan principal como Hernando Pizarro, ya que era miembro de uno de los siete linajes que Alfonso VI dejó en Medina del Campo tras conquistar el territorio. De acuerdo a los testigos de la probanza, Isabel era huérfana, hija de, según unos testigos, un tal Francisco Hernández de Mercado, y según otros, de un tal Luis Hernández de Mercado; no aparece por tanto el nombre reseñado con anterioridad: Diego Núñez de Mercado, alcaide de La Mota y padre de una tal Isabel de Mercado. Sea Francisco Hernández de Mercado sea Luis, los testigos aseguran que fue un hombre venido a menos económicamente. Al morir el padre, la madre de Isabel, cuyo nombre no aparece, debió pasar graves apuros económicos, y debió morir poco tiempo después, quedando la niña Isabel bajo la tutela de una tía paterna llamada Francisca. Fue esta tía Francisca quien, al enterarse del ingreso en La Mota de Hernando Pizarro, acudió a la fortaleza, casi para ofrecer a la sobrina como un regalo al conquistador.

Todos los testigos coinciden en un rasgo unánimemente: la belleza de Isabel de Mercado, rasgo que he mantenido en la novela. Según la probanza, Isabel de Mercado tuvo a sus hijos con Hernando Pizarro bajo promesa de matrimonio, así se buscaba aminorar el carácter ilegítimo de Francisca Pizarro Mercado, hija natural, y favorecer la obtención del hábito de Santiago a su hijo. Este dato que no se sostiene, debido a que Hernando Pizarro sí matrimonió con Francisca, y que, como bien apunta Esteban Mira Caballos, a fin de limpiar la imagen de su abuela los nietos justificaron acudiendo a matrimonios clandestinos que existían antes del Concilio de Trento y que ciertamente la Iglesia no hubiese permitido.[58]

Tuvieron Hernando Pizarro e Isabel de Mercado en La Mota cuatro hijos: Francisco, Diego, Inés y Francisca, de los que según los testigos de la probanza solo sobrevivieron dos, Diego Pizarro Mercado y Francisca

Pizarro Mercado. Respecto a este dato, nuevamente entramos en contradicción, ya que, de acuerdo al testamento de Hernando Pizarro dictado en La Mota en 1557, sus hijos naturales eran Francisco Pizarro Mercado y Francisca Pizarro Mercado. Nuevamente los nombres no coinciden, por lo que en mi caso y de cara a la novela me decanté por el nombre de Diego sostenido en la probanza santiaguista para este hijo natural de Isabel de Mercado que sí vivió unos años más, a fin de evitar a mis lectores más complicaciones confundiendo nombres de personajes. Y me he centrado en la trama de la novela en estos dos hijos, Diego y Francisca, aunque históricamente fueron cuatro, y de acuerdo a las declaraciones imprecisas de estos testigos, subrayo la declaración del canónigo Amusco, quien especifica que la niña Inés murió en La Mota. Y la de Ruiz de Montalvo asegura que Isabel de Mercado tuvo un hijo llamado Francisco Pizarro, que murió.

De estas declaraciones hechas por varios testigos, según Canilleros: veinticinco vecinos de Trujillo y diecinueve vecinos de Medina del Campo, he extraído los datos de otros personajes secundarios, como es el caso de Mari Prieta, la criada que fue ama de los hijos de Isabel de Mercado, y que así aparece reseñada en los testimonios, como sirvienta que llevaba a la escuela a los niños.

Tal y como se cuenta en la novela, esos dos hijos, Diego y Francisca, viajaron a Trujillo. Ciertamente, cuando se produjo la liberación de Hernando Pizarro, el hijo ya debía estar cursando estudios en Salamanca, donde parece que falleció de fiebres. Isabel de Mercado fue trasladada a Trujillo, y en esta ciudad fue ingresada en el convento de Santa Clara. A ese fin se dispuso una dote de veinte mil maravedís al año.

Sobre la relación entre Francisca e Isabel, me he permitido crear ese vínculo entre ambas a mi entender del todo plausible, ya que los dos hijos de Isabel vivieron con Francisca y por ella fueron criados; además, algunos autores como Hemmings señalan que Hernando siguió visitando a Isabel en el convento de Santa Clara en Trujillo, y también enviándole regalos. También se apunta en los documentos la devoción de un clérigo hacia esta mujer. Isabel fue una mujer longeva, de hecho, el año en que fallece la Mestiza, Isabel seguía en el convento de Santa Clara de Trujillo, tal y como atestigua un documento de compraventa de unas viñas en la Herguijuela, firmado por ella. Los impredecibles giros de la historia hicieron que la descendencia de la Mestiza se perdiera y que sea ahora la sangre de Isabel de Mercado quien ostente el linaje y marquesado de la Conquista.

EL MUNDO ANDINO

Para empaparme de la ingente cultura andina, de los pueblos y etnias que configuraron después el Incario que encontraron Pizarro y sus hombres, me dediqué a una ávida labor de lectura e investigación en la que recalé en todo tipo de crónicas, documentos, libros, ensayos y artículos. Así pude acercarme al fasto de la corte cuzqueña que el abuelo de Francisca, el último gran Inca Huayna Capac disfrutó, a los recuerdos de niña de Quispe Sisa, madre de la Mestiza, y al papel de la cacica de Hanan Huaylas, Contarhuacho, abuela que estuvo mucho más presente en la vida de los hijos de Pizarro de lo que las crónicas apuntan, y también a todos esos pueblos descontentos que anidaban en el seno del Incanato. En esa tarea aprendí a diferenciar a los aliados de los sometidos, a los supuestamente rebeldes y a los leales, rastreé a cañaris, chachapoyas, a los colla, me acerqué a las intrigas de los orejones o ministros, al papel de las mujeres en las sociedades que configuraron ese ingente territorio que los incas supieron dominar y anexionar, y en definitiva a ese mundo esplendoroso que ya había comenzado a languidecer cuando los barbudos arribaron a Tumbes, y cuyas entrañas ya estaban desangrándose en la guerra fratricida entre Atahualpa y Huáscar.

Salvo escasas excepciones, todos los personajes andinos que aparecen en la novela existieron, y todos estuvieron vinculados a Francisca directa o indirectamente. Sobre el poder de las lenguas, que fueron muchas en la tierra andina, y los conceptos que atesoran, así como la aparición de nuevas palabras, el artículo de Waldemar Espinoza me fue de gran ayuda, proporcionándome también el significado más correcto de Huayna Capac, el abuelo de Francisca, como «El sol en el cénit».[59]

Para poner voz al cacique de Marca, en su dialecto ancashino, y empleando los términos más cercanos al modo de hablar nativo del siglo XVI conté con la ayuda de don Luis de Paz, traductor oficial, quien me prestó la cadencia dulce del *runasimi* para acompañar la pomposa recepción en Lima de Vaca de Castro.

Las costumbres reseñadas, el poder de las huacas, el Hanan y el Hurin, la espiritualidad andina, la ausencia de escritura, el uso de nudos en los quipus para albergar la memoria de los incas, la resistencia de los chasquis, la asombrosa red viaria, los alimentos —el maíz, la papa, la chicha, el camote y el pescado macerado, origen del actual ceviche—, los rituales de ofrendas, el uso del *mullu*, el oro rojo, las leyendas de países de canela o fuentes de oro, las riquezas de una tierra vasta y generosa a veces hostil y esquiva son el alma del Tahuantinsuyu y solo hay que asomarse a los documentos[60] para que te invada la belleza que atesoraba y todavía atesora aquel ingente lugar que ocupaba entonces las tierras y pueblos de parte de lo que hoy es Ecuador, Colombia, Perú, Bolivia, Chile y Argentina. Desentrañar y descubrir aspectos preincaicos fue más sencillo gracias al acertado y como siempre oportuno regalo de mi madre: *El Perú por dentro*.[61]

Gracias a todas estas obras me acerqué al Perú virgen de los primeros tiempos, me adentré en el mágico mundo de las huacas, atisbé el ingente peso del agua en los ritos andinos, la importancia de este elemento en la cosmogonía y espiritualidad. El nacimiento y la vida de los pueblos bebe del carácter sagrado del agua, y el lago Titicaca posee el poder creador de todo, acunando en su seno uno de los mitos del origen del pueblo incaico, que me inspiró esa facultad de Francisca para entender los mensajes del agua, para escuchar lo que habla el río.

Quise rescatar la huaca del Rímac; el río llamado así determinó, en una deformación lingüística, el nombre con el que hoy conocemos a la Ciudad de los Reyes, Lima, y obedece, precisamente, al carácter oracular de esa huaca, que permitía conocer el futuro y a la que se acudía con ofrendas y consultas de manera cotidiana. La sacerdotisa que entabla conversación adivinatoria con el ídolo está inspirada en las sacerdotisas que asisten a las diosas y que menciona el manuscrito de Huarochirí, donde se reseña la abundante presencia de oráculos femeninos en la costa central de Perú.[62]

Me llamaron la atención las cinco diosas de Chaupiñamca, vinculadas a la fertilidad. Era habitual que los vecinos del lugar acudiesen a unas huacas que representaban a dos de las hermanas, llamadas Mirahuato y Llacsahuato, hasta allí las gentes portaban ofrendas, hacían ayuno, y formulaban preguntas de todo tipo para entender qué podía haber provocado la ira de los dioses que se expresaba a través de alguna enfermedad, muerte de algún pariente, daños en cosechas, y en ellas buscaban el remedio a sus problemas. Las guerras civiles que se libraron en el Perú entre los españoles favorecieron que las invocaciones a Santiago Apóstol en el combate unidas al uso de los arcabuces hicieran a los naturales identificar a este con el dios trueno, Illapa, lo que provocó que a finales del siglo XVI muchas de estas hechiceras que invocaban al dios trueno lo hicieran usando el nombre de Santiago.[63]

En el mapa de personajes andinos, haré una breve semblanza de esos perfiles fascinantes que también alimentaron el alma de la mestiza Francisca Pizarro. Pese a lo que algunos investigadores apuntan, y pese a que el deseo de su padre fue educarla en costumbres castellanas, me parece ciertamente imposible que Francisca viviera aislada del influjo andino e incaico, del mismo modo que nadie en la península ibérica vivió aislado de las costumbres musulmanas o judías incluso después de la expulsión de unos y otros. El mantenimiento de las prácticas rituales y religiosas de los pueblos andinos permaneció durante gran parte del siglo XVI, así lo atestiguan los documentos. El nacimiento de Francisca y su crianza fueron de la mano de la llegada de los españoles, ella creció al tiempo que se fundaban las primeras ciudades, que se asentaba la mezcolanza, y durante gran parte de la vida de Francisca en la tierra perulera el número de españoles era mucho menor que el de naturales. No es aventurado por tanto creer en ese influjo y ese conocimiento compartido que la acompañó hasta que fue desterrada del Perú.

Quispe Sisa, ñusta Huaylas, Inés Huaylas, la madre de la Mestiza
Sobre la madre de Francisca se ha escrito mucho acerca de su ascendencia como hija de una esposa secundaria del último gran Inca, Huayna Capac. Ciertamente, la joven fue entregada a Pizarro por Atahualpa, como era costumbre para sellar alianzas políticas, una costumbre que bebe desde los orígenes de la humanidad y es compartida por todos los pueblos desde que el mundo es mundo. En la vieja Europa la mujer también era casada para sellar alianzas políticas, con fines económicos o por cuestiones de linaje. Las mujeres siempre han sido moneda de cambio, entre reyes y entre plebeyos. En este sentido, en el mundo andino, negarse a unirse al hombre que el Inca decidía suponía la pena de muerte de la mujer, porque conllevaba un desacato a la voluntad del Sapa Inca. Para

conocer más datos acerca de las penas y castigos y del derecho incaico, es sumamente esclarecedor el estudio del profesor de Historia del Derecho Víctor Mukarker Ovalle.[64]

Contrariamente a lo que pensaba La Gasca y así dejó reseñado en su relación dirigida al monarca, el linaje en el mundo incaico sí se otorgaba por la vía materna, de ahí que los hijos de la coya, es decir, la hermana y esposa principal del Inca, fueran los que ocupaban un lugar predominante como herederos o *auquis*, aunque luego debían someterse a otras pruebas de idoneidad y, como siempre, contar con el apoyo de los orejones, del resto de las *panacas* y de los dioses.

El levantamiento de Manco fue un proceso doloroso y que estuvo a punto de poner fin a la presencia española y al gobierno de Francisco Pizarro; se saldó aquella guerra con la muerte de uno de los hermanos, Juan Pizarro, y respecto al peso o papel que Inés Huaylas tuvo en el cerco de Lima, también se asoma a los documentos. De hecho, ella misma declaró en 1537 que tuvo parte en «la pacificación de estas tierras por tener de mi mano algunos caciques e principales que me obedecen por ser hija de Guanacava e hermana de Atabalipa, señores principales que fueron de estas provincias».[65]

Frente a lo que sostienen otros investigadores, la unión matrimonial entre Quispe Sisa y Francisco Ampuero no debió ser una unión dichosa ni exenta de problemas. Todo lo que rodeó a ese matrimonio y que descubrimos en la novela a través de Francisca, la primogénita de Quispe, está recogido por las fuentes. El juicio por hechicería celebrado en Lima en 1547, es decir, veintitrés años antes de que la Inquisición entrase en el Perú, fue real, y así lo atestigua la causa criminal que se recoge en el juicio de residencia contra el oidor Vázquez de Cepeda en el Archivo de Indias y que ha sido estudiado por la investigadora de antropología histórica andina Kerstin Nowack, en un interesante artículo.[66]

De este documento extraje al personaje de Cayo, sirvienta de Quispe. Un juicio del que, inexplicablemente y frente al destino atroz de los otros implicados, la madre de Francisca se libró. La vida de casada de la ñusta Quispe no fue una vida feliz ni sencilla, ella misma se quejaba de cómo le daba mala vida su esposo, y el enfrentamiento abierto entre ambos cónyuges se asoma constantemente a los documentos, como en el caso del testamento que hizo Ampuero en 1542, donde dejó todos los bienes a sus hijos afirmando que Inés era incapaz de administrarlos.[67] Contrastado está también el proceso que Quispe emprendió contra su esposo Francisco de Ampuero para solicitar los bienes que Francisco Pizarro le entregó antes de desposarse y que la ñusta ganó.[68]

Sobre el cerco de Lima, en el número 30 de *La Revista del Archivo General de la Nación* encontramos un artículo, «El conquistador Nicolás de Ribera el Viejo y la fundación del hospital de naturales de Ica», a cargo de Joan Manuel Morales Cama, donde se recoge el papel de Inés Huaylas durante el cerco de Lima: «Quizo Yupanqui cayó derrotado por Pizarro con ayuda de la gente del curacazgo de Contarhuacho, madre de la concubina Quispe Sisa o Inés Huaylas Yupanqui»; al respecto, esta ñusta llegó a declarar que tuvo parte en «la pacificación de estas tierras por tener de mi mano algunos caciques e principales que me obedecen por ser hija de Guanacava e hermana de Atabalipa, señores principales que fueron de estas provincias».

Ymarán

El indio pescador de Huanchaco que tantas veces sirvió a Francisca está inspirado en uno de los caciques de indios pescadores que, ante la imposición de precios bajos para el pescado por parte del Cabildo de Trujillo, que les confiscaba a veces la pesca o les imponía sanciones, se negaron a proveer de pescado a la ciudad y se quejaron ante el virrey. Este conflicto puebla las actas del cabildo trujillano durante el siglo XVI y es la razón por la que un gran número de indios acabó migrando a la caleta limeña. Eran los de la caleta de Huanchaco pescadores consumados que practicaban desde hacía más de cuatro mil años la costumbre ancestral de pescar en los denominados caballitos de totora, confeccionados con la fibra flotante. Orgullosos de su pasado, conservaban sus apellidos prehispánicos y solo casaban con hijas de pescadores, tal y como se desprende del Padrón de Indios de Lima de 1613-1614. El resultado de esta migración forzosa propició que tal y como recogen las crónicas en el siglo XVII Lima fuera una ciudad bien abastecida de pescado.[69]

Shaya y Nuna

Simbolizan en sus nombres y en su personalidad la dualidad que rige el espíritu andino, convirtiéndose ambas en portadoras y maestras del equilibrio, una suerte de reciprocidad que personifica la esencia de la cultura andina. Quería subrayar este aspecto en el entorno inmediato de Francisca. Ambas se inspiran en las sirvientas indias que tradicionalmente formaban el séquito de las ñustas cuzqueñas, acompañándolas en los ritos, al igual que las doncellas de Huaylas, y que Yana, criada de Cuxirimai. Respecto a la costumbre de sepultar junto al difunto a sus esposas y siervos, era algo habitual en el mundo andino; está contrastado en las crónicas, Cieza de León lo recoge,[70] y también el hallazgo de la sepultura de la señora de Cao, líder mochica, certifica esta práctica que se extendía a personalidades poderosas, y que me sirvió para plasmar las obligaciones de las doncellas de Huaylas. Respecto a estas, el personaje de Juana está basado en una india que se desposó con un esclavo de Hernando, el negro Antonio, durante el tiempo de prisión en el castillo de La Mota, y tal y como aparece en el libro de Luis Fernández Martín.[71] Juana, india libre de toda servidumbre, se unió al esclavo Antonio, de la unión nació una niña de color membrillo a la que Francisca y Hernando declararon completamente libre. Así se recoge en el Archivo Histórico provincial de Valladolid.

Vilcarrima

El viejo Vilcarrima sí existió, aparece en un gran número de probanzas,[72] estuvo al frente de la encomienda de Huaylas que perteneció a Francisca hasta que se la arrebataron y fue un leal servidor de Contarhuacho, quien le propuso ante Francisco Pizarro para desempeñar el cargo. Don Cristóbal Vilcarrima fue fiel a los Pizarro de principio a fin, las crónicas reflejan que la mayor parte de los indios de Hanan Huaylas siguieron a Gonzalo Pizarro hasta que le mataron, del mismo modo que secundó y formó parte de la tropa de auxilio de Contarhuacho durante el cerco de Lima llevado a cabo por Manco en 1536. Sabio y leal, se mantuvo al frente de Hanan Huaylas según muestra la documentación desde 1536 hasta 1557,[73] propiciando con su sabia gestión la estabilidad y continuidad de la política prehispánica unida a la hispana. A él le debemos, entre otras cosas, la información sobre la manera en que Vaca de Castro esquilmó los bienes de la Mestiza y su hermano el pequeño Gonzalo.[74]

Contarhuacho, abuela de la Mestiza

Debió de ser una mujer absolutamente arrolladora y también tremendamente astuta. Cada vez que se asoma a la historia deja la impronta de su poder y su señorío. Fue esposa secundaria del último gran Inca, Huayna Capac, y manejó los asuntos de la región Hanan Huaylas, más rica y de mayor extensión que Hurin Huaylas, por eso Añas Collque, esposa también de Huayna Capac, y madre de Inca Paullu, era jerárquicamente inferior a Contarhuacho. Tuvo dos hijos, un varón muerto al poco de nacer y Quispe, la que fue compañera de Francisco Pizarro y madre de la Mestiza. Contarhuacho y su papel en el cerco de Lima no están justamente reconocidos. Me temo que en su momento tampoco lo fue, a pesar de que después Ampuero enarbolara esa acción como probanza de mérito para lograr que los indios de Huaylas le fueran encomendados.[75] Hay que aclarar que, en el enfrentamiento entre Huáscar y Atahualpa, Contarhuacho debió abogar o simpatizar más por Atahualpa que por Huáscar; la afinidad de Atahualpa hacia Quispe Sisa, su hermana, también se asoma en las crónicas, por tanto, no pertenecía al bando de Manco, que era el huascarista, y en ese sentido, tampoco debía simpatizar con Pizarro y sus hombres, que dieron muerte a Atahualpa, por esa razón, el movimiento de tropas a favor de estos últimos debió obedecer a la protección hacia su hija y sus nietos.

Cuxirimai, Cusi Rimay, doña Angelina

El personaje de Cusi Rimay existió, fue la esposa de Atahualpa, y algunos cronistas aseguran que cuando el Inca fue ejecutado, ella quiso unirse a él en la muerte, como era preceptivo, aunque no lo hizo. Bautizada como Angelina, se convirtió en la segunda mujer de Pizarro, dándole dos hijos, Juan y Francisco, y por tanto en la madrastra de la Mestiza. Princesa inca de elevado linaje, descendiente directa del gran Pachacutec Inca Yupanqui, el noveno Inca que propició «el volteo del mundo», Cuxirimai creció rodeada de lujos.[76] Desde niña supo que su destino era el de convertirse en la esposa principal de Atahualpa, cosa que ocurrió cuando ella contaba con once o doce años. Debió de ser muy hermosa y también muy sagaz. El único ejercicio imaginativo en torno al personaje de Angelina que me he permitido es el viaje que hizo con el que se convertiría en su esposo, el cronista Juan de Betanzos, hasta las tierras del

Titicaca. Las crónicas no se ponen de acuerdo respecto al lugar en que se refugió Angelina tras el asesinato del marqués, y me pareció oportuno ese viaje para la trama y también para dar a conocer aspectos bastante desconocidos de la cosmogonía andina, el peso sagrado del lago, la relevancia de la isla del Sol, así como los protocolos y jerarquías del poder incaico, permitiéndome mostrar el refugio del otro Inca, Paullu, en Copacabana.

Respecto a la vida de Angelina como esposa de Betanzos, se asentaron en el Cuzco, y tuvieron una hija, María Diez de Betanzos Yupanqui.

La muerte de sus hijos, Juan y Francisco, debió de sumirla en una profunda tristeza. Sobre este aspecto, tras morir Francisquito en España, sí está recogida documentalmente la dote o herencia que debía ir a parar a Cuxirimai, así como el hecho de que Hernando empleó a Martín de Ampuero, hermanastro de Francisca, y a otro mayordomo para negociar cada real de la misma, llegando a un acuerdo con Betanzos y Angelina por el que percibiría esta última un total de cuatro mil pesos.[77]

En cualquier caso, Angelina aportó a su matrimonio con Betanzos gran hacienda, tal y como señala la historiadora María del Carmen Martín Rubio, y, sobre todo, aportó a Betanzos el prestigio y acceso a las *panacas* imperiales de Cuzco, lo que le permitió conocer los secretos del Incario que después configuraron la ingente obra *Suma y narración de los Incas* y también participar en las conversaciones de paz que perseguían poner fin al reducto inca de Vilcabamba. Cuando Angelina falleció, el cronista Betanzos volvió a casar con la dama española Catalina Velasco.

Paullu Inca, el ambiguo

Paullu fue hijo de una esposa secundaria de Huayna Capac, Añas Collque, de Hurin Huaylas. Nació en torno a 1519, y junto a otros nobles fue mantenido oculto y a salvo en la isla del Sol, una isla en el centro del lago Titicaca, durante la guerra fratricida entre sus hermanos Huáscar y Atahualpa, y también durante los primeros pasos de la dominación española. Después de muerto Atahualpa, y tras la misteriosa muerte de su sucesor, Tupac Huallpa, al ser designado Manco Capac como nuevo Inca, Paullu, que ya había contraído nupcias con su esposa hermana, a la que dejó en Copacabana, es enviado al Cuzco y entra en contacto con los españoles por primera vez.

633

Durante los tiempos posteriores al asesinato de Pizarro, los cronistas apenas hablan de la figura de Paullu, de ahí que la investigadora Dunbar Temple[78] considere que, durante ese periodo, probablemente el Inca se mantuviese a la espera de ver por quién se decantaba la victoria, desde Cuzco o desde su refugio habitual en Copacabana, en el lago Titicaca; este dato me sirvió para crear la trama del viaje de Betanzos y Cuxirimai y su encuentro con la corte del Inca en el Collasuyo.

El de Paullu es un personaje insólito, que se asoma en las crónicas y documentos formando extrañas alianzas y cambiando de bando con inesperada rapidez a menudo.[79] Hasta algunos cronistas lo sitúan en el área de influencia de su hermano Manco Inca, mostrando un ambivalente sentido de la lealtad que le llevará a desobedecer la orden de Manco de terminar con Almagro. Su bautizo cristiano está recogido por el Inca Garcilaso de la Vega, y las investigaciones y el asombroso hallazgo de su tumba por parte de la historiadora María del Carmen Martín Rubio demuestran que no se alejó nunca de su religión incaica, a pesar de recibir las aguas de Cristo.[80] Murió en el año 1549, dejando inacabada la misión que Pedro de La Gasca le encomendó de sacar a su sobrino Sayri Tupac de las selvas y dar fin al reino insurrecto de Vilcabamba. Una misión que, tal y como la Mestiza narra en la novela, retomaría como lengua y mediador Juan de Betanzos años después.

Manco Inca

Líder de la resistencia incaica, el personaje de Manco fue real y fue quien estuvo a punto de poner fin a la presencia de Pizarro en el Perú y por tanto de la Corona. Tal y como la Mestiza nos comparte, Manco fue nombrado Sapa Inca por Pizarro. La coronación, según los cronistas de la época, siguió escrupulosamente los preceptos que marcaba la tradición inca; solo hubo un detalle que se modificó, la entrega de los atributos que corresponden al Inca no la hizo el sumo sacerdote, sino Pizarro, de este modo se establecía la condición de vasallo de la Corona española, y por tanto súbdito de Carlos V, del nuevo monarca.

El gobierno de Manco comenzó en 1533.

Uno de los momentos cruciales en los que la vida de Francisca y la de Manco confluyen tiene lugar durante el sitio de Cuzco y de Lima, en los años 1536 y 1537. Manco Inca logró organizar un inmenso ejército formado por nativos y mantuvo por meses el asedio a los españoles, en estos dos importantes centros de poder.

Tras el fin del levantamiento, Manco se retiró a la Llanura Sagrada, Vilcabamba, y allí fundó su reino. El momento en que Manco hizo hablar a las piedras, tal y como nos comparte la Mestiza, está recogido por Guaman Poma, y hace alusión a las pinturas rupestres con que, según algunos investigadores, los incas se manifestaban en ocasiones, empleando estas pinturas como código de comunicación.[81]

Desde Vilcabamba, Manco siguió hostigando haciendas y villas, castigando por igual a los blancos y a los naturales que trabajaban para ellos. Ciertamente, se temió el despertar de la Llanura Sagrada tras el desconcierto producido por el virrey Blasco Núñez de Vela, en torno a 1544.

Sobre la vieja Vilcabamba, fueron cuatro los Incas que gobernaron aquella tierra vedada a los barbudos: Manco Inca, Sayri Tupac, Titu Cusi Yupanqui y Tupac Amaru. Está recogido en crónicas como Manco apoyó con armas al mestizo Diego de Almagro el Mozo en la batalla de Chupas, y también el hecho de que fuera asesinado por los almagristas huidos de esta batalla, a los que acogió y dio protección en Vilcabamba, tras la caída y ejecución del Mozo Almagro.[82] Tras su muerte, le sucedió su hijo Sayri Tupac.

Los hijos de Manco

Sobre los hijos de Manco existen muchas discrepancias. Una de ellas atañe a la edad de estos por no conocerse con precisión la fecha de nacimiento, sirva de ejemplo el caso de Titu Cusi, que para unos investigadores fue en 1536, mientras que Porras Barrenechea sitúa su nacimiento en el año 1529. En cualquier caso, Titu Cusi era el mayor de los hijos del Inca rebelde, y cuando accedió al bautismo recibió el nombre de Diego y es quien dictó al padre evangelizador Marcos García la prolija relación llamada *Instrución de Inca Don Diego de Castro Titu Cusi Yupangui* que sería entregada al rey, dando cuenta de lo sucedido en momentos críticos como el sitio de Cuzco y declarando sin pudor que el legítimo heredero de Huayna Capac era Manco, su padre, y no Atahualpa. De esa relación dictada por Titu Cusi se extraen algunas de las reflexiones de Francisca sobre la percepción que los naturales tenían de los españoles, a los que describen como hombres con barbas, que hablaban a solas con unos lienzos blancos (leer), que iban sobre animales que tenían los pies de plata (caballos y herraduras) y que eran dueños de algunos Illapas o truenos (arcabuces).

Otro punto sin esclarecer es la legitimidad o bastardía de los hijos de Manco, entendida en términos incaicos, que establecían como principales a los hijos habidos entre el Inca y su hermana la coya, aunque no eran excluidos los habidos con esposas secundarias si estos demostraban su valía y eran auspiciados por los dioses y los ministros. Digamos que, de los hijos de Manco, solo hay consenso respecto a Sayri Tupac, mientras que sobre Titu Cusi y Tupac Amaru unas crónicas hacen de este último legítimo y heredero y a Titu Cusi bastardo y viceversa. En ese sentido y de cara a la trama de la novela, me decanté por que fuera Tupac Amaru el ilegítimo, apoyándome en su condición de encargado de velar la momia de Manco, pero, sobre todo, en las declaraciones que María Cusi, viuda de Sayri Tupac, hizo, asegurando que tanto Titu Cusi como ella eran hijos legítimos y principales de Manco.[83]

Sayri accedió al poder siendo muy niño, tras la repentina muerte de su padre Manco Inca a manos de los almagristas refugiados en Vilcabamba, y el gobierno ciertamente estaba en manos de sus ministros u orejones. De él narra el Inca Garcilaso una curiosa anécdota, cuando le ofrecieron tierras e indios para negociar el fin de Vilcabamba. El segundo Inca de Vilcabamba fue el padre de Beatriz Clara Coya, cuya vida es digna de una novela también, en la que no faltaron violaciones, entradas y salidas de convento y matrimonios forzados como alianzas políticas. Beatriz Clara Coya fue obligada por el virrey Álvarez de Toledo a desposarse con Martín García de Loyola; seguro que a muchos lectores les suena el apellido del novio, sí, era sobrino del fundador de la Compañía de Jesús, Ignacio de Loyola.

Tras ser bautizado, Sayri salió de Vilcabamba y se instaló en el valle de Yucay, allí murió repentinamente, una muerte que fue interpretada por los naturales como obra de los españoles. Asumió entonces el poder su hermano, convirtiéndose en el tercer Inca de Vilcabamba, Titu Cusi, el belicoso hijo de Manco, quien mantuvo una dura hostilidad hacia los españoles, hasta que accedió a negociar el Tratado de Acobamba, lo que supuso el principio del fin. Dejó entrar doctrineros en Vilcabamba, rompiendo el carácter inexpugnable del lugar. La magia que mantuvo aquel reino protegido por años se deshizo por los clericales informantes.[84] Titu poco después murió, en 1571, y una vez más las lenguas apuntaron a un envenenamiento por parte de aquellos sacerdotes. Tupac Amaru sucedió entonces a su hermano Titu y ordenó la guerra despiadada contra los blancos; sería en 1572 cuando la legendaria y mágica Vilcabamba encontrase su fin, tras ser ejecutado el último de sus Incas por el quinto virrey del Perú, Francisco Álvarez de Toledo. Cuatro años después fallecía en Cuzco el lengua y cronista Juan de Betanzos.

LOS HOMBRES EN LA VIDA DE FRANCISCA

Los tres Pizarro que compartieron sangre, afectos y también desavenencias con Francisca han sido en gran medida el eje troncal que me ha permitido asomarme al alma de la Mestiza, por ser ellos los que copan la documentación, y es tradicionalmente bajo su sombra donde aparece esta hija, sobrina, amante o esposa. No me excederé mucho con ellos porque son, sin duda, los personajes más conocidos y reconocibles, y cada una de las partes de la novela se centra en atisbar la personalidad de cada uno de los guerreros y de conocer sus vicios y sus virtudes siempre a través de la mirada de Francisca.

Francisco Pizarro

Sobre Francisco Pizarro se ha escrito mucho; Del Busto (*Francisco Pizarro, el marqués gobernador*), Porras Barrenechea, Lockhart... son vacas sagradas y sobradamente reconocidas a la hora de entender y acercarse a las luces y las sombras de este hombre corajudo y determinado, taciturno y atípico. Yo he bebido también de otras biografías más contemporáneas, como la de Esteban Mira Caballos,[85] o la de María del Carmen Martín Rubio.[86]

En relación al padre de la Mestiza, creo que es un personaje al que todavía hay que descubrir. Denostado y odiado, ciertamente, fue un hombre de su tiempo y como tal hay que entenderlo.

Hernando Pizarro

Para llegar a Hernando Pizarro me serví del libro *Hernando Pizarro en el castillo de La Mota* de Luis Fernández Martín, y también de la obra de Pérez de Tudela Bueso, *Documentos relativos a D. Pedro de La Gasca y Gonzalo Pizarro*, donde el carácter de Hernando se muestra a través de su propia pluma, a veces extremadamente soberbio, a veces comedido y siempre sagaz. De la lectura de sus cartas se desprende que fue un hombre muy inteligente, dado a las maquinaciones, y acostumbrado a ejercer la autoridad sobre el resto. De severidad implacable, algunas de las fallas de Hernando se traslucen en los innumerables pleitos que por los asuntos más prosaicos emprendió y que se conservan en la Chancillería de Valladolid. Estas pequeñas batallas, lejos de ofrecer simpleza, demuestran el obstinado carácter de un hombre exigente y arrogante. El pleito con el platero por los braseros y la devolución del esclavo defectuoso que se orinaba en el jergón están recogidos con otros pleitos en un detallado artículo del libro *Miscelánea vallisoletana*.[87]

La lucha sin cuartel de Hernando se mantuvo casi hasta el final de sus días; cabe reseñar que fue estando ya en libertad cuando el Consejo de Indias dictó sentencia definitiva, en el año 1563, arrebatándole los derechos sobre encomiendas en la tierra perulera.[88]

De gran ayuda para confeccionar el complejo carácter de Hernando fue el testamento de 1557, que gracias a Esteban Mira pude desgranar; en ese testamento ya establece Hernando lo que en el definitivo volvió a recoger, su deseo de que Francisca no vuelva a casar. En el primero dictamina que, si ella contrae nupcias, la tutoría de sus hijos pasaría a Juan Cortés. El curioso préstamo de varias piezas de la vajilla de plata que hizo al nieto de Cristóbal Colón, en el tiempo que compartieron prisión en La Mota, está reseñado en el libro de Luis Vázquez Fernández.

Gonzalo Pizarro

Gonzalo Pizarro, el menor de los hermanos, es un personaje a mi entender lleno de aristas y poco conocido; los cronistas apuntan su gallardía, su apostura y su incuestionable manejo de las armas, así como su valentía y su buen gobierno, con la misma vehemencia con la que después relatarán su crueldad, su carácter violento o su condición de traidor y rebelde.

Tal y como se reseña en la novela, más allá de su clandestina relación con la dama María de Ulloa, descrita antes, Gonzalo Pizarro solo tomó de manera oficial a una mujer, Inquill Tupac Yupanqui, perteneciente a la nobleza incaica, con la que tuvo tres hijos: Juan, nacido en torno a 1535, que debió morir siendo niño; Francisco, conocido como Francisquillo, e Inés, que tiene peso en la tercera parte de la novela. Gonzalo se alejó de Inquill Tupac Yupanqui para seguir sus exploraciones y campañas militares, y dejó a los niños con unos amigos en Quito, Isabel Vergara y su esposo Juan Padilla. Lo cierto es que, en 1544, Gonzalo inició trámites para legitimar a Francisquillo, y así se recoge en la correspondencia que mantuvo con su hermano Hernando Pizarro, por entonces preso en España, y la legitimación quedó aprobada.[89] Sabemos por una carta de Gonzalo escrita en Lima en 1545 que Inés, su hija, estaba por aquel entonces en el Cuzco. Gonzalo pedía que «la pusiesen en casa de Alonso de Toro, con mujer que esté con ella»,[90] allí la niña debió compartir tiempo tanto con Francisco, hijo de Cuxirimai, como con el hijo del capitán Garcilaso de la Vega, el niño mestizo Gómez Suárez de Figueroa, que más tarde se convertiría en el cronista Inca Garcilaso de la Vega. Después de la muerte de Gonzalo, Pedro de La Gasca decidió sacar a los hijos de Gonzalo del Perú por razones políticas. Francisquillo e Inés fueron enviados a España en 1549, antes de que nuestra Mestiza viajase exiliada, y Francisquillo debió morir al poco tiempo, siendo la única superviviente Inés Inquill, que se desposó con su primo Francisco y que, tras la muerte de este, y al volver a casar, sería desposeída de las rentas y bienes que su primer esposo le dejó. Sobre el final de Inés Inquill, el conde de Canilleros apunta a que debió morir doblemente viuda y sin descendencia en torno a 1588 en Deleitosa.

Es la de Gonzalo la senda del héroe caído en desgracia. A tenor de ciertas investigaciones, como la llevada a cabo por Ana Laura Drigo,[91] se desprende que evidentemente en las cartas personales de Gonzalo a sus seguidores no hay ni una sola mención a su intención de proclamarse rey y separarse de la Corona española. No parece que la emancipación fuese su objetivo.

Su relación con La Gasca está expuesta detalladamente en la correspondencia que ambos mantuvieron en esos turbulentos años. Las cartas y embajadas al rey que Gonzalo envió fueron secuestradas por el clérigo La Gasca, que disponía del poder total conferido por su alteza a la hora de manejar aquel delicado y espinoso asunto, que supuso según los investigadores un duro varapalo para las políticas de Carlos V, y el mantenimiento de las guerras que el emperador tenía abiertas en Europa. A mi entender, ciertamente Gonzalo buscaba defender los intereses de los suyos y también reclamaba para sí el derecho ya concedido por su alteza a Francisco Pizarro, recogido en la ampliación de capitulaciones hechas a este, donde se le autorizaba a nombrar sucesor en la gobernación y donde el marqués dejó claro que sería su hermano Gonzalo el gobernador hasta que su hijo alcanzara la mayoría de edad. Este dato puede corroborarse en el Testamento de Francisco Pizarro de Chivicapa.[92] Está descrito en crónicas cómo los habitantes reclamaron a Gonzalo para que los defendiera del abuso, y también cómo veían en él al sucesor de su hermano como gobernador.

Acerca del buen gobierno ejercido en aquellos breves y tumultuosos años por el pequeño de los Pizarro, cabe reseñar que no solo lo destaca Francisca en la novela, así lo señalan cronistas como el Inca Garcilaso o, de modo insólito, cronistas como Gómara, más afecto en sus relaciones y letras a la figura de Hernán Cortés que a los Pizarro en general. El propio Gómara resalta que nunca quiso hacerse rey y enumera su buen gobierno destacando: «Mandó con prisiones que no cargasen indios, que era una de las ordenanzas, ni rancheasen, que es tomar a los indios su hacienda por fuerza y sin dineros, so pena de muerte. Mandó asimismo que todos los encomenderos tuviesen clérigos en sus pueblos para enseñar a los indios la doctrina cristiana, so pena de privación del repartimiento. Procuró mucho el quinto y hacienda del rey, diciendo que así lo hacía su hermano Francisco Pizarro».[93]

También Pedro de La Gasca admitió que Gonzalo Pizarro fue buen gobernador.

De cara a entender el discurso jurídico empleado en la novela por el oidor Diego Vázquez de Cepeda, o incluso conocer en profundidad la esencia del derecho de súplica que exigían los vecinos de Perú frente al comportamiento despótico del virrey, es interesante destacar que, tal y como el Demonio de los Andes aseguraba: «La ley se obedece, pero no se cumple»; este aspecto es el que poblaba el ánimo y las mentes de los hombres y mujeres del siglo XVI como un derecho inapelable, y bebe de los principios jurídicos castellanos medievales, y a ese fin es interesante consulta el artículo «La fórmula "Obedézcase pero no se cumpla" en el Derecho castellano de la Baja Edad Media».[94]

Sobre el peso que la Mestiza adquirió en todo este asunto, está recogido en las crónicas cómo se corrió la voz de que Gonzalo planeaba casarse con Francisca Pizarro y proclamarse rey; ciertamente, este pensamiento partió de sus hombres, y fueron el Demonio de los Andes, Francisco de Carbajal, así como el oidor Diego Cepeda quienes alentaron con firmeza esa propuesta.

La preocupación desde España ante ese poderoso enlace se trasluce en las cartas de Felipe II a su embajador en Roma, que se encuentran en el Archivo de Simancas.[95] El 21 de mayo de 1547 el príncipe escribe a su embajador en Roma «que Gonzalo Pizarro ha tratado de casarse con una hija del marqués don Francisco Pizarro [...] que la hubo en una india hija de Guaynacaba, con prosupuesto de pensar que con este título podrá con justa causa ser señor della». Hasta tal punto temió el príncipe Felipe el enlace que ordenaba «destorbar que no se despache ni se trate de cosa desta succesión» a fin de evitar que lograse la dispensa del papa. A lo que el embajador respondió en julio del mismo año que estaría advertido, aunque «hasta agora parece que no la han demandado».[96]

Francisco de Ampuero

Ampuero fue uno de los personajes oscuros que formó parte del círculo íntimo de los Pizarro. Este riojano nació en Santo Domingo de la Calzada sobre el año 1511, y aseguraba pertenecer a un antiguo y alto linaje.

Debió llegar al Perú acompañando a Hernando Pizarro, tras el primer viaje que el legítimo de los Pizarro realizó en 1533 para entregar el quinto real a la Corona, a su regreso al Perú ya iba acompañado de Ampuero; de hecho, la licencia de embarque que publicó el historiador Porras Barrenechea está fechada en agosto de 1534. Ampuero supo hacerse con el favor de Hernando, gracias a esto más adelante consiguió la confianza de Francisco Pizarro, convirtiéndose en su paje, algo que le abrió las puertas a las altas esferas de gobierno en el Perú y también a la vida desahogada y rica que allí llevaban los conquistadores y sus familias.

El pasado y origen de Francisco de Ampuero no están demasiado claros, a pesar de que él mismo en la documentación asegura proceder de una aristocrática familia venida a menos.

Nada más llegar a Perú se convirtió en habitual en el entorno de los Pizarro, y cuando el conquistador decide separase de Quispe Sisa, vio en

Ampuero la posibilidad de dejarla bien casada con otro caballero español, una costumbre muy al uso en aquella época, la de proveer de dote y marido a la mujer a la que se abandonaba.

Ampuero no había participado en la conquista y no disponía de grandes bienes ni fortuna, por tanto, matrimoniar con la primera mujer de Pizarro le permitió obtener grandes riquezas. Esa parece, a todas luces y a tenor de los hechos posteriores, que fue la razón por la que accedió al matrimonio.

Francisco Pizarro probablemente le ayudó también a conseguir el puesto de regidor del Cabildo de Lima, que le fue otorgado en 1538.

El día del asesinato del marqués, Francisco de Ampuero se encontraba sentado a la mesa de Pizarro, con los otros leales y confidentes del conquistador; la forma en que Ampuero se enfrentó al terrible episodio que aconteció retrata a la perfección a este personaje. A diferencia de otros de los presentes, que intentaron defender al marqués pereciendo en el intento, Ampuero huyó, salvando la vida. Es sin duda un personaje conflictivo, que sembró discordias buscando siempre sacar partido a su favor.

De hecho, podríamos calificar de épicos los devaneos de Francisco de Ampuero en el curso de los turbulentos años que siguieron al asesinato del marqués, tal y como la propia Mestiza narra en la novela: concurre a la batalla de Chupas con el gobernador Vaca de Castro, al que después denunció con vehemencia; ayuda a los oidores contra el virrey Vela; lo encontramos en Añaquito con Gonzalo Pizarro, para después abandonarlo y unirse al enviado del rey, Pedro de La Gasca.

Es cierto que Gonzalo le confió algunos poderes en torno a 1543 que le permitieron manejar la hacienda de Francisca y su hermano en Lima, y así consta en los documentos.[97] Por desposar a la madre de la Mestiza obtuvo la encomienda de Chaclla,[98] también en el año 1543 era alcalde de Lima y es a él a quien el procurador de Inés Muñoz solicitó una copia de la posesión de los indios de Huánuco arrebatados por Vaca de Castro.

Siempre presente en la vida de Francisca, desde muy niña, el intrigante Ampuero intentó hacerse con el control sobre la Mestiza, acompañándola en su exilio a España.

Sus desavenencias con Hernando Pizarro y con Francisca están prolijamente documentadas, así como el intento de lograr la carta de dote de la Mestiza que terminó en la petición del documento por real cédula.[99]

Sus maquinaciones para hacerse con los indios de la encomienda de Huaylas aparecen en la documentación, concretamente en el Archivo de Indias se halla la solicitud que ya desde el año 1562 presentó a la Corona pidiendo que le fuese otorgado este repartimiento aludiendo a la legitimidad de su esposa, para lo que se realizó una información ante la Audiencia de Los Reyes.[100]

Ampuero, tal y como nos comparte la Mestiza en la novela, tuvo con Quispe tres hijos: Martín Alonso, Francisco e Isabel. Más tarde, Ampuero llegó a ser alcalde mayor de Lima. Falleció en el año 1578, sobreviviendo cuatro años más a su esposa Quispe, y se encuentra enterrado en el convento de Nuestra Señora de la Merced, en Lima.

LOS HERMANOS DE FRANCISCA

Por parte de padre:

Gonzalo Pizarro Yupanqui

Nacido un año después de la Mestiza y del vientre de Quispe Sisa, Gonzalo estaba llamado a ser el sucesor indiscutible de Francisco Pizarro, gobernador y adelantado.

Así lo dispuso su padre en sus testamentos, y ciertamente, la capitulación firmada para la Conquista y las sucesivas ampliaciones así recogían el derecho concedido a Francisco Pizarro para designar a su sucesor.

El niño, que compartió la huida con la Mestiza, era por tanto el depositario del poder y también de la riqueza de su padre, con gran diferencia en esas disposiciones en relación a sus otros hermanos habidos con Angelina.

Gozaba de legitimación real, otorgada por parte del rey. Sabemos poco de Gonzalo, más allá de su inesperada muerte, que debió producirse en torno al año 1546.[101] Sí podemos admitir que, de no morir, la vida de Francisca hubiese sido diferente, ocupando esta un lugar secundario en cuanto a riquezas y también a responsabilidades. De hecho, como bien relata la Mestiza, las mujeres tenían poco peso en el entramado de herencias o repartos de poder, concretamente en el mayorazgo solo sucedían en caso de morir los herederos varones directos, y en el caso de los testamentos de los Pizarro, como era preceptivo en la época, existe siempre la clara disposición de legar al varón.

Francisco Pizarro Yupanqui

Hijo de Francisco Pizarro y Cuxirimai Ocllo, debió nacer en Cuzco en torno al año 1540, siendo el único superviviente de los dos hijos habido en la pareja, pues el otro, Juan, murió de niño. En el tiempo en que Gonzalo Pizarro asumió la tutoría de los hijos del marqués Pizarro, hizo traer a Lima al niño. En la capital pudo compartir tiempo con sus hermanos Francisca y Gonzalo, y de ese periodo queda constancia documental que fue Antonio de Ribera quien le asignó un ayo, «un tal Francisco Pérez de Cárdenas, que se encargó de enseñarle un poco de escritura, gramática y cuentas». Posteriormente, y durante el conflicto de las Leyes Nuevas, encontramos documentalmente a Francisco en Cuzco, donde compartió estudios y juegos, en el colegio de mestizos, con el Inca Garcilaso de la Vega, así lo narra el cronista. Francisco debió ser altanero y también pusilánime, dado a los lujos en los que sin duda su madre le educó. La Gasca en sus cartas recoge la necesidad de otorgarle el repartimiento de Yucay cuando ordenó su destierro del Perú y su salida en el mismo barco que llevó a nuestra Mestiza a España, y así está registrado por Real Cédula expedida en Valladolid el 11 de marzo de 1550.

En la novela solo he alterado algunos momentos de la corta vida de Francisco, el primero de ellos, haciendo que viajase al corazón celestial de los Incas, santuario primigenio donde se gestó el alma e inicio del imperio de los hijos del sol, en compañía de su madre y el cronista Betanzos. El segundo en España, donde favorecí que ciertos hechos se produjeran en la fortaleza de La Mota, en Medina del Campo, por parecerme más plausibles en la narración. Me refiero al matrimonio con Inés Inquill Pizarro, hija de Gonzalo Pizarro. Los primos debieron acordar el desposorio en la fortaleza, pero según los datos que aportan sobre este matrimonio y la corta duración del mismo, autores como Raúl Porras aseguran que tuvo lugar en Trujillo. Ciertamente, en el mes de febrero del año de 1557 Francisco estaba en Trujillo, como atestigua su firma en una escritura de venta; ese mismo año murió, y según las fechas que Miguel Muñoz San Pedro cotejó, su muerte debió producirse antes del 31 de marzo de 1557.[102]

El testamento otorgado por Francisco dejaba como heredera a su esposa, con la condición de no volver a casar, hecho que ocurrió, ya que la viuda Inés Inquill Pizarro contrajo nupcias con el caballero Hinojosa, trujillano. Especificaba el joven que en caso de ocurrir toda su herencia pasaría a su hermana Francisca Pizarro Yupanqui. La carta de poder que otorga nuestra Mestiza para reclamar la herencia de su hermano por haber vuelto a casar Inés Inquill, y que aparece en la novela, fue otorgada en 1560.

Los datos relativos a la herencia que debía pasar a Angelina, Cuxirimai Ocllo, madre del finado, demuestran que ciertamente sí hubo una negociación, esta fue liderada por el propio Hernando Pizarro a través de Martín Ampuero y de uno de sus criados, que viajó a Cuzco a ese fin.

Por parte de madre:

Los documentos apuntan a que fueron tres los hijos habidos de la unión entre Francisco de Ampuero y la ñusta Quispe Sisa: Martín Alonso, Francisco e Inés. Ciertamente, la madrina de bautismo de los hermanastros de la Mestiza fue la temperamental María de Escobar. Los que aparecen en la novela por tener peso en los avatares que a la Mestiza le tocó vivir son Isabel y Martín Alonso.

Isabel Ampuero
La hermanastra de Francisca, Isabel, fue la única hija habida de Inés Huaylas o Quispe Sisa y Francisco de Ampuero. Debió nacer en Lima, no he hallado la fecha, aunque presumiblemente su nacimiento debió producirse después del año 1539. Lo narrado en la novela corresponde a los escasos datos acerca de esta niña, que fue llevada a España en la misma nao que la Mestiza por orden de su padre, quien pretendía dejarla en la Península, presumiblemente a cargo de parientes, a fin de favorecer su casamiento y mantener a salvo su honra. Esa obsesión del padre por alejar a Isabel de su madre, haciendo hincapié en el mantenimiento de la virtud, sirvió para crear el personaje de Pascual, el pescador de Águilas que galantea con ella en el viaje al Viejo Mundo, y que descompone los planes de Ampuero. El detalle de los cuatro pares de botines que Francisca le compró a su hermanastra Isabel está extraído de la relación de gastos del viaje a España, relación que se encuentra en el pleito que sostuvo

la Mestiza con Francisco de Ampuero, negándose a pagarle los gastos del viaje; el pleito está en el Archivo General de Indias. Precisamente, fue la presencia de Isabel en ese viaje el argumento que expuso la Mestiza en ese juicio como prueba indudable de que Ampuero hizo ese viaje por su propio provecho y para hacer sus negocios, a pesar de que su presencia no fue requerida ni por la Mestiza ni por sus tutores; por cierto, de este pleito y otros de Hernando Pizarro surgió el personaje de Sebastián Rodríguez, procurador.[103] Sí es cierto que Isabel permaneció en España, mientras que su padre Ampuero regresó a Lima. En octubre de 1556 su padre solicitó al rey y a la Audiencia permiso para viajar a España al desposorio de Isabel, o sea, que debió casarse en fechas posteriores a ese año. Aunque desconozco con quien matrimonió…, quién sabe, quizá Pascual se salió con la suya.

Martín Alonso de Ampuero

El primogénito de Ampuero y Quispe, Martín, es quien se asoma más veces a los documentos dejando claro que hubo una bien avenida relación entre él y la Mestiza. De hecho, Martín Alonso Ampuero viajó a España en el año 1564, y mantuvo encuentros con Hernando y con Francisca, la relación de mutua ayuda y confianza se trasluce en un conjunto de poderes otorgados a este.[104] La razón de ese viaje, tal y como recoge Lohmann y precisa Varón Gabai, fue la confirmación del cargo de regidor perpetuo que su padre Francisco de Ampuero quería cederle, y que por su condición de mestizo encontró trabas. En base a esta relación de confianza, en la novela decidí convertir a Martín en un aliado de Francisca frente a la evidente aversión de la Mestiza hacia el padre de este. Sirvió Martín a la trama para justificar el fin de la lucha por los Huaylas. Tal y como Francisca comparte en la novela, una parte de los Huaylas fue entregada por el virrey Toledo en el año 1578 a un Ampuero, concretamente a Martín Alonso de Ampuero, por dos vidas. Lo hizo el virrey por la queja de Francisco de Ampuero, quien comunicó que todo el repartimiento de Huaylas era suyo hasta que el marqués Pizarro se lo quitó para dárselo a su hija Francisca.

Lo que sabemos, y así lo recoge el documento de diciembre de 1595, es que en esa fecha Martín de Ampuero volvió a hacer súplica al rey para que los Huaylas pasasen a su cabeza a perpetuidad y de ese modo pudieran ser vinculados a su mayorazgo. También pedía Martín de Ampuero el hábito de alguna de las órdenes. Curiosamente, en las glosas, la resolución que su majestad dio a esta petición y que aparece anotada en el documento fue poco alentadora en cuanto a la encomienda de Huaylas:

Sobre la pretensión de Martín de Ampuero.
Bastará agora darle el hábito.

Parece que le despacharon con el hábito de una de las órdenes militares, pero de los Huaylas nada de nada.[105]

LOS PRETENDIENTES

Los tres pretendientes que aparecen en la novela, Lorenzo de Aldana, el capitán Diego de Gumiel y el licenciado Carbajal, así como su deseo de desposarla con fines políticos, están recogidos en las crónicas, y así lo avalan investigadores de la talla de Porras Barrenechea.

Por su parte, el cuarto pretendiente apareció durante la investigación de la novela: Miguel de Velasco y Avendaño, hijo de Martín Ruiz y de Isabel de Velasco. El impulsivo y linajudo Miguel era cuñado del mariscal Alonso de Alvarado, él mismo declaró en su memorial al Consejo de Indias haber tenido conversaciones para desposar a la hija del marqués.

Este caballero pasó al Perú con Pedro de La Gasca, al que le unía una profunda amistad. Tal y como se recoge de sus propias declaraciones, Miguel presumía de que «dormía en su cámara con los deudos y amigos que a la sazón tenía en aquel reino». Durante la campaña contra Gonzalo Pizarro fue de los primeros en tomar el mando del ejército real junto a su cuñado Alonso de Alvarado. Antes de eso, concertó enlace con doña Francisca Pizarro por intermedio de don Antonio de Ribera, tutor de la hija del marqués, enlace que «no hubo efecto por cosas que hubo de por medio».[106]

Realmente, Avendaño sirvió a la trama de la novela de un modo eficaz para conocer en profundidad a La Gasca y sus poderes ocultos. Sobre su matrimonio frustrado con Francisca, él mismo lo narra en el memorial, así como la intención de La Gasca de entregarle un repartimiento de los buenos que había en Charcas, «y me dejó de darle —refiere el mismo

Miguel de Velasco y Avendaño— por respeto que don Antonio de Ribera, como tutor y curador de doña Francisca Pizarro, hija del marqués don Francisco Pizarro, concertó y trató casamiento conmigo, con la dicha doña Francisca, y después no hubo efecto por cosas que hubo de por medio».[107]

Sin repartimiento y sin matrimonio, Miguel de Velasco y Avendaño, que había intimado con Pedro de Valdivia durante la campaña contra Gonzalo Pizarro, decidió unirse a este y partir a las tierras de Chile, donde no le fue nada mal. Trabó amistad con Ercilla, quien habla en términos excelentes del capitán Avendaño y su papel en las batallas de Bío Bío y Millarapué en *La Araucana*. Obtuvo mercedes del rey, le fue concedido el repartimiento de Jauja en Perú y se instaló en Lima, donde en 1577 casó con una dama, María Manrique de la Vega, pero Avendaño, desafortunadamente, falleció solo diecisiete días después del desposorio. Dejó una hija natural, Ana de Velasco y Avendaño, habida con una india llamada Isabel de Taboledo, y a quien, tras la muerte de su padre, metieron en el convento de la Caridad en Lima. Sin embargo, por su riqueza, el virrey Toledo, fiel a su política de matrimonios organizados, decidió interrumpir la vida de oración de la mestiza Velasco para casarla con Juan Calderón de Vargas. Todos estos datos están brillantemente recogidos en la edición de *La Araucana* publicada por José Toribio Medina.[108]

EL SEGUNDO ESPOSO DE FRANCISCA Y LA NUEVA FAMILIA DE LA MESTIZA

Pedro Arias Portocarrero es un desconocido y las escasas menciones que a este noble se hacen en la documentación y bibliografía son a menudo erróneas, por lo que he podido contrastar. Algunos autores (Luis Vázquez Fernández, Rostworowski) lo confunden con un primo suyo, Pedro Arias Dávila y Bobadilla, hermano de Francisco Arias Dávila y Bobadilla y ambos, por tanto, nietos de Pedrarias Dávila, gobernador y capitán general de Castilla del Oro desde 1514 hasta 1526 y gobernador de Nicaragua de 1528 a 1531, y de su esposa Isabel de Bobadilla. A fin de simplificar el conflicto por el condado de Puñonrostro, digamos que las dos líneas que lucharon por el título son por un lado la de Arias Dávila y Bobadilla, y por otro la de Arias Portocarrero, esta última es la línea del segundo marido de la Mestiza. Con objeto de entender mejor todo esto, es de gran ayuda el árbol genealógico elaborado por Luis Barrio, director del archivo de la Fundación Puñonrostro.[109]

Pedro Arias Portocarrero, destinado a heredar el condado como primogénito, debió ser un hombre apuesto, y lo que es incuestionable, fue un noble de rancio y antiquísimo linaje. Sus dos progenitores, tanto su padre, Juan Arias Portocarrero, II conde de Puñonrostro, como su desatendida y no estudiada madre, Juana de Castro o Juana de Ribadeneira, provienen de dos casas importantes dentro de la oligarquía de la nobleza castellana.

Admito que es complicado desentrañar los avatares del linaje de este joven, del que apenas se ha escrito y apenas nos ha dejado huella, y admito también que la costumbre de repetir los mismos nombres dentro del linaje favorece en su estudio la confusión.

Pedro era mucho menor que Francisca, haciendo un cálculo estimativo a partir de la fecha en que casaron sus padres, que fue en 1544; así se recoge en un documento de Miguel Hazaña, en el archivo parroquial de Novés, que aparece reseñado en la magnífica y prolijamente documentada obra *Los Ribadeneira, la familia de doña Guiomar Carrillo*, de María del Carmen Vaquero Serrano, en el que Juana de Castro aparece ya como casada con el II conde de Puñonrostro Juan Arias Portocarrero en esa fecha.

Teniendo en cuenta que era el primogénito, es posible que Pedro naciera en torno a 1545 o 1546, es decir, once o doce años después de la que se convirtió en su esposa, la mestiza Pizarro. Su peso en la corte y su presencia están atestiguados por la relevancia del linaje de sus familias, miembros de las casas nobiliarias próximas a la Corona desde tiempos de los Católicos, y antes.

Pedro era por parte de padre descendiente de los Girón, por tanto, del marqués de Villena, así como del excéntrico Pedrarias Dávila. Por parte de madre, Pedro descendía de la casa de Ribadeneira, señores de Caudilla y mariscales de Castilla, y de los condes de Rivadavia. A modo de dato, los señores de la casa de Ribadeneira tenían la preeminencia honorífica de jurar a los príncipes herederos y cuando no se hallaban presentes en los juramentos se les reclamaba hacerlo ante escribano público. Así, el 27 de agosto de 1573, desde San Lorenzo, el rey Felipe II envió una carta a don Juan de Ribadeneira, hermano de Juana de Castro y por tanto tío de Pedro Arias Portocarrero, en que decía: «Mariscal D. Juan de Ribadeneira: Habiendo sido jurado en estas Cortes, que por nuestro mandado están juntas y se celebran al presente en la villa de Madrid, el serenísimo príncipe D. Fernando, mi muy caro y muy amado hijo por la serenísima princesa de Portugal, mi hermana, como infanta de estos reinos, y por los prelados, grandes y caballeros que se hallaron presentes, y los procuradores de Cortes de las ciudades y villas del Reino, que aquí están juntas, por príncipe y legítimo heredero y sucesor de ellos, según que se suele y acostumbra; el cual juramento asimismo han de hacer todos los prelados, grandes y caballeros que suelen concurrir en él y están ausentes donde quiera que se hallen y, tocando a vos como os toca tan principalmente, he ordenado a Luis Bravo de Laguna, caballero de la Orden de Alcántara, que le tome y reciba de vos. Y así luego en su presencia haréis y prestaréis al dicho serenísimo príncipe el juramento, el pleito homenaje que debéis hacer según y de la manera que lo hicieron la serenísima princesa, mi hermana, y los prelados, grandes y caballeros que se hallaron presentes, conforme a la escritura que el dicho Luis Bravo de Laguna os mostrará, que es como acá se hizo. De San Lorenzo, a veintisiete de agosto de mil y quinientos y setenta y tres años. Yo, el Rey. Por mandado de Su Majestad, Juan Vázquez». El príncipe al que se alude en la misiva, don Fernando de Austria, moriría pocos años después, en 1578.

Esta carta, recogida en la obra de María del Carmen Vaquero,[110] atestigua que por su segundo matrimonio y gracias a la familia de su marido, Francisca Pizarro estuvo muy cerca del rey. Estos datos sirvieron para tejer dos momentos relevantes de la novela: por un lado, la manera en que quizá Pedro y Francisca se conocieron, momento del que no se sabe nada y que me he permitido ficcionar, así como el encuentro privado con Felipe II, otro hecho que, aunque no está documentado, es muy plausible dadas las relaciones que la nueva familia de Francisca tenía en la corte. Otro aspecto tremendamente curioso es que el abuelo de Pedro Arias Portocarrero, es decir, el padre de su madre Juana de Castro, era hermano de doña Guiomar Carrillo, primer amor del insigne capitán Garcilaso de la Vega y madre de su hijo Lorenzo. Tal vez el capitán Garcilaso de la Vega dejara la impronta del manejo de la pluma en sus sobrinos nietos políticos, como se verá después.

Pedro era el mayor de cinco hermanos: Félix Arias Girón, fascinante personaje, capitán de Flandes y Borgoña; Juana de Castro, que casó con el marqués de Almenara; Francisca Sarmiento, que casó con Francisco Pizarro Pizarro, hijo de nuestra protagonista, y María, que murió siendo doncella.[111]

Yo me centraré solo en dos de sus hermanos, los que aparecen en la novela, y de los que hablaremos más adelante. Siguiendo la pista del desconocido Pedro, recalé en una fuente de esencial importancia, y que fue de gran ayuda, ya que disipó algunas dudas: se trata de los actuales condes de Puñonrostro, Manuel y Carmen, que me dieron todas las facilidades, y gracias al director de su ingente archivo, Luis Barrio Cuenca, pude desentrañar aspectos del enmarañado y largo pleito por el condado de Puñonrostro. Luis Barrio y Manuel Balmaseda me aclararon tanto el origen del estado de Puñonrostro, que se sitúa en el castillo del mismo nombre en las proximidades de Seseña, que fue señorío de Diego Arias Dávila, como su vinculación con Segovia, especificándome que su señorío nada tiene que ver con Extremadura como algunos investigadores sostienen al identificar erróneamente a Pedro Arias Portocarrero como un noble arruinado extremeño. Por ellos conocí la larga duración del pleito eclesiástico que se inició en 1531 y termina con las letras ejecutorias del tribunal de la Rota en el año 1573, dando inicio al pleito civil.

Lo cierto es que este larguísimo pleito está repleto de anécdotas dignas de un *thriller*, sobre todo en sus inicios. Los protagonistas, incluidos los titulares del condado, utilizaron todo tipo de pruebas falsas, sobornos, argucias dilatorias y tácticas conspirativas en el transcurso del litigio. Al final el condado quedó en manos de la rama Pedrarias Bobadilla, es decir, la que parte del gobernador de Castilla del Oro y Nicaragua. Este nieto de Pedrarias, que ganó el pleito, es quien ha suscitado las dudas de los investigadores acerca de la identidad de Pedro Arias Portocarrero, el esposo de Francisca, señalando su muerte al poco tiempo de fallecer la Mestiza. Quien murió en esas fechas, concretamente el 1 de noviembre de 1596, fecha confirmada por Luis Barrio Cuenca, favoreciendo la confusión, es Pedro Arias Dávila y Bobadilla, y le sucede su hermano Francisco, que será con quien se entiendan a partir de ese momento todas las diligencias del pleito. Lo cierto es que en 1609 Pedro, viudo de Francisca Pizarro, seguía vivo y apoyando a su padre en las súplicas para recuperar el condado. Es escasa la documentación que se conserva en el archivo sobre los hijos del II conde de Puñonrostro, Pedro y Félix, en este periodo, debido a que a partir del momento en que se decreta el secuestro de los bienes del condado, los Arias Portocarrero dejaron de tener acceso al mismo. Aun así, este dato sirve para corroborar que once años después de morir Francisca, Pedro seguía vivo, y también obtuvo por entonces, tanto él como Félix y el padre de ambos, una renta de un millón de maravedís al año, otorgada por Francisco Arias Dávila y Bobadilla. Así se extrae de dos cédulas de Felipe III, de 11 de julio de 1607 y 28 de noviembre de 1609, prorrogando al conde don Francisco, por dos y cuatro años, la obligación de redimir un censo que se había impuesto sobre el mayorazgo para pagar las deudas y gastos del pleito, y ante la imposibilidad de pagar los plazos de la redención, habida cuenta del mal estado de su hacienda.

Francisca en su testamento dejó bien atadas las cosas para que a su esposo Pedro le correspondiese una renta hasta que a su padre le fuese restituido el condado de Puñonrostro; para aquel entonces el pleito eclesiástico ya estaba resuelto, como indiqué antes, y esta disposición de Francisca estaría alentada por la esperanza de que las súplicas efectuadas por su suegro y esposo fueran atendidas, pero esto último nunca sucedió.

Se deja ver en este documento tan íntimo que debió ser la suya una relación de amor y mutua ayuda. Ella misma deja claro que Pedro la ayudó a resolver muchos de los problemas que todavía mantenía con el Consejo de Indias y con la Corona; también Pedro fue su apoyo y quien la sostuvo cuando emprendió la cruzada fundacional del convento de la Merced en Trujillo, para ejecutar la última voluntad de su aya Catalina, y exigió que nada se le pidiese a Pedro de los bienes compartidos durante su matrimonio y no se le arrebatase lo cedido por ella.[112] Existe un inventario de bienes realizado por Pedro, que se incluye en el libro *Tirso y los Pizarro*, en el que se recogen desde las casas adquiridas en Madrid hasta los objetos cotidianos de la Mestiza, su escritorio, sus vestidos, su ropa, sus joyas, y una cuidada descripción de la cama que sirvió para recrear en la novela algunos momentos de la pareja.[113]

Félix Arias Girón (cuñado de la Mestiza)

Cuando descubrí a don Félix Arias Girón, hermano de Pedro Arias Portocarrero y cuñado de la mestiza, me cautivó al instante. Este caballero debió de ser, por lo que se asoma en los documentos, un personaje tremendo, un carismático hombre renacentista, de armas y letras. Su destreza con las armas le convirtió en capitán de infantería española en los estados de Borgoña la Alta y Flandes, bajo el mando del condestable Juan Fernández de Velasco, y después fue nombrado sargento mayor de la villa de Madrid. Fue uno de los señores que acompañaron al duque de Lerma, para llevar a Francia en el año de 1615 a la infanta doña Ana de Austria, reina cristianísima, y traer a doña Isabel de Borbón, princesa de Asturias.

Como poeta y amante de la lírica, Félix Arias Girón en torno a 1609 patrocinó e inauguró la Academia de Madrid, donde estuvo en contacto con los más grandes autores del Siglo de Oro, así lo reseña Astrana Marín. Y así lo corrobora su amigo Lope de Vega, el joven poeta compañero de correrías en la novela, quien le dedica la silva tercera del *Laurel de Apolo*. De esa silva saqué al personaje de Feliciana, con quien Félix mantuvo una relación. La joven debió ser una estudiante de filosofía y astrología que durante los tres años que estuvo en la Universidad de Salamanca no quiso mostrar su hábito de mujer, sino que usó el de hombre. Un amor que no fructificó, convirtiendo a Félix en un sempiterno soltero.

La íntima relación de confianza que Félix Arias mantuvo con su cuñada Francisca Pizarro queda patente en un momento especialmente delicado, como es la firma de sus últimas voluntades. Francisca, postrada en el lecho y rodeada de escribanos, asediada por la enfermedad no pudo firmar el documento, por hallarse muy fatigada, y fue Félix Arias Girón quien firmó la memoria que dejó hecha la Mestiza con su testamento, para que se ejecutase a su debido tiempo. El documento está recogido en la obra *Tirso y los Pizarro*.[114] Otro dato en el que me apoyé para tejer la trama fue la terrible muerte de Félix Arias Girón. El 19 de junio de 1626, fue asesinado Félix; existen dos versiones sobre el hecho, unos sitúan la muerte en el terreno del Palacio Real, otros en la calle Atocha. La muerte aparece reseñada en un manuscrito de la Biblioteca Nacional,[115] correspondiente al mes de junio de 1626: «A 19 amaneció muerto don Félix Arias, hijo del conde de Puñonrostro: no se pudo averiguar el matador, aunque se hicieron muchas diligencias». Transportado a su casa moribundo, no pudo testar, pero aún tuvo vida para recibir los Santos Sacramentos.

Su partida de sepelio se encuentra en el archivo parroquial de la iglesia de San Sebastián de Madrid y dice así: «Don Félix Arias, soltero. Murió en la calle de Atocha en 19 de junio de 1626 años. Recibió los Santos Sacramentos de mano del licenciado Corbalán. No testó. Enterróle don Juan Pizarro, que vive en la misma calle en la esquina de la calle de San Eugenio; y fué el entierro en la Sanctísima Trinidad, porque delante de testigos lo mandó ansí el difunto».[116]

Finalmente, Félix fue enterrado por petición propia en el mismo lugar en que reposaba Francisca desde el año 1598, en la Santísima Trinidad, y fue el nieto y sobrino de Francisca, Juan Pizarro, a la vez sobrino de Félix, quien se encargó de enterrarlo. Esta cercanía y cuidado por parte de Juan Pizarro hacia Félix me sirvió en la novela para apuntalar que esa memoria moral que deja la Mestiza fuese custodiada por Félix y entregada a su debido tiempo a Juan Pizarro y a sus hermanas. Todos estos datos sobre Félix Arias Girón están incluidos en la obra de Astrana Marín: *Vida ejemplar y heroica de Miguel de Cervantes Saavedra*.[117]

Para acercarme al último periodo de la vida de la Mestiza en Madrid, me serví de una importante investigación en torno a los personajes de su familia política, y nuevamente las mujeres me sirvieron de guía. Mujeres cortesanas, pertenecientes al estamento más elevado entonces, la nobleza, y muy alejadas por tanto de las mujeres que hasta ese momento acompañaron a Francisca, tanto Inés como Catalina eran de origen llano y rural; de repente Francisca se vio en un ambiente desconocido que he buscado plasmar en la trama. Las mujeres que se pasean por la novela son Juana de Castro, madre de Pedro, Francisca Sarmiento de Mendoza, viuda de Ribadeneira, abuela materna de Pedro, y su tía abuela, María Hurtado de Mendoza y Sarmiento. Y merece la pena conocerlas en profundidad.

Juana de Castro y Ribadeneira, suegra de la Mestiza

Juana se convirtió en suegra y consuegra de Francisca por el doble matrimonio entre su hija con el hijo de la Mestiza, y por el casamiento de su primogénito con la única superviviente del linaje Pizarro Yupanqui Huaylas. La relación de la mestiza con Juana debió ser muy íntima y cargada de complicidad, hasta el punto de que en su testamento Francisca la nombra albacea. Debió favorecer esa íntima confianza el hecho inusual de que la suegra fuese escasos dos años mayor que la nuera, ya que Juana nació en 1532 y nuestra Mestiza en 1534. También curtiría ese afecto la adversidad, puesto que Francisca y Juana enfrentaron el delicado momento en que el condado les es arrebatado, siendo la Mestiza quien les facilitó la casa en la calle Relatores de Madrid, donde los II condes de Puñonrostro pasaron a vivir.

Juana de Castro era la segunda hija legítima y cuarta llamada a la sucesión del mayorazgo de su padre, Fernando Díaz de Ribadeneira, IV señor de Caudilla, mariscal de Castilla; parece que su padre mantuvo pleito por la villa de Torrejón de Velasco, aludiendo a que perteneció a su abuelo el mariscal y que estaba incluida en su mayorazgo, pero el pleito no llegó a más tras casar Juana con el II conde de Puñonrostro y señor de la villa, en el año 1544. Juana pertenecía a una de las cinco familias más señaladas de Toledo, y su padre fue corregidor de Segovia. Sobre la confidencia que Juana hace a Francisca en su primer encuentro de que el matrimonio entre sus padres sirvió para limpiar la participación de su progenitor en el conflicto comunero y cómo el desposorio fue orquestado por Francisco de los Cobos, las lenguas lo apuntaron y así se asoma en los documentos.[118]

Francisca Sarmiento de Mendoza, madre de la suegra de la Mestiza
La abuela de Pedro, madre de Juana, debió ser un personaje de armas tomar. Era hija de Juan Hurtado de Mendoza, adelantado de Galicia y señor de Morón, y de María Sarmiento Pimentel y Castro, III condesa de Rivadavia. Fue la novena hija legítima del matrimonio. Entre sus hermanos estaban Álvaro de Mendoza, obispo de Ávila y gran protector de Teresa de Cepeda y Ahumada y de su reforma, y María, la esposa de Francisco de los Cobos. Francisca Sarmiento se desposó en el año 1526 en Toledo con el mariscal de Castilla, Fernando Ribadeneira, hermano de doña Guiomar Carrillo, primer amor del capitán Garcilaso de la Vega y madre de su hijo, Lorenzo Suárez Figueroa. Su hermana María, por aquel entonces, ya se había desposado con el todopoderoso Francisco de los Cobos. Como dato curioso, Francisca Sarmiento aparece señalada en 1560 por el cardenal Francisco de Mendoza, en el memorial que envió al rey Felipe II, llamado *El Tizón de la Nobleza de España*, donde tuvo a bien Su Eminencia Reverendísima recoger los linajes de sangre

manchada y sospechosa entre las grandes casas; en él se incluyó también a su hermana María, esposa de Francisco de los Cobos.[119] Quedó viuda alrededor de 1546, y debió ser vanidosa, porque en un interrogatorio en el año 1579, declara tener cincuenta y cinco años, cuando en realidad debía tener muchos más, ya que en 1526 casó.

Sobre su carácter, no queda ninguna duda al leer las disposiciones de su testamento, así como el dato relevante de que, a pesar de que el castillo de Torrejón de Velasco pertenecía al señorío de Puñonrostro y tras perder el pleito debía pasar al nuevo conde, Francisca Sarmiento no se movió de allí, y en él murió el 3 de diciembre 1581,[120] apenas una semana después de que la Mestiza casase con su nieto Pedro, nombrando albaceas a su hija Juana y al esposo de esta.

María Hurtado de Mendoza, la tía de la suegra de la Mestiza
Descubrir que la viuda de Francisco de los Cobos estaba emparentada con la nueva familia de la Mestiza fue ciertamente una suerte de regalo que me permitió ajustar el engranaje de los acontecimientos que vivió Francisca. Es fascinante el personaje de María, una mujer que vivió en primera persona los hechos que marcaron el reinado de Carlos V y en los que sin duda participó, a la sombra de su esposo, aunque en ocasiones su papel fue más allá, tal y como se vislumbra en los documentos. Personalmente, creo que bien merece que alguien la rescate del olvido. Tal y como ella misma admite en la novela, fue desposada con Francisco de los Cobos cuando apenas alcanzaba los catorce años. El matrimonio se organizó para darle abolengo al respetado secretario imperial, cuya sangre era plebeya. Así, María se convirtió en camarera de la reina Isabel de Portugal, una cortesana al más alto nivel, y también pasó a formar parte de la casa del príncipe, donde su esposo cuidó con especial celo que ella y su hijo entraran, a fin de estar cerca del joven Felipe II y a fin de aminorar el peso portugués que la reina estaba imprimiendo a la educación del futuro rey.[121] Los avatares de su vida darían para otro libro, dicen que era muy hermosa, aunque no se han conservado cuadros de los muchos en los que posó; también se atisba en ella un carácter fuerte e incluso las lenguas apuntan a que su desmedido gusto por la riqueza fue lo que instigó al secretario imperial a amasar una de las mayores fortunas de su tiempo. María quedó viuda con treinta y nueve años en 1547, es decir, en pleno

desarrollo del levantamiento de los encomenderos en Perú, de ahí que la relación escrita por La Gasca a Los Cobos, en mayo de 1548, desde Cuzco no fuese leída por el secretario imperial, pero sí permaneciese en poder de su esposa. Merece la pena aclarar que, en los años previos a su muerte, Francisco de los Cobos ya estaba entregado a la creación de lo que hoy es el Archivo de Simancas. Fue su mayor impulsor, para mitigar la falta de orden de la documentación castellana; en 1540 fue cuando Los Cobos apuntó por carta a Juan Vázquez Molina el lugar adecuado para albergar y custodiar todos esos papeles que debían estar a buen recaudo y a salvo de ojos indiscretos. El alma del Imperio no debía seguir desperdigada y expuesta en palacios privados de antiguos consejeros o personas vinculadas al poder. Ese lugar sería la fortaleza de Simancas. Así comenzó un largo y tedioso proceso de recopilar y rescatar todos esos documentos, en el que a base de cédulas reales se exigió la entrega «a todas las personas que poseyeran escrypturas de cualquier calidad e importancia». Las cédulas, firmadas en su mayoría por el príncipe Felipe, alcanzaron primero a presidentes del Consejo Real y Chancillerías de Valladolid y Granada, contadores mayores de cuentas, contadores mayores de hacienda, alcaldes mayores y gobernador de Galicia, corregidores o los herederos de figuras como Lope Conchillos y otros secretarios fallecidos. Lo que me interesó es que estos envíos culminaron con una serie de cédulas sueltas, a medida que se iba conociendo qué personas podían tener documentos de importancia y necesidad para el archivo, y entre estas cédulas se encuentran las dirigidas a María de Mendoza y Sarmiento, viuda ya en esos años de Francisco de los Cobos, para pedirle el grueso de la documentación que el secretario imperial tenía en su poder cuando fallece en 1547.

Las cédulas que sirvieron a la trama se encuentran en el Archivo General de Palacio,[122] tal y como recoge Eva Guerrero de Llanos en su artículo «Una fortaleza convertida en archivo de la Corona: Simancas en el siglo XVI, nuevos datos para su estudio», y a Eva desde aquí quiero agradecerle el dato.

Estos papeles de Los Cobos, sin duda, fueron una de las grandes aportaciones a los fondos del actual Archivo de Simancas. El biógrafo de Francisco de los Cobos, Hayward Keniston, señala que el inventario de la documentación que María guardaba en su palacio de Valladolid superaba más de cien mil documentos entre legajos, volúmenes y libros, que fueron depositados en Simancas en veintinueve cofres.[123]

Sobre la mujer que quitaba el sueño a María, sin lugar a dudas la italiana debió ser realmente un quebradero de cabeza para la viuda de Los Cobos. Cornelia Malespina fue una dama italiana con la que el secretario imperial mantuvo un tórrido romance; parece que se conocieron durante el viaje a Italia para la coronación de Carlos V como emperador. En ese momento Francisco de los Cobos ya es consejero de Estado, era el año de 1530. En Bolonia tuvo lugar la ceremonia en la iglesia de San Petronio, de ahí la corte se trasladó a Mantua, y en una de las innumerables fiestas que se celebraron Los Cobos fue invitado por la condesa de Novellara al castillo de La Rocca. Todo indica que allí conoció a Cornelia, camarera de la condesa, y allí vivieron una aventura, que se mantuvo, al menos de forma epistolar, durante doce años. Parece que Cornelia vivió prendada de Los Cobos hasta el punto de conservar un retrato suyo, cubierto por un velo, en su cámara.[124]

Francisca Sarmiento y Castro, nuera y a la vez cuñada de la Mestiza

Esta joven, hermana de Pedro, es con quien se desposó el primogénito y único hijo superviviente de la Mestiza, Francisco Pizarro Pizarro o Pizarro Inca, como es llamado en algunos documentos. Se desposó en 1581 por poderes solo unos meses antes de que la Mestiza casara con Pedro, y yo me serví de este detalle para tejer la trama de la misteriosa vida y muerte del otro hijo de la Mestiza, Juan.

La joven Francisca Sarmiento y Castro apenas aparece en la documentación, salvo como primera esposa del único superviviente Pizarro Inca y madre de sus primeros hijos, sin aportar más datos sobre ella o aportando datos erróneos como los del historiador peruano Cúneo-Vidal, que la convierte en una noble dama trujillana,[125] algo que no es cierto, y ya ha sido aclarado en los orígenes del condado de Puñonrostro. Cabe destacar que en las genealogías tradicionales, salvo la de Pedro Muñoz San Pedro,[126] solo aparecen dos hijos de este matrimonio, Juan Hernando Pizarro y Sarmiento y Francisca Pizarro y Sarmiento. Este Juan Hernando fue quien peleó y logró por fin título y señorío del marquesado de su bisabuelo Francisco Pizarro, y fue quien ligó a este el señorío de La Zarza en Cáceres, convertido desde entonces en Conquista de la Sierra.[127]

En este municipio todavía hoy se puede contemplar, aunque en lamentable estado, el palacio de los Pizarro que Francisca hermoseó y en el que se desarrollan muchos de los momentos de la novela. También allí, en las traseras del palacio, se mantiene la señorial torre del homenaje junto a la charca o estanque donde perdió la vida la niña María Aguilar muriendo ahogada y cuya lápida se conserva en la iglesia del municipio.

La otra hija que aparece en las genealogías es Francisca Pizarro y Sarmiento, quien según el historiador Hemming casó con Juan de Solís y Vargas en 1610 y murió sin descendencia. Ciertamente, tal y como se recoge en el testamento de la Mestiza, ella habla de su hijo don Francisco y las hijas de este, sus dos nietas, en plural, a las que deja algunas de sus joyas,[128] debió por tanto haber una tercera hija del matrimonio Pizarro Sarmiento, pero esta no aparece en los árboles genealógicos, quizá porque muriese prematuramente.

Apoyándome en los documentos que reseñan el áspero e iracundo carácter del hijo de la Mestiza, doté a Francisca de Sarmiento de la cualidad de amainar las tormentas de Francisco Pizarro Inca, cuyo espíritu castigado y arrogante, bastante similar al de su padre Hernando, se asoma constantemente. Debió ser un hombre de armas tomar, así lo reseña el comendador fray Francisco Vélez, de oídas al licenciado Huñez, cura de la parroquial de la Veracruz, de Trujillo, y al padre fray Rodrigo de Herrera, religioso de su convento: «Don Francisco era un hombre muy grave, áspero y de terrible condición, y los caballeros más principales de aquella ciudad le veneraban y respetaban».

También lo subraya el doctor Valverde, que fue quien lo asistió en los momentos finales de su vida, «si yo le voy con ese mensaje echárame con los diablos, y le temo tanto que cuando le tomo el pulso tiemblo, de manera que aún le juzgo de las calidades de él». Y otro día, «estando el testigo instando a don Francisco para que tomase un poco de substancia, habiendo tomado dos cucharadas de ella, asomó la cabeza el doctor Valverde por entre los que se hallaban presentes, y viendo que dicho don Francisco había reparado en él, dijo: mucho me huelgo, señor don Francisco, de haber visto el buen ánimo con que vuestra merced ha tomado esa sustancia, y él respondio: ¿huélgase mucho?, pues porque no se huelgue no quiero tomar más, vayase de ahí».[129]

LOS FRAILES DE LA MERCED

La vinculación y relación de mutua ayuda entre la Orden de la Merced y los Pizarro es una constante que se asoma a legajos, testamentos, cédulas y cartas desde los primeros tiempos de la gesta de Francisco Pizarro y que culminó con la fundación del convento mercedario en Trujillo por parte de la Mestiza. Convento del que Tirso de Molina fue comendador.

Para tejer la trama de la Merced, me sirvieron de gran ayuda los documentos recogidos por Luis Vázquez Fernández en el libro *Tirso y los Pizarro*. Otros de los datos y personajes que salpican la trama de la Merced aparecen en crónicas y cartas.

Entre los frailes mercedarios pizarristas que apoyaron a Gonzalo Pizarro destaca fray Pedro Muñoz, llamado el Arcabucero; este hombre santo y guerrero aparece en la relación de Pedro de La Gasca al Consejo de Indias, en ella se ensaña el clérigo La Gasca exponiendo que quiso levantar la ciudad y ponerla bajo el poder de Gonzalo Pizarro, y que estaba dispuesto a matar a Lorenzo de Aldana. Con estos argumentos Pedro de La Gasca pide que se prohíba la presencia de la Merced en aquellas tierras, proponiendo que sus casas sean pobladas por dominicos y franciscanos.[130]

Otro mercedario que se asoma en los documentos es fray Alejo Daza, quien fue comendador de Panamá;[131] algunos dicen que este fraile fue quien fundó el convento de la Merced de Arequipa, su nombre aparece en documentos de esta ciudad en 1555, en el Cuzco en 1580, y de nuevo en Arequipa en 1587 a 1598. Fray Alejo fue quien inspiró y cedió su nombre en la novela al también mercedario que acudió a las casas de la Mestiza en Madrid y que le brindó todo su apoyo, desgranando aspectos esenciales sobre Pedro Hernández de Paniagua, el placentino enviado por Pedro de La Gasca para parlamentar con Gonzalo Pizarro. Como orden redentora de cautivos y profundamente ligada a los Pizarro, me pareció interesante que la Merced sirviera a la trama para lograr liberar el secreto que mantenía cautiva el alma de Paniagua.

Sobre Juan Coronel, clérigo de Quito y mencionado en la novela, fue un personaje real, y a quien se le atribuye la elaboración de *Bello Justo*, de él y de este libro habla Pedro de La Gasca en su relación al Consejo de Indias, aportando el dato de que era ayo del hijo de Gonzalo Pizarro.[132] Los escasos datos que he encontrado de este clérigo son que procedía de un linaje judeoconverso del que algunos familiares estuvieron vinculados a la revuelta comunera, y tras la ejecución de Gonzalo Pizarro, en junio de 1548, el obispo de Cuzco le prohibió ejercer funciones religiosas condenándole al exilio en Castilla. Hay que resaltar que *Bello Justo* fue el documento en el que se defendía la causa justa de Gonzalo Pizarro, y a pesar de los intentos de La Gasca por eliminarlo, el documento viajó, tal y como fray Alejo comparte a la Mestiza en la novela, a otros lugares. Algunos historiadores sostienen que ese tratado llegó hasta Nueva España, donde el fraile franciscano Luis Cal empleó los argumentos contenidos en las páginas de *Bello Justo* para alentar la llamada Conspiración de Martín Cortés, hijo de Hernán Cortés.[133]

Hay que destacar que tanto fray Francisco Zumel, padre general de la Merced que otorgó poder desde Salamanca el 26 de marzo de 1594 para fundar el convento que la Mestiza ordenó en la ciudad trujillana, como los frailes que acudieron a Trujillo a ese fin son personajes reales, y así lo recogen los documentos.[134]

El duro periplo fundacional del convento mercedario que inició la Mestiza en 1594 fue un camino entrampado y lleno de escollos, en los que hay que incluir tanto la negativa del concejo trujillano como la terrible ocupación que la abadesa y las monjas descalzas franciscanas del convento de San Antonio de Trujillo hicieron de las casas de Catalina de la Cueva. En palabras de la propia Mestiza, ella iniciaba el pleito «en razón de haberse entrado violentamente en una iglesia y casas de la obra Pia…».[135]

Este arduo proceso no finalizó hasta el año 1603, fecha en la que el hijo de la Mestiza, Francisco Pizarro Inca, aplicó la renta dada por su madre y adecentó el primer edificio del convento.

LOS LUGARES DE LA MESTIZA

Afortunadamente y a pesar de los embates despiadados del tiempo, algunos de los lugares que forman parte de esta novela, y de la vida de la Mestiza, siguen con nosotros. En honor a la verdad, a día de hoy se conservan los entornos y escenarios que ella frecuentó en España. Ciertamente, poder acudir a ellos, pasearlos, recorrerlos y contemplarlos fue una de las partes más enriquecedoras de este viaje que supuso perseguir las huellas de la primera mestiza.

Castillo de La Mota, Medina del Campo, Valladolid. Merece la pena acudir a este lugar que fue enclave defensivo de Juan I de Castilla, y después de los Católicos. Sus muros sirvieron de señorial prisión a Hernando, a Isabel de Mercado y por supuesto a Francisca. También otros presos ilustres como Cesar Borgia o Luis Colón de Toledo, tercer almirante de Castilla y nieto del descubridor de América, moraron en este lugar. Les recomiendo una visita de la mano de David García, para asomarse a las troneras y alcanzar la altura de la tremenda torre del homenaje donde están los aposentos de Hernando, para poder entender las estrecheces del lugar y también divisar las llanuras castellanas y recias que lo circundan.

Palacio de La Zarza, Conquista de la Sierra, Cáceres. El palacio de La Zarza se mantiene a duras penas, desafiando al tiempo, en este punto de Extremadura que despide a la llanura y anuncia las viejas montañas de las Villuercas. Lo que hoy queda fue fruto del tesón de la Mestiza y Hernando, la torre del homenaje, rehabilitada, deja ver el pasado señorial de este magnífico lugar, que merece ser rescatado antes de que la ruina lo engulla, borrando una parte fundamental de la historia, de nuestra historia.

Palacio de la Conquista, Trujillo, Cáceres. Como la enorme proa de un barco atracado hace más de cuatrocientos años en Trujillo, el palacio construido por Francisca se mantiene en pie, sin perder su señorial prestancia, dando merecida gloria a la sangre mestiza que surgió de aquel encuentro. No creo que encuentren en parte alguna del mundo conocido los bustos de una ñusta incaica y una mestiza presidiendo el escudo de armas de un conquistador. Contemplarlo con detenimiento es transportarte al siglo XVI, y desgranar de a poco el pasado y los hechos que favorecieron el encuentro de dos mundos. Solo hay que saber leer en sus piedras, remates y cornisas, pero ciertamente allí está todo.

Convento de Santa Clara, Trujillo, Cáceres. El convento de Santa Clara, donde Isabel Mercado profesó tras ser exclaustrada de las beatas fajardas de Medina, hoy es el Parador de Trujillo. La iglesia de San Clemente, unida por el patio de entrada al conjunto monacal, sigue hoy en pie, en su seno reposa Isabel Mercado, probablemente en el coro, como ella quería, dando lecho a sus hermanas.

Convento de las Descalzas Franciscas de San Antonio, Trujillo, Cáceres. El lugar que habitaban las monjas que tantos quebraderos de cabeza dieron a la Mestiza en su cruzada fundacional es hoy un hotel, y junto a él podemos vislumbrar el lugar que antes ocuparon las casonas compradas por Catalina de la Cueva, en el arrabal del Campillo, y que fueron la primitiva residencia de los frailes mercedarios, aunque por poco tiempo; a día de hoy sobre ese espacio se levantan dos enormes casas privadas, y el resto, como apunta Luis Vázquez Fernández, debió ser demolido cuando se abrió la carretera de Trujillo a Plasencia.

Convento de la Merced, Trujillo, Cáceres. El edificio que se conserva a día de hoy con señorial reciedumbre no fue el primero que en 1603 ocuparon los frailes, como ya es sabido, pero sí es el edificio donde Tirso de Molina ejerció de comendador entre los años 1626 y 1629 y que conozco bien, por convertirse, siglos después, en la casa de dos grandes amigas, Beatriz y Rocío, lo que me dio la oportunidad de recorrer su claustro, adentrarme en la escalerilla de los frailes, y contemplar desde dentro este emblemático edificio que merece ser rescatado.

LA PALABRA ESCRITA

Para terminar, las cartas y las letras tienen una importancia capital en la trama de esta novela, como realmente la tuvieron en aquel tiempo, de ahí que fueran tres o cuatro las copias que se elaboraban a fin de garantizar que las letras alcanzasen su azaroso destino. La palabra escrita otorgaba, arrebataba, concedía, ensalzaba o denostaba y ciertamente reinaba a sus anchas en aquel mundo, como un elemento de poder vedado a una gran mayoría que no conocía el arte de la escritura. Respecto a las dos cartas que empleó Francisca como armas en su encuentro con el rey, quizá una podría ser la que se encuentra en el Archivo de Indias[136] y la otra, la que la acompañó desde su exilio del Perú y a lo largo de toda su vida, se puede consultar en la obra de Pérez de Tudela Bueso.[137]

Árboles genealógicos

Dinastías Hanan y Hurin

HURIN
Manco Capac
Sinchi Roca
Lluqui Yupanqui
Mayta Capac
Capac Yupanqui

- - - - - - - - - - - - - - - - - - - -

HANAN
Inca Roca
Yahuar Huacac
Huiracocha Inca
Pachacutec Inca Yupanqui
Tupac Inca
Huayna Capac

Clasificación de dinastías recogidas por los cronistas Sarmiento de Gamboa y Murúa.

Familia de los Pizarro

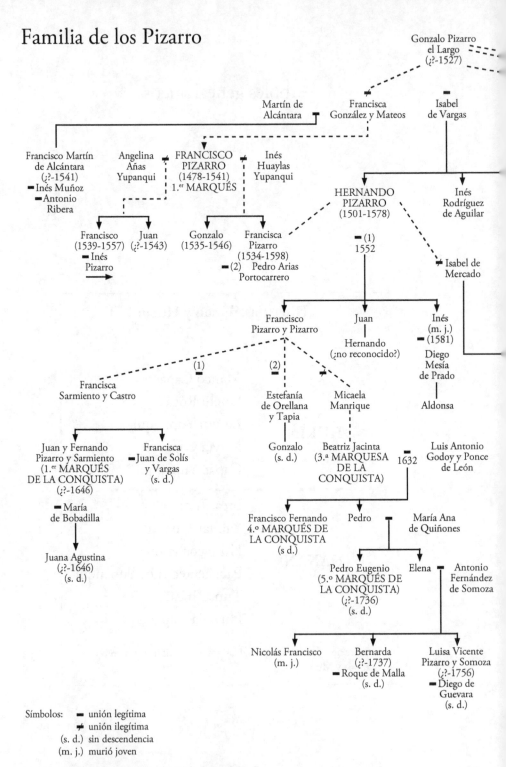

Símbolos: ━ unión legítima
            ⇥ unión ilegítima
            (s. d.) sin descendencia
            (m. j.) murió joven

Extraído de *Tirso y los Pizarro*, de Luis Vázquez Fernández.

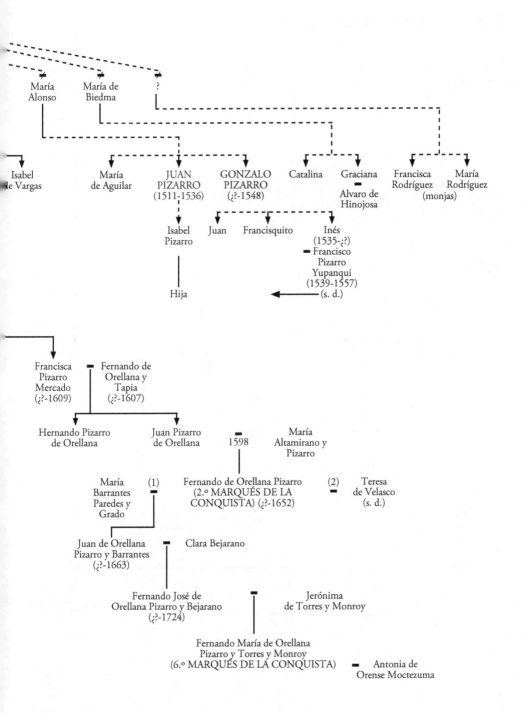

María
Alonso

María de
Biedma

?

Isabel
de Vargas

María
de Aguilar

JUAN
PIZARRO
(1511-1536)

GONZALO
PIZARRO
(¿?-1548)

Catalina

Graciana
▬
Alvaro de
Hinojosa

Francisca
Rodríguez

María
Rodríguez
(monjas)

Isabel
Pizarro

Juan

Francisquito

Inés
(1535-¿?)
▬ Francisco
Pizarro
Yupanqui
(1539-1557)
(s. d.)

Hija

Francisca
Pizarro
Mercado
(¿?-1609)

▬

Fernando de
Orellana y
Tapia
(¿?-1607)

Hernando Pizarro
de Orellana

Juan Pizarro
de Orellana

▬
1598

María
Altamirano y
Pizarro

María
Barrantes
Paredes y
Grado

(1)

Fernando de Orellana Pizarro
(2.º MARQUÉS DE LA
CONQUISTA) (¿?-1652)

(2)

Teresa
de Velasco
(s. d.)

Juan de Orellana
Pizarro y Barrantes
(¿?-1663)

▬

Clara Bejarano

Fernando José de
Orellana Pizarro y Bejarano
(¿?-1724)

▬

Jerónima
de Torres y Monroy

Fernando María de Orellana
Pizarro y Torres y Monroy
(6.º MARQUÉS DE LA CONQUISTA)

▬

Antonia de
Orense Moctezuma

Familia de los Puñonrostro

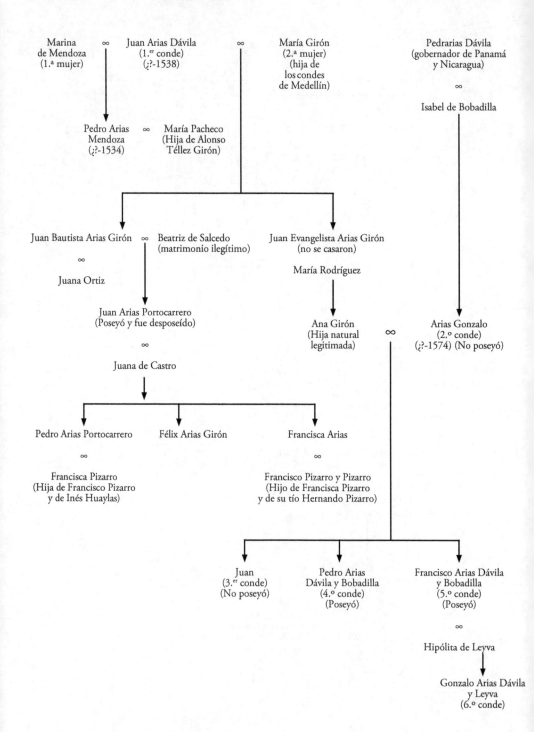

Bibliografía

Los números que anteceden a las obras se corresponden
con los que aparecen en el Apéndice

1 MIRA CABALLOS, Esteban. «Hernando Pizarro y la perpetuación de su linaje. Un testamento desconocido». *XLIII Coloquios Históricos de Extremadura*, 2014.

2 FERNÁNDEZ MARTÍN, Luis. *Hernando Pizarro en el Castillo de la Mota*. Valladolid, CCBS, 1991.

3 Protocolo del escribano de Trujillo Miguel Sánchez de Oñate, 5 de abril de 1572. Archivo Municipal de Trujillo. TENA FERNÁNDEZ, Juan. *Trujillo histórico y monumental*, pág. 350.

4 SANZ FERNÁNDEZ, Francisco. «Nuevos aportes documentales sobre el palacio del marqués de la Conquista en Trujillo. Una obra inédita de los maestros Sancho de Cabrera Solís y Jerónimo González». *NORBA. Revista de Arte*, vol. XXVII, 2007. RAMOS RUBIO, José Antonio. «El palacio del Marqués de la Conquista de Trujillo: aportaciones históricas, constructivas e iconográficas». Biblioteca Virtual Miguel de Cervantes, 2020.

5 *Nobiliario de conquistadores de Indias*. N.º 44. Armas para D. Francisco Pizarro. Sociedad de Bibliófilos Españoles. Madrid. MDCCCXCU.

6 Testamento de Francisca Pizarro Yupanqui. Archivo de Protocolos de Madrid. Juan de la Cotera-Gascón de Gálvez, Doc. Protocolo 1810, fols. 734-738.

7 VARÓN GABAI, Rafael. *La ilusión del poder: Apogeo y decadencia de los Pizarro en la conquista del Perú*. Instituto Francés de Estudios Andinos, Lima, 1996.

8 BERENS, Loann. *Cristóbal Vaca de Castro y los dominicos del Perú*. Estudios Latinoamericanos, Sociedad Polaca de Estudios Latinoamericanos, 2017, 36/37, ffhal-02334870f.

9 LEVILLIER, Roberto. *Gobernantes del Perú; cartas y papeles, siglo XVI*. Documentos del Archivo de Indias. Volumen I.

10 DE ZÁRATE, Agustín. *Historia del descubrimiento y conquista del Perú*. Cátedra, 2022.

11 Declaración de Antonio de Ribera, incluida en «Provanza que manda levantar entre vecinos el procurador de la Ciudad de los Reyes don Francisco de Benavides contra el virrey Blasco Núñez de Vela sobre los alborotos y escándalos que ocasionó en aquellos reinos en el año de 1544», Levillier. Recogido por PÉREZ MIGUEL, Liliana. *«Mujeres ricas y libres». Mujer y poder: Inés Muñoz y las encomenderas en el Perú (s. XVI)*. CSIC, Universidad de Sevilla, Diputación Provincial de Sevilla, 2020, pág. 198.

12 GUTIÉRREZ DE SANTA CLARA, Pedro. *Historia de las guerras civiles del Perú (1544 1548) y de otros sucesos de las Indias*. Fundación Ignacio Larramendi, 2020.

13 Relación de Pedro de La Gasca al Consejo de Indias. CLVI. PÉREZ DE TUDELA BUESO, Juan. *Documentos relativos a D. Pedro de la Gasca y a Gonzalo Pizarro*. Volumen II, págs. 258-277.

14 LÓPEZ ROL, María Luisa. *Doña Francisca Pizarro Yupanqui en el Archivo de Protocolos de Trujillo*. Editado por el Palacio Barrantes-Cervantes. Fundación Obra Pía de los Pizarro, 2014, pág. 54.

15 Tal y como señala Ots Capdequí, hubo de disponer el emperador Carlos V, en cédula de 9 de agosto de 1546, que procedía anular varias encomiendas concedidas a mujeres, porque estas «no son hábiles ni capaces de tener indios encomendados», en SOLORZANO. Política indiana, lib. III, cap. VI. Veáse OTS CAPDEQUÍ, José María. «El sexo como circunstancia modificativa de la capacidad jurídica en nuestra legislación de Indias». *Anuario de Historia del Derecho Español*, 1930, pág. 359.

16 «Carta del virrey Don Francisco de Toledo dando cuenta a su majestad de cuanto tocaba al gobierno temporal». La Plata, 30 de noviembre de 1573. Levillier. En PÉREZ MIGUEL, Liliana, *«Mujeres ricas y libres». Mujer y poder: Inés Muñoz y las encomenderas en el Perú (s. XVI)*. CSIC, Universidad de Sevilla, Diputación Provincial de Sevilla, 2020, pág. 214.

17 PÉREZ MIGUEL, Liliana. *«Mujeres ricas y libres». Mujer y poder: Inés Muñoz y las encomenderas en el Perú (s. XVI)*. CSIC, Universidad de Sevilla, Diputación Provincial de Sevilla, 2020, pág. 111.

18 *Ibidem*, pág. 165.

19 Carta de doña Inés Muñoz a Su Majestad pidiendo la devolución de unos indios. AGI, Patronato, 192, N.1, R. 32. (1543), en PÉREZ MIGUEL, Liliana. *Mujer y poder: Inés Muñoz y las encomenderas en el Perú (s. XVI)*. CSIC, Universidad de Sevilla, Diputación Provincial de Sevilla, 2020. Carta completa en Anexo V, pág. 415.

20 AGI, Escribanía 496-A, ff. 696v-697.

21 MENDIBURU, Manuel. *Diccionario histórico-biográfico del Perú*. Biblioteca Virtual Miguel de Cervantes.

22 LÓPEZ ROL, María Luisa. *Doña Francisca Pizarro Yupanqui en el Archivo de Protocolos de Trujillo*, pág, 12. Editado por el Palacio Barrantes-Cervantes. Fundación Obra Pía de los Pizarro, 2014.

VÁZQUEZ FERNÁNDEZ, Luis. *Tirso y los Pizarro, aspectos históricos documentales*. 1993. Fundación Obra Pía de los Pizarro.

23 MUÑOZ SAN PEDRO, Miguel. «La sombra de doña Isabel de Mercado», *Revista de Estudios Extremeños*, t. XXVI, n.º 1, Badajoz, 1970, pág. 89. «una fulana de la Cueva [...] y es la que sabía los secretos de Fernando Pizarro».

24 PÉREZ DE TUDELA BUESO, Juan. *Documentos relativos a D. Pedro de la Gasca y a Gonzalo Pizarro*. Diego Martín a García de Salcedo, La Nasca, 11-8-1547.

25 VARÓN GABAI, Rafael. *La ilusión del poder: Apogeo y decadencia de los Pizarro en la conquista del Perú*. Instituto Francés de Estudios Andinos, Lima, 1996.

26 Chancillería de Granada. Inhibitoria al oficial y vicario de la villa de Madrid y al Lcdo. Cervantes, provisor de la ciudad de Sevilla (ARChG, expte. 5.768). «De nuevo sobre la ejecutoria de Francisco Pizarro: La llegada de remesas de oro americano a España (1536-1553)», Pedro Andrés Porras Arboledas. UCM. *Cuadernos de Historia del Derecho*, 2016.

27 AGI, Escribanía 496-A, f. 696.

28 Poderes otorgados en Medina del Campo por Catalina de la Cueva. Poder de Catalina de la Cueba a Gerónimo de Argüello, Medina del Campo, 28-9-1556, AHPUV-JR 6831; Catalina de la Cueba a Hernando Ximénez, Medina del Campo, 27-12-1558, AHPUV-JR 6831. VARÓN GABAI, Rafael. *La ilusión del poder: Apogeo y decadencia de los Pizarro en la conquista del Perú*. Instituto Francés de Estudios Andinos, Lima, 1996. Capítulo 6, «Las personas».

29 Soborno por parte de García de Salcedo. Según la propia Catalina, el veedor le dijo: «Señora, yo os daré seis mill castellanos por que agáis que doña Francisca me firme un finequito que no lo sepa su curador ni naide», y esta testigo no se lo dixo a la dicha doña Francisca. Trujillo 24 abril 1566-Trujillo (España), 24-4-1566, AGI, Escribanía 496-A, f. 699. VARÓN GABAI, Rafael. *La ilusión del poder*.

30 Relación de Alonso Castellanos, AGI, Lima 118. El dato está extraído de VARÓN GABAI, Rafael. *La ilusión del poder*.

31 Relación de gastos del viaje. «Cuenta que se hizo entre la señora doña Francisca Pizarro y Hernando Pizarro en su nombre y Francisco de Ampuero». Archivo General de Indias, Sevilla. Justicia 1054-1552-23f.

32 PÉREZ DE TUDELA BUESO, Juan. *Documentos relativos a D. Pedro de la Gasca y a Gonzalo Pizarro*. Carta de Francisco de Carvajal a Gonzalo Pizarro. De Aporima, 28 febrero 1547. CCLXXXVI, págs. 466-468.

33 AGI, Justicia, 451, 1549-1553, fols. 522v-523. Es parte de la «Residencia tomada a los licenciados Diego Vázquez de Cepeda, Pedro Ortiz de Zárate y Alonso Álvarez y al doctor Lisón de Tejada, oidores de la Audiencia de Lima, por el licenciado Pedro de la Gasca».

34 Pleito contra el cardenal Loaiza. ES.41091.AGI/16414.24.3// JUSTICIA, 397 AUTOS ENTRE PARTES. LIMA 1550-1551. N.º 2, R. 1 1549-1553. «María de Escobar y su marido, Pedro de Portocarrero, vecinos de la ciudad de Lima, contra el arzobispo de Lima, Jerónimo de Loaisa sobre el derecho a las encomiendas de Lurigancho, Culpay y Abios. Nota: Va remitido al Consejo». N.º 2, R. 2.

35 Declaración de María de Escobar. AGI, PATRONATO, 104, R.4, f. 18 r. Recogida en FORNIELES ÁLVAREZ, Juan Luis. «Hernando de Soto. Un hombre de la Casa de Feria en la conquista del Perú», *XIX Jornadas de Historia en Llerena*, 2018, pág. 163.

36 CAHILL, David y TOVIAS, Blanca (eds.). *Élites indígenas en los Andes: Nobles, caciques y cabildantes bajo el yugo colonial*. Abya Yala. NOWACK, Kerstin. *Aquellas señoras del linaje real de los incas*. Universidad de Bonn, pág. 28.

37 CIEZA DE LEÓN, Pedro. *Guerras civiles del Perú*, Libro II. «La guerra de Chupas». Capítulo LXXXII.

38 O'SULLIVAN BEARE, Nancy. *Las mujeres de los conquistadores*. Madrid. Compañía Bibliográfica Española, 1956.

39 *Ordenanzas de la Ciudad de Sevilla*, Sevilla, 1632 (que reproduce fielmente la edición original de 1527), fol. 63. MORENO MENGÍBAR, Andrés y VÁZQUEZ GARCÍA, Francisco. «Formas y funciones de la prostitución hispánica en la Edad Moderna: el caso andaluz». *NORBA. Revista de Historia*, vol. 20, 2007, págs. 53-84.

40 LOCKHART, James. *Spanish Peru 1532-1560; A Colonial Society*. University of Wisconsin Press, Madison, 1968.

41 SÁNCHEZ RUBIO, Rocío y TESTÓN NÚÑEZ, Isabel. «"Fingiendo llamarse… para no ser conocido". Cambios nominales y emigración a Indias. Siglos XVI-XVIII». *NORBA*, Universidad de Extremadura, 2008.

42 Información de servicios, Beatriz de Salcedo 1562. AGI. Sevilla. Exp. Lima 118, legajo 3840.

43 CÁCERES ENRÍQUEZ, Jaime. «La mujer morisca o esclava blanca en el Perú del siglo XVI». Biblioteca Virtual Miguel de Cervantes.

44 AGN, Protocolo notarial de Pedro de Castañeda, fs. 698v-699. *Revista del Archivo General de la Nación*, 2019, 34(2), págs. 143-200. «Índice del protocolo notarial de Pedro Castañeda». Segundo protocolo notarial más antiguo de Lima.

45 CXC-De Pedro de Puelles a Gonzalo Pizarro. De Quito, 24 de septiembre de 1546, en PÉREZ DE TUDELA BUESO, Juan. *Documentos relativos a D. Pedro de la Gasca y a Gonzalo Pizarro*.

46 CXCI-De Pedro de Puelles a Gonzalo Pizarro. De Quito, 3 de octubre de 1546. CXCII-De Pedro de Puelles a Gonzalo Pizarro. De Quito, 4 de noviembre de 1546, en PÉREZ DE TUDELA BUESO, Juan. *Documentos relativos a D. Pedro de la Gasca y a Gonzalo Pizarro*.

47 CXXVII-Carta de Gonzalo Pizarro a María de Ulloa. Los Reyes, 18 abril de 1547, en PÉREZ DE TUDELA BUESO, Juan. *Documentos relativos a D. Pedro de la Gasca y a Gonzalo Pizarro*.

48 Pleito por los indios de Chimo. AGI, Justicia 398, n.º 2, f. 15. Recogido en VARÓN GABAI, Rafael. *La ilusión del poder*. Capítulo 8.

49 Liliana Pérez señala como Florencia en la donación dispuso que ni el obraje ni su ganado podían mudarse de lugar ni ser «vendido, cambiado, hipotecado, obligado ni censuados», también estipulaba que nadie podría entrometerse en la manda, ni siquiera los virreyes. En *«Mujeres ricas y libres». Mujer y poder: Inés Muñoz y las encomenderas en el Perú (s. XVI)*, pág. 306.

50 VV. AA. *Los Pizarro conquistadores y su hacienda*. Palacio de Barrantes-Cervantes, págs. 43, 46 y 47. Inés era la mayor de las hijas de Gonzalo Pizarro el Largo, incluidas las bastardas, a la que puso los apellidos de su abuela paterna, y a quien nombró en su testamento albacea junto a su hermana Estefanía de Vargas. Además, Inés era usufructuaria de la viña y huerta de La Zarza, y curiosamente Francisco Pizarro en su testamento de 1939 ordenaba entregar «siete mil pesos de oro fino» a Inés Rodríguez de Aguilar para la edificación de una iglesia y capellanía «en el sitio más cercano a las casas que fueron de su padre, el capitán Gonzalo Pizarro, y que son en la collación de San Martin». Testamento de Francisco Pizarro, 1539, fol. 31v., cláusula 2.ª.

51 Poder de Francisco Pizarro a Hernando Pizarro e Inés Rodríguez de Aguilar, Jauja, 4-7-1534, en LOHMANN, *Francisco Pizarro*, págs. 215-216. Recogido en VARÓN GABAI.

52 CUESTA, Luisa. «Una documentación interesante sobre la familia del Conquistador del Perú». *Revista de Indias*, t. 8, Madrid, 1947.

53 MUÑOZ SAN PEDRO, Miguel. «Doña Isabel de Vargas, esposa del padre del conquistador del Perú». *Revista de Indias*, n.º 11, Madrid, 1951. PELEGRÍ PEDROSA, Luis Vicente. «El "coronel" Gonzalo Pizarro», *Coloquios Históricos de Extremadura*, 2020.

54 *Los linajes de Medina del Campo en un manuscrito del siglo XVII*. Monografías del Archivo, n.º 1. Fundación Museo de las Ferias (en colaboración con la Diputación de Valladolid). Medina del Campo, 2007.

55 Cartas recogidas en FERNÁNDEZ MARTÍN, Luis. «Hernando Pizarro en el castillo de la Mota».

56 VÁZQUEZ FERNÁNDEZ, Luis. *Tirso y los Pizarro*, pág. 237. Real Cédula de 18 de julio de 1548.

57 MUÑOZ DE SAN PEDRO, Miguel: «La sombra de doña Isabel de Mercado», *Revista de Estudios Extremeños*, T. XXVI, n.º 1. Badajoz, 1970, pág. 83.

58 MIRA CABALLOS, Esteban. «Aportes a la biografía de Hernando Pizarro, su etapa final en España, 1539-1578». *Coloquios Históricos de Extremadura*.

59 ESPINOZA SORIANO, Waldemar. «Los fundamentos lingüísticos de la etnohistoria andina y comentarios en torno al anónimo de Charcas de 1604». *Revista Española de Antropología Americana*, 1980.

60 Obras consultadas:

—GARCILASO DE LA VEGA, el Inca. *Comentarios Reales de los Incas.*

—CIEZA DE LEÓN, Pedro. *El Señorío de los Incas.* Segunda parte de la *Crónica del Perú.*

—DE BETANZOS, Juan. *Suma y narración de los Incas.*

61 VALADÉS, María del Carmen. *El Perú por dentro.* José J. de Olañeta (ed.), Palma, 2013.

62 GERALD, Taylor. *Ritos y tradiciones de Huarochirí.* Instituto Francés de Estudios Andinos. Lima, 1999.

63 LIMÓN OLVERA, Silvia. «Oráculos y adivinación en los Andes: Su significado político religioso». *Mitológicas.* Centro Argentino de Etnología Americana. Vol. XX, 2005, págs. 9-24.

64 MUKARKER OVALLE, Víctor. *De los delitos y penas en el derecho incaico.* Universidad Gabriela Mistral, 2017.

65 La declaración de la madre de Francisca se encuentra en el Archivo General de la Nación, Pedro de Castañeda, 18, 1537, fol. 20.

66 Documento: Juicio por hechicería en Lima según Kerstin Novack. «La querella de Francisco Sánchez cirujano ante el licenciado Cepeda sobre que dize que vn negro suyo le quiso matar con hechizos con induzimiento de vnas indias». En «Residencia de los licenciados Diego Vázquez de Cepeda, Pedro Ortiz de Zárate, Alonso Álvarez y Lisón de Tejada, oidores de la Audiencia de los Reyes, por Pedro de la Gasca, presidente de la dicha audiencia (1549-1553)». Dos piezas. Archivo General de Indias, Justicia 451, ff. 877v-889r.

67 Documento: Testamento de Francisco de Ampuero (1929): Testamento de Francisco de Ampuero [1542]. En ANGULO, Domingo (ed.). «El capitán Francisco de Ampuero, Conquistador del Perú y vecino de la Ciudad de los Reyes». *Revista del Archivo Nacional del Perú,* Lima, 7.1, págs. 61-68.

68 Documento: Litigio Inés Huaylas contra Francisco Ampuero: AGN-Protocolos Notariales, Escribano Juan García de Nogal, año 1564. Fols. 703-711.

69 Para conocer más detalles sobre los indios pescadores de Huanchaco es interesante el estudio «Pescadores y pescaderos indígenas en Lima del siglo XVII», realizado por José Javier Vega Loyola y publicado en *TIPSHE Revista de Humanidades.* UNFV, n.° 10, págs. 181-192. Mayo de 2013.

70 CIEZA DE LEÓN, Pedro. *Crónica del Perú: El Señorío de los Incas*. Selección, prólogo, notas, modernización del texto, cronología y bibliografía de Franklin Pease.

Los ritos funerarios andinos se recogen en muchas crónicas (Arriaga, Cristóbal de Molina, Garcilaso de la Vega). Un interesante artículo sobre estas prácticas es «Apuntes sobre el más allá en el mundo andino» de CURI NOREÑA, Betsalí. Universidad Nacional Mayor de San Marcos, Lima.

71 FERNÁNDEZ MARTÍN, Luis. *Hernando Pizarro en el castillo de la Mota*, pág 46.

72 VARÓN GABAI, Rafael. *La ilusión del poder: Apogeo y decadencia de los Pizarro en la conquista del Perú*. Instituto Francés de Estudios Andinos, Lima, 1996.

73 Por lo menos desde 1536 y hasta 1557 hay constancia del liderazgo de don Cristóbal Vilcarrima en el cacicazgo principal de la encomienda de Huaylas. «Información de Francisco de Ampuero». Véase *La conquista negociada: Guarangas, autoridades locales e imperio en Huaylas, Perú (1532-1610)*. Zuloaga Rada, Marina. Instituto Francés de Estudios Andinos, Lima, 2012.

74 La declaración de Vilcarrima está en el Archivo General de Indias, Justicia. AGI, Justicia 467, f. 13v. Véase VARÓN GABAI. *La ilusión del poder*.

75 SALLES, Estela Cristina y NOEJOVICH CH., Héctor Omar. «La herencia femenina andina prehispánica y su transformación en el mundo colonial». *Boletín del Instituto Francés de Estudios Andinos*, vol. 35, n.º 1, 2006, págs. 37-53.

ORÉ MENÉNDEZ, Gabriela. «Cacicas: Linajes femeninos en el siglo XVI. El caso de Contarhuacho, señora de Huaylas». Pontificia Universidad Católica del Perú.

76 MARTÍN RUBIO, María del Carmen. *Juan de Betanzos: El gran cronista del Imperio Inca*. UCM, 1999.

—*Francisco Pizarro, el hombre desconocido*. Nobel, 2014.

77 Poder de Hernando Pizarro y Francisca Pizarro a Martín de Ampuero y Antonio de Figueroa, Villaverde, 27-08-1564. En LOHMANN y en VARÓN GABAI, *La ilusión del poder*.

78 DUMBAR TEMPLE, Ella. «La descendencia de Huayna Cápac». *Revista Histórica*, 11. Instituto Histórico del Perú. Lima, 1937.

79 MEDINACELI, Ximena. «Paullu y Manco, ¿una diarquía inca en tiempos de conquista?». *Boletín del Instituto Francés de Estudios Andinos*, 2007.

80 MARTÍN RUBIO, María del Carmen. «Paullo Topa, el falso converso». *La Aventura de la historia*, n.º 112. 2008, págs. 56-61.

81 Sobre hacer hablar a las piedras. MARTÍNEZ C., José Luis. «La rebelión de Manco Inka y Vilcabamba en textos andinos coloniales: otros materiales para su estudio». *Boletín del Museo Chileno de Arte Precolombino*. Santiago de Chile, 2020. Vol. 25, n.º 1, págs. 57-80.

82 Sobre el asesinato de Manco Inca. LÓPEZ DE GÓMARA, Francisco. *Historia general de las Indias*. Capítulo CL.

83 Declaración: Carta del clérigo Juan de Vera al Consejo de Indias, Cuzco, 9 de abril de 1572, AGI inédita (Lima, 270). Recogida en LEVILLIER, Roberto. *Los incas*. Escuela de Estudios Hispanoamericanos-CSIC, 1956, pág. 67.

84 MIRA CABALLOS, Esteban. «Vilcabamba la vieja, el sueño del último reducto inca».

85 MIRA CABALLOS, Esteban. *Francisco Pizarro, una nueva visión de la Conquista de Perú*. Crítica, 2018.

86 MARTÍN RUBIO, María del Carmen. *Francisco Pizarro, el hombre desconocido*. Nobel, 2014.

87 ALONSO CORTÉS, Narciso. «Hernando Pizarro en Medina del Campo». *Miscelánea vallisoletana*. Cuarta serie. Biblioteca Digital de Castilla y León.

Pleito por esclavo: Hernando Pizarro contra Rodrigo Rejón, 12-12-1551. Archivo de la Real Chancillería de Valladolid. Varela, Olvidados, legajo 17.

Pleito contra el platero: Hernando Pizarro contra Cristóbal de Paredes, platero, vecino de Palencia, 1554. Archivo de la Chancillería. Zarandona y Vals, Olvidados, legajo 261.

88 Sentencia de Madrid, 10-9-1563, AGI, Escribanía 498-A, ff. 951-952.

89 Carta de Hernando Pizarro a Gonzalo Pizarro. Medina del Campo, 2 de diciembre de 1544. PÉREZ DE TUDELA BUESO, Juan. *Documentos relativos a D. Pedro de la Gasca y a Gonzalo Pizarro*.

90 Carta de Gonzalo Pizarro a Pedro de Soria. Los Reyes, 8 de febrero de 1545. PÉREZ DE TUDELA BUESO, Juan. *Documentos relativos a D. Pedro de la Gasca y a Gonzalo Pizarro*.

91 DRIGO, Ana Laura. *Gonzalo Pizarro: liderazgo y legitimidad bajo su dirigencia en el Perú (1544-1548)*. Universidad de Buenos Aires, 2005.

92 Testamento de Francisco Pizarro. Segunda redacción, Chivicapa, 22-6-1539. Recogido en VÁZQUEZ FERNÁNDEZ, Luis. *Tirso y los Pizarro*, págs. 158-159.

93 LÓPEZ DE GÓMARA, Francisco. *Historia general de las Indias*. Biblioteca Virtual Miguel de Cervantes. Capítulo CLXXIII.

GARCILASO DE LA VEGA, El Inca. *Historia general del Perú*. Libros IV-V.

94 GONZÁLEZ ALONSO, Benjamín. *Anuario de Historia del Derecho Español*, n.º 50, 1980 (ejemplar dedicado a Alfonso García-Gallo y de Diego), págs. 469-488.

95 Archivo General de Simancas. Estado, 874, exp. 160.

96 Archivo General de Simancas. Roma, 19-7-1547, AGS, Estado, 874, exp. 78.

97 Poderes dados por Gonzalo Pizarro a Francisco de Ampuero para velar por la hacienda de sus sobrinos Francisca y Gonzalo. Lima, 19-5-1543. AGI. Escribanía 496-A, ff. 1250-1284v.

98 NOVACK, Kerstin. «Hechicería, sociedad y política en la Lima de 1547». *Revista Indiana*, n.º 21, 2004, pág. 213.

99 AGI, Justicia 1054, n. 2, r. 1. En VARÓN GABAI.

100 AGI, Justicia 1088, n. 4, r. 1. «Año de 1562, Información hecha ante la Audiencia de los Reyes a pedimento de Francisco de Ampuero, como marido de doña Inés Yupanqui, por la que justifica que la doña Inés era hija legítima, según el uso del país de Guainacava o Guainacapas, Señor que fue de aquellas tierras. Una pieza. 1562».

101 PÉREZ DE TUDELA BUESO, Juan. *Documentos relativos a D. Pedro de la Gasca y Gonzalo Pizarro*. Carta de Gonzalo Pizarro a Hernando Pizarro. De Quito, 29 de mayo de 1546, donde le narra que Gonzalo, hijo del marqués, «murió de su dolencia».

102 MUÑOZ SAN PEDRO, Miguel (conde de Canilleros y San Miguel). «Los Pizarro Yupanqui, mestizos de héroes y emperadores». *Hidalguía. La revista de genealogía, nobleza y armas*, n.º 95, 1969.

103 Así lo argumenta Sebastián Rodríguez, en nombre de Francisca: «El dicho Francisco de Ampuero no vino con la dicha mi parte por ruego ni yntergision ni avía necesidad dél, porque la dicha mi parte traya todas las que son que heran necesarias para su acompañamiento y antes le pidio e requerio que no viniese con ella ni tomase este trabajo, pues no avía necesidad; e si él vino a negocios suyos propios o a otras cosas e por mandado de Vuestra Alteza no a de dar a costa de mi parte que basta lo que ha gastado sin causa ni culpa suya. Lo otro, porque antes que la dicha mi parte se le mandase venir a estos reynos el dicho Francisco de Ampuero tenía determinado de venir a ellos a traer a doña Ysabel su hija, como la truxo, e a otros negocios y no es justo que sea a costa de mi parte».

AGI Justicia, 1054, 1552-23 f.

104 Los poderes concedidos en Madrid por Hernando y Francisca a Martín Alonso de Ampuero, así como los que este otorgó a la Mestiza y a Hernando, están recogidos en LOHMANN y VARÓN GABAI, *La ilusión del poder*. Capítulo 6.

Años después, volverían a confiar en Martín Alonso de Ampuero, como atestigua la carta de poder otorgada por Francisca Pizarro y Hernando Pizarro en Trujillo el 25 de mayo de 1578 para defender sus asuntos e intereses en el Perú. La carta está recogida en *The Harkness Collection*, Washington, 1932, como señala Miguel Luque Talaván en «"Tan príncipes e infantes como los de Castilla". Análisis histórico-jurídico de la nobleza indiana de origen prehispánico». *Anales del Museo de América*, n.º 12, 2004.

105 Consulta del Consejo de Indias al rey sobre la petición de mercedes de Martín de Ampuero, 1595. AGI, Lima 1, n.º 146, 2 ff. «Sobre la pretensión de Martín de Ampuero, procurador de la Ciudad de los Reyes, de que se le haga merced de un repartimiento y de un hábito en consideración a los servicios de su padre, Francisco de Ampuero, y de su madre, doña Inés de Yupangui, descendiente de los incas. R.: "Bastara agora darle el habito"».

Este documento se halla en el Archivo de Indias, y su transcripción aparece en el Anexo II de Varón Gabai, *La ilusión del poder*.

106 ROSENBLAT, Angel. *La población indígena y el mestizaje en América II,* Nova Editorial, Buenos Aires, 1954. Rosenblat a su vez lo extrae de MORALES GUIÑAZÚ, Fernando. *Los conquistadores de Cuyo y*

los fundadores de Mendoza, en el *Boletín del Instituto de Investigaciones Históricas*, n.º 89-92, julio de 1941-junio de 1942. Universidad de Buenos Aires.

107 TORIBIO MEDINA, José. «Memorial de Avendaño al Consejo de Indias», en *Colección de documentos inéditos para la historia de Chile*. T. X, pág. 467.

108 Los datos de Avendaño se encuentran en «Ilustración XVII, los compañeros de Ercilla», pág. 316 de la obra *La Araucana*: ilustraciones. - II / de Alonso de Ercilla y Zúñiga; ilustrada con grabados, documentos, notas históricas y bibliográficas y una biografía del autor; la publica José Toribio Medina con motivo del centenario. Imprenta Elzeviriana. Santiago de Chile, 1918.

109 Árbol genealógico del condado de Puñonrostro, véase en el apartado «Árboles genealógicos» de este libro.

110 VAQUERO SERRANO, María del Carmen. *Los Ribadeneira, la familia de doña Guiomar Carrillo*. 2010, págs. 123-124.

111 Tal y como reseña María del Carmen Vaquero Serrano: «Y en cuanto a los hijos que procreó D.ª Juana, además de los tres citados por el conde de Mora (Pedro, Félix y Juana), el anónimo añade: "y a D.ª Francisca, que casó en Trujillo con D. Francisco Pizarra, y a D.ª María, que murió doncella"», pág. 139.

112 Manda entregar a su marido Pedro «dos mill ducados en cada un año para sustentarse conforme a la calidad de su persona, lo qual haya de durar y dure hasta tanto que el conde su padre sea restituydo a la posesión del estado de puño en Rostro». «Ytem mando que la casa que dicho don Pedro y yo compramos en la calle Príncipe de esta villa de Madrid en que al presente vivimos, de cuya compra y precio della es fiador el dicho don Francisco, mi hijo, sea u quede para el dicho don Francisco mi hijo, pagando el del precio della como a ello está obligado, sin que en ningún caso pueda pedir o demandar cosa alguna al dicho don Pedro, mi marido, por via de lasto ni en otra manera alguna». «Ytem mando que los juros, censos, casas o otra qualquier cosa que durante nuestro matrimonio dentre el dicho don Pedro y mi se ovieren vendido quede todo por bien vendido y al dicho don Pedro no se le pueda pedir razón de ello porquel e yo lo avemos gastado y el dicho don Pedro a asistido a los pleitos del marquesado a mi pertenecientes y a la cobranza de la deuda que su majestad devia a mi y al

dicho comendador Hernando Pizarro mi primero marido y al pleyto de los repartimentos de indios mios…». Testamento de Francisca Pizarro Yupanqui. Archivo de Protocolos de Madrid. Juan de la Cotera-Gascón de Gálvez, Doc. Protocolo 1810, fols. 734-738.

113 Inventario de los bienes de doña Francisca Pizarro, difunta. Madrid 1 de junio-2 de septiembre de 1598. En VÁZQUEZ FERNÁNDEZ, Luis. *Tirso y los Pizarro*, pág. 303.

114 Última voluntad de doña Francisca Pizarro. Madrid 28 de mayo de 1598. Archivo Histórico de Protocolos de Madrid. P.º 709, fols. 846r-846v. Recogido en VÁZQUEZ FERNÁNDEZ, Luis. *Tirso y los Pizarro*, pág. 301. El escribano Gascón de Gálvez es quien explica: «Por la dicha señora otorgante, a la qual yo, el dicho escribano doy fe que conozco, lo firmó un testigo, porque dijo no poder firmar por la gravedad de su enfermedad. Por testigo y a encargo de la señora otorgante, firma Don Félix Arias Girón».

115 *Noticias de Madrid*, BNE, fols. 134v-135.

116 Archivo parroquial de San Sebastián. Libro 6.º de Difuntos, de 1624 a 1628, folio 173.

117 ASTRANA MARÍN, Luis. *Vida ejemplar y heroica de Miguel de Cervantes Saavedra con mil documentos hasta ahora inéditos y numerosas ilustraciones y grabados de época*. Tomo VII, Apéndice XXXI.

118 Sobre la participación del padre de Juana en la revuelta comunera, al menos en sus inicios, véase María del Carmen Vaquero Serrano, *Los Ribadeneira*, pág. 62. Donde se recoge como en febrero de 1520, mediante las votaciones los regidores del ayuntamiento toledano se negaron a acatar una orden del rey y rechazaron un texto preparado por la Corte, entre ellos estaban Fernando Díaz de Ribadeneira y Juan Padilla. Sobre el peso político del segundo matrimonio de Fernando Díaz de Ribadeneira convirtiéndose en cuñado de Francisco de los Cobos, y la intervención de este, pág. 69. La autora lo extrae de KENISTON, Hayward. *Francisco de los Cobos, secretario de Carlos V*, Castalia, 1980, pág. 106.

119 *El Tizón de la Nobleza de España* por el cardenal Francisco de Mendoza y Bobadilla, obispo de Burgos. Introducción, versión paleográfica y notas de Armando Mauricio Escobar Olmedo; prólogo de Fredo Arias de la Canal. México. Frente de Afirmación Hispanista, A. C., 1999. B. Versión digital en *hispanista.org*.

120 Dato de su muerte en Torrejón de Velasco y disposiciones sobre su enterramiento y el carácter de albacea de su hija Juana, la condesa de Puñonrostro, en VAQUERO SERRANO, María del Carmen. *Los Ribadeneira, la familia de doña Guiomar Carrillo*, 2010, pág. 80. «Según el conde de Mora, D.ª Francisca murió en Torrejón, el 5 de diciembre de 1581, y su cuerpo se depositó en la iglesia parroquial de ese pueblo, junto al altar de Nuestra Señora. El anónimo de la Real Academia de la Historia da también el lugar y fecha de su muerte y el sitio en que fue enterrada y explica que D.ª Francisca falleció en casa de su hija D.ª Juana, esposa del conde de Puñonrostro, señor de Torrejón, a quien nombró albacea junto con su marido el conde…».

121 ARROYO LABRADOR, Félix. «La emperatriz Isabel de Portugal, mujer de Carlos V: Casa Real y facciones cortesanas (1526-1539)». *Portuguese Studies*, vol. 13, n.ᵒˢ 1-2, 2005, págs. 135-171.

122 Las cédulas están en AGP, REGISTROS, CR, T. I, fols. 7-8, 10. GUERRERO DE LLANOS, E. «Una fortaleza convertida en archivo de la Corona: Simancas en el siglo XVI, nuevos datos para su estudio». *Anales de Historia del Arte*, n.º 24, págs. 87-105.

123 KENISTON, Hayward. *Francisco de los Cobos, secretario de Carlos V*. Castalia, Madrid, 1980.

124 «Cubierto con un velo tenía en su cámara Cornelia Malespina el retrato de su antiguo amante, el secretario imperial Francisco de los Cobos, cuando la visitó don Luis de Ávila en 1540»; en BEROQUI, Pedro. *Tiziano en el Museo del Prado*, Madrid, 1946, pág. 179. Lo reseña Miguel Falomir Faus en su artículo: «De la cámara a la galería. Usos y funciones del retrato en la corte de Felipe II».

125 CÚNEO-VIDAL, Rómulo. *Los hijos americanos de los Pizarros de la conquista*. Biblioteca Virtual Miguel de Cervantes.

126 Solo el conde de Canilleros habla de tres hijos en este primer matrimonio del hijo de la Mestiza, asegura que fueron dos varones: don Fernando Pizarro Sarmiento, muerto sin sucesión, y don Juan Hernando Pizarro Sarmiento, futuro primer marqués de la Conquista, y una mujer, doña Francisca Pizarro Sarmiento, que casó en 1610 con don Juan de Solís y Vargas, muerto sin sucesión. Reseña el conde de Canilleros la descendencia habida por Francisco Pizarro Inca con su segunda mujer, Estefanía de Orellana y Tapia, con quien casó tras morir Francisca

Sarmiento, y la habida con Micaela Manrique, su tercera compañera, aunque me parece improbable que estas hijas posteriores ya hubiesen nacido en 1598, año en que testó Francisca Pizarro Yupanqui. MUÑOZ SAN PEDRO, Miguel. «La total extinguida descendencia de Francisco Pizarro». *Revista de Estudios Extremeños*, II, 1964, págs. 467-472.

127 PELEGRÍ PEDROSA, Luis Vicente. «La compra de La Zarza por Juan Hernando Pizarro». *Coloquios Históricos de Extremadura*, 2004.

128 Testamento: Francisca Pizarro Yupanqui. Archivo de Protocolos de Madrid. Juan de la Cotera-Gascón de Gálvez, Doc. Protocolo 1810, fols. 734-738. «Un frutero de cadeneta de hilo blanco, se dé a doña Francisca mi nieta». «Cabestrillo de camafeos y esmeraldas y perlas [...] que le quite y desempeñe don Francisco y sea para una hija suya, la quel quisiere». «Un collar grande de rubíes y esmeraldas y diamantes que está empeñado en 500 reales [...] lo quite don Francisco para sus hijas». «Yten una esmeralda que se llama la huérfana y una granadita pequeña de esmeralda que quedan en una cagita de mi escritorio se dé a don Francisco mi hijo». «Yten todo lo que tiene el tocadorcillo de Alemania se reparta en mis dos nietas».

129 PELEGRÍ PEDROSA, Luis Vicente. «Las rentas del heredero: Don Francisco Pizarro y Pizarro». *Coloquios Históricos de Extremadura*, 2002. Extraído de «Memorial Ajustado hecho con citación de las partes del pleito que pende en el Consejo». Publicado en Madrid el 17 de octubre de 1742. Recoge los argumentos y las consiguientes pruebas genealógicas de todas las partes en litigio. Archivo Fundación Obra Pía de los Pizarro, Trujillo.

130 PÉREZ DE TUDELA BUESO, Juan. *Documentos relativos a D. Pedro de la Gasca y a Gonzalo Pizarro*. Relación de Pedro de La Gasca al Consejo de Indias, De los Reyes, 26 de septiembre de 1548. CLVI, pág. 277.

131 VÁZQUEZ FERNÁNDEZ, Luis. *Tirso y los Pizarro*.

132 PÉREZ DE TUDELA BUESO, Juan. *Documentos relativos a D. Pedro de la Gasca y a Gonzalo Pizarro*. Relación de Pedro de La Gasca al Consejo de Indias, De los Reyes, 26 de septiembre de 1548. CLVI.

133 SALINERO, Gregorio. «Rebeliones coloniales y gobierno de las Indias en la segunda mitad del siglo XVI». *Historia Mexicana*, vol. 64, n.º 3. (255, enero-marzo, 2015).

134 Documento de fundación en Archivo Histórico de Protocolos de Madrid, AHPM P.º 1805, fols. 205-219v. Incluido en VÁZQUEZ FERNÁNDEZ, Luis, *Tirso y los Pizarro*, pág. 261.

135 Poder otorgado por Francisca Pizarro y Pedro Arias Portocarrero al padre Bejarano en favor de la obra pía de Catalina de la Cueva. Madrid, 13 de febrero de 1598. Archivo Histórico de Protocolos de Madrid, AHPM, P.º 709, fols. 1118r-1120r. En VÁZQUEZ FERNÁNDEZ, Luis, *Tirso y los Pizarro*, págs. 287-289.

136 Carta del Rey a Francisca Pizarro. Toro, 28 de septiembre de 1551. AGI. Patronato, 90B, N.2, R.14.

137 Carta de Gonzalo Pizarro al Emperador, de los Reyes, 20 de julio de 1547. CCXLVII. En PÉREZ DE TUDELA BUESO, Juan. *Documentos relativos a D. Pedro de la Gasca y Gonzalo Pizarro.*

Agradecimientos

Son muchas las personas que han contribuido a que pudiera escribir esta historia, facilitándome el viaje solitario, complicado, y también fascinante, de seguir las huellas de la primera mestiza.

A mi familia, a Elvira y León, mis padres, por mantener su fe inquebrantable en estas letras, apoyándome y cuidándome en los momentos solitarios que exige el oficio de escribir.

A mis amigos, María, Pablo y Quico, por aguantar estoicamente las peroratas sobre la Mestiza y sobre los Pizarro desde hace tantos años, sin cortarme y con exquisita paciencia. A Ana Soledad, Rocío y a Susana, por estar cerca en los momentos brumosos y alentarme en los momentos de duda. A Álex por buscar en Lima por días el retrato de Inés Muñoz, a José Carlos Ruiz por compartir desvelos mestizos desde el inicio. A Carlos Benito, por ser confidente y cómplice. A Ado, a Lucía, por guardarme el secreto mientras dibujaba a la Mestiza.

A Nines Fajardo, por su tiempo y criterio al manejar el manuscrito, siendo la primera en asomarse a este universo mestizo y a la azarosa vida de Francisca, compartiendo sus impresiones que sin duda han mejorado esta novela.

En este viaje, sé que Francisca me puso en el camino personas maravillosas que compartieron su conocimiento, su tiempo y abrieron puertas que parecían insalvables; quiero agradecer a Hernando Orellana Pizarro, patrón de la fundación Obra Pía de los Pizarro, su fe en este proyecto que apoyó y alentó desde el principio.

A José María Pérez de Herrasti y a su sobrina María, actual marquesa de la Conquista, que me acompañaron de la mano a recorrer el palacio que Francisca construyó, compartiéndome secretos que enriquecieron esta novela.

A Carmen Serrat-Valera y Manuel Arias-Dávila, condes de Puñonrostro, por guiarme en los recovecos del linaje del segundo marido de Francisca y descubrirme muchos detalles desconocidos de la casa de Puñonrostro y su importancia capital en la historia de España.

A Luis Barrio Cuenca-Romero, director del archivo de la Fundación Puñonrostro, por sus brillantes y esclarecedores apuntes y por elaborar el cuadro genealógico que permite desentrañar la identidad del segundo esposo de la Mestiza, hasta ahora confundida por los investigadores, y también entender mejor la vida cortesana de Francisca Pizarro en Madrid.

A Elena García-Aranda, mi maravillosa editora, por sus indicaciones certeras, sus valiosas sugerencias sobre el manuscrito y nuestras eternas conversaciones telefónicas desgranando detalles que son oro puro.

A Antonio del Barrio, cronista de Medina del Campo, que me acercó a la figura de Isabel de Mercado, y a todo el equipo de la Fundación Museo de Ferias, por su cálida acogida y por su ayuda inestimable a la hora de recorrer y recomponer la Medina del Campo del siglo XVI, por guiar mis pasos entre las gentes, linajes, situando los lugares que Francisca recorrió y que Isabel de Mercado habitó. A David García Esteban, quien me permitió adentrarme en las entrañas del castillo de La Mota, descubrir los puentes levadizos, las pasarelas inestables, contemplar y tocar los muros del aposento donde Francisca parió a sus hijos, adentrarme en los pasadizos, recorrer las escaleras angostas que ella tantas veces subió, y empaparme de las estrecheces de las dependencias que durante diez años fueron el hogar de la Mestiza en la torre del homenaje, compartiendo prisión con Hernando. Al equipo de la oficina de turismo de Medina del Campo, y también al equipo del Palacio Real Testamentario.

Al personal de los archivos de Indias, Nobleza, Simancas y del Histórico de Madrid, por su eficacia y su admirable disposición.

A Eugenio Albalate, por sus facilidades en el archivo parroquial de Trujillo, por sus apuntes sobre la vida religiosa en el convento de Santa Clara de Trujillo y por prestarme la joya documental sobre el Trujillo de los siglos XV y XVI del padre Juan Tena, y al sacerdote Manuel García Martín, por asesorarme en la búsqueda y facilitarme el trabajo.

A Esteban Mira Caballos, historiador y buen amigo, por sus consejos y su apoyo desde que conoce mi pasión por la Mestiza y desde el inicio de este periplo. A la catedrática Carmen Mena, por inspirarme a escribir, nadie escribe la historia con el rigor, la exquisitez y la poesía que ella maneja, nadie conoce la Tierra Firme donde se forjaron aquellos hombres ni la antesala de la conquista del Perú como ella; a Rocío Sánchez Rubio, por allanarme tantas veces el camino en la investigación histórica; a Liliana Pérez de Miguel por compartirme los más íntimos y desconocidos detalles de Inés Muñoz.

A Don Luis de Paz, traductor de Tishqu Willka, por darle voz al cacique de Marca, en la pomposa recepción de Vaca de Castro, convirtiendo mis letras en el quechua ancashino del siglo XVI.

A mi hermana, Ruth, por leer fragmentos sueltos y testar la emoción a bocajarro y con inigualable precisión, amén de la disección quirúrgica que como buena filóloga aplica a la ortografía.

A Álvaro, por su apoyo fundamental durante este largo camino, por descubrirme documentos desconocidos, por inspirarme, por sus valientes sugerencias, por traer la calma en los momentos de duda y confusión, por cuidarme y alimentarme en el extenuante proceso de escritura, por permitirme robarle horas a nuestro tiempo.

Printed in the USA
CPSIA information can be obtained
at www.ICGtesting.com
JSHW082044101124
73291JS00001B/2